KB105677

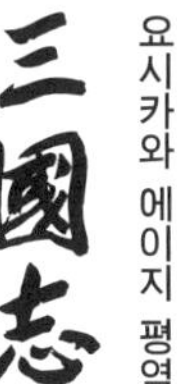

요시카와 에이지 평역

※ **일러두기**

1. 이 작품은 나관중의 《삼국지연의》와 고난 분산湖南文山의 《통속삼국지》 등을 저본으로 삼아 저자가 나름대로 살을 덧붙이고 해설을 가미하여 평역한 것이다.
2. 삼국지 시대의 길이를 나타내는 척尺(자)과 무게를 나타내는 근斤은 현재의 도량형 기준과 다르다. 즉, 삼국지 시대의 1척(자)은 23.1센티미터이고 1근은 220그램이다. 이에 준해서 본문에 묘사된 등장인물의 신장과 사물의 높이, 깊이, 거리 그리고 무게를 가늠하는 것이 합당하리라 본다.
3. 본문의 날짜 표기는 모두 태음력을 기준으로 했다.
4. 본문 내 인물과 지명, 관직명의 한자 병기는 처음 나올 때만 하는 것을 기준으로 했고, 자주 등장하지 않는 인물과 지명, 관직명은 그때그때 병기했다. 또 한자를 병기했을 때 뜻이 명확해지는 단어나 동음이의어에도 그 뜻을 분명히 전달하기 위해 병기했다.
5. 본문 내 연도 표기는 나라별 연호와 연도를 먼저 표기하고 ( ) 안에 서기 연도를 표기하여 독자들의 이해를 도왔다.
6. 본문에 나오는 한자성어와 관직명은 ( )를 붙여 그 뜻을 간략히 설명하였으나 독자들의 이해를 돕기 위해 1권 끝에 부록을 마련하여 본문 내의 부족한 설명을 보충했다.

三國志

2

초망 · 신도

차례

三 초망 草莽

四 신도

삼국지 지도

몽골
유주
탁록
북경
오대산
탁
발해만
보정
천진
주천(숙주)
장액
태원
정정
창
기주
덕주
병주
청주
동래
청해
난주
옹주
제남
청주
황해
낭야
낙수
사주
정주
태산
양주
홍문
복
비
해주
개봉
서주
서주
미
화음
동관
철문
낙양
회음
서안(장안)
영주
위
숙
간이
양주
남양
익주
예주
남경
합비
촉
형주
양성
태호
상해
회계
소주
안경
연호
무한
항주
성도(촉)
양양
장강
합강
양주
중경
적벽
구강
동정호
파양호
악양
남창
오
온주
장사
동해
동인
남평
소양
복주
서금
귀양
영릉
대리
곤명
계림
오주
광주
남해

198년 중국 세력 분포도

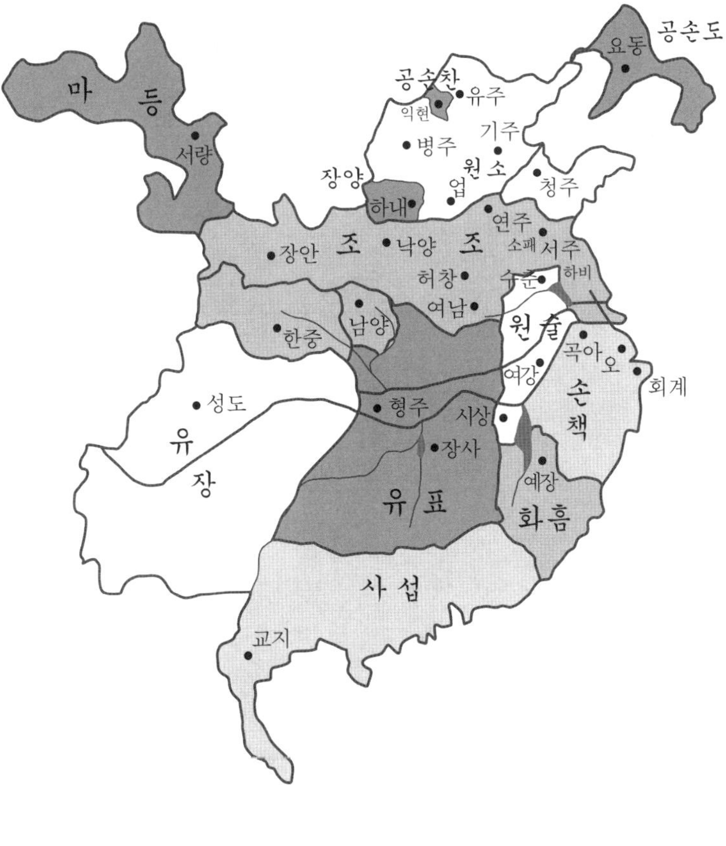

공손도
요동
공손찬
유주
익현
기주
마
등
서량
병주
원소
장양
업
청주
하내
연주
조
낙양
조
장안
소패
서주
허창
수춘
하비
여남
남양
원술
한중
곡아
오
여강
회계
성도
형주
시상
손책
유
장사
장
예장
유표
화흠
사섭
교지

三 초망

草莽

무녀

||| 一 |||

"뭐, 무조건 화해하라고? 말도 안 되는 소리는 하지도 마."

곽사는 들은 척도 하지 않았다. 그뿐만 아니라 병사들에게 명해 양표를 따라온 대신 이하 관리 등 60여 명을 하나로 포박해버렸다.

"이건 횡포다. 화의를 중재하러 온 조정의 신하들을 무슨 이유로 포박한 것인가?"

양표가 거친 목소리로 항의했다.

"닥쳐라! 이 사마야말로 천자조차 인질로 잡고 있지 않느냐? 그것을 무기로 삼고 있기에 나 역시 군신을 인질로 잡아두는 것이다."

곽사가 거만하게 말했다.

"아아, 이게 무슨 일인가! 나라의 기둥인 두 장군이 한쪽은 천자를 위협해 인질로 삼고, 다른 한쪽은 군신을 인질로 잡고 큰소리를 치고 있으니 한심하구나. 말세로다, 말세야."

"이놈, 아직도 허튼소리를 지껄이고 있느냐?"

곽사가 칼을 빼서 당장이라도 양표를 베어버리려고 하자 중랑장 양밀楊密이 황급히 곽사의 손을 제지했다. 양밀의 간언으로 곽사는 칼을 거두었지만, 묶어놓은 신하들은 풀어주지 않았다. 단지 양표와 주준 두 사람만 진영 밖으로 쫓아냈다.

연로한 주준은 오늘 중재자로 곽사에게 간 것이 정신적으로 너무 힘들었다.

"아아…… 아아……."

몇 번이나 하늘을 올려다보고 신음을 토하며 힘없이 걷다가 양표를 돌아보고 탄식했다.

"사직의 신하로서 폐하를 돕지도, 세상을 구하지도 못하니 사는 보람이 아무것도 없구먼."

끝내 주준은 양표를 부둥켜안고 길바닥에 울며 쓰러지더니 잠깐 혼절할 정도로 슬퍼했다.

그 때문이었나. 노인은 집에 돌아간 후 얼마 지나지 않아 피를 토하고 죽었다. 양표가 소식을 듣고 달려가 보니 주준은 이마가 깨져 있었다. 기둥에 머리를 박고 분사憤死한 것이다. 주준이 아니더라도 세상이 돌아가는 꼴을 보면 분사하고 싶은 사람이 한두 명이 아닐 것이다. 그로부터 50여 일 동안 이각과 곽사의 양군은 밤낮을 가리지 않고 매일 거리에서 싸웠다.

싸우는 것이 일인 양, 싸우는 것이 생활인 양, 싸우는 것이 즐거움인 양, 의미 없이, 명분 없이, 눈물 없이, 그들은 싸웠다.

양군의 시체는 길바닥을 나뒹굴었고, 도랑이건 나무 아래건 썩은 내가 진동했다. 그곳에 쓸쓸히 풀꽃이 피고 등에가 윙윙거리고 말파리가 날아다녔다. 말파리의 세계도 그들의 세계도 어떤 변화도 없었다. 오히려 말파리의 세계에는 우거진 나무와 수풀에서 시원한 바람이 불어오고 콩꽃이 피었다.

"죽고 싶구나. 그러나 그러지도 못하고. 어찌하여 과인은 천자로 태어났단 말인가."

황제의 눈에는 밤낮 눈물이 마를 틈이 없었고 마음은 침울했다.

"폐하."

시중랑 양기楊琦가 황제의 귀에 대고 가만히 속삭였다.

"이각의 모사로 가후라는 자가 있사옵니다. 제가 가만히 보니 가후에게는 아직 진실한 마음이 있는 듯하옵니다. 황제를 존중해야 한다는 것을 아는 사람이라고 여겨집니다. 한번 은밀히 만나보심이 어떠하시겠습니까?"

어느 날 가후가 일이 있어서 황제의 유실幽室에 들어왔다. 황제는 사람들을 물러가게 하더니 갑자기 신하인 가후 앞에 재배하고 말했다.

"부디 어지러운 조정에 의를 행하고 과인을 불쌍히 여겨주시오."

가후는 놀라서 무릎을 꿇고 바닥에 머리가 닿도록 절하며 대답했다.

"지금의 무정함은 소신의 뜻이 아니옵니다. 때를 기다려주시옵소서."

그때 하필 이각이 들어왔다. 장검을 차고 쇠사슬 채찍을 손에 든 이각이 황제의 얼굴을 가만히 노려보았다. 그러자 황제는 얼굴이 흙빛이 되어 두려움에 떨었다. 근신들은 만일에 대비해 황제의 주위에 둘러서서 각자 무의식적으로 칼을 잡았다.

그러한 분위기에 이각이 오히려 두려움을 느낀 듯했다.

"아하하하, 무얼 그리 놀라십니까……. 가후, 뭐 재미있는 이야기라도 하는 중이었나?"

이각은 웃음으로 넘기고 재빨리 밖으로 나갔다.

||| 二 |||

이각의 진중에는 무녀가 많았는데, 모두 중히 쓰였다. 진영을 끊임없이 드나들며 뭔가 중요한 일이 있을 때마다 제단을 향해 기도하거나 저주의 불을 피우거나 신을 불러내 자신의 몸에 깃들게 한 후 "신이 말씀하시기를."이라며 요사스러운 전언을 이각에게 전했다.

이각은 무녀들을 지나치게 의지했다. 무슨 일을 하더라도 바로 무녀들을 불렀다. 그리고 신의 말씀을 들었다.

무녀가 불러내 몸에 깃들게 한 신은 요망한 신인 듯 이각은 점점 더 하늘의 도리는 물론 인간의 도리도 무시했다. 오히려 난리를 좋아하여 곽사와 서로 으르렁거리며 병사들을 죽이고 백성들의 괴로움을 돌아보지 않았다.

그와 고향이 같은 황보력皇甫酈이 어느 날 진중으로 찾아와서 말했다.

"서로에게 도움이 안 되는 전투는 이쯤에서 그만두는 것이 어떻겠습니까? 장군도 국가의 고위 관료입니다. 높은 관직과 풍족한 녹봉으로 무엇 하나 부족한 것이 없지 않습니까?"

이각은 비웃으며 반문했다.

"자네는 여기 뭐 하러 왔나?"

황보력이 빙그레 웃더니 대답했다.

"아무래도 장군이 사악한 신에 들린 듯하여 장군에게 붙은 신을 쫓아버리러 왔습니다."

언변이 뛰어난 그는 막힘없이 술술 말했다. 사사로운 싸움으로 백성을 괴롭히고 천자를 감시하는 그의 죄를 열거하며 즉시 뉘우

치고 행실을 바로 하지 않으면 조만간 큰 벌을 받을 것이라고 말했다.

이각은 느닷없이 검을 빼 들고 그의 얼굴에 들이대며 소리쳤다.

"당장 꺼져라. 또다시 주둥이를 나불거렸다간 이 칼을 그 주둥이에 쑤셔넣어주마. 보아하니 천자의 명을 받고 나에게 화해를 권고하러 왔구나. 천자에게는 좋을지 몰라도 나에게는 좋을 것이 하나도 없다. 여기 이 첩자를 내어줄 테니 누가 칼이 잘 드는지 시험해볼 자는 없느냐?"

그러자 기도위 양봉楊奉이 나서며 말했다.

"그를 저에게 맡겨주십시오. 은밀히 온 칙사라고는 하지만 장군께서 칙사를 학살했다는 소문이라도 나면 천하의 제후들은 곽사의 편을 들 것입니다. 그러면 장군께서는 세상의 민심을 잃게 됩니다."

"마음대로 해라."

"그럼, 제가 처리하겠습니다."

양봉은 황보력을 밖으로 데리고 나와 놓아주었다.

황제의 명을 받고 화해를 권고하러 온 황보력은 자신의 임무가 실패하자 서량西涼으로 달아났다. 그러나 가는 곳마다 소문을 내면서 갔다.

"대역무도한 이각은 조만간 천자마저 죽이려 드는 인간도 아닌 놈이다. 저런 천리天理를 거역하는 짐승은 곱게 죽지 못할 것이다."

비밀리에 황제의 측근이 된 가후도 암암리에 세상의 악평을 뒷받침할 만한 사실들을 병사들 사이에 퍼뜨려 이각 군을 내부에서부터 무너뜨렸다.

"모사 가후조차 저렇게 말할 정도이니 가망이 없다."

탈영해서 다른 지역이나 고향으로 떠나는 병사들이 점점 늘어나기 시작했다. 그런 병사들에게는 이렇게 타일렀다.

"자네들의 충성스러운 절개는 천자께서도 아시네. 때를 기다리게. 조만간 기별이 갈 걸세."

이각의 병사들은 한 부대, 한 부대 날이 밝을 때마다 눈에 띄게 줄어들었다.

가후는 만족스러워하며 혼자 미소를 지었다. 어느 날 황제에게 다가가 계책을 아뢨다.

"이번에 이각의 관직을 대사마大司馬로 높이고 은상을 내리시옵소서. 모르는 척 말이옵니다."

||| 三 |||

이각은 날이 밝을 때마다 진중의 병사들이 줄어드는 것이 걱정되었다.

'원인이 뭘까?'

아무리 생각해도 원인을 알 수 없었다.

그가 그렇게 언짢아하고 있을 때 황제로부터 생각지도 못한 은상이 내려왔다. 그는 기분이 좋아져서 여느 때처럼 무녀들을 모아놓고 말했다.

"오늘 대사마라는 영광스러운 작위를 받았다. 가까운 시일 내에 뭔가 좋은 일이 있을 것이라고 너희들이 예언한 대로야. 기도의 효험이 나타났으니 너희들에게도 은상을 내리마."

이각은 각각의 무녀에게 막대한 상을 내리고 요사스러운 제사를 더욱더 장려했다.

그에 비해 병사들에게는 어떤 은상도 없었다. 아니, 오히려 요즘 탈영병이 많다고 꾸중만 들을 뿐이었다.

“어이, 양봉.”

“응, 송과宋果로군. 어디 가나?”

“잠시 자네에게 은밀히 할 말이 있네.”

“뭔가? 여기라면 아무도 없으니 말해보게. 근데 자네답지 않게 우울해 보이는군.”

“우울한 것은 나뿐만이 아니네. 부하들도 진중의 병사들도 모두 기운이 없어. 이것도 다 우리 대장이 병사들을 사랑하는 법을 모르기 때문이네. 나쁜 일이 생기면 다 병사들 탓으로 돌리고 좋은 일이 있으면 무녀의 영험이라고 생각하지.”

“으음…… 그렇군. 그런 대장 아래 있는 병사들만 딱하지. 우리는 늘 목숨을 내놓고 풀을 먹고 돌 위에서 자며 아수라장 속에서 목숨을 걸고 싸우는데…… 이런 일들이 기도나 할 줄 아는 저 무녀들에게도 못 미친다는 말이니.”

“양봉. 우리가 부하들을 거느린 장교로서 부하들이 너무 불쌍하네.”

“그래도 어쩔 수 없지 않은가.”

“그래서 실은 자네에게…….”

송과는 자신의 결심을 양봉의 귀에 속삭였다.

반란을 일으키자는 것이었다. 양봉도 이견이 없었다. 천자를 구해내기로 했다.

송과는 그날 밤 이경二更(21시~23시)에 중군에서 불을 올려 신호하기로 했다. 양봉은 밖에서 병사들을 매복시켜놓고 대기하고 있었다.

그런데 시간이 되어도 신호가 없었다. 병사를 보내 알아보니 사전에 발각되어 이각에게 붙잡힌 송과는 이미 목이 날아갔다고 한다.

"아뿔싸!"

당황해서 우왕좌왕하고 있는데 이각의 병사들이 양봉의 진영으로 몰려왔다. 모든 것이 어그러진 양봉은 사경四更(01시 ~ 03시)까지 정신이 없을 정도로 죽기 살기로 항전했으나 심각한 타격만 입고 결국 날이 샘과 동시에 어디론가 달아나버렸다.

이각 쪽에서는 개가를 불렀지만 생각해보면 이상한 일이었다. 사실은 오히려 많은 아군을 잃은 것이었다. 시간이 지남에 따라 이각의 군세는 눈에 띄게 약화되었다.

한편 곽사 군도 점점 전투에 지쳐갔다. 그때 섬서陝西 지방의 장제張濟라는 자가 대군을 이끌고 중재하러 달려와서 화해를 강요했다. 거절하면 새로 나타난 장제 군에 묵사발이 날 수도 있었기에 이각과 곽사는 결국 화해했다.

"앞으로 서로 협력하여 정사를 다시 세웁시다."

인질이 되었던 백관도 풀려나자 황제는 그제야 인상을 폈다. 황제는 장제의 공을 치하하며 그를 표기장군驃騎將軍에 임명했다.

"장안은 쑥대밭이 되었습니다. 홍농弘農(섬서성 서안 부근)으로 옮기심이 어떻겠사옵니까?"

장제의 권유에 황제도 마음이 움직였다. 황제에게는 옛 도성 낙양을 그리워하는 마음이 있었다. 춘하추동, 낙양 땅에는 잊지 못할 매력이 있었다.

홍농은 옛 도성과 가깝다. 즉시 결심이 섰다.

마침 가을도 중반에 접어들었다. 황제와 황후의 마차는 긴 창을 든 어림군御林軍의 호위를 받으며 폐허가 된 장안을 뒤로하고 아득하고 넓은 산야의 하늘 아래로 길을 떠났다.

||| 四 |||

아무리 가도 보이는 것이라곤 아득히 넓은 들판뿐이었다. 때는 가을의 중반, 어거御車의 발은 찢어졌고 시를 읊는 사람도 없고 웃음소리도 나지 않았다. 그저 슬프고 괴로운 마음뿐이었다.

여행 중 비에 맞아 빛이 바랜 황제의 어의御衣에는 이가 들끓었다. 황후의 머릿결은 윤기가 사라졌고, 울어서 수척해진 얼굴을 가릴 화장품도 없었다.

"여기가 어딘가?"

뼈에 스며드는 바람을 맞으며 황제가 발 너머에서 물었다. 황혼녘의 들판에는 하얀 물줄기가 꾸불꾸불 흘러가고 있었다.

"패릉교覇陵橋 부근입니다."

이각이 대답했다.

그 다리 위로 어거가 지날 때였다. 한 무리의 병마가 어거를 막고 캐물었다.

"마차 안에 있는 자는 누구냐?"

"이 마차는 천자를 태우고 홍농으로 환행還幸하는 어거다. 무례하구나."

시중랑 양기가 말을 몰아 앞으로 나오며 큰 소리로 꾸짖었다.

그러자 대장인 듯 보이는 두 사람이 위엄에 눌려 말에서 내려 말했다.

"저희는 곽사의 지시에 의해 이 다리를 지키며 비상시에 대비하고 있는 자들입니다만, 정말 천자시라면 통과시켜드리겠습니다. 부디 얼굴을 보여주십시오."

양기는 어거의 발을 걷어올렸다. 어거에 앉은 황제의 모습이 보였고, 다리를 지키던 병사들은 흥분하여 만세를 불렀다.

어거가 통과한 후 곽사가 달려왔다. 그리고 두 명의 대장을 불러내자마자 호통쳤다.

"네놈들은 뭘 하고 있었던 거냐? 왜 어거를 통과시켰느냐?"

"다리를 지키라는 명령은 받았지만, 황제의 옥체를 붙잡아놓으라는 명령은 받지 못했습니다."

"멍청한 놈, 내가 장제의 말에 따라 한때 병사를 거둔 것은 장제를 속이기 위해서이지 진정으로 이각과 화친한 것이 아니다. 내 막하에 있으면서 그 정도도 눈치채지 못했단 말이냐?"

곽사는 두 대장을 그 자리에서 포박하더니 바로 목을 벴다.

"황제를 쫓아라."

곽사는 거칠게 소리치며 병사들을 이끌고 황급히 떠났다.

다음 날 어거가 화음현華陰縣을 지나갈 즈음 뒤에서 함성이 들렸다. 돌아보니 곽사의 병마가 누런 먼지를 일으키며 미친 듯이 달려오고 있었다. 황제는 한숨만 쉬고 황후는 무서워 떨며 황제의 무릎에 매달려 훌쩍훌쩍 울었다.

어거의 앞뒤를 지키는 어림군은 그 수가 적고, 이각에게도 더는 장안에서 날뛰던 때의 모습이 없었다.

"곽사다. 어떡해."

"아아, 벌써 저기까지……."

궁인들은 우왕좌왕 도망 다니고 마차 뒤에 숨는 등 그저 허둥거릴 뿐이었다. 그때 마침 한 무리의 군마가 홀연히 대지에서 솟아난 것처럼 맞은편 숲과 언덕에서 북을 울리며 몰려나왔다.

뜻밖이었다.

황제를 호위하는 사람들에게도 황제의 어거를 뒤쫓아온 곽사에게도 그들은 전혀 뜻밖의 인물들이었다.

그 병력이 1,000여 명, 까맣게 몰려오는 군사들 위에는 '대한양봉大漢楊奉'이라고 쓴 깃발이 펄럭이고 있었다.

"앗, 양봉인가?"

그 깃발을 본 사람들은 모두 놀라서 눈이 휘둥그레졌다. 지난번 이각에게 등을 돌리고 장안에서 모습을 감춘 양봉을 모르는 사람은 없었다. 그 후 그는 종남산終南山에 숨어 지내다가 천자의 어거가 이곳을 통과한다는 소식을 듣고, 바로 병사들을 이끌고 산에서 갑자기 퍼붓는 소나기처럼 들판을 가로질러 이쪽으로 달려온 것이었다.

녹림궁

||| 一 |||

양봉의 부하 중에 이름은 서황徐晃, 자는 공명公明이라는 용사가 있었다.

그는 밤색 털의 준마를 타고 큰 도끼를 휘둘러 곽사의 병사들을 닥치는 대로 내려쳤다. 그의 도끼에 맞은 자는 대부분 피를 뿜으며 형체도 알아볼 수 없게 되었다.

곽사의 병사들이 궤멸해버리자 양봉은 다시 그 여세를 몰아 서황에게 명령했다.

"어거를 호위하고 도망치려는 도적놈들을 한 놈도 남기지 말고 소탕하라."

"알겠습니다."

서황은 피칠갑을 한 도끼를 휘두르며 밤색 준마를 몰고 갔다. 어거를 방패 삼아 숨어 있던 이각과 그의 부하들은 싸울 용기를 잃고 모두 달아났다. 그러나 궁인들은 황제를 버리고 도망칠 수 없어서 일제히 땅바닥에 앉아 양봉의 처분만 기다리고 있었다.

양봉은 이윽고 창을 거두고 병사들을 정렬시킨 뒤 어거를 향해 절을 하게 했다. 그리고 자신은 투구를 손에 들고 황제의 어거 아래 꿇어앉아 머리를 땅에 대고 경의를 표했다.

황제는 기쁜 나머지 어거에서 내려 양봉의 손을 잡았다.

"위험한 상황에서 목숨을 구해준 장군의 활약을 과인의 마음속에 깊이 새기고 오래도록 잊지 않겠소."

그리고 또 물었다.

"조금 전에 큰 도끼를 휘두르던 그 대단한 용사는 누구요?"

양봉은 서황을 손짓하여 불렀다.

"하동 양군楊郡 출신으로 이름은 서황, 자는 공명이라 하며 저의 부하입니다."

양봉은 서황을 소개하고 서황에게도 영광을 나누어주었다.

그날 밤, 황제의 어거는 화음의 영집寧輯이라는 마을에 있는 양봉의 진영으로 가서 그곳에서 머물렀다.

날이 밝을 무렵 그곳을 출발하려고 준비하고 있을 때 "적이다!"라는 뜻밖의 소리가 들렸다.

아침 시간을 노리고 온 적의 역습이었다. 게다가 어제의 몇 배에 달하는 대군이었다.

양봉에게 쫓겨간 이각과 양봉에게 격퇴된 곽사가 서로 패배한 군대의 대장으로서 같은 상처의 슬프고 분함을 서로 불쌍히 여기며 돌연 협력하기 시작한 것이다.

"일단은 서로 손을 잡고 훼방꾼 양봉부터 제거해야 하지 않겠나? 그렇지 않으면 두 사람 모두 분명 어려운 상황에 놓일 걸세."

그렇게 어제부터 은밀히 움직여 인근의 무뢰한과 산적들까지 모조리 끌어모아 일거에 진영을 포위한 것이다.

서황은 어제 못잖게 분투했지만, 아군의 수는 적고 무엇보다도 황제의 어거와 궁인들이 걸리적거려서 시시각각 위급해졌다.

마침 다행히도 황제의 총비寵妃의 아버지인 동승董乘이라는 노장이 일개 부대의 병사들을 이끌고 황제의 어거를 뒤따라왔기 때문에 황제는 호랑이 굴을 벗어나 도망칠 수 있었다.

"어거를 놓치지 마라."

"황제를 내놓아라."

곽사와 이각의 부하들은 큰 소리로 외치면서 어거를 추격했다.

양봉은 그 적들이 잡군이라는 것을 알고 황제와 신하들에게 권했다.

"주옥과 재물을 모두 길에 버리십시오."

황후에게는 구슬로 만든 왕관과 가슴 장식을, 황제에게는 문서나 책까지도 어거 위에서 아낌없이 버리게 했다.

궁인들과 무장들도 목숨과는 바꿀 수 없다며 옷을 벗고 금대를 풀고 가지고 있는 것 전부를 몽땅 버리고 달아났다.

"야, 구슬이 떨어져 있다."

"비녀도 있어."

"비단옷도 있군."

뒤쫓아오던 병사들은 모두 굶주린 이리처럼 땅바닥에 떨어진 재물에 정신이 팔려 너도나도 그것들을 줍는 데 급급했다.

"어리석은 놈들! 앞으로 가라. 황제의 어거를 쫓아라! 그런 것들을 주울 때가 아니란 말이다."

곽사와 이각이 말을 타고 다니며 재물을 줍고 있는 자들에게 아무리 소리를 질러도 비단과 구슬에 모여 있는 구더기들은 그곳을 떠날 줄을 몰랐다. 그들에게는 황제의 마차 바퀴 자국을 쫓는 것보다 손에 쥔 재물이 훨씬 더 소중했다.

||| 二 |||

섬서의 북부라면 아직 미개한 묘족苗族이 살고 있는 고장이다. 문명과는 거리가 먼 벽지임은 말할 필요도 없었다.

목적을 위해 한통속이 된 곽사와 이각의 연합 세력이 계속 집요하게 추격해왔기 때문에 어거는 길을 바꿔 결국 그런 곳으로까지 도망가 숨어야 했다.

"이렇게 된 이상 어쩔 수 없사옵니다. 백파수白波帥 일당에게 성지聖旨를 내리시어 불러들이시옵소서. 그들을 이용해 곽사와 이각의 무리를 물러가게 함이 남아 있는 단 하나의 계책이옵니다."

주위의 신하들이 황제에게 권했다.

백파수란 어떤 자들의 무리인가?

황제는 전혀 아는 바가 없었다.

그러나 주위에서 권하는 대로 칙서를 내렸다.

아무리 난세라고는 하나 생각지도 못한 황제의 칙서를 받아든 백파수의 두령들은 분명 놀라움을 금치 못했을 것이다.

그들은 태고의 산림에 살며 나그네나 백성들의 살을 먹고 피를 마시며 살아가는 녹림綠林('푸른 숲'이라는 뜻으로 '도둑의 소굴'을 이르는 말)의 도적, 즉 산적질로 살아가는 무리였기 때문이다.

"이봐, 한번 나가 볼까?"

"정말일까? 천자가 우리를 부르다니."

"거짓말은 아니겠지. 장안의 난리를 피해 이리저리 도망 다니고 있다는 소문이 간간이 들리더군."

"우리를 단박에 잡겠다는 함정이 아닐까?"

"저쪽에 그럴 만한 병사들이 있을 것 같나? 언제까지나 우리도 호랑이나 승냥이 무리의 우두머리로 살 순 없지 않겠어? 지금이 단숨에 입신출세할 수 있는 기회네. 부하들을 이끌고 나가 보기로 하자고."

세 두령 이락李樂과 한섬韓暹, 호재胡才는 의견이 정해지자 산림의 승냥이 1,000여 명을 규합했다.

"오늘부터 우리는 관군이 된다. 행실을 지금보다 얌전히 해야 한다."

명령을 내리고 달리기 시작했다.

아군을 얻은 어거는 다시금 서둘러 홍농으로 향했다. 그러나 얼마 가지도 못하고 곽사와 이각의 연합 세력과 맞닥뜨렸다.

그들의 군대에도 도둑 떼와 산적이 섞여 있었다. 맹수와 맹수가 서로 물어뜯었다. 태양도 피로 검게 흐려질 정도로 비참한 광경이었다.

'적병의 대부분이 녹림의 무리군.'

생각이 거기에 미치자 곽사는 조금 전에 자신의 병사들이 어거와 수행하는 궁인들이 버리고 간 재물에 정신이 팔렸던 일이 떠올라 마침 병사들로부터 몰수하여 한 대의 마차에 싣고 가던 재물과 금은을 전장을 향해 흩뿌렸다.

생각대로 이락 등의 졸개들은 싸움을 멈추고 그것들을 줍기 시작했다.

이렇게 해서 어렵게 충원한 관군은 아무 도움이 되지 않았을 뿐만 아니라 두령 중 한 명인 호재는 죽임을 당하고 이락도 간신히 목숨만 건져 어거를 쫓아 달아났다.

황제의 어거는 부리나케 황하의 기슭까지 도망쳤다. 이락은 절벽을 내려가 겨우 한 척의 배를 찾아냈지만, 강기슭이 병풍처럼 가팔랐기 때문에 황제는 아래를 내려다보는 것만으로도 절망했으며 황후는 울기만 할 뿐이었다.

양봉과 양표 등의 근신들도 어떻게 하면 좋을지 고민이 깊었지만 적은 벌써 코앞까지 추격해온 듯했다. 게다가 앞뒤로 보이는 아군의 수는 극히 적었다.

황후의 오빠인 복덕伏德이라는 자가 수십 필의 비단을 마차에서 내려 그것으로 천자와 황후의 몸을 감싼 후 줄을 매달아 절벽 위에서 내렸다.

간신히 작은 배에 탄 것은 황제와 황후 외에 겨우 10여 명에 불과했다. 그 외의 병사들과 늦게 도착한 궁인들도 같이 도망치기 위해 황하에 뛰어들어 뱃전에 필사적으로 매달렸다.

"안 된다, 안 돼. 너희들까지 타면 우리도 죽어."

이락은 검을 빼서 그들의 손가락과 손목을 닥치는 대로 베었다. 그 때문에 뱃전에 부딪히는 물보라도 붉었다.

||| 三 |||

여기까지 황제의 시중을 들며 따라온 궁인들도 대부분 배를 타지 못하고 추격군에 의해 죽임을 당하거나 뱃전에 매달린 사람들은 이락이 인정사정없이 휘두르는 칼에 베여 황하의 물고기 밥이 되었다.

황제는 쉴 새 없이 눈물을 흘리며 울부짖었다.

"아아, 참혹하구나. 과인이 다시 조묘祖廟(선조의 사당)에 들어가는 날 반드시 너희들의 넋을 위로해주마."

너무나 참혹한 광경을 목격한 황후는 낯빛이 하얘져서 넋을 잃고 있다가 배가 앞으로 나아가며 풍랑이 거세지자 결국 삶에 대한 의지마저 잃은 듯했다.

마침내 건너편에 도착했을 때는 황제의 어의도 흠뻑 젖어 있었다. 황후는 뱃멀미 때문인지 몸을 움직이지 못해서 복덕이 등에 업고 터벅터벅 걷기 시작했다.

차가운 가을바람이 갈대와 물억새를 스치고 지나가는 소리가 났다. 하늘에 구름이 끼어 있어서 사람들의 옷은 마르지 않았고, 입술은 모두 자줏빛이었다.

게다가 어거를 버리고 온 터라 황제는 맨발로 걸을 수밖에 없었다. 익숙지 않은 도보에 금방 발바닥이 벗겨져서 피가 났다. 참으로 애처로운 광경이었다.

"조금만 참으십시오. 조금만 더 가면 마을이 나올 겁니다."

양봉이 황제를 부축하고 걸으며 위로했다.

그때 뒤에 있던 이락이 평소와 같이 저속한 말투로 서두르기 시작했다.

"이런 젠장할! 건너편 기슭의 적병들도 어선을 끌어내 건너오기 시작했다. 꾸물거리다간 따라 잡히고 말겠어!"

"저기 집이 하나 보입니다. 잠시 여기서 기다리십시오."

양봉이 황제의 곁을 떠나 달려갔다.

얼마 지나지 않아 그는 맞은편 농가에서 소달구지 한 대를 끌고 왔다.

원래 농사에 쓰던 것으로 상태가 좋지 않았지만, 멍석을 깔아 자리를 만들어 황제와 황후를 태우고 고삐를 끌었다.

"자, 어서 가자."

이락은 가는 대나무를 주워서 소 엉덩이를 계속 때렸다.

"달려라! 달려!"

소달구지는 큰 파도 위에 있는 것처럼 크게 흔들렸다. 집집이 등불이 켜질 무렵 간신히 대양大陽이라는 마을에 도착한 황제 일행은 농가의 작은 집을 빌려 황제가 머무는 곳으로 삼았다.

마을 사람들은 "귀인이 머물러 있다."고 수군댔지만, 설마 그것이 한 황실의 황제일 것이라고는 상상도 못 했다.

그중 한 노파가 조밥을 지어서 가지고 왔다.

"귀인께 드리고 싶습니다."

양봉이 받아서 황제와 황후에게 건네자 굶주리고 목이 말랐던 황제와 황후는 허겁지겁 입에 넣었지만, 쉽게 넘기지는 못하는 것 같았다.

날이 밝자 혼전 속에서 헤어졌던 태위 양표와 태복太僕 한융韓融, 두 사람이 약간의 병사를 이끌고 찾아왔다.

"여기 계셨군요."

"그럼, 어제 고깃배를 타고 황하를 건너온 것이 귀공이었소?"

양봉을 비롯해 황제를 수행해온 사람들은 너나 할 것 없이 기뻐했고, 특히 황제는 한 사람의 아군도 귀한 때였으므로 마음이 든든해져서는 또 눈물을 흘리며 말했다.

"무사해서 다행이오."

그건 그렇고 이곳은 오랫동안 머물 수 있는 곳이 아니었다. 조금이라도 적에게서 멀어지고자 수행하는 사람들은 황제와 황후를 소달구지에 태우고 마을을 뒤로했다.

도중에 태복 한융이 말했다.

"성공 여부는 장담할 수 없습니다만, 곽사와 이각은 저를 신뢰하고 있습니다. 그 옛 인연에 의지하여 지금부터 오던 길로 돌아가서 그들에게 병사들을 거둘 것을 제 목숨을 걸고 권고해보겠습니다. 그들로서도 수락하지 않을 이유가 없다고 생각합니다."

이렇게 말하고 한융은 혼자 오던 길을 되돌아갔다.

||| 四 |||

유랑민과 진배없는 황제의 방랑 생활은 며칠째 이어졌다. 시간이 흐르면서 조금씩 따라붙는 아군은 있었으나 그들은 대부분 도적 이락의 부하들이었다. 그런 이유로 이락만큼은 일행 중에서 200여 명의 부하를 거느리고 한껏 의기양양해져서 거들먹거리기 시작했다.

태위 양표가 황제에게 권했다.

"우선 안읍현安邑縣(산서성 함곡관函谷關 서쪽)으로 가셔서 잠시 임시 거처를 마련하여 옥체를 보전하심이 어떻겠사옵니까?"

"좋도록 하시오."

황제는 이제 모든 것을 체념한 듯 보였다.

"그렇다면……."

소달구지 어거는 안읍까지 서둘러 갔다. 그러나 그곳에도 임시 거처로 쓰기에 적합한 집은 없었다.

"당분간 여기서라도."

사람들이 찾아낸 곳은 토담으로 보이는 흔적은 있으나 문도 없고 잡초만 무성한 가운데 다 쓰러져가는 초가집이었다.

"참으로 이 집은 지금 과인이 살기에 적합한 곳이로군. 보시오. 사방이 가시밭뿐이오. 가시밭 지옥이야."

황제는 황후에게 말했다.

하지만 아무리 황폐한 곳이라도 황제가 머무는 곳이면 그곳은 바로 궁궐이며 궁문이 된다.

녹림의 두령 이락도 황제를 따르게 된 후 정북장군征北將軍이라는 번듯한 직위를 받았는데, 장안이나 낙양의 궁성을 모르는 그는 이곳에 있어도 무척 기분이 좋았다.

이락의 거만함은 도가 지나쳐서 최근에는 근신도 거치지 않고 거침없이 황제의 면전에 대고 무리한 요구를 하기도 했다.

"폐하, 제 부하들은 저렇게 황제를 위해 고생해온 녀석들이니 부디 관직을 내려주십시오. 어사御使라든지 교위校尉라든지 뭐 그런 직위 말입니다."

너무 볼썽사나워서 황제의 근신들이 가로막자 이락은 더 노골적으로 본색을 드러내며 신하들의 뺨을 후려쳤다.

"네놈들은 입 닥치고 있어!"

그 정도는 그나마 얌전한 편이었다. 심하게 짜증이 났을 때는 황제의 근신들을 발로 차거나 귀를 잡고 집 밖으로 내던지기도 했다.

황제는 그러한 패악을 알기에 이락이 말하는 것은 뭐든 들어주었다. 그러나 관직을 내리려면 옥새가 필요하다. 필묵과 종이는 준비되어 있지만, 옥새는 지금 가지고 있지 않았다. 그래서 좀 더 기다리라고 말했으나 이락은 그런 법식 따위는 인정하지 않았다. 옥새라는 것이 황제의 인장일 테니 그런 거라면 여기서 직접 파면 되지 않느냐고 얼토당토않은 말을 했다.

"가시나무를 베어오너라."

황제는 가시나무를 인장의 재료로 삼아 조각도도 없이 송곳으로 직접 도장을 팠다.

이락은 득의만만했다. 부하들이 모여 있는 곳으로 와서 공을 세운 듯한 얼굴로 자초지종을 말하고 자신이 황제가 된 듯 부하들에게 관직을 내렸다.

"자, 네놈한테는 어사 자리를 주겠다. 네 녀석에게는 교위라는 관직을 주마. 앞으로도 나를 위해 더욱 열심히 일하거라. 오늘 밤은 잔치를 열어야겠지? 뭐, 술이 없다고? 그럼 마을에 가서 찾아와. 마루를 뜯으면 대부분 한두 병은 나오게 되어 있다."

차마 눈 뜨고는 보기 힘든 추태였다.

그때 하동 태수 왕읍王邑이 보낸 약간의 음식과 의복이 도착했다. 황제와 황후는 그것으로 굶주림과 추위를 면할 수 있었다.

||| 五 |||

전에 황제 일행과 헤어져서 혼자 이각과 곽사를 만나 병사를 거둘 것을 권고하겠다며 도중에 돌아갔던 태복 한융이 이윽고 많은 궁인과 병사들을 이끌고 돌아왔다. 그는 바로 황제 앞에 엎드려 보고했다.

"안심하시옵소서. 그들도 저의 권고에 따라 싸움을 그만두고 포로들을 풀어주었사옵니다."

사람들은 그 포악한 이각과 곽사가 한마디 권고에 그렇게 쉽게 마음을 바꿀 수 있느냐며 의심했으나 한융으로부터 자세한 이야기를 듣고는 납득했다.

"아니, 그는 양심보다는 기근의 영향으로 할 수 없이 전쟁을 그만둘 수밖에 없었습니다."

가을에서 겨울로 접어들 무렵, 그해의 대기근은 백성들의 삶에 심각하게 영향을 주기 시작했다. 백성들은 대추를 따서 씹거나 풀을 삶아서 그 삶은 물을 마셨는데, 풀조차 말라버리자 마른 풀의 뿌리나 흙까지 먹었다. 이 다 쓰러져가는 궁궐에도 갑자기 궁인들이 늘어 황제의 마음은 든든해졌으나 신하들은 먹을 것이 부족했다.

"낙양으로 돌아갑시다."

황제는 반복해서 말했다.

그러면 언제나 이락이 반대했다.

"낙양에 가도 먹을 것이 없기는 마찬가지입니다."

그러나 조정의 신하들은 낙양으로 돌아가기를 바라고 있었다.

"이처럼 협소한 곳에 언제까지나 어가를 둘 수도 없는 노릇입니다. 낙양은 옛날부터 천자께서 건업建業한 땅이기도 하고……."

그러나 이락이 완강하게 반대했기에 좀처럼 결정이 나지 않았다.

그래서 어느 날 밤, 이락이 부하들을 데리고 또 마을로 술과 여자를 찾아 자리를 비운 사이에 미리 계획하고 있던 신하와 장수들이 돌연 어거를 끌고 달리기 시작했다.

"낙양으로 환행한다."

양봉과 양표, 동승 등이 어거를 수호하면서 어둠 속을 정신없이 달렸다. 그리고 몇 날 몇 밤 험한 길을 달려 이윽고 기관箕關(하남성 하남 부근)이라는 관문에 접어들었다. 시간은 어느덧 사경四更(01시~03시)쯤이었다. 칠흑같이 어두운 산속에서 횃불이 반짝이며 다가오더니 갑자기 함성으로 바뀌었다.

"이각과 곽사가 여기서 숨어 기다리고 있었다."

이런 소리가 사방에서 들렸다. 양봉은 놀란 황제를 위로하며 큰 소리로 말했다.

"아니옵니다. 어떻게 이각과 곽사가 이런 곳에 나타나겠사옵니까? 필시 이락이 그들로 가장하고 습격해온 것이 틀림없사옵니다. 서황, 서황, 서황은 어디 있느냐?"

"여기 있습니다."

어거의 뒤에서 서황이 대답하자 양봉이 명령했다.

"후미를 맡아라. 오늘은 그동안 쌓였던 것을 마음껏 터트리도록 하라!"

"옙!"

서황은 기뻐하며 그 자리에 우뚝 섰다. 그리고 얼마 지나지 않아 이락이 쫓아오자 말 위에서 양팔을 활짝 벌리고 호통쳤다.

"짐승아! 멈춰라! 여기부터는 낙양으로 들어가는 관문이다. 짐승이 지나갈 수 있는 길이 아니다."

"뭐, 나보고 짐승이라고? 이 건방진 놈이."

"이놈, 죽어라!"

서황은 평소 억누르고 있던 분노를 한꺼번에 터트리며 큼지막한 칼로 이락을 보기 좋게 두 동강 내버렸다.

연호를 바꾸다

||| 一 |||

몇 번이나 호랑이의 아가리에서 벗어나고 수많은 고난을 넘어가며 황제는 겨우 옛 도성인 낙양으로 돌아왔다.

"아아, 여기가 정녕 낙양이란 말인가?"

황제는 몹시 실망하며 한동안 그 자리에서 움직일 줄을 몰랐다.

함께 온 백관들도 "변해도 너무 변했다."면서 눈물짓지 않는 사람이 없었다.

1,000만 호나 되었던 낙양의 집들, 자줏빛 유리 황옥의 성루와 궁문의 자취는 지금 어디로 사라졌단 말인가?

눈에 보이는 곳은 어디나 잡초뿐인 벌판에 지나지 않았다. 돌은 누대의 흔적이고, 물은 붉은 난간의 다리나 한가운데에 정자가 있던 연못의 흔적이다.

관아도 민가도 모두 불에 타버렸고, 타고 남은 돌과 재목만이 잡초 속에 있을 뿐이었다. 가을도 저물고 이미 겨울에 가까운 이 폐허와 같은 쓸쓸한 도성에는 닭 울음소리나 개 짖는 소리조차 들리지 않았다.

그래도 황제는 그리운 듯 옛 궁궐의 모습을 떠올리며 한나절이나 돌아다녔다.

"여기는 온덕전이 있던 곳이 아닌가. 이 근처였나? 상금문이 있던 곳이……?"

동탁이 낙양을 버리고 장안으로 천도를 강행하던 그때의 난폭함과 무시무시하던 병란의 불꽃이 황제의 가슴에 회한이 되어 떠올랐다.

그러나 그 동탁도 당시의 난폭했던 신하들도 대부분은 이미 다른 땅에서 백골이 되었다. 동탁의 신하 곽사와 이각만이 끝까지 한실의 암적인 존재가 되어 황제를 괴롭히고 있었다.

생각해보면 한실과 동탁은 참으로 질긴 악연이었다.

"사람은 살고 있지 않은가?"

황제는 낙양의 너무나 쓸쓸한 모습에 수행하는 사람들을 돌아보며 물었다.

"예전 성문 거리 인근에 허름한 초가집이 수백 호 있는 듯하옵니다. 그것도 매년 되풀이되는 기근과 역병으로 근근이 살아가는 백성들뿐이옵니다."

신하는 그렇게 대답했다.

그 후 공경公卿들은 호적을 만들어 주민 수를 파악하는 동시에 연호도 건안建安 원년으로 개원改元했다.

무엇보다도 황제가 임시로 머물 곳을 만드는 것이 급선무였지만, 상황이 상황인지라 공사할 사람도 없고 조정에 돈도 없었다. 결국 간신히 비와 이슬을 피하고 정무를 보기에 부족함이 없을 정도의 매우 허술한 임시 어소御所가 세워졌다.

그러나 임시 어소는 세웠어도 황제에게 올릴 양식도 없고, 백관들이 먹을 식량도 없었다.

상서랑尙書郞 이하의 벼슬아치들은 모두 맨발로 황폐한 정원의 기왓조각을 걷어내고 그 자리에 밭을 경작했고, 나무껍질을 벗겨내 떡을 빚고 풀뿌리를 삶아서 국을 끓이며 하루하루 근근이 생계를 이어갔다.

또 그 이상의 관리들도 어차피 조정의 정무라고 해봐야 당장은 할 일이 없었기 때문에 시간이 나면 산에 들어가 나무 열매를 따거나 새와 짐승을 잡거나 장작이나 땔나무를 모아서 겨우 황제에게 올릴 음식을 조달했다.

"참으로 비참한 세상이옵니다. 그러나 언제까지나 이러고 있어 봐야 저절로 충신이 등장하거나 낙양에 주택이 늘어나서 예전으로 돌아갈 것이라고는 생각지 않사옵니다. 어떻게든 방법을 마련해야 하옵니다."

어느 날 태위 양표가 황제에게 에둘러 아뢨다.

물론 황제도 좋은 방책만 있다면 실행하겠다고 생각하고 있었기에 양표에게 어떻게 하면 좋을지 묻자 양표는 한 가지 계책이 있다며 다음과 같이 대답했다.

"지금 산동의 조조는 유능한 장수와 모사를 휘하에 모으고, 기르는 병사의 수도 10만 명에 달한다고 하옵니다. 다만 그에게 지금 없는 것은 그 가치 위에 외칠 대의명분뿐이옵니다. 폐하, 지금 만약 칙서를 내려 사직을 수호하라고 명한다면 조조는 경외하는 마음을 품고 즉각 달려올 것이옵니다."

황제는 양표의 의견을 받아들였다. 이윽고 칙사가 산동으로 서둘러 떠났다.

||| 二 |||

산동 땅은 멀었지만 황제가 낙양으로 환행했다는 소문은 이미 퍼져 있었다.

황하의 물은 하루에 천 리를 흐른다. 하루가 시작될 때마다 배를 타는 손님들은 새로운 소문을 각지로 퍼트린다.

'눈에 보이지는 않지만 뭔가 크게 움직이고 있구나. 시시각각 쉬지 않고 움직이는 하늘이여, 땅이여……. 아아, 위대하구나. 유구한 운행이로다. 무릇 대장부라는 자는 이 땅에 태어나 진실로 보람 있는 삶을 살아야 함이거늘. 나 역시 저 군성群星 중 하나가 분명한데.'

조조는 하늘을 올려다보고 있었다.

산동의 기온은 아직 늦가을이었다. 성루 위에 은하수가 흐르고 별이 빛나는 밤하늘은 아름다웠다.

그도 지금은 왕년의 강개를 이기지 못하는 백면의 청년이 아니었다.

산동 일대를 평정하고 일약 건덕장군建德將軍에 봉해졌고 비정후費亭侯라는 작위까지 받았다. 양성하고 있는 병사는 20만이었고, 휘하의 모사, 용장의 수도 지금은 큰 뜻을 이루는 데 부족함이 없었다.

"지금부터다!"

그는 자신에게 말했다.

"내가 내 인생을 진짜로 사는 것은 지금부터다. 나는 이 땅에 태어났다. 보아라. 지금부터다."

그는 작은 성이나 영화, 작위에 만족할 사람이 아니었다.

그의 병사들은 현재의 무사함을 유지하기 위한 파수병이 아니라 적을 공격하기 위한 병사다. 그의 성은 지금의 행복을 즐기기 위한 안락한 침상이 아니라 전진 또 전진을 위한 발판이다. 그의 포부는 측량하기 어려울 정도로 크다. 그의 꿈에는 다분히 시인적인 몽상이 있다. 그러나 시인의 의지처럼 나약하지 않다.

"장군…… 여기 계셨습니까? 연회석에서 모습이 보이지 않아 모두 걱정하고 있습니다."

"아, 하후돈이군. 평소와는 달리 오늘 밤은 금방 취하기에 혼자 술이나 좀 깰 겸 나와 있었네."

"그야말로 긴 밤의 연회에 어울리는 밤입니다."

"나에게는 오락도 아직 이 정도로는 부족하네."

"하지만 모두 만족하고 있습니다."

"포부가 작은 이들이군."

그때 조조의 동생 조인이 다소 긴장한 눈빛으로 올라왔다.

"형님!"

"무슨 일이냐? 부산스럽게."

"지금 막 현성縣城에서 파발마가 도착했습니다. 낙양에서 천자의 칙사가 내려온다고 합니다."

"나한테?"

"물론입니다. 황하에서 뭍에 올라 여행을 계속한 칙사 일행이 내일쯤이면 영내로 들어온다고 합니다."

"드디어 왔구나, 왔어!"

"네? 형님은 벌써 알고 계셨습니까?"

"알고 말고 할 것도 없다. 와야 할 것이 온 것뿐이야."

"뭐라고요?"

"마침 오늘 밤엔 다들 연석에 있겠지?"

"네."

"입을 헹구고 손과 취한 얼굴도 씻고 대회의실로 모이라고 해라. 나도 곧 갈 것이다."

"네."

조인은 달려갔다.

누대를 내려간 조조는 차가운 샘물에 입을 헹구고 옷을 갈아입고 철컹거리는 칼 소리를 내면서 바닥을 돌로 깐 복도를 성큼성큼 걸어갔다.

대회의실에는 이미 많은 신하들이 모여 있었다. 조금 전까지 떠들썩하게 주연을 즐기던 장수들도 자세를 바로 하고 형형한 눈빛으로 대장 조조를 맞이했다.

"순욱."

조조가 호명하며 말했다.

"어제 자네가 나에게 쏟아냈던 의견을 토씨 하나 빼놓지 말고 이 자리에서 그대로 말하라. 칙사가 벌써 산동으로 내려오고 있다. 나는 이미 결심이 섰으나 일단 순욱을 통해 대의명분을 분명히 하겠다. 순욱, 일어서라."

"네."

순욱은 기립하여 지금 천자를 보필할 사람은 영웅의 큰 덕망을 갖춰야 하며 천하의 민심을 모을 수 있는 큰 계획이 있어야 한다는 의견을 논리정연하고 거침없이 연설했다.

三

칙사가 산동으로 떠난 지 한 달 정도 후의 일이다.

"큰일났습니다."

얼굴이 하얗게 질린 낙양 조정의 신하들이 밑동이 흔들려 떨어지는 잎새처럼 궁문을 드나들었다.

한 사람.

또 한 사람.

이날은 파발마가 끊이지 않고 초라한 궁문에 도착하여 안장에서 뛰어내린 병사들은 구르듯이 차례차례 안으로 사라졌다.

"국구國舅(황제의 장인), 어떻게 하면 좋겠소?"

황제는 지난여름부터 가을 무렵까지의 끔찍한 일들이 되살아나는 듯했다. 이각과 곽사, 두 장수가 그 후 대군을 모아 권토중래捲土重來하여 낙양으로 공격해온다는 급보가 전해진 것이다.

"조조에게 보낸 사자도 아직 돌아오지 않았는데, 과인은 어디에 이 몸을 숨겨야 한단 말인가?"

황제는 신하들에게 긴급 사태에 대한 의견을 물으며 저주받은 운명을 마음속으로 통곡하고 있었다.

"어쩔 수 없사옵니다."

국구 동승董承은 머리를 숙이며 말했다.

"이렇게 된 이상 임시 궁궐을 버리고 조조에게로 가는 것이 상책이라 사료되옵니다."

그러자 양봉과 한섬 두 사람이 말했다.

"조조는 분명 의지가 되는 사람입니다만, 그 마음을 알 수가 없사옵니다. 그에게 어떤 야심이 있는지 어찌 알겠사옵니까? 그보다는 신들이 병사들을 이끌고 도적들을 막아보겠사옵니다."

"참으로 용기는 가상하나 성문도 성벽도 없고 병사들도 적으니 어떻게 막을 수 있겠소?"

"무시하지 마시오. 우리도 무인이오."

"아니, 그게 아니고. 만일 패한다면 때를 놓치게 됩니다. 천자를 어디로 모신단 말이오? 황제께서 폭력적인 도적의 손에 잡힌다면 그것이야말로 각자의 무용도……."

그렇게 입씨름하고 있는데 밖에서 사람들의 성난 목소리가 들렸다.

"뭘 그렇게 오랫동안 논의하고 있습니까? 지금은 이럴 때가 아닙니다. 적의 선봉이 이미 흙먼지를 일으키고 북을 울리며 다가오고 있습니다."

황제는 경악하며 자리에서 일어나 황후의 손을 잡고 황거 뒤로 가서 어거에 올랐다. 호위하는 사람들, 문무 대신들은 황제를 따라가기도 하고 남기도 하며 순식간에 혼란에 빠졌다.

어거는 남쪽을 향해 황급히 달아났다.

길가에는 굶주린 백성들이 여러 명 쓰러져 있었다.

굶주린 아이들과 노인들은 말라 비틀어진 풀뿌리를 파헤치고 있었다. 그러다 겨울 벌레를 발견하고는 아귀처럼 우적우적 씹었다. 배가 불룩한 여자아이가 흙을 핥으며 흐리멍덩한 눈으로 왜 태어나게 했느냐고 말하듯 하늘을 멍하니 올려다보고 있었다.

쏜살같이 달리는 말과 황제의 어거, 맨발로 뛰이나온 공경들과 창을 든 장졸들이 빠른 물살과 같은 흙먼지를 일으키며 백성들이 아우성치는 소리를 지우고 그들 앞을 지나갔다. 흙을 핥고 풀뿌리를 씹으며 굶주림을 달래고 있는 수많은 사람들 앞을 줄지어 지나가는 것이었다.

"앗, 뭐지?"

"글쎄, 뭘까?"

무지하고 굶주린 백성들의 눈에는 슬퍼해야 마땅할 실상도 이변으로 보이지 않는 듯했다.

번쩍이는 창을 보고도 말의 울음소리를 들어도 그들의 눈과 귀는 놀라는 법을 잃었다. 기아에 무서움이라는 지각조차 상실한 백성들이었다.

이윽고 이각과 곽사의 대군이 땅을 새까맣게 뒤덮으며 황제가 탄 어거를 쫓아가자 어디로 숨어버렸는지 땅 위에는 굶주린 백성들의 그림자는 물론 새 한 마리조차 보이지 않았다.

||| 四 |||

황제의 어거는 모래 먼지와 비명에 휩싸이면서 간신히 10여 리를 달려왔다. 그런데 전방의 황야에 가로놓인 언덕의 한 모퉁이에서 갑자기 흙먼지가 일어나는 것이 보였다.

"앗?"

"저건 뭐지?"

"적이 아닐까?"

"앞에도 적이 있단 말인가?"

따르는 궁인들이 웅성대는 소리에 황제도 놀라 눈살을 찌푸렸다. 오도 가도 못하는 상황에 어거를 따르는 자들이 당황하여 소란을 피우자 황후도 울음을 터뜨렸고 황제도 마차 안에서 몇 번이나 소리쳤다.

"방향을 바꿔라."

그러나 지금에 와서 방향을 바꾼다고 한들 무슨 소용이 있을까? 뒤에도 적군, 앞에도 적군.

절망적인 생각에 황제를 보필하는 궁인들과 신하들은 이제 끝이라고 울부짖거나 어떤 자는 눈에 핏발을 세우고 도망칠 궁리를 했다.

그때 맞은편에서 두세 명의 병사가 말을 타고 오는 모습이 보였다. 그들은 무사로 보이지 않는 옷차림이었고, 뭔가를 열심히 큰 소리로 외치며 달려오고 있었다.

"앗, 어디서 본 것 같은데."

"조정의 신하들 같군."

"맞아. 전에 산동에 칙사로 갔던 자들이다."

의외였다. 그들은 이윽고 숨을 헐떡거리며 말에서 내려 어가 앞에 무릎을 꿇고 아뢰었다.

"폐하, 지금 막 돌아왔사옵니다."

황제는 여전히 미심쩍다는 듯이 물었다.

"저기 보이는 군대는 대체 누구의 군대인가?"

"아뢰옵니다. 산동의 조 장군이 소신들을 맞아 칙서를 읽고 그날로 명을 내려 그 1진으로 5만 병사를 이끄는 하후돈 외 10여 명의 장수를 보낸 것이옵니다."

"뭐? 그렇다면 우리를 구하러 온 산동의 병사들인가?"

어가 주위에서 웅성거리고 있던 사람들은 사자의 말을 듣고 단숨에 생기를 되찾고 뛸 듯이 기뻐했다.

저쪽에 벌써 번쩍이는 갑옷에 준마를 탄 한 무리의 장수들이 다가오고 있었다. 하후돈, 허저, 전위 등을 선두로 한 산동의 맹장 10여 명이었다.

그들이 어거를 보고 말했다.

"예를 갖춰라!"

모두 일제히 안장에서 뛰어내렸다.

그리고 줄을 맞춰 10보쯤 앞으로 나와 하후돈이 일동을 대표해서 말했다.

"보시는 바와 같이 신들은 먼길을 갑옷을 입고 검을 차고 급히 오느라 삼가 폐하를 알현하기에 적합한 옷차림을 갖추지 못했습니다. 부디 군기를 들고 인사드리는 것을 용서하시옵소서."

과연 듣던 대로 산동의 용장들은 말도 똑 부러지고 태도도 훌륭했다.

황제는 만면에 기쁨의 미소를 지으면서 매우 든든하게 여기며 말했다.

"말을 타고 먼길을 달려온 그대들에게 어찌 복장을 문제삼겠는가. 오늘 과인의 위급 상황을 듣고 달려온 공로와 충절에 대해서는 훗날 반드시 후한 상을 내려 보답하겠다."

하후돈을 비롯한 장수들이 삼가 재배했다.

그리고 하후돈이 다시 입을 열었다.

"저희 주공이신 조조 장군이 대군을 갖추고 이곳에 오기 위해서는 수일의 시간이 필요하옵니다. 우선 저희가 선봉이 되어 이곳에 왔으니 부디 안심하시고 무슨 일이든 맡겨주시옵소서."

황제는 안심하고 고개를 끄덕였다. 어거를 둘러싼 신하들도 이구동성으로 소리 높여 만세를 외쳤다.

그때 보고가 들어왔다.

"동쪽에 적이 보입니다."

||| 五 |||

"아니다. 적일 리가 없다. 진정들 해라."

하후돈이 재빨리 말을 몰아 살피고 오더니 일동에게 알렸다.

"생각한 대로 지금 동쪽에서 속속 모습을 나타내고 있는 군대는 적이 아니옵니다. 조조 장군의 아우 조홍을 대장으로, 이전과 악진을 부장으로 한 보병 3만이 선봉의 후방을 지원하기 위해 오고 있사옵니다."

"또 아군인가?"

황제는 더욱더 기뻐하며 마음이 놓여 긴장이 풀릴 정도였다.

이윽고 조홍의 보병이 도착했다는 종이 울렸고, 만세 소리가 울려 퍼지는 가운데 대장 조홍이 어거 앞으로 나와 인사를 올렸다.

황제는 조홍을 보고 말했다.

"공의 형 조조야말로 사직의 진정한 충신이로다."

낙양을 떠나 속절없는 바퀴 자국만을 땅에 그리며 달려온 어거는 일약 8만 정병의 호위를 받으며 당장 낙양으로 되돌아갔다.

그러한 사실을 모른 채 낙양을 돌파하여 쇄도한 곽사와 이각의 연합군은 그들 앞에 생각지도 못한 대군이 오는 것을 보고 "뭐지?" 하며 눈을 비볐다.

"수상쩍군. 조정의 신하 중 누군가가 요사스러운 술수를 부리는 게 아닐까? 이제 막 얼마 안 되는 신하들을 이끌고 도망친 황제에게 저렇게 많은 군마가 한꺼번에 생길 수는 없어. 요술을 부려서 우리의 눈을 속이려는 환영들이 분명해. 두려워할 것 없다. 공격하라."

환영들은 강했다. 산동에서 온 현실 속의 병사들은 신식 무기와 강한 투지를 보여주었다.

누가 버틸 수 있겠는가?

잡군이나 다름없는, 게다가 구태의연한 이각과 곽사의 병사들은 묵사발이 되어 사방팔방으로 어지럽게 도망쳤다.

"피의 축제가 시작되었다. 이번이 제1전이다. 베고, 베고 또 베어라."

하후돈은 미친 듯이 싸우는 병사들을 더욱 채찍질했다.

피, 피, 피. 들판에서 낙양 안으로 이어지는 길이 온통 피로 물들었다.

그날 한나절에만 목이 잘린 적의 시체가 1만여 구에 달했다.

황혼 무렵, 황제는 옥체에 상한 데 없이 낙양의 고궁으로 돌아왔다. 병마는 성 밖에 진을 치고 화톳불을 피웠다.

몇 년 만에 낙양 땅 위에 약 8, 9만이라는 군마가 주둔한 것이다. 화톳불이 하늘을 연붉게 물들였다는 것만으로도 그날 밤 황제는 오랜만에 깊은 잠에 빠졌을 것이다.

얼마 후 조조도 역시 대군을 이끌고 낙양에 들어왔다. 그 위세만으로도 적군은 구름이 흩어지고 안개가 걷히듯 깨끗이 사라져 버렸다.

"조조가 낙양에 왔다."

"조조 군이 왔다."

사람들은 태양을 우러르듯 그를 기다렸다. 그의 이름은 그가 의도하지 않았는데도 큰 인기를 끌며 낙양의 상서로운 구름 속에 떠올랐다.

그가 낙양에 들어오는 날, 휘하의 모든 장졸은 붉은 투구를 쓰고 붉은 비단 전포를 두르고 자루가 붉은 창과 붉은 깃발을 들고 상서로운 조짐인 팔괘 모양으로 오와 열을 맞췄다. 그리고 그 한가운데에 대장 조조가 위치하고, 병사들이 그 주위를 둘러싸고 북소리 한 번에 여섯 걸음씩 발소리로 대지를 울리며 입성했다.

"이 사람이야말로 병마의 우두머리구나."

그를 맞이하는 자, 우러러보는 자 모두가 경외심을 품지 않을 수 없었다.

그러나 조조는 교만한 기색 없이 곧장 황제를 알현하러 갔고, 황제의 허락이 떨어지기 전까지 섬돌 아래에서 낮게 숙인 채 초라한 임시 궁궐이라고는 하지만 함부로 계단을 오르지 않았다.

화성과 금성

||| 一 |||

조조는 황제에게 맹세했다.

"국가로부터 받은 생명을 국가의 은혜에 보답하기 위해 쓰고자 하는 것은 소신이 평소에 품고 있는 뜻이옵니다. 지금 계단 아래 부름을 받아 삼가 대명을 받드는 것은 원래부터 가지고 있던 소망으로 그 이상은 아니옵니다. 소신의 휘하 정병 20만 모두 소신의 뜻을 따르는 충성스러운 병사들이옵니다. 부디 어심을 편히 하시고 만대가 태평할 날을 기다려주시옵소서."

신하들이 외치는 만세 소리 속에서 그는 황제 앞에서 물러났다. 궁궐의 분위기도 오랜만에 밝아졌다.

한편 계획이 크게 빗나가 오도 가도 못하고 있는 쪽은 지금은 확실히 도적 군으로 불리는 이각과 곽사의 진영이었다.

"조조라 해도 별 것 없다. 게다가 먼길을 급하게 오느라 병마가 모두 지쳤을 것이다."

두 사람의 의견이 일치하여 전쟁을 서둘렀으나 모사 가후만은 반대했다.

"아니, 그를 쉽게 봐서는 안 됩니다. 어쨌든 조조는 당대의 걸출한 효웅梟雄. 특히 전과 다르게 최근 그의 휘하에는 손꼽을 정도로 유능한 문관과 무장이 모여 있소. 역리를 버리고 순리에 따라 지금은 투구를 벗고 항복하는 것이 상책이라고 생각합니다. 혹시 그와 맞서 싸운다면 자기 자신을 너무 모르는 자라고 후세에 웃음거리가 될 것이오."

바른말은 쓰다.

"투항을 권하는 것인가? 일전을 앞두고 불길한 소리를 하는군. 그리고 뭐, 자기 자신을 모른다고? 건방진 놈!"

이각과 곽사 모두 그를 베어버리라고 진 밖으로 내쫓았으나 가후의 동료들이 그를 불쌍히 여겨 목숨만은 살려달라고 간청했다.

"목숨만은 살려주겠다만, 앞으로 또 그런 무례한 소리를 했다간 용서치 않겠다."

가후를 군막 안에 감금하고 근신을 명했으나 그날 밤 가후는 군막을 이로 물어뜯어 찢고는 어디론가 도망쳐 그대로 사라져버렸다.

다음 날 아침, 도적 군은 두 장군의 뜻대로 전진을 개시하여 조조 군을 향해 돌진했다.

이각의 조카로 이섬李暹과 이별李別이라는 자가 있었다. 늘 완력을 자랑하는 자들이다. 이 두 사람이 말 머리를 나란히 하고 조조의 전위대를 우선 짓밟았다.

"허저, 허저!"

조조가 중군에서 지시했다.

"출진하라. 보이나? 저기 있는 적이다."

"네!"

허저는 주인의 손을 떠난 매처럼 흙먼지를 일으키며 달려나갔다. 그리고 목표로 삼은 적에게 접근해 이섬을 단칼에 베어버리고 이별이 놀라서 달아나는 것을 쫓아가 그 목을 비틀어 끊고는 덤덤히 말 머리를 돌려 돌아왔다.

그 대담하고 침착한 모습에 눈앞에 있던 적군도 그를 쫓지 못했다. 허저는 조조 앞에 목 두 개를 늘어놓더니 앞뜰에 떨어진 감이라도 주워온 듯한 얼굴로 말했다.

"이것이었습니까?"

"맞네. 자네야말로 당대의 번쾌樊噲(중국 한나라 고조 때의 공신)야. 번쾌의 화신을 보는 듯하군."

조조는 허저의 등을 두드리며 크게 칭찬했다.

"그, 그렇지도 않습니다."

허저는 원래 농부에서 조조의 부하가 된 지 얼마 안 되는 인물이었기 때문에 너무 대놓고 칭찬을 받자 얼굴이 붉어져서는 다른 장수들 사이로 숨어버렸다. 그 모습이 우스웠던지 조조는 지금 한창 전쟁 중인 것도 잊고 큰 소리로 웃었다.

"아하하하, 귀여운 녀석이군. 하하하."

그런 광경을 보고 있던 다른 장수들은 모두 일생에 한 번은 조조가 자신의 등도 두드려주기를 바랐다.

||| 二 |||

전투 결과는 당연히 조조 군의 대승이었다.

이각과 곽사의 무리는 도저히 그의 적수가 되지 못했다. 곤죽이 되도록 두들겨 맞고 그물을 빠져나온 물고기처럼, 집을 잃은 개처럼, 허둥지둥 서쪽으로 달아났다.

동시에 조조의 명성은 사방으로 퍼져 나갔다.

그는 도적 군 퇴치를 끝내자 적군의 수급을 거리마다 내걸게 하고, 영을 내려 민심을 안정시켰다. 또 군은 규율을 엄하게 하고 성 밖에 주둔시켰다.

"이게 무슨 일인가? 이렇게 되면 그를 위해 우리가 발판이 된 셈이 아닌가?"

양봉은 날이 갈수록 조조의 세력이 왕성해지는 것을 보고 어느 날 한섬에게 가슴속에 담아두었던 불만을 털어놓았다.

한섬은 지금은 궁성에서 일하고 있지만 원래 이락 등과 함께 도적떼인 백파수를 이끌던 두령이었기 때문에 즉시 본성을 드러냈다.

"자네도 그리 생각하는가?"

두 사람은 똑같이 조조를 질시하는 마음을 말하기 시작했다.

"지금까지 황제를 수호해온 우리의 충성스럽고 근실한 노고도 조조가 이처럼 위세를 부리기 시작하면 어떻게 될지 알 수 없네. 조조는 필시 자기 일족의 공훈을 최고로 치고 우리의 존재 따위는 인정하지 않을지도 몰라."

"당연히 인정하려 들지 않겠지."

양봉은 한섬에게 뭐라고 귓속말을 하고 얼굴색을 살폈다.

"으음…… 음…… 좋아. 그러자고"

한섬의 눈이 반짝였다. 그 후 4, 5일가량 두 사람은 뭔가 극비리에 일을 꾸미는 듯하더니 어느 날 궁문을 지키는 병사들을 대부분 꾀어내서 어딘가로 홀연히 사라졌다.

궁정에서는 놀라서 그들의 행방을 찾았고, 양봉과 한섬 두 사람이 앞서 도망친 도적 군들을 쫓아간다고 해놓고 병사들을 인솔해 대량大梁(하남성) 방면으로 달아났다는 것을 겨우 알아냈다.

"조조와 상의해봐야겠군."

황제는 조정의 관리들과 상의하기에 앞서 근신 한 사람을 조조의 진영에 칙사로 보냈다.

칙사는 어지를 받들고 조조의 진영으로 향했다.

조조는 칙사라는 말을 듣자 정중히 마중을 나가 예를 갖춰 맞이했다. 그런데 그 칙사의 얼굴을 보고 조조는 말로 표현하기 어려운 기분이 들었다.

"……."

칙사에게서 느껴지는 고아한 인품과 고상한 인격 때문이었다.

"아아!"

조조는 그 칙사를 응시하다가 황홀해져서 넋을 잃고 말았다.

세상이 험악한 탓인지 최근 들어 몇 년간 인간의 품격은 떨어질대로 떨어졌다. 몇 년째 이어지는 기근, 민심의 황폐 등은 자연스럽게 사람들의 얼굴에도 반영되어 어떤 얼굴을 봐도 눈은 뾰족하고, 귀는 얇고, 입술은 썩은 빛깔을 띠고, 피부는 푸석푸석했다.

어떤 자는 승냥이 같고, 어떤 자는 생선 가시에 사람 가죽을 씌워놓은 듯하고, 또 어떤 자는 까마귀와 비슷했다. 그것이 지금의 인간에게서 볼 수 있는 얼굴이었다.

'그런데 이 사람은.'

조조는 넋을 잃고 보았다.

미간은 수려하고 입술은 붉고 피부는 하얗지만, 시든 그늘의 아름다움이 아니었다. 어딘지 모르게 청아하고 표표하며 마음속의 산뜻함에서 향기가 났다.

'좋은 성품이란 이런 것이구나. 오랜만에 사람다운 사람을 만

났다.'

조조는 마음속으로 중얼거리면서 몹시 얄밉다고 생각했다.

아니, 두려웠다.

그의 시원시원한 눈빛이 자신의 가슴속까지 꿰뚫어 보는 듯한 느낌이 들었기 때문이다. 이런 사람이 같은 편이 아니라면 비록 적이 아니라도 방해가 될 것 같은 느낌이었다.

"그런데 당신은 대체 어떤 이유로 오늘의 칙사로 발탁되어서 오게 되었소? 고향은 어디시오?"

얼마 지나지 않아 자리를 옮긴 조조가 넌지시 물어보았다.

||| 三 |||

"물어보시니 부끄럽습니다."

칙사 동소董昭는 조조에게 짧게 대답했다.

"30년간 쓸데없이 은록만 받고 있을 뿐 어떤 공로도 없는 인간입니다."

"관직은?"

"정의랑正議郎으로 일하고 있습니다."

"고향은 어디신가?"

"제음정도濟陰定陶(산동성) 출신으로 이름은 동소, 자는 공인公仁이라고 합니다."

"오, 역시 산동 출신이었소?"

"이전에는 원소의 신하로 일했습니다만, 천자의 환행을 듣고 낙양으로 달려와 재주는 없지만 조정에서 일하고 있습니다."

"실례인 줄을 알면서도 그만 이것저것 묻고 말았소. 용서하시오."

조조는 주연을 열고 그 자리에 순욱을 불러 함께 시국을 논했다.

그때 어젯밤 이후 조정의 친위군이라고 칭하는 병사들이 도성 밖에서 지방을 향해 속속 남하하고 있다는 보고가 들어왔다.

"누가 마음대로 금문의 병사를 다른 곳으로 이동시키는가? 당장 그 지휘자를 생포해오너라."

조조가 듣고 군사를 보내려고 했다.

동소가 말리면서 말했다.

"평소 불만이 많던 양봉과 백파수의 산적 출신인 한섬이 짜고 대량 방면으로 도망친 것입니다. 장군의 위세와 덕망을 시기하는 하찮은 무리의 망동입니다. 무슨 일을 저지르기야 하겠습니까? 마음 쓸 것 없습니다."

"그러나 이각과 곽사 무리도 지방으로 달아나고 있는데……."

조조가 거듭해서 말하자 동소가 미소를 지으며 말했다.

"그것도 전혀 걱정하실 필요 없습니다. 한 줄기에서 난 가지가 흔들려 떨어진 낙엽들 같은 놈들, 기회를 봐서 한꺼번에 쓸어 모아 태워버리면 될 듯합니다. 그보다 장군께서 하셔야 할 급한 일은 따로 있습니다."

"아, 그야말로 내가 듣고 싶던 말이군. 충언을 들려주시오. 부탁하오."

"장군의 큰 공은 천자께서도 보셨고 백성들도 잘 알고 있습니다. 그러나 조정의 낡은 껍질에는 여전히 전통과 파벌이 있고, 소심한 관료들이 서로 다른 눈과 마음으로 장군을 주시하고 있습니다. 게다가 낙양 땅은 정치를 개혁하기에 적합하지 않습니다. 모쪼록 도성을 허창許昌(하남성 허주)으로 옮겨 모든 부문에 걸쳐 활발한 혁신을 단행하셔야 한다고 생각합니다."

조조는 귀를 기울였다. 그리고 이렇게 말한 뒤 그날은 헤어졌다.

"오랜만에 깊은 의미를 내포하고 있는 가르침을 받았소. 앞으로도 잘 부탁하오. 나도 일을 성취한 후에는 반드시 후한 보상을 하리다."

그날 밤 또 다른 손님이 찾아와서 조조에게 이런 말을 했다.

"일전에 시중 태사령太史令 왕립王立이라는 자가 천문을 읽고 작년부터 태백성太白星(금성)이 은하수를 가로지르고 형성熒星(화성)의 운행도 그것을 향하고 있어 두 별이 만나려고 한다, 이와 같은 일은 천년에 한두 번 일어나는 현상으로 금성과 화성 두 별이 만나면 반드시 새로운 천자가 출현한다, 생각건대 한나라 황제의 계통이 끊기려는 기운인 듯하고 새로운 천자가 진위晉魏 지방에서 일어나려는 조짐인 듯하다고 예언했습니다."

조조는 묵묵히 손님의 말을 듣고 있다가 손님이 돌아가자 순욱을 데리고 누대에 올랐다.

"순욱, 이렇게 하늘을 바라보고 있어도 나는 천문을 모르네. 조금 전에 손님이 한 이야기는 어떤 의미인가?"

"하늘의 목소리일지도 모르겠습니다. 한실은 원래 화성火性의 집안입니다. 장군은 토명土命이십니다. 허창의 방위가 바로 토성土性의 땅이므로 허창을 도성으로 삼는다면 조씨 가문은 분명 크게 융성할 것입니다."

"음, 그렇군. ……순욱, 왕립이라는 자에게 즉시 사자를 보내 천문설을 입 밖에 내지 않도록 입단속을 해두게. 알겠나?"

미신이라고는 생각하지 않았다.

철학이며 또 생활 속 과학의 추구인 것이다. 적어도 그 시대의 지식층에서 서민층에 이르기까지 천문의 역수曆數(해와 달의 운행을 측정하여 달력을 만드는 방법)나 역경易經의 오행설五行說(중국에서 만상의 생성, 변화를 설명하기 위한 이론)에 대해서는 그렇게 믿고 있었다.

숭고한 운명학의 정설로서 그들의 운명관 속에는 별의 운행이 있고, 월식이 있으며, 천변지이天變地異와 역경의 암시가 있다. 또 그것을 전하는 예언자의 목소리에도 깊은 관심을 갖는 경향이 있었다.

이 끝이 없을 정도로 드넓은 황토의 대륙에서는 한실의 천자도, 조조도, 원소도, 동탁도, 여포도, 유비도, 또 손견과 그 밖의 영웅호걸도 한편으로는 나약하고 덧없는 '나'가 되는 것을 알고 있었다. 광범위하고 무한한 대자연의 위력 앞에서는 인간이 작아질 수밖에 없다는 사실을 천하의 영웅호걸들도 선천적으로 잘 알고 있었다.

예를 들면, 황하나 큰 강의 범람에도, 메뚜기 떼에 의한 기근에도, 몽골에서 불어오는 황사 바람에도.

큰비, 대설, 폭풍, 그 외의 모든 자연의 힘에 대해서는 손쓸 방법을 모르는 문명 속의 영웅이고 호걸이었다.

그래서 자연이 주는 두려움을 제외하고는 황토의 대륙 위에 인간의 지혜와 인간의 힘이 미치는 한 건설도 하고 또 즉시 파괴도 하고, 주색에 빠져 정신을 잃기도 하고, 욕심을 마음껏 채우기도 하고, 부패를 드러내기도 하고, 싸우기도 하고, 화해하기도 하고, 환락에 빠지기도 하고, 비참하고도 쓰라린 체험을 하기도 한다. 하나의 질서가 있는 것 같기도 하고, 아니면 완전히 무질서한 야민野民처럼 실로 오랜 역사의 흐름 속에 치란흥망의 인간 생태도를 그려오고 있다. 그러나 이러한 오랜 경험을 통해 자연스럽고 뿌리 깊게 자리잡은 생각은 단지 인간은 운명의 지배하에 있다는 것이었다.

운명은 사람의 지혜로는 알 수 없지만, 하늘은 알고 있다. 자연은 예언한다.

그렇기에 천문이나 역리는 최고의 학문이었다. 아니 모든 학문, 예를 들면 정치, 병법, 윤리까지 음양의 두 요소와 천문지상天文地象의 학리學理를 기본으로 하고 있었다.

조조는 삼가 천자께 아뢰었다.

"소신이 깊이 생각해보니, 낙양 땅은 보시는 바와 같이 폐허로 변하여 그 부흥이 쉽지 않사옵니다. 게다가 장래 문화의 흥륭興隆이라는 점에서 봐도 교통과 수송도 불편하고 지상地象도 좋지 않사옵니다. 민심 역시 이 땅을 떠나 돌아오지 않고 있사옵니다."

조조는 계속 말을 이었다.

"그에 비해 하남의 허창은 땅이 비옥하고 물자가 풍부하옵니다. 백성들의 사정과 형편도 나쁘지 않사옵니다. 더 좋은 점은 그곳에는 성곽과 궁전이 갖춰져 있다는 것이옵니다. 그러므로 도성을 그 땅으로 옮기는 것이 좋을 듯하옵니다. 이미 천도를 위한 의장과 어거 등 만반의 준비가 되어 있사옵니다."

"……."

황제는 고개만 끄덕이고 있었다.

신하들은 기가 막혔으나 누구도 이의를 제기하지 않았다. 조조가 두려웠던 것이다. 게다가 조조의 언변도 훌륭했다.

다시 천도가 결행되었다.

경호와 의장의 대열이 천자를 호위하고 낙양을 출발하여 수십 리 앞의 언덕에 접어들었을 때였다.

한 떼의 인마가 소리치며 맹렬히 공격해왔다.

"멈춰라, 조조!"

"천자를 납치하여 어디로 가려는 것이냐?"

양봉과 한섬의 병사들이었다. 그중에서도 양봉의 부하인 서황은 큰 도끼를 손에 들고 말을 타고 달려왔다.

"하찮은 놈들에게는 볼일 없다. 조조가 나오너라."

"허저. 저놈을 먹이로 주겠다. 처치하고 오너라."

조조가 몸을 돌리며 명령하자 허저는 그 옆에서 매처럼 뛰어나가 서황의 말을 향해 돌진했다.

||| 五 |||

서황도 걸출한 용장.

허저 역시 '당대의 번쾌'라고 불리는 만부부당萬夫不當의 용장이었다.

"덤벼라!"

창을 휭휭 돌리며 허저가 노려보자 서황도 큰 도끼를 휘두르며 소리쳤다.

"바라던 바다 도중에 등이나 보이지 마라."

두 용장은 다른 사람이 끼어들 틈도 없이 50여 합을 겨뤘다. 말은 몸 전체가 물에 젖은 종이처럼 땀으로 흠뻑 젖었어도 두 사람은 피곤한 기색이 없었다.

"누가 이길까?"

잠시 양군 모두 숨을 죽이고 지켜보았다. 어마무시한 생명력과 생명력이 맞부딪치는 광경은 마왕과 수왕獸王이 서로 포효하는 것과도 닮아 있었다. 또 그것은 이 세상의 어떤 생명체의 아름다움으로도 설명할 수 없는 장절한 '아름다움'이기도 했다.

멀리서 지켜보던 조조가 무슨 생각을 했는지 갑자기 명령했다.

"고수! 징을 쳐라."

그리고 다시 조급하게 재촉했다.

"퇴각을 알리는 징 말이다."

"네, 알겠습니다."

고수들이 일제히 퇴각의 징을 울렸다.

무슨 일이 생겼나 싶어 전군은 진영으로 돌아왔다. 물론 허저도 적을 버리고 돌아왔다. 조조는 허저를 비롯해 막료들을 모아놓고 말했다.

"허저, 자네는 의아했겠지만 갑자기 징을 울린 것은 실은 서황이라는 자를 죽일 수 없었기 때문이네. 오늘 내가 서황을 보니 참으로 희대의 용사이고 일군의 대장으로 적합한 자였네. 비록 적이지만 저런 인재를 이런 쓸데없는 전투에서 죽게 하는 것은 슬픈 일. 내가 바라는 것은 그를 우리 편으로 만드는 것인데 누가 서황을 설득해서 우리 편으로 만들 사람은 없는가?"

그러자 한 사람이 나서며 그 임무를 맡겠다고 했다.

"제가 하겠습니다."

산양 사람으로 이름은 만총滿寵, 자는 백녕伯寧이라는 자였다.

"만총인가. 좋다, 해보거라."

조조가 허락했다.

만총은 그날 밤 홀로 적지에 숨어들어 서황의 진영으로 은밀히 찾아갔다.

나뭇가지 사이로 비치는 달빛 아래, 서황은 투구도 벗지 않은 채 장막을 깔고 앉아 있었다.

"……누구냐? 거기서 엿보고 있는 놈이."

"오래간만입니다. 서황 장군, 잘 지내십니까?"

"아, 만총 아닌가. 여기까지는 어떻게 왔는가?"

"옛친구가 떠올라 그리움에 젖어서 그만……."

"전장에서 적과 아군으로 나뉘어 있건만 옛친구라니?"

"바로 그 때문에 특별히 제가 선택되어 대장 조조로부터 은밀히 명령을 받고 온 것입니다."

"뭐! 조조로부터?"

"오늘 있었던 전투에서 조조 군 최강의 장수 허저를 상대로 한 치의 물러섬도 없이 대등하게 싸운 장군의 눈부신 활약상을 보고 조 장군은 진심으로 장군이 아깝다고 생각하셨습니다. 그래서 갑자기 퇴각의 징을 치게 한 것입니다."

"아아, 그랬군."

"어째서 서황 장군 같은 용사가 양봉 같은 어리석은 인물을 주인으로 섬기고 계십니까? 인생은 백 년도 되지 않지만, 오명은 천 년이 지나도 씻기 어렵습니다. 영리한 새는 나무를 골라 집을 짓는다고 하지 않습니까?"

"아니지 아니야. 나도 양봉의 무능함은 알고 있지만, 주종의 인연을 맺은 이상 지금에 와서 어쩌겠나?"

"그렇지 않습니다."

만총이 다가앉으며 귀에 무슨 말인가를 속삭였다. 그러자 서황은 탄식하며 고개를 옆으로 저었다.

"조 장군의 영매함은 이미 알고 있네. 하지만 하루라도 주인으로 섬긴 사람의 머리를 들고 항복할 생각은 없네."

이호경식지계

||| 一 |||

양봉의 부하가 양봉에게 밀고했다.

"서황이 지금 자신의 막사에 조조의 사자를 들이고 뭔가 밀담을 나누고 있습니다."

양봉은 즉각 수십 명의 병사를 서황의 막사로 보냈다.

"당장 잡아오너라."

그러자 미리 매복해 있던 조조의 복병이 일어나 그들을 쫓아버리고 만총과 서황을 구해 함께 조조의 진영으로 도망쳐왔다. 조조는 바라던 대로 서황을 자기편으로 만들게 되자 크게 기뻐하며 말했다.

"요즘 들어 가장 기쁜 일이다."

여자보다 인재를 더 아꼈던 조조가 서황을 얼마나 후하게 대접했는지는 말할 필요도 없다.

양봉과 한섬 두 사람은 기습을 시도했지만 서황이 적에게로 가버렸고, 어차피 승산도 없어 보였기 때문에 원술을 의지하여 남양(하남성)으로 달아났다.

이렇게 해서 황제의 어거와 조조 군은 이윽고 허창에 도착했다.

이곳에는 옛 궁문과 전각이 있고 성시에 마을도 있었다. 조조는 우선 궁중을 안정시키고, 종묘를 짓고 사원과 관아를 증축하여 허도의 면모를 일신했다. 동시에 옛 신하 열세 명을 열후에 봉하고 자신은 대장군무평후大將軍武平侯라는 중직에 앉았다.

또 전에 황제의 칙사로 와서 조조에게 그 인품을 인정받았던 동소는 이번에 일약 낙양의 영令(장관, 관아의 우두머리)에 등용되었다.

허도의 영에는 공로에 따라 만총이 발탁되었다.

순욱은 시중상서령侍中尙書令.

순유는 군사軍師.

곽가는 사마제주司馬祭酒.

유엽은 사공조연司空曹掾.

최독은 전료사錢料司.

하후돈, 하후연, 조인, 조홍 등 최측근은 각각 장군의 자리에 올랐고 악진, 이전, 서황 등의 용장은 모두 교위로 임명되었으며 허저, 전위는 도위가 되었다.

다사제제多士濟濟(훌륭한 인재가 많음), 조조의 권위는 자연히 전국에 미쳤다.

그가 궁을 출입할 때는 항상 철갑을 두른 정병 300여 명이 활과 창을 번쩍이며 호위했다. 그에 비해서 늙은 조정의 신하들은 이름만 대신이나 원로 등으로 불렸지 시간이 흐름에 따라 점점 존재감이 희미해졌다.

또 그런 사람들조차 지금은 완전히 조조의 위세에 눌려 정무에 관한 것은 어떤 일이든 우선 조조에게 보고한 후 천자에게 아뢰는 것이 관례가 되어버렸다.

'아아, 한 명을 제거하니 다른 한 명이 일어나는구나. 한실의 운

도 이미 서쪽으로 지는 해인가.'

한탄하는 자들도 그것을 소리 내서 말하지는 않았다. 그저 무력하게 흐릿한 눈동자로 속으로만 통곡하며 목상처럼 황제 옆에 서 있을 뿐이었다.

군사軍師, 모사謀士.

그 외에 쟁쟁한 장수들이 모여서 술자리를 하고 있었다.

한가운데에 조조가 있었다. 얼굴에 무지개 같은 기개와 도량을 드러내며 시국을 논하고 있다가 우연히 유비에 대한 이야기가 나왔다.

"그자도 어느 틈에 서주의 태수 자리를 꿰차고 앉아 여포를 소패에 두고 도움을 주고 있다더군. 여포의 무용과 유비의 기량이 결합되는 것은 장래를 위해 조금 우려스러운 일이야. 혹시 두 사람이 마음이 맞아 힘을 이쪽으로 집중해온다면 귀찮아질 텐데, 미연에 방지할 만한 계책이 없겠나?"

조조가 말하자 허저가 대답했다.

"매우 간단한 일입니다. 저에게 정병 5만 명만 내어주십시오. 즉시 달려가서 여포의 머리와 유비의 머리를 안장 양쪽에 매달고 돌아오겠습니다."

그러자 누군가 웃었다.

"하하하하, 술병도 아니고……."

순욱이었다. 웃음 띤 입술에 술잔을 가져가며 모사다운 작은 눈으로 허저를 바라보며 말했다.

||| 二 |||

순욱이 웃자 허저는 입을 다물었다. 그는 자신이 아직 학식을 갖춘 사람들 사이에 있으면 일개 야인에 지나지 않는다는 것을 알고 있었다.

"제 계책으로는 안 되겠습니까?"

"자네의 말은 계책도 뭐도 아니네. 그저 용기를 말로 드러낸 것에 지나지 않아. 유비나 여포 같은 적을 상대로 그렇게 얕은 생각으로 움직였다가는 큰 위험에 처할 뿐이야."

조조는 순욱 쪽으로 고개를 돌리며 말했다.

"순욱, 그럼 자네의 생각을 들려주게. 무슨 명안이라도 있나?"

"없지는 않습니다."

순욱은 가슴을 폈다.

"지금 상황에서는 당분간 전쟁을 일으키지 않는 것이 현명하다고 생각합니다. 왜냐하면 천도 이후 궁문을 비롯한 외형은 겨우 갖춰졌습니다만, 대규모 건설과 병비兵備 및 시설의 정비 등으로 큰 비용을 지출한 지 얼마 지나지 않았습니다."

"음…… 그래서?"

"그래서 유비와 여포에 대해서는 어디까지나 외교적인 수완으로 그들을 자멸시키는 것이 상책입니다."

"그 생각에는 동감이네. 그럼, 거짓으로 그들과 친교를 맺으란 말인가?"

"그런 상투적인 수단으로는 오히려 유비에게 득이 될 수도 있습니다. 제가 생각하고 있는 것은 이호경식지계二虎競食之計라는 책략입니다."

"이호경식지계?"

"예를 들면 여기에 두 마리의 맹호가 각각 산 위에 뜬 달을 보고 포효하며 때를 기다리고 있다고 가정합니다. 두 마리 모두 굶주려 있습니다. 그때 누군가가 맛있는 먹이를 던져주는 것입니다. 두 호랑이는 맹렬한 기세로 본성을 드러내며 서로를 공격할 것입니다. 그러면 한 마리는 반드시 쓰러질 테고 다른 한 마리도 이겼다고는 하지만 만신창이가 될 것입니다. 이렇게 하면 호랑이 두 마리의 가죽을 얻기가 지극히 쉽지 않겠습니까?"

"으음, 과연 일리가 있군."

"유비는 지금 서주를 점령하고는 있지만, 아직 정식으로 조칙을 받은 것이 아닙니다. 그것을 미끼로 이번에 그에게 칙서와 함께 여포를 죽이라는 밀지를 내리는 것입니다."

"아아, 그래."

"그것이 유비의 손을 통해 이루어진다면 그는 자신의 손으로 자신의 한쪽 팔을 잘라내는 것이 됩니다. 만에 하나 실패한다고 해도 여포가 유비를 살려두지 않을 것입니다."

"음!"

조조는 고개를 크게 끄덕였을 뿐 그 일에 대해서는 더 이상 언급하지 않았다. 하지만 그는 마음속으로 이미 결심하고 있었다. 그로부터 며칠 후 황제의 칙서를 가지고 칙사가 서주를 향해 출발했다. 동시에 칙사는 조조의 밀서도 함께 지니고 있었다.

서주성에서 칙사를 맞아들인 유비는 칙서를 받는 의식이 끝나자 사자를 별실로 안내하여 노고를 위로하고 자신은 조용히 평소 머무는 방으로 돌아갔다.

"뭘까?"

유비는 사자에게 은밀히 건네받은 조조의 편지를 그 자리에서 바로 펴 보았다.

"……여포를?"

그는 놀라서 눈이 휘둥그레졌다.

몇 번이나 반복해서 다시 읽고 있으니 뒤에 서 있던 장비와 관우가 물었다.

"조조가 무슨 일로 서신을 보냈습니까?"

"음, 이걸 좀 보게."

"여포를 죽이라는 밀명이군요?"

"그렇네."

"여포는 흉포할 뿐 아니라 애시당초 의義라고는 손톱만큼도 없는 인간입니다. 조조가 내린 지시를 기회로 삼아 이참에 죽여버리시죠?"

"아니, 그는 의지할 곳이 없어서 내 품으로 날아든 궁지에 몰린 새일세. 그것을 죽이는 것은 기르는 새의 목을 비틀어 죽이는 것이나 다름없어. 유비야말로 의롭지 못한 자라는 소리를 듣게 될 뿐이지."

"하지만 불의한 자를 살려두었다간 불의한 짓이나 저지를 것입니다. 나라에 끼칠 해는 누가 책임집니까?"

"서서히 의로운 인간이 되도록 온정을 가지고 이끌어줘야지."

"성품이라는 것이 그렇게 쉽게 바뀌겠수?"

장비는 기를 쓰고 여포를 죽여야 한다고 주장했으나 유비는 들으려 하지 않았다.

다음 날, 당사자인 여포가 소패에서 서주성으로 왔다.

||| 三 |||

여포는 아무것도 모르고 있는 듯했다.

그는 단지 유비에게 칙사가 와서 정식으로 서주 목牧의 인수를 주었다는 소식을 듣고 축하하기 위해 유비를 만나러 온 것이었다.

여포는 잠시 유비와 이야기한 후 작별을 고하고 긴 복도를 침착하고 여유 있게 걸어가고 있었다.

"거기 서라, 여포."

그때 숨어서 기다리던 장비가 그의 앞으로 뛰어나와 큰 칼을 빼 들고 여포를 두 동강 내겠다는 기세로 내려쳤다.

"목을 내놓아라!"

"앗!"

여포는 가볍게 복도를 발로 찼다. 역시 방심하고 있지 않았다. 거구의 몸을 훌쩍 뒤로 뺐다.

"네놈은 장비가 아니냐?"

"보고도 모르느냐!"

"왜 나를 죽이려는 것이냐?"

"세상에 해가 되는 놈을 제거하는 것이다."

"어째서 내가 세상에 해가 된다는 말이냐?"

"네놈은 의리도 없고 절개도 없고 배반을 밥 먹듯이 하는 주제에 어설프게 무용만 자랑하는 놈이다. 따라서 국가를 위해 도움이 되지 않으니 죽여달라고 유비 형님께 조조의 의뢰가 있었다. 그렇지 않아도 네놈은 평소 오만불손하여 마음에 들지 않았다. 각오해라."

"웃기지 마라. 너 같은 놈한테 내 목을 내줄 것 같으냐?"

"포기를 모르는 놈이군."

"멈춰라! 장비."

"닥쳐라!"

두 번째 내려친 칼이 허공을 갈랐다.

빗나간 것이다.

누가 뒤에서 장비의 팔을 잡으며 끌어안은 자가 있었기 때문이다.

"에잇, 누구냐! 방해하지 마라!"

"어리석은 놈, 진정하지 못할까!"

"앗, 형님."

유비는 목소리를 높여 꾸짖었다.

"내가 언제 너에게 여 장군을 죽이라고 했느냐? 여 장군은 나에겐 귀한 손님이시다. 우리 집에 오신 손님에게 칼을 휘두르는 것은 나에게 창을 겨누는 것과 같다."

"쳇, 형님은 도대체 무슨 약점을 잡혔기에 이런 성질 나쁜 식객을 귀히 여기는 건지 속을 모르겠수."

"닥쳐라! 무례한 놈."

"내가 누구에게 무례하게 굴었단 말이오?"

"여포 장군이지 누구겠느냐!"

"뭐라고요? 정말 어이가 없군."

장비는 바닥에 침을 카 뱉었다. 그러나 유비에게는 자신이 손아래 동생이라는 사실을 잊지 않았다. 유비가 계속 노려보자 장비는 불만스러웠는지 이윽고 발소리를 쿵쿵 내며 그 자리를 떠났다.

"용서하십시오. 보시다시피 아직 철부지입니다. 마치 어린아이처럼 단순한 사내입니다."

장비의 난폭한 행동에 대해 용서를 구하면서 유비는 다시 한번 자신의 방으로 여포를 청했다.

"지금 장비가 말한 것 중에 조조로부터 여포 장군을 처치하라는 밀명이 있었다는 것만은 사실입니다. 그러나 저에게는 그럴 생각이 없습니다. 또 불필요한 사실을 장군께 굳이 알릴 필요가 없다고 생각했기에 묵살한 것입니다. 이미 아셨으니 분명히 해두기로 하지요."

유비는 조조의 밀서를 여포에게 보여주고 의심을 풀었다.

여포도 유비의 솔직한 태도에 감동한 듯했다.

"잘 알았소. 추측건대 조조는 당신과 나 사이를 갈라놓으려고 이런 짓을 꾸민 것 같소."

"맞습니다."

"나를 믿어주시오. 나는 맹세코 불의를 행하지 않겠소."

여포는 오히려 감격해서 돌아갔다. 그런 모습을 몰래 보고 있던 조조의 사자는 불쾌한 듯 중얼거렸다.

"실패다. 이래서는 이호경식지계도 의미가 없군."

잔을 깨고 금주를 약속하다

||| 一 |||

장비는 불만이 가득했다. 여포가 소패로 돌아갈 때 유비가 몸소 성문 밖까지 배웅하는 모습을 보고는 더욱 속이 부글부글 끓었다.

"정중한 것도 정도가 있소. 형님, 사람 좋은 것도 도가 지나치면 바보라는 소리를 듣는 법이오."

배웅하고 돌아온 유비를 붙잡고 장비는 조금 전에 들었던 잔소리에 대한 분풀이를 했다.

"오, 장비구나. 언제까지 화만 내고 있을 참이냐?"

"하도 답답하고 바보 같아서 화를 낼 것도 없소."

"그렇다면 네가 말한 대로 여포를 죽였다고 해보자. 그렇다 한들 무슨 이득이 있겠느냐?"

"후환을 없애는 것이지요."

"그것은 근시안적인 생각이다. 조조가 원하는 것은 여포와 내가 피투성이가 되도록 싸우는 것이야. 두 영웅은 함께 서지 못한다는 진부한 계책을 쓴 것이다. 그 정도도 모르겠느냐?"

"아, 바로 그겁니다."

옆에 있던 관우가 손뼉을 치며 유비의 편을 들자 장비는 말문이 막히고 말았다.

유비는 다음 날 칙사가 머무는 역관으로 답례하러 갔다.

"여포를 처치하라는 명령은 갑작스럽게 할 수 있는 일이 아닙니다. 언젠가 기회를 봐서 명령에 따르기로 하겠습니다만, 지금 당장은 어렵습니다. 잠시 기다려주십시오."

그렇게 말하고 자세한 내용을 적은 편지와 함께 감사의 표시를 사자에게 주었다.

사자는 허도로 돌아갔다. 그리고 사실대로 보고했다.

조조는 순욱을 불렀다.

"어떻게 된 건지. 과연 유현덕이더군. 용케 피하며 자네의 계책에는 걸려들지 않았네."

"그렇다면 두 번째 계책을 써보심이 어떻겠습니까?"

"어떤 것인가?"

"원술에게 사자를 보내 이렇게 말하는 것입니다. 유비가 최근에 천자께 아뢰기를 남양을 공격하겠다는 뜻을 밝혔다고 말입니다."

"흠."

"또 한편으로 유비에게도 다시 칙사를 보내 원술이 조정의 칙령을 어겼으니 즉시 병사를 이끌고 남양을 치라는 명령을 내리는 것입니다."

"그리고?"

"호랑이를 부추겨 표범에게 가게 하여 호랑이 굴을 비우게 하는 것입니다. 빈 굴의 먹이를 노리는 승냥이가 누구인지는 바로 아실 것입니다."

"여포군! 과연 그자에게는 승냥이 같은 기질이 있지."

"구호탄랑지계驅虎呑狼之計라는 것입니다."

"이번엔 틀림없겠지?"

"십중팔구 성공할 것입니다. 왜냐하면 유비의 성격상의 약점을 이용하는 것이니까요."

"음, 천자의 칙명에는 꼼짝 못 하는 자다 이거군. 그럼 바로 실행에 옮기도록 하게."

남양으로 급사가 날아갔다.

한편, 그보다 더 빨리 두 번째 칙사가 서주성에 칙명을 가지고 도착했다. 유비는 성에서 나와 칙사를 맞이하고 칙서를 받은 후 신하들에게 의견을 물었다.

"또 조조의 책략입니다. 결코 걸려들어서는 안 됩니다."

미축이 간언했다.

유비는 조용히 생각에 잠겨 있다가 이윽고 고개를 들고 말했다.

"아니요. 비록 계책이라도 칙명은 칙명이니 거역할 수 없소. 바로 남양으로 진군하도록 합시다."

약점인지, 장점인지. 과연 그는 조조가 예상한 대로 칙서 한 장에 꼼짝 못 했다.

||| 二 |||

유비의 결의는 확고했다.

미축을 비롯한 다른 신하들은 그것을 알고 입을 다물었다.

손건孫乾이 간언했다.

"무슨 일이 있어도 칙서에 따라 남양으로 출진하시겠다면 무엇보다 뒤를 수의하는 것이 중요합니다. 누구에게 서주를 맡기시겠습니까?"

"글쎄."

유비는 곰곰이 생각했다.

"관우나 장비 둘 중 한 명에게 맡길 생각이네."

관우가 앞으로 나오며 자신을 추천했다.

"부디 저에게 맡겨주십시오. 뒷날의 근심이 없도록 철통같이 지키겠습니다."

"아니, 자네라면 안심이네만 자네는 언제나 일을 의논하기 위해서 그리고 무슨 일에 있어서든 내 옆에 없어서는 안 될 사람이네. ……그럼, 누구에게 서주를 맡길까?"

유비가 말없이 생각에 잠겨 있자 느닷없이 장비가 한 걸음 나오며 여느 때처럼 단호하게 말했다.

"형님, 이 서주성에 사람이 없는 것처럼 뭘 그리 고민하시오? 불초, 장비가 여기 있지 않소? 제가 남아서 이곳을 사수하겠소. 안심하고 출진하시오."

"아니, 자네에게는 맡기지 않겠네."

"왜요?"

"자네의 기질은 나가서 싸우는 것이지 지키는 것이 아니니까."

"그게 무슨 말씀입니까? 제가 무슨 잘못이라도 했습니까?"

"천성이 술을 좋아하고 취하면 무분별하게 사졸들을 구타하며 모든 일에 경솔하네. 가장 좋지 않은 것은 그렇게 되면 다른 사람의 말도 듣지 않는다는 것이야. 자네에게 맡겨놓고 갔다간 내가 오히려 마음이 놓이지 않아. 서주성은 다른 사람에게 부탁하도록 하겠네."

"아니, 형님. 지금 하신 말씀은 저도 평소부터 반성하고 있는 부분이었소……. 그래, 지금이 기회군. 이번 출진을 기회로 나는 기필코 술을 끊겠소. 이 자리에서 술잔을 깨뜨려 금주하겠다는 약속을 하겠소!"

장비는 늘 가지고 다니던 백옥으로 만든 술잔을 일동이 보고 있는 가운데 바닥에 던져 산산조각을 내버렸다.

그 술잔은 어느 전쟁터에서 장비가 노획한 것이다. 적장의 목이라도 치고 빼앗은 것인지 야광 명옥을 갈아 만든 것 같은 마상배馬上杯였는데, 장비는 "이것은 하늘이 나에게 내리신 것으로 성 하나를 줘도 바꾸지 않을 은상이다."라며 항상 몸에 지니고 다니다가 술자리라도 있으면 그것을 꺼내서 애용했다.

술을 모르는 자들에게는 하나의 그릇에 불과하지만, 장비에게는 자식과 같은 존재였다. 그런데도 그것을 깨서 금주하겠다고 맹세한 것이다. 그 굳은 결의에 감동한 유비는 결국 허락했다.

"잘 말해주었네. 자네가 자신의 잘못을 알고 고치려고 하는데 어찌 내가 걱정하겠는가? 서주는 자네에게 맡기겠네."

"감사합니다. 앞으로는 반드시 술을 끊고 사졸들을 불쌍히 여기며 사람들의 충고를 귀담아듣고 난폭하게 구는 일이 없도록 하겠습니다."

쉽게 감동하는 장비는 유비의 은혜에 감사하며 진심으로 그렇게 대답했다. 그러자 미축이 빈정거렸다.

"말은 저리 해도 장비의 술버릇은 두 개의 귀처럼 태어나면서부터 가지고 있던 성질이라 좀 위험하단 말이야."

장비가 화를 내며 덤비려 했다.

"무슨 소리야? 내가 언제 형님의 믿음을 저버린 적이 있었느냐?"

유비가 타이르며 자신이 없는 동안에는 무슨 일에도 인내할 것을 당부했다. 그리고 진등陳登을 군사로 삼으며 말했다.

"무슨 일이든 진등과 상의하여 일을 처리하도록 해라."

이윽고 유비는 3만여 기를 이끌고 남양을 공격하러 떠났다.

||| 三 |||

지금 하남 땅, 남양에서 날마다 기세가 커지고 있는 원술은 전에 이 지방에서 황건적이 봉기했을 때 군사령관이던 원소의 동생으로 명문 원씨 일족 중에서 가장 호방하고 거칠어서 벌족閥族 사이에서도 두려움의 대상이었다.

"허도의 조조에게서 급사가 도착했습니다."

"서찰인가?"

"예."

"사자의 노고를 치하하고 대접하라."

"예."

"서찰을 이리 가지고 와라."

원술은 편지를 열어 읽어보았다.

"아무도 없느냐?"

"예."

"제장에게 즉시 성안의 자수각으로 모이라고 전하라."

원술의 낯빛이 달라져 있었다.

성안의 무신과 문관 들은 무슨 일인가 싶어 허둥지둥 전각으로 모여들었다.

원소는 조조가 보낸 편지를 가까이 있는 부하에게 읽게 했다.

유현덕이 천자께 상주하여 오랜 야망을 성취하기 위해 남양 침략의 허락을 조정에 청했네. 자네와 나는 오랜 마음의 벗, 어찌 무시할 수 있겠는가. 은밀히 위급을 고하네. 부디 방심하지 말게.

"다들 들었는가?"

원술이 큰 목소리로 얼굴을 붉히며 소리쳤다.

"현덕이란 놈이 어떤 놈이냐? 불과 몇 해 전까지만 해도 짚신을 짜고 멍석을 팔던 필부가 아닌가. 얼마 전에 멋대로 서주를 취하고 몰래 태수를 칭하며 제후들과 열을 같이 하는 것조차 지극히 기괴한 일이라고 생각했는데 이제는 주제도 모르고 이 남양을 공격할 계획을 꾸민다고? 천하의 본보기로 즉각 병사를 보내 짓밟아버려라!"

명령이 떨어지자 10만여 기의 군사가 그날로 남양 땅을 떠났다.

"가자, 서주로!"

대장은 기령紀靈이었다.

한편, 남하해온 유비 군도 길을 서둘러서 왔으므로 양군은 임회군臨淮郡의 우이盱眙(안휘성 봉양현 동쪽)라는 곳에서 격돌했다.

기령은 산동 사람으로 힘이 세고 끝이 세 갈래로 갈라진 큰 칼을 잘 쓰는 것으로 유명했다.

"필부 현덕아, 어째서 우리 대국을 침략하는 것이냐? 분수를 알아라."

기령이 진두에 서서 소리치자 유비도 대답했다.

"칙명을 받고 왔다. 너희들은 어찌하여 역적이 되려 하느냐?"

기령의 부하 중에 순정荀正이라는 부장이 있었다. 말을 몰고 뛰어나와 소리치며 덤볐다.

"현덕의 목은 내 손안에 있다."

옆에서 관우가 "어딜! 주공에게 다가갔다간 목이 떨어질 줄 알아라!"라며 82근 청룡도를 휘둘러 가로막았다.

"하찮은 놈, 비켜라."

"너 같은 놈을 상대할 주공이 아니시다. 덤벼라."

"뭐라고!"

순정은 관우의 유인에 말려 그만 유비를 놓치고 말았을 뿐만 아니라 땀범벅이 되도록 맹렬히 싸웠으나 결국 관우에게 긁힌 상처 하나 입히지 못했다.

두 사람은 격전을 벌이며 얕은 강 한가운데까지 들어갔다. 관우가 이제는 성가신 듯 "이야압!" 하고 사자후를 토하며 청룡도를 높이 치켜들고 내려치자 물보라와 핏줄기가 동시에 솟구쳐 오르며 순정의 몸뚱이가 두 동강 나버렸다.

순정이 죽고 기령도 쫓기는 신세가 되자 남양의 전군은 패주하기 시작했다. 회음 근처까지 후퇴하여 진용을 다시 갖추었지만, 유비를 얕봐서는 안 되겠다고 생각했는지 그 뒤로는 화살만 쏘며 날을 보낼 뿐 불시에 쳐들어올 기미는 없었다.

||| 四 |||

"모두, 경비에 소홀함이 없도록 하라."

한편 서주에서는 장비가 의욕이 충만하여 밤낮 망루에 서서 경비에 만전을 기했다. 또 전장에서 고생하고 있을 큰형 유비를 생각하며 자신도 갑옷을 벗지 않았고 침상에서 오래 자는 법도 없었다.

"과연, 장 장군이십니다."

서주를 지키는 다른 장수들도 장비를 따랐다. 그의 일거수일투족에 군율이 지켜지고 있었다.

오늘도 그는 성안의 방루를 돌아보았다. 모두 잘하고 있었다. 사졸과 부장은 성안에 있으면서도 야영할 때와 마찬가지로 땅바닥에서 자고 검소한 음식을 먹었다.

"모두 잘하고 있구나."

그는 사졸들 사이를 칭찬하며 걷고 있었다. 그러다가 말로만 칭찬하는 것이 왠지 미안한 생각이 들었다.

"활도 시위를 건 채로 두면 느슨해지고 마는 법. 때로는 시위를 풀어 펴두는 것도 좋은 일이지. 그 대신 무슨 일이 생기면 바로 활시위를 걸어야 해."

이렇게 말하고 그는 봉인해둔 술 창고에서 커다란 술 항아리 한 통을 사졸들에게 짊어지고 오게 하여 병사들의 한가운데에 놓았다.

"자 마셔라. 매일 고생들이 많다. 이것은 너희들의 충성스러운 근무에 대한 상이다. 오늘은 사이좋게 한 잔씩 나눠 마시도록 해라."

"장군, 마셔도 됩니까?"

부장은 미심쩍기도 하고 두렵기도 했다.

"마셔라, 마셔. 오늘은 허락할 테니. 자 병사들아, 이쪽으로 와서 마셔라."

사졸들은 두말할 것 없이 기뻐하며 모여들었다. 그러나 그 모습을 그저 멀거니 바라보고 있는 장비의 얼굴을 보자 왠지 미안한 마음이 들어 장비에게 물었다.

"장군께서는 안 드십니까?"

"나는 마시지 않겠다. 나는 잔을 깨버렸어."

장비는 고개를 저으며 그 자리를 떠났다.

그런데 다른 진영으로 가자 그곳에도 자지도 않고 쉬지도 않으며 성벽을 지키는 병사들이 있었다.

"여기도 한 통 가지고 오너라."

또 술 창고에서 술을 가져오게 했다.

저쪽 병사들에게도, 이쪽 병사들에게도 장비는 평등하게 술을 마시게 해주고 싶었다. 술 창고를 지키는 관리가 창고 문을 닫아버렸다.

"벌써 열일곱 통이나 나갔으니 이 이상은 내줄 수 없습니다."

성안은 술 냄새와 병사들의 함성으로 가득 찼다. 어딜 가도 술 냄새뿐이었다. 장비는 있을 곳이 없어졌다.

"한 잔 정도는 괜찮지 않습니까?"

사졸이 권한 잔을 받아서 입 안에 흘려보내니 더는 참을 수 없게 되었다.

"어이, 그 국자로 한 잔 떠서 나에게도 좀 줘봐."

장비는 갈증 난 목에 물이라도 들이붓듯 두세 잔을 연거푸 벌컥벌컥 마셔버렸다.

"뭐라? 술 창고를 맡고 있는 자가 더는 내주지 않는다고? 괘, 괘, 괘씸한 소리를 하는 놈이군. 장비의 명령이라고 하고 가지고 오너라. 만약 그래도 거부하면 일개 소대를 데리고 가서 술 창고를 점령해버려라. 하하하하!"

몇 개의 술 항아리를 굴려와서 그 안의 술을 마시고 자신의 내

장도 술 항아리처럼 되자 장비는 끊임없이 떠들어댔다.

"와하하하, 정말 유쾌하다, 유쾌해. 누가 사나이들의 노래 좀 불러봐라. 너희들이 부르면 나도 부르겠다."

술 창고 관리의 급보를 받고 조표曹豹가 깜짝 놀라 달려왔다. 와서 보니 꼴이 말이 아니었다. 기가 막혀서 멍한 표정을 짓고 있자 장비가 국자를 조표에게 내밀며 말했다.

"야, 이거 조표 아닌가. 자네도 한잔하게."

조표는 국자를 뿌리치며 말했다.

"이보게, 장비! 벌써 잊은 건가? 그렇게 큰소리 뻥뻥 치며 맹세를 해놓고."

"뭘 그리 투덜대? 어서, 한잔하라고."

"멍청한 놈."

"뭐, 멍청하다고? 이 버러지 같은 놈이!"

국자로 느닷없이 조표의 얼굴을 후려갈긴 장비는 조표가 놀라는 사이에 그를 발로 걷어차서 쓰러뜨렸다.

||| 五 |||

조표는 성을 버럭 내며 일어서더니 따지고 들었다.

"네놈이 날 모욕해? 병사들 앞에서 나를 발로 차?"

장비는 그 얼굴에 술 냄새를 풍기며 말했다.

"왜 나한테 맞아서 억울하냐? 네놈은 문관이야. 문관 주제에 대장인 나에게 시건방진 말을 하니까 혼내줬을 뿐이다."

"벗의 충언을."

"네놈은 친구도 아니야. 술도 못 먹는 주제에."

또 주먹을 휘둘러 조표의 얼굴을 후려쳤다.

보다 못한 병졸들이 장비의 팔과 허리에 매달려 말리려고 했다.

"에이, 귀찮아."

그러나 장비가 몸을 한 번 흔드니 모두 나가떨어졌다.

"와하하하, 도망갔다. 봐라, 봐. 조표 녀석이 나한테 맞은 얼굴을 감싸고 도망가는 꼴 좀 보라고. 아아, 유쾌하구나. 저놈 얼굴은 통처럼 부풀어 올라서 분명 오늘 밤새도록 끙끙 앓을 것이다."

장비는 손뼉을 치며 좋아했다. 그리고 병사들을 상대로 씨름을 하자고 했으나 아무도 다가오는 자가 없었다.

"이놈들, 내가 싫으냐?"

그는 두 팔을 벌리고 달아나는 병사들을 쫓아다녔다. 마치 술래잡기를 하는 아이들 같았다.

한편 조표는 맞아서 열이 나는 얼굴을 감싸고 어디론가 숨었지만, 얼굴이 욱신욱신 쑤실 때마다 장비에 대한 원한이 뼛속까지 사무쳤다.

"아아, 분하다. 어떻게 이 분을 푼단 말인가."

불현듯 그의 머릿속에 무서운 계책이 하나 떠올랐다. 그는 즉시 밀서를 써서 그것을 자신의 부하에게 들려 은밀히 소패성으로 달려가게 했다.

소패까지는 그리 멀지 않았다. 도보로 달리면 두 시진(4시간), 말로 달리면 한 시진(2시간)도 걸리지 않았다. 약 45리의 거리였다.

마침 여포는 막 잠이 들려던 참이었다. 심복인 진궁이 그곳으로 조표의 부하로부터 사정을 듣고 밀서를 갖고 들어왔다.

"장군 일어나십시오. 장군, 장군, 하늘에서 온 좋은 소식입니다."

"누구냐? ……아함, 졸려. 그렇게 흔들어 깨우지 마라."

"자고 있을 때가 아닙니다. 힘차게 일어나야 할 때가 왔습니다."

"뭐냐…… 진궁인가?"

"일단 이 밀서를 보십시오."

"어디……."

간신히 몸을 일으켜 조표의 밀서를 보니 이렇게 쓰여 있었다.

지금 서주성은 장비 혼자 지키고 있는데, 그 장비도 오늘은 심하게 취했고 성의 병사들도 모두 취해 널브러져 있소 내일까지 기다릴 것도 없이 당장 병사들을 이끌고 이 선물을 취하러 오시오 이 조표가 성안에서 문을 열어 호응하겠소

"하늘이 주신 기회란 바로 이런 것입니다. 장군, 어서 준비하시지요."

진궁은 서둘렀다.

"잠깐만 기다려봐. 수상하군. 장비는 날 눈엣가시처럼 여기는 놈이네. 나에 대해 방심할 리가 없어."

"무엇을 망설이십니까? 이런 기회를 놓치면 두 번 다시 때를 얻을 수 없습니다."

"괜찮을까?"

"평소의 장군답지 않습니다. 장비의 무용은 두려워할 만하지만, 그의 타고난 술버릇은 우리가 이용할 빈틈입니다. 이런 기회를 잡지 못하는 장군이라면 저는 눈물을 머금고 곁을 떠나겠습니다."

여포는 결국 결심했다.

적토마는 오래간만에 갑옷을 입고 검을 찬 주인을 태우고 달빛 아래 45리 길을 꼬리를 휘날리며 달렸다.

여포의 뒤를 따라 여포가 양성한 병사 약 800~900명이 빼앗을 전리품 생각에 앞다투어 서주성을 향해 달렸다.

||| 六 |||

"문 열어라! 문 열어!"

여포는 성문 아래에 서서 큰 소리로 불렀다.

"전장에 계신 주군 유비께서 급한 용무가 있어 나에게 사자를 보내셨다. 그 일에 대해서 장비 장군과 상의할 것이 있다. 문을 열어라."

성문의 병사가 망루에서 내려다보니 뭔가 수상했으나 일단 대답했다.

"일단 장 대장께 말씀드린 후에 문을 열겠습니다. 잠시만 기다려주십시오."

대여섯 명의 병사가 안쪽으로 알리러 갔으나 장비의 모습은 보이지 않았다. 그러는 사이에 성안의 한쪽에서 생각지도 못한 함성이 들렸다. 조표의 배신이 시작된 것이었다.

성문은 안에서 활짝 열렸다.

"와아."

여포의 병사들은 물밀 듯이 밀고 들어갔다.

장비는 그 후에도 꽤 많이 마신 듯 고주망태가 되어 성곽의 서쪽 정원으로 갔다. 마침 초저녁부터 떠 있던 달이 아름답기에 "아아, 달 참 예쁘다!"라며 혼잣말을 내뱉더니 곯아떨어졌다.

그래서 망루 위라든지 그의 침상이 있는 방 등을 병사들이 아무리 찾아다녀도 그를 찾을 수 없었던 것이다.

그러다 장비는 함성에 눈을 떴다.

"앗!"

그리고 칼과 칼, 창과 창이 부딪치는 소리에 깜짝 놀라 벌떡 일어섰다.

"아뿔싸!"

그는 성안을 향해 맹렬하게 달려갔다.

그러나 이미 때는 늦었다.

성안은 큰 혼란에 빠져 있었다. 발에 차이는 시체를 보니 모두 성안의 병사들이었다.

'여포다!'

거기에 생각이 미치자 장비는 말에 뛰어올라 장팔사모를 들고 광장으로 달려갔다. 그곳에는 조표를 따르는 배신자들이 여포의 군대에 협력하여 광풍이 몰아치듯 날뛰고 있었다.

"따끔한 맛을 보여주마."

장비는 피를 뒤집어쓰며 닥치는 대로 베었으나 이를 어쩌랴, 아직 술이 깨지 않았다. 땅에 있는 병사가 하늘에 있는 것처럼 보이거나 하늘 위의 달이 서너 개로 보이기도 했다.

더군다나 병사들은 여기저기 흩어져서 통솔이 되지 않았다. 성안의 병사들은 지리멸렬해졌다. 적에게 베이는 병사보다 베이기 전에 손을 들고 적에게 투항하는 병사가 더 많았다.

"도망가라."

"일단 이 자리를 피하라."

장비를 둘러싼 같은 편 부장 18기가 장비를 억지로 혼란 속에서 끌고 나와 동문의 한쪽을 부수고 성 밖으로 달려 도망쳤다.

"어디로 가는 것이냐! 나를 어디로 데리고 가느냐?"

장비는 큰 소리로 외쳤다. 그러나 아직 술이 깨지 않아서 꿈이라도 꾸고 있는 듯한 기분이었다.

그때 뒤에서 100여 기 정도를 거느리고 쫓아오는 장수가 있었다.

"이 비겁한 장비야! 돌아와라, 돌아와!"

조금 전의 원한을 풀기 위해 힘센 병사만을 골라 뒤쫓아온 조표였다.

"뭐라고?"

장비는 말 머리를 돌리자마자 그 100여 기를 낙엽처럼 모조리 짓밟아버리고 도망가는 조표를 두 동강 내버렸다.

피는 7척 높이로 뿜어져 나와 달을 검게 물들였다. 온몸이 땀범벅이 되어 조금 전에 마신 한 말의 술을 발산해버린 장비는 문득 자신의 모습을 돌아보고는 한숨을 내쉬었다.

"아아!"

그는 금방이라도 울 것 같은 표정이었다.

어머니와 아내와 벗

一

여포는 여포다운 발톱을 드러냈다. 맹수가 결국 주인의 손을 문 것이었다. 그러나 그는 원래 심려원모深慮遠謀(깊이 생각하고 멀리 내다본다)한 계획을 세우고 그것을 실행하는 악인 스타일이 아니었다. 맹수의 발작같이 지극히 단순했다. 욕망을 채운 후에는 소심하게 양심의 가책마저 느끼는 듯 보였다.

그 때문인지는 모르겠으나 그는 서주성을 점령한 그날로 성문거리와 마을 네거리에 다음과 같은 방을 붙여 자신의 양심에 대해 변명했다.

공포

나는 오랫동안 유비의 은혜로운 대우를 받았다.

지금 서주성을 차지하기는 했지만 은혜를 잊은 무정한 행위가 아니라, 성안의 사사로운 다툼을 진압하고 적을 이롭게 하는 무리를 쫓아내어 정벌 후의 화근을 제거하기 위함이다.

하니 병사들과 백성들 모두 속히 평소의 생활로 돌아가 나의 통치하에 안정을 취하라.

여포는 또 자신이 직접 서주성의 내실로 가서 병사들에게 훈계했다.

"포로가 된 부녀자는 거칠게 다뤄서는 안 된다."

내실에는 유비의 가족이 살고 있었다. 그러나 서주성이 여포의 손에 넘어감과 동시에 하녀들을 제외한 나머지 사람들은 모두 도망갔다고 생각했는데, 뜻밖에도 안쪽 후미진 곳에 있는 어두운 방에서 어딘지 기품이 있는 노모와 젊고 아름다운 부인과 어린아이들이 한데 모여 가만히 서 있는 것을 찾았다.

"너…… 너희들은 유현덕의 가족이 아니냐?"

여포는 바로 알아보았다.

노모는 유비의 어머니, 그 옆에 있는 사람은 부인.

손을 잡고 있는 어린아이들은 유비의 자식들일 것이다.

"……."

노모는 아무 말이 없었다. 부인도 얼이 나간 표정이었다. 다만 하얀 눈물 한줄기가 그 뺨을 타고 흘러내리고 있었다. 그리고 무서운 듯 창백한 얼굴과 머리카락, 입술이 파르르 떨리고 있었다.

"하하하, 하하하."

갑자기 여포가 웃었다. 일부러 웃음을 보이기 위해 웃은 것이다.

"부인, 어머님. 안심하셔도 됩니다. 나는 당신들과 같은 부녀자를 죽이는 무자비한 자가 아닙니다. 그건 그렇고 주군의 가족을 버리고 도망친 불충한 놈들이 무슨 낯짝으로 유비를 볼 생각인지, 아무리 당황했다고는 하지만 참으로 경멸받아 마땅할 놈들이오."

여포는 오만하게 그렇게 중얼거리더니 부장을 불러 명령했다.

"유비의 노모와 처자식을 사졸 100명이 지키게 하고 함부로 이

방에 사람을 들이는 일이 없도록 하라. 또 호위하는 자들도 예를 갖추도록 하라."

여포는 그렇게 말해놓고 부인과 노모의 모습을 다시 한번 보았다. 이번에는 안심하고 있을 것이라고 생각했기 때문이다.

그러나 유비의 노모도 부인의 얼굴도 돌이나 구슬처럼 핏기가 없었고, 또 어떤 표정도 없었다. 눈물은 하염없이 두 뺨을 타고 흘러내렸고 말하는 것을 잊은 듯 입술을 굳게 다물고 있었다.

"안심하시오. 이만하면 안심해도 될 것이오."

여포가 큰 은혜를 베풀듯이 말했지만, 부인도 노모도 고개조차 숙이지 않았다. 기쁨과 감사가 아닌 원망이 깃든 눈빛이 바늘처럼 여포의 얼굴을 찌르고 있었다.

"나는 이만 바빠서 가봐야겠소. 어이, 위병. 성심을 다해 보살펴 드려라!"

여포는 적당히 얼버무리듯 말하고 그 자리를 떠났다.

||| 二 |||

한편 유비 쪽에서는 자리를 비운 사이에 서주성에서 이변이 일어난 줄도 모르고 적장 기령을 쫓아 그날 회음淮陰 강변까지 진격했다.

황혼 무렵, 관우가 부하를 거느리고 진지를 한 바퀴 순찰하고 돌아왔다. 그때 보초병들이 들판 끝을 손가락으로 가리키며 소란스럽게 말했다.

"적인가?"

"적 같은데?"

과연 해가 막 넘어가려는 광야 끝에서 석양을 등지고 힘없이 이쪽으로 다가오는 한 무리의 인마가 보였다. 관우도 수상한 듯 지켜보고 있는 사이에 확인차 달려갔던 병사가 돌아오며 외쳤다.

"장 대장이다. 장 대장과 18기의 부장들이 오고 있다."

"뭐…… 장비가 왔다고?"

관우는 더욱 의아했다. 여기 올 일이 없는 장비가 왔다면 분명 좋은 일은 아니었다.

'무슨 일이 생겼나?'

그는 걱정스러운 표정으로 기다렸다.

얼마 후 장비와 열여덟 명의 부장들이 거지꼴을 하고 나타나서는 말에서 내렸다.

관우는 장비의 모습을 보자 가슴이 철렁 내려앉으며 불길한 예감이 들었다. 평소의 장비와는 전혀 달랐기 때문이다. 기운도 없고 얼굴에 웃음기도 없었다. 그 호방뇌락豪放磊落(기개가 장하고 마음이 활달하여 작은 일에 거리끼거나 구애하지 않음)한 사람이 풀이 죽어서 자신 앞에 고개를 숙이고 있는 것이 아닌가?

"아우, 무슨 일이냐?"

관우가 장비의 어깨를 두드리자 장비가 힘없이 말했다.

"면목 없소. 살아서 형님과 큰형님을 뵐 낯이 없지만…… 어쨌든 사죄하기 위해 수치를 무릅쓰고 여기까지 왔소. 부디 큰형님을 만나게 해주시오."

여하튼 관우는 장비를 데리고 유비의 막사로 갔다. 유비도 놀란 눈으로 그를 맞아들였다.

"장비가 아니냐?"

"죄송합니다."

장비는 납거미처럼 바닥에 납작 엎드려 자신의 부주의로 서주성을 빼앗긴 일을 보고했다. 그토록 굳게 맹세했던 금주의 약속을 깨뜨리고 만취했던 일도 솔직하게 이야기하며 얼굴도 들지 않고 용서를 빌었다.

"……."

유비는 아무 말 없이 있다가 이윽고 물었다.

"어쩔 수 없지. 그런데 어머님은 어떻게 되셨느냐? 아내와 아이들은 무사하냐? 어머니와 아내, 아이들만 무사하다면 성을 잃은 것도 운, 나라를 빼앗긴 것도 운, 무운武運이 있으면 다시 나에게 돌아올 때도 있겠지."

"……."

"장비, 왜 대답이 없느냐?"

"……네."

장비답지 않은 모기만 한 목소리였다. 그는 코를 훌쩍거리며 울면서 말했다.

"죽여주십시오, 형님. 만취 상태여서 그만 그…… 내실로 달려가서 성 밖으로 모시고 나올 틈도 없었습니다."

말이 끝나기가 무섭게 관우가 버럭 성을 내며 말했다.

"그럼, 자당은 물론 부인과 아이들도 모두 여포의 손에 남겨둔 채 네놈 혼자 도망쳐왔단 말이냐?"

"아아, 내가 어쩌다 이렇게 우둔한 놈으로 태어났는지. 형님, 용서해수십시오. 관우 형님, 실컷 조롱하시오."

장비는 울면서 이렇게 소리치며 자신의 머리를 주먹으로 두세 번 때렸다. 그러고도 아직 '우둔한 자신'에 대해 분이 풀리지 않는지 느닷없이 칼을 빼더니 자신의 목을 베려고 했다.

||| 三 |||

돌연 칼을 빼서 자해하려는 장비의 모습에 유비는 소스라치게 놀라며 소리쳤다.

"관우, 말리게!"

관우가 장비의 칼을 순식간에 빼앗고 호되게 꾸짖었다.

"이게 무슨 짓이냐, 바보같이!"

장비는 몸부림치며 통곡했다.

"그 칼로 내 목을 쳐주시오. 무사의 자비를 베풀어주시오. 내가 무슨 면목으로 살겠소?"

유비는 장비 곁으로 가서 아픈 사람을 위로하듯 말했다.

"장비야, 진정하거라. 언제까지 돌이킬 수 없는 일에 후회만 하고 있을 것이냐?"

다정하게 타이르자 장비는 더욱 괴로웠다. 차라리 욕을 하고 때려주기를 바랐다.

유비는 무릎을 꿇고 장비의 손을 잡았다. 그리고 잡은 손에 힘을 주며 말했다.

"옛사람이 말하기를 형제는 수족과 같고 처자식은 옷과 같다고 했다. 옷은 해지면 꿰매서 다시 입을 수 있지만, 만일 수족이 잘리면 다시 붙일 수 없다. 잊었느냐? 우리 셋은 도원결의를 하고 형제의 술잔을 나누며 같은 해 같은 날에 태어나지는 않았지만 같은 해 같은 날에 죽기로 맹세한 사이가 아니더냐?"

"……예, ……예."

장비는 오열하며 고개를 끄덕였다.

"우리 삼 형제는 각자 부족한 점이 있는 인간이다. 그 결점과 부족한 부분을 서로 메워줄 때 비로소 진정한 수족이 되어 셋이지만 한 몸이 되지 않겠느냐? 너도 신이 아니고 나 역시 평범한 사람이다. 평범한 내가 어찌 너에게 신과 같은 완벽함을 요구하겠느냐? 여포에게 성을 빼앗긴 것은 어쩔 수 없는 일. 그리고 아무리 여포라도 아무 힘 없는 나의 어머니와 처자식까지 죽이는 잔인한 짓은 설마 하지 않을 것이다. 그렇게 한탄하지 말고 앞으로도 나와 함께 계책을 강구하며 나의 힘이 되어주기를 바란다. 장비야, 알겠느냐?"

"……네. ……네. ……네."

장비는 콧등에서 눈물을 떨어뜨리며 바닥에 양손을 짚은 채 일어설 줄을 몰랐다.

유비의 말에 관우도 눈물을 흘렸고, 그 외의 장수들도 모두 감격했다.

그날 밤 장비는 홀로 회음의 강가에 나가 아직 다 울지 못한 듯 하늘을 우러러보고 있었다.

"바보! 멍청이! ……내 어리석음의 끝은 어디란 말인가. 죽으려고 한 것도 어리석었다. 죽으면 용서받을 수 있다고 생각하다니, 참으로 어리석었어. 그래, 반드시 살자. 살아서 큰형님을 위해 분골쇄신粉骨碎身(뼈가 가루가 되고 몸이 부서진다는 뜻으로 어떤 일에 온 힘을 다해 노력하는 것을 말한다)하자. 그것이야말로 오늘의 죄를 용서받고 오늘의 수치를 씻는 길이다!"

큰 소리로 혼잣말을 했다. 그 얼굴을 옆에 있는 말이 이상하다는 듯 바라보았다.

말은 달빛을 받으며 자유롭게 뛰어놀았다. 강물에 들어가기도 하고 풀을 뜯기도 하며 내일을 위한 기상을 기르고 있는 듯 보였다. 그날 밤 전투는 없었다.

다음 날도 이렇다 할 전투가 없었다. 적도 아군도 움직이지 않았다. 가끔 화살을 주고받을 뿐 대치한 상태에서 여러 날이 지났다. 그런데 그러는 사이에 원술 쪽에서는 서주의 여포에게 손을 써서 외교적으로 접근하고 있었다.

"만일 귀공이 유비의 뒤를 공격하여 우리 군대에 도움을 준다면 나는 전쟁이 끝나고 양미 5만 섬과 준마 500필, 은금 1만 냥, 비단 1,000필을 드리겠소."

이런 달콤한 미끼로 여포를 유혹했다.

||| 四 |||

물론 여포는 원술이 제안한 비밀 동맹에 기꺼이 응했다.

바로 부하 고순高順에게 병사 3만을 내주며 "유비의 배후를 습격하라."고 우이로 서둘러 가게 했다.

우이의 진영에 있던 유비는 이미 그 첩보를 듣고 막료들과 상의했다.

"어떻게 하면 좋겠소?"

장비와 관우는 입을 모아 말했다.

"설령 앞뒤의 적으로 인해 불리한 위치에 놓인다 하더라도 기령과 고순의 무리쯤은 문제없습니다."

그들은 비장한 결심으로 건곤일척乾坤一擲(하늘과 땅을 던진다는 뜻으로 승패와 흥망을 걸고 마지막으로 결행하는 단판 승부를 비유한 말이다)의 결전을 주장했지만, 유비는 자중할 것을 명했다.

"아니네. 지금은 심사숙고해야 할 중요한 시기야. 아무래도 이번 출진은 하나부터 열까지 순조롭지가 못했어. 운명의 파장이 반대로, 반대로만 밀려왔네. 아무래도 지금, 나의 운명은 순풍을 타지 못하고 거꾸로 밀려드는 파도에 시달리고 있는 듯해. 천명을 따르도록 하세. 난파선을 억지로 풍랑에 부딪히게 하여 자멸을 재촉하는 것은 어리석은 짓이야."

"우리 주군에겐 싸울 의지가 없으니 어쩔 수가 없군."

다른 장수들은 장비와 관우를 달랬고, 회의는 결국 후퇴하기로 결론이 났다.

비가 억수같이 쏟아지는 밤이었다.

회음의 하구는 물이 넘쳐 기령의 군사들도 추격할 수 없었다. 유비는 폭풍우가 치는 밤의 어둠을 틈타 우이에 있는 진영을 철수하여 광릉廣陵 지방으로 후퇴했다.

고순의 3만 기가 그곳에 도착한 것은 다음 날이었다. 보니 간밤의 비바람에 풀은 모두 쓰러지고 나무는 꺾이고 강물은 넘쳐서 인마의 그림자는커녕 진영이 있던 자리에는 한 덩이 말똥조차 없었다.

"적은 고순의 이름만 듣고도 달아났다. 참으로 우습구나."

고순은 즉시 기령의 진영으로 가서 기령을 만나 요구했다.

"약속대로 유비 군을 쫓아냈으니 조건으로 제시한 재물과 양미, 마필, 비단 등을 주시오."

그러자 기령이 대답했다.

"아니, 그건 원술 장군과 귀공의 주군 여포 장군 사이에 맺은 조건인 듯하오만, 우리는 아직 들은 것이 없소. 또 들었다 한들 그렇게 많은 재화를 나 혼자만의 판단으로는 내어줄 수도 없소. 돌아가거든 원술 장군께 말씀드릴 테니 귀공도 일단 돌아가서 대답을 기다리는 것이 좋을 듯하오."

타당한 말이었기에 고순은 서주로 돌아와 곧장 여포에게 결과 보고를 했다.

그런데 그 후 원술에게서 다음과 같은 서신이 도착했다.

유비는 지금 광릉에 숨어 있소. 즉시 유비의 목을 들고 와서 전에 약속한 재보를 받아가시오. 값을 치르지 않고 어찌 받을 생각만 하는가.

"참으로 무례한 놈이군. 나를 자기 부하쯤으로 아나 보지? 자기가 먼저 제시한 조건이건만 뭐, 갖고 싶거든 유비의 목을 대가로 가져오라고? 사람을 가지고 노는 듯한 이 말투는 또 뭐야?"

여포는 분개했다. 자신을 기만한 죄를 물어 군사를 이끌고 원술을 치러 가겠다고까지 했다.

늘 그렇듯 그의 분노를 달래는 역할은 진궁이 맡았다.

"원씨 가문에는 원소라는 거물이 있다는 사실을 잊어서는 안 됩니다. 원술만 해도 수춘성壽春城에 거하며 지금은 하남 제일의 세력입니다. 그보다는 달아난 유비를 불러들여 잘 달래서 유비를 소패성에 살게 하고 때를 기다리면 어떻겠습니까? 때가 오면 군사를 일으켜 유비를 선봉으로 삼아 원술을 치고 더 나아가서 원씨 가문의 장자인 원소마저 멸망시켜버리는 것입니다. 그렇게만 된다면 천하의 절반은 이미 장군의 손에 있는 것이나 다름없지 않겠습니까?"

||| 五 |||

다음 날 여포의 사자는 광릉(강소성 양주)으로 떠났다.

유비는 그 이후 몇 명 안 되는 심복들과 함께 광릉의 한 산사에 몸을 숨기고 있었다.

난세에 흔히 있는 일이라고는 하지만 한 발짝만 헛디뎌도 나락으로 떨어지는 속도는 참으로 빨랐다. 삼일천하, 하룻밤 사이에 거지라는 말은 당시의 흥망부침興亡浮沈이 심한 영웅 문벌의 제후들에게는 그대로 들어맞는 말이었다.

유비 역시 그 풍운 속에 있었다. 그 후 원씨 일족으로부터 번갈아 공격을 받으며 패망 또 패망하는 비운만이 계속되었다. 식량과 재물이 없어지면 병사들은 모두 말과 무기를 훔쳐서 '지금이 떠날 때'라는 듯 진영을 벗어나 도망치는 것도 당연시했다. 이것이 그들이 난세를 살아가는 방법 중 하나였다.

깊은 산속, 폐허가 된 절에 숨어 유비가 주위를 돌아봤을 때는 관우와 장비 외에 10여 명의 심복과 수십 명의 병사들밖에 남아 있지 않았다.

그때 여포의 사자가 왔다.

"또 뭔가 사기를 치려고 왔겠지?"

관우가 내용과 상관없이 반대했다. 장비도 마찬가지로 말렸다.

"큰형님, 가서는 안 됩니다."

"아니다."

유비는 그들을 달래서 여포의 부름에 다음과 같은 이유를 대며 응하려고 했다.

"이미 그도 선한 마음이 일어 나에게 인정을 베풀려는 것이네. 남이 나에게 보인 미덕을 욕보이는 것은 인간의 양심에 침을 뱉는 거야. 이 암담하고 탁한 세상에도 여전히 인간사회가 짐승의 세계로 타락하지 않는 것은 천성이 어떠한 인간이든 한 조각 양심을 가지고 태어나기 때문이네. 그러니 인간의 양심과 미덕은 존중해야만 해."

장비는 뒤에서 혀를 찼다.

"큰형님은 아무래도 공자에게 빠져 있다니까. 무장과 공자는 천직이 다른데 말이야. 관우 형님, 형님도 나빠요."

"내가 왜?"

"틈만 나면 형님은 큰형님에게 학문에 대해 이야기하거나, 책을 권하니까 좋지 않다는 거요. 어쨌든 형님도 뿌리는 동학초사의 훈장이었으니까."

"바보 같은 소리. 그럼 무武만 알고 문文을 모른다면 어떤 인물이 될 것 같으냐? 여기 있는 너 같은 인물이 되지 않겠느냐?"

관우는 손가락으로 장비의 코를 콕 찔렀다. 장비는 기가 죽어서 찍소리도 못했다.

며칠 후 유비는 서주의 경계를 향해 갔다.

여포는 유비의 의심을 풀기 위해서 우선 도중까지 그의 어머니와 부인 등 가족을 보내 만나게 했다.

유비는 어머니와 아내를 두 팔 벌려 맞이했다. 아이들은 유비에게 달려와 매달렸다. 그는 모두 무사한 것을 보고 하늘에 감사했다.

"오오, 감사합니다."

부인인 감씨甘氏와 미씨糜氏가 유비에게 말했다.

"여포는 우릴 보호해주고 때때로 가재도 보내주며 잘 보살펴주었습니다."

이윽고 다시 여포가 직접 유비를 성문으로 마중 나와서 변명했다.

"나는 결코 이 서주성을 빼앗은 것이 아니오. 성안에서 사사로운 싸움이 일어나서 스스로 무너질 조짐이 보이기에 미연에 방지하여 잠시 수비하고 있었을 뿐이오."

"아닙니다. 저는 처음부터 이 서주는 장군께 양도하려고 생각했습니다. 오히려 적합한 성주를 만나 기뻐하고 있을 정도입니다. 부디 서주를 융성케 하시고 백성들을 잘 보살펴주십시오."

여포는 마음과는 반대로 거듭 사양했지만, 유비는 그의 야망을 만족시키기 위해 뒤로 물러나 소패성에 틀어박혔다. 그리고 심하게 분개하는 좌우의 관우와 장비를 달래며 말했다.

"몸을 굽혀 분수를 지키고 하늘의 때를 기다리게. 교룡이 연못에 숨는 것은 승천하기 위해서야."

큰 강의 물고기

||| 一 |||

대하는 대륙의 동맥이다.

중국 대륙의 젖줄이 되고 있는 두 개의 대동맥은 말할 필요도 없이 북방의 황하와 남방의 장강(양자강)이다.

오吳는 이 대하의 동쪽에 있다 하여 '강동의 땅'이라고 불렸다.

이곳의 장사長沙 태수 손견의 아들인 손책도 어느덧 성인이 되어 올해 스물한 살의 멋진 청년이 되었다.

"그는 아버지보다 더 뛰어나다. 강동의 기린아麒麟兒(지혜와 재주가 매우 뛰어난 사람)는 바로 그를 말하는 것이다."

세상 사람들은 물론 아버지의 신하 중에서도 그의 성장을 기대하는 사람이 많았지만, 아버지 손견의 시신을 곡아曲阿 들판에 묻고 참담한 패군을 이끌고 돌아온 그해의 그는 아직 열일곱 살에 불과했다. 이후 지혜로운 사람을 모으고 군사를 양성하며 은밀히 가문의 부흥을 꾀했지만, 역경이 계속될 때는 어쩔 수가 없었다. 결국 그 후 장사 땅을 지키지 못하는 비운을 맞고 말았다.

"때가 되면 모시러 오겠습니다. 잠시 시골에 숨어 계십시오."

그는 노모와 일족을 곡아에 있는 친척에게 부탁하고 열일곱 살 무렵부터 여러 지역을 떠돌아다녔다.

은밀히 맹세한 큰 뜻을 젊은 가슴에 품고 각 지역의 인정과 지리, 병비 등을 살피며 다녔다. 이른바 진정한 무인이 되기 위한 수련의 고통을 빠짐없이 경험하며 돌아다닌 것이다.

그리고 2년쯤 전부터 회남淮南에 머물며 원술의 식객으로 지내고 있었다.

원술은 망부 손견과 교류가 있던 사이였을 뿐만 아니라 손견이 유표와 싸워 곡아 땅에서 전사한 것도 원술의 부추김이 직접적인 원인이었기 때문에 원술도 미안한 마음에 특별히 곁에 두고 자식처럼 아꼈다.

그동안 손책은 경현涇縣 전투에 나가 큰 공을 세우고 노강廬江 태수 육강陸康을 토벌하러 가서 유례없는 전적을 올렸다.

평소에는 글 읽기를 좋아하고 행동거지가 차분하며 사람들을 너그럽고 어질게 대했으므로 여기서도 '그는 큰 강의 쏘가리다.'라고 사람들에게 주목을 받았다.

그 손책이 올해로 스물한 살, 시간만 나면 무예를 닦고 산과 들로 사냥을 다니며 심신을 단련했는데, 그날도 몇 명의 부하들을 데리고 복우산伏牛山에서 하루 종일 사냥을 하며 보냈다.

"아아, 피곤하다."

산중턱의 바위에 걸터앉아 장엄한 석양에 물든 붉은 구름을 바라보고 있었다.

원술이 있는 수춘성에서부터 회남 일대의 마을들이 눈 아래 펼쳐졌다. 그곳을 구불구불 흐르고 있는 하나의 물줄기는 회하淮河의 강물이었다.

회하는 좁다. 대하의 유역과는 비교가 되지 않는다. 그러나 손책은 바로 강동의 하늘로 생각을 달리지 않을 수 없었다.

'아아, 나의 뜻을 큰 강물에 실어 펼칠 날은 언제 올 것인가.'

곡아에 계신 어머니 생각에 잠기기도 하고 '언제 부끄럽지 않은 아들로서 아버지의 무덤에 난 풀을 벨 수 있을까?'라며 혼자 탄식하기도 했다.

그때 그늘에서 쉬던 수행원 중 한 명이 다가와 말했다.

"뭘 그리 한탄하십니까? 도련님은 앞길이 창창한 청년이 아니십니까? 지금 지고 있는 해는 내일이면 없어지는 것이 아닙니다."

누굴까 하고 놀라서 보니 이름은 주치朱治, 자는 군리君理라고 과거 아버지의 가신 중 한 명이었다.

"아아, 군리인가. 오늘도 하루가 가고 말았군. 산야에서 사냥한들 무슨 도움이 될까……. 난 매일 허무하게 이런 날을 보내고 있는 것이 하늘과 땅에 죄송할 뿐이오. 하루도 이런 생각이 들지 않는 날이 없어요. 쓸데없이 고향 생각에 사로잡혀 사내답지 못하게 울고 있는 것이 아니오."

손책은 진지하게 말했다.

||| 二 |||

군리는 손책의 마음속 이야기를 듣고 함께 탄식했다.

"아아, 역시 그런 마음이셨군요. 소년의 세월은 참 빠르네요. 혈기에 찬 탄식은 생각건대 당연합니다."

"군리, 이해하시겠소? ……나의 괴로운 마음을."

"평소부터 짐작은 하고 있었습니다. 저도 오에서 태어난 사람이니까요."

"조상이 물려준 땅을 잃고 타국의 객이 되어 스물한 살 청춘의 나이에 여전히 헛되이 산야에서 짐승들만 쫓아다니니. ……아아, 생각할 때마다 지금의 처지를 견딜 수가 없어요."

"도련님…… 손책 도련님……. 그렇게까지 생각하시면서 대장부가 어찌하여 과감히 선친의 뒤를 이으려고 하지 않으십니까?"

"하지만 나는 일개 식객. 아무리 원술이 잘해준다고 하지만 나에게 짐승을 쫓는 수렵용 활은 줘도 큰일을 도모할 수 있는 병마는 주지 않을 거예요."

"그러니 여기에서 편안히 지내는 것에 만족해서는 안 됩니다. 도련님을 편안하게 하는 것, 친절하게 대하는 자, 좋은 옷, 맛있는 음식, 사치스러운 생활, 그 모든 것이 도련님의 청춘을 약하게 만드는 적입니다."

"그렇지만 원술이 베푸는 인정을 배신할 수는 없어요."

"그런 우유부단한 마음을 스스로 차버리지 않으면 일생을 시시하게 보낼 수밖에 없습니다. 맹렬한 기세로 일어나는 세상의 풍운을 보십시오. 이런 시대에 태어나 살면서도 끊임없이 불평에 사로잡혀 있으면 어떻게 되겠습니까?"

"그래요. 사실 나도 그것을 통감하고 있어요. 군리, 뭐 하나 부족한 것 없는 지금의 온상에서 벗어나 내가 고난과 맞서 싸우는 시대의 아들이 될 수 있을까요?"

"도련님의 외숙부 중에 불운한 분이 계시지 않습니까? 그러니까 단양丹陽의 태수였던."

"아, 외삼촌 오경吳景을 말하는 거지요?"

"그렇습니다. 그 외삼촌께서 지금 단양 땅을 잃고 영락하셨다고 들었습니다만……. 그 역경에 처한 외숙부님을 돕는다는 명목으로 원술에게 시간을 청하고 동시에 병사를 빌리십시오."

"좋은 생각입니다!"

손책은 눈을 크게 뜨고 저녁 하늘을 가로지르는 새 떼를 올려다보며 말없이 생각에 잠겨 있었다.

그런데 아까부터 나무 뒤에 서서 두 사람의 이야기를 엿듣고 있는 사람이 있었다.

그는 두 사람의 목소리가 끊기자 성큼성큼 그쪽으로 걸어 나오더니 느닷없이 말했다.

"어이, 강동의 기린아. 무엇을 망설이시오? 선친의 업을 이어 일어서시오. 충분치는 않지만 부하 100여 명을 이끌고 가장 먼저 힘을 보태겠소."

"뉘시오?"

놀란 두 사람이 누군가 싶어서 보니 그는 원술의 부하이면서 이 근방의 관리로 일하고 있는 이름은 여범呂範, 자는 자형子衡이라는 사내였다.

'자형은 뛰어난 모사다.'라고 내부에서도 그 재능을 인정받고 있었다. 손책은 이 지기知己를 얻고 매우 기뻐하며 말했다.

"공 역시 내 마음을 안타까워하는 것이오?"

"당신이 큰 강을 건너신다면 돕고 싶소."

자형은 맹세하며 손책을 바라봤다.

손책은 이글이글 타오르는 눈동자로 대답하면서 외쳤다.

"건너자, 건너, 큰 강물을. 거슬러 올라가자, 올라가, 천 리의 강물을. 청춘을 어찌하여 남의 집 정원의 작은 연못에서 사육되며 하찮은 무리와 함께 허송세월하겠는가."

그리고 벌떡 일어나 하늘에 대고 주먹을 휘둘렀다.

자형이 의기 충만한 그를 진정시키며 물었다.

"그런데 손책 도련님, 제가 추측하건대 원술은 결코 병사를 빌려주지 않을 것입니다. 아무리 부탁해도 병사만큼은 빌려주지 않을 것이오. 그럼 어떻게 하시겠소?"

"걱정할 것 없어요. 마음을 정한 만큼 내게도 생각이 있으니까."

비록 약관의 나이이지만 손책은 이미 그 한마디로 미래에 큰 그릇이 될 조짐을 나타냈다.

||| 三 |||

"원술에게 어떻게 병사를 빌릴 생각입니까?"

자형과 군리 두 사람은 손책의 생각을 헤아릴 수 없어서 그렇게 물었다. 그러자 손책은 자신 있게 미소 지으며 말했다.

"원술이 평소에 갖고 싶어 하는 물건을 담보물로 건네면 반드시 병사를 빌릴 수 있을 것이오."

원술이 갖고 싶어 하는 물건?

두 사람은 고개를 갸웃거렸지만 알 수 없었다. 다시 그것이 무엇인지 묻자 손책은 자신의 가슴을 안으며 강하게 말했다.

"전국옥새傳國玉璽(나라에서 나라로 전해지는 옥새라는 뜻으로 황제를 상징하는 말)."

"뭐라고요? ……옥새라고요?"

두 사람은 깜짝 놀랐다.

옥새라면 천자의 인장이다. 국토를 물려주고 대통을 잇기 위해 없어서는 안 될 조정의 보기寶器다. 그런데 그 옥새가 낙양의 대란 때 분실되었다는 소문이 떠돌았다.

"아아, 그럼…… 전국옥새가 지금 도련님의 손에 있단 말이오?"

자형은 신음하듯 물었다. 낙양에서 대란이 일어났을 때 손책의 아버지 손견이 금문의 오래된 우물에서 발견하여 그것을 가지고 강동으로 달아났다는 소문은 당시 공공연한 것이었다. 자형은 문득 그 무렵의 풍문을 생각해낸 것이다.

손책은 주위를 살피고 다시 자신의 가슴을 꼭 끌어안으며 말을 꺼냈다.

"아버지께 물려받아 항상 몸에 지니고 있었으나 원술이 그것을 알고 이 옥새에 군침을 흘리고 있소. 그는 분수를 모르고 황제의 자리에 오르려는 야심으로 옥새를 자기 것으로 만들고 싶어하는 듯하더군요."

"그렇군요, 이제 알겠습니다. 원술이 당신을 친자식처럼 사랑하는 이유를 말입니다."

"그의 야심을 알면서도 모른 척해왔기 때문에 나도 무사히 지금까지 원술의 비호를 받을 수 있었던 거지요. 다시 말하면 나를 지키며 길러준 것은 옥새라고 해도 과언이 아니에요."

"그렇다면 그 귀한 옥새를 원술의 손에 넘기실 생각입니까?"

"아무리 귀한 물건이라도 나는 일개 작은 상자 안에 나의 큰 뜻을 가둬두지 않아요. 나의 대망은 천하에 있소."

손책의 기개를 보고 두 사람은 모두 감격했다. 그날 세 사람 사이에 굳은 약속이 맺어졌다.

며칠 후 손책은 수춘성의 후미진 곳에서 원술에게 호소했다.

"어느덧 은혜를 입은 지도 3년이라는 세월이 흘렀습니다. 그 은혜에 보답하지 못하고 이런 요청을 드리는 것이 참으로 괴롭습니다만, 전에 고향에서 온 친구의 이야기를 들으니 외숙부 오경이 양주의 유요劉繇에게 공격을 받아 몸 둘 곳 없는 역경에 처했다고 합니다. 곡아에 남겨둔 저의 어머니와 숙모, 어린 동생들을 비롯한 일가 일족이 비운의 바다에서 떨고 있다고 합니다."

손책은 고개를 푹 숙이고 울먹이며 말을 이었다.

"덕분에 저는 벌써 스물한 살이 되었습니다만, 아직 아버님의 무덤도 돌보지 못하고 날마다 편안하고 한가롭게 지내는 것이 죄스럽기도 하고 한심스러운 마음이 들기도 합니다. 부디 저에게 약간의 병사를 빌려주십시오. 강을 건너 외숙부를 구하고 다소나마 망부의 넋을 위로해드린 후 어머니와 동생들이 평안한지 보고 다시 돌아오겠습니다."

그는 말을 마치고 아무 말 없이 생각에 잠겨 있는 원술의 코앞에 전국옥새가 든 작은 상자를 양손으로 높이 받들어 공손하게 내밀었다.

눈은 마음의 창이라고 한다. 그것을 한 번 보더니 원술의 얼굴이 순식간에 붉어졌다. 숨길 수 없는 기쁨과 야망의 불꽃이 눈동자 깊은 곳에서 붉게 타올랐다.

||| 四 |||

"이 옥새를 담보로 맡겨두겠으니 저의 간청을 부디 들어주십시오."

손책이 말하자 원술은 "뭐 옥새를 나에게 맡기겠다고?"라며 기다렸다는 듯한 말투로 승낙했다.

"좋지, 좋아. 병사 3,000에 말 500필을 빌려주겠네. 그리고 관작의 직권이 없으면 병사들에게 명령을 내리는 데 권위가 서지 않을 테니……."

오랜 야망을 이룬 원술은 손책에게 교위라는 관직을 주고, 진구장군殄寇將軍이라는 칭호를 허락한 다음 무기와 마구 등 필요한 모든 것을 갖춰주었다.

손책은 분연히 떨치고 일어나 그날로 병사들을 이끌고 출격했다.

따르는 사람들로는 군리와 자형을 비롯해 아버지 대부터의 공신으로 유랑 중에도 그의 곁을 떠나지 않은 정보와 황개, 한당 등 믿음직한 사람들도 있었다.

역양歷陽(강서성) 부근에 이르자 맞은편에서 한 젊은 무사가 다가오더니 말에서 내려 그를 불렀다.

"이보시오, 손 장군."

풍채가 수려하고 얼굴은 아름다운 옥과 같은 손책 또래의 청년이었다.

"아, 주유가 아닌가. 여기까지 무슨 일인가?"

반가운 마음에 손책도 말에서 내려 그의 손을 잡았다.

여강廬江(안휘성) 출신의 이름은 주유周瑜, 자는 공근公瑾인 그는 손책과는 죽마고우였다. 이번에 손책의 소식을 듣고 도움을 주고자 여기까지 급히 달려온 것이라고 말했다.

"친구밖에 없군. 잘 와주었네. 부디 힘을 빌려주게."

"친구를 위해서라면 견마지로犬馬之勞를 다해야지."

두 사람은 말 머리를 나란히 하고 앞으로 나아가면서 사이좋게 이야기를 나눴다.

"그런데 손 장군은 강동의 이현二賢을 아시오?"

주유가 물었다.

"강동의 이현?"

"재야에 묻힌 두 현인이오. 한 사람은 장소張昭라 하고, 다른 한 사람은 장굉張紘이라고 하오. 그래서 강동의 이장二張이라고도 불리죠."

"그런 인물이 있었군."

"부디 이현을 불러서 막료로 삼으시오. 장소는 많은 책을 읽어서 천문과 지리에 밝고, 장굉은 재주가 많고 지혜로우며 여러 책에 통달하여 그가 의견을 주장할 때면 강동과 강남의 어떤 학자라도 당할 자가 없소."

"어떻게 하면 그런 현인을 부를 수 있겠나?"

"권력으로도 안 될 것이고, 재물을 산더미처럼 주어도 움직이지 않을 것이오. 그러나 인생감의기人生感意氣(사람은 남과 의기투합하면 감격하여 목숨까지도 희생하기를 아끼지 않는다는 말)라고 직접 가서 예를 다하고 깊이 공경하며 장군이 품고 있는 이상을 솔직히 털어놓으면 마음이 움직일지도 모르지요."

손책은 기뻐하며 이윽고 장소가 사는 시골 마을에 도착하자 몸소 그가 은거하고 있는 집으로 찾아갔다.

그의 진심은 결국 장소의 마음을 움직였다.

"부디 어린 저를 이끌어주시어 아버지의 원수를 갚게 해주십시오."

이 말이 쉽게 움직이지 않는 장소를 움직이게 한 것이다.

또 그 장소와 주유를 사자로 보내 또 다른 현인인 장굉을 설득하게 했다. 이로써 그의 진중에는 바라던 두 현인이 양날개가 되었다.

장소가 장사중랑장長史中郎將으로, 장굉이 참모정의교위參謀正義校尉로 임명된 손책의 부대는 드디어 군대로서의 위용을 갖추게 되었다.

손책이 첫 번째 적으로 찍은 것은 외숙부 오경을 괴롭힌 양주 자사 유요였다. 유요는 장강 기슭의 호족으로 명문가 출신이었다. 한실의 피를 이어받고 연주 자사 유대劉岱가 그의 형이었으며 태위 유총劉寵은 백부였다. 그리고 그의 부하 중에는 뛰어난 장수가 많았다. 그런 유요를 적으로 삼아 정면으로 격돌해야 하는 손책의 앞길도 순탄하지만은 않은 것은 말해 무엇하랴.

신정묘

||| 一 |||

우저牛渚(안휘성)는 장강에 접해 있고 산악을 등지고 있어서 장강의 철문이라고 불리는 요해要害(우군에는 꼭 필요하면서 적에게는 해로운 지점)였다.

"손견의 아들 손책이 남하하고 있다."

이 소식을 듣고 유요는 회의를 열어 즉각 우저의 요새에 군량미 10만 석을 보냄과 동시에 장영張英이라는 장수에게 대군을 내주어 방비하게 하려고 했다.

그때 말석에 있던 태사자太史慈가 앞으로 나서며 말했다.

"부디 저에게 선봉을 맡겨주십시오. 부족하지만 반드시 적을 격파하겠습니다."

그러나 유요는 한번 흘끗 쳐다보더니 한마디로 거절했다.

"자네는 아직 자격이 없네."

태사자는 얼굴을 붉히며 입을 다물었다. 그는 이제 막 서른이 된 젊은이로 유요의 수하가 된 지 얼마 안 되는 신참이었다. '건방진 놈'이라는 눈으로 모두가 쳐다보는 것을 부끄러워하는 듯했다.

장영은 우저에 들어가자 저각邸閣이라는 곳에 군량을 비축하고 느긋하게 손책 군을 기다렸다.

그보다 앞서 손책은 병선 수십 척을 마련하여 장강에 띄우고 배의 선수와 선미를 나란히 하고 강물을 거슬러 올라갔다.

"아아, 우저다."

"적의 대비 태세가 어마어마하군."

"화살을 겁내지 마라. 저 기슭으로 일제히 진격하라."

손책을 비롯해 자형, 주유 등의 장수들은 각자 자기 배의 선루 위로 올라가 지휘하기 시작했다. 육지에서 날아오는 화살은 태양마저 가릴 정도로 하늘을 뒤덮었다.

뱃전을 때리는 하얀 파도.

기슭으로 육박해가는 함성.

"나를 따르라."

손책은 뱃머리에서 뭍으로 뛰어내려 덤비는 적들을 베면서 전진했다.

"도련님을 지켜라."

다른 배에서도 속속 장졸들이 내렸다. 또 말들이 내려졌다.

아군의 시체를 넘어 한 자를 전진하고 다시 시체를 밟고 넘어 열 간의 땅을 차지하는 식으로 차례차례 모든 장졸이 상륙했다.

그중에서도 그날 눈부신 활약을 한 것은 손책 군의 황개였다.

그는 적장 장영을 발견하고는 말을 달려 쫓아갔다.

"자, 덤벼라."

"이놈이."

장영도 뛰어난 장수였기에 사력을 다해 싸웠지만 황개를 당할 수는 없었다. 말 머리를 돌려서 아군 속으로 도망치자 전군은 제방이 무너지듯 한꺼번에 달아나기 시작했다.

그런데 우저의 요새로 도망쳐와 보니 성문 내부와 병량 창고 근처에서 검은 연기가 피어오르고 있었다.

"무슨 일이냐?"

장영이 당황해서 묻자 요새 안에서 누군가 소리쳤다.

"배신자다!"

"배신자가 불을 질렀다."

저마다 한마디씩 소리치며 연기와 함께 쏟아져 나왔다.

화염은 이미 성벽보다 더 높이 치솟고 있었다.

장영은 우왕좌왕 도망쳐 다니는 병사들을 이끌고 어쩔 수 없이 산악 쪽으로 달렸다. 돌아보니 기세등등한 손책 군이 무서운 속도로 따라오고 있었다.

'도대체 누가 배신했지? 손책이 어느 틈에 아군에 손을 썼단 말인가?'

산속 깊이 도망친 장영은 병사들을 수습하고 한숨 돌리면서 왠지 귀신에 홀린 것 같은 의문에 휩싸여 패배의 원인을 골똘히 생각해보았다.

||| 二 |||

손책 군은 대승을 거두긴 했지만, 그날의 대승은 손책에게 있어서도 뜻밖의 승리였다.

'도대체 성안에서 불을 질러 우리에게 내응한 자가 누굴까?'

의아하게 생각하고 있을 때 성 뒤쪽에 있는 산길에서 약 300명 정도의 병사들이 징과 북을 치고 깃발을 높이 들고 소리를 지르며 내려왔다.

"화살을 쏘지 마라. 우리는 손책 장군의 편이다. 유요의 부하들로 오해하면 곤란하다."

이윽고 그중에서 대장인 듯한 두 사람이 앞으로 나오며 말했다.

"손책 장군과 만나게 해주시오."

손책이 다가가 그 두 사람을 보니 한 명은 얼굴에 옻칠이라도 한 듯 검었고 코는 크고 콧대가 높았으며 누런 수염에 날카로운 송곳니 하나가 두툼한 입술을 깨물고 있어서 정말이지 사나워 보이는 사내였다. 그리고 다른 한 명은 눈이 맑고 눈썹은 짙었으며 키가 크고 팔다리가 긴 대장부였다.

두 사람 모두 손책 앞에 우뚝 서서 예의를 모르는 야만적인 모습으로 인사했다.

"이야, 처음 뵙겠수다."

"당신이 손책 장군이슈?"

"당신들은 대체 누구요?"

손책이 묻자 큰 코에 검은 얼굴의 사내가 먼저 대답했다.

"우리 두 사람은 구강九江의 심양호潯陽湖에 사는 호적湖賊의 두령으로 나는 공혁公奕이라 하고 이쪽은 제 아우인 유평幼平이라는 놈이외다."

"호적?"

"호수에 배를 띄우고 살며 장강을 왕래하는 배를 습격하고 강과 호수를 돌아다니며 돈벌이를 하고 있습죠."

"나는 백성들 편이다. 백성을 괴롭히는 도적은 말하자면 나의 적. 대낮에 버젓이 내 앞에 나타난 것은 대체 무슨 의도인가?"

"아니, 실은 이번에 장군이 이곳에 온다는 소식을 듣고 아우인 유평과 상의했수다. 우리도 언제까지 호적으로 지낼 수만은 없다, 게다가 손견 장군의 아들이라면 분명 훌륭한 인물일 것이다, 토벌된다면 그걸로 끝이다, 그보다는 차라리 호적 생활을 정리하고 참된 인간으로 돌아가자고 한 것이외다."

"음."

손책은 쓴웃음을 지었다. 그의 솔직함이 마음에 들었다.

"그렇다 해도, 아무것도 없이 병사로 받아달라고 하는 것도 좋은 방법이 아닌 것 같다, 뭔가 공을 하나 세워서 그것을 선물로 바치고 부하로 받아달라고 하면 대우도 좋을 것이다. 이렇게 생각하고 그저께 밤부터 우저의 요새 뒷산에 올라 숨어 있다가 오늘 전투를 위해 병사들이 대부분 나가자 그 틈을 노리고 습격하여 안에서 불을 지르고 남아 있는 놈들을 모두 처치한 것입죠. 어떻습니까? 장군, 저희를 한번 휘하에 두고 써보시지 않겠습니까?"

"하하하하."

손책은 손뼉을 치고 옆에 있는 주유와 모사인 장소, 장굉을 돌아보며 말했다.

"어떻소. 참으로 쾌활한 녀석들이 아니오? 그런데 지나치게 쾌활한 면이 있으니 귀공들이 동료로 받아들이고 조금 무사다워질 수 있도록 가르쳐주는 것이 좋을 듯하오."

허락이 떨어지자 두 사람은 희색을 띠며 엄숙한 얼굴로 도열해 있는 다른 장수들을 향해 불량배들이 첫 대면을 할 때 인사하듯 인사했다.

"이보슈들, 거시기 뭐, 앞으로 잘 부탁드리겠수다."

일동은 모두 웃음을 터뜨렸다. 그러나 당사자들은 진지하기 그지없었다. 그뿐만 아니라 적의 군량 창고에서 군량을 탈취해오고 부근의 좀도둑과 무뢰한 등을 모아왔기 때문에 손책 군은 순식간에 4,000명이 넘는 병력이 되었다.

||| 三 |||

철벽이라고 믿었던 방어선의 첫 요새가 불과 한나절 만에 작살났다는 소식을 듣고 유요는 아연실색했다.

그때 장영이 패주병들과 함께 영릉성靈陵城으로 도망쳐오자 분노는 극에 달했다.

"무슨 낯짝으로 뻔뻔스럽게 돌아왔느냐? 내가 직접 목을 베 병사들의 본보기로 삼겠다."

유요는 분을 이기지 못하고 씩씩댔지만, 부하들의 만류로 장영은 겨우 목숨을 건질 수 있었다.

병사들의 동요는 이만저만이 아니었다.

그래서 영릉성의 방비를 다시 견고히 하고 유요가 직접 진중에 참여하여 신정산神亭山 남쪽으로 사령부를 진격시켰다.

손책의 병사 4,000여 명도 그 전날 신정산의 북쪽으로 이동했다.

그곳에 주둔하고 나서 며칠 후 손책은 그곳 마을의 이장을 불러 물었다.

"이 산에는 후한 광무제의 영묘靈廟가 있다고 들었는데 지금도 있는가?"

"네. 영묘는 남아 있습니다만, 제사 지내는 사람이 아무도 없어서 지금은 심하게 황폐해졌습니다."

"산 정상인가, 그곳은?"

"정상보다는 아래쪽인 중턱에 있습니다. 거기에 올라가면 파양호鄱陽湖와 장강이 발아래로 내려다 보이고 강남과 강북도 한눈에 들어옵니다."

"내일 우리를 그곳으로 안내하게. 직접 올라가서 묘를 깨끗이 청소한 후 간단히 제사를 지내야겠네."

"알겠습니다."

이장이 돌아간 후 장소가 그에게 간언했다.

"지금 제사를 지내는 것도 좋습니다만, 전투가 끝난 후에 지내는 것도 좋을 듯합니다."

"아니, 갑자기 참배하고 싶어졌소. 가지 않으면 마음이 무거울 것 같아요."

"어찌 그러십니까?"

"어제 꿈을 꾸었소."

"꿈이요?"

"광무제가 내 머리맡에 서서 부르는가 싶더니 솔바람이 거칠게 불며 신정산 봉우리에 무지개 같은 빛을 길게 남기고 사라졌소."

"하지만 지금 산 남쪽에는 유요가 본진을 전진시키고 있습니다. 도중에 혹시 복병이라도 만나면 어떻게 합니까?"

"아니요. 나에게는 신의 가호가 있소. 신의 부름에 따라 제사를 지내러 가는 데 무슨 두려움이 있겠소?"

다음 날, 손책은 약속대로 이장을 길잡이로 삼아 말을 타고 산길을 올라갔다.

정보와 황개, 한당, 장흠, 주태 등 열세 명의 장수들이 각자 창을 들고 줄줄이 그의 뒤를 따랐다. 산을 올라갈수록 사방으로 시야가

트이면서 끝도 없이 펼쳐진 대륙을 장강 천 리의 물줄기가 처음도 없고 끝도 없이 그저 구불구불 유구하게 흐르는 모습이 보였다.

그것은 또 무수한 연안의 호수나 늪과 연결되어 있었다. 황토 대륙의 10분의 1은 거대한 물웅덩이였다. 또 그 땅의 몇억 분의 1 정도의 비율로 새똥을 떨어뜨린 것 같은 부락이 있었다. 그것이 조금 많이 모여 있는 것이 도회이고 성안이다.

"오오, 여기구나."

묘를 우러르며 사람들은 말에서 내려 근처의 낙엽을 쓸고 제물을 바쳤다.

손책은 향을 피워 묘 앞에 공손히 절하고 기원했다.

"신이시여, 바라옵건대 저에게 망부의 유업을 잇게 하여주시옵소서. 조만간 강동 땅을 평정하게 되면 반드시 묘를 다시 세워 사시사철 제사 지내기를 게을리하지 않겠사옵니다."

그리고 그는 그 자리를 떠나 왔던 길로 가지 않고 남쪽으로 내려가려 하기에 장수들이 놀라 주의를 주었다.

"안 됩니다. 그쪽으로 가시면 적지로 내려가게 됩니다."

호적수

一

"괜찮아요, 괜찮아."

손책은 뒤도 돌아보지 않았다.

함께 있던 장수들은 이상히 여기며 반복해서 말했다.

"아군 진지는 북쪽 길로 내려가야 합니다."

"그래서 남쪽으로 내려가는 것이오. 여기까지 와서 헛되이 북쪽으로 내려가는 것은 너무 섭섭하지 않겠소? 이왕 여기까지 왔으니 이 골짜기를 내려가서 맞은편 산봉우리를 넘어 적의 동태를 살피고 돌아갑시다."

손책이 비로소 뜻을 밝히자 대담하기로는 누구에게도 뒤질 것 없는 장수들도 깜짝 놀랐다.

"뭐라고요? 겨우 열세 명이?"

"은밀히 접근하기에는 오히려 소수의 인원이 좋을 것이오. 겁이 나고 불안한 사람은 돌아가도 좋소."

그렇게 말하자 돌아가는 사람도 간언하는 사람도 없었다.

계류를 따라 내려가서 말에게 물을 먹이고 다시 하나의 산봉우리를 돌아가니 남쪽의 평야가 보이기 시작했다.

그러자 미리 그 부근까지 나와 있던 유요의 척후병이 중군, 즉

사령부로 달려와서 즉각 보고했다.

"손책으로 보이는 자가 불과 열 명 정도만 이끌고 저 산에 와 있습니다."

"그럴 리가 없다."

유요는 믿지 않았다.

다음 척후병이 와서 또 보고했다.

"틀림없는 손책입니다."

"그렇다면 계략이다. 적의 모략에 넘어가 경솔하게 움직이지 마라."

유요는 의심이 더 깊어졌다.

장수 중에서도 하급에 속하는 젊은 장교 한 명이 있었다. 그는 조금 전부터 척후병의 빈번한 보고를 듣고 혼자서 좀이 쑤셔서 안절부절못하다가 결국 장수들의 뒤에서 뛰어나와 소리쳤다.

"하늘이 주신 기회입니다. 이때를 놓치면 안 됩니다. 부디 저에게 손책을 생포해오라고 명령해주십시오."

유요는 그 장교를 보고 말했다.

"태사자, 또 큰소리를 치는 것이냐?"

"큰소리가 아닙니다. 이런 기회를 헛되이 보내고 수수방관하고 있을 거라면 차라리 전장에 나오지 않는 편이 나았을 것입니다."

"그럼, 가봐라. 그렇게까지 말하는데."

"감사합니다."

인사를 하고 태사자는 용감하게 뛰어나가며 소리쳤다.

"허락이 떨어졌다. 용기 있는 자는 나를 따르라."

그는 말에 올라타자마자 홀로 달려나갔다.

그때 장수들 사이에서 젊은 무장이 한 명 일어나더니 "손책은 용장 중의 용장. 혼자 가게 내버려둘 수 없다."라며 말에 올라 태사자를 뒤따라갔다.

장수들은 모두 크게 웃었다.

한편 손책은 적의 포진을 대략 파악한 터라 이만 돌아가려고 말을 돌리려던 참이었다.

그런데 그때 산기슭 쪽에서 부르는 자가 있었다.

"달아나지 마라! 손책 이놈, 게 섰거라!"

"누구냐?"

뒤돌아보니 말을 달려 올라온 태사자였다.

태사자가 창을 옆에 들고 물었다.

"너희들 중에 손책이 누구냐?"

"네가 손책이다."

"앗, 네가 손책이구나?"

"그렇다! 너는 누구냐?"

"동래東萊의 태사자가 바로 나다. 손책을 사로잡기 위해 여기까지 왔다!"

"하하하, 재미있는 놈이군."

"뒤에 있는 자들도 한꺼번에 덤벼도 좋다. 손책, 각오는 됐겠지?"

"이놈이!"

창과 창, 말과 말이 불꽃을 튀기며 싸우기를 50여 합, 보는 자 모두 도취된 듯 숨을 죽이고 있었다. 그때 태사자가 일부러 말에 채찍을 가해 숲으로 달려 들어갔다. 손책은 뒤쫓아 가면서 그의 등을 향해 창을 던졌다.

||| 二 |||

던진 창은 태사자의 몸을 스치고 땅에 푹 꽂혔다.

태사자는 가슴이 철렁했다.

그리고 숲 안쪽으로 더 깊이 들어가면서 마음속으로 생각했다.

'손책에 대해서는 전부터 듣고는 있었지만, 그 이상으로 용맹한 무장이구나. 까딱 잘못하다가는 위험하겠어.'

태사자를 뒤쫓던 손책 역시 속으로 생각했다.

'정말 멋진 새군. 사로잡아서 내 새장에서 길러야겠어. 이렇게 젊고 훌륭한 무사가 어쩌다 유요 같은 자의 수하가 되었을까?'

그래서 일부러 모욕적인 말을 했다.

"이놈, 어딜 도망가느냐? 이름이 더럽혀지는 것을 두려워하지 않는 잡병이라면 몰라도 동래의 태사자라고까지 밝힌 자가 비겁하게 도망가기냐? 부끄럽지도 않으냐? 말 머리를 돌려라. 그렇지 않으면 평생 천하의 웃음거리가 되어 살게 해주겠다."

태사자는 못 들은 척 달리다가 이윽고 산봉우리를 돌아 뒷산 기슭까지 오더니 말 머리를 돌리며 말했다.

"손책, 잘도 쫓아왔구나. 그 씩씩함이 가상해서 한번 겨뤄주마. 다만, 다시 내게 맞설 용기가 있을까?"

손책은 태사자에게 달려가며 칼을 뽑아 들었다.

"네놈은 입만 살아 있는 필부로 진정한 용사가 아니다. 그렇게 말해놓고 또 도망가지나 말아라."

"이래도 입만 살아 있는 필부냐?"

태사자가 기습적으로 창을 길게 뻗어 손책의 미간을 공격했다.

손책은 재빨리 말갈기에 얼굴을 묻었지만, 창은 투구 윗부분을 긁고 지나갔다.

"이놈이!"

기마전의 어려움은 끊임없이 고삐를 능란하게 조정하여 적의 뒤쪽으로 돌면서 접근해가는 호흡에 있었다.

그러나 태사자는 세상에 드문 기마의 달인이었다. 뒤쪽으로 접근해서 찌르려고 하면 말을 빙글 돌려 오히려 상대의 뒤쪽으로 다가온다. 마치 파도 위에 작은 배 두 척을 띄워놓고 그 위에서 격렬하게 싸우는 것 같았다. 따라서 기량뿐 아니라 말의 진퇴도 온갖 술책을 써가며 싸웠기 때문에 좀처럼 승부가 나지 않았다.

두 사람은 무려 100여 합이나 싸웠지만, 쌍방 모두 땀을 줄줄 흘리며 가쁜 숨을 몰아쉴 뿐이었다.

"에잇."

"이얍."

기합 소리가 숲에 메아리치며 짐승들이 두려움에 떨 정도였지만, 떨어지는 것은 나뭇잎뿐 손책은 더욱더 사나워졌고 태사자도 점점 더 용맹해졌다.

양쪽 모두 젊어서 체력이 좋았다. 손책 21세, 태사자 30세로 두 사람은 그야말로 호적수였다.

'협공하지 않으면 안 되겠어.'

손책이 그렇게 생각했을 때 태사자도 속으로 생각했다.

'길게 끌다가 손책의 부하들이 쫓아오기라도 하면 힘들어진다.'

태사자는 승부를 서두르기 시작했다.

그때 양쪽의 등자와 등자가 부딪친 것은 두 사람의 의지가 우연히도 일치했기 때문이리라.

"에잇."

손책은 찔러오는 창을 피하면서 칼자루를 꼭 쥐고 태사자의 몸뚱이를 두 동강 내버리겠다는 듯 칼을 내려쳤다. 그 칼을 태사자 역시 멋지게 피하면서 손책의 손목을 잡고 밀고 당기는 사이에 두 사람의 몸은 말 등에서 땅바닥으로 굴러떨어졌다.

홀몸이 된 말들은 즉시 어디론가 달아나버렸다.

엎치락뒤치락 태사자와 손책은 여전히 뒤엉켜서 싸웠다. 그러는 사이에 손책은 비틀거리는 태사자의 등에 꽂혀 있는 단검을 빼서 찌르려고 했으나 태사자 역시 손책의 투구를 틀어쥐고 놓지 않았다.

"나를 찌르겠다고? 어림도 없다."

||| 三 |||

"태사자가 지금 바로 저기서 적장 손책과 일대일 승부를 벌이고 있는데 좀처럼 승부가 나지 않습니다. 서둘러 가서 힘을 보태면 생포할 수 있을 것 같습니다."

유요의 진영으로 말을 타고 달려온 자가 급보를 전했다.

유요는 이 소식을 듣고 바로 1,000여 기를 이끌고 달려갔다.

북소리로 땅을 뒤흔들며 순식간에 산기슭으로 갔다.

태사자와 손책은 그때까지도 엎치락뒤치락하며 뜨거운 숨을 헐떡거리고 있었다.

'큰일났다!'

손책은 다가오는 적의 말발굽 소리를 듣고 상대를 단숨에 처치하려고 서둘렀지만, 태사자의 손이 자신이 쓰고 있는 투구를 잡은 채 놓지 않았기 때문에 사자처럼 머리를 흔들었다.

"야, 얍!"

그리고 상대의 어깨너머로 손을 뻗어 태사자의 어깨에 달려 있는 단검 자루를 쥔 채 놓지 않았다.

그러는 사이에 투구 끈이 떨어져 두 사람 모두 뒤로 나가떨어졌다.

손책의 투구는 태사자의 손에 있었다.

또 태사자의 단검은 손책의 손에 있었다.

그때 유요의 기병이 몰려왔다.

그와 동시에 "주군의 안위를 살펴라!"라며 손책의 부하 열세 명도 그곳에 도착했다.

당연히 난전이 벌어졌다.

그러나 중과부적衆寡不敵(적은 수로 많은 수를 대적하지 못함), 손책 이하 열세 명도 쉴 새 없이 공격을 당하며 좁은 골짜기로 몰렸다. 그런데 그 순간 신정묘 근처에서 함성이 일더니 한 무리의 정병이 "주군을 구하라!"라며 구름 속에서 달려 내려왔다.

'나에게는 신의 가호가 있다…….'

손책이 말한 대로 광무제의 신령이 벌써부터 상서로운 조짐을 보이며 아군이 되어준 것이 아닐까 싶었지만, 그것은 그의 부하 주유가 늦어지는 손책을 걱정하여 병사 500명을 이끌고 찾으러 온 것이었다.

그리고 어느새 해가 서산으로 지려고 할 무렵 갑자기 검은 구름과 흰 구름이 일더니 세차게 비가 내리기 시작했다.

그야말로 신우神雨였는지도 모른다.

양군이 모두 후퇴하여 인마의 울부짖음도 사라진 후 골짜기의 하늘에는 오색의 저녁 무지개가 걸려 있었다.

날이 밝자 손책은 산을 넘어 적진으로 돌진했다.

'오늘이야말로 유요의 목을 베고 태사자를 생포해서 돌아가겠다.'

그리고 소리 높여 태사자를 불렀다.

"태사자, 어디 있느냐? 나오너라."

어제 뒤엉켜 싸울 때 그에게서 빼앗은 단검을 깃대 끝에 묶고 사졸에게 높이 들어 휘두르게 했다.

"무사라는 자가 소중한 검을 잃고 겨우 목숨만 부지해 도망치다니 부끄럽지도 않으냐? 적군과 아군, 양군은 모두 보아라. 이것이 태사자의 단검이다."

크게 웃으며 모욕했다.

그러자 유요의 병사들 사이에서도 깃대 하나가 높이 올라갔다. 깃대 끝에는 투구 하나가 묶여 있었다.

"손책은 살아 있나?"

진두로 말을 몰고 나오며 태사자가 유쾌하게 되받아쳤다.

"이놈아, 보아라. 여기 있는 것은 너의 머리가 아니냐? 무사라는 자가 자기 머리를 적에게 주어 깃대 위에서 놀림감이 되게 해놓고도 그런 말이 나오느냐? ……아하하하, 와하하하."

소패왕

||| 一 |||

많은 사람이 지켜보는 가운데 진두에서 공공연하게 태사자에게 조롱당하자 젊은 혈기의 손책은 당장 달려나가려고 했다.

"좋다. 오늘이야말로 본때를 보여주마."

"기다리십시오."

심복 정보가 황급히 그의 말 앞을 가로막으며 말렸다.

"적의 말재간에 휘둘려 무분별하게 나가시면 안 됩니다. 장군의 사명은 좀 더 큰 데 있지 않습니까?"

그리고 흥분한 손책의 말고삐를 다른 사람에게 맡기고 자신이 직접 태사자를 향해 돌진했다.

태사자는 그를 거들떠보지도 않고 소리쳤다.

"동래의 태사자는 너 같은 소인배를 벨 칼은 가지고 있지 않다. 내 말에 밟혀 죽기 전에 썩 꺼지고 손책이나 이리로 보내라."

"건방진 소리를 하는구나, 애송이가."

정보는 화가 나서 무서운 기세로 덤벼들었다.

그런데 본격적으로 싸우기도 전에 유요가 갑자기 북을 치며 퇴각을 명했다.

'무슨 일이 생겼나?'

태사자는 창을 거두고 급히 후퇴했지만, 불만이 이만저만이 아니었다. 그래서 유요의 얼굴을 보자 따지지 않을 수 없었다.

"참으로 유감스럽습니다. 오늘이야말로 손책을 유인하여 사로잡을 생각이었는데 도대체 무슨 일입니까?"

유요는 몹시 불쾌한 듯 목소리를 떨며 말했다.

"그럴 때가 아니다. 본성을 빼앗겨버렸다. 너희들이 앞에 있는 적에 정신이 팔려 있었기 때문이다."

"앗, 본성을?"

태사자도 놀랐다.

들어보니 적이 어느 틈에 병력을 나누어 일부를 곡아로 보내 곡아 방면에서 본성인 영릉성 뒤쪽을 공격했다고 한다.

게다가 여기에 또 여강廬江의 송자松滋(안휘성 안경) 사람으로 이름은 진무陳武, 자는 자열子烈이라는 자가 있었다. 주유와는 같은 고향 사람이라 전부터 내통하고 있었는지 그가 때가 왔다는 듯 강을 건너 손책 군에 합류하여 함께 유요가 성을 비운 틈에 영릉성을 공격해 순식간에 함락시켜버린 것이다.

여하튼 중요한 근거지를 잃었기 때문에 유요가 당황하는 것도 무리가 아니었다.

"이렇게 된 이상 말릉秣陵(강소성 남경의 남쪽 봉황산)까지 후퇴하여 전군이 하나가 되어 막을 수밖에 없다."

전군은 하룻밤 사이에 진영을 거두고 가을바람처럼 도망쳤다.

도망치다 지쳐 그날 밤은 야영을 하는데 손책의 병사들이 급습하여 그렇지 않아도 사분오열四分五裂된 병사들을 여기서도 철저하게 짓밟았다.

패주병의 일부는 설례성薛禮城으로 도망쳐 들어갔다. 손책의 병사들이 설례성을 포위하고 있는 사이에 적장 유요가 우저의 수비가 허술함을 알고 공격해왔다는 소식을 듣고 손책은 급히 말 머리를 돌려 그의 측면을 공격했다.

"독 안에 든 쥐다."

그러자 적군의 맹장인 간미干糜가 죽기 살기로 덤벼들었다. 손책은 간미를 사로잡아 옆구리에 끼고 말에 걸터앉아 유유히 물러가기 시작했다. 그것을 보고 유요 휘하의 번능樊能이라는 호걸이 말을 타고 뒤쫓아왔다.

"손책, 멈춰라!"

"이걸 원하느냐?"

손책이 돌아보며 끼고 있던 간미의 몸을 세게 조이자 간미는 눈알이 튀어나오며 즉사해버렸다. 그리고 그 시체를 번능에게 던졌기 때문에 번능은 말에서 굴러떨어졌다.

"사이좋게 저승으로 가거라."

손책은 말 위에서 창을 뻗어 번능을 찌른 후 다시 한번 가슴을 찔러 완전히 숨통을 끊어놓고는 재빨리 자신의 진지로 들어가 버렸다.

||| 二 |||

"이제 끝장이다."

최후의 수단으로 시도한 기습도 참패로 돌아갔을 뿐만 아니라 믿고 의지하던 간미와 번능마저 손책에게 죽임을 당하자 유요는 힘을 잃고 약간의 잔병들과 함께 형주荊州(호북성 강릉, 장강 유역)로 달아났다.

형주에는 이 지방의 실력자 유표가 여전히 건재했다.

유요는 처음에는 말릉으로 후퇴하여 진용을 다시 정비할 생각이었으나 패배에 패배를 거듭하면서 전군이 완전히 지리멸렬支離滅裂(일이 어수선하게 엉켜버려 뜻한 대로 잘 풀리지 않는다는 말로 한 세력이 여러 갈래로 분산돼 힘을 발휘할 수 없다는 뜻)해지자 그 자신부터 항전의 의지를 잃고 "이렇게 된 이상 유표에게 의지할 수밖에 없다."라며 간신히 목숨만 건져 형주로 달아난 것이다.

황야 곳곳에 버려진 시체는 1만 구를 넘었다.

"유요는 더 이상 힘이 없다."

유요를 가망 없다고 단념하고 손책에게 항복한 병사들도 셀 수 없이 많았다.

그러나 유요의 부하 중에는 여전히 항복하지 않고 말릉성까지 후퇴하여 "장렬하게 최후의 일전을 벌이자."라며 옥쇄를 맹세한 잔당들도 있었다.

장영과 진횡 등의 무리였다.

연안의 패잔병을 소탕하면서 손책은 말릉까지 진격했다.

장영은 성안의 망대에서 적의 동정을 살피다가 해자 부근까지 접근한 적군 중에 눈에 확 띄는 젊은 장군이 지휘하는 모습을 발견하고 "앗! 손책이다."라며 서둘러 활을 들고 힘껏 당겼다.

화살은 빗나가지 않고 정확히 젊은 장군의 왼쪽 허벅지에 꽂혔다. 젊은 장군은 말에서 굴러떨어졌고, 주위의 병사들이 놀라서 소리치며 그의 주위로 달려갔다.

말에서 떨어진 자는 바로 손책이었다.

손책은 일어나지 못했다.

여러 명의 병사가 그를 둘러업고 아군 사이로 숨었다.

그날 밤 공격군은 갑자기 5리 정도 진을 물렸다. 먹물 같은 밤안개에 싸여 있는 진중은 조용했다. 그리고 곳곳에 조기가 세워져 있었다.

"화살에 급소를 맞고 그 상처가 덧나서 손 장군이 허망하게 돌아가셨다."

사졸들까지 통곡하며 슬퍼했다. 아직 상은 비밀에 부쳐졌지만, 며칠 안에 관을 메고 철수하거나 매장지를 정해 전장의 언덕에 가매장할 것이라고 서로 수군대고 있었다.

성안에서 정탐 나왔던 병사는 즉시 돌아가서 장영에게 보고했다.

"손책이 죽었습니다."

장영은 무릎을 치며 모두에게 자랑스럽게 말했다.

"그렇지! 내 화살을 맞고 살아남은 자는 없다."

그러나 만약을 위해 진횡의 부하를 시켜 다시 한번 정탐하게 했다. 그랬더니 그날 아침에 인근의 마을 사람들이 아주 튼튼한 관을 짊어지고 진문으로 들어가는 것을 봤다는 것이었다.

"틀림없습니다. 손책은 분명히 목숨을 잃었습니다. 그리고 장례도 조만간 임시로 지낼 모양인지 준비하고 있습니다."

정탐하고 온 병사는 한 점의 의심도 없이 확신에 차서 자신이 본 대로 전했다.

장영과 진횡은 얼굴을 마주 보고 히쭉 웃었다.

"잘됐군."

||| 三 |||

조용한 밤이었다. 한 무리의 병마가 물이 흘러가듯 조용히 들판을 누비며 간다.

애절하게 피리를 불고 북을 치고 징을 울리며 간다. 장송곡이 구슬프게 어둠 속을 흘렀다. 병마는 모두 침묵했고, 쓸쓸히 들판을 지나가는 바람도 울었다.

횃불을 든 병사들이 새 관을 둘러싸고 있었다.

펄럭이는 오색의 조기도 모두 검게 보였다. 관의 앞뒤에 서서 가는 장수들도 한숨을 내쉬며 이따금 하늘을 올려다보았다.

그날 일찍부터 정탐하던 장영과 진횡은 이것이야말로 죽은 손책의 유해를 은밀히 매장하는 것이라 보고 봉화를 올리고 장례 행렬을 급습했다.

그때까지 풀이나 돌, 나무처럼 보였던 모든 것이 함성을 지르며 달려들었다.

그러나 이미 기둥을 잃고 크게 당황할 줄 알았던 손책 군은 순식간에 장례 행렬을 다섯 개로 나누더니 질서 정연하게 진용을 만들었다.

"왔구나."

이윽고 호령 소리가 들렸다.

"장영과 진횡을 놓치지 마라."

장영은 기겁했다.

"앗, 적이 대비하고 있었던 모양이다. 당황하지 않는 것을 보니 뭔가 계책이 있을지도 모른다."

아군의 경솔함을 경계하며 싸웠지만, 애초에 말릉성을 거의 비우고 나온 소수의 병사들이었다. 바로 격퇴되어 앞다투어 퇴각하기 시작했다.

“돌아가라, 성안으로 철수하라.”

철수하는 도중에 숲속에서 네댓 명의 기마 무사가 달려나와 장영의 앞길을 막아섰다.

“손책이 여기 있다! 말릉성은 이미 우리 군이 점령했는데 네놈은 어디로 갈 생각이냐?”

장영은 자신의 귀를 의심하며 명령했다.

“몇 명 되지 않으니 짓밟고 지나가라.”

그러면서 자신도 혈전이 벌어지는 한복판으로 뛰어들었다. 그때 정면에서 말을 타고 달려오는 젊은 무사가 있었다.

“장영이라는 자가 네놈이냐?”

보니 며칠 전에 자신이 성의 망대에서 활로 쏘아 보기 좋게 명중시켰다고 믿었던 손책이었다.

‘앗, 죽었다는 것은 거짓이었단 말인가.’

너무 놀라 달아나려고 했다.

“어리석은 놈!”

손책이 일갈하고 말을 몰아 장영의 말 뒤로 갔다. 그 순간 장영의 몸에서 검은 피가 길게 뿜어져 나오더니 목이 어디론가 날아가 버렸다.

진횡도 목숨을 잃었다.

처음부터 철저히 계획한 손책이 그대로 말릉성으로 돌진하자 미리 안에 들어가 있던 아군이 문을 열어 그를 맞아들였다.

일동이 승리의 함성을 지르고 만세 삼창을 불렀을 무렵 장강의 물이 하얗게 반짝이고 봉황산과 자금산의 봉우리마다 아침 해가 비치고 있었다.

손책은 그날 바로 법령을 공포하여 백성들을 안심시킨 후 말릉에는 아군의 일부만 남긴 채 즉시 경현涇縣(안휘성 무호의 남쪽)으로 쳐들어갔다.

이 무렵부터 그의 용명勇名은 일시에 높아져서 사람들이 그를 부를 때는 강동의 손랑孫郞이라고 칭송하거나 또는 소패왕小霸王이라고 부르며 경외했다.

해시계

||| 一 |||

이렇게 해서 소패왕 손랑의 이름은 떠오르는 해처럼 기세를 올렸고, 강동 일대는 그의 무위에 대부분 굴복해버렸다. 그러나 여전히 튼튼한 이빨처럼 뿌리 깊게 박힌 채 잇몸인 옛 영지를 지키며 쉽게 빼낼 수 없는 세력이 남아 있었다.

바로 태사자였다. 중심 기둥인 유요가 어디론가 도망가 버린 뒤에도 그는 절개를 지키며 흩어졌던 병사들을 모아 경현성에 틀어박혀 여전히 항전을 이어가고 있었다.

어제는 구강을 거슬러 올라갔고 오늘은 말릉에 당도했으며 날이 밝으면 또 경현으로 병사를 이끌고 갈 예정인 손책은 글자 그대로 남선북마南船北馬의 연전連戰이었다.

"작은 성이지만 북쪽 일대가 늪지대이고 뒤에는 산을 지고 있다. 게다가 성안의 병사는 불과 2,000명이라고 하지만 이렇게 최후까지 버티고 있는 병사들이라면 분명 죽음을 각오한 자들일 터."

손책은 경현에 도착했지만, 결코 아군의 우세를 자만치 않았다.

"함부로 가까이 가지 마라."

오히려 경계하며 공격군을 멀찍이 배치하고 천천히 성안의 분위기를 살폈다.

"주유."
"네."
"자네에게 묻겠네만, 자네가 총대장이라면 이 성을 어떻게 무너뜨리겠나?"
"이 성을 무너뜨리기는 지극히 어렵습니다. 막대한 희생을 치를 각오를 해야 할 것입니다."
"자네도 그렇게 생각하는가?"
"다만 한 가지 생각할 수 있는 계책은 죽음을 두려워하지 않는 장수 한 명에 열 명 정도의 결사대를 모아 이들에게 타기 쉬운 나뭇진이나 기름 먹인 헝겊을 짊어지고 바람이 부는 밤에 성안에 몰래 들어가 곳곳에 불을 지르게 하는 것입니다."
"몰래 들어갈 수 있을까?"
"사람이 많으면 발각될 것입니다."
"하지만 저 높은 성벽을 어찌 오른단 말인가?"
"방법이 없는 것도 아닙니다."
"그런데…… 누굴 보내면 되겠나?"
"진무陳武가 적임자입니다."
"진무는 휘하에 들어온 지도 얼마 되지 않았고 앞으로도 쓸모가 많은 훌륭한 장수네. 사지로 보내기엔 아까운 인물이야. 그리고 더 아까운 것은 적이지만 태사자라는 인물이네. 그를 생포하여 우리 편으로 삼고 싶은데."
"그렇다면 이렇게 하면 어떻겠습니까? 안에서 불빛이 보이면 네 방면에서 동시에 맹렬하게 공격하되 북문만은 일부러 느슨하게 공격하는 것입니다. 태사자는 그곳을 치고 나올 것입니다. 나오면 태사자만을 집중해서 쫓고 앞길에는 복병을 숨겨놓는 것입니다."

"명안이군!"

손책은 손뼉을 쳤다.

진무 아래로 열 명의 결사대가 모였다. 만일 임무를 완수하고 살아 돌아오면 부하 100명을 거느리는 오장伍長으로 승진시키고 막대한 은상을 준다고 하니 많은 지원자가 나왔다.

그중에서 열 명을 뽑아 바람이 부는 밤이 되기를 기다렸다.

이윽고 달이 뜨지 않고 바람이 부는 밤이 찾아왔다.

기름을 먹인 헝겊과 잡목 등을 병사들의 등에 짊어지게 하고 진무도 가벼운 차림으로 땅을 기고 풀을 헤치며 적의 성벽 아래까지 몰래 다가갔다.

성벽은 돌담이 아니라 높은 온도에서 흙을 구어 만든 전磚이라는 두께 1장丈(약 2.3미터) 남짓의 일종의 벽돌을 수십 장 높이로 쌓아 올린 것이었다.

그러나 수백 년의 비바람에 황폐해지는 사이에 전과 전 사이에는 풀이 자라고 흙이 무너지고 새들이 둥지를 틀어 벽면이 꽤 거칠어져 있었다.

"다들 들어라. 우선 내가 먼저 올라가서 밧줄을 내릴 테니 거기에서 몸을 웅크린 채 보초가 오나 망을 보고 있어라. 알겠나. 소리를 내서도 안 되고 움직여서 적에게 발각돼서도 안 된다."

진무는 그렇게 주의를 준 뒤 혼자서 성벽을 기어 올라갔다. 전과 전 사이에 단검을 꽂아 그것을 발판으로 삼아서 한 걸음 한 걸음 사다리를 만들며 올라갔다.

||| 二 |||

"불이야!"

"불이 났다."

"수상한 불이다."

창고에서 또 망대 아래에서, 서고의 마루 밑에서, 동시에 또 마구간에서도, 각 문의 파수병들이 한꺼번에 큰 소리로 외쳤다.

태사자는 장군대 위에서 큰 소리로 불을 끄라고 지시했다.

"소란 떨지 마라. 적의 계략이다. 당황하지 말고 불을 꺼라."

그러나 성안은 이미 혼란에 빠져 있었다.

슝!

슝!

화살이 태사자의 몸을 스치고 지나갔다.

장군대에 서 있을 수도 없을 만큼 바람도 거세게 부는 칠흑 같은 밤이었다.

사방에서 일어나는 불길을 막아낼 수가 없었다. 이쪽을 끄면 또 다른 곳에서 불이 일어났다. 그 불은 순식간에 퍼졌다.

그뿐만 아니라 성의 세 방면에서 거센 바람을 타고 고함과 북소리, 기습을 알리는 징 소리 등이 한꺼번에 쫓아왔기 때문에 성안의 병사들은 불을 끌 상황이 아니었다. 가마솥 안의 콩처럼 허둥대기 시작했다.

"북문을 열고 빠져나가라."

태사자는 장군대에서 뛰어내리며 부장에게 명령했다. 그리고 선두에 서서 거센 바람을 뚫고 성 밖으로 달려나갔다.

"성 밖으로 나가서 단번에 손책과 승부를 내겠다. 적은 성을 포위하기 위해 세 방면으로 전군을 나눴다. 다행히 북쪽은 공격군이 많지 않다."

불에 쫓기고 태사자에게 명령도 받았으므로 당연히 가마솥의 콩들도 쏟아져 나왔다.

그런데 허술해 보였던 성 북쪽의 적이 의외로 많았다.

"저기 태사자가 나왔다!"

서로 신호를 주고받는가 싶더니 팔방의 어둠 속에서 화살이 빗발쳤다.

태사자의 병사들은 적을 실물로 보기도 전에 대부분이 죽거나 다쳤다. 그런데도 태사자는 굴하지 않고 혼자서 사력을 다해 싸웠다.

"공격하라, 공격해! 적의 중심을 돌파하라!"

그러나 그를 따르는 병사는 몇 명 되지 않았다.

그 몇 명 되지 않는 병사들마저 죽거나 도망갔는지 주위를 둘러보니 어느새 그는 혼자가 되어 있었다.

'어쩔 수 없다. 여기까지구나.'

화마에 싸인 성을 돌아보며 그는 입술을 깨물었다. 이렇게 된 이상 고향인 황현黃縣 동래에 숨어서 다시 때를 기다리자고 결심했다.

여전히 멈추지 않는 질풍과 화살이 어지럽게 날아다니는 어둠 속을 달려 강기슭 쪽으로 향했다.

그때 뒤에서 외치는 소리가 들렸다.

"태사자를 놓치지 마라!"

"태사자는 거기 섰거라."

목소리를 실은 거센 바람이 쫓아왔다. 10리, 20리, 아무리 도망가도 쫓아왔다.

이 지방에는 늪과 호수, 작은 물웅덩이가 매우 많았다. 장강의 물이 무호蕪湖로 들어가고 무호의 물이 또 광야의 무수한 웅덩이로 나뉘었다.

그 호수와 늪과 들에는 또 갈대가 쓸쓸히 우거져 있었다. 때문에 그는 몇 번이나 길을 잃었다.

"이크!"

결국 그의 말은 늪의 진흙에 다리가 빠졌고 그의 몸은 갈대 속으로 내동댕이쳐졌다.

그러자 사방의 갈대 속에서 순식간에 갈퀴가 날아왔다. 추와 갈고리 따위가 달린 쇠사슬이 그의 몸을 휘감았다.

"분하다."

태사자는 생포되었다.

뒤로 결박당해 끌려가는 도중에도 그는 몇 번이나 구름이 빠르게 흘러가는 하늘을 올려다보고는 슬픔의 눈물을 글썽였다.

"분하다."

||| 三 |||

이윽고 그는 손책의 본진으로 끌려왔다.

모든 것을 체념한 그는 태연하고 침착하게 목이 잘리기를 기다리며 눈을 감고 앉아 있었다. 그때 장막을 걷고 나타난 자가 마치 친구라도 맞이하듯이 친숙하게 말했다.

"이야, 오랜만이네."

태사자가 반쯤 눈을 뜨고 그 사람을 보니 다름 아닌 적장 손책이었다. 태사자는 의연하게 말했다.

"손랑인가. 어서 내 목을 쳐라."

손책은 성큼성큼 다가갔다.

"죽기는 쉽고 살기는 어렵다. 너는 어째서 그렇게 죽음을 서두르느냐?"

"죽음을 서두르는 것이 아니라 이렇게 된 이상 잠시도 수치를 당하고 싶지 않다."

"너에게도 수치가 있었느냐?"

"패군의 장수로서 더 이상 쓸데없는 말은 하고 싶지 않다. 너도 쓸데없는 질문은 하지 말고 그 검을 빼서 단칼에 내 머리를 쳐라."

"아니지, 나는 너의 충절을 잘 알고 있건만, 너의 피를 보고 웃을 생각은 조금도 없다. 너는 스스로를 패군의 대장이라고 비하하고 있지만, 그 패배의 원인은 너에게 있지 않다. 유요가 어리석은 탓이었어."

"……."

"안타깝게도 넌 영민한 자질을 갖추고도 좋은 주인을 만나지 못한 것이다. 구더기 속에 있어서는 누에도 고치를 만들지 못하고 실도 토해내지 못하지 않을까?"

"……."

태사자가 아무 말 없이 고개를 숙이고 있자 손책은 무릎을 굽혀 그의 포박을 풀고 다시 말했다.

"어떤가. 너는 너의 목숨을 더 의의 있는 싸움과 너의 인생을 위해 바치지 않겠나? 다시 말하면 나의 부하가 되어 일할 생각은 없는가?"

태사자는 기꺼이 받아들였다.

"내가 졌소. 항복합니다. 부디 아둔한 저를 휘하에 두고 필요한 곳에 써주시오."

"넌 참으로 시원시원한 사람이군. 쓸데없이 고집을 부리지 않는 그 담백한 태도가 마음에 든다."

손책은 태사자의 손을 잡고 자신의 막사로 데리고 가서 우스갯소리로 물었다.

"그런데 지난번 신정산에서 싸울 때 둘 다 선전을 펼쳤는데, 그 때 조금 더 일대일 대결을 계속했다면 네가 날 이겼을 것이라 생각하느냐?"

태사자도 웃으면서 대답했다.

"글쎄요, 어떻게 됐을까요? 승패는 잘 모르겠습니다."

"하지만 이것만은 확실했을 거야. 내가 졌다면 나는 너의 오라를 받았겠지."

"물론입니다."

"그랬다면 너는 내 포승을 풀고 내가 그런 것처럼 나를 살려주었을까?"

"글쎄요, 그랬다면 아마도 장군의 목은 날아갔을 것입니다. 왜냐하면 나는 살려주고 싶은 마음이 있어도 유요가 살려줄 리 없기 때문입니다."

"하하하, 그렇군."

손책은 크게 웃었다.

주연 자리를 마련하여 두 사람은 더욱 유쾌하게 이야기를 나눴다. 손책이 그에게 요청했다.

"앞으로 있을 전투에 대해서도 여러모로 자네의 의견을 물을 테니 좋은 계책이 있으면 가르쳐주게."

"패장이 감히 무슨 말을 하겠습니까?"

태사자는 겸손하게 말했다.

그러나 손책은 그렇지 않다며 논박했다.

"그렇지 않아. 옛날 한신을 보게. 한신도 항복한 적장인 광무군에게 계책을 묻지 않았나?"

"그럼, 뭐 대단한 계책은 아닙니다만, 장군의 사람이 된 증거로 한 가지 말씀드리겠습니다……. 하지만 제가 드리는 말씀은 아마도 장군의 마음에 들지 않을 것입니다."

태사자는 손책의 얼굴을 보며 미소를 띠었다.

||| 四 |||

손책도 미소 지었다.

"허허, 그렇다면 자네는 모처럼 진언해도 이 손책이 그 계책을 쓸 그릇이 못 된다고 생각한다는 말인가?"

"그렇습니다."

태사자는 고개를 끄덕이고 말을 이었다.

"그걸 걱정하는 것입니다. 그러나 일단 말씀은 드려보겠습니다."

"음, 그럼 들어보지."

"다름이 아니라 유요를 따르던 병사들은 그 후 주인을 잃고 사방으로 흩어져 떠돌아다니고 있습니다."

"아, 패잔병 말인가?"

"패잔병이라면 이미 무력화된 무능한 무리로 무시하는 경향이 있습니다만, 때를 얻지 못했을 뿐 그중에는 아까운 장수와 병졸들도 섞여 있습니다."

"음, 그들을 어떻게 하자는 말인가?"

"지금 저를 사흘 정도 자유롭게 해주신다면 제가 가서 그들을 설득하여 변변치 않은 자들은 버리고 쓸 만한 자들만 골라 반드시 장래에 장군의 방패가 될 정병 3,000을 모아서 돌아오겠습니다. 그리고 장군께 충성을 맹세케 하겠습니다."

"좋아. 가보도록 하게."

손책은 아량을 베풀어 즉시 허락했다.

"하지만 오늘부터 사흘째 오시午時(11시~13시)까지는 반드시 돌아와야 해."

다짐을 하고 준마 한 마리를 내준 후 그날 밤에 그를 진중에서 놓아주었다.

다음 날 아침, 본영의 장수들은 태사자의 모습이 보이지 않자 이상히 여기며 손책에게 물었다. 그러자 손책은 어제 그의 진언을 듣고 사흘 동안 자유롭게 해주었다고 했다.

"뭐라고요, 태사자를?"

장수들은 모처럼 생포한 우리 안의 호랑이를 들판에 놓아준 것처럼 기막혀했다.

"아마도 태사자의 진언은 거짓이었을 것입니다. 다시는 돌아오지 않을 것입니다."

손책은 그런 사람들에게 웃으면서 고개를 저었다.

"돌아올 것이오. 그는 신의가 있는 사람이오. 그렇게 보았기 때문에 나는 그의 생명을 아낀 것이오. 혹시 신의가 없어 돌아오지 않는 인간이라면 다시 보지 않아도 아쉬울 것이 없소."

"글쎄, 어떻게 될까요?"

장수들은 여전히 믿지 않는 눈치였다.

사흘째 되는 날 손책은 진영 밖에 해시계를 설치하고 병사 두 명에게 지켜보게 했다.

"진시辰時입니다."

지켜보는 병사는 한 시진이 지날 때마다 손책에게 알리러 왔다.

"사시巳時가 되었습니다."

잠시 후 다시 보고가 들어왔다.

해시계는 진의 시황제가 진중에서 사용한 것이 최초라고 한다. 《송사宋史》에는 하승천何承天이 표후일영表候日影을 담당했다고 기록되어 있다. 명대明代에는 귀영대晷影臺라는 것이 있었다. 해시계가 발전한 것이다.

물론 후한 시대의 해시계는 원시적인 것으로 막대기를 모래 위에 세우고 그 그림자의 길이를 재서 시각을 계산한 것이었다. 모래땅 대신 마룻바닥을 이용하거나 벽에 비치는 그림자를 기록하는 방법 등도 있었다.

"오시입니다."

해시계를 지켜보던 병사가 진막을 향해 큰 소리로 외치자 손책은 장수들을 불러 손가락으로 가리키며 말했다.

"남쪽을 보시오."

과연 태사자가 3,000명의 병사를 이끌고 약속 시간에 맞춰 맞은편 들판 끝에서 풀과 흙먼지를 날리며 달려오고 있었다.

손책의 통찰력과 태사자의 신의에 감동하여 의심했던 장수들도 자신도 모르게 두 손을 들어 환호하며 그를 맞이했다.

명의

||| 一 |||

일단 강동도 평정했다.

병력은 날이 갈수록 증강될 뿐이었고 위풍은 멀고 가까운 지역을 굴복시켜 손책의 통업統業은 여기서 한 단계 올라갔다고 해도 될 것이다.

"지금부터가 중요해. 이제 난 뭘 해야 할까?"

손책은 자문자답을 하다 답을 얻었다.

"그래. 어머니를 모셔오자."

그의 노모를 비롯한 일족은 집안의 기둥이었던 손견이 죽은 후 오랫동안 곡아의 벽촌에서 살며 온갖 박해를 받고 있었다.

주렴이 달린 가마, 비단 덮개가 있는 아름다운 마차.

그리고 많은 장수와 호위병을 보내 그는 곡아에서 노모를 비롯한 일족을 데려오게 했다.

손책은 오랜만에 노모의 손을 잡고 선성宣城으로 모시며 말했다.

"이제 안심하시고 여생을 이곳에서 편안히 보내세요. 저도 이제 어른이 되었으니 제가 잘 모시겠습니다."

이미 백발이 된 노모는 어리둥절해했다. 그리고 너무 기쁜 나머지 눈물을 쏟았다.

"네 아버지가 살아 계셨더라면 좋았을 텐데."

손책은 아우 손권에게 부탁했다.

"너에게 대장 주태周泰를 붙여줄 테니 선성을 지키고 나 대신 어머니를 잘 보살펴드리거라."

그리고 자신은 다시 남쪽을 제패하기 위해 떠났다.

그는 싸워서 취한 땅은 바로 치안을 유지하고 민심을 얻는 것을 가장 중시했다.

법을 바로 세우고 빈민을 구제했다. 또 산업을 촉진하는 한편 악질 범죄자는 털끝만큼도 용서치 않고 엄벌에 처했다.

손랑이 온다!

이 소리만으로도 양민들은 당황해서 길을 열고 길가에 엎드렸으며 불량한 사람들은 간담이 서늘해져서는 모습을 감추었다.

"손랑은 백성을 사랑하고 신의 있는 인재를 쓸 줄 아는 장군이다."

그때까지 주나 현의 관아나 성을 버리고 산야로 도망친 관리들도 이런 소문을 듣고 속속 돌아와서 관리가 되기를 청하는 자가 끊이지 않았다.

손책은 그런 문관들도 채용하여 평화의 부흥에 힘쓰게 했다.

그리고 이후의 치안은 채용한 사람들에게 맡기고 자신은 남하하며 정벌에 힘썼다.

그 무렵, 오군吳郡(절강성)에는 '동오東吳의 덕왕德王'이라고 자칭하는 엄백호嚴白虎가 위세를 떨치고 있었는데, 손책 군이 드디어 남쪽으로 진로를 정하고 내려온다는 소문을 듣고 동요했다.

"큰일이군!"

엄백호의 아우 엄여嚴與는 풍교楓橋(강소성 소주 부근)까지 병사를 이끌고 가서 방어에 임했다.

이때 손책은 '대수롭지 않은 작은 성'이라며 자신이 직접 전선에 서서 단번에 돌파하려고 했지만 장굉이 말렸다.

"장군의 한 몸은 삼군三軍(중국 주나라 때 대국大國의 제후가 가진 군대. 상군, 중군, 하군으로 이루어져 있었다)의 생명입니다. 장군께서는 중군에 머물며 하늘이 주신 몸을 소중히 하시기 바랍니다."

"알았네."

손책은 간언을 듣고 대장 한당에게 선봉을 맡겼다.

진무와 장흠 두 장수는 작은 배를 타고 풍교 뒤로 돌아가 적을 협공했기 때문에 엄여는 버티지 못하고 오성으로 후퇴해버렸다.

숨 돌릴 틈도 없이 오성으로 진격한 손책은 해자 옆에 말을 세우고 경쟁하듯 공격하는 아군을 지휘했다.

그런데 오성의 높은 망대에 난 창으로 상반신을 내밀고 왼손은 창틀을 짚고 몸을 지탱하고 오른손은 손책을 가리키며 뭔가 욕설을 퍼붓고 있는 적장으로 보이는 사내가 있었다.

"괘씸한 놈이군."

손책이 뒤를 보니 아군인 태사자도 그를 보았는지 어느새 화살을 있는 힘껏 잡아당기고 있었다. 그리고 그의 손가락이 시위를 놓자 날아간 화살이 겨냥한 대로 높은 망대의 창틀에 박혔다.

게다가 적장인 듯한 사내의 손을 꿰뚫어 창틀에 박아버렸다.

"훌륭하군."

손책이 안장을 치며 칭찬하자 전군 모두 그의 솜씨에 감탄하며 쾌재를 불렀다. 그 함성만으로도 이미 오성을 압도하고 있었다.

||| 二 |||

태사자의 화살 한 발에 망대의 창틀에 손이 박힌 적장은 비명을 지르며 몸부림치고 있었다.

"누가 이 화살을 좀 빨리 뽑아라!"

그때 달려온 병사가 화살을 뽑고 어디론가 부축해서 갔다.

그 적장은 좋은 웃음거리가 되었다. 태사자는 '근래에 보기 드문 명사수'라고 소문이 났다. 다년간 절강浙江의 한 지방을 차지하고 스스로를 '동오의 덕왕'이라 칭하던 엄백호도 오랜 자부심이 조금은 흔들리는 것을 느꼈다.

"만만치 않구나."

손책 군을 보니 총사령관인 손책을 비롯해 휘하의 장성들이 모두 놀랄 정도로 나이가 어렸다.

새로운 시대가 탄생시킨 신진 영웅의 무리가 왕성한 투지를 불태우며 말 머리를 나란히 하고 있는 모습이었다.

"엄여, 이제 뭔가 생각해볼 때가 된 것 같다."

그는 아우를 돌아보고 팔짱을 끼며 말했다.

"어떻게 생각하십니까?"

"글쎄, 잠깐의 수치를 감내하더라도 깊은 상처를 입기 전에 화친해야 하지 않을까?"

"항복하시게요?"

"그에게 명예를 주고 우리는 실리를 취하는 것이지. 그들은 젊으니까 전쟁에는 강하지만, 사려가 깊거나 멀리 내다볼 줄은 모를 것이다. 화친한 후에는 우리 쪽에서 손쓸 방법도 있고."

엄여는 형을 대신해서 즉시 강화의 사자로 손책의 진영을 향해 출발했다.

“그대가 동오 덕왕의 아우인가? 과연…….”

손책은 그를 거리낌 없이 쳐다보고 있다가 바로 주연 자리를 마련하여 술을 권했다.

“자, 마시면서 이야기하지.”

엄여는 손책을 보며 마음속으로 생각했다.

‘과연 강동의 소패왕이라고 불릴 정도로 씩씩하지만, 아직 젖비린내가 나는군. 이상주의자인 서생이 우연히 때를 얻어 병마를 거느리고 좋아서 어쩔 줄을 모르는 모습이야.’

그리고 그가 젊다고 쉽게 보고 자꾸만 추켜세웠다. 그러자 분위기가 무르익었을 무렵 손책이 갑자기 수수께끼 같은 질문을 던졌다.

“그대는 이렇게 해도 태연히 있을 수 있나?”

“이렇게 해도라니요?”

엄여가 반문하자 손책은 느닷없이 칼을 뽑더니 그가 앉아 있는 의자의 다리를 벴다.

“바로 이것이지.”

그는 뒤로 벌러덩 자빠졌다.

“그래서 내가 미리 말하지 않았나?”

손책은 배를 잡고 웃으면서 넘어진 쪽이 잘못했다는 듯 말하고 칼을 거두었다. 그리고 놀라서 새파랗게 질린 엄여에게 손을 내밀었다.

“자, 일어나게. 술에 취해서 장난친 것일 뿐이니까. 그런데 동오 덕왕의 사자여, 그대의 형은 도대체 나에게 어떤 조건으로 화친을 청하겠다는 것인가? 그 의향을 들어보기로 하지.”

"형님이 말씀하시기를……."

엄여는 허리의 통증을 참으며 자세를 가다듬었다.

"그러니까…… 무익한 전쟁을 하여 병사들을 다치게 하기보다는 오래도록 장군과 화친하여 강동 땅을 평등하게 나누면 어떻겠느냐는 것이 형님의 뜻입니다."

"평등하게?"

손책은 눈썹을 치켜세우며 큰 소리로 말했다.

"너희들 같은 좀도둑이 우리와 동격으로 영토를 평등하게 나누자고? 주제 파악을 못 해도 너무 못 하는구나. 돌아가라."

화친은 성립되지 않은 것으로 보고 엄여가 잠자코 돌아가려는데 손책이 뒤에서 달려들어 단칼에 목을 베고 칼에 묻은 피를 떨어냈다.

||| 三 |||

손책은 칼을 닦고 한쪽에서 떨고 있는 엄여의 부하들을 향해 말했다.

"그 머리를 가지고 돌아가라."

그리고 마룻바닥 한쪽에 나뒹굴고 있는 엄여의 머리를 손가락으로 가리키면서 거듭 말했다.

"내 대답은 이 머리다. 돌아가서 엄백호에게 본 대로 고하라."

부하들은 엄여의 머리를 끌어안고 도망치듯 돌아갔다.

엄백호는 아우의 머리만 돌아온 것을 보고 복수를 생각하기보다는 오히려 손책의 무시무시한 도발에 부들부들 떨면서 생각했다.

'혼자 싸우는 것은 위험하다.'

일단 회계會稽(절강성 소흥)로 후퇴하여 절강성의 장수들에게 도움을 청한 뒤 다시 계책을 짜야겠다며 마음이 약해져서는 오성을 버리고 한밤중에 홀연히 달아나버렸다.

공격군인 태사자와 황개 등은 도망치는 무리를 추격하여 대승을 거두었다.

'동오의 덕왕'도 어제까지의 모습을 찾아볼 수 없을 정도로 처참해졌다. 가는 곳마다 추격군에게 박살이 났고, 양식을 구하려고 민가를 겁박하는가 하면 산과 들에 숨어가면서 간신히 회계에 도착했다.

회계의 태수는 왕랑王朗이라는 사람이었다. 왕랑은 엄백호를 도와 대군을 풀어 손책을 공격하려고 했다.

그러자 신하 중에 이름은 우번虞翻, 자는 중상仲翔이라는 자가 간언했다.

"때가 왔습니다. 때를 거스르는 망동은 스스로를 망칠 뿐입니다. 이번 전쟁은 피하십시오."

"때라니, 그게 뭔가?"

왕랑의 물음에 중상이 바로 대답했다.

"시대의 물결입니다."

"그렇다면 외적의 침략을 보고도 수수방관하란 말인가?"

"엄백호를 잡아서 손책에게 바치고 그와 화친을 맺어 나라의 안녕을 도모해야 합니다. 그것이 시대의 흐름을 거스르지 않는 길입니다."

"바보 같은 소리. 손책 따위에게 회계의 왕랑이 창피하게 아첨이나 떨라는 말이냐? 그것이야말로 세상의 웃음거리가 되는 길이 아니냐?"

"그렇지 않습니다. 손책은 의를 존중하고 어진 정치를 베풀어 최근 들어 백성들 사이에서 벌써 인망이 두텁습니다. 그에 비해 엄백호는 사치와 악정 등 선한 일을 뭐 하나 한 것이 없습니다. 게다가 고리타분한 구시대 인물입니다. 태수께서 손을 내밀지 않아도 이미 시대와 함께 사라질 인물입니다."

"아니야. 엄백호와 나는 오래전부터 친분을 맺어온 사이. 손책이야말로 우리의 평화를 어지럽히는 외적이네. 이럴 때일수록 서로 협력하여 침략군을 쳐부숴야 해."

"아아, 태수도 다음 시대에는 쓸모가 없는 분이군요."

중상이 장탄식을 하자 왕랑은 격노하여 추방을 명했다.

"이놈이 내가 멸망하기를 바라고 있구나. 꼴도 보기 싫다. 눈앞에서 썩 꺼져라."

중랑은 오히려 기뻐하며 회계를 떠났다.

집에서 쫓겨나올 때 그는 아무것도 가지고 나오지 않았지만, 평소에 새장에서 기르던 종달새만은 "너도 마음에도 없는 사람 손에 길러지고 싶지는 않겠지."라며 새장째 들고 나왔다.

그가 왕랑에게 설명한 소위 시대의 풍랑은 산야에 숨어 지내던 현자를 세상으로 불러오기도 하지만 관아나 무신 정부의 구세력에 속해 있는 현자를 순식간에 산림으로 쫓아버리는 기능도 했다.

중상도 그중 한 명이었다.

그는 묵묵히 들판을 걸으며 앞으로 숨어지낼 곳을 찾았다.

그리고 이름도 없는 시골에 있는 산에 접어들자 안심한 듯 새장의 새를 푸른 하늘에 놓아주었다.

"너도 고향으로 돌아가거라."

중상은 푸른 하늘로 사라지는 작은 새를 바라보며 작별 인사를 했다. 앞으로 살아갈 자신의 모습과도 같다고 생각했기 때문이리라.

||| 四 |||

중상이 놓아준 새장의 작은 새가 넓은 하늘을 날고 있을 무렵 이미 지상에서는 회계성과 물밀듯 밀려드는 손책 군 사이에 연일 격전이 벌어지고 있었다.

회계 태수 왕랑은 그날 성문을 열고 직접 전장을 누비며 손책을 불렀다.

"애송이 손책아, 내 앞으로 나오너라."

"손책은 여기 있다."

대답 소리와 함께 직박구리 같은 젊은 장군이 갑옷과 칼을 철컹거리며 그의 눈앞에 나타났다.

"오오, 네놈이 바로 절강의 평화를 어지럽히는 불량배들의 우두머리냐?"

다 듣지도 않고 손책이 맞받아쳤다.

"이 늙은 멧돼지야, 뭘 그리 지껄이느냐? 양민의 고혈을 빨아 뒤룩뒤룩 살만 찐 게으른 도적을 사치의 소굴에서 쫓아내기 위해 온 나의 병사들이다. 이제 정신 차리고 당장 성을 바쳐라."

왕랑은 화를 내며 덤벼들었다.

"뻔뻔스러운 말을 잘도 지껄이는구나."

손책도 즉시 맞서 싸우려는데 뒤에서 부하 한 명이 앞으로 달려나오며 손책을 대신해서 왕랑에게 창을 들이댔다.

"장군, 돼지를 잡는 데 왕검은 필요치 않습니다."

태사자였다.

그러자 왕랑의 휘하에서도 주흔周昕이 말을 달려 태사자에게 돌진해왔다.

"왕랑을 놓치지 마라!"

"태사자를 죽여라!"

"주흔을 포위하라!"

"손책을 생포하라!"

양군의 고함이 어지럽게 뒤섞이며 치열한 혼전이 벌어졌다. 그러나 손책 군의 주유와 정보 두 장수가 어느 틈에 뒤로 돌아가 퇴로를 막자 회계성의 군사는 흩어지기 시작했다.

왕랑은 간신히 목숨을 건져 성으로 돌아갔지만, 그 피해는 상당했다. 이후 그는 소라처럼 성문을 단단히 걸어 잠그고 "함부로 나가지 말라."라며 오직 방어에 전력을 집중시키고 움직이지 않았다.

성안에는 동오에서 도망쳐온 엄백호도 숨어 있었다.

"손책 군은 긴 여행을 했기 때문에 이대로 한 달만 버티면 군량미가 부족해질 것입니다. 장기전이야말로 그들에게 불리한 것이니 수비만 잘 하고 있으면 자연히 손책은 궁지에 몰릴 것입니다."

이렇게 말하면서 한쪽 방면의 수비를 맡아 축토築土를 더욱 높이 쌓고 모든 방비를 강구하고 있었다.

과연 손책 군은 그것이 약점이었다. 아무리 공격해도 성안의 병사는 나오지 않았다.

"아직 보리는 익지 않았고 군량을 운반하기에는 길이 너무 멀다. 양민들이 모아둔 것을 빼앗아 군량을 충당한다고 해도 금방 바다 날 것이다. 무엇보다 우리의 대의大義가 서질 않아. 어쩌면 좋단 말인가?"

"책아, 나에게 좋은 생각이 있는데."

"오오, 숙부님 아니십니까? 좋은 생각이란 무엇입니까?"

손책의 숙부 손정은 그의 물음에 대답했다.

"회계의 재물과 군량이 회계성에는 없다는 것을 아느냐?"

"몰랐습니다."

"여기서 수십 리 떨어진 사독査瀆이라는 곳에 숨겨두고 있다. 그러니까 사독을 급습하면 왕랑은 성을 나오지 않고는 배기지 못할 것이다."

"과연 명안입니다."

손책은 숙부의 말에 따라 그날 밤 진영 곳곳에 화톳불을 피우고 엄청나게 많은 깃발을 늘어세워 마치 당장이라도 회계성을 공격할 것처럼 꾸미는 의병지계擬兵之計(가짜를 보여주고 진짜를 감추어 경계심을 풀고 방비하지 못하도록 하는 계책)를 쓰는 한편 병사들에게는 사독을 향해 총진격을 명했다.

||| 五 |||

의병지계인 줄도 모르고 공격군이 피워놓은 많은 화톳불을 보고 성안의 병사들은 "방심하지 마라! 공격해올 것이다."라며 잠도 자지 않고 수비에만 전념했다. 그러나 날이 밝아 성벽 아래의 화톳불이 꺼진 뒤에 보니 성벽 아래에는 단 한 명의 적병도 없었다.

"사독이 공격당하고 있다!"

이 소식을 들은 왕랑은 놀라서 성을 나왔다. 그리고 병사들을 이끌고 사독으로 달려가는 도중에 손책의 복병을 만나 결국 왕랑의 병사들은 철저하게 섬멸되었다.

왕랑은 사지에서 겨우 몸만 빠져나와 해우海隅(절강성 남우)로 도망쳤다. 엄백호는 여항余杭(절강성 항주)을 향해 달아나는 도중에 원대元代라는 사람에게 술을 대접받고 자는 사이에 목이 잘렸다.

이렇게 해서 회계성은 손책의 손에 들어갔고 남쪽 지방 대부분을 통치하게 된 손책은 숙부 손정을 회계성의 성주로, 심복 군리를 오군의 태수로 임명했다.

그런데 그 무렵 선성에서 파발마가 와서 그의 집안에 작은 소동이 있었다는 것을 알렸다.

"어느 날 밤, 근처 산중에 사는 산적과 각지의 패잔병이 하나가 되어 불시에 선성을 공격해왔습니다. 아우분인 손권과 대장 주태 두 분이 방어에 전력을 다했습니다만, 그때 적진에 뛰어들어 공격하던 아우분을 구해내기 위해 주태 대장께서 갑옷도 입지 않고 많은 적을 상대로 싸우다 몸에 창상을 열두 곳이나 입고 빈사 상태입니다."

사자의 이야기를 듣고 손책은 서둘러 선성으로 돌아갔다. 가장 걱정되었던 어머니는 무사했지만, 주태가 생각 이상으로 심한 중상을 입고 밤낮으로 고통에 시달리고 있었다.

"어떻게든 그를 살려주고 싶은데, 어디서 상처에 잘 듣는 약을 구해올 수 없겠나?"

가신들에게 지혜를 구하자 전에 엄백호의 목을 비쳐 신하가 된 원대가 말했다.

"벌써 7년 전입니다만 해적이 쏜 화살에 맞아 심한 상처를 입었을 때 회계의 우번이라는 사람이 자신의 친구 중에 명의가 있다며 소개해주었습니다. 그 명의의 치료를 받고 불과 열흘 만에 완치된 적이 있습니다."

"우번이라면 중상이라는 사람이 아닌가?"

"벌써 알고 계셨습니까?"

원대는 손책의 말에 눈이 휘둥그레졌다.

"아니, 그 중상이라면 왕랑의 신하였지만 찾아내서 쓸 만한 인물이라고 장소에게 추천을 받아 알 뿐이네. ……당장 중상을 찾아내고 동시에 그 명의도 데려오도록 하라."

손책의 명령에 각 군의 관리들에게 수색령이 내려졌다.

중상은 재야에 숨은 지 얼마 되지도 않아서 다시 발각되었지만, 손책의 명을 듣자 "사람의 목숨을 구하는 일이라면." 하고 친구인 명의를 데리고 즉시 선성으로 달려왔다.

중상의 친구인 만큼 그 의사도 보통 사람은 아니었다.

백발에 얼굴은 동안인 노인으로 속된 마음이 없는 사람이었다.

찔레꽃인지 뭔지 모를 하얀 꽃을 한 송이 들고 끊임없이 그 향기를 맡으며 걷고 있었다. 인간 냄새가 너무 짙은 곳에 온 탓에 자연의 냄새가 그리운 듯한 표정이다.

손책이 만나서 이름을 묻자 '화타華佗'라고 대답했다.

패국沛國 초군譙郡 출신으로 자는 원화元化라고 한다. 명문가 출신인 듯했지만, 필요하지 않은 말은 하려고 하지 않았다.

바로 환자를 진찰하더니 중얼거렸다.

"일단 한 달쯤 가겠군."

정말로 한 달도 지나지 않아 주태의 상처는 씻은 듯이 나았다.

손책은 매우 기뻐하며 화타에게 말했다.

"그대가 진정한 명의로다."

"당신 역시 나라를 고치는 명의요. 치료법이 다소 거칠긴 하지만."

화타는 이렇게 대답하며 웃었다.

"상으로 무엇을 받고 싶은가?"

"아무것도 없소. 다만 중상을 써준다면 고맙겠소."

평화주의자

||| 一 |||

강남과 강동 81개 주는 바야흐로 시대의 인물 손책이 통치하는 곳이 되었다. 병사는 강하고 땅은 비옥하고 문화는 활기차고 참신했다. 자연히 소패왕 손랑의 위치는 확고해졌다.

장수들을 나누어 각지의 요해를 지키게 하는 한편 널리 인재를 모아 선정을 베풀었다. 얼마 지나지 않아 조정에 표문을 올려 중앙의 조조와 친교를 맺으며 외교적으로도 진출하는 한편 전에 몸을 의탁했던 회남의 원술에게도 사자를 보내 오랜만에 소식을 전했다.

오랜만에 연락드립니다. 일전에 맡겨둔 전국옥새 말입니다만, 그것은 선친의 소중한 유품이오니 돌려주셨으면 합니다. 물론 당시에 빌렸던 병마에 대해서는 열 배로 쳐서 갚아드리겠습니다.

그런데 그 후 원술은 어떻게 되었을까? 그 역시 회남을 중심으로 강소江蘇와 안휘安徽 일대에 걸쳐 점점 강대해졌고, 게다가 내심 뻔뻔스러운 야망을 품고 있었기 때문에 군비와 성채에 특히 힘을 쏟고 있었다.

"오늘 이 회의실에 그대들을 모이게 한 것은 다름이 아니라 인제 와서 손책이 느닷없이 전국옥새를 돌려달라고 했기 때문이네. 어떻게 대답하면 좋겠나? 거기에 대해서 각자 의견이 있으면 말해보라."

그날 원술은 30여 명의 장수들에게 자문을 구했다.

장사長史 양대장楊大將과 도독都督 장훈張勳을 비롯해 기령起靈, 교유橋狌, 뇌박雷薄, 진란陳蘭 등 고위 관료들이 빠짐없이 모여 있었다.

"답장 따위는 할 필요 없습니다. 묵살하는 것이 좋습니다."

한 장수가 말했다.

그러자 또 다른 장수도 손책을 비난했다.

"손책은 배은망덕한 놈입니다. 이 집에서 기거하며 신세를 지고도 거짓말로 병사 3,000명과 말 500마리를 빌려 간 채 지금까지 어떤 연락도 없었습니다. 이제야 연락이 왔나 싶었는데 맡겨놓은 물건을 내놓으라니 참으로 무례하기 짝이 없습니다."

"음, 음."

원술의 안색은 좋았다.

신하들도 그의 야망을 어렴풋이 알고 있었다. 그래서 일제히 입을 모아 말했다.

"즉시 강동에 파병하여 배은망덕한 놈을 응징해야 합니다."

그러나 양대장은 반대했다.

"강동을 치려면 저 험난한 장강을 건너야 합니다. 게다가 손책은 지금 떠오르는 태양과 같은 기세로 사기가 하늘을 찌를 듯합니다. 지금은 잠시 자중하는 것이 상책입니다. 우선 북방의 우환거리부터 제거하고 국력을 더 키운 뒤 천천히 남쪽으로 공격해 들어가도 늦지 않을 것입니다."

"그렇군. ……북방의 우환거리라면 소패의 유비와 서주의 여포인데."

"소패의 유비는 세력이 작아 제거하기 어렵지 않습니다만, 여포가 버티고 있습니다. 그러니 계략을 써서 두 사람 사이를 갈라놓아야 합니다."

"어떻게 해서 두 사람을 갈라놓는단 말인가?"

"그건 간단합니다. 단, 전에 여포에게 주기로 약속한 군량 5만 석과 금은 1만 냥, 말과 비단 등의 물건들을 줄 필요가 있습니다."

"좋아. 줘야 한다면 줘야지."

원술은 그 자리에서 그 의견에 따르기로 했다.

"조만간 소패와 서주가 내 밥상에 오르기만 한다면야 비싼 것도 아니지."

전에 유비와 싸웠을 때 여포에게 주기로 약속하고 주지 않은 군량과 금은, 비단, 말 등 막대한 물품들이 얼마 지나지 않아 서주를 향해 줄줄이 출발했다.

여포의 환심을 사기 위해.

그리고 유비를 고립시켜 섬멸한 후 여포를 제압할 계략이라는 것은 말할 필요도 없다.

||| 二 |||

여포도 그렇게 호락호락하지만은 않았다.

"인제 와서 원술이 막대한 재화를 보내온 것은 무슨 속셈일까?"

물론 기쁘기는 했지만 동시에 의심도 들었다.

"진궁, 자네는 어떻게 생각하나?"

"속이 빤히 들여다보이는 일입니다."

진궁은 웃었다.

"장군을 견제하고 한편으로는 유비를 치겠다는 속셈입니다."

"그렇지? 나도 왠지 그런 생각이 들었네."

"유비가 소패에 있는 것이 장군에게는 전위대가 될지언정 어떤 해도 되지 않습니다. 그에 반해 혹여 원술이 손을 뻗어 소패가 그의 세력 안에 들어가면 북방 태산의 호걸들과 손을 잡을 우려도 있고 서주는 안심할 수 없게 됩니다."

"그런 계략에는 걸리지 않을 것이네."

"그렇습니다. 걸려서는 안 됩니다. 받을 것은 사양 말고 받고 침착하게 지켜보면 될 것입니다."

며칠 후 예상대로 첩보가 들어왔다.

회남의 병사들이 노도와 같이 소패를 향해 움직이기 시작했다는 것이었다.

원술의 막장 중 한 사람인 기령이 지휘를 맡아 병사 10만이 먼 거리를 달려 소패성으로 진군 중이라고 했다.

물론 원술 군은 먼저 보상금을 주었기 때문에 서주의 여포는 신경 쓰지 않고 진군하고 있는 듯했다.

한편 소패에 있는 유비는 그 대군과 맞서서는 도저히 승산이 없다는 것을 알고 있었고, 무엇보다도 병기와 군량조차 부족했기 때문에 여포에게 파발마를 보냈다.

예상치 못한 대란이 일어났습니다. 급히 지원을 청합니다.

여포는 병사를 동원하여 은밀히 소패로 가게 했을 뿐만 아니라 자신도 양군 사이로 출진했다.

회남의 병사들은 의외의 상황에 여포가 신의를 지키지 않았다며 분개했다. 대장 기령은 여포에게 격하고 거칠게 항의했다.

여포는 양군 사이에 끼어 꼼짝 못 하는 형세가 되었으나 결코 곤란한 표정은 아니었다.

"원술과 유비 양쪽이 모두 나를 원망하지 않도록 해야겠군."

여포가 중얼거리는 것을 들은 진궁은 그가 과연 그렇게 솜씨 좋게 일을 처리할 수 있을지 의심하면서 지켜보고 있었다.

여포는 두 통의 편지를 썼다.

그리고 기령과 유비를 같은 날 자신의 진영으로 초대했다.

유비는 소패성에서 그리 멀지 않은 곳에 5,000명이 채 되지 않는 병사를 이끌고 진을 치고 있었다. 그곳으로 여포의 초대장이 도착하자 "가지 않으면 안 된다."라며 일어서려고 했다.

관우가 완강하게 말렸다.

"여포에게 다른 마음이 있으면 어떻게 합니까?"

"나는 오늘까지 그에게 절의節義와 겸양을 지켜왔네. 그가 나를 의심하게 할 만한 행위는 아무것도 하지 않았어. 그러니 그가 나를 해할 이유가 없네."

유비는 그렇게 말하고 벌써 걸음을 옮겼다. 그러자 장비가 유비의 앞을 막으며 말했다.

"형님이 그렇게 말해도 우리는 여포를 신뢰할 수 없소. 출발을 잠시 멈춰주시오."

"장비야! 어디로 갈 생각이냐?"

“여포가 성을 나와 진지에 있는 것은 뜻밖의 행운입니다. 잠깐 군사를 빌려 놈의 중군을 기습하여 여포의 목을 베고 내친김에 기령의 선봉도 밟아 뭉개고 돌아오겠수다. 두 시진(4시간)도 걸리지 않을 것이오.”

유비는 여포의 초대보다도 장비의 만용이 훨씬 두려웠다.

“관우, 손건, 어서 장비를 말리게.”

장비는 이미 칼을 뽑아 들고 달려나갔으나 사람들이 부둥켜안고 말려서 겨우 데리고 들어왔다.

||| 三 |||

관우는 장비를 타일렀다.

“장비야, 그 정도로 여포가 의심스럽고 만일의 일이 걱정된다면 목숨 걸고 형님을 수호할 각오로 여포의 진영으로 가는 것이 어떻겠느냐?”

장비는 내뱉듯이 말했다.

“가지요! 어찌 가지 않을 수 있겠소?”

그리고 유비를 따라서 자신도 급히 말에 올랐다.

관우가 쓴웃음을 지었다.

“뭐가 웃깁니까? 형님도 가지 말라고 말리지 않았소?”

딱 아이들이 시비조로 덤비는 태도였다.

여포의 진영에 도착하자 장비의 얼굴은 더욱 굳어진 채 아무 표정이 없었다. 마치 괴상한 가면 같았다. 눈만 가끔 좌우로 움직일 뿐이었다.

관우도 방심하지 않고 유비의 뒤에 우뚝 서 있었다.

이윽고 여포가 나타나 자리에 앉았다.
“잘 오셨소.”
이 인사까지는 좋았다. 그러나 다음 말이 관우와 장비의 화를 돋웠다.
“지난번엔 공을 위기에서 구해내기 위해 나도 꽤나 고생했소. 그 은혜를 잊지 않았으면 좋겠소.”
그러나 유비는 머리를 낮게 숙이고 말했다.
“높은 은혜를 어찌 잊겠습니까? 고맙습니다.”
그때 여포의 가신이 고했다.
“회남의 기령 대장께서 오셨습니다.”
“오오, 벌써 오셨는가? 이쪽으로 안내하라.”
여포는 가볍게 명령하고 천연덕스럽게 앉아 있었으나 유비는 놀랐다.
기령은 적장이다. 게다가 교전 중이 아닌가. 유비는 급하게 자리에서 일어서며 자리를 피하려고 했다.
“손님이 오신 모양이니 저는 이만 실례하겠습니다.”
그러나 여포는 그를 제지하며 말했다.
“아니요. 오늘은 일부러 공과 기령을 같이 부른 것이오. 서로 의논할 일도 있으니 잠깐 앉아 있으시오.”
그러는 사이에 기령이 이미 문밖까지 안내되어 온 듯했다.
여포의 신하와 뭔가 이야기를 나누며 오고 있는 듯 호쾌한 웃음소리가 다가왔다.
“이쪽입니다.”
안내하는 무사가 진문인 장막을 올리고 안쪽을 가리키자 기령은 아무 생각 없이 들어오려다가 "앗?" 하고 안색을 바꾸며 그 자리에 우뚝 멈춰 섰다.

유비, 관우, 장비.

적장 세 명이 모두 눈앞에 있는 것이 아닌가. 기령이 놀라는 것도 무리가 아니었다.

여포가 돌아보며 비어 있는 자리를 손짓으로 가리켰다.

"자, 이쪽으로 오시지요."

그러나 기령은 의심을 거둘 수 없었다. 공포조차 느끼며 몸을 돌려 밖으로 나가 버렸다.

"이쪽으로 오시라는 데 뭘 그리 어려워하시오?"

여포는 따라 나가서 그의 팔을 잡고 어린아이처럼 번쩍 들어서 안으로 데리고 들어오려고 했다. 그러자 기령이 비명을 지르며 저항했다.

"여 공, 여 공, 내가 무슨 죄를 지었길래 나를 죽이려고 하시오?"

여포는 킥킥 웃으며 말했다.

"공을 죽일 이유는 없소."

"그럼, 유비를 죽일 계획으로 부른 것이오?"

"아니요. 유비를 죽일 생각도 없소."

"그렇다면, 그렇다면 도대체 무슨 생각이오?"

"쌍방을 위해서요."

"모르겠군. 마치 여우에게 홀린 것 같아. 그렇게 사람을 당혹하게 하지 말고 본심을 이야기하시오."

"나는 평화주의사요. 나는 원래 평화를 사랑하는 인간이니까. 그래서 오늘 양쪽을 만나게 하고 화친을 중재하려고 한 것이오.

공은 이 여포가 중재자로 부족하다고 생각하시오?"

||| 四 |||

평화주의자도 무색해졌으리라.

그것도 다른 사람이라면 몰라도 여포가 본인의 입으로 '나는 평화주의자다.'라고 큰소리친 것은 근래에 보기 드문 사건이었다.

기령도 애초에 이런 평화주의자를 신뢰할 리가 없었다. 이상하다기보다는 의심만 더 깊어졌다.

"화친이라고 했는데 도대체 그 화친이란 것이 무엇이오?"

"화친이란 전쟁을 그만두고 친교를 맺는 것이지요. 공은 그것도 모르시오?"

기령은 어안이 벙벙했다.

그런 기령의 표정은 전혀 개의치 않고 여포는 그의 팔을 거칠게 잡아당겨 자리로 데리고 왔다.

이상한 일이 일어났다.

좌중의 분위기는 급격히 어색해졌다. 기령도 유비도 여기서는 같은 손님이지만 전장에서는 적과 적이다.

"……."

"……."

서로 곁눈질하며 의연한 태도를 보이면서도 머뭇머뭇했다.

"이렇게 앉읍시다."

여포는 자신의 오른쪽에 유비를 부르고 왼쪽 자리를 기령에게 권했다.

주연이 시작되었다.

그러나 술맛이 좋을 리 없었다. 어느 쪽도 말없이 술잔의 가장 자리만 핥고 있었다.

"자, 이것으로 됐소. 이것으로 쌍방의 친교도 성립되었소. 흉금을 털어놓고 건배합시다."

여포는 혼자서 마시고 잔을 높이 들었다.

그러나 올라간 손은 그의 손뿐이었다.

이렇게까지 되자 기령도 가만히 있을 수 없었다. 자리를 박차고 일어날 듯한 얼굴을 하고 여포의 얼굴을 정면으로 쏘아보았다.

"장난은 그만 치시오."

"뭐가 장난이란 말이오?"

"생각 좀 해보시오. 나는 군령을 받고 10만 명의 병사를 인솔하여 유비를 생포하지 않으면 살아 돌아가지 않겠다고 결심하고 이 전장에 나왔소."

"알고 있소."

"백성들이 치고받고 싸우는 거라면 몰라도 그렇게 간단하게 병사들을 물릴 수는 없소. 내가 전쟁을 그만두는 날은 유비를 생포하거나 유비의 목을 창에 꽂고 개가를 부르는 날이오."

"……."

유비는 묵묵히 듣고 있었으나 그 뒤에 서 있는 관우와 장비의 두 눈에는 이글이글 맹렬한 불꽃이 타오르고 있었다.

그리고 더는 참을 수 없었는지 장비가 유비의 뒤에서 쿵쿵 바닥을 울리며 걸어 나와 말했다.

"어이, 기령. 이쪽으로 나와. 잠자코 있으니까 사람이 사람같이 안 보여? 어디서 큰소리를 쳐? 우리 형님과 의리로 맺어진 군신들은 병력이야 얼마 안 되지만 너 같은 구더기나 메뚜기 같은 놈과는 실력이 달라. 그 옛날 황건적 100만을 불과 수백 명으로 짓밟은 우리를 모른단 말이냐? 한 번만 더 그 혓바닥을 놀렸다간 가만두지 않겠다!"

당장이라도 칼을 빼서 덤벼들 것 같은 표정에 관우는 놀라 장비를 끌어안으며 말했다.

"그렇게 혼자서 나대지 마라. 언제나 네가 먼저 나대니까 내가 나설 수가 없지 않으냐!"

"난 우물쭈물하는 것이 제일 싫소. 야, 기령. 싸우는 데 장소가 따로 있을까? 그렇게 우리 큰형님의 머리가 탐난다면 어디 가져가 봐라."

"기다리라고 하지 않았느냐! 여포에게도 무슨 생각이 있을 것이다. 여포가 어떻게 처리하는지 잠시 큰형님처럼 입 다물고 지켜보는 것이 좋겠다."

"아니, 난 여포에게도 불만이 있소. 쓸데없는 짓을 하면 여포건 누구건 용서치 않겠소."

장비의 머리카락은 관을 튕겨내고, 수염은 거꾸로 곤두섰으며, 벌리고 있는 붉은 입은 속까지 들여다보였다.

||| 五 |||

장비의 도전을 받자 기령도 꽁무니를 뺄 수는 없었다.

"이 필부 놈이!"

창을 들고 일어서려고 했다.

여포는 두 사람을 노려보며 호통쳤다.

"시끄럽소. 쓸데없이 소란 피우지 마시오!"

뒤쪽에 대고도 소리쳤다.

"누구 없느냐!"

그리고 달려 들어온 가신들에게 무시무시한 어조로 명령했다.

"내 창을 가져와라. 내 방천화극 말이다."

평화주의자도 자기 뜻대로 되지 않자 분노하며 즉각 본성을 드러냈다. 화난 그는 무슨 일을 저지를지 모른다. 기령은 두려움에 떨었고, 유비도 숨을 죽이며 어떻게 될지 지켜보고 있었다.

화극이 여포의 손에 건네졌다. 여포는 그것을 몸쪽으로 끌어당기면서 일동을 노려보며 말했다.

"오늘 내가 두 사람을 불러서 화친을 맺으라고 한 것은 내가 말하는 것이 아니라 하늘의 명령이오. 거기에 대해 불평하는 것은 하늘의 명령을 거역하는 것이오!"

역시 그는 아직 엄숙한 평화주의자라는 가면을 벗지 않았다.

무슨 생각을 했는지 여포는 그렇게 말하고 바로 일어나 맞은편의 군문까지 어둠 속을 단숨에 달려가더니 그 자리에 창을 거꾸로 세워놓고 돌아왔다. 그리고 이렇게 말했다.

"보시오. 여기서 군문까지는 딱 150보의 거리요."

일동은 그가 손가락으로 가리키는 곳을 바라보았다. 무슨 이유로 저런 곳에 창을 세웠을까? 그저 의아할 뿐이었다.

"자, 내가 저 창의 날을 겨냥해서 여기서 화살을 쏘겠소. 날에 맞으면 하늘의 명령이라고 여기고 화친을 맺고 돌아가시오. 맞지 않으면 더 싸우라는 하늘의 뜻일지도 모르니 그때는 나도 손을 떼고 간섭하지 않겠소. 전쟁을 하든 말든 마음대로 하시오."

기발한 제안이었다. 기령은 맞출 리가 없다고 생각하고 동의했다.

유비도 "뜻에 맡기겠소."라고 말할 수밖에 없었다.

"그럼 한 잔 더 마십시다."

여포는 자리에 앉아 또 한 잔씩 돌리고 자신도 맞은편에 세워놓은 창을 보면서 마셨다. 이윽고 얼굴에 취기가 오르자 가신을 향해 소리쳤다.

"활을 가져오너라."

여포는 앞으로 나아가 정면을 향해 한쪽 무릎을 꿇었다.

활은 작았다.

미弭 또는 이만궁李滿弓이라고 부르는 반궁형半弓型의 활이었다. 그러나 가래나무에 얇게 조각낸 쇠붙이를 붙이고 옻나무로 단단히 묶은 것이기 때문에 강궁 이상의 힘이 있었다.

"……."

피융!

시위가 제자리로 돌아왔다. 시위를 떠난 화살은 피리처럼 바람을 울리고 일직선으로 선명한 미광微光을 그리며 날아가다가 쇠와 쇠가 부딪치는 소리가 나는가 싶더니 창날에서 별처럼 불꽃이 튀고 화살은 세 동강으로 부러졌다.

"맞았다!"

여포는 활을 던지고 자리로 돌아왔다. 그리고 기령에게 말했다.

"자, 약속대로 하늘의 명령을 받아들이시오. 뭐, 주군을 볼 낯이 없다고요? 원술에게는 내가 서신을 보내 귀공에게 해가 가지 않도록 말해둘 테니 걱정하지 마시오."

그를 보내고 여포는 유비를 보며 득의양양하게 말했다.

"어떻소? 만약 내가 구해주지 않았다면 아무리 공의 좌우에 두 아우가 버티고 있다 해도 이번에는 살아남지 못했을 것이오."

"죽을 때까지 오늘의 은혜를 잊지 않겠습니다."

강요된 은혜인 줄 알면서도 유비는 감사의 인사를 하고 바로 소패로 돌아갔다.

신부

一

'이대로 여기에 남아 있다간 유비는 그렇다 치더라도 여포가 약속을 지키지 않았다며 총공격해올 것이 뻔하다.'

기령은 여포를 두려워했다.

왠지 여포에게 속은 듯한 기분도 들었지만, 그의 배짱에는 완전히 압도되어버렸다.

할 수 없이 기령은 병사들을 이끌고 회남으로 돌아갔다.

그에게 자세한 이야기를 들은 원술은 격노했다.

"참으로 뻔뻔하기 그지없는 놈이구나. 막대한 대가를 받아놓고도 유비의 편을 들어 억지 화친을 강요하다니."

분이 가라앉지 않았다.

"이렇게 된 이상 내가 직접 대군을 이끌고 나가 서주와 소패를 단숨에 밟아버리겠다."

원술은 더 이상 참지 못하고 명령을 내릴 참이었다.

기령은 자신의 불명예를 치욕스럽게 생각하고 있었지만 원술에게 간언했다.

"안 됩니다. 함부로 움직여서는 절대 안 됩니다. 여포의 용맹은 천하에 모르는 사람이 없습니다. 용맹뿐이라고 생각했는데 지모도 갖추고 있어서 놀랐습니다. 그가 지리적으로 유리한 서주를 차지하고 있으니 함부로 나섰다가는 큰 피해를 입을 것입니다."

"그렇다면 그놈이 북쪽 땅을 차지하고 있는 한 앞으로도 이 원술은 남으로도 서로도 뻗어나갈 수 없단 말인가?"

"거기에 대해서는 문득 떠오른 것이 있습니다. 듣자 하니 여포에게는 시집갈 나이가 된 아름다운 딸이 한 명 있다고 합니다."

"첩의 자식인가, 본처의 자식인가?"

"본처 엄씨가 낳은 딸이라고 하니 사정이 더욱 좋습니다."

"어째서?"

"주군 댁에도 배필을 맞이할 아드님이 계시니 혼인을 통해 우선 여포의 마음을 자유롭게 조종하는 것입니다. 무엇보다도 그가 이 혼담을 받아들이느냐 받아들이지 않느냐에 따라 그의 의도도 알 수 있습니다."

"음……."

"만약 그가 혼담을 받아들여 자신의 딸을 아드님께 보낸다면 일은 다 된 것입니다. 여포는 유비를 죽일 것입니다."

원술은 무릎을 쳤다.

"좋은 생각이다. 좋은 생각을 해낸 상으로 이번 실패에 대해서는 죄를 묻지 않겠다."

원술은 우선 서신을 통해 이번에 화친을 맺는 데 수고해준 호의에 깊은 경의를 표하며 고맙다는 내용의 정중한 답례를 보냈다. 그리고 그로부터 일부러 두 달의 시간을 둔 후 혼담을 청하는 사자를 보냈다.

"영광스러운 귀댁과 혼인을 맺어 오래도록 그 영광을 함께 누리고 더욱 화친을 돈독히 하고자 합니다."

물론 대답은 일상적인 것이었다.

"잘 생각해본 뒤 조만간 답변을 드리겠소."

화친의 중재자 역할을 한 것에 대한 감사의 뜻을 전한 이후에 제안해온 혼담이었기 때문에 여포는 진지하게 고려했다.

"나쁜 제안은 아닌데. ……어떻게 할까. 당신 생각은 어떻소?"

여포는 아내 엄씨에게 물었다.

"글쎄요……?"

사랑스러운 외동딸이기 때문에 그의 아내도 상아를 깎아 만든 것 같은 손가락을 뺨에 대고 생각에 잠겼다.

후원의 목련꽃 향기가 창을 통해 그윽하게 풍겨왔다. 여포 같은 사내도 이럴 때는 인자한 표정의 좋은 아버지였다.

||| 二 |||

첫째 부인, 둘째 부인, 거기에 이른바 첩이라고 부르는 부인.

여포의 아내는 원래 그렇게 세 명이었다.

엄씨는 정실이었다.

그 후 조표曹豹의 딸을 맞이하여 둘째 부인으로 삼았으나 일찍 죽었기 때문에 아이도 없었다.

세 번째는 첩이었다.

첩의 이름은 초선이라고 했다.

초선이라면 그가 아직 장안에 있을 때 열렬히 사랑한, 그 사랑 때문에 동 상국을 배신하여 결국 당시의 정권을 뒤엎은 그 대란의 출발점이 된 여성이었다. 그 초선이 아직 그의 밀실에 살아 있는 걸까?

"초선아, 초선아."

그는 지금도 자주 그녀를 찾았다. 그러나 그를 시중들고 있는 초선은 왕유의 양녀였던 박명한 초선과 이름만 같은 다른 사람이었다.

어딘가 닮은 구석은 있다.

그러나 나이도 다르고 성격도 달랐다.

여포는 번뇌가 많은 사람이었다.

장안 대란 때 죽은 초선을 잊지 못하고 있었다. 그 때문에 각지를 돌아다닌 끝에 겨우 그녀를 떠올릴 만한 여성을 찾아내서는 초선이라고 부르고 있는 것이었다.

그 초선과의 사이에서도 아이가 없었기 때문에 결국 아이라고는 엄씨와의 사이에서 낳은 외동딸뿐이었다.

번뇌가 많은 아버지는 딸에게도 무한한 애정을 쏟았다. 딸의 행복을 자신의 장래 이상으로 걱정하고 있었다.

'어떨까?'

원술로부터의 혼담에 그는 몹시 혼란스러워하고 있었다.

딸이 있는 아버지의 입장이 되면 지나치게 여러 방면으로 생각하게 된다.

그는 한편으로는 좋은 혼처라고 생각하면서도 다른 한편으로는 위험하다고 생각했다.

"……저는 나쁘지 않은 제안이라고 생각하는데요."

정실 엄씨가 말했다.

"우연히 들은 소문에 의하면 원술이라는 사람은 조만간 천자가 될 사람이라고 하더라고요."

"누구에게 들었소?"

"특별히 누구에게 들은 것이 아니라 시녀들까지 그런 얘기를 하고 있어요. 천자가 될 자격을 가지고 있대요."

"그가 전국옥새를 가지고 있소. 그래서일 거요. 그러나 사람들의 입소문은 무서운 법이지. 정말로 그렇게 될지도 모르겠소."

"그러니까 좋은 일 아닌가요? 딸을 시집보내면 언젠가는 황비가 될지도 모르니까요."

"그런 생각까지 하다니 당신도 참 대단하군."

"딸 가진 어미라면 당연히 생각해볼 수 있는 문제 아닌가요? 단지 그쪽에 아들이 몇 명이 있는지는 알아볼 필요가 있어요. 많은 아들 중에서 가장 떨어지는 아들이 우리 딸을 데려간다면 그거야말로 나중에 후회해도 소용없는 일이니까요."

"그 점은 염려 마시오. 원술에겐 아들이 한 명뿐이오."

"그럼 생각할 필요도 없겠네요."

암탉의 말에 수탉도 날갯짓했다. 원술이 제안한 '오랫동안 영광을 함께 누리자.'라는 말이 진심으로 들렸다.

대답을 더는 기다리고만 있을 수 없다는 듯 원술은 다시 한윤韓胤을 사자로 보내 속내를 떠보았다.

"혼담은 어떻게 생각하십니까? 일가와 군신 모두 좋은 소식을 학수고대하고 있습니다."

여포는 한윤을 역관으로 맞아들여 극진히 대접한 후 수락한다는 대답과 함께 사자 일행에게 많은 재물을 주었다. 또 돌아갈 때는 원술에게 전달할 귀한 선물을 말과 수레에 산더미처럼 실어서 가져가게 했다.

"가서 전하겠습니다. 필시 원씨 일가도 만족스럽게 생각하실 것입니다."

한윤이 돌아간 다음 날이었다.

깐깐하기로 유명한 진궁이 더욱 깐깐한 표정을 하고 아침부터 정무소의 방으로 찾아와 여포가 일어나기를 기다리고 있었다.

||| 三 |||

이윽고 여포가 일어났다.

"오, 진궁인가. 이렇게 일찍 어인 일인가?"

"드릴 말씀이 있습니다."

"뭔가?"

"원가와의 혼담 건으로."

진궁의 얼굴을 보고 여포는 속으로 조금 당혹스러웠다.

간언하기를 좋아하는 진궁이 또 뭔가 자신에게 간언하려는 것은 아닐까? 원술 쪽에는 이미 수락했다. 지금 내부에서 불만의 소리가 나오면 귀찮아진다.

"……."

그런 얼굴로 아직 잠에서 덜 깬 눈을 옆으로 돌리고 있었다.

"괜찮습니까? 여기서 말씀드려도."

"반대인가, 자네는?"

"질대 그렇지 않습니다."

진궁이 고개를 숙이자 여포는 안심했다.

"관원들이 나오면 시끄러워지니 저기 정자로 가세."

그리고 방에서 나와 목련 나무 아래를 걸었다.

물가의 정자로 가서 탁자를 사이에 두고 말했다.

"자네에게는 아직 얘기하지 않았네만, 아내도 좋은 혼처라고 해서 딸을 주기로 했네."

"잘하셨습니다."

진궁의 대답에는 석연치 않은 구석이 있었다.

"안 되겠나?"

여포는 그의 간언을 두려워하면서 그가 보장해주기를 원했다.

"좋다고는 생각합니다만, 그 시기가 문제입니다. 식은 언제로 정하셨습니까?"

"아니, 아직 거기까지 이야기가 진행되지는 않았네."

"결혼을 약속하고 나서 식을 올리기까지는 예로부터 일정한 기간이 정해져 있습니다."

"그것에 따를 생각이네."

"안 됩니다."

"어째서?"

"일반적인 관례로는 약혼이 성립된 날로부터 식을 올리기까지는 신분에 따라 네 가지로 나누고 있습니다."

"천자의 화촉식은 1년, 제후는 6개월, 무사나 대부大夫는 한 계절, 서민은 1개월이 아닌가?"

"그렇습니다."

"음…… 원술은 전국옥새를 가지고 있으니 언젠가는 천자가 될지도 모르네. 그러니 천자의 경우를 따르라는 말인가?"

"아닙니다."

"그럼 제후의 경우를?"

"아닙니다."

"무사나 대부의 경우를 따르라는 것인가?"

"그것도 아닙니다."

"그렇다면……."

여포는 노여운 빛을 띠었다.

"내 딸을 서민의 예에 따라 식을 올리라는 말인가?"

"그런 말은 누구도 한 적이 없습니다."

"모를 소리만 하는군. 그렇다면 도대체 어떻게 하라는 말인가?"

"집안일이라 할지라도 천하의 용장은 항상 풍운을 살피면서 행해야 합니다."

"물론이지."

"용맹함이라면 견줄 자가 없는 장군과 전국옥새를 가지고 부국강병을 자랑하는 원가가 인척으로 맺어진다는 소식을 들으면 이를 저주하고 질투하지 않을 자가 없을 것입니다."

"그런 일을 두려워한다면 어디에도 딸을 줄 수 없을 것이네."

"그러나 만전을 기해야만 합니다. 따님을 위해서라도 말입니다. 식을 올리는 길일을 하늘이 내린 기회라고 기다렸다가 도중에 복병을 숨겨두고 신부를 납치해가지 않는다고 누가 보장하겠습니까?"

"그도 그렇군……. 그럼 어떻게 하면 되겠나?"

"길일을 기다리지 않는 것입니다. 신분도 관례도 따져서는 안 됩니다. 주변국들이 눈치채지 못하게 질풍신뢰疾風迅雷와 같이 따님을 우선 원술이 있는 수춘으로 보내는 것입니다."

四

"과연, 그렇군."

여포도 그의 말이 사리에 맞다고 생각했다.

"근데 곤란해."

"뭐가 곤란하다는 말씀입니까?"

진궁이 물었다.

여포가 머리를 긁적이며 말했다.

"실은 아내도 이 혼담에 동의하며 몹시 기뻐하기에…… 그만 자네와 상의하지 않고 원술의 사자에게 이미 수락한다고 대답했네."

"잘하셨습니다. 저는 이번 혼담을 중지하라고 말씀드린 것이 아닙니다."

"그러나 사자가 이미 회남으로 돌아가 버렸네."

"그래도 상관없습니다."

"어째서?"

여포는 이상하게 생각했다. 진궁이 너무 침착했기 때문에 이상하다고 생각하게 된 듯했다.

진궁이 솔직히 털어놓았다.

"실은 말입니다. 오늘 아침 저의 독단적인 판단으로 은밀히 한윤이 머무는 여관으로 찾아가 그와 밀담을 나누었습니다."

"원술의 사자를 나에게 말도 안 하고 만났단 말인가?"

"너무 걱정되어서 그만."

"그래서 어떤 이야기를 나눴는가?"

"한윤을 만나서 단도직입적으로 말했습니다. '이번 혼담은 요컨대 결국에는 유비의 목이 목적이 아닙니까? 신부도 신부지만 그 후에 원하는 것은 유비의 목, 바로 그것이 아닙니까?'라고 말입니다. 그러자 한윤이 놀라서 낯빛을 잃었습니다."

"그야 그렇겠지……. 그랬더니 한윤이 뭐라고 하던가?"

"잠시 저의 얼굴을 바라보고 있더니 잠시 후에 목소리를 낮춰서 '그런 말은 제발 큰 소리로 하지 말아주십시오.'라고 말했습니다. 그도 보통 사람은 아닌지라 잘 피해가더군요."

"음, 그런데 자네는 무슨 말을 하려고 했나?"

"신부의 혼례식을 세상의 통례대로 치르면 반드시 불길한 일이 생긴다, 순조롭게 일이 진행되리라고 생각지 않는다, 그러니까 나도 여포 장군에게 그렇게 말씀드릴 테니 그쪽에서도 즉각 혼례를 서둘러주기를 부탁한다……. 이렇게 말하고 돌아왔습니다."

"한윤이 나에게는 아무 말도 하지 않았는데."

"말할 수 없었을 겁니다. 이 혼담이 정략결혼이라고 자기 입으로 밝힐 사자가 어디 있겠습니까?"

진궁은 이렇게 말하면 여포가 생각을 바꿀 것이라고 생각하고 그의 얼굴을 바라보고 있었으나 여포의 마음은 딸의 결혼 준비와 그 날짜에만 있었다.

"그렇다면 날짜는 빠를수록 좋겠군. 이거 왠지 조바심이 나는걸."

그는 다시 내실로 성큼성큼 걸어갔다. 그리고 아내 엄씨에게 알아듣게 설명하고 밤을 낮 삼아 혼례 준비를 서둘렀다.

온갖 혼수가 준비되었다. 많은 양의 비단이 사용되었다. 마차와 마차 덮개도 아름답게 장식되었다.

드디어 신부가 떠나는 날 아침이 되었다. 새벽녘부터 서주성 안에서 악기 소리가 흘러나왔다. 어젯밤부터 밤새 성대한 잔치가 열리고 있었던 것이다.

이윽고 새가 지저귀는 아침의 햇살과 함께 성문이 열렸다. 신부가 타고 있는 황금색 지붕의 마차를 백마가 끌고 나왔다. 그 마차를 많은 시녀와 시동, 멋지게 차려입은 무사 들이 호위하고 있었는데 마치 상서로운 구름이 가로로 길게 깔려 있는 것 같았다.

||| 五 |||

병든 진규陣珪는 고령이어서 아들 집에서 요양하고 있었다.

그의 아들은 유비의 신하 진등陣登이었다.

"뭐냐, 저 요란한 악기 소리는?"

병실에서 시중들고 있는 계집아이가 대답했다.

"아직 모르고 계셨습니까? 먼 회남을 향해 서주성을 떠난 신부의 행렬을 보고 마을 사람들이 지금 환호하며 배웅하는 것입니다."

그 말을 들은 진규는 병실에서 나오며 말했다.

"큰일났구나. 이렇게 누워 있을 수 없다."

그리고 이렇게 부탁했다.

"나를 나귀에 태워서 성까지 데려다주렴."

진규는 숨을 헐떡이며 서주성으로 올라가 여포와 만나기를 청했다.

"아픈 몸을 이끌고 어찌 여기까지 나온 것이오? 굳이 축하해주러 오지 않아도 되는데."

여포가 말했다.

"축하하러 온 것이 아닙니다. 그 반대입니다."

진규가 강하게 머리를 흔들며 말했다.

"장군의 임종이 가까워져서 오늘은 문상하러 왔습니다."

"영감, 영감은 지금 자신의 처지를 말하고 있는 것이오?"

"아닙니다. 아픈 저보다는 장군이 먼저 갈 것입니다."

"무슨 소리를 하는 건가?"

"하지만 수명은 어쩔 수 없습니다. 스스로 황천길로 발걸음을 옮기고 계시니까요."

"불길한 소리는 하지 말게. 이 경사스러운 날에."

"오늘을 길일이라고 생각하시는 것부터가 죽음의 신에게 홀린 것입니다. 왜냐하면 이번 혼담은 원술의 계책이기 때문입니다. 장군에게 유비라는 자가 붙어 있는 이상 장군을 멸망시킬 수 없기 때문에 우선 따님을 인질로 잡아두고 유비가 있는 소패를 공격하려는 속셈입니다."

"……."

"유비가 공격당해도 이번엔 장군도 유비를 도울 수 없습니다. 그를 못 본 체하는 것은 자신의 팔다리가 뜯겨나가는 것이라고 생각하지 않습니까?"

"……."

"어쩔 수 없지요. 무서운 것은 사람의 수명과 원술의 교묘한 책략입니다."

"음……."

여포는 신음하고 있다가 이윽고 진규를 그곳에 내버려둔 채 성큼성큼 어디론기 사라졌다.

"진궁, 진궁!"

밖에서 여포가 부르는 소리가 들리자 무슨 일인가 싶어 진궁이 밖으로 뛰어나왔다. 여포는 진궁의 얼굴을 보자 소리쳤다.

"생각 없는 놈. 네놈 때문에 실수할 뻔했다."

그리고 갑자기 기병 500명을 뜰로 불러서 명령했다.

"딸의 마차를 쫓아가서 바로 데리고 오너라. 혼인은 중지다."

여포의 변덕은 늘 있는 일이지만 이번 일에는 모두 몹시 당황했다. 기병대는 즉각 흙먼지를 날리며 신부의 행렬을 쫓아갔다.

여포는 다음과 같은 서신을 써서 원술에게 급사를 보냈다.

어젯밤부터 갑자기 딸아이가 가벼운 병으로 몸져누웠기 때문에 혼인은 당분간 연기하고자 하오.

병자인 진규 노인은 그날 저녁 무렵까지 성안에 있다가 이윽고 터벅터벅 나귀를 타고 집으로 돌아왔다.

"아아, 이것으로…… 아들의 주군을 위험에서 구했구나."

그는 듬성듬성 수염이 난 입으로 중얼거렸다.

말 도둑

||| 一 |||

다음 날 진규는 다시 조용히 병상에 누워서 세상의 움직임을 곰곰이 생각해보았다. 특히 소패에 있는 유비의 위치를 생각하면 실로 위험하기 짝이 없었다.

'여포는 문 앞의 호랑이이고 원술은 뒷문의 승냥이와 같다. 그 두 사람 사이에 끼어 있다가는 언젠가 분명히 어느 한쪽에 먹힐 것이 틀림없어.'

그는 너무 걱정된 나머지 병석에서 붓을 들어 여포에게 편지를 썼다. 그 편지에는 이런 헌책이 적혀 있었다.

최근 노생老生이 듣기로 원술은 옥새를 손에 넣어 머지않아 천자를 칭하려고 한답니다.

이는 명백한 대역죄입니다.

이 기회에 장군께서는 따님의 혼인을 보류한 것을 다행으로 여기고 급히 병사를 보내 아직 여행 중인 한윤을 붙잡아 허도의 조정에 보내서 순역順逆을 분명히 해두십시오.

조조는 장군의 공을 인정할 것입니다. 장군은 관군의 이점을 등에 업고 조조를 우익으로 삼고 유비를 좌익으로 삼아 대역 죄인을 처단해야 합니다.

지금이 바로 그때입니다.

희대의 영웅이라는 이름을 떨치고 동시에 한 세대의 대계大計를 결정지을 수 있는 지금을 허무하게 놓쳐서는 안 됩니다. 이런 기회는 두 번 다시 오지 않을 것입니다.

"당신, 뭘 그리 골똘히 생각하세요?"

아내 엄씨는 여포의 어깨너머로 진규의 편지를 읽었다.

"진규가 하는 말에도 일리가 있어서 어떻게 할까 고민 중이오."

"죽어가는 병자의 의견에 마음이 흔들려서 모처럼의 좋은 혼처를 놓칠 셈인가요?"

"딸아이는 어떻게 하고 있소?"

"울고 있어요. 가엾게도……."

"난처하군."

여포는 중얼거리며 중신들이 모여 있는 정각政閣 쪽으로 갔다. 그런데 무슨 일인지 정각에서 중신들이 시끄럽게 떠드는 소리가 들렸다. 근신을 시켜 알아보게 했다.

"소패의 유비가 어디선가 속속 말을 사들이고 있다고 합니다."

여포는 입을 크게 벌리고 웃었다.

"무장이 말을 사들이는 것은 만약을 위한 준비로 딱히 눈에 쌍심지를 켜고 소란 떨 일도 아니다. 나도 좋은 말을 모으고 싶어서 얼마 전에 송헌宋憲을 비롯한 몇 명을 산동으로 보냈는데, 그들도 이제 돌아올 때가 됐을 것이다."

그리고 사흘이 흘렀다.

산동 지방으로 군마를 구하기 위해 떠났던 송헌과 그 외의 관원들이 마치 여우에게 홀린 것처럼 넋이 나간 모습으로 돌아왔다.

"군마는 많이 모아왔느냐? 어서 좋은 놈으로 몇 마리 끌고 와보아라."

"죄송합니다."

여포의 물음에 관원들은 두려움에 떨면서 머리를 땅바닥에 박고 대답했다.

"어젯밤 명마 300필을 끌고 소패의 경계에 접어들었는데, 한 무리의 강도가 나타나서 그중 200필 이상을 좋은 놈으로만 골라 빼앗아갔습니다……. 저희는 어제도 오늘도 필사적으로 뒤를 쫓았지만, 산적들도 말의 무리도 전혀 행방을 알 수 없었습니다. 그래서 할 수 없이 남은 말들만 끌고 일단 돌아왔습니다."

"뭐, 강도 놈들한테 말을 200필이나 빼앗겼단 말이냐?"

말하는 여포의 이마에는 이미 핏대가 서 있었다.

||| 二 |||

"밥버러지 같은 놈들. 네놈들은 평소 무엇 때문에 녹을 받아 처먹고 있는 것이냐?"

여포는 거친 목소리로 송헌과 관원들의 책임을 추궁했다.

"그 귀한 군마를 강도들에게 빼앗겨놓고, 낯짝도 두껍게 어딜 돌아와! 강도가 보이면 그 자리에서 잡는 것이 너희들의 일이 아니냐?"

"화 내시는 것도 당연합니다만."

송헌은 격노한 사자 왕의 발 앞에 엎드린 채 변명했다.

"어찌되었건 그 강도는 보통 도적들과는 달랐습니다. 모두 힘이 엄청 셌고, 얼굴에 복면을 하고 있었습니다. 그중에서 유달리 키가 큰 우두머리로 보이는 자는 우릴 마치 어린아이 다루듯 집어 던지는 바람에 다가가지도 못하고 어쩔 방법이 없었습니다. 게다가 그 행동이 무섭도록 빠르고 일사불란했는데, 말을 빼앗자마자 그 우두머리의 호령 한마디에 말들에 채찍을 가하며 바람처럼 도망가 버렸습니다……. 일 처리가 너무나 훌륭해서 의심이 들어 암암리에 알아보고 나서 알았습니다. 저희로는 감당할 수 없는 무리였습니다. 그 복면의 강도들이 실은 소패 유비의 의제 장비와 그의 부하들이었습니다."

"뭐라고, 그 강도가 장비였다고……?"

여포는 소패를 향해 분노했다. 그러나 여전히 미심쩍은 마음에 다시 확인했다.

"분명히 장비가 틀림없으렷다!"

"분명합니다."

"이놈들이!"

여포는 이를 갈며 자리에서 일어나 사납게 말했다.

"더는 못 참겠다."

성안의 장수들을 즉각 소집했다. 여전히 서 있던 여포는 장수들이 모이자 바로 명령을 내렸다.

"유비에게 선전포고한다! 바로 소패로 진격하라!"

명령을 내리자마자 자신도 갑옷을 입고 적토마에 올라 병사들을 이끌고 소패성으로 달려갔다.

놀란 것은 유비였다.

'무슨 일이지?'

이유를 알 수 없었다.

그러나 사태가 급박했다. 막아야만 했다.

유비도 병사들을 이끌고 성 밖으로 나갔다. 그리고 큰 소리로 여포에게 말했다.

"여 장군, 여 장군. 이게 무슨 일이오? 이유도 없이 병사들을 움직이다니 참으로 기괴한 일이라고 여겨집니다만."

"닥쳐라!"

여포가 모습을 드러냈다.

"이 배은망덕한 놈! 일전에 내가 창날을 화살로 맞혀 위기에서 구해주었더니 그것에 대한 보답이 내 군마 200여 필을 장비를 시켜 훔쳐 가는 것이었느냐? 거짓 군자! 네놈은 도둑을 의제로 삼아 재산을 불릴 생각이었더냐?"

심한 모욕이었다.

유비는 낯빛이 바뀌었으나 자신이 한 적이 없는 일이라 어이가 없어서 입을 다물고 있었다. 그때 장비가 뒤에서 창을 들고 앞으로 나와 유비 앞을 가로막고 서더니 큰 소리로 말했다.

"이 쪼잔한 놈아! 고작 군마 200필을 갖고 이 난리냐? 그 말을 빼앗은 것은 나 장비가 맞지만, 나를 가리켜 강도라고 하는 것은 참을 수 없다. 내가 강도라면 너는 똥 도적이다."

"뭐, 똥 도적?"

여포는 당황했다. 세상에는 여러 종류의 도적이 있지만, 아직 똥 도적이라는 말은 들어본 적이 없었다. 장비의 말은 엉뚱했다.

"그래, 이놈아! 넌 원래 의지할 데가 없어서 이 서주에 신세를 지러 온 떠돌이 객에 지나지 않았다. 유비 형님 덕분에 어느 틈에 서주성을 꿰차고 태수 행세를 할 뿐만 아니라 이제는 국세를 모조리 횡령했다. 게다가 딸의 혼수라는 명목으로 백성의 고혈을 짜내고 힘들고 어려운 일이 많은 이때 권속이 모두 무능력하게 똥만 왕창 싸지르고 있으니 너 같은 놈을 국적이라고 부르는 것도 아까울 뿐이다. 그래서 똥 도적이라고 한 것이다. 이제 알겠느냐, 여포?"

||| 三 |||

장비의 욕지거리가 채 끝나기도 전에 분노가 극에 달한 여포가 온몸의 털을 곤두세우고 화극을 휘두르며 장비에게 덤벼들었다.

"이놈!"

장비는 타고 있는 말의 앞발을 들게 하여 여포의 창을 피했다.

"어딜!"

그리고 상대방의 빗나간 창에 야유를 퍼부었다.

야유를 당한 여포는 더욱더 화를 내며 화극을 고쳐 잡고 장비를 향해 말 머리를 돌렸다. 장비 역시 장팔사모를 들고 불꽃 같은 눈을 여포에게 향했다.

"자, 덤벼라."

그야말로 천하의 장관이었다. 장비는 물론 여포도 용맹함에 있어서는 누구에게도 뒤지지 않는 당대를 대표하는 용장이었다.

그러나 같은 철완의 소유자라도 성격은 딴판이었다. 장비는 여포라는 사내를 철저하게 싫어했다. 여포를 보면 아무것도 아닌 일에도 불끈불끈 투지가 치밀어올랐다. 마찬가지로 여포도 장비의 얼굴을 볼 때마다 구역질이 날 정도로 불쾌했다.

이렇게 서로 미워하던 두 호걸이 지금은 전장이라는 때와 장소를 얻어 마주 보고 있으니 그 투지의 격렬함은 말로 표현할 수 없을 정도였다.

창을 주고받으며 겨루기를 200여 합, 땀이 말 등에 떨어졌다. 두 사람의 기합 소리가 구름에 메아리쳤다. 그런데도 여전히 승부가 나지 않은 채 말발굽에 주위의 흙만 파헤쳐지며 어느새 해가 지고 있었다.

"장비야, 장비야! 어째서 멈추지 않는 것이냐! 형님의 명령에 어찌 따르지 않느냐!"

뒤에서 관우의 목소리가 들렸다.

정신을 차리고 주위를 둘러보니 이미 어두워진 전장에 남아 있는 것은 자신 혼자뿐이었다. 적병의 그림자가 멀리서 퇴로를 막고 둘러싸고 있었으며 안개가 하얗게 벌판을 뒤덮고 있었다.

"아, 관우 형님."

장비는 대답하면서도 여전히 여포와 맞서고 있었는데, 아니나 다를까 아군의 진지 쪽에서 퇴각의 종소리가 들렸다.

"어서 와라. 그런 적은 내버려두고 돌아가자."

관우는 그를 위해 퇴로를 둘러싸고 있는 적의 한 귀퉁이를 뚫고 있었다.

"여포, 내일 다시 붙자."

장비도 조금 당황하며 이런 말을 남기고 달리기 시작했다.

여포가 뒤에서 뭐라고 악담을 퍼붓고 있었으나 이미 두 사람의 모습은 어렴풋하게 보일 뿐이었다.

관우는 장비를 보사 달려와서 속삭였다.

"형님이 화가 단단히 나셨다."

소패성에 돌아오자 유비는 바로 장비를 불러 꾸짖으며 물었다.

"네가 또 화를 초래했구나. 훔친 말은 대체 어디에 두었느냐?"

"성 밖으로 나가서 앞에 있는 경내에 묶어놓았습니다."

"불법 수단으로 얻은 말은 내 마구간에 들일 수 없다. 관우는 그 말들을 모조리 여포에게 돌려보내라."

관우는 그날 밤으로 200여 필의 말을 모두 여포의 진영에 돌려보냈다.

여포는 그것으로 마음을 풀고 병사들을 물리려고 했으나 진궁이 옆에서 간언했다.

"만약 지금 유비를 제거하지 않으면 반드시 훗날의 화근이 될 것입니다. 서주의 인망은 날이 갈수록 장군을 떠나 유비에게 모이고 있습니다."

그 말을 들은 여포는 유비의 도덕과 선행이 오히려 무섭고 미워졌다.

"그래. 인정이 내 약점이지."

그대로 숨 돌릴 틈도 주지 않고 다음 날까지 공격을 퍼붓자 병력이 적은 소패성은 금방 위험해졌다.

"어떻게 하면 좋겠는가?"

유비가 주위를 돌아보며 자문을 구하자 손건이 말했다.

"이렇게 된 이상 어쩔 수 없습니다. 일단 성을 버리고 허도로 도망가서 조조에게 의탁한 뒤 기회를 봐서 오늘의 복수를 하는 것입니다."

유비는 그의 의견에 따라 그날 밤 삼경三更, 성의 뒷문으로 빠져나가 달빛이 환히 비치는 길을 심복들과 약간의 병사들만 이끌고 달려갔다.

호궁을 연주하는 여인

||| 一 |||

“이 성을 떠나는 기념으로.”

장비와 관우는 후미에 남아 2,000여 명의 병사들로 성 밖의 여포 군을 공격하여 부장인 위속魏續과 송헌宋憲 등에게 심각한 타격을 주었다.

“이걸로 어느 정도 가슴이 후련해졌군.”

그리고 먼저 떠난 유비의 뒤를 쫓았다.

때는 건안 원년의 겨울이었다.

유비는 나라를 잃고 식량도 없이 여윈 말과 몰락한 가솔들만 데리고 겨우 허도에 도착했다.

조조는 유비에게 절대로 무정하게 대하지 않았다.

“유비는 내 아우뻘이다.”

조조는 유비를 빈객의 예로 맞아들여 상좌를 내주고 위로했다.

또 주연을 베풀어서 장비와 관우의 노고를 위로했다.

유비는 은혜에 감사하고 날이 저물 무렵 상부相府를 나와 역관으로 돌아갔다.

그때 그의 뒷모습을 보면서 조조의 심복 순욱荀彧이 의미심장하게 중얼거렸다.

"과연 유비는 소문과 다르지 않은 인물이군요."

"음."

조조가 고개만 끄덕일 뿐 아무 말 없이 생각에 잠겨 있자, 순욱이 그의 귀에 자신의 입을 대고 은밀히 죽일 것을 권했다.

"그야말로 앞으로 두려워해야 할 인물입니다. 지금 제거하지 않으면 장군의 앞날에 간과할 수 없는 방해자가 될 것입니다."

조조는 놀란 듯 눈을 들었다. 그 눈동자는 붉은빛을 뿜고 있는 것처럼 보였다. 그때 곽가郭嘉가 와서 조조가 의견을 묻자 바로 고개를 가로저었다.

"당치도 않습니다. 그가 무명이라면 모를까, 지금은 의기인애義氣仁愛를 갖춘 인물로 유비라는 이름이 널리 알려져 있습니다. 만약 장군께서 그를 죽인다면 천하의 현자들은 장군에 대한 존경심을 버릴 것이고 장군께서 외치는 대의大義와 인정仁政도 거짓이라고 생각할 것입니다. 유비라는 한 개인이 두려워서 장래의 걱정을 없앤다고 사해의 신망을 잃는 것은 하책 중의 하책이므로 저는 절대 찬성할 수 없습니다."

"옳은 말이네."

조조는 명석했다. 그의 피는 쉽게 뜨거워지고 또 때로는 탁해지기도 하지만 천성적으로 다른 사람의 조언을 잘 받아들였다.

"나도 같은 생각이네. 오히려 역경에 처한 그에게 은혜를 베풀어야 할 것이야."

얼마 안 있어 조정에 들어간 조조는 유비를 예주豫州(하남성) 목牧으로 임명할 것을 황제께 주청하고 윤허를 받아 그 소식을 즉시 유비에게 전했다.

게다가 유비가 임지로 떠날 때는 병사 3,000명과 군량 1만 섬을 주며 그에게 힘을 실어주었다.

"공의 앞길을 축복하는 나의 작은 성의이니 받아주시오."

유비는 거듭되는 호의에 깊이 감사했다. 헤어지기 직전에 조조가 속삭였다.

"때가 오면 공의 원수를 협력하여 갚도록 합시다."

물론 조조가 언젠가 주벌해야겠다고 결심하고 있는 것은 여포라는 괴웅怪雄이었다.

"……."

유비는 미소 띤 얼굴로 고개를 끄덕여 보이고 임지로 떠났다.

그러나 조조의 계획이었던 여포 정벌이 실현되기 전에 의외의 방면에서 허도에 위기가 찾아왔다.

허도는 지금 천자가 있는 도성이고 조조는 일인지하 만인지상의 재상이라는 중책을 맡고 있었다.

"이 화원花園을 노리는 도적이 대체 누구인가!"

그는 검을 지팡이 삼아 짚고 서서 시시각각 상부로 날아오는 첩보원의 보고를 엄한 표정으로 들었다.

||| 二 |||

허도로 천도하기 전에 장안에서 위세를 떨치던 동탁의 일문 중에 장제張濟라는 장수가 있었다.

얼마 전부터 동탁 일족의 잔당을 긁어모아 '왕정복고, 다도 조조'라는 기치를 내걸고 허도로 쳐들어오려고 획책하고 있는 일군一軍은 그 장제의 조카인 장수張繡라는 인물이 중심이었다.

장수는 여러 지역의 패잔병을 끌어모아 점점 세력을 키워갔다. 또 모사 가후를 참모로 삼고 형주 태수 유표와 군사 동맹을 맺고 완성宛城을 근거지로 삼았다.

"두고 볼 수 없다."

조조는 적극적으로 토벌하겠다고 마음먹었다.

그러나 그의 걱정거리는 서주의 여포였다.

'만약 내가 장수를 공격했다가 전쟁이 길어지면 여포는 분명 그 틈을 노려 유비를 공격할 것이다. 그리고 유비를 멸망시킨 여세를 몰아 내가 없는 허도로 밀고 들어오기라도 하면 그것이야말로 큰일이다.'

그런 근심으로 조조가 여전히 출진을 주저하고 있자 순욱이 너무나 쉽게 말했다.

"그 일이라면 아무 걱정할 것 없습니다."

"글쎄, 다른 사람이라면 걱정 없지만. 여포만은 눈을 뗄 수 없는 만만찮은 놈이라고 생각하네."

"그렇기 때문에 다루기 쉬울 수도 있습니다."

"선물을 안기자는 말인가?"

"그렇습니다. 욕망에 눈이 어두운 자이니 이번에 그의 관직을 높여주고 은상을 내린 뒤 유비와 화친하라고 말해보십시오."

"그렇군."

조조는 무릎을 쳤다.

바로 봉거도위奉車都尉인 왕칙王則을 정식 사자로서 서주로 내려보내 그 뜻을 전하자 여포는 생각지도 못한 은상에 감격하여 두말않고 조조의 의견에 따랐다. 그래서 조조는 "이제 등 뒤의 걱정거리는 없어졌다."라며 대군을 이끌고 하후돈을 선봉으로 삼아 완성으로 출격했다.

조조의 15만 대군은 육수淯水(하남성 남양 부근) 일대에 안개와 같이 진을 폈다. 때는 어느덧 건안 2년(197) 5월, 육수 주위의 초록빛 버드나무 가지는 축축 늘어져 있고, 육수의 잔잔한 강물 위로 복숭아 꽃잎이 잔뜩 떠서 흘러가고 있었다.

장수는 말로만 듣던 조조가 직접 대군을 이끌고 오자 낯빛이 창백해져서 참모인 가후의 의견을 구했다.

"어떤가. 승산이 있겠나?"

"승산이 없습니다. 조조가 전력을 다해 공격해온다면."

"그럼 어떻게 하면 좋겠나?"

"항복해야 합니다."

과연 가후는 선견지명이 있었다. 장수에게 권하여 일전을 벌이기도 전에 백기를 들고 자신이 사자가 되어 조조의 진영으로 향했다.

항복하러 온 사자였지만 가후의 태도는 실로 당당했다. 그뿐만 아니라 거침없이 말하며 장수에게 유리한 상황으로 이끌어가기 위해 애쓰는 모습에 조조는 깊은 호감을 느꼈다.

"어떤가, 장수를 떠나 내 밑에서 일해볼 생각은 없는가?"

"과분한 말씀입니다만, 장수도 저의 의견을 잘 따라주니 차마 떠날 수 없습니다."

"전에는 누구를 섬겼나?"

"이각 밑에 있었습니다. 그러나 그것은 한때의 실수로 그로 인해 저도 오명을 얻고 세상 사람들에게 미움을 사게 되어서 더욱 자중하고 있습니다."

전화를 면한 완성 안팎에서는 평화를 위한 외교가 진척되고 있었다.

조조는 완성에 들어가 성안의 한 전각에서 머물렀다. 어느 날 밤 장수 등과 함께 밤늦게까지 술자리를 즐기다가 자신의 침실로 돌아왔는데, 문득 어떤 소리를 듣고 좌우를 둘러보았다.

"응? 성안에 기녀가 있는 모양이군. 호궁 소리가 들리는 걸 보니."

||| 三 |||

조조를 보좌하는 역할은 원정의 진중이었기 때문에 조카 조안민曹安民이 담당하고 있었다.

"안민아, 너한테도 들리지 않느냐? 저 호궁 소리가."

"네, 어젯밤에도 밤새도록 구슬프게 연주하는 소리가 들렸습니다."

"도대체 저 호궁을 연주하는 사람이 누구냐?"

"기녀는 아닙니다."

"넌 알고 있었느냐?"

"몰래 훔쳐본 적이 있습니다."

"음흉한 녀석."

조조는 농담을 하다가 쓴웃음을 짓고 다시 물었다.

"미인이더냐, 추녀더냐?"

"절세의 미인입니다."

안민은 사뭇 진지했다.

"그렇구나…… 그렇게 미인인가……?"

조조는 술 냄새를 풍기며 봄밤에 어울리는 한숨을 쉬었다.

"가서 데리고 오너라."

"예? ……누구를 말입니까?"

"뻔한 걸 묻는군. 저 호궁을 연주하고 있는 여자 말이다."

"……하지만 공교롭게도 저 여인은 미망인이라고 합니다. 장수의 숙부, 장제가 죽자 이 성으로 데리고 와 장수가 돌봐주고 있다고 들었습니다."

"미망인이라도 상관없다. 너는 말해본 적이 있을 거 아니냐? 이리로 데리고 오너라."

"내실 후미진 곳에 있는 분께 제가 어떻게 접근할 수 있겠습니까? 말해본 적도 없습니다."

"그럼……."

조조는 마침내 어기語氣에 열을 띠며 명령했다.

"완전 무장한 병사 쉰 명을 이끌고 내 명령이라며 중문을 통과해서 장제의 미망인에게 물을 것이 있다고 하고 데리고 오너라."

"네."

조안민은 숙부의 눈빛을 보고 싫다는 말도 못 하고 황급히 방을 나갔다. 잠시 후 병사들이 한 여인을 둘러싸고 들어왔다.

장막 밖의 불은 희미하게 복도를 비추고 있었다.

조조는 검을 세우고 칼자루 위에 두 손을 겹친 채로 서 있었다.

"모셔왔습니다."

"수고했다. 너희들은 모두 물러가도 좋다."

조안민 이하 병사들의 발걸음 소리가 저쪽 막사로 멀어져갔다. 한 명의 아름다운 여인만이 쓸쓸히 남아 있었다.

"부인, 조금 더 앞으로 오시오. 내가 조조요."

"……."

그녀는 살짝 눈을 들었다. 수심에 차 있는 듯하면서도 요염한 모습이었다. 난초꽃을 닮은 눈꺼풀에 달린 긴 속눈썹을 떨면서 조조의 마음을 의심하고 있었다.

“두려워할 것 없소. 조금 묻고 싶은 것이 있을 뿐이오.”

조조는 황홀한 듯 지켜보며 말했다.

경국지미傾國之美란 이런 사람이 아닐까. 부인은 고개를 숙인 채 걸음을 옮겼다.

“이름과 성은?”

거듭 묻자 비로소 그녀는 작은 목소리로 대답했다.

“죽은 장제의 아내로…… 추鄒씨라고 합니다.”

“나를 아시오?”

“승상의 존함은 전부터 들어왔습니다만, 만나 뵌 적은…….”

“호궁을 연주하고 있었던 듯한데, 호궁을 좋아하시오?”

“아니요, 딱히…….”

“그럼 왜?”

“너무 외로워서.”

“외로워서? 허면 비원의 고독한 새가 외롭다고 우는 것이로군. 그런데 부인, 나의 원정군이 이 성에 불을 지르지도 않고 장수의 항복을 받아들인 것은 무슨 마음에서인지 아시오?”

“…….”

조조는 성큼성큼 걸어가 부인의 어깨에 느닷없이 손을 얹었다.

“……아시오, 부인?”

어깨를 움츠리는 부인의 얼굴이 붉어졌다.

조조는 그 뜨거운 귀에 입술을 대고 말했다.

“당신이 나에게 고마워할 것을 기대하는 것은 아니나, 나의 말

한마디로 장수 일족을 몰살할 수도 있고, 살릴 수도 있다는 것은 알 것이오. 그렇다면 내가 무엇 때문에 그런 관대한 조처를 했는지…… 부인."

넓은 가슴에 폭 안겨서 인형처럼 가녀린 목을 젖혀 위를 올려다 본 부인은 조조의 불같은 눈동자와 마주치자 마취된 사람처럼 그에게 빨려들어 갔다.

"나의 정열을 당신은 무엇이라 생각하시오? 외설스럽다고 생각하시오?"

"아…… 아니요."

"기쁘게 생각하시오?"

거듭 묻자 부인 추씨는 몸을 부들부들 떨었다. 촛농같이 하얀 눈물이 뺨을 타고 흘러내렸다. 조조는 입술을 씹으며 강렬한 눈빛으로 그녀를 바라보면서 말했다.

"분명히 말하시오."

난공불락의 성을 공격할 때도 성미가 급한 그는 연애에 있어서도 천성인 급한 성미를 드러내며 무인답게 말했다.

조금 귀찮아진 것이다.

"어서 대답하시오."

흔들린 꽃은 이슬을 떨어뜨리며 고개를 숙였다. 그리고 웅얼거리며 뭐라고 들릴 듯 말 듯한 소리로 대답했다.

조조의 귀에는 좋다고도 싫다고도 들리지 않았다. 그러나 사실 조조는 그녀의 대답 따위는 전혀 신경 쓰지 않았다.

"왜 우는 것이오? 눈물을 닦으시오."

이렇게 말하며 그는 실내를 큰 걸음으로 활보했다.

붉은 육수의 물결

||| 一 |||

다음 날 아침, 가후에게 은밀히 보고하러 온 부하가 있었다.

"군사軍師, 들으셨습니까?"

"조조 일 말인가?"

"그렇습니다."

"갑자기 전각을 떠나 성 밖의 요새로 옮겼다고 들었다."

"그 일이 아닙니다."

"그럼, 무슨 일이냐?"

"말씀드리기가 조금 민망합니다만."

그 부하는 작은 목소리로 추씨와 조조의 관계를 이야기했다.

가후는 그 후 주군인 장수를 찾아갔다.

장수도 불쾌한 표정으로 우울해져 있다가 가후의 얼굴을 보더니 갑자기 울분을 토하듯 말했다.

"괘씸한 놈! 얼마나 잘났는지 모르지만, 나를 모욕해도 정도가 있지. 난 이제 조조 따위에게 굽히고 살지 않겠다."

"화를 내시는 것도 당연합니다."

가후는 장수가 화내고 있는 문제는 언급하지 않고 조용히 대답했다.

"……하지만 이런 문제는 되도록 입에 담지 않는 것이 좋습니다. 남녀 문제는 논외이니까요."

"그리고 추씨도 그래!"

"자, 진정하십시오. 그 대신 조조에게 갚을 것을 갚아주면 될 것입니다."

모사 가후는 가신들을 물러가게 하고 비밀스럽게 무슨 말인가를 했다.

그리고 다음 날.

성 밖에 있는 조조의 중군으로 장수가 아무렇지도 않게 찾아와서 불평을 했다.

"요즘 참으로 난감합니다. 저를 무기력한 성주라고 깔보는 것인지 성안의 질서가 영 엉망입니다. 부하 병사들은 멋대로 굴고 탈영하는 병사들도 속출해서 죽겠습니다."

조조는 그의 무지를 가엾게 여기는 듯 웃으며 말했다.

"그런 일을 단속하는 것은 일도 아니지 않은가? 성 밖 사대문에 감시대를 설치하고 또 성 안팎을 감시병들에게 끊임없이 순찰하게 하여 탈영하는 병사는 그 자리에서 목을 치면 그런 일은 바로 그칠 것이네."

"그런 생각을 안 한 것도 아닙니다만, 항복한 제가 아무리 저의 병사라고는 하지만 장군께 말도 하지 않고 배치를 움직이는 것은……. 그 점이 마음에 걸립니다."

"쓸데없는 걱정을 하는군. 자네의 군대는 자네의 손으로 군율을 바로잡지 않으면 우리 군까지 곤란해지네."

장수는 속으로 '이제 됐다.'고 쾌재를 불렀으나 아무렇지도 않은 얼굴로 성안으로 돌아와서는 가후에게 귓속말로 조조와 만난 일을 이야기했다.

가후는 고개를 끄덕이며 말했다.

"그러면 호거아胡車兒를 이리 부르십시오. 제가 지시를 내리겠습니다."

성안에서 제일 용맹하다는 호거아가 불려왔다. 온몸의 털이 붉고 독수리 같은 남자로 하루 700리를 달린다는 기인이었다.

"호거아, 자네는 조조의 수하인 전위와 싸워서 이길 자신이 있는가?"

가후가 묻자 호거아는 몹시 당황한 표정으로 고개를 가로저었다.

"이 세상 누구도 무섭지 않지만, 그놈만큼은 이길 수 없을 것 같습니다."

"하지만 어떻게든 전위를 제거하지 않으면 조조를 칠 수 없다."

"그렇다면 계책이 있습니다. 전위는 술을 좋아하니 적당한 기회에 그를 취하게 만들어 그를 데려다주는 척하며 조조의 중군으로 제가 들어가는 것입니다."

"내가 생각한 것도 바로 그것이네. 전위를 만취하게 해서 그의 창만 빼앗아버리면 자네는 그를 죽일 수 있을 거야."

"그렇다면 일도 아닙니다."

호거아는 큰 덧니를 드러내며 웃었다.

||| 二 |||

본존상과 그것을 지키는 사자상처럼 늘 조조가 있는 방 밖에 서서 눈을 번뜩이고 있는 충실한 호위자 전위는 한가했기 때문에 하품을 하며 사령부인 중군 밖에서 춤추는 흰나비를 보고 있었다.

"아아, 졸려. 벌써 여름이군."

전위는 무료한 얼굴로 같은 장소를 열 걸음 걷고는 다시 열 걸음 걸어 제자리로 돌아오곤 하며 이번 원정에서는 한 번도 피를 묻힌 적이 없는 창을 가엾다는 듯 쳐다보았다.

일찍이 조조가 연주에서 전국 각지의 용사를 모집할 때 격문에 응해서 부하가 된 전위는 그때의 채용시험에서 괴력을 보여 조조에게 이런 말을 들은 적이 있다.

"자네는 은나라 주왕을 따르던 악래惡來에게도 절대 뒤지지 않는 사내군."

이후 그는 전위라고도 불렀지만 악래라고도 불렸다.

그러나 그 악래 전위도 창을 들고 오랜 시간을 서 있자니 따분하기 그지없었다.

"어이, 어딜 가는 거야?"

병사 한 명이 전각의 복도를 기웃거리며 다가오자 전위는 심심하던 차에 잘됐다며 바로 소리를 질렀다.

병사는 무릎을 꿇고 그에게 절하며 편지를 내밀었다.

"당신이 전위입니까?"

"뭐야, 나한테 무슨 볼일이라도 있나?"

"네, 장수 장군의 심부름으로 왔습니다."

"그렇군. 나에게 보낸 서신이 맞긴 하다만 나한테 무슨 볼일이지?"

편지를 펴서 읽어보니 '긴 진중의 무료함을 위로해드리고 싶어 작은 술자리를 마련하여 기다리고 있으니 내일 저녁 성안으로 오시기 바랍니다.'라고 적힌 초대장이었다.

'……그러고 보니 오랫동안 그 맛난 술도 마시지 못했구나.'

전위는 마음속으로 중얼거렸다. 다음 날은 낮에 비번이라 가기로 마음먹고 가겠다는 뜻을 전한 후 심부름 온 병사를 돌려보냈다.

다음 날 전위는 아직 해도 지기 전에 성안으로 출발하여 이경二更(21시~23시)쯤까지 성안에서 마셔댔다. 그리고 걷기도 힘들 정도로 만취하여 성 밖으로 돌아왔다.

"장군의 명령입니다. 제가 중군까지 모셔다드리겠습니다. 제 어깨를 붙잡으십시오."

한 병사가 친절하게 부축해주었다. 자세히 보니 어제 편지를 가지고 왔던 병사였다.

"음, 자네였군."

"꽤 기분이 좋으신 것 같습니다."

"적어도 한 말은 마셨으니까. 이 배를 좀 보게. 아하하하, 속에 있는 것이 다 술이야."

"더 마실 수 있겠습니까?"

"더는 못 마시네……. 그런데 나도 꽤 몸집이 큰 편이지만 자네도 만만치 않군. 키도 거의 비슷하잖아?"

"위험합니다. 그렇게 손을 제 목에 두르시면 제가 못 걷습니다."

"자네 얼굴이 대단하군. 수염도 머리카락도 전부 붉은색이 아닌가?"

"그렇게 얼굴을 쓰다듬으시면 안 됩니다."

"뭐야? 도깨비 같은 얼굴을 하고."

"이제 곧 도착합니다."

"벌써 다 왔어?"

과연 조조의 방 근처까지 오자 전위는 갑자기 정신을 차리는 듯했다. 그러나 교대 시간까지는 시간이 남아서 자신의 방으로 들어가자마자 전후불각前後不覺(앞뒤 구별도 할 수 없을 만큼 정신이 없는 상태)이 되어 깊은 잠에 빠지고 말았다.

"……그럼."

붉은 머리털에 붉은 수염의 병졸은 뒷걸음질치며 물러갔다. 어느 틈에 빼앗았는지 그의 손에는 전위의 창이 들려 있었다.

||| 三 |||

조조는 오늘 밤도 추씨와 함께 술을 마시고 있었다. 그러다 갑자기 술잔을 놓더니 수상히 여기며 말했다.

"뭐지, 저 말발굽 소리는?"

그리고 바로 부하를 보내 알아보게 했다. 부하가 돌아와서 보고했다.

"장수의 군대가 탈영병을 막기 위해 돌아보고 있는 소리입니다."

"아, 그렇군."

조조는 의심하지 않았다.

그런데 이경 무렵에 다시 중군 밖에서 느닷없이 함성이 들렸다.

"보고 오너라! 무슨 일이냐?"

부하는 다시 달려나갔다. 그리고 장막 밖에서 이렇게 보고했다.

"아무 일도 아닙니다. 병사의 실수로 마초를 실은 수레에 불이 붙어서 병사들이 끄고 있는 중입니다."

"실수로 불을 냈다고?"

그리고 그로부터 얼마 지나지 않아 창문 틈으로 붉은 불빛이 비쳤다. 초저녁부터 태연하게 있었던 조조도 깜짝 놀라 창을 밀어 열고 보니 진중이 온통 검은 연기로 가득 차 있었다. 게다가 심상치 않은 함성과 움직이는 사람들의 그림자에 전위를 불렀다.

"전위! 전위!"

평소와는 달리 전위도 오지 않았다.

"응?"

그는 황급히 투구를 쓰고 갑옷을 입었다.

한편 초저녁부터 코를 드르렁드르렁 골며 자고 있던 전위는 코를 찌르는 매캐한 냄새에 벌떡 일어났지만, 때는 이미 늦었다. 사방에서 불길이 치솟고 있었다.

무시무시한 함성, 울리는 북소리, 장수의 배신이라는 것을 곧 알아챘다.

"앗! 창이 없다."

그토록 용맹한 전위도 당황했다. 게다가 더워서 거의 옷도 입지 않고 있었기 때문에 투구와 갑옷을 갖출 틈도 없었다. 어쩔 수 없이 그는 그대로 밖으로 뛰어나왔다.

"전위다! 악래다!"

적군 보졸들이 도망갔다.

그중 한 명을 붙잡아서 허리에 찬 칼을 빼앗아 닥치는 대로 벴다.

성채의 문 하나는 혼자 힘으로 탈환했다. 그러나 즉시 긴 창을 든 기병대 한 무리가 보졸들을 대신해서 돌진해왔다.

전위는 기병과 보졸 등 20여 명의 적병을 벴다. 칼이 부러지면 창을 빼앗고 창끝이 갈라지면 그것을 버리고 좌우 양손에 적병 둘을 잡아 마구 휘두르며 날뛰었다.

이렇게 되자 적병들도 감히 다가오지 못했다. 멀리서 둘러싸고 활을 쏘기 시작했다. 반라 상태인 전위에게 화살이 가차 없이 쏟아졌다.

그런데도 전위는 문을 사수하며 인왕仁王처럼 우뚝 서 있었다. 그러나 아무런 움직임이 없기에 조심조심 다가가 보니 온몸에 화살을 맞고 마치 송충이처럼 된 전위가 하늘을 노려보며 선 채로 어느 틈에 죽어 있었다.

그사이에 조조는 말을 타고 쏜살같이 달아났다.

"이런 곳에서 헛되이 죽을 수는 없다."

워낙 재빨리 도망쳤기 때문에 적도 아군도 눈치채지 못했다. 단지 조카 조안민만이 나중에 맨발로 쫓아갔다.

조조가 도망갔다는 사실은 곧 알려졌고, 기마대가 그를 쫓아가면서 화살을 쏘아댔다.

조조가 타고 있는 말에 화살 세 발이 꽂혔다. 조조의 왼팔에도 한 발이 꽂혔다.

말을 타지 않고 달려가던 조안민은 달아나지 못하고 적의 손에 잡혀서 맞아 죽고 말았다.

조조는 상처 입은 말에 채찍질하면서 육수에 뛰어들었다. 맞은편 기슭으로 올라가려는 순간 또 한 발, 어둠을 뚫고 날아온 화살이 말의 눈을 꿰뚫자 말은 땅바닥에 그대로 고꾸라졌다.

||| 四 |||

어두워서 육수의 강물은 검은색으로 보였다. 만약 낮이었다면 붉게 물들어 있었을 것이다.

조조는 온몸이 피투성이가 되었고 그의 말 역시 그랬다. 게다가 말은 다시 일어나지 못했다.

도망치려고 갈팡질팡하던 아군의 병사들도 이 강에서 거의 목숨을 잃은 듯했다.

조조는 겨우 목숨만 건져서 기슭으로 기어 올라갔다.

그때 어둠 속에서 조앙曹昻의 목소리가 들렸다.

"아버님 아니십니까?"

한 무리의 무사와 함께 그도 구사일생九死一生으로 도망쳐온 참이었다.

"이 말에 타십시오."

조앙은 안장에서 내려 자신의 말을 아버지에게 권했다.

"마침 잘 만났다."

조조는 반가움에 바로 말에 올라 달리기 시작했지만, 100보도 가기 전에 적이 쏜 화살에 조앙이 맞아 전사하고 말았다. 조앙은 쓰러지면서도 외쳤다.

"저는 신경 쓰지 마시고 어서 가십시오. 아버님, 아버님만 살아 계시면 언제든지 설욕할 수 있으니 저는 상관 마시고 달아나십시오."

조조는 자신의 주먹으로 자신의 머리를 치며 후회했다.

'이런 아들을 두고 나는 어찌 그리도 우둔했단 말인가. 원정길에 올라서 진무를 게을리하고 여색에 정신을 빼앗기다니, 참으로 면목이 없구나. 게다가 그 천벌을 아버지를 대신해서 아들이 받았으니…… 아아, 용서해라. 조앙.'

그는 아들의 시체를 안장에 싣고 밤새 달렸다.

이틀 정도 지나서 겨우 조조가 무사하다는 것을 알고 흩어졌던 장졸들이 모여들었다. 그런데 그때 청주에서 급보가 전해졌다.

"우금于禁이 모반을 일으켜 청주의 군마軍馬를 죽였습니다."

청주는 조조의 심복 하후돈의 영지이고, 우금은 아군 장수 중 한 명이었다.

"혼란을 틈타 모반을 꾀하다니 발칙한 놈이구나."

조조는 격노하여 즉시 우금의 진영으로 병사를 급파했다.

우금도 얼마 전부터 장수 공격의 일익을 맡아 진지를 구축하고 있었는데 조조가 자신에게 병사를 급파했다는 소식을 듣고 당황하는 기색 없이 명령을 내렸다.

"참호를 파서 공격에 대한 방비를 더욱 튼튼히 하라."

그의 부하들은 평소의 우금과는 다르다고 그에게 충고했다.

"이것은 청주의 병사들이 승상에게 장군을 모함한 것입니다. 거기에 저항한다면 진짜 반역 행위가 될 뿐입니다. 사자를 보내 사정을 명료하게 밝히고 변명하시는 것이 어떻겠습니까?"

"아니, 그럴 틈이 없다."

우금은 진을 움직이지 않았다.

얼마 후 장수의 병사들도 그곳으로 밀려들었다. 그러나 우금의 진영만은 조금도 흐트러지지 않고 싸웠기 때문에 장수의 병사들을 막아내고 오히려 격퇴해버렸다.

그 후 우금은 자진해서 조조를 찾아갔다. 그리고 청주의 병사가 호소한 일은 사실과는 정반대로 그들이 혼란을 틈타 약탈을 시작했기 때문에 같은 편이지만 그들을 징계한 것에 원한을 품고 거짓을 꾸며 자신을 모함한 것이라고 명료하게 설명했다.

"그렇다면 왜 내가 보낸 병사들에게 저항했느냐?"

조조가 따져 묻자 우금은 분명하게 대답했다.

"죄를 변명하는 것은 제 몸 하나를 지키는 사사로운 것입니다. 그런 일신의 안위 따위에 정신이 팔려 있으면 장수 군의 공격에 대한 방비는 어떻게 되겠습니까? 동료의 오해 따위는 나중에 해명해도 된다고 생각했습니다."

||| 五 |||

우금이 말하는 동안 조조는 계속 우금의 얼굴을 똑바로 바라보고 있다가 우금의 명쾌한 설명이 끝나자 그에게 손을 내밀어 꼭 잡으며 말했다.

"음, 잘 알았네. 내가 자네에게 품었던 의심은 완전히 풀렸네. 자네는 공사의 분별을 분명히 하고 혼란한 상황에 휘둘리지 않았으며 자신에게 쏟아지는 비방을 상관하지 않고 아군의 방루를 지켰을 뿐 아니라 적을 격퇴했네. 자네와 같은 사람이야말로 진정한 명장이라고 할 것이네."

조조는 입에 침이 마르도록 칭찬하며 특별히 그 공을 인정하여 익수정후益壽亭侯에 봉하고 상으로 황금 그릇 한 벌을 주었다. 우금을 모함한 청주의 병사들은 각각 처벌하고 하후돈에게는 '부하 단속을 잘못했다'는 이유로 견책 처분을 내렸다.

조조는 이번 원정에서 인간적인 면에서는 큰 실패를 했지만 일단 삼군의 총사로 돌아와서는 이처럼 논공행상을 분명히 하여 어지러워진 군기를 엄하게 바로잡았다.

논공행상이 마무리되자 조조는 또 제단을 마련하여 전몰자의 넋을 위로했다.

그때 조조는 예배에 앞서 향과 꽃이 놓인 단으로 나아가 눈물을 흘리며 말했다.

"전위, 나의 절을 받게."

그리고 오랫동안 눈을 감고 그 자리를 떠나지 않았다. 이윽고 삼군의 장졸들을 향해 눈물을 흘리며 말했다.

"이번 전쟁에서 나는 장자인 조앙과 사랑하는 조카 조안민을 잃었다. 그러나 그 일은 내 마음을 많이 아프게 하지 않았다. 그러나, 그러나 평소 나에게 충성을 다하던 악래 전위의 죽음은 참으로 마음이 아프다. 전위가 이미 죽었다고 생각하니 울지 않으려고 아무리 애를 써도 눈물이 나는구나."

그의 눈물을 숙연하게 바라보던 장졸들은 모두 감동에 휩싸였다. 만약 조조를 위해 죽을 수 있다면 행복하겠다는 생각이 들었다. 충절은 일상에서부터 비롯되는 것이라는 생각도 들었다.

어쨌거나 조조는 참패했다.

그러나 아군의 마음을 하나로 모았다는 점에서는 그 실패를 보상받고도 남음이 있었다.

역경을 이겨내고 그 역경마저 전진의 기회로 삼는 법을 그는 알고 있었다. 그 때문일까. 과거를 돌이켜보아도 조조의 군세는 역경에 봉착할 때마다 약진을 거듭했다.

일단 병사들을 후퇴시켜 허도로 돌아오자 서주의 여포가 보낸 사자가 포로 한 명을 호송해왔다.

사자는 진규 노인의 아들 진등이었고, 포로는 원술의 기신 한윤이었다.

"이미 아시겠지만, 이 한윤이라는 자는 원술의 뜻을 받들어 혼인을 위해 서주에 와 있던 사자였습니다. 여포는 전에 승상의 은혜로 조정에서 평동장군平東將軍의 인끈을 받고 몹시 감격하여 원술과 전에 맺었던 혼약을 파기하고 그 후 승상과 친선을 도모하려 합니다. 그 증표로 한윤을 묶어 보시는 바와 같이 허도로 압송해 온 것입니다."

진등은 사자의 격식을 차려 말했다.

"쌍방의 친선이 맺어지면 여 장군에게도 나에게도 좋은 일이지."

조조는 기뻐하며 바로 형리에게 한윤의 목을 치라고 명했다.

형리는 사람들의 왕래가 많은 허도의 네거리에서 한윤을 사형에 처했다.

그 후 조조는 사자로 온 진등을 자신의 집에 초대하여 주연을 베풀었다.

"먼길 오느라 수고가 많았네."

진대부

一

주연 중에 조조는 진등의 됨됨이를 살피고 진등은 조조의 마음을 살폈다.

진등이 조조에게 속삭였다.

"여포는 원래 승냥이와 같은 성질로 무용이야 말할 것도 없이 뛰어나지만, 진정으로 손을 잡을 만한 인물은 못 됩니다. 이렇게 말하면 승상은 여포의 사자로 온 저의 마음을 의심하실지도 모르겠습니다만, 저의 부친 진규가 서주성의 성시에 살고 있기 때문에 할 수 없이 여포의 신하가 된 것입니다. 실제로는 여포를 섬길 마음이 없습니다."

"동감이네."

과연 조조의 마음에도 두 가지 생각이 숨어 있었다. 진등이 먼저 말을 꺼내자 그도 본심을 털어놓았다.

"그대가 말한 대로 여포가 믿기 어려운 인물이란 것은 나도 알고 있네. 그러나 그 사실을 알고도 그와 교류하고 있는 만큼 그가 승냥이 같은 사람이든 뭐든 나중에 후회할 만한 일은 나도 하지 않을 생각이네."

"그렇습니다. 그런 생각을 하고 계신다면 안심입니다."

"다행히 그대와 지기가 되었으니 앞으로도 나를 위해 암암리에 힘을 써주게. 그대의 엄부 진 대부의 명성은 익히 알고 있었네. 돌아가거든 안부를 전해주시게."

"알겠습니다. 나중에 승상이 만약 비상수단이라도 쓰게 될 경우 서주에서는 반드시 저희 부자가 내응하여 도와드리겠습니다."

"부탁하네. ……오늘 밤의 주연은 생각지도 못하게 의미 있는 시간이 되었군. 오늘 한 말은 잊지 말도록."

조조와 진등은 술잔을 들고 맹세의 눈빛을 교환했다.

조조는 그 후 조정에 청하여 진등을 광릉廣陵 태수로 임명하고 그의 아버지 진규에게도 노후책으로 녹봉 2,000석을 내렸다.

그 무렵 회남의 원술에게 가신 한윤이 이미 허도의 네거리에서 머리가 잘렸다는 소문이 전해졌다.

"언어도단言語道斷!"

원술은 여포의 처사에 격노했다.

"예의를 다한 우리 측 사자를 잡아서 조조의 형리에게 맡겼을 뿐 아니라 전에 한 혼담을 파기하여 이 원술에게 씻을 수 없는 치욕을 주었다."

원술은 즉각 20여만의 대군을 동원하여 7개 부대로 나누어서 서주로 진격했다.

여포의 전위 부대는 나뭇잎처럼 짓밟혔으며 원술의 다른 한 부대는 소패를 향해 성난 파도와 같이 밀고 들어갔다. 그 외에 각지의 선봉전에서도 여포 군은 모조리 궤멸당했고, 성시에는 시시각각 패잔병이 늘어갔다.

여포는 사태가 악화되자 당황하여 급히 중신들을 불러모았다.

"누구라도 좋다. 오늘은 기탄없이 의견을 말하라. 그것이 이 서주성을 위기에서 구하는 계책이라면 그게 무슨 계책이든 듣겠다."

그 자리에 있던 진궁이 말했다.

"이제야 아셨습니까? 이런 사태가 벌어진 것은 전적으로 진규 부자의 탓입니다. 그 증거로 장군은 진규 부자를 신뢰하여 허도에 사자로 보내셨지만 어떻습니까? 그들은 조정과 조조에게만 아첨하여 교묘하게 자신의 벼슬과 앞으로의 안녕만을 꾀하고 오늘 이런 사태가 벌어져도 얼굴조차 보이지 않고 있습니다."

"맞습니다! 맞아요!"

누군가 손뼉을 치며 진궁의 말을 지지했다.

진궁은 흥분한 채 말을 이었다.

"그러니 당연한 대가로 진규 부자의 목을 베어 그것을 원술에게 바치면 원술도 화를 풀고 병사를 물릴 것입니다. 악인악과惡因惡果(나쁜 짓을 하면 반드시 나쁜 결과가 따른다)라고 그들에게 책임을 지게 하는 것입니다. 서주를 구할 방법은 그것밖에 없습니다."

여포도 즉시 그렇게 할 마음이 들었다. 바로 사자를 보내 진규 부자를 성안으로 불러들여 죄를 묻고 목을 치려고 했다.

그러자 진 대부는 껄껄 소리 높여 웃으며 말했다.

"병으로도 죽지 않고 그렇다고 꽃도 피우지 못하는 고목같이 노쇠한 내 목 따위는 매화 한 송이의 값어치도 없소이다. 아들의 목도 필요하다면 드리지요. 헌데 장군은 어쩌면 그리도 겁쟁이입니까? 아하하하, 사람들한테 부끄럽지도 않소이까?"

이렇게 말하고 더욱더 소리 높여 웃었다.

||| 二 |||

"뭐가 우습나?"

여포는 성난 눈으로 진규 부자를 노려보았다.

"감히 나보고 겁쟁이라고? 그렇게 큰소리를 치는 것을 보니 네 놈한테는 적을 쳐부술 자신이라도 있나보구나?"

"왜 없겠소?"

진 대부는 태연자약했다.

여포는 안달이 나서 말했다.

"그렇다면 말해봐라. 만약 확실한 계책이 있으면 너의 죽어 마땅한 죄는 용서해주마."

"계책은 있습니다만 쓰고 안 쓰고는 장군의 마음이오. 아무리 좋은 계책이라도 쓰지 않는다면 공상을 말하는 것에 지나지 않으니까요."

"어쨌든 말해봐."

"들리는 말에 따르면 회남의 병사는 20여만 명이라고 합니다. 그러나 오합지졸일 것이오. 왜냐하면 요즘 원술이 제위에 오르려는 야심으로 군의 규모를 급격하게 늘렸습니다. 보십시오. 제6군의 장군인 한섬은 이전에 섬서의 산채에 있던 산적의 두령이지 않습니까? 또 제7군을 이끄는 양봉 역시 역적 이각의 가신이었지만, 이각을 떠난 뒤 조조에게도 쫓기게 되자 갈 곳이 없어서 원술에게 들러붙은 패거리입니다."

"음, 그렇군."

"그런 자들의 천성은 장군께서도 잘 알고 계시면서 무슨 이유로 원술 군을 두려워하십니까? ……우선 재물이든 관직이든 그들에게 은혜를 베풀어 그들을 포섭한 후 내응하겠다는 조약을 맺고 공격군을 교란시키는 한편 사자를 파견하여 유현덕과 결탁하는 것입니다. 현덕은 온량고결溫良高潔한 사람이니 반드시 장군의 어려운 상황을 외면하지 않을 것이오."

진 대부의 명쾌한 말을 여포는 취한 듯 듣고 있다가 억지를 부리듯이 말했다.

"아니, 나는 결코 그를 두려워하지 않는다. 단지 신중을 기하기 위해 신하들의 의견을 물었을 뿐이다."

그리고 진 부자의 죄는 그대로 불문에 부쳤다.

그 대신 진규와 진등 두 사람에겐 모략을 써서 공격군의 진영 안에서 내응을 일으킬 수단을 찾으라는 임무가 맡겨지고 일시적으로 귀가가 허락되었다.

"아들아, 위험한 순간이었구나."

"아버님은 배짱 두둑하게 말씀을 잘하시더군요. 오늘은 정말 어떻게 될까 싶어 조마조마했습니다."

"나도 포기하고 있었다."

"그런데 좋은 계책이 있다는 게 뭡니까?"

"아니, 실은 아무것도 없단다."

"그럼, 어쩌시게요?"

"내일은 내일의 바람이 불지 않겠니? 내일 일은 내일 생각하자꾸나."

진 대부는 집으로 돌아와 침실로 들어가자 다시 노쇠한 병자가 되었다.

한편 원술은 혼약을 파기한 여포에 대한 보복으로 대군을 파병하면서 삼군을 열병함과 동시에 오랫동안 품어온 야망을 거리낌 없이 드러내며 황제의 자리에 오르겠다는 뜻을 스스로 밝혔다.

소인배가 보물을 품으면 죄가 된다는 말처럼 손책이 맡긴 전국옥새 때문에 결국 이런 가당찮은 인간이 되어버린 것이다.

"옛날 한나라 고조는 사상泗上의 일개 정장亭長에서 몸을 일으켜 400년 제왕의 업적을 이루었다. 그러나 한실은 이미 천수를 다하여 천하를 다스리지 못한다. 우리 가문은 4대에 걸쳐 삼공三公(옛 중국에서 최고의 관직에 있으면서 천자를 보좌하던 세 벼슬. 삼국지 시대 때는 태위, 승상, 어사대부)을 지내며 백성들의 공경을 받아왔다. 나의 대에 이르러서는 민심도 얻게 되고 힘도 갖춰졌으니 하늘의 명에 따라 오늘 구오(황제)의 자리에 오르게 되었다. 모든 공경과 백관들은 과인을 도와 정사에 최선을 다하라."

그는 완전히 황제가 된 것처럼 군신들에게 명하고 호號를 중씨仲氏라 하였다. 그리고 대성관부臺省官府 제도를 선포하고 용과 봉황이 장식된 가마에 올라 남북의 교외에서 제사를 지냈다. 또 풍씨 딸을 왕후로 맞이하고 후궁 수백 명에게는 모두 비단옷으로 차려입게 하였으며 적자를 세워 동궁이라고 참칭했다.

||| 三 |||

교만하고 폭력적인 왕에게 목숨을 걸고 정론을 간언하는 신하는 없었으나 단 한 사람 주부主簿인 염상閻象이라는 자가 기회를 보아 말했다.

"자고로 하늘의 도리를 거역하고 영화를 누린 자는 없습니다. 옛날 주공周公은 후직后稷으로부터 문왕文王에 이르기까지 공을 쌓고 덕을 베풀었지만, 여전히 천하의 일부밖에 차지하지 못하고 주왕紂王을 섬겼습니다. 아무리 원씨 가문이 여러 대에 걸쳐 번성했다고는 하나 주의 번성에는 미치지 못합니다. 또한 한실의 후대가 쇠잔하고 미약해도 주왕과 같이 도리에 어긋나는 극악한 행위도 저지르지 않았습니다."

원술은 붉으락푸르락 달아오른 얼굴로 염상의 말이 끝나기도 전에 무서운 목소리로 소리쳤다.

"그래서 어쨌다는 말이냐?"

"그러니까……."

염상은 너무 떨려서 다음 말이 나오지 않았다.

"닥쳐라. 학자인 체 건방을 떠는 놈이군. 내 손에 전국옥새가 들어온 것은 우연이 아니다. 이른바 천도天道(하늘이 낸 도리나 법)다. 만약 내가 제위에 오르지 않는다면 오히려 천도를 거스르는 것. 너 같은 놈은 책 속의 좀과 함께 볕 좋은 곳에서 하품이나 하고 있어라. 꼴도 보기 싫다. 썩 물러가라."

원술은 신하들 사이에서 두 번 다시 이런 말이 나오지 않도록 엄포를 놓았다.

"앞으로 누구든지 나의 제업에 대해서 왈가왈부하는 자는 그 자리에서 단죄할 것이다."

그리고 그는 이미 편성되어 있는 대군의 뒤에서 독군督軍과 친위군 두 군단을 편성하여 직접 서주를 공격하기 위해 나섰다.

그런데 출전에 앞서 군량 소송을 맡은 원주袁州 자사 김상金尙이 무엇 때문인지 원술의 명령에 불만을 터뜨렸다는 얘기가 들렸다. 원술은 즉시 친위병에게 김상을 잡아오게 하여 본보기로 삼으려는 듯 그의 목을 쳐서 출전하는 병사들의 사기를 북돋웠다.

독군과 친위군 두 군단이 뒤에서 대기하자 전선의 20만 병사들도 '드디어 전투가 본격적으로 시작되는구나.'라며 마음을 다잡았다.

7개 부대로 나뉜 일곱 명의 장수는 서주를 향해 일곱 개의 길로 갈라져서 공격해가며 가는 길에 민가를 태우고 전답을 짓밟고 재물을 빼앗았다.

제1장군 장훈張勳은 서주대로徐州大路로.

제2장군 교유橋蕤는 소패로小沛路로.

제3 진기陳記는 기도로沂都路로.

제4 뇌박雷薄은 낭야琅琊로.

제5 진란陳蘭의 일군은 갈석碣石으로.

제6군의 한섬韓暹은 하비下邳로.

제7군의 양봉楊奉은 준산峻山으로.

이 진용만 보면 사실 여포가 두려움에 떤 것도 무리가 아니었다.

여포는 진 대부가 조만간 '내응지계內應之計'의 효과를 바치러 오기를 애타게 기다리고 있었으나 진 대부는 그 일이 있은 후 성에 얼굴조차 내밀지 않았다.

어떻게 된 걸까 싶어 그의 집에 사신을 보내 알아보게 하니 진 대부는 병실에서 멍하니 햇볕을 쬐며 참으로 무사태평하게 보내고 있다는 것이었다.

여포는 성격이 급한 데다가 지금은 진 대부의 방책 하나만을 의지하고 있었다.

그런 그가 가만히 있을 리가 없었다. 당장 진 대부를 잡아오라고 소리쳤다. 전에는 그의 말에 놀아나서 용서했지만, 이번에는 얼굴을 보자마자 그 백발이 성성한 머리를 쳐서 떨어뜨리겠다는 것이었다.

포리가 달려나간 뒤에도 여포는 혼자서 분을 이기지 못하고 씩씩거리며 기다리고 있었다.

해 질 무렵 진 대부의 집에서는 문을 걸어 잠그고 늙은 아버지 진 대부를 중심으로 온 가족이 둘러앉아 저녁을 먹고 있었다.

"응, 뭐지?"

문이 부서지는 소리, 집이 울리는 소리, 하인들이 아우성치는 소리가 들리더니 이어서 포리와 무사 등 많은 사람이 신발을 신은 채 집 안으로 들이닥쳤다.

||| 四 |||

진 대부 부자는 불문곡직하고 그 자리에서 끌려갔다.

그들을 기다리던 여포는 부자가 눈앞으로 끌려오자 노려보며 말했다.

"늙은이 주제에 잘도 나를 속였겠다. 오늘이야말로 네 목이 날아가는 날이다."

그러고는 즉시 무사에게 저 백발이 성성한 머리를 치라고 사납게 소리 질렀다.

진 대부는 여전히 히쭉해쭉 능글맞게 웃기만 하다가 양손을 들고 놀리듯 말했다.

"성미가 급해도 너무 급하시군요."

여포는 더욱더 분통이 터져서 대들보가 진동할 정도로 큰 소리로 말했다.

"이놈, 아직도 나를 빈정거리며 놀리는 것이냐? 그 목이 떨어질 줄도 모르고!"

"잠깐만요, 떨어질 목이 내 목이오? 장군의 목이오?"

"지금 당장 보여주마."

여포가 자신의 검으로 손을 가져가자 진 대부는 하늘을 우러르듯 올려다보며 중얼거렸다.

"아아, 운이 다했구나. 당대의 명장도 이렇게 시야가 어두워서는 구할 수 없지. 뻔히 알면서도 제 손으로 제 목을 치려고 하다니."

"무슨 개소리를 지껄이는 것이냐?"

일단 소리는 쳤지만, 여포도 다소 기분이 나빠졌다.

이때를 틈타 진 대부는 혀끝이 바늘처럼 날카롭게 파고들 듯이 말했다.

"분명 전에도 말씀드렸을 것입니다. 아무리 좋은 계책도 쓰지 않으면 공상을 말하는 것과 다를 바 없다고. 이 늙은이의 목을 치면 누가 그 좋은 계책을 써서 서주를 위급한 상황에서 구하겠소? 따라서 그 검을 뽑으면 자신의 목숨을 스스로 끊는 것과 같지 않겠소?"

"네놈의 궤변에는 이제 질렸다. 위기에서 벗어나기 위해 적당히 둘러대고는 집에 돌아가 속 편히 누워 지낸다고 들었다. 계책을 쓰지 않는 것은 내가 아니라 바로 네놈이야. 능구렁이 같은 놈."

"그래서 내가 성미가 급하다고 한 것이오. 나는 이미 은밀하게 계책을 펴고 있었소. 며칠 안에 적장인 제6군의 한섬과 모처에서 밀회하기로 되어 있소."

"정말인가?"

"왜 거짓말을 하겠소?"

"그렇다면 어째서 집 문을 걸어 잠그고 이런 전란 속에서 한가롭게 지낸 것인가?"

"진정한 책사는 불필요하게 움직이지 않는다는 말이 있는데 모르시오?"

"교묘한 말로 또 나를 속이고 다른 곳으로 도망가려는 수작은 아니고?"

"대장군이라는 사람이 소인배처럼 그릇된 의심을 품어서는 안 되지요. 내 아내와 권속은 모두 장군의 손바닥 안에 있는데, 그들을 버리고 이 늙은이 혼자 오래 살겠다고 어디로 도망간단 말이오?"

"그럼, 당장 한섬을 만나서 처음에 네가 말한 대로 날 위해 최선의 계책을 쓸 생각인가?"

"나는 처음부터 그럴 생각이었소만 장군은 어떠시오?"

"음…… 내 생각 말인가? 나도 그렇게 생각하고 있었지만, 단지 괜히 질질 시간을 끄는 것은 싫다. 할 생각이라면 당장 실행에 옮겨라."

"그보다도 속으로는 나를 의심하고 있지 않소? 좋습니다. 그렇다면 이렇게 하시죠. 내 아들 진등을 인질로 이 성안에 잡아두시오. 나 혼자 다녀오겠소."

"그래도 적지에 가는 데 부하가 필요하지 않겠나?"

"그럼, 조건이 있소."

"몇 명이 필요한가? 그리고 부장으로는 누구를 데려가겠나?"

"부장 따위는 필요 없소. 같이 가는 자도 단 한 마리면 됩니다."

"한 마리?"

"성안 목장에서 암컷 양 한 마리를 내어주시오. 한섬의 진지는 하비의 산중이라고 들었소. 가는 도중에 나무 열매를 따 먹고 양젖을 짜 마시며 병든 몸에 원기를 북돋아 반드시 한섬을 설득해 보이겠소. 그러니 장군께서도 실수 없이 유현덕에게 사자를 보내 만반의 준비를 해놓으시오."

진 대부는 그날 양 한 마리를 끌고 성의 남문에서 표연히 길을 떠났다.

떨어진 투구

||| 一 |||

하비下邳는 서주 동쪽의 산악지대였다. 공격군 제6군의 대장 한섬은 여기서 서주로 통하는 길을 확보하고 산속에 있는 소송사嘯松寺에 사령부를 두고 총공격의 날을 기다리고 있었다.

물론 교통은 모두 차단되었다. 들판이건 마을이건 병사들로 가득했다.

하지만 진 대부는 태연하게 지나갔다.

흰 양을 끌고. 그리고 몇 가닥 없는 수염을 바람에 날리며 걸었다.

"뭐지, 저 영감은?"

손가락으로 가리키며 말하는 병사는 있어도 잡아서 검문하는 병사는 없었다.

검문하기에는 너무도 평화로운 모습이었다. 전장을 걸어가면서 위험을 전혀 의식하지 않는다. 그런 사람에게는 경계의 시선을 게을리하게 된다.

'거의 다 왔구나.'

진 대부는 산으로 접어들자 이따금 바위에 걸터앉아 쉬었다. 이 산에는 깨끗한 물이 없었다. 양젖을 그릇에 짜서 간신히 갈증과 허기를 달랬다.

때는 한여름이었다.

산 전체가 매미 소리로 시끄러웠다. 바위와 바위 사이에 소나무가 빽빽하다. 이윽고 소송사의 탑이 보였다.

"영감, 어디 가시오?"

중군의 진문에서는 검문을 받았다. 진 대부는 양을 손가락으로 가리키며 말했다.

"한 장군께 바치러 왔소."

"마을 주민이오?"

"아니요, 서주에서 왔소."

"뭐? 서주에서 왔다고?"

"진규라는 늙은이가 양을 끌고 찾아왔다고 장군께 전해주시오."

진문을 지키는 부장은 진규라는 이름을 듣고 놀랐다. 여포의 성시에 사는 서주의 객장客將이었다. 게다가 얼마 전에는 조조의 추천으로 조정에서 노후책으로 녹봉 2,000석을 받은 이름이 꽤 알려진 노인이었다.

더 놀란 것은 이 말을 들은 대장 한섬이었다.

"어쨌거나 한번 만나보자."

안으로 맞아들이고 정중히 대접했다.

"이것은 작은 선물이오."

진 대부는 한섬의 부하에게 양을 건네고 잡담 따위를 늘어놓기 시작했다. 무슨 일로 왔는지 알 수 없었다.

그러는 사이에 해가 저물자 진 대부가 제안했다.

"오늘 밤은 달도 밝은 듯한데 실내가 너무 덥구려. 저 소나무 밑에서 귀공과 단둘이 흉금을 터놓고 이야기하고 싶소."

그날 밤 한섬과 진 대부는 소나무 아래에 멍석을 깔고 다른 사람들에게 들리지 않도록 조심하면서 이야기를 나눴다. 듣고 있는 것은 나무 끝에 걸린 달뿐이었다.

"어르신은 여포의 객장이신데 도대체 무슨 용건으로 적장인 나를 갑자기 찾아오셨소?"

한섬이 먼저 얘기를 꺼내자 노인은 비로소 몸가짐을 바로 했다.

"무슨 말씀이신가? 나는 여포의 신하가 아니라 조정의 신하요. 서주 땅에 살고 있으니 사람들이 종종 그렇게 말하는데 서주도 조정의 땅 아니겠소?"

그리고 갑자기 노인은 조리 있고 막힘없이 서주의 영웅들을 언급하며 시국을 논하고 다시 풍운의 움직임을 논하다가 불현듯 한탄했다.

"귀공 같은 사람은 참으로 아까운 인재요."

"어르신, 어째서 저를 위해 그리 한탄하는지 부디 이유를 들려주십시오."

"그것을 말하려고 일부러 여기까지 온 것이니 말씀드리겠소. 생각해보시오. 귀공은 일찍이 천자가 장안에서 환행할 때 어가를 지키며 충성을 다한 청렴하고 덕이 있는 국사國士가 아니시오? 그런데도 오늘 스스로 황제라 칭하는 원술을 도와 불충불의不忠不義의 오명을 자청해서 부르고 있소. 게다가 스스로 황제라 칭하는 자의 운명 같은 것은 귀공이 살아 있는 동안 멸망하여 붕괴될 것이 분명하오. 겨우 한두 해의 의식衣食을 해결하기 위해 귀공은 평생의 운명을 팔아 만대萬代의 악명을 서슴지 않을 생각이오? 만약 그렇다면 귀공을 보며 한탄하는 사람은 나 한 사람만은 아닐 것이오."

||| 二 |||

뒤이어 진 대부는 여포의 편지를 꺼냈다.

"지금 드린 말씀은 나 혼자만의 생각이 아니라 여포의 생각이기도 하오. 자세한 내용은 이 서신 안에 있소."

진 대부는 한섬에게 편지를 읽어볼 것을 재촉했다.

한섬은 시종 진 대부의 이야기를 넋을 놓고 듣고 있다가 여포의 편지를 읽고 드디어 결심한 듯 본심을 털어놓았다.

"아니, 저도 실은 원술의 오만방자함에 진저리가 나서 한실로 돌아가고 싶었습니다. 그렇지만 달리 연줄도 없고 해서……."

이제 한섬은 손바닥 안의 작은 새. 진 대부는 마음속으로 만족스러운 웃음을 지으며 말했다.

"제7군의 양봉과 귀공은 평소 친분이 두터운 사이가 아니오? 양장군도 불러서 행동을 같이하면 어떻겠소?"

"행동을 같이하라니요?"

한섬은 작은 목소리로 말하면서도 가쁜 숨을 몰아쉬었다. 지금이 인생의 중요한 순간이라는 듯 내심 흥분하고 있는 모습이 역력했다.

진 대부도 목소리를 낮춰 말했다.

"서주를 공격하는 날을 기해 귀공과 양봉 장군이 미리 의논해두었다가 뒤에서 봉화를 올려 반기를 드시오. 동시에 여포도 정예군을 이끌고 단숨에 공격하면 원술의 목을 치는 데 한나절도 걸리지 않을 것이오."

"좋습니다. 맹세코……."

한섬은 달을 올려다보았다. 밤은 깊고 소나무 가지 끝이 이슬로 하얗다. 진중에 누군지 생황을 부는 자가 있었다. 병사들도 더워서 잠을 이루지 못하는 듯했다.

짧은 여름밤이 밝았다.

언제 돌아갔는지 진 대부의 모습은 보이지 않았다. 해가 높이 뜨자 오늘도 무척 더웠다. 원술의 본영에서는 전령이 사방팔방으로 달려나갔다.

7개 부대가 일곱 개의 길에서 일제히 움직였다. 구름은 낮고 멀리서 천둥 치는 소리가 들렸다.

서주성 가까이 접근했다.

먹물을 쏟아놓은 듯 캄캄한 하늘에 푸르스름한 번개가 칠 때마다 성벽 일부가 보였다가 사라졌다가 한다.

우르릉, 쾅쾅! 굵은 빗줄기와 함께 천둥소리도 요란해졌다. 전투가 시작되었다.

일곱 개의 길에서 공격군이 함성을 지르며 달려왔다. 여포도 물론 방어에 나섰다. 소나기가 세차게 쏟아져 천지를 씻었다.

밤이 되었지만 전황은 알 수 없었다. 그러는 사이에 어찌된 일인지 공격군의 진형이 흐트러지더니 같은 편끼리의 싸움과 퇴각 그리고 혼란 등이 일어나 전혀 수습할 수 없게 되어버렸다.

"반기를 든 자가 있다."

날이 밝자 비로소 알게 되었다. 제1군 장훈의 뒤에서 제7군 양봉과 제6군 한섬이 봉화를 올리고 같은 편을 공격한 것이었다.

이 사실을 안 여포는 "지금이다!"라며 기세를 올려 적진 중앙의 기령과 뇌박, 진기 등의 군대를 연파하고 순식간에 본영으로 밀고 들어갔다.

양봉과 한섬의 병사들은 그의 좌우에서 지원했다. 원술의 대군 20만도 찬바람에 날리는 나뭇잎과 진배없었다.

여포는 무인지경을 달리듯 원술을 찾아다녔다. 그러던 중 맞은편 산골짜기에서 한 무리의 인마가 나타나더니 두 패로 나뉘어 그의 진로를 막았다. 그리고 갑자기 산 위쪽에서 고함소리가 들렸다.

"필부 여포야, 네놈이 죽으려고 스스로 찾아왔구나."

"앗?"

놀라서 올려다보니 일월日月의 깃발, 용봉龍鳳의 번幡, 황금 비단으로 만든 커다란 우산을 치게 하고 좌우에는 금은의 무기를 든 근위병을 거느린 자칭 황제라는 원술이 황금 갑옷을 몸에 걸치고 오만하게 내려다보고 있었다.

||| 三 |||

구름 사이의 용을 보고 포효하는 호랑이처럼 여포는 원술이 있는 곳을 올려다보고 있었다.

"그래! 내가 지금 그쪽으로 가서 얼굴을 보고 대답해주마. 꼼짝 마라, 원술."

말을 몰아 중군의 선봉을 단숨에 짓밟아버리고 산봉우리 쪽으로 올라갔다.

"여포다."

"접근하지 못하게 하라."

원술의 부하 양기梁紀와 악취樂就 두 사람이 말을 몰고 나와 흙먼지를 일으키며 산을 미끄러지듯이 내려오더니 여포를 좌우에서 협공했다.

"방해하지 마라."

여포가 말 머리를 높이 세워 악취의 말을 옆으로 지나가게 한 뒤 방천극을 휘두르자 사람과 말 모두 한 줄기의 피를 뿜으며 뒤로 자빠졌다.

"비겁한 놈!"

그리고 도망치는 양기를 쫓아가는데 적장 이풍이 창을 바짝 당겨 쥐고 질풍같이 쫓아왔다.

"여포야, 게 섰거라."

동시에 사방에서 암석이 한꺼번에 와르르 무너져 내리듯 엄청나게 많은 원술의 부하들이 말을 타고 몰려나오며 큰 소리로 외쳤다.

"여포를 죽여라."

"호랑이가 덫에 걸렸다."

원술도 산을 내려와 아군 뒤에서 기분 좋은 듯 독전에 힘썼다.

"여포의 목도 이제 내 손안에 있다."

그때 어젯밤 내부에서 반기를 들어 전선의 아군을 교란시킨 한섬과 양봉 두 부대가 갑자기 샛길을 뚫고 골짜기 한쪽에서 나타나 원술의 중군을 측면에서 공격했다.

그 때문에 다 잡았던 여포를 놓쳤을 뿐만 아니라 형세가 역전되어 원술은 봉우리를 넘어 고원 길 2리 남짓을 간신히 목숨만 건져 달아났다.

그러자 또 고원 저 멀리서 한 덩어리의 구름처럼 보이는 것이 다가오면서 한 무리의 군마로 변하더니 적군인지 아군인지 알아볼 새도 없이 옻칠한 것처럼 반짝이는 검은 털을 가진 준마에 올라탄 한 장수가 그 속에서 달려나왔다. 손에는 82근의 커다란 청룡도를 비껴들고 있었는데 원술 앞을 가로막으며 소리쳤다.

"나는 예주豫州 태수 유현덕의 의제로 이름은 관우, 자는 운장이다. 형님의 명령에 따라 의리를 지키기 위해 여포를 지원하러 달려왔다. 거기 있는 것은 최근에 스스로 황제라고 참칭하며 하늘을 두려워하지 않는 방자한 도적 원술이 아니냐? 자, 이제 이 관우의 청룡도를 받아라!"

원술은 기겁해서 앞다투어 도망치는 장수들에 둘러싸인 채 말에 채찍질을 했다.

관우는 쫓아가면서 자신의 앞을 가로막는 자들을 베어 쓰러뜨렸다. 이윽고 원술의 등에 바짝 다가가자 팔을 뻗어 청룡도를 한 번 휘둘렀다.

"그 머리는 놓고 가라."

그러나 원술이 말갈기로 몸을 숙이는 바람에 청룡도는 간발의 차이로 그의 투구만을 때리는 게 고작이었다.

스스로를 황제라 칭하는 오만한 자의 투구는 그의 머리에서 벗겨져 찌그러진 채 날아갔다.

이렇게 원술은 처참한 패배를 당하고 기령을 후미에 남겨둔 채 겨우 목숨만을 건져 회남으로 돌아갔다.

그에 반해 여포는 남아 있는 적을 닥치는 대로 공격하여 소탕하고 의기양양하게 서주로 돌아가 성대한 개선 축하연을 열었다.

"이번 전투에서 이렇게 대승을 거둔 것은 첫 번째로 진규 부자의 공이 크다. 두 번째는 한섬과 양봉이 내응해주었기 때문이고, 또 예주의 유비가 옛 우의를 잊지 않고 한때의 원한도 버린 채 관우를 보내 신속하게 대처해주었기 때문이다. 그 외에 힘껏 싸워준 우리 장졸들에게도 진심으로 감사의 말을 전한다."

여포가 그 자리에서 이렇게 연설하자 모두가 승리의 함성을 지르며 술잔을 높이 들었다.

||| 四 |||

축하연이 끝난 후에는 당연히 포상이 행해졌다.

관우는 다음 날 병사들을 이끌고 예주로 돌아갔다.

이후 여포는 진 대부를 전적으로 신뢰하며 무슨 일이든 그와 의논했다. 오늘도 여포가 물었다.

"그런데 한섬과 양봉 중에서 한 명은 내 옆에 두고 싶은데 진 대부의 생각은 어떻소?"

진규가 대답했다.

"장군 옆에는 이미 인재가 고르게 갖춰져 있습니다. 길들이지 않은 닭 한 마리를 닭장 안에 넣음으로 인해 다른 닭들이 모두 미쳐 날뛰어 상처를 입은 예도 있으니 생각해볼 일입니다. 오히려 두 사람을 산동으로 보내 산동의 기반을 다져두면 1, 2년 사이에 큰 효과를 볼 것입니다."

"옳은 말이오."

여포는 고개를 끄덕이고, 즉시 한섬은 기도로, 양봉은 낭야로 보냈다.

노인의 아들 진등은 그 소식을 듣고 못마땅하게 생각했는지 어느 날 조용히 아버지에게 그 뜻을 물었다.

"건방지게 들릴지 모르겠습니다만, 아버님의 생각과 제 계획이 조금 다른 것 같습니다. 저는 그 두 사람을 여포 옆에 두어 여차할 때 우리 편으로 끌어들여 협력시킬 생각이었습니다."

진 대부는 끝까지 듣지도 않고 젊은 아들의 말을 부정하며 조용히 속삭였다.

"그 방법은 생각처럼 되지 않을 게다. 왜냐하면 아무리 우리 사람으로 만들어도 원래 그들은 심성이 천해서 우리 부자의 편을 들기보다는 시간이 흐를수록 여포에게 아첨하며 여포의 앞잡이가 될 것이 틀림없다. 그리 되면 오히려 호랑이에게 날개를 달아주는 꼴이다. 여포를 제거할 때 방해만 될 거야……."

진 대부는 다시 문을 닫아걸고 병실에 틀어박혔다. 여포가 불러도 어지간히 중요한 일이 아니면 좀처럼 나오려 하지 않았다.

오동잎이 떨어지기 시작했다. 여름이 가고 가을이 다가왔다.

회남의 강물도 가을빛에 물들고 고추잠자리는 청명한 하늘을 떼 지어 날아다녔다.

원술 황제는 이해 가을 내내 똥 십은 표정이었다.

'여포 이놈, 배신자 놈들.'

어떻게 하면 지난날의 치욕을 갚아줄지를 생각하며 존엄한 황제의 자리에 앉아서 손톱만 물어뜯고 있다.

이럴 때 떠오르는 것이 전에 자신의 집에 기거하던 손책이었다.

그 손책은 어느새 대강을 사이에 두고 오의 넓은 옥토를 차지하고 강동의 소패왕이라 불리는 큰 존재가 되었다. 원술은 그가 소년 시절부터 돌봐주었기 때문에 자신이 부탁한 것은 언제나 들어줄 것 같은 기분이 들었다.

그는 손책에게 사자를 보냈다.

뒤에서나마 자네의 성공을 기뻐하고 있네. 자네 또한 나와 의 우의를 잊지 않았을 것이네.

최근 자네의 오나라가 점점 강성해지고 있고, 휘하에 문무의 인재들도 많다고 들었네. 이번 기회에 나와 힘을 합쳐 여포를 치고 그의 땅을 차지하여 오나라의 세를 더욱 확충하는 것이 어떻겠나? 이것은 자네를 위한 장구한 계획도 될 것이네.

배를 타고 강을 건너 오성에 들어간 사자는 정식으로 손책과 면회하고 원술의 서신을 전했다.

손책은 바로 답장을 써서 사자를 돌려보냈다.

"자세한 내용은 이 안에."

원술이 그 답장을 펴 보니 이렇게 적혀 있었다.

이보시오 노인장, 내 옥새는 돌려주지 않고 스스로 황제라 칭하며 세상을 어지럽히고 있구려. 나는 천하에 사죄하는 방법을 알고 있소. 언젠가 반드시 만날 것이오. 부디 머리를 내놓을 생각으로 기다리시오.

"괘씸한 놈, 감히 나를 모욕해?"

원술은 편지를 갈기갈기 찢고 즉시 오나라로 출병하려 했으나 신하들이 말리는 바람에 겨우 분을 삭이고 때를 기다리기로 했다.

거친 가을 하늘

||| 一 |||

'원술이 내 편지를 받고 어떤 표정을 지었을까?'

회남의 사자를 돌려보낸 손책은 혼자 재미있어하고 있었다.

그러나 다른 한편으로는 이런 생각도 했다.

'필시 화가 나서 공격해오겠지.'

대강 연안 일대에 병선을 띄우고 언제 공격해와도 문제없을 정도로 대비했다.

그때 허도의 조조로부터 사자가 와서 손책을 회계會稽 태수로 봉한다는 천자의 조서를 전했다. 손책은 조서를 받았지만 동시에 조조의 요구도 있었다.

즉시 회남으로 출병하여 가짜 황제 원술을 주벌하라.

애초에 거절할 수 있는 일이 아니었다. 옥새를 맡긴 책임도 어느 정도 있었다.

"명령대로 하겠습니다."

허도로 사자가 돌아간 날이었다.

오의 장사長史이자 손책의 가신 중 으뜸인 장소張昭가 그의 앞에 나와 말했다.

"수락하신 듯한데 누가 뭐래도 회남은 풍요로운 땅이며 원술 일족은 명망과 전통이 있는 오래된 가문입니다. 지난번에 여포와의 일전에서 패했다고는 하지만 결코 가볍게 볼 상대가 아닙니다. 그에 비해 우리 오는 신흥국입니다. 예기銳氣와 젊음은 있으나 재력과 군사의 결속 등은 아직 부족합니다."

"그만두라는 말인가?"

"조서를 받고 이제 와서 명령을 따르지 않겠다고 하면 다른 마음이 있다고 여길 것입니다."

"그럼 어떻게 하란 말인가?"

"이번에는 장군께서 조조에게 급서를 보내 이쪽은 강을 건너 원술의 측면을 공격할 테니 허도에서 대군을 내려보내 그의 정면을 치라고 하십시오. 조조 군이 전적으로 주도권을 잡게 하고 우리는 어디까지나 원병의 입장을 취하는 것입니다."

"좋은 생각이군."

"무엇보다도 중요한 것은 조조를 지원한다고 천명하는 것입니다. 나중에 우리가 위급한 상황에 처했을 때 조조에게 원군을 청할 수도 있을 것입니다."

"고맙네. 장사의 말은 최근 들어본 말 중 으뜸가는 명언이군. 그대로 따르기로 하겠네."

그가 보낸 편지는 며칠 안 되어 허도의 상부에 도착했다.

그 무렵 상부에서는 사람들이 "요즘 승상이 망령 든 것 같아."라고 수군거릴 정도로 조조는 멍하니 넋을 놓고 있을 때가 많았다.

올봄 장수를 치기 위해 원정길에 올랐으나 참패하고 돌아와 그의 절대적인 자신감이 흔들리기 시작한 것인지, 아니면 성격이 다정다한多情多恨하여 여전히 연꽃 장식이 있는 침상 위 그녀의 맑은 눈과 봄밤의 호궁 소리를 잊지 못하는 것인지, 어쨌든 이 가을 그의 모습은 평소와 달리 쓸쓸해 보였다.

"아니, 아니야. 승상은 그렇게 나약한 분이 아니야."

상부에 있는 어떤 이는 새로 지은 사당이 있는 길에서 그의 모습을 자주 본다면서 사람들의 어리석은 억측을 부정했다.

새로 지은 사당이라는 것은 장수와의 전쟁에서 목숨을 잃은 악래 전위를 위해 세운 사당이었다. 조조는 도성으로 돌아온 후 전위의 영을 모시고 그의 아들 전만典滿을 중랑中郎으로 채용하며 계속해서 그의 죽음을 애도하고 있었다.

그러한 때 오의 손책이 보낸 급서가 도착했다. 조조는 이것저것 말할 필요도 없이 승낙하고, 그날 바로 30여만의 대군을 동원했다. 한편으로는 어린아이처럼 훌쩍거리며 슬퍼하는 버릇이 있는가 하면, 또 한편으로는 과감하게 결정을 내리고 그 결정을 즉시 실행에 옮기는 일면을 가진 그였다.

대군은 속속 도성을 떠났다.

때는 건안 2년의 가을인 9월이었다. 허도는 달이 아름다운 밤이었다.

||| 二 |||

남쪽을 정벌하기 위한 군사는 30만이라고 했지만, 실제로는 약 10만의 보병과 4만의 기병대와 1,000여 대의 군수품을 실은 수레로 편성되어 있었다.

물론 조조는 허도를 떠나기 전에 예주의 유비와 서주의 여포에게도 참전을 요구하는 문서를 보내두었다.

가을 하늘이 그야말로 높구려.
우리는 회수를 향해 남하하오.
청컨대 도중에 회동합시다.

격문을 받고 유현덕은 관우와 장비 등의 정예를 이끌고 예주의 경계에서 기다렸다.

조조는 그를 보자 기분 좋게 말했다.

"언제나처럼 신의가 두터운 귀공의 발 빠른 대응을 감사히 여기오."

맹군의 깃발과 깃발이 교환되고, 그 아래에서 잠시 휴식하면서 양웅은 정답게 이야기를 나누었다.

유비는 관우를 돌아보며 명했다.

"그것을 이리로 가지고 오게."

관우가 가지고 온 것은 두 개의 머리였다.

놀란 조조가 눈을 크게 뜨며 물었다.

"누구의 머리요?"

유비가 대답했다.

"하나는 한섬, 하나는 양봉의 머리입니다."

"원술 밑에 있다가 배신하고 여포 편에 붙었다가 지방으로 부임한 그 두 사람 말이오?"

"그렇습니다. 그 후 두 사람은 기도와 낭야의 두 현에 부임했습니다만, 바로 가혹한 세금을 메겨 백성들을 괴롭히고 부하에게 명해 약탈을 일삼고 부녀자를 납치하여 욕보이는 등 민심을 어지럽히는 일이 적지 않았습니다. 따라서 백성들의 청을 받아들이고 관리의 도리를 바로잡는 의미로 두 사람을 주연에 초대하여 조용히 관우와 장비에게 처치하게 했습니다."

"오오, 그랬군요."

"그러나 이는 승상의 명령을 기다리지 않고 행한 일이기에 오늘은 처벌을 받을 생각입니다. 독단으로 주별한 죄에 대해 부디 벌을 내려주십시오."

"무슨 말을 하는 것이오? 공이 한 일은 관리의 도를 바로잡고 양민의 해를 제거한 것으로 사사로운 것과는 다르오. 그 공을 칭찬할 수는 있어도 비난할 점은 없어요."

"용서해주시는 것입니까?"

"물론이오. 여포에게는 내가 좋게 말해두겠소. 안심하시오."

요 며칠 가을 하늘은 청명하고 낮에는 더울 정도였다.

그러나 남하함에 따라 행군 길이 쉽지 않았다.

올해 서주 이남인 회수 지방에 큰비가 계속해서 내렸는지 곳곳의 하천은 범람하고 기슭은 무너지고 들판에는 크고 작은 호수가 무수히 생겨 말도 사람도 군수품을 실은 수레도 진창에 빠져 앞으로 나아가기가 힘들었던 것이다.

"오시는 데 쉽지 않으셨지요?"

여포는 서주의 경계까지 마중 나와 있었다.

"잘 지내셨소?"

조조와 여포는 기분 좋게 인사를 나누고 병마를 주둔시켰다. 그 후 역관에서 열린 환영회에는 유현덕도 동석하여 원술 토벌의 기세를 올렸다.

빈틈없는 조조는 여포에게 말했다.

"이번 남벌에는 장군의 힘이 크게 필요하오. 그래서 내가 조정에 상주하여 장군을 좌장군으로 봉했소. 인수는 이번 전투가 끝난 후 정식으로 내리도록 하리다."

"견마지로犬馬之勞를 다하겠습니다."

여포는 의욕적으로 말했다.

조조와 유비, 여포의 3개 군은 하나가 되어 남진을 계속하며 진용을 완성했다.

즉, 조조를 중군으로 삼고 유비가 우측을 여포가 좌측을 맡았다.

한편 회남의 원술은 이에 대비하여 과연 어떤 대책을 세우고 있을까?

||| 三 |||

"큰일났다!"

국경에서 보초병이 봉화를 올렸다.

전령들이 날듯이 달렸다.

파발마, 또 파발마. 원술의 수춘성을 향해 이변을 알리는 소식이 끊임없이 도착했다.

"조조와 유비, 여포의 세 병력이 하나가 되었다."

이 말을 듣고 천하의 원술도 까무러치게 놀랐다.

"우선 교유가 나가라."

교유에게 방어하게 하고 원술은 즉각 군사 회의를 열었는데 회의하고 있는 사이에도 속속 경보가 날아들었다.

"적병이 이미 국경을 돌파하여 밀려 들어오고 있습니다."

원술도 단단히 마음을 먹고 자신이 직접 5만의 병사를 이끌고 성을 나와 적을 중도에 저지하려 했지만 벌써 패배했다는 소식이 들려왔다.

"선봉의 아군이 위험하다."

그러더니 또다시 반갑지 않은 급보가 날아왔다.

"아군의 선봉장 교유가 안타깝게도 적군의 선봉장 하후돈과 맞서 싸우다가 말 위에서 창에 찔려 죽었습니다."

원술의 안색이 나빠질 때마다 원술의 중군은 동요했다.

"어, 어? 저 흙먼지는 적군이 몰려오는 것이 아닌가?"

중군에서 아무리 물러서지 말라고 필사적으로 독전해도 이미 꺾여버린 사기에는 소용이 없었다. 전군이 이렇다 할 항전 한 번 못 해보고 총퇴각하고 말았다.

원술도 할 수 없이 중군을 후퇴시키고 수춘성의 모든 문을 굳게 걸어 잠그고 장기전을 결의했다.

'이렇게 된 이상 성을 지키며 원정 온 적군이 지칠 때까지 기다리자.'

공격군은 수춘성으로 연이어 밀어닥쳤다.

여포의 병사들은 동쪽에서, 유비의 병사들은 서쪽에서.

또 조조는 북쪽 산을 넘어 회남 벌판이 눈앞에 내려다보이는 곳까지 와 있었다. 그러니까 이미 그 총사령부도 수춘에서 그리 멀지 않은 지점까지 밀고 내려온 것이다.

수춘의 백성들은 위아래 할 것 없이 모두 겁을 집어먹었고, 성 안의 장수들도 회의만으로 하루를 보내고 있는데 또다시 서남 방면에서 청천벽력 같은 소식이 날아들었다.

"오의 손책이 뱃머리를 나란히 하고 조조에게 호응하여 대강을 건너 이쪽으로 쳐들어오고 있는 것으로 보입니다."

서남 방면의 급보를 듣고 원술은 기겁했다.

"뭐, 손책이?"

그는 얼마 전에 손책에게 받은 무례한 답장을 떠올리고 몸을 떨었다.

"배은망덕한 도둑놈 새끼!"

그러나 아무리 욕한들 상황이 좋아질 리 없었다.

지금 원술은 어쩔 줄을 몰랐다. 눈앞의 조조 군이 지르는 함성은 온 산을 울리는 듯했고, 등 뒤로 다가온 강남의 수백 척 병선은 해일처럼 그를 위협하며 잠잘 틈도 주지 않았다.

수면 부족에 시달리는 원술 황제를 둘러싸고 오늘도 장수들은 어둡고 우울한 회의만 거듭하고 있었다. 그때 양대장이 말했다.

"폐하, 더는 어렵습니다. 수춘을 고집하여 이곳을 지키려고 하다간 자멸뿐입니다. 황공하오나 이렇게 된 이상 어림의 호위군을 이끌고 회수를 건너서 잠시 다른 곳으로 자리를 옮기신 후 자연의 변이를 기다리는 수밖에 없습니다."

주린 배와 부른 배

||| 一 |||

잠시 수춘성을 버리고 다른 곳으로 옮기자는 양대장의 의견은 설령 임시방편이라 해도 매우 비관적인 의견이었다. 그런데도 원술을 비롯한 다른 장수들은 누구 하나 "그것은 지나치게 소극적인 자세가 아닌가!"라며 반대하는 이가 없었다.

거기에는 이유가 있었다.

누구도 입 밖으로 말을 꺼내지는 않았지만, 내부적으로 큰 약점이 있는 것을 모두 잘 알고 있었기 때문이다.

내부적인 큰 약점이란 올해 들어 수춘 지방에 수해가 계속되어 오곡은 익지 않고 병자와 병든 말이 속출하고 있을 뿐만 아니라 겨울에 먹을 군량도 심히 걱정되는 상황이라는 점이었다.

이런 상황에 적이 쳐들어왔으니 그것도 사기가 오르지 않는 하나의 원인이 되었다. 양대장의 생각은 황제의 권속과 본군 대부분을 수해 지역 밖으로 옮겨 첫째로 군량을 확보하고 둘째로 눈앞에 있는 적의 공격을 피하고 원정군에게는 불리한 겨울철을 넘길 각오로 때때로 기습전으로 보복하며 끈기를 갖고 상황이 변하기를 기다리자는 것이었다.

긴 침묵이 이어졌으나 이윽고 다들 고개를 끄덕였다.

"그 의견에 따르겠네."

원술도 양대장의 의견을 받아들이고 즉시 대대적인 탈출 준비에 돌입했다.

이풍과 악취, 진기, 양강 등 네 명의 장수만 뒤에 남아서 수춘을 지키기로 했는데 이들이 이끄는 병사들은 약 10만 명이었다.

그리고 원술과 그 권속을 따라 성을 떠나는 본진 쪽에는 장졸 24만 명이 뒤따르고 관아와 궁궐 창고의 금은 보물은 말할 것도 없고 군수품과 서책 등도 모두 밤낮없이 수레에 싣고 나가 회수의 강가에서 배에 실어 어디론가 보냈다.

물론 원술과 그를 수행하는 신하들도 난을 피해 회수의 맞은편으로 신속히 건너갔다. 남은 것은 가득한 물과 거의 빈 것이나 다름없는 성뿐이었다. 조조 이하 공격군 30만이 성시로 밀고 들어온 것은 원술이 떠난 직후였다.

이렇게 되자 조조 역시 몹시 난처해졌다.

수춘에 가까이 갈수록 물난리로 입은 피해 상황이 심해졌다. 상상 이상으로 피폐해져 있었다.

성안에 있는 마을은 잘 모르지만, 교외의 100리 주위는 아직 홍수의 흔적이 생생히 남아 있었다. 논은 진흙 호수로 변했고, 길은 진흙에 파묻혔으며, 백성들은 모두 나무껍질을 벗겨 먹거나 풀로 끼니를 때우며 겨우 연명하고 있는 상태였다. 조조의 병참부는 큰 오산에 막혀 어떻게 하면 30만 병사를 먹일 수 있을지 고심하기 시작했다.

원정군은 애초에 그렇게 많은 군량미를 가지고 다닐 수 없다. 원정하는 곳의 적으로부터 빼앗아 충당하는 것도 계산에 넣은 것이다.

"이 정도일 줄이야."

병량총관 왕구王垢가 이 지방 일대의 수해 상황을 보고 어이없어하며 당혹해한 것도 무리가 아니었다.

이레나 열흘쯤은 어떻게든 버텼는데 보름쯤 되자 타격이 오기 시작했다. 그런데 진을 친 지 어느새 한 달이 다 되었으니 진영 안의 군량은 거의 고갈 상태였다.

"일시에 성을 공격하여 함락시켜라."

물론 조조도 초조해하고 있었다. 그러나 공성 작전도 수해 때문에 병마의 움직임이 원활하지 못하고, 성안의 적병들도 완강하게 저항했기 때문에 생각처럼 쉽게 진척되지 않았다.

그래서 조조는 오의 손책에게 한 통의 편지를 써서 급히 파발마를 보냈다.

가을 하늘은 높은데 땅은 수해로 엉망진창. 정병은 야위고 살쪘던 말은 말랐소. 오의 배가 도착하기를 애타게 기다리고 있소. 자비로운 쌀 10만 석이 100만의 병사보다 나을 것이오.

||| 二 |||

오의 손책은 조조와의 군사 경제 동맹 때문에 이미 대강을 건너 남쪽에서 진격 중이었으나 조조의 서신을 보고 그의 요구에 응하기 위해 본국에 준비할 것을 명령했다.

"즉시 군량을 배에 실어 보내라."

그러나 길이 멀다. 도중에 장강이라는 큰 강도 있고, 운송하기 위해서는 많은 병마도 필요하다.

이래저래 며칠이 지났다. 그동안 조조의 진중에서는 병량총관 왕구가 마침내 비명을 지르기 시작했다.

"승상, 드릴 말씀이 있습니다."

"왕구와 임준任峻이 아닌가. 두 사람 모두 힘없는 얼굴을 하고 무슨 일인가?"

임준은 창고를 담당하고 있었다.

왕구와 같이 조조 앞에 나와 어려운 상황을 호소했다.

"이제는 군량이 거의 바닥이 났습니다. 며칠 분도 안 됩니다."

"그게 어쨌다고?"

조조는 일부러 딴전을 부리며 말했다.

"나와 상의한들 뾰족한 수가 있겠나. 나는 창고를 담당하고 있지도 않고 병량총관도 아니네."

"네?"

"그만둬. 그런 일로 일일이 나에게 도움을 청하지 않고는 직책을 감당할 수 없다면 말이야."

"네."

"그러나 이번만은 내 지혜를 빌려주지. 오늘부터 군량을 병사들에게 나누어줄 때 쓰는 됫박을 바꾸게. 작은 됫박을 쓰란 말이야. 그렇게 하면 꽤 달라질 걸세."

"말씀대로 됫박을 줄이면 크게 효과가 있을 듯합니다."

"그렇게 하도록 해."

"네."

조조 앞에서 황급히 물러난 두 사람은 그날 저녁부터 바로 작은 됫박을 쓰기 시작했다.

지금까지는 한 사람당 5홉(1홉은 약 180밀리리터)씩 배식되었으나 1홉 5작(1작은 1홉의 10분의 1)이 줄어든 작은 됫박이었다. 물론 밤, 수수, 풀뿌리까지 섞인 기근 시의 군량이었기 때문에 병사들의 주린 배를 채우기에는 턱없이 부족했다.

'어떤 불평들을 하고 있을까?'

조조는 은밀히 말단 병사들의 불평에 귀를 세우고 있었다. 물론 불평이 이만저만이 아니었다.

"승상도 정말 해도 해도 너무하는군."

"출정 때의 선언과 말이 다르잖아?"

"이런 걸 먹고 어떻게 싸우란 말이야?"

원망이 조조에게 집중되고 있었다. 먹을 것에 대해 품은 원망은 무섭다. 조조는 병량총관 왕구를 불렀다.

"병사들의 불만이 이만저만이 아니던데."

"열심히 진정시키고는 있습니다만……."

"방법이 없겠느냐?"

"없습니다."

"그렇다면 내가 너에게 뭔가를 빌려서 진정시켜야겠다."

"저 같은 놈에게 무엇을 빌리시겠다는 말씀입니까?"

"왕구, 너의 머리다."

"네?"

"미안하지만 목을 내놓아라. 만약 네가 죽지 않는다면 30만 병사들이 폭동을 일으킬지도 모른다. 30만 병사와 하나의 목이야. 그 대신 너의 식솔은 걱정하지 않아도 된다. 내가 평생 돌봐줄 테니까."

"아, 아무리 그래도 너무하십니다. 승상, 살려주십시오."

왕구는 울기 시작했지만, 조조는 태연하게 미리 언질을 주었던 무사에게 눈짓했다. 무사는 달려들어 왕구의 목을 쳤다.

"바로 진중에 걸어라."

조조가 명령했다.

왕구의 머리는 장대에 매달려 진중에 걸렸다. 그 옆에는 팻말까지 세워졌다.

왕구는 군량을 훔치고 작은 됫박을 사용해 사복私腹을 채웠다. 죄가 명백하여 군법에 따라 처벌했다.

"그렇다면 작은 됫박을 사용한 것은 승상의 명령이 아니었단 말인가? 죽어 마땅한 놈이군."

병사들은 왕구를 원망하며 조조에게 품었던 불만은 잊어버렸다. 이렇게 병사들의 사기가 일변한 것을 기회로 조조는 즉시 대호령을 발표했다.

"오늘 밤부터 사흘 안에 수춘을 공격하여 함락시킨다. 몸을 사리느라 꽁무니를 빼는 자는 목을 치겠다. 그 자리에서 처형이다."

||| 三 |||

그날 밤 조조는 솔선하여 직접 해자 옆에 서서 병사들을 필사적으로 지휘했다.

"해자를 메우고 밀고 들어가라. 마른 풀을 쌓아서 성문 망대를 불태워라."

적도 조조 군에 맞서 필사적으로 통나무와 돌덩이를 떨어뜨리고 화살을 난사했다.

화살에 맞고 돌에 맞아 죽은 시체로 해자가 메워질 지경이었다. 공격군 중에 겁을 집어먹고 몸을 움츠린 채 앞으로 나서지 않는 두 명의 부장이 있었다.

"비겁한 놈들!"

조조는 질타하자마자 그 두 사람을 베어버렸다.

"우선 아군의 비겁자부터 베겠다."

조조도 말에서 내려 손수 흙을 나르고 풀을 던지며 한 발 한 발 성벽을 향해 다가갔다. 군의 사기가 일시에 올랐다.

한 무리의 병사들은 성벽을 기어 올라가 성안으로 침입하여 내부에서 성문의 쇠사슬을 끊었다.

"와아!"

아군이 크게 함성을 지르며 그곳으로 돌입했다.

제방의 한 귀퉁이가 무너졌다. 병사들과 군마가 홍수처럼 밀고 들어갔다. 그 후로는 살육이 있을 뿐이었다. 수비 대장 이풍을 비롯해 대부분이 죽임을 당하거나 생포되었다. 자칭 황제가 지은 가짜 궁궐…… 금문주루禁門朱樓, 전사벽각殿司碧閣 등에 모두 불이 붙어 수춘성 안이 온통 불바다가 되었다.

"숨 쉴 틈도 없다. 즉시 배와 뗏목을 마련하여 회하를 건너 원술을 쫓아가서 마지막 일격을 가하라."

장졸들을 독려하며 며칠 동안 추격 준비를 하고 있을 때 허도에서 급보가 날아들었다.

형주의 유표가 장수와 결탁하여 불온한 기세를 올리고 있습니다.

'장수는 둘째 치고 유표가 움직였다면 예삿일이 아니다. 큰일이 벌어질지도 몰라.'

조조는 눈살을 찌푸리며 원정을 접고 바로 도성으로 철수했다.

허도로 돌아갈 때 그는 오의 손책에게 파발마를 보내 부탁했다.

장군은 병선을 띄워 장강을 한쪽 기슭에서 다른 쪽 기슭으로 걸치듯 포진하여 상류에 있는 유표를 은근히 위협하고 있으시오.

또 여포와 유비 두 사람에게는 맹세의 잔을 나누게 했다.

"이전의 우의를 돈독히 하고 서주와 소패를 함께 지키며 순망치한脣亡齒寒의 사귐으로 새로운 의를 맺도록 하시오."

그리고 유비에게는 특별히 명을 내렸다.

"이제 이것으로 여포에게도 다른 마음은 없을 테니 귀공도 예주를 떠나 원래 있던 소패성으로 돌아가시오."

유비가 호의에 감사하며 떠나려 할 때 조조는 여포가 없는 틈을 타서 속삭였다.

"귀공을 소패에 두는 것은 호랑이 사냥을 위한 준비요. 진 대부와 진등 부자가 조금씩 함정을 파고 있소. 진 부자와 상의하여 실수 없이 준비하시오."

이렇게 조조는 앞으로 일어날 일에도 만전을 기하고 얼마 지나지 않아 전군을 이끌고 허도로 돌아갔다.

그때 단외段猥와 오습伍習 두 잡군의 대장이 사병을 이끌고 장안의 이각과 곽사를 죽였다면서 그 머리를 조정에 바치러 왔다. 이각과 곽사는 장안 대란 이래 조정의 역적이었다. 조정의 대신들은 생각지도 못한 좋은 일이라고 기뻐하며 황제께 상주하여 단외와 오습에게 포상으로 관직을 주고 그대로 장안의 수비를 맡겼다.

"태평의 기운이 가까워졌다."

조정과 백성들은 연회를 열어 축하했다. 거리에 두 역적의 머리가 7일 동안 내걸려 있을 때 원정길에 올랐던 조조 군 30만이 돌아와 이 잔치에 합류했으니 먹고 마시고 춤추며 허도는 한때 배부른 사람들과 축하하는 사람들로 넘쳐났다.

매실과 여름 전쟁

||| 一 |||

해가 바뀌어 건안 3년(198)이 되었다.

이미 마흔을 넘긴 조조는 위용과 인품을 두루 갖추고 평소에는 패기와 열정을 온화한 귀인의 풍모에 감추고 있었다. 때로는 한가로움을 즐기며 혼자 글을 읽거나 시를 지으며 종일 방에서 나오지 않았다. 또 어떤 날은 좋은 아버지가 되어 어린 자녀들과 다정하게 놀아주었다. 가문은 번창하고 개인적으로도 승상이라는 높은 벼슬에 오른 그는 이제 공을 세우고 명성도 얻었으니 궁마검창弓馬劍槍의 일은 염두에서 사라진 듯 보였다.

정월 어느 날 조정에 나간 그는 천자를 만나 인사를 올린 후 이렇게 말했다.

"올해도 서쪽으로 원정을 가야 할 듯하옵니다."

남쪽의 회남은 작년 한 해 동안 원정을 계속하여 어느 정도 소강상태였다.

서쪽이라고 하면 우선 최근의 남양南陽(하남성 남양)과 형주 지방에서 준동하고 있는 징수가 떠오른다.

역시 그해 초여름인 4월.

승상부의 명령이 떨어지자마자 하룻밤 사이에 대군이 서쪽으로 이동하기 시작했다.

장수 토벌!

사기는 하늘을 찔렀고 군의 기강은 굳건했다.

천자는 친히 가마를 타고 조조를 바깥문의 큰 도로까지 배웅했다.

마침 초여름이라 보리가 한창 익어가고 있었다. 대군이 허도의 교외에서 시골길로 접어들자 보리밭에서 일하고 있던 농부들은 두려워하며 앞다투어 달아나 숨었다.

조조는 그 모습을 보고 촌장을 불러오라고 명령했다. 이윽고 불려온 촌장과 농부들을 향해 이렇게 말했다.

"자네들이 땀과 정성으로 일군 보리가 이렇게 익어갈 무렵에 병마를 지나가게 하는 것은 국책에 의한 것으로 어쩔 수 없는 일이네. 그러나 걱정하지 말게. 이곳을 지나는 우리 병사들에게는 절대로 전답을 밟지 말라는 군령을 내려놓았으니까. 또 마을을 지나가며 작은 것이라도 약탈하는 병사가 있다면 즉시 알려주게. 내 휘하의 장수들이 그 자리에서 죄를 범한 병사의 목을 칠 것이네."

이 말을 전해 들은 마을 사람들은 안심하고 논에서 일하며 군대를 배웅했다.

군율은 엄격하게 지켜지고 있었다. 병사들은 좁은 보리밭 길을 지나갈 때는 말 고삐를 바짝 쥐고 손으로 보리를 헤치면서 갔다.

그런데 조조가 타고 있던 말이 산비둘기의 날갯소리에 놀라 갑자기 펄쩍 뛰어오르더니 보리밭으로 미친 듯이 뛰어 들어가서 보리밭을 망쳐놓았다.

"전군은 멈춰라!"

조조는 무슨 생각을 했는지 급히 명령을 내리고 행군주부行軍主

簿를 불러 말했다.

"지금 내가 실수로 내가 내린 군령을 어기고 말았다. 통솔자가 법을 어긴 것이니 무엇으로 다른 사람을 통솔하고 바르게 이끌며 복종시키겠는가. 자결로 법의 엄정함을 보이는 것이 나의 임무라고 믿는다. 병사들이여, 나의 죽음을 슬퍼하지 말고 더욱 군의 기강을 바로 하여 오직 천하를 위해 일하라."

말을 마치자 검을 빼서 자신을 찌르려 했다.

"당치도 않습니다."

장수들은 깜짝 놀라서 그를 좌우에서 뜯어말렸다.

"멈추십시오.《춘추春秋》(중국 오경의 하나)에도 법은 존귀한 분에게는 적용되지 않는다고 나와 있지 않습니까? 승상은 대군을 통솔하는 몸입니다. 승상의 생사에 전군의 사활이 걸려 있습니다. 저희를 불쌍히 여기신다면 멈추시기 바랍니다."

"음, 그런가.《춘추》에 이미 그런 예가 나와 있었던가. 그렇다면 부모님이 내려주신 머리카락을 잘라 단죄의 뜻을 대신하고 법에 복종한 징표로 삼겠다."

조조는 자신의 머리카락을 잡고 한 손에는 단검을 들고 머리카락의 뿌리 부분을 싹둑 잘라서 주부에게 건넸다.

추상엄렬秋霜嚴烈!

이러한 광경을 보고 전해 들은 병사들은 두려운 마음을 안고 스스로의 몸가짐을 더욱 경계했다.

||| 二 |||

행군은 5월에서 6월까지 계속되었다. 6월은 무더위가 기승을

부렸다.

특히 하남의 복우산맥伏牛山脈을 넘을 때는 고생이 이만저만이 아니었다. 대열이 지나간 뒤에는 땀이 대지를 적셨고, 풀은 흙먼지를 뒤집어썼으며, 산길의 돌과 모래는 뜨겁게 달궈졌고, 물 한 방울 눈에 띄지 않았다. 많은 병사가 쓰러졌다.

"물 마시고 싶다."

"물 없어?"

쓰러진 병사들은 신음했고, 행군하는 병사들은 한탄하듯 말했다.

그때 조조가 갑자기 말 위에서 채찍으로 산 너머를 가리키며 말했다.

"조금만 더 가면 된다! 이 산을 넘으면 매실 숲이 나온다. 빨리 가서 매실나무 그늘에서 쉬며 마음껏 열매를 따 먹어라."

이 말을 듣자 목이 말라 곧 숨이 끊어질 듯 괴로워하던 병사들도 갑자기 힘을 냈다.

"매실이라도 좋다!"

"매실 숲까지 힘내자."

그리고 무의식중에 매실의 신맛을 떠올리니 입 안에 침이 가득 고여 갈증을 잊었다.

'매실의 신맛이 갈증을 가시게 한다.'

조조가 평소 한가할 때 어떤 책에서 읽고 임기응변으로 말한 것이었으나 후세의 병법가는 그것을 조조의 병법이라며 뜨거운 열기가 갑주를 뜨겁게 달굴 때 갈증을 해소하는 비결로 썼다고 기록했다.

복우산맥을 넘어오는 누런 먼지는 남양의 완성에서도 이제는 똑똑히 보였다.

장수는 당황했다.

속히 적의 배후를 치시오.

형주의 유표에게 원군을 청하는 파발마를 보내고 군사 가후를 성안에 남겨두고 자신이 직접 적을 막기 위해 나섰다.

'적병은 오랜 원정으로 지쳐 있다. 대군이라도 별수 없을 거야.'

그러나 휘하의 용사 장선張先이 조조의 부하 허저에게 죽임을 당한 것을 시작으로 다시 일어서지 못할 만큼의 완패를 당하고 완성 안으로 도망쳐 들어갔다.

조조의 대군은 한달음에 성벽 아래로 달려가 사대문을 빈틈없이 봉쇄했다.

공성攻城과 농성籠城의 형태가 되었다.

농성 측은 새로운 전술을 써서 성벽을 기어오르는 공격병에게 펄펄 끓는 쇳물을 부었다.

쇠인지 사람인지 분간할 수 없는 시체가 모기처럼 연달아 떨어져 빈 해자를 메웠다.

그러나 그런 일로 사기가 꺾일 조조의 부하들이 아니었다. 조조 또한 몸소 "서문을 돌파하라!"라며 서문을 향해 병력의 대부분을 집중시키고 사흘 밤낮을 숨 돌릴 틈도 주지 않고 공격했다.

어쨌든 수장主將이 지휘하는 곳이 주력이 된다.

구름까지도 닿을 정도로 망대를 높이 만들고 흙을 쌓고 해자를 메운 뒤 호궁을 난사하고 함성을 지르며 기름 먹인 나뭇가지와 횃

불을 던지는 등 온갖 방법을 총동원해서 공격했다.

장수는 방어할 힘이 다하자 가후에게 물었다.

"가후, 형주의 원군은 언제쯤 도착하겠나? 이제 더는 버티기가 어려울 것 같은데. 형주의 원군이 제때 와줄지 어떨지."

지금 의지할 것은 책사인 가후뿐이었다. 가후는 침착하게 대답했다.

"괜찮습니다."

"아직 괜찮다고?"

"아직이요? 아니, 그게 아니고 이 성은 끝까지 버틸 수 있습니다. 그뿐만 아니라 조조를 생포하는 것도 그렇게 어려운 일이 아닙니다."

"뭐, 조조를?"

"그저 제 말을 믿어만 주신다면 반드시 조조를 생포해 보이겠습니다."

"어떤 계책으로 말인가?"

장수는 다급하게 물었다.

||| 三 |||

가후의 마음에 품고 있는 계책은 무엇일까?

그는 장수에게 설명했다.

"이번 전쟁 중에 제가 망대 위에서 가만히 보고 있자니 조조가 성을 공격하기 전에 이 성 주위를 세 번 돌면서 사대문의 수비를 시찰하더군요. 그리고 그가 가장 주목한 곳이 동남쪽의 문입니다. 그곳에 주목한 이유는 그곳은 적의 침입을 막기 위해 쳐놓은 가시나무 울타리도 낡았고 성벽도 수리한 지 얼마 되지 않은 데다 벽돌도 옛 것과 새 것이 뒤섞여 쌓여 있습니다. 다시 말하면 외적을 막기 위한 요새로는 약점이 있는 것입니다."

"음, 과연 그렇군."

"그러니 통찰력이 뛰어난 조조는 이 성을 함락시키기 위해 공격해야 할 곳은 그곳이라고 틀림없이 마음속으로 정해놓고 있을 것입니다. 그래서 그는 다음 날부터 서문에 주력 부대를 투입하고 자신도 거기에 서서 가열차게 공격을 시작한 것이지요."

"동남쪽 문을 공격점으로 정해두고 어째서 서문으로 그렇게 급격하게 쳐들어온 것인가?"

"위격전살지계僞擊轉殺之計입니다. 즉 서문을 방어하는 데 총력을 쏟게 해놓고 기습적으로 동남쪽 문을 부수고 일격에 완성을 매장시키겠다는 준비입니다."

이 말을 듣고 장수는 두려워서 온몸에 소름이 돋았다.

"저에게 맡겨주십시오."

가후는 즉시 준비에 들어갔다.

이 성안에 가후가 있다는 것을 조조는 이미 알고 있었다. 또 가후라는 인물에 대해서도 잘 알고 있었다.

조조는 꾀가 있는 사람이면서도 자신의 꾀에 쉽게 넘어가기도 하는 모양이다.

그는 그날 밤 서문에 총공격하는 것처럼 가장하고 은밀히 선발한 정병들을 동남쪽 문으로 보냈다. 그리고 직접 선두에 서서 가시 울타리를 넘어 성벽으로 돌격했으나 맞서 싸우는 적은 한 명도 없고 그저 조용할 뿐이었다.

조조는 유쾌하게 웃으며 단숨에 그곳을 부수고 벽문 안쪽으로 돌입했다.

"가소롭군. 내 계책에 걸려서 성안의 병사들은 모두 서문 수비에만 정신이 팔려 조금도 눈치채지 못한 모양이구나."

그런데 이게 어찌된 일인가. 안쪽도 완전히 어둠에 잠겨 화톳불 하나 보이지 않았다. 지나치게 조용하여 "뭐지?" 하며 말을 멈추고 주위를 둘러보는 순간 신호탄 하나가 천둥 같은 소리를 내며 날아올랐다.

"아뿔싸!"

조조는 자신의 뒤를 따르는 병사들을 돌아보며 절규했다.

"허유엄살지계虛誘掩殺之計다. 퇴각하라, 퇴각하라!"

그러나 이미 때는 늦었다.

땅을 뒤흔드는 함성과 함께 십방十方의 어둠은 모두 적병이 되어 압박해 들어왔다.

"조조를 생포하라."

조조는 단신으로 말에 채찍질을 하며 달아났으나 그날 밤 동남쪽 문에서 죽은 부하의 수가 몇천인지 몇만인지 몰랐다.

이곳뿐 아니라 서문에서는 위격전살지계가 간파당해 장수에게 처참한 패배를 당하고 전선全線이 파탄 나 오경五更(03시~05시) 무렵까지 쫓겨 다녔다. 날이 새고 동이 틀 무렵 성에서 20리 밖으로 후퇴하여 피해 상황을 알아본 결과 하룻밤 사이에 죽은 자의 수가 5만여 명이었다.

이 와중에 또 흉보가 날아들었다.

"형주의 유표가 돌연 군사를 움직여 아군의 퇴로를 끊고 허도를 공격하려고 하고 있습니다."

조조는 참담한 심정으로 이를 갈고 있다가 "두고 보자."라는 원한 맺힌 말을 내뱉고는 "물러서는 것도 병법."이라며 방향을 돌려 허도로 되돌아갔다.

그러나 돌아가는 도중에 이런 첩보가 들어왔다.

"유표는 일단 대군을 출병시키려 했으나 오의 손책이 병선을 이끌고 강을 거슬러 올라가 형주를 공격한다는 소식에 겁을 먹고 출병을 망설이고 있습니다."

||| 四 |||

고금의 무장 중에서 전쟁을 하여 조조만큼 기분 좋게 이긴 자도 많지 않으나 또 그만큼 통렬한 패배를 맛본 자도 많지 않을 것이다.

조조의 전쟁은 요컨대 조조의 시였다. 시를 짓는 것과 마찬가지로 그는 작전에 열중했다.

그의 정열도 그의 구상도 가령 아름다운 시구로 가슴 깊은 곳의 심혈을 시에 담아내려고 하는 시인의 마음과 거의 비슷한 것을 전쟁에 그대로 적용하는 것이 조조가 싸우는 방식이었다.

그래서 조조의 전쟁은 조조의 창작물이었다. 위대한 걸작이 있는가 하면 처참한 실패작도 있다.

어쨌거나 그는 전쟁을 즐기는 사내였다. 즐길 정도이니 참패를 당해도 풀이 죽지 않을 것 같지만 그렇지도 않았다.

천하의 조조도 대패하여 돌아가는 길은 처참하게 일그러진 표정과 창백한 낯빛을 감추지 못한다.

매실도 시고
패전도 시다
같은 것은 아니지만 닮았다
마음의 혀를 넘어가니 달콤하구나

그는 말 위에서 흔들리며 어느새 시 같은 걸 짓고 있었다. 역경 속에서도 여전히 인생을 즐기려는 불굴의 기력은 있다. 결코 조급해하지 않는다.

양성襄城을 지나 육수 유역에 접어들었다.

그는 말을 멈추고 한숨을 내쉬며 사색에 잠겨 있었다. 볼에는 눈물조차 흐르고 있었다.

이상하게 여긴 부하들이 물었다.

"승상, 무엇을 그리 슬퍼하고 계십니까?"

"여기는 육수가 아닌가."

"그렇습니다."

"작년에도 여기서 장수를 공격했으나 나의 방심으로 인해 전위를 죽게 했지……. 전위의 죽음을 애통해하다가 그만 그때의 일이 떠오른 것이네."

그는 말에서 내려 육수 근처 버드나무에 말을 묶어놓고 커다란 돌 하나를 강가의 조금 높이 쌓여 있는 흙 위에 놓은 뒤 소를 베고 말을 잡았다. 그리고 전위의 혼백을 부르는 의식을 행하고 그 앞에 예배하다가 결국에는 소리 높여 통곡했다.

많은 장졸도 모두 조조의 깊은 정에 감동해 번갈아 예배했다. 버드나무 가지는 길게 늘어지고 강물은 이미 가을의 냉기를 머금었으며 검은 새가 쉬지 않고 날아다니고 있었다.

원서에는 "장졸들이 큰 소리로 울부짖는 소리가 멎지 않았다."라고 묘사되어 있다. 초여름 보리를 밟으며 의기충천하여 원정길에 나섰다가 선선한 가을인 8월에 대패하여 만신창이가 된 채 치욕스럽게 고향으로 돌아가는 장졸들의 심정을 생각해보면 그리 과장된 표현은 아닐지도 모른다.

돌아보면 여건呂虔이나 우금 등과 같은 휘하의 장수들도 부상당했다. 많은 물자를 적지에 버리고 왔다.

"아아."

올려다보니 산에는 벌써 어둠이 내리고 있었다.

"앗, 누가 온다."

"아군의 파발마다."

사졸들이 저마다 한마디씩 할 때 맞은편에서 파발마가 달려오고 있었다. 허도에 남아 있는 순욱이 보낸 사자였다. 물론 편지를 가지고 있었다.

조조가 편지를 즉시 펼쳐 보았다.

형주의 유표가 기습 부대를 보내 돌아가는 길인 안상安象 부근에서 기다리며 장수와 협력하고 있습니다.

경계하시기 바랍니다.

||| 五 |||

"그 정도의 일은 예상하고 미리 준비해두었네."

조조는 침착했다. 순욱이 보낸 사자도 걱정하지 말라며 돌려보냈다.

안상의 경계까지 오자 예상대로 유표와 장수의 연합군이 험로를 가로막고 있었다.

"저들에게 지리적 이점이 있으니 우리도 지리적 이점을 취해야 한다."

조조 역시 한쪽 산을 따라 진을 쳤다. 일몰 때부터 시작하여 밤새도록 길도 없는 산에 한 줄기의 길을 내고 전군의 8할을 산 북쪽의 분지에 숨겼다.

날이 밝고 아침 안개도 걷히기 시작하자 손으로 이마에 그늘을 만들어 맞은편 진지에서 살피고 있던 유표와 장수의 병사들이 중얼거렸다.

"뭐야, 병력이 저것밖에 안 돼?"

어떤 병사가 고개를 끄덕이며 말했다.

"저 정도일 거야. 저번에 5만 명 정도가 전사했고 게다가 험로를 행군하는 패잔병들 아닌가. 도중에 도망병도 속출했을 테고 병자들은 버리고 왔을 테고. 저 인원이 여기까지 온 것만도 대단하지."

군 간부들도 그 정도의 견해인 듯 이윽고 요해를 나와 들판을 새카맣게 덮으며 공격해왔다.

충분히 얕보게 하고 또 충분히 접근하게 했다.

조조는 갑자기 산 한쪽에서 모습을 드러내며 호령했다.

"분지의 기습병들아, 지금이다. 들판을 에워싸 적을 포위하고 전멸시켜라. 피의 비를 내리게 하라."

눈에 보이는 병사들보다 여덟 배나 많은 대군이 땅에서 솟아나 퇴로를 막고 양 측면과 전면에서 포위해왔기 때문에 유표와 장수의 병사들은 당황하여 어쩔 줄을 몰랐다.

광야의 가을 풀은 모두 피에 젖었다. 곳곳에 시체의 언덕이 생겼다. 앞다투어 도망간 병사들은 더는 요해에서 버티지 못하고 산 건너편의 안상으로 달아났다.

"현성도 불태워라."

조조의 병사들은 울분을 풀기 위해 추격해갔지만, 그때 또 – 언제나 가장 중요한 마지막 일격의 순간에 짓궂게도 – 도성의 급변을 알리는 소식이 전해졌다. 하북의 원소가 도성이 비었다는 소식을 듣고 총동원령을 내렸다는 것이었다.

"원소가?"

조조는 놀라움이 컸는지 아무 미련 없이 허도를 향해 밤낮없이 서둘러 달렸다.

장수와 유표는 그의 당황한 모습을 보고 이번에는 역으로 추격하려 했다.

"추격하면 반드시 호되게 당할 것입니다."

가후가 간언했지만 두 사람은 듣지 않았다. 아니나다를까 가후가 말한 대로 도중에 복병을 만나 또다시 참패를 당하고 말았다.

가후는 두 사람이 넌더리가 난다는 표정을 하고 있는 것을 보고 독려했다.

"뭘 하고 계십니까! 지금이야말로 추격할 기회입니다. 분명 대승을 거둘 것입니다."

주저했으나 가후가 자신만만하게 말했기 때문에 다시 조조 군을 추격했다. 그리고 싸움을 걸어 이번엔 대승을 거두고 돌아왔다.

"참으로 묘하군. 가후 도대체 자네는 어떻게 그처럼 전쟁의 승패를 싸우기 전에 안단 말인가?"

나중에 장수와 유표 두 사람이 묻자 가후가 웃으며 대답했다.

"이 정도는 병법에서는 초보 중의 초보입니다. 첫 번째 추격은 적도 추격당할 것을 예상하고 있기 때문에 계책을 마련해 강한 병사들을 골라 뒤에 남겨놓고 대비하는 것이 상식적인 퇴각법입니다. 그러나 다시 한번 더 추격하게 되면 적이 더는 추격해오지 않을 것이라 생각합니다. 그래서 강한 병사들을 앞에 세우고 약한 병사들을 뒤에 세우게 되며 자연히 긴장도 풀리게 됩니다. 바로 그 허점을 노리면 반드시 이길 수 있다고 확신한 것입니다."

북쪽 손님

||| 一 |||

마침내 허도로 돌아온 조조는 귀환한 군대를 해산시키며 주위에 있는 장수들에게 말했다.

"지난번 안상에서 대군이 공격해왔을 때 처음 보는 한 장수가 100명이 조금 못 되는 병사를 거느리고 고전하는 나를 도와주었는데 아마도 나에게 관직을 바라는 자인 듯하다. 어느 대오에 속한 자인지 알아오라."

명령에 따라 막료 한 사람이 장대將臺에 서서 조조의 말을 전군에 전했다.

그러자 대열의 한참 뒤쪽에서 막료의 말에 응해 다부진 얼굴의 무장이 창을 옆구리에 끼고 앞으로 나와 조조 앞에 섰다.

"접니다."

조조는 한 번 흘낏 보더니 물었다.

"자네는 누구인가?"

"네, 아직도 기억하고 계실지 모르겠습니다만, 저는 예전에 황건적이 난을 일으켰을 때도 공을 세워 한때 진위중랑장이라는 영예로운 관직에 있었습니다. 그 후 생각한 바가 있어서 고향인 여남汝南으로 돌아갔습니다. 이름은 이통李通, 자는 문달文達이라고 합니다."

낯은 익지 않지만 전부터 이름만은 알고 있었다. 조조는 횡재한 것처럼 말했다.

"기회를 잘 잡아서 나를 위급한 상황에서 구하고 나와 가까워진 것도 대장이 되기에 충분한 자질이다. 참으로 신통하고 묘하군. 고향인 여남으로 돌아가 그곳을 지키도록 하라."

그리고 그를 패장군건공후稗將軍建功侯에 봉했다.

또 그날은 아니지만 허도를 지키던 순욱이 조조의 귀환을 축하한 후에 불쑥 물었다.

"지난번에 제가 파발마를 보내 돌아오는 도중에 유표와 장수가 요해를 막고 기다리고 있다는 서신을 보냈을 때 승상께서는 '걱정하지 마라. 나에게 반드시 쳐부술 계책이 있다.'고 하셨습니다만, 승상께서는 어떻게 그렇게 앞일에 대한 확신이 있으셨습니까?"

조조가 웃으며 대답했다.

"음, 그때 말인가? 그때는 피로가 극에 달해 있는 우리를 유표와 장수가 필살의 준비를 하고 기다리고 있었네. 그것이 우리에게 오히려 남은 것은 오직 죽음뿐이라는 각오를 하게 했네. 아군의 장졸들은 빠져나갈 구멍이 없다고 생각하고 목숨을 걸고 싸웠지. 인간은 그 정도로 절체절명에 몰리면 죽음 속에서 저절로 활로가 열리는 법이라네. 그래서 나도 순간적으로 이길 것이라고 확신하게 된 걸세."

사람들은 그 말을 전해 듣고 대패하고 돌아온 그에 대해 오히려 더욱 존경하는 마음을 갖게 되었다.

"승상이야말로 진정한 손자의 현묘를 체득한 분일 거야."

그러나 올가을은 작년과 같은 축하연도 없었다.

그래도 제비가 가고 기러기가 오는 계절이다. 도내 여관은 바빴다. 각지에서 가을의 햇곡식과 신선한 채소, 맛있는 과일 등이 시장으로 쏟아져 들어오고 조공으로 바칠 비단이나 살찐 말도 폭주하여 떠들썩했다.

그 와중에 시종 쉰 명 정도를 거느린 화려한 나그네 일행이 역관에 도착했다.

"기주의 원소가 보낸 사자로 온 대인大人이라고 합니다."

역관 사람들은 융숭하게 대접했다.

도성에서도 기주의 원소라고 하면 모르는 사람이 없었다. 천하의 몇 분의 일을 점령하고 있는 북방의 큰 세력으로 조상 대대로 한실을 섬긴 명문가다. 민간에서는 신흥 세력 조조보다도 훨씬 대단한 사람이라는 선입견을 가지고 있었다.

||| 二 |||

지금 막 조정에서 나온 조조는 승상부로 돌아와 잠시 휴식을 취하고 있었다.

그때 곽가가 와서 배례했다.

"뭔가, 서신인가?"

"네. 원소의 사자가 도성의 역관에 도착하여 승상께 이것을 전해달라고 했습니다."

"원소가?"

조조는 급히 편지를 열어 읽다가 가을바람에 억새가 흔들리는 듯한 소리로 껄껄 웃었다.

"참으로 자기중심적인 교섭이군. 지난번 이 조조가 도성을 비웠을 때는 군사를 이끌고 쳐들어오려고 한 주제에 이 서신에서는 북평의 공손찬과 분쟁이 일어나 군량과 병사가 부족하니 협력해달라고 요청하고 있네. 게다가 문장도 교만한 것이 이 조조를 도성의 문지기쯤으로 여기는 듯하군."

조조는 불쾌한 감정을 얼굴에 잔뜩 드러내고 있다가 그래도 분이 풀리지 않는지 서신을 땅바닥에 내동댕이쳤다.

그리고 곽가에게 여전히 분노를 드러내며 말했다.

"원소의 오만무례는 이번 일뿐만이 아니네. 평소 황제의 어명으로 정무 문서를 교환할 때도 항상 불손한 문장을 사용해왔어. 나를 일개 관리로 간주하고 있는 모양이야. 그래서 언젠가 그 교만한 콧대를 꺾어줄 요량으로 참고 있었네. 아직 기주 일대에 걸친 그의 구세력이 꽤 커서 원소에 대항하기에는 나 혼자의 힘만으로는 부족할 것 같아 한탄하고 있는 판에 뭐, 북평을 치겠으니 병력과 식량을 빌려달라고? 날 어디까지 얕잡아보고 있는지 참으로 뻔뻔한 놈이군."

"……승상."

곽가는 분노가 사그라들기를 기다렸다가 조용히 말했다.

"어린아이들도 알고 있는 일을 새삼스럽게 말씀드리는 것 같습니다만, 옛날 한고조가 항우項羽를 정복한 예를 보면 한고조는 결코 항우보다 강하지 않았습니다. 강함에 있어서는 항우가 훨씬 위였습니다. 그런데도 고조에게 멸망당한 것은 힘만 믿고 지혜를 가볍게 여긴 탓입니다. 그리고 고조의 인내가 마지막에 승리를 거두게 한 결정적인 요인이었다고 생각합니다."

"그렇지."

"저 같은 것이 감히 승상을 비평하는 것은 죽어 마땅한 죄입니다만, 기탄없이 말씀드리겠습니다. 원소와 승상을 비교해보면 승상께는 이길 수밖에 없는 열 가지 장점이 있고 원소에게는 질 수밖에 없는 열 가지 결점이 있습니다."

곽가는 손가락을 꼽아가며 두 사람의 장단점을 열거했다.

하나, 원소는 시대의 흐름을 읽지 못한다. 그 사상이 보수적이라고 하기보다는 시대에 역행하고 있다. 그러나 승상은 시대의 흐름에 따르며 혁신적이다.

둘, 원소는 허례허식, 사대주의로 의례만을 중시한다. 그러나 승상은 자연스럽고 민첩하게 백성들을 대한다.

셋, 원소는 관용만을 어진 정치라고 생각한다. 따라서 백성들은 관용에 익숙해져 있다. 그러나 승상은 준엄하고 상벌이 분명하다. 백성들은 두려워하지만 동시에 큰 기쁨도 느낀다.

넷, 원소는 대범해 보이지만 실제로는 소심하며 의심을 잘한다. 게다가 육친을 지나치게 중용한다. 그러나 승상은 모든 사람을 공평하게 대하며 진상을 꿰뚫어 보는 눈이 있고 날카롭다. 그래서 의심도 없다.

다섯, 원소는 계략 꾸미기를 좋아하지만 결단력이 없기 때문에 항상 망설인다. 그러나 승상은 어떤 상황에서나 총명하고 민첩하다.

여섯, 원소는 자신이 명문가 출신이기 때문에 명사나 허명을 좋아한다. 그러나 승상은 진정한 인재를 사랑한다.

"됐네, 됐어."

조조는 웃으며 갑자기 손을 내저었다.

"그렇게 내 장점만을 들려주면 나도 원소처럼 될 우려가 있네."

||| 三 |||

그날 밤 조조는 혼자 앉아 있었다.

'우를 택할까, 좌를 택할까? 오랜 숙제를 풀어야 할 때가 되었구나.'

원소라는 거물에 대해서 이리저리 깊이 생각하고 있자니 천하의 조조도 잠을 이룰 수가 없었다.

'두려워할 존재가 아니야.'

마음속으로 중얼거려본다.

'만만한 상대도 아니지.'

그러나 곧 이런 생각도 들었다.

원소와 자신을 개인적으로 비교해본다면 곽가가 "승상께는 이길 수밖에 없는 열 가지 장점이 있고, 원소에게는 질 수밖에 없는 열 가지 결점이 있습니다."라며 손가락을 꼽아가며 설명하지 않더라도 조조도 자신이 원소보다 인간적인 면에서는 훨씬 위라고 자부하고 있었다. 그러나 단순히 그것만을 강점으로 삼아 상대를 얕볼 수는 없었다.

원씨 일족 중에는 회남의 원술 같은 자도 있고 영토가 넓은 만큼 현자를 길러, 계책과 지혜와 용기를 겸비한 인재들이 적지 않았다.

게다가 무엇보다 그의 집안은 명문가 중의 명문가로 소위 나라의 원로라고도 할 수 있다. 그러나 조조는 일개 궁내관의 아들로 아버지는 일찍부터 고향으로 내려와 있었고, 조조 자신도 소년 시절부터 마을에서 악동이라고 불리던 자에 지나지 않았다.

원소가 낙양의 도성에서 군관부의 중책을 맡고 있을 무렵 조조는 겨우 성문을 순찰하는 일개 경리警吏에 지나지 않았다.

원소는 풍운에 쫓겨 밀려나고 조조는 풍운을 타고 약진했으나 명문 원소에게는 여전히 보수파 세력의 지지가 있었다. 신진 세력인 조조에게는 그에게 충성을 다하는 심복을 제외하고는 모두 질시와 반감을 가지고 있을 뿐이었다.

세상 사람들은 아직 조조의 현재 위치를 보며 '제멋대로 승상 자리에 오른 자'라고 험담하고 있었다.

사람들의 그런 미묘한 심리에 어두운 조조가 아니다. 그는 여전히 자신의 성공에 대해 다분히 불만이 있었고 불안했다.

적은 무력으로 박살 낼 수 있지만, 덕망은 무력으로 얻을 수 없다는 것을 알고 있었다.

이러한 때 '원소와 말썽을 일으킨다면?'이라는 생각에 많이 망설여졌다.

지금 지리적으로 이 허도를 중심으로 서쪽은 형주와 양양의 유표와 장수를 봐도 동쪽의 원술, 북쪽의 원소의 힘을 고려해도 거의 사방이 적으로 둘러싸여 안심할 수 있는 곳은 단 한 곳도 찾을 수 없었다.

'그러나 이 적의 고리 속에서 가만히 있어봐야 결국 난 승상이라는 이름만 갖고 질식해버릴 운명에 처할 것이다. 나의 위치는 풍운에 의해 생긴 것이므로 천하의 모든 땅을 완전히 내 위세에 복종시킬 때까지는 한시도 전진을 게을리해서는 안 된다. 타개打

開를 멈춰서는 안 된다. 구태한 것은 어떤 것이라도 섣불리 남겨두어서는 안 된다.'

조조의 의지는 큰 결단에 가까워지기 시작했다.

'그래. 타개에는 언제나 위험이 수반되기 마련이야. 원소 따위가 뭐 대수라고. 모든 오래된 것은 새로운 생명과 교체되는 것이 자연의 섭리다. 나는 새로운 세력이다. 그는 구세력의 대표자에 지나지 않아. 좋아! 하자.'

결심이 섰다.

그는 그렇게 결심하고 잠자리에 들었으나 다음 날이 되자 한 번 더 자신의 신념을 확인해보고 싶어졌는지 승상부의 관리에게 명령했다.

"순욱을 불러오너라."

||| 四 |||

이윽고 순욱이 부름을 받고 왔다.

조조는 다른 사람들을 모두 물리고 어둠 속에서 홀로 그를 기다리고 있었다.

"순욱인가. 오늘은 자네에게 특별히 중요한 의견을 묻기 위해 불렀네. 일단 이것을 읽어보게."

"서신입니까?"

"그렇네. 어제 도착한 원소의 사자가 멀리서 가지고 온 것이네. 원소가 직접 쓴 것이야."

"그렇군요."

"이것을 읽고 자네는 무슨 생각이 드나?"

"한마디로 말씀드리면 문장이 오만무례하고 또 요구하는 내용이 뻔뻔하기 그지없다고 생각합니다."

"그렇지? 원소의 무례에 대해서는 오랫동안 참아왔으나 이렇게까지 우롱당하고 나니 내 인내심이 언제 바닥날지 모르겠네."

"지당하신 말씀입니다."

"그러나 아무리 생각해도 원소를 치기에는 아직 내 힘이 조금 부족하네."

"맞습니다. 말씀하신 대로입니다."

"그러나 나는 무슨 일이 있어도 그를 정벌할 생각이네. 자네의 의견은 어떤가?"

"저도 같은 생각입니다."

"찬성한단 말인가?"

"물론입니다."

"내가 이길 것 같은가?"

"반드시 이길 것입니다. 의심할 여지가 없습니다. 승상께는 이길 수밖에 없는 네 가지 장점이 있고 원소에게는 질 수밖에 없는 네 가지 결점이 있습니다."

순욱은 어제 곽가가 그랬던 것처럼 두 인물을 비교하며 장단점을 설명했다.

조조는 손뼉을 치며 크게 웃었다.

"자네의 의견도 곽가의 의견과 같군. 나도 결점이 많다는 것을 알고 있네. 그렇게 좋은 점만 있는 완벽한 인간은 아니야."

조조는 순욱의 말을 끊고 진지하게 물었다.

"그렇다면 원소의 사자를 베어 즉시 그에게 선전포고해도 되겠나?"

"안 됩니다!"

"안 된다고?"

"지금은 절대로 안 됩니다."

"왜?"

"여포를 잊어서는 안 됩니다. 도성을 호시탐탐 노리고 있는 뒷문의 호랑이를 잊어서는 안 됩니다. 게다가 형주 방면의 물정도 아직은 안심할 수 없습니다."

"그렇다면 앞으로도 계속 원소의 무례를 참고 있어야만 한단 말인가?"

"지성至誠으로 천자를 보필하고 지인至仁으로 백성을 사랑하여 서서히 새로운 시대의 흐름을 만들어 시대의 흐름과 원소를 맞서게 해야 합니다. 직접 싸울 필요도 없습니다. 시대의 추이에 의해 원소의 구관료 세력들이 스스로 붕괴하는 것을 기다려 최후의 일격이 필요할 때 병사를 일으키면 됩니다."

"조금 시간이 걸리겠군."

"아닙니다. 순식간입니다. 시대의 흐름이라고 하는 것은 이러고 있는 사이에도 눈에는 보이지 않지만 무서운 속도로 움직이고 있습니다. 그러나 식물이 성장하는 것처럼, 아이가 자라는 것처럼, 눈에 보이지 않기 때문에 시간이 걸리는 것처럼 느껴지지만, 실제로는 천지의 운행과 함께 순식간에 변하는 것입니다. 어쨌거나 일단 지금은 인내해야 할 때입니다."

곽가와 순욱 두 사람의 의견이 완전히 일치했기 때문에 조조도 결국 참기로 하고 다음 날 원소의 사자를 승상부로 불렀다.

"요구한 것을 승낙하리다."

조조는 대답하고 군량과 마필, 그 외에 어마어마한 양의 군수품을 마련해 사자에게 넘겨주었다. 그리고 사자에게는 성대한 연회를 베풀어 노고를 치하하고 그가 돌아갈 때는 조정에 주청하여 원소를 대장군태위大將軍太尉로 진급시키고 기주, 청주, 유주, 병주의 4개 주를 다스리게 한다는 명을 전하게 했다.

천하에서 제일 먹성이 좋은 사람

||| 一 |||

원소의 사자는 황하를 건너 하북 벌판 멀리로 조조에게 받은 막대한 군량과 군수품을 수백 대의 마차에 싣고 돌아갔다.

이윽고 조조의 서신도 사자의 손을 통해 원소에게 전해졌다.

원소는 크게 기뻐했다. 그도 그럴 것이 조조의 호의적인 답장에는 다음과 같은 내용이 적혀 있었기 때문이다.

우선 각하의 건승을 기원합니다.

다음으로 각하께서 이번에 결심하신 북평(하북성, 만성 부근) 정벌이라는 장대한 계획에 대해서는 저도 만강滿腔의 성의를 가지고 필승을 기원하는 바입니다.

마필과 군량 등 군수품도 할 수 있는 한 최대로 후방에서 원조하겠습니다. 하남에 대해서는 조금도 걱정하지 마시고 오직 북평의 공손찬을 토벌하는 데 전념하시어 만민의 안도와 국가 진호鎭護의 큰 뜻을 이루시기를 바랍니다.

다만 한 가지 사과드릴 일은 제가 수호를 담당하고 있는 허도 땅도 이런저런 복잡한 사정이 많아서 질서 유지상 병사가 필요하여 모처럼의 부탁입니다만, 병사를 빌려드리기는 어려을 것 같습니다.

또한 칙명에 따라 귀하를 대장군태위로 임명하고 더불어 기주, 청주, 유주, 병주 등 4개 주의 대후大侯로 봉합니다. 영을 받드시길 바랍니다.

'조조의 답장이 어떨까 생각하고 있었는데, 이 문면을 보니 모든 일에 성의를 다하고 있구나. 그도 의외로 신실한 사내로군.'

원소는 안심하고 북평 공격을 위해 군사 행동을 일으켜 얼마 동안은 서남쪽에 주의를 게을리했다.

밤에는 초선을 끼고 주연에 빠져 있고, 낮에는 진 대부 부자를 불러 무슨 일이든 상의했다.

그것이 여포의 근황이었다.

진궁은 그런 그를 옆에서 걱정스러운 눈으로 보고 있었다. 오늘도 그는 불만스러운 얼굴로 여포에게 간언했다.

"진규 부자를 신뢰하는 것도 좋습니다만, 마음속 깊은 것까지 상의하시는 것은 어떨까 싶습니다. 교묘한 말로 장군의 비위를 맞추는 것이 딱 알랑쇠를 보는 듯합니다."

"진궁, 자네는 내가 우둔하다는 말인가?"

"그런 의미가 아닙니다."

"그렇다면 어째서 그들을 헐뜯으며 현자를 멀리하게 만드는가?"

"그들 부자가 정말로 현자라고 생각하십니까?"

"적어도 나에게는 둘도 없이 좋은 신하네."

"아아."

"뭐가 아아인가? 다른 사람이 총애를 받는 것을 시기하는 자네야말로 속 좁은 인간이라고 비난을 받을 걸세."

"더는 말씀드릴 힘도 없습니다."

진궁은 물러났다. 충성스럽게 간언했더니 오히려 속 좁은 인간이라는 핀잔마저 들었다.

'집에 틀어박혀 있는 게 상책이다.'

그는 당분간 집에 틀어박힌 채 서주성에도 나가지 않았다. 그러는 사이에 북평의 공손찬과 원소가 전쟁을 벌인다는 소식이 전해졌다. 세상의 물정이 어딘지 모르게 뒤숭숭하게 느껴졌다.

'그래, 사냥이라도 가서 호연지기浩然之氣를 기르자.'

하인 한 명을 데리고 그는 가을 산야로 사냥을 나섰다.

그때 수상한 사내를 한 명 발견했다. 나그네 행색의 그는 진궁의 얼굴을 보자 황급히 도망쳤다.

"……누구지?"

그가 지나간 후에도 진궁은 고개를 갸웃거렸으나 무슨 생각을 했는지 갑자기 활시위에 화살을 메겨 달려가는 그를 겨냥했다.

||| 二 |||

화살은 겨냥한 대로 사내의 다리에 꽂혔다.

하인인 동자가 사냥개처럼 그쪽으로 달려갔다.

진궁도 활을 던지고 하인의 뒤를 쫓았다. 그리고 거칠게 저항하는 그를 붙잡았다. 혹독한 고문 끝에 그가 소패성에서 유비의 답장을 받아 허도로 돌아가는 사자라는 것을 알아냈다.

"조조의 밀서를 유비에게 전달하고 왔다는 것이냐?"

"네……."

"그렇다면 유비가 조조에게 보낸 답장을 가지고 있겠구나."

"아닙니다. 그것은 이미 앞서간 파발마가 가지고 갔기 때문에 저는 가지고 있지 않습니다."

"거짓말하지 마라."

"거짓말이 아닙니다."

"정말이냐?"

진궁이 검으로 손을 가져가자 사내가 펄쩍 뛰어올랐다.

순간 새빨간 안개 바람이 검광을 감싸더니 머리와 몸통이 따로따로 땅에 떨어졌다.

"동자야, 시체를 살펴보거라."

"네, 나리……. 도포의 옷깃을 풀어보았더니 이런 것이 나왔습니다."

"오오, 유비의 답장이군."

진궁은 편지를 읽었다.

"이 사실은 절대로 입 밖에 내지 마라. 나는 지금부터 서주성으로 갈 테니 너는 활을 가지고 먼저 집으로 돌아가거라."

진궁은 함께 있던 동자에게 말하고 그길로 바로 서주성으로 갔다.

그리고 여포를 만나 지금까지의 일을 소상히 이야기한 후 유비가 조조에게 보내는 답장을 보여주자 여포는 몸을 부들부들 떨면서 격노했다.

"유비 이놈! 어느 틈에 조조와 짜고 이 여포를 제거할 음모를 꾸미고 있었구나."

즉시 진궁과 장패臧霸 두 장수에게 병사를 붙여주며 명령했다.

"소패성을 단숨에 짓밟아버리고 유비를 생포해오라."

진궁은 모사였다. 소패는 비록 작은 성이지만 분별없이 덤비지 않았다.

그는 부근의 태산에 있는 산적 무리를 끌어들였다. 특히 산적의 두령인 손관孫觀, 오돈吳敦, 창희昌豨, 윤례尹禮 등을 부추겼다.

"산동의 주군州軍을 어지럽히며 돌아다녀라. 지금이라면 마음껏 약탈할 수 있다."

송헌宋憲과 위속魏續, 두 장수는 재빨리 여영汝潁 지방으로 군대를 이끌고 가 소패의 후방에서 압박을 가하고 본군은 서주를 출발하여 정면에서 밀고 들어가 세 방면에서 봉쇄하며 들어갔다.

유비는 경악했다.

'그렇다면 답장을 가지고 돌아가던 사자가 도중에 붙잡혀 조조의 의사가 여포에게 알려졌단 말인가.'

간담이 서늘해졌다.

얼마 전에 조조가 보낸 밀서의 내용은 이러했다.

여포를 칠 기회는 지금밖에 없소. 북방의 원소도 북평에 신경을 쏟고 있어서 황하부터 이쪽까지 돌아볼 여유가 없소. 여포와 원술 사이에도 국교의 우의가 없고, 귀공과 내가 호응하여 일어서면 여포는 고립될 것이오. 그야말로 손쉬운 일이 아니겠소?

요컨대 전쟁 준비를 재촉하는 편지였다. 물론 유비는 과감하게 협력하겠다는 뜻의 답장을 보냈다.

여포가 보고 화를 내는 것도 당연했다.

"관우는 서문을 지키고 장비는 동문을 맡아라. 손건은 북문을 맡고 남문 방어는 내가 맡겠다."

일단 역할을 정했다.

어쨌거나 절박한 상황이었다. 성안은 걷잡을 수 없이 혼란스러웠다. 이렇게 혼란한 와중에 관우와 장비는 무슨 일인지 서문 아래서 언쟁을 벌이고 있었다.

||| 三 |||

무엇 때문에 언쟁을 벌이고 있을까? 이 전쟁 중에. 게다가 의형제이면서.

병졸들은 수비는 뒷전이고 관우와 장비의 주위에 서서 구경하고 있었다.

"왜 적군을 쫓지 못하게 막는 것이오? 적장을 보고도 쫓지 않을 거라면 전쟁은 때려치우는 편이 낫소."

장비가 말했다.

그에 대해 관우는 타이르듯 말했다.

"아니다. 장료張遼라는 인물은 적이지만 무예가 뛰어나고 게다가 부끄러움을 알며 온화한 기색이 보인다. 그래서 살려두고 싶은 거야. 그것이 무장의 멋이라는 것이 아니겠느냐?"

이 논쟁이 유비의 귀에도 들어간 모양이다.

"이렇게 급박한 상황에 무슨 일이냐?"

"관우 형님, 어느 쪽이 옳은지 큰형님 앞에서 결말을 냅시다."

장비는 관우를 끌고 유비 앞으로 갔다.

두 사람의 말을 들어보니 상황은 이러했다.

여포 군의 대장 중 한 명인 장료가 관우가 지키고 있는 서문으로 밀고 들어왔다.

관우는 성문 위에서 큰 소리이긴 했지만 말을 거는 듯한 어조로 말했다.

"귀공은 장료가 아니오? 비록 적이지만 무사답다고 생각하고 있었는데, 귀공 정도의 인물이 여포같이 난폭하고 천박한 인간을 주공으로 삼은 까닭에 언제나 명분 없는 싸움이나 반역의 전장에 나가 무인인지 강도인지 의심받는 행동을 해야만 하는 것에 동정을 금할 수가 없소. 무장으로 태어난 이상 정의를 위해 싸우고 군주와 나라를 위해 죽는 삶을 살아야 할 터인데 안타깝게도 귀공으로서는 충의의 뜻을 바칠 곳이 없구려."

그러자 공격군을 이끌고 맹렬하게 공격하던 장료가 무슨 생각을 했는지 갑자기 말 머리를 돌려 이번에는 장비가 지키고 있는 동문을 공격했다.

그래서 관우가 말을 달려 장비가 지키고 있는 동문으로 가서 싸우러 나가지 말라고 온 힘을 다해 말린 것이다.

"장료는 죽이기에 아까운 사내네. 그에게는 정의를 위해 싸우고 싶은 마음과 부끄러움을 아는 마음이 있어."

적이라고는 하지만 살려주고 싶은 마음과 이유를 가지고 장비를 설득했다.

"내가 지키는 동문에 와서 쓸데없는 지휘는 그만두시오."

장비는 듣지 않았다. 그래서 언쟁이 일어나 시간을 보내버렸기 때문에 장료도 성문에서 너무 반응이 없자 의심을 한 것인지 이윽고 후퇴해버렸다는 것이다.

"분한 것은 장료를 보고도 놓친 것으로 이렇게 된 것은 다 둘째 형님이 방해했기 때문이오. 큰형님, 그래도 둘째 형님이 옳다고 하실 거요?"

장비는 언제나처럼 떼를 쓰듯이 유비에게 호소했다.

유비도 판단하기가 곤란했다.

"그를 잡든 잡지 않았든 아무려면 어떠냐? 큰 바다의 물고기 한 마리일 뿐이다. 장료 하나 때문에 천하가 바뀔 리도 만무하고 말이다."

유비는 어느 쪽 편도 들지 않고 두 사람을 달랬다.

어디선가 가련한 소녀의 노랫소리가 들렸다.

성 밖 10리는 전란 중인데도 이곳은 조용한 가을 햇살 아래 부용꽃이 한들거리고 아름다운 구름이 떠 있는 하늘을 물푸레나무의 향기를 따라 작은 가을 나비가 낮게 춤추며 날고 있었다.

부추꽃이 땅바닥에 가득하고
금비녀 은비녀
시집가는 시누에게 어울리겠네
시누 신랑은
곱사등이 지주 영감
자리에 눕힐 때도 등에 업고
밥상에 앉힐 때도 안아 일으키네
이웃집 농부 아저씨

못 본 척하세요
아무도 웃지 마세요
전세의 인연이니 어쩔 수 없어요

서주성 안의 북쪽 정원은 여포의 가족이나 여자들만 가득한 금원禁園이었다. 열네 살쯤 된 소녀가 부용꽃을 꺾으며 노래하고 있었다. 노래에 끌려 그녀를 등 뒤에서 끌어안은 사람은 소녀의 여동생이었다. 아직도 걷는 게 서툰 어린아이였다.

||| 四 |||

아무도 없다고 생각했는지 소녀는 꺾은 부용꽃을 머리에 꽂고 목소리 높여 노래했다.

계집아이는 계수나무 꽃 향기, 천리를 가네
사내는 꿀벌, 만리를 날아오네
꿀벌은 꽃을 보고 빙글빙글 돌고
꽃은 꿀벌을 보고 살포시 살포시 꽃봉오리를 연다네

여포는 그 노랫소리에 내실의 창문에서 머리를 내밀었다. 눈을 가늘게 뜨고 딸의 노랫소리에 심취해 있었다.

"……."

언니는 열네 살, 동생은 다섯 살. 둘 다 여포의 딸이었다.

열네 살 딸은 지난번에 원술의 아들에게 시집가게 되어 하룻밤 성대한 잔치를 열고 주렴 가마에 태워 회남으로 보냈으나 갑자기 상황이 바뀐 탓에 병사들을 보내 도중에 데려오게 하여 원래 있던 규방에 가둔 그 새색시였다.

신부는 아직 어리다.

국가 간의 정략도 모른다.

전쟁이 어디서 일어나는지도 모른다. 아버지의 생각도, 서주성의 운명도 모른다.

그냥 노래하고 있었다. 그리고 어린 동생의 손을 잡고 빙글빙글 돌다가 아버지의 얼굴을 내실 창문에서 발견하고 "어머!" 하고 얼굴을 붉히며 어머니가 있는 북원北苑의 심방深房으로 달려가 버렸다.

"하하하하, 따님이 참으로 천진난만하십니다."

여포 옆에 서 있던 가신 학맹郝萌이 말했다.

"음…… 저렇게 아직 어린아이이니까 사랑스럽지."

여포는 팔짱을 꼈다. 딸과 관련해서 뭔가 생각에 잠긴 듯했다.

방에는 학맹과 그 단둘뿐이었고 조금 전부터 뭔가 밀담을 나누고 있었다.

학맹은 유비가 조조에게 쓴 답장이 여포의 손에 들어가 이번 전쟁의 원인이 된 그날 '서둘러 회남에 가서 원술을 만나 지난번의 혼담은 조조의 방해로 인해 약속을 어겼지만, 여전히 귀댁과의 혼인을 원하고 있다.'는 말을 전하라는 밀명을 받고 급히 회남에 가서 바로 지금 원술의 답장을 가지고 이곳으로 돌아온 것이었다.

갑자기 혼약 건에 대해 다시 이야기를 꺼내 원술에게 순망치한의 관계를 요청한 이면에는 '두 집안이 인척 관계를 맺어 두 나라가 동맹하여 함께 조조를 타파하자.'라는 군사적인 의미가 물론 포함되어 있었다.

원술도 처음부터 며느리의 기량이나 마음씨보다 그 점에 중점을 두고 있었기 때문에 신중하게 회의한 결과 역시 여포를 같은 편으로 끌어들이고는 싶으나 여포의 변덕스러운 신의는 아직 의심스러웠다. 그래서 이런 답장을 보냈다.

어쨌거나 사랑하는 따님을 먼저 회남으로 보내주시면 충분한 호의로 답변드리겠소.

요컨대 사랑하는 딸을 먼저 인질로 보내 신의를 보이라는 조건이었다.

여포는 지금 학맹으로부터 그 대답을 듣고 망설이고 있었다.

'딸을 회남으로 보내야 하나, 어떻게 해야 하나?'

그리고 '보내자'고 결심하려는 순간 갑자기 사랑하는 딸의 노랫소리가 들려온 것이다. 사랑스럽고 또 천진난만한 딸의 모습을 정원에서 보자 그는 또 마음이 바뀌었다.

'……아니, 신부로 보낸다면 모를까, 인질로 그 먼 회남까지 딸을 보낼 정도로 난 몰락하지 않았다. 원술이 그렇게 고자세로 나온다면 이 문제는 나중으로 미루자.'

"학맹, 사자로 다녀오느라 고생이 많았네. 물러가서 쉬도록 하게."

그리고 결국 원술과의 제휴를 위해 다시 이야기를 꺼냈던 혼인 문제는 일시적으로 단념했다.

||| 五 |||

여포는 소패의 유현덕에게는 딱히 두려움을 품지 않았다. 그가 두려워하는 것은 조조를 적으로 돌리는 것이었다. 그러나 유비를 공격하면 당연히 조조를 적으로 삼아 건곤일척乾坤一擲의 운명을 거는 국면을 맞게 된다. 그것만은 피하고 싶었다. 그러나 눈앞의 유비는 치지 않으면 안 된다. 이미 소패성은 세 방면에서 여포의 군사들이 포위하고 있었다.

'원술과 동맹만 맺게 된다면 조조가 공격해와도 두려워할 필요가 없을 텐데.'

이런 생각이 들자 그는 급히 학맹을 회남으로 보내 원술의 마음을 떠보았던 것이지만, 상대도 여포의 약점을 간파하고 어려운 조건을 내거는 등 불손한 태도를 보였기 때문에 여포는 자신의 체면을 위해서도, 또 딸에 대한 애정 때문에도 이 이상의 굴욕은 참을 수 없었다.

원술과의 제휴가 가망이 없게 되자 오히려 그는 결심이 선 듯 "좋아, 이렇게 된 이상."이라며 다음 날 자신이 직접 전장에 나가 전쟁을 지휘했다.

"이렇게 작은 성 하나를 공격하는 데 도대체 며칠을 보내는 것이냐? 단번에 깨부숴라."

아군을 질타하면서 그를 태운 적토마는 벌써 소패성 아래까지 와 있었다.

그때 성벽 위에서 유비가 모습을 드러내더니 여포를 불러 찬찬히 말했다.

"여 장군, 여 장군, 어찌하여 이리도 겹겹이 포위하시오? 나와 장군과는 정도 있고 은혜도 주고받았소. 우의는 있을망정 원한은 없소. 얼마 전에 천자의 칙명으로 조조가 나에게 군사를 동원하라는 엄명을 내렸소. 할 수 없이 승낙한다는 답장을 썼으나 어째서 장군과의 옛 우의를 버리고 이유 없이 해의害意를 품겠소? 부디 현명하게 판단하시오. 장군과 이 유비가 싸워서 서로의 병력을 막대하게 소모하는 것을 뒤에서 기뻐하며 이익을 보는 자가 누구인지 깊이 생각해보시오."

여포는 그 말을 듣고 말 위에서 잠시 잠자코 있다가 갑자기 아군에게 명령했다.

"포위는 풀지 마라."

그러고는 훌쩍 말 머리를 돌려 진영 뒤로 돌아가 버렸다.

약점이라고 해야 할지 인간적이라고 해야 할지 여포는 참으로 결단력이 없는 사내였다. 여기까지 말을 몰고 왔으면서 유비가 논리적으로 설득하자 '그런가?' 하고 주저하며 자신은 서주성으로 돌아가 버린 것이다.

따라서 공격군의 포위진도 그대로 보람 없이 시간만 보내고 있는 사이에 그보다 먼저 소패를 탈출했던 유현덕의 급사가 벌써 허도에 도착하여 고했다.

"자세한 내용은 주군의 서신 속에 있습니다만, 다급한 사정이오니 한시라도 빨리 원군을 보내주시기 바랍니다."

조조는 즉시 승상부에 장수들을 소집해 소패의 급변을 전하고 동시에 자문을 구했다.

"유비를 못 본 체하는 것은 신의에 어긋나는 일이네. 지금 원소는 북평 토벌 중이므로 걱정할 것이 없으나 여전히 나의 배후에는 장수와 유표의 세력이 호시탐탐 도성의 허점을 노리고 있네. 그렇다고 해서 여포를 방치해두면 그도 역시 점점 더 세력을 키워 후환이 될 것은 불을 보듯 뻔한 일. 일부 병력으로 허도의 수비를 맡기고 나는 유비를 돕는 것은 물론 이번 기회에 여포의 숨통을 끊을 생각인데, 그대들의 생각은 어떤가?"

||| 六 |||

그 자리에 모인 장수들을 대표해서 순유가 일어나 대답했다.

"출병의 발의는 저희도 당연하다고 생각합니다. 유표와 장수도 지난번에 심한 타격을 입은 뒤이므로 경솔하게 군사를 일으키리라고는 생각지 않습니다. 그러나 두 사람이 공격해올지도 모른다는 생각에 여포가 하는 대로 그냥 내버려둔다면 원술과 합세하여 사수와 회남을 종횡무진하며 결국은 장래의 큰 우환거리가 될 것입니다. 그의 세력이 아직 크지 않을 때 화근을 뿌리 뽑는 것이 급선무라고 생각합니다."

조조는 왼손을 가슴에 얹고 오른손을 높이 뻗고 말했다.

"동감이다. ……다들 이의는 없는가?"

"없습니다."

장수들은 모두 일어나서 이구동성으로 찬성의 뜻을 표했다.

"그렇다면 가서 소패를 위급 상황에서 구하라."

우선 하후돈, 여건, 이전 세 명을 선봉으로 삼고 5만의 정병을 내주며 서주의 경계로 달려가게 했다.

여포의 휘하 고순의 진영은 공격을 받고 궤멸되었다.

"뭐, 조조의 선봉이 벌써 도착했다고?"

여포는 당황했다. 조조와의 정면충돌은 이제 피하기 어렵다고 체념했다.

"후성侯成, 어서 나가라. 학맹과 조성曹成도 출격하라. 그리고 고순을 도와 먼길 오느라 지친 적병을 단번에 박살 내라."

여포의 명령에 여포 군은 즉시 움직이기 시작했다.

그때까지 소패를 멀리서 포위하고 있던 그의 대군 중 일부가 조조 군 쪽으로 이동했으므로 전군이 30리 정도 소패에서 물러난 것이었다.

'허도의 원군이 서주의 경계에 도착한 모양이군.'

성안의 유비는 이렇게 짐작하고 손건과 미축, 미방 등을 성안에 남겨두고 자신은 관우와 장비를 양날개로 삼아 지금까지의 소극적인 수세에서 공세로 전환하고 진용을 철형凸形으로 재배치했다.

그러나 여전히 그곳은 조용하기가 숲속 같고 산처럼 움직임이 없었으나, 이미 일부 여포 군과 조조 군의 선봉은 흙먼지를 일으키며 격돌하고 있었다.

그날 전투에서 조조 휘하의 하후돈은 여포의 장수 고순과 통성명하고 50여 합을 싸웠다. 그러다가 고순이 도망가기 시작했다.

"비겁한 놈. 돌아와라. 돌아와."

하후돈은 소리치며 쫓아갔다.

"저런, 고순이 위험하다."

그때 고순과 같은 편인 조성이 말 위에서 화살을 시위에 메기고 달려와서는 하후돈의 얼굴을 겨냥하여 쏘았다.

화살은 하후돈의 왼쪽 눈을 관통했다. 얼굴의 반이 선혈에 물들었다.

"으악."

자신도 모르게 비명을 지르며 안장 위에서 몸이 뒤로 넘어갔지만, 등자를 힘껏 밟아 버티며 한 손으로 자신의 눈에 박힌 화살을 뽑았다. 화살촉과 함께 눈알도 딸려 나왔다.

하후돈은 끈적끈적한 눈알이 박힌 화살촉을 얼굴 위로 높이 들면서 큰 소리로 혼잣말을 했다.

"이것은 아버지의 기운, 어머니의 피. 어디에도 버릴 곳이 없다. ……아아, 아깝도다."

그러더니 화살촉을 입에 넣고 자신의 눈알을 우적우적 씹어먹었다.

그리고 시뻘건 입을 쩍 벌리고 한쪽 눈으로 조성을 노려보았다.

"네놈이냐!"

하후돈은 말 머리를 돌리자마자 그에게 달려들어 단 한 번 창을 뻗어서 자신을 외눈박이로 만든 원수를 찔러 죽였다.

||| 七 |||

아마도 천하에서 제일 먹성 좋은 사람이 하후돈일 것이다.

나중에는 사람들의 좋은 이야깃거리가 되었고, 하후돈 본인도 자주 우스갯소리로 이야기하곤 했지만, 자신의 눈을 먹으며 혈전에 임한 그의 마음은 비장하다는 말로도, 장렬하다는 말로도 표현하기 어려울 것이다.

눈알이 빠져 움푹 팬 구멍에서 흘러나오는 선혈은 멈추지 않았다. 물론 그 통증도 이루 말할 수 없었다.

'이것으로 끝이다.'

그도 생의 마지막 순간이라고 생각했을 정도로 적에게 둘러싸여 있었다. 그 적들의 포위를 뚫고 그를 구하러 온 것은 그의 동생 하후연이었다.

"일단 퇴각합시다."

하후연은 형을 구해 같은 편인 이전과 여건의 진영으로 달려 들어갔다.

기세가 오른 여포 군은 전군이 공격에 나섰다.

"이 기회를 놓치지 마라."

여포가 몸소 말을 달려 앞으로 나아갔다.

이전과 여건의 군사는 제북濟北까지 물러났다. 여포는 전장의 형세로 볼 때 '지금이 승리할 수 있는 기회'라고 확신했는지 그대로 기세를 올리며 순식간에 소패까지 밀고 들어갔다.

소패에서는 관우와 장비가 어서 오라며 만반의 준비를 하고 있었다.

여포는 새로운 적인 유비 군과 격전에 돌입했다.

고순과 장료의 두 군은 장비 군에 맞서고 여포는 관우를 상대했다.

어지럽게 날아가는 화살에 구름이 비명을 질렀고, 창과 칼이 맞부딪치는 접전 속에서 북은 찢어지고 깃발은 부러졌으며 천지가 울렸다.

그러나 유비 군은 병력이 적었다. 장비와 관우가 아무리 용맹하게 싸워도 여포의 대군을 감당할 수는 없었다.

당연히 패하여 퇴각하기 시작했다.

성안으로, 성안으로 앞다투어 도망갔다. 도망가는 병사들 사이에서 유비의 뒷모습을 발견한 여포는 소리쳐 불렀다.

"귀 큰 꼬마야, 게 섰거라."

유비는 태어날 때부터 귀가 컸다. 토끼 귀라는 별명이 붙어 있었다. 그래서 여포는 그렇게 소리친 것이다.

'따라 잡혀서는 안 된다.'

유비는 여포가 부르는 소리에 전율했다.

오늘 여포의 낯빛을 보니 어차피 교묘한 말로 그의 창을 피하기는 틀렸다.

'도망치는 게 상책이다.'

유비는 뒤도 돌아보지 않고 말에 채찍질을 했다.

그런데 너무 정신없이 쫓겨온 탓인지 그가 성문에 도착했을 때는 해자에 걸린 다리가 올라가 있었다.

"유비다. 다리를 내려라."

성안의 병사들은 그를 보고 서둘러 안에서 문을 열고 다리를 내렸다. 그러나 유비가 급하게 다리를 건너는 사이에 여포도 질풍같이 달려와 함께 다리를 건넜다.

"저기, 여포다!"

아군 병사들은 화살을 시위에 메겼으나 유비와 여포의 몸이 거의 하나가 되어 성문 안까지 달려 들어왔으므로 유비를 맞출지도 모른다는 마음에 결국 한 발도 쏘지 못했다.

물론 즉시 열 명, 스무 명의 병사들이 여포 앞을 막아섰지만, 그의 방천극이 부르는 피바람의 무지개만 더욱 선명하게 할 뿐이었다.

그러는 사이에 여포의 뒤를 따라 고순과 장료의 병사들도 순식간에 다리를 건너 성안을 메워버렸다. 누대와 성루는 불길에 휩싸였고 소패의 작은 성은 이제 완전히 그들에게 짓밟히는 지경이 되었다.

검은 바람과 하얀 비

||| 一 |||

지금은 어쩔 방법이 없었다. 주위를 돌아볼 겨를도 없었다. 지옥 불과 아비규환의 수라장이었다. 그리고 아군의 혼란이 유비의 의지와는 상관없이 그를 성의 서문 밖으로 밀어내고 있었다.

불똥과 함께 앞다투어 흩어져 달아나는 병사들의 눈에는 유비의 모습이 보이지 않는 듯했다.

유비는 도망쳤다.

그런데 어느 틈에 주위에 아무도 없고 혼자였다.

소패에서 멀리 떨어져 혼자가 되어 겨우 정신을 차리고 보니 부끄러움이 밀려왔다.

'아아, 부끄럽구나.'

한 번 더 성으로 돌아가서 싸울까도 생각했다. 소패 성에는 노모가 있고 처자식도 남아 있다.

'어떻게 나 혼자만 살겠다고 이대로 도망치겠는가.'

부끄러움에 휩싸여 잠시 뒤에서 피어오르는 검은 연기를 바라보고 있었다.

'아니지, 여기서 죽는 것이 과연 최선의 효도일까? 처자식에 대한 사랑일까? 여포도 함부로 노모와 처자식을 죽이지는 않을 것이다. 지금 돌아가서 쓸데없이 여포의 화를 돋우는 것보다 오히려 여포에게 완벽한 승리를 안겨주어 그의 마음에 관대함이 솟아나기를 기도하는 편이 나을지도 모른다.'

유비는 그렇게 판단하고 초연하게 혼자서 길을 재촉했다.

그의 판단은 옳았다.

여포는 소패를 점령하자 미축을 불러 자신이 차고 있던 칼을 건네며 말했다.

"유비의 처자식은 자네 손에 맡길 테니 서주성으로 옮기고 엄중히 지키게. 포로라고 얕보며 함부로 행패를 부리는 병사가 있다면 이것으로 베어도 상관없네."

미축은 감사의 인사를 하고 유비의 처자식을 수레에 태워 서주로 옮겼다.

여포는 또 고순과 장료 두 사람에게 소패성을 지키게 하고 자신은 산동과 연주의 경계까지 나아가 위세를 떨치며 패잔병들을 닥치는 대로 베었다.

관우.

장비.

손건 등.

제장의 행방을 쫓는 것도 급했지만 그들은 산속 깊이 몸을 숨기고 여포의 수색을 피하고 있었기 때문에 결국 수색망에 걸려들지 않았다.

유비는 허도로 향했다. 생각해보면 전장의 한가운데를 홀로 무사히 빠져나왔다는 것은 기적이라고 해도 좋았다. 산에 눕고 숲에서 쉬며 비참한 여행을 계속하다가 어떤 골짜기에서 말에 탄 수십 명의 병사들이 자신을 쫓아오는 것을 보았다.

"주공, 주공."

그들은 손건과 병사들이었다.

"무사해서 다행입니다."

손건은 유비를 보고 소리 높여 울었다.

"울고 있을 때가 아니네. 우선 허도로 가서 조조를 만나 앞으로의 일을 상의하도록 하세."

그들은 길을 재촉했다.

쓸쓸한 산촌이 보였다. 유비를 비롯한 병사들은 배고프고 지친 모습으로 마을에 도착했다.

그러자 누가 전해준 것도 아닌데 마을에 그가 왔다는 소식이 퍼졌다.

"소패의 유현덕 님이 전쟁에 져서 이곳으로 도망쳐오셨대."

"그 유 예주豫州 님 말인가?"

"정말 안된 일이야."

마을의 노인과 어린아이, 부녀자들까지 달려나와 길가에 앉아서 그에게 절하며 눈물을 흘렸다.

촌부나 야인이라고 불리는 그들에게는 부귀한 사람들에게서는 찾아볼 수 없는 참된 정이 있었다. 사람들은 먹을 것을 가지고 와서 유비에게 바쳤다. 또 어떤 노파는 자신의 옷소매로 유비의 흙 묻은 신발을 닦아주었다.

무지하다는 말을 듣는 그들이야말로 사람의 진가를 옳게 본 것이다. 평소 유비가 덕으로 다스린 것을 통해 "훌륭한 영주님이다."라고 유비의 됨됨이를 진작부터 알고 있었던 것이다.

||| 二 |||

그날 밤에는 사냥꾼의 집에 머물렀다.

사냥꾼이라는 그 집의 주인은 감격의 눈물을 흘리며 무릎을 꿇고 절했다.

"이런 산골에 영주님을 모시게 되다니 너무 황공해서 어떻게 대접해야 할지 모르겠습니다."

유비는 그를 보고 물었다.

"자네는 이전부터 이 마을에 살던 사람인가?"

사냥꾼치고는 어딘지 풍채가 빼어나 보였기 때문이다.

그는 깨진 마룻바닥에 엎드려 대답했다.

"부끄럽습니다만, 조상이 한실의 피를 이어받았으며 유씨劉氏의 후손으로 이름은 유안劉安이라고 합니다."

그날 밤 유안은 고기를 삶아 유비에게 대접했다.

굶주림에 지쳐 있던 유비와 그를 따르는 사람들은 기뻐하며 젓가락을 들고 물었다.

"무슨 고기인가?"

"승냥이 고기입니다."

그런데 이튿날 아침 출발할 때쯤 손건이 말을 꺼내려다가 별생각 없이 부엌을 들여다보다 여인의 시체를 발견했다.

손건은 놀라서 주인 유안에게 물었다.

"어떻게 된 일인가?"

유안이 울면서 진상을 밝혔다.

"저의 사랑하는 아내입니다. 보시는 바와 같이 집이 가난하여 대접할 것이 없어서 실은 아내의 고기를 삶아서 대접해드린 것입니다."

손건에게 이 말을 전해 들은 유비는 감동하지 않을 수 없었다. 그래서 유안에게 이렇게 권했다.

"어떤가, 도성으로 가서 관리로 일해보지 않겠나?"

그러나 유안은 고개를 저으며 거절했다.

"생각해주시는 것은 감사합니다만, 제가 도성으로 가버리면 홀로 남을 노모를 봉양할 사람이 없습니다. 노모는 움직일 수 없는 병자여서 두고 갈 수가 없습니다."

*독자 여러분께

작가로서 이례적으로 끼어들어 한마디 덧붙이는 것을 용서해 주시길 바랍니다. 유안이 아내의 고기를 삶아 유비를 대접한 것은 우리가 가진 정서나 도덕으로는 이해하기 힘든 부분이 있습니다. 우리가 아름다움을 느끼는 감정이나 불결한 것, 혹은 부정한 것을 싫어하는 심정으로는 오히려 불쾌감조차 주는 이야기입니다.

그래서 이 부분이 원서에는 있지만 뺄까도 생각했습니다. 그러나 원서에서는 유안의 행위를 상당한 미담으로 다루고 있고, 이를 통해 고대 중국의 도덕관이나 백성들의 정서도 엿볼 수 있을 뿐만 아니라 그러한 피아의 차이를 아는 것도《삼국지》를 읽는 하나의 의의이기 때문에 일부러 원서 그대로 두었습니다.

그건 그렇고 유비가 다음 날 그곳을 떠나 양성梁城 부근에 이르자 저 멀리서 흙먼지를 일으키며 말을 타고 오는 대군이 있었다.

조조가 직접 허도의 정병을 이끌고 서둘러 달려온 본군이었다.

유비는 생각지도 못한 조조를 만나 그야말로 지옥에서 부처님을 만난 심경이었다.

조조는 사정 이야기를 듣더니 그를 위로했다.

"이제 안심하시오."

또 전날 밤 유비 일행을 재워준 유안의 이야기를 듣고 그의 의협심에 감동하여 사자에게 금을 주며 "노모를 잘 봉양하라."는 말과 함께 전달하게 했다.

||| 三 |||

조조의 본군이 제북에 도착하자 선봉의 하후연은 애꾸가 된 형과 함께 제일 먼저 인사하러 왔다.

"잘 오셨습니다."

"하후돈 아닌가. 그런데 그 눈은 어떻게 된 것인가?"

조조의 물음에 하후돈은 웃으며 애꾸가 된 내막을 이야기했다.

"지난번 전투에서 먹어버렸습니다."

"아하하하, 자기 눈알을 먹은 사내는 인류가 시작된 이래 아마도 자네가 유일할 걸세. 신체발부수지부모身體髮膚受之父母('신체와 터럭과 살갗은 부모에게서 받은 것이다'라는 뜻으로, 부모에게서 물려받은 몸을 소중히 여기는 것이 효도의 시작이라는 말)라 하지 않았는가. 자네는 또한 효도를 실천한 것이기도 하네. 휴가를 줄 테니 허도로 돌아가서 눈을 치료하도록 하게."

조조는 크게 웃었다. 그리고 차례차례 인사하러 오는 장수들을 접견하고 각지에게 물었다.

"그런데 여포는 지금 어떤 상황인가?"

한 장수가 대답했다.

"여포는 초조해하고 있습니다. 자신의 세력을 확대하기 위해서 자기편이 될 수 있는 사람이라면 강도든 산적이든 가리지 않고 병사로 받아들여 쓸데없이 그 수만 과시하며 연주와 그 밖의 지방을 침략하고 있습니다. 여하튼 군의 외형만은 최근에 급격하게 팽창하여 기세가 대단합니다."

"소패성은?"

"여포의 부하 장료와 고순, 두 장수가 들어앉아 있습니다."

"그럼 우선 유비의 복수를 위해 소패를 공격하여 탈환하라."

명령이 떨어지자 장수들은 각자의 진영으로 가서 중군의 지시를 기다렸다.

조조는 유비와 함께 산동의 경계로 가서 멀리 소관蕭關 쪽을 바라보았다.

그 방면에는 태산의 산적 무리인 손관, 오돈, 윤례, 창희 등의 도적 두목들이 10만여 부하들을 규합하여 위세를 떨치며 진을 치고 있었다.

"산악전이라면 자신 있다. 도회지의 약골들에게 질 리가 있겠는가?"

도적의 무리라고는 하지만 얕잡아볼 수 없는 기세였다.

"허저, 돌진하라."

조조는 내몰듯 허저에게 앞장설 것을 명령했다.

"분부를 기다리고 있었습니다."

허저는 기다렸다는 듯이 병사들을 이끌고 적진으로 돌격했다. 태산의 대도大盜 손관, 오돈을 비롯해 도적의 무리가 말 머리를 나란히 하고 그에게 소리치며 덤벼들었지만, 단 한 명도 허저를 당해내지 못했다.

도적떼는 해일처럼 소관을 향해 달아났다.

"쫓아라, 지금이다!"

조조의 추격에 도적떼의 시체는 골짜기를 메우고 봉우리를 붉게 물들였다.

그러는 사이에 휘하의 조인은 3,000여 명의 부하와 함께 샛길로 진격해 목표인 소패성의 뒷문을 공격하고 있었다.

소패에서 서주로 빈번하게 전령이 달렸다.

여포는 서주로 돌아와 있었다.

연주에서 돌아와 자리에 앉을 틈도 없이 눈썹에 불이 붙은 듯 달려오는 전령들의 급보를 접한 것이었다.

"소패는 서주의 중요한 거점이다. 내가 직접 가서 막겠다."

그는 진 대부와 진등을 불러 방어책을 의논하고 진등은 자신을 따르고 진 대부는 남아서 서주를 지키라고 명령했다.

"알겠습니다."

부자는 여포 앞에서 물러나 성안이 인마의 준비로 소란한 와중에도 평소 밀담 장소로 쓰는 캄캄한 방에 숨어 목소리를 죽여가며 대화를 나누었다.

"아버지, 여포가 죽을 날도 멀지 않았습니다."

"음, 드디어 우리 부자가 기다리던 날이 왔구나."

"다행히 저는 그를 따라 소패로 가니 전투가 시작되면 묘책을 하나 쓰겠습니다. 그것이 성공하면 여포가 조조에게 쫓겨 서주로 도망쳐올지도 모릅니다만, 그때 아버지께서는 성문을 닫고 절대 여포를 들여서는 안 됩니다. 아셨죠?"

진등은 단단히 다짐을 두었으나 진 대부는 바로 대답하지 못했다.

||| 四 |||

"아버지, 어째서 대답이 없으십니까?"

"그렇지만…… 아무리 내가 이 성을 지키기 위해 남아 있어도 성안에는 여포의 처자식 등 그의 일족이 많이 남아 있지 않느냐? 여포가 성문까지 도망쳐온 것을 보면 내가 문을 열지 말라고 해도 그들이 듣지 않을 것이다."

"거기에 대해서도 제가 한 가지 계책을 생각해놓았습니다."

어두운 밀실에 숨어 부자가 밀담을 나누고 있는데, 옆의 무기고에서 다른 장수들의 목소리가 들렸다.

"진 대부는 어디 있는 거야?"

"진등도 안 보이는군."

부자는 서로 바라보며 잠깐 숨을 죽이고 있다가 틈을 봐서 따로따로 나왔다.

"뭐 하고 있었나?"

여포는 진등을 보자 큰 소리로 꾸짖었다.

무리도 아니었다. 병사들은 이미 출진 준비를 마치고 모여 있는 참이었다.

진등은 주눅 들지 않고 그가 앉아 있는 의자 앞에 엎드려 절하고 둘러댔다.

"사실은 아버지께서 서주성 수비에 대해 너무도 걱정하시기에 격려의 말씀을 드리고 있었습니다."

여포는 눈살을 찌푸리며 말했다.

"서주성 수비에 진 대부는 무얼 그리 걱정한단 말이냐?"

"이번은 지금까지의 일방적인 전쟁과 달리 조조의 대군이 이 서주의 사면을 멀리서 포위해오고 있습니다. 만약 만에 하나라도 사태가 급박해졌을 때 성안의 일족을 비롯해서 재물과 병량 등도 갑자기 어딘가로 옮길 수도 없습니다. 노인의 지나친 염려이기는 합니다만, 아버지는 그것을 심히 걱정하고 있습니다."

"아, 그렇겠군. 일리가 있는 걱정이야."

여포는 급히 미축을 불러 명령했다.

"자네는 진 대부와 함께 성에 남아서 내 일족과 재물, 병량 등을 모두 하비성으로 옮겨두도록 하게. 알겠나?"

여포는 후방에 만전을 기했다고 생각하고 용맹하게 서주성에서 말을 달려 나갔지만, 그 미축도 진작에 진 대부 부자와 서로 은밀히 내통하며 여포를 빠뜨릴 함정을 파고 있는 사람 중 한 명이었다.

그러나 여포는 알아채지 못했다.

위험에 빠진 소패를 구하러 가는 도중에 소식을 들었다.

"소관이 위험하다."

"그럼 소관부터 먼저 구하자."

여포는 마음이 변해 갑자기 길을 바꾸었다.

진등이 간언했다.

"장군은 뒤에서 서두르지 말고 가급적 천천히 오십시오."

"어째서 서두르지 말라는 건가?"

"소관 방비에는 아군인 진궁과 장패도 나가 있습니다만, 대부분은 태산의 손관과 오돈 등의 병사들입니다. 그들은 원래 산림의 승냥이 같은 자들입니다. 언제 배신할지 모릅니다. 우선 제가 병사들 수십 명을 이끌고 가서 진중의 형세를 살핀 다음 모시러 오겠습니다."

"그런 데까지 생각이 미치다니 참으로 고맙군. 내 목숨을 위한 세심한 배려. 자네와 같은 사람이야말로 진정한 충신이라 할 것이네. 어서 가게."

"그럼 장군께서는 천천히 오십시오."

진등은 먼저 달려갔다. 그리고 소관의 성채에 도착하자 아군인 진궁, 장패와 만나 그곳 상황을 들은 후 속삭이듯 물었다.

"여 장군은 무슨 일인지 좀처럼 이곳에 오시려고 하지 않소. 뭔가 귀공들이 장군께 의심을 살 만한 행동이라도 한 적이 있소?"

"……글쎄, 그런 적은 없는데."

진궁과 장패는 서로 마주 보았다. 그러나 그런 일은 없어도 적과 대치하고 있는 전선에서 후방의 사령부가 의심하고 있다면 불안해지지 않을 수 없었다.

그날 밤의 일이었다.

혼자 조용히 성채의 높은 망루에 올라간 진등은 멀리 조조의 진지로 여겨지는 곳에 켜진 불빛을 향해 한 통의 편지를 묶은 화살을 쏘고는 태연한 얼굴로 다시 내려왔다.

기묘한 계책

一

진등은 소관의 성채를 뒤로하고 말에 채찍질하며 어두운 밤길을 달려 날이 밝을 무렵에는 다시 여포의 진영으로 돌아왔다.

목을 길게 빼고 기다리던 여포가 바로 물었다.

"어떤가? ……소관의 상황은."

진등은 일부러 어두운 표정을 지어 보이며 말했다.

"생각한 대로 참으로 걱정스러운 상황입니다."

여포도 물론 얼굴색이 변했다.

"그럼, 내 눈이 닿지 않는 성으로 가더니 벌써 진궁이 다른 마음을 품었단 말인가?"

"손관과 오돈의 무리는 원래 산적 패이니 자신들에게 유리한 쪽으로 움직일 수도 있다고 속으로 걱정하고 있었습니다만, 진궁과 같이 특별히 아꼈던 신하마저 배신할 줄은 몰랐습니다. 사람의 마음이란 참으로 믿기 어려운 것입니다."

"아니, 내가 요즘 진궁의 말을 거의 받아주지 않아서 나에게 섭섭하기는 했겠지. 큰일날 뻔했군. 아무것도 모르고 소관에 갔다가 일생의 대사를 그르칠 뻔했어."

그는 진등의 공을 칭찬하고 다음과 같은 계책을 준 뒤 다시 진등을 소관으로 돌려보냈다.

"진궁을 만나 나의 전령이라고 속인 뒤, 뭐든 좋으니 회의로 시간을 보내고 될 수 있는 한 진궁을 취하게 만들게. 그리고 성루에서 봉화를 올려 서북방의 문을 열어놓게. 봉화가 올라가면 내가 밀고 들어가 그를 직접 처벌할 테니까."

여포는 자신이 보기에도 정말 현명한 계책이라고 생각했다. 그래서 일몰 무렵부터 전군을 서서히 소관으로 이동시켰다.

먼저 소관으로 출발한 진등은 땅거미가 내릴 무렵 소관에 도착하여 말에서 내리자마자 "큰일났다!"며 급히 진궁을 불러 숨을 몰아쉬면서 말했다.

"오늘 조조의 대군이 갑자기 방향을 바꿔 태산의 험지와 골짜기를 지나 일제히 서주로 공격해 들어갔다는 급보입니다. 그러니 여기를 지키고 있어도 아무 소용이 없습니다. 어서 병사들을 이끌고 서주를 지원하러 가라는 명령입니다."

"뭐?"

진궁은 깜짝 놀라 간담이 서늘해진 표정이었다.

진등은 이 말을 마치자마자 진궁이 대답하기도 전에 바로 말에 올라 어둠 속으로 달려가 버렸다.

진궁은 진등의 말을 믿은 듯 그로부터 반 시진(1시간)도 지나기 전에 소관의 수비병들이 속속 성채를 떠나 서주로 급히 달리기 시작했다.

성채는 텅 비었다.

그때 그 고요하고 어두운 망루대 위에 한 사람의 그림자가 나타났다.

말을 달려 떠났다고 생각한 진등이었다.

진등은 화살촉에 밀서를 묶고 화살을 시위에 메겨 뒤쪽의 산속으로 날렸다.

"……?"

캄캄한 산속을 바라보고 있자 이윽고 횃불이 흔들리는 것이 보였다.

밀서를 보았고, 알았다는 신호였다.

잠시 후 서북쪽과 동남쪽의 두 문에서 밤의 조수처럼 엄청난 사람과 말이 소리도 불빛도 없이 성안으로 들어왔다. 그리고 다시 무덤처럼 조용해졌다.

진등은 상황을 지켜보고 있다가 두 번째 신호를 올렸다. 그것은 망루에서 쏜 신호였다. 화서火鼠(남방의 화산 속에 산다는 상상의 동물)와 같은 빛이 하늘을 달렸다.

성 밖 10리에서 그 신호를 기다리고 있던 여포가 "저기 소관으로 가자."라고 명령을 내리자 전군이 일제히 달리기 시작했다.

그런데 그때 같은 속도로 소관에서 나온 대부대가 있었다.

아무것도 모르고 서주를 구하겠다고 서둘러 달려온 진궁의 부대였다.

여포 역시 알 턱이 없었다. 어둡기도 하고 쌍방 모두 의심암귀疑心暗鬼(의심이 생기면 귀신이 생긴다는 뜻으로 의심하는 마음이 있으면 대수롭지 않은 일까지 두려워서 불안해함)에 사로잡혀 있었다. 당연히 대격돌을 일으킴과 동시에 이전의 전쟁사에서도 볼 수 없는 같은 편끼리의 처참한 전투가 벌어졌다.

二

"뭔가 이상한데?"

여포는 겨우 눈치챈 듯했다. 동시에 상대편에서도 진궁의 목소리가 계속해서 들려왔다.

"창을 거두고 병사들을 진정시켜라. 혹시 상대가 우리 아군이 아닌가 싶다. 조조 군이 아닌 듯하다!"

여포가 소리를 질렀다.

그러나 이미 때는 늦었다. 쌍방 모두 엄청난 사상자를 내고 서로 의미 없는 싸움을 한 것에 어이가 없어서 망연자실할 뿐이었다.

"괘씸한 놈, 거짓말을 하다니. 나에게 보고한 것과 자네에게 말한 것이 전혀 달라……. 어쨌건 성으로 가서 이야기하세."

여포는 미심쩍어하면서도 때마침 만난 진궁과 그의 병사들을 이끌고 소관으로 서둘러 갔다. 그러나 소관에 다가가자마자 성채 안에서 조조의 병사들이 느닷없이 고함을 지르며 덤벼들었다.

이번에는 진짜 조조의 병사들이었다. 조금 전에 진등이 끌어들인 것이다. 숨죽이고 기다리던 그들에게 여포와 진궁의 병사들은 철저히 짓밟히며 엄청난 타격을 받았다.

여포조차 어둠 속으로 도망쳐 날이 밝은 후에야 겨우 산간의 바위 뒤에서 나올 정도였다.

다행히 진궁을 만난 여포는 얼마 남지 않은 병사들을 모아 쥐죽은 듯이 길을 서둘렀다.

"어쨌거나 이렇게 된 이상 서주로 돌아가서 궁리해보기로 하세."

그런데 서주 성문으로 들어가려고 하자 망루 위에서 빗발치듯 화살이 쏟아져 내렸다.

"무슨 일이냐?"

너무 놀란 여포는 울부짖는 말의 고삐를 잡고 성루를 올려다보니 미축이 성벽 위에 나타나서 큰 소리로 욕을 퍼부었다.

"필부야, 뭐 하러 왔느냐?"

"이 성은 전에 네놈이 우리의 옛 주군 유비 님을 속여서 빼앗은 것이다. 오늘 마땅히 돌아가야 할 주인의 손에 들어갔다. 더는 네놈이 있을 곳이 없다. 어디든 가고 싶은 곳으로 가라!"

여포는 등자를 밟고 서서 이를 갈며 소리쳤다.

"진 대부는 없는가. 성안에 진 대부가 있을 것이다. 진 대부! 얼굴을 보여라."

미축은 껄껄 웃으며 말했다.

"진 노인은 지금 안에서 축배를 들고 계신다. 네놈을 속인 상대에게 미련이 남아 있는 모습을 보여주고 싶은가?"

말을 마치자 그의 모습도 성루 안쪽으로 사라지고 나중에는 손뼉을 치며 웃는 소리만 들렸다.

"분하구나, 분해……. 하지만 설마 진 대부가 날?"

여포는 미쳐 날뛰는 말과 함께 왔다 갔다 하며 그곳을 떠나지 않았다.

진궁도 이를 갈며 말했다.

"아직도 나쁜 놈들의 간계인 줄 모르고 어리석은 후회를 하고 계십니까? 슬프도다. 나의 주군은 죽지 않으면 깨닫지 못하는 사람이구나."

너무나 심한 여포의 추태에 진궁은 화를 내며 혼자서 말을 돌려 가자 여포도 당황해서 뒤를 쫓아왔다. 그리고 힘없이 말했다.

"소패로 가세. 소패성에는 심복 장료와 고순 두 사람을 보내 지키라 했으니. 잠시 소패로 가서 형세를 보기로 하세."

사실 남아 있는 방법은 그것밖에 없었다. 꾀 많은 진궁도 다른 방책을 찾지 못하고 묵묵히 여포를 따라갔다.

그런데 어찌된 일인지 바로 그 장료와 고순이 맞은편에서 오고 있는 것이 아닌가. 게다가 소패의 병사들을 남김없이 이끌고 흙먼지를 일으키며 이쪽으로 급하게 오고 있었다.

여포와 진궁은 놀라서 눈을 크게 떴다.

"응? 왜……."

두 사람은 다시 어안이 벙벙해진 얼굴로 입을 벌리고 있었다.

||| 三 |||

한편, 그쪽으로 다가온 고순과 장료도 여포를 보고 의아해하며 물었다.

"앗, 주군이 아니십니까? 어떻게 여기까지 나오셨습니까?"

"아니, 나보다도 자네들이야말로 도대체 무슨 일로 여기까지 그렇게 황급히 온 것인가?"

여포의 반문에 고순과 장료는 더더욱 알 수 없다는 표정을 지으며 말했다.

"이게 무슨 일입니까? 저희 두 사람은 소패를 굳게 지키며 움직이지 않으려 했습니다만, 두 시진쯤 전에 진등이 말을 타고 와서 주군께서 어젯밤부터 조조 군의 계략에 걸려 겹겹이 포위당했으니 어서 가서 주군을 구하라고 성문에서 외치고는 다시 바로 말을 달려 돌아갔습니다. 이거 큰일이다 싶어서 급히 준비하고 달려온 것입니다."

옆에서 듣고 있던 진궁은 더는 웃을 힘도 화낼 힘도 없다는 듯 그저 입술을 일그러뜨리며 말했다.

"이게 다 진 대부, 진등 부자의 계략. 그들의 계략에 보기 좋게 걸려들었군. 후회해도 너무 늦고 깨달았다고 해도 되돌릴 길이 없구나. 아아."

진궁은 얼굴을 돌려버렸다.

여포도 원망이 가득한 눈으로 하늘을 쳐다보며 말했다.

"으음, 나를 잘도 속였겠다. 내가 얼마나 진등 부자를 아꼈는지는 누구나 다 알고 있다. 배은망덕한 놈들, 두고 보자."

진궁은 냉소적으로 말했다.

"주군, 이제야 아셨습니까? 그런데 앞으로 어떻게 하실 생각입니까?"

"소패로 가자."

"그만두십시오. 수치만 더할 뿐입니다. 진등이 이미 조조 군을 끌어들여 틀림없이 축배를 들고 있을 것입니다."

"어찌됐건 그런 놈들은 밟아버리고 빼앗으면 그만이다."

여포는 용감하게 앞장서서 소패성 아래까지 갔다.

진궁이 말한 대로 성 앞에는 적군의 깃발이 펄럭이고 있었다. 그리고 여포가 왔다는 말을 들은 진등이 높은 망루 위에 나타났다.

"저것 좀 봐라, 붉은 말을 탄 거지를. 배가 고픈지 뭔가 지껄이고 있네. 돌녕이라도 먹게 해줘라."

"배은망덕한 도적놈 진등아, 내 은혜를 잊었느냐? 어제까지 누구 때문에 입고 누구 때문에 먹고 살았느냐?"

"닥쳐라. 우리는 한조의 신하다. 네놈 같은 난폭하고 역심逆心을 품은 도적놈을 진심으로 섬겼겠느냐? 어리석은 놈!"

"네 이놈. 네놈의 머리를 이 손으로 베기 전에는 결단코 여기서 물러서지 않겠다! 진등, 성에서 나와서 겨뤄보자."

소리치고 있는데 뒤에 있는 고순의 진영을 향해 갑자기 한 떼의 군마가 북쪽에서 맹렬히 공격해왔다.

"조조 군이 성 밖에도 있단 말인가."

여포는 심하게 동요하며 좌우의 진을 급히 벌려 학익진을 펼쳤다.

"자, 오너라."

여포 군은 잔뜩 벼르고 기다렸으나 가까이 다가온 것을 보니 조조의 병사들로는 보이지 않았다. 몹시 지저분하고 잡다한 혼성군이었다. 말도 볼품없고 무기도 제대로 갖추지 않았다. 그러나 위세만은 대단했다. 함성을 지르며 달려오자마자 선두와 선두가 부딪치더니 앞쪽에 있는 인마가 붉은 피를 뿜었다. 쌍방에서 터져 나오는 울부짖음은 끔찍하기가 이를 데 없었다. 그때 순식간에 병사들이 사방으로 흩어지더니 피에 젖은 대지를 박차고 달려오면서 소리 지르는 두 장수가 있었다.

"유현덕의 의제 관우다!"

"유비의 의제 장비다. 이 얼굴을 기억해두어라!"

||| 四 |||

한 사람은 표범 머리에 호랑이 눈썹을 한 맹장 장비였고, 또 한 사람은 붉은 얼굴과 긴 수염의 호걸 관우였다.

"야, 야. 유비의 의제들이다."

"장비와 관우가 나타났다."

눈으로 보고 귀로 듣는 것만으로도 여포의 병사들은 두려움에 떨었다. 두 사람은 무인지경無人之境을 누비듯 여포의 병사들을 유린했다.

"참으로 한심한 놈들이군."

고순은 부하들을 질타하며 장비 앞을 가로막고 불꽃을 튀기며 싸웠지만, 얼마 가지 못하고 말 엉덩이에 채찍질하여 도망치는 아군 속으로 달려 들어가 숨어버렸다.

관우는 82근의 청룡도를 휘두르며 일부러 잡병들에게는 눈길도 주지 않고 중군 속으로 뛰어 들어가 소리쳤다.

"신기하구나, 여포. 적토마가 아직도 건재하다니."

갑작스럽기도 했고, 또 생각지도 못한 적의 출현에 여포는 할 수 없이 말을 돌려 관우와 맞섰다.

그 모습을 장비가 보고 질풍같이 달려왔다.

"형님, 그놈은 나한테 맡기슈."

여포는 마음속으로 '오늘은 일진이 사납군.'이라고 중얼거리고는 허겁지겁 도망쳤다.

"야, 이놈아! 어딜 도망가느냐?"

장비가 여포를 쫓아가며 소리 질렀다.

관우도 달렸다.

적토마의 꼬리에 닿을 정도로 바짝 뒤쫓았으나 그의 말과 여포의 말은 차원이 달랐다.

준족駿足 적토마의 빠른 다리가 여포의 목숨을 간신히 구했다.

서주는 빼앗기고 소패에도 들어가지 못하는 여포는 결국 하비로 도망쳤다.

하비는 서주의 외성 같은 곳으로 원래 작은 성이지만 그곳은 부하 후성侯成이 있는 요해要害였다.

'우선 그곳에 가서 몸을 의탁하자.'

여포는 사방의 잔병을 불러모았다.

이렇게 해서 전투는 조조의 대승으로 끝났다. 조조가 유비에게 말했다.

"원래 귀공의 성이니 귀공이 이전처럼 서주에 입성하여 태수 자리에 앉도록 하시오."

서주에는 그의 처자식이 감금되어 있었으나 미축과 진 대부가 잘 보살피고 있었기 때문에 모두 무사히 유비를 만났다.

오랜만에 일가와 군신이 한자리에 모이자 유비가 물었다.

"관우와 장비는 소패에서 헤어진 이후 어디에 몸을 숨기고 있었느냐?"

"저는 해주의 벽촌에 숨어 있었습니다."

관우가 대답했다.

"할 수 없이 망탕산으로 도망쳐가 산적질을 하고 있었소."

장비가 솔직하게 대답하자 거기 있는 사람들이 모두 큰 소리로 웃었다.

며칠 후 조조는 중군에서 성대한 축하연을 열었다.

그때 그는 자신의 왼쪽 자리를 유비에게 내주고 오른쪽은 공석으로 남겨두었다.

그리고 차례대로 전투에 참여했던 장수들과 문관들도 자리에 앉았을 때쯤 조조가 일어나 말했다.

"이번에 공로가 가장 큰 사람은 진 대부, 진등 부자요. 나의 오른쪽 자리에는 진 대부가 앉도록 하시오."

모두가 박수를 치는 가운데 진 대부가 말석에서 아들의 손을 잡고 조조의 오른쪽 자리에 앉았다.

"그대에게는 10개 현縣의 녹을 주고 아들 진등에게는 복파장군伏派將軍이라는 직을 내리겠소."

조조가 다시 한번 그들의 노고를 치하했다.

흥겹고 유쾌한 웃음이 오가는 화기애애한 분위기 속에서 마지막 작전이 검토되었다.

"어떻게 해야 여포를 생포할 수 있을까?"

여포를 생포하든 죽이든 간에 이번에야말로 그를 처리하지 않고는 허도로 돌아가지 않을 작정이었다.

||| 五 |||

하비의 자그마한 성은 여포에게 있어서 도망쳐 들어간 우리와 같았다.

여포는 이미 우리 안의 호랑이와 같은 신세였다. 그러나 위기에 몰린 쥐가 고양이를 물 듯 우리에 갇힌 호랑이를 잡는 것이 쉬워 보이지만 자칫 잘못했다간 물릴 위험이 있다.

그 자리에 있던 정욱程昱이 말했다.

"생선을 구울 때 불에서 얼마간 띄우는 것처럼, 서서히 공격해서 죽이는 것이 좋다고 생각합니다. 갑자기 밀고 들어가면 생각이 짧은 여포인 만큼 자포자기가 되어 어떤 무모한 짓을 저지를지 모릅니다."

여건도 정욱의 의견에 찬동했다.

"여포의 입장이 되어 생각해보면 지금 그가 의지할 수 있는 것은 장패와 손관 등 태산의 도적떼밖에 없습니다. 그것도 마음대로 되지 않으면 마침내 체면도 버리고 마지막 수단을 쓸 것입니다. 즉, 회남의 원술에게 매달려서 무조건 항복을 제의하고 원술의 도움을 받아 맹렬히 저항할 것임이 분명합니다."

조조는 두 사람의 말에 똑같이 수긍하며 말했다.

"어느 쪽 이야기도 나의 생각과 같군. 내가 걱정하고 있는 부분도 여포와 원술이 결탁하는 것이네. 산동의 길들은 내가 직접 병사들을 이끌고 가서 차단할 터이니 유 공은 휘하의 병사들을 이끌고 하비에서 회남 사이의 도로를 지키시오."

유비가 삼가 받들며 맹세했다.

"존명, 받들겠습니다."

연회가 끝나고 일동이 만세를 부르고 각자 자신의 진영으로 돌아갔다.

유비는 서주에는 미축과 간옹 둘을 남겨두고 그날로 병마를 정비하여 관우와 장비, 손건을 이끌고 하비에서 회남으로 가는 도로를 막기 위해 출동했다.

궁지에 몰린 하비의 적들이 눈치채면 죽을 각오로 저항할 것이 분명했기 때문에 산을 타고 골짜기를 빠져나가 겨우 여포의 뒤쪽으로 돌아갔다.

요로要路의 지세를 생각하여 우선 울타리를 엮어 관소關所(국경이나 요새지에 자리잡고 통행하는 사람과 물품에 대해 조사하는 곳)를 설치하고 오두막을 세워 감시소로 삼았으며 망루 등을 쌓아 올려 가도는 물론이고 산속의 샛길까지 쥐새끼 한 마리 빠져나가지 못하게 엄중히 감시했다.

겨울이 다가왔다.

사수泗水의 강물은 아직 얼 정도는 아니었지만, 초목은 다 시들어버렸다. 눈에 들어오는 모든 것이 쓸쓸했고 찬 기운이 피부를 뚫고 들어왔다.

여포는 성을 둘러싼 사수에 가시나무 울타리를 치게 하고 무기와 군량도 충분히 성안에 쌓아놓고 하늘에 기도했다.

"빨리 눈이 내려 산과 들을 뒤덮어주소서."

여포는 자연의 힘에 의지했지만, 전략에 밝은 진궁은 냉소하며 그에게 간언했다.

"조조의 병사들이 먼길을 오기도 했고 전쟁에 지쳐서 아직 병사들의 배치도 정돈되지 않았고, 추위를 피할 곳도 마땅히 마련되어 있지 않습니다. 지금 당장 역공을 가한다면 반드시 대승을 거둘 것입니다."

여포는 고개를 저었다.

"생각처럼 그렇게 잘 되지 않을 걸세. 우리야말로 전투에서 지기만 해서 병사들의 사기가 바닥을 치고 있네. 그들이 공격해오기를 기다렸다가 한 번에 공격한다면 대부분의 조조 군은 사수에 빠져 죽을 것이네."

"에…… 그렇습니까?"

진궁도 최근 들어서는 여포에 대한 열정이 식어버린 듯했다. 항변도 하지 않고 쓴웃음을 지으며 그 자리에서 물러났다.

그러는 사이에 조조는 벌써 산동의 경계를 장악한 뒤 하비로 몰려와서 성 주위에 대군을 배치했다.

그리고 이틀 남짓은 서로 화살만 주고받으며 보내다가 이윽고 조조가 무슨 생각을 했는지 본인이 직접 불과 20기 정도를 이끌고 사수 근처까지 말을 몰고 와서 성안에 대고 외쳤다.

"여포는 당장 나와라!"

四신도

번뇌 공방전

||| 一 |||

여포는 망루 위로 모습을 드러내고는 딴전을 피우며 말했다.

"누가 날 불렀느냐?"

사수泗水를 사이에 두고 조조의 목소리는 강물에 메아리쳐 들려왔다.

"너를 부른 사람은 너의 호적수 허도의 승상 조조다. 하지만 너와 나는 원래 어떤 원한도 없지 않은가? 나는 단지 네가 원술과 혼인 관계를 맺는다고 들었기에 공격하러 왔을 뿐이다. 왜냐하면 원술은 황제를 참칭하며 천하를 어지럽히는 반역 죄인이기 때문이다. 천하가 다 아는 역적이다!"

"……."

여포는 침묵을 지켰다.

강물을 건너는 바람은 쓸쓸히 갈대를 울리며 두 진영의 군기를 펄럭이게 했다. 두 사람이 얘기하는 동안에는 화살 한 발 오가지 않았다.

"나는 네가 옳고 그름도 분별할 수 없을 정도로 어리석은 사람이라고는 생각지 않는다. 지금이라도 창을 거두고 이 조조를 따른다면 나는 내 목숨을 걸고서라도 천자께 상주하여 너의 봉토와 명예를 반드시 확보해주겠다."

"……."

"그러나 반대로 그릇된 생각에 사로잡혀 저항하다가 너의 성곽마저 허망하게 함락당하는 날에는 이미 때는 늦은 것이다. 너의 일족과 처자식은 단 한 명도 살아남지 못할 것이다. 그뿐만 아니라 100세대 뒤까지 악명이 사수에 흐르게 될 것이다. 차근차근 현명하게 생각해보아라."

여포는 마음이 움직인 듯했다. 그때까지 아무 말 없이 듣고 있다가 느닷없이 손을 치켜들더니 말했다.

"승상, 승상. 잠시 이 여포에게 시간을 주시오. 성안에 있는 사람들과 잘 상의하여 항복을 위한 사자를 보낼 테니까."

옆에 있던 진궁이 여포가 뜻밖의 대답을 하자 깜짝 놀라며 펄쩍 뛰었다.

"무, 무슨 말도 안 되는 소리를 하십니까?"

진궁은 여포의 입을 막으려는 듯 갑자기 끼어들어 큰 소리로 조조에게 대답했다.

"야, 이 도적놈 조조야! 너는 젊었을 때부터 말로 사람을 속이는데 달인이지만 이 진궁이 있는 이상 우리 주군만은 속이지 못할 것이다. 찬바람 맞아가며 쓸데없이 혓바닥을 놀리지 말고 썩 물러가라."

말이 끝나기가 무섭게 진궁이 미리 한껏 당겨놓았던 활시위를 놓자 화살이 소리를 내며 날아가더니 조조가 쓰고 있던 투구의 차양에 맞았다.

조조는 눈을 부릅뜨고 눈꼬리를 치켜세우며 말했다.

"진궁, 기억해두거라. 맹세코 너의 머리를 내 흙발로 짓밟아 지금 한 짓의 앙갚음을 해주겠다."

그리고 좌우에 있는 스무 명의 부장들에게 즉시 총공격을 하라고 매섭게 명령했다.

망루 위에서 당황한 여포가 말했다.

"기다리시오, 조 승상. 지금 진궁의 무책임한 발언은 진궁 혼자만의 생각으로 내 생각과 다르오. 나는 부하들과 상의한 후 반드시 성을 나가 항복하겠소."

진궁은 활을 내던지고 거의 싸우자는 듯이 덤벼들며 말했다.

"인제 와서 무슨 약한 소리를 하십니까? 조조라는 인간을 모르는 것도 아니면서. 지금 그의 달콤한 말에 속아 항복한다면 그걸로 끝입니다. 더는 이 목이 붙어 있지 못할 것입니다."

"닥쳐라. 시끄럽다! 너 혼자만의 생각으로 더는 쓸데없이 지껄이지 마라!"

여포도 발끈해서 언성을 높였고, 끝내는 검을 잡으며 진궁을 처단하겠다고 씩씩거렸다.

적군에게도 잘 보이는 망루 위다. 주군과 신하의 싸움은 추태일 뿐이다. 보다 못해 고순과 장료가 두 사람을 떼어놓으며 말했다.

"자, 자, 참으십시오. 진궁도 결코 자신을 위해 장군의 뜻을 거스르는 것이 아니라 모두 충성심에서 그런 것입니다. 원래부터 진궁은 충성된 간언을 하던 사람이 아닙니까? 지금은 단 한 명의 아군도 잃어서는 안 됩니다."

여포는 겨우 정신을 차린 듯 어깨를 들썩이며 큰 한숨을 내쉬더니 말했다.

"용서하게, 진궁. 지금까지는 장난이었네. 그보다 뭔가 좋은 계책이 있거든 거리낌 없이 나에게 알려주게."

||| 二 |||

진궁은 여포에게 완전히 질린 듯했지만 어쨌든 주군이었다. 그 주군이 고개를 숙이며 비위를 맞추자 그는 다시 충성된 간언을 하는 좋은 신하로 돌아와 분골쇄신할 기분이 들었다.

"좋은 계책이 있기는 있습니다만."

진궁이 공손하게 대답했다.

"다만 이 계책을 쓰실지가 문제입니다. 지금 취할 수 있는 계책으로는 기각지계掎角之計밖에는 없습니다. 장군께서 정병을 이끌고 성 밖으로 나가시고 제가 성에 남아 서로의 호흡을 맞춰 조조의 앞과 뒤를 괴롭히는 것입니다."

"그것이 기각지계라는 것인가?"

"그렇습니다. 장군께서 성 밖으로 나가시면 조조는 반드시 선두의 군사들을 장군께 보낼 것입니다. 그러면 저는 바로 성안에서 그 후미를 공격하겠습니다. 또 조조가 성 쪽으로 향하면 장군께서도 방향을 돌려 그의 후방을 위협하는 것입니다. 이렇게 기각의 진형으로 적을 양쪽에서 전멸시키는 계책입니다."

"그래, 그거야. 정말 좋은 계책이군. 손자도 울고 가겠어."

여포는 전의를 불태우며 당장 성에서 나갈 준비를 하라고 명령했다.

산야로 나가면 한기가 더 심해질 것으로 판단하고 장수들은 모두 전포 아래 솜옷을 두껍게 껴입었다. 여포도 안채로 들어가 아내 엄씨에게 속옷과 모피로 만든 내복 등 추위를 견딜 수 있는 옷을 준비해놓으라고 일렀다.

엄씨는 남편의 모습을 이상히 여기며 물었다.

"도대체 어디로 가십니까?"

여포는 성을 나가 싸울 결의를 말하며 서둘러 갑옷을 입기 시작했다.

"진궁이라는 자는 참으로 계략이 뛰어난 사람이오. 그가 말한 기각지계를 쓴다면 반드시 이기리라 믿어 의심치 않소."

그러자 엄씨가 창백해져서는 갑자기 울기 시작했다.

"그럼 여길 다른 사람 손에 맡기고 성 밖으로 나간다는 말씀이신가요?"

그리고 더욱 집요하게 호소했다.

"당신은 뒤에 남는 저와 아이들이 불쌍하다고 생각지 않나요? 진궁의 생각이라고 하시는데 진궁이 전에 어떤 사람이었는지 생각해보세요. 그는 전에 조조와 주종의 약속을 하고도 도중에 변심하여 조조를 버리고 간 사람이 아닌가요? 하물며 당신은 그 조조만큼도 진궁을 중히 쓰지 않았잖아요."

"……."

아내가 진지하게 울며 호소하자 여포는 어쩔 줄을 모르는 표정이 되었다.

"진궁이 무슨 이유로 조조에게 했던 것 이상으로 당신에게 충성을 바치겠어요? 진궁에게 성을 맡기면 다른 마음을 품을지도 모르는 일이잖아요. 그렇게 되면 우리는 또 언제 당신과 만날 수 있겠어요?"

계속해서 온갖 걱정을 늘어놓았다.

그러자 여포는 막 입으려던 모피로 된 내의를 집어 던지며 급하게 말했다.

“울지 마시오. 전쟁을 앞두고 눈물이라니 불길하오. 내일로 미루겠소. 내일로.”

그리고 딸들을 보러 아내와 함께 딸들이 있는 방으로 들어갔다.

다음 날이 되었으나 여포는 성을 떠날 생각이 없어 보였다. 이틀이 지나고 사흘이 지났다.

진궁이 다시 여포를 찾아왔다.

“장군, 하루라도 빨리 성을 나가 대비하지 않으면 조조의 대군은 시시각각 성 주위에서 기세를 더해갈 뿐일 것입니다.”

“진궁인가. 나도 그렇게 생각하네만 멀리 나가서 싸우는 것보다 성안에서 성을 굳게 지키는 것이 좋을 듯하네.”

“아닙니다. 아직 늦지 않았습니다. 얼마 전에 허도에서 엄청난 군량이 조조의 진영으로 운송될 것이라는 첩보가 들어왔습니다. 장군께서 병사를 이끌고 성 밖으로 나가시면 그 군량이 오는 길도 같이 끊을 수 있습니다. 이것이야말로 일거양득입니다. 틀림없이 적에게 치명적인 타격이 될 것입니다.”

||| 三 |||

“뭐? 조조의 진영에 도성에서 군량이 운송되어 온다고? 음, 그 길을 끊는다는 말이지? 알았네. 내일은 병사들을 이끌고 성에서 나가겠네.”

여포가 결심하고 투지를 불태우는 표정으로 말하자 진궁도 안심하며 말했다.

"부디, 이 기회를 놓치지 마시기 바랍니다."

그리고 일부러 많은 말을 하지 않고 그 자리를 물러났다.

그날 밤, 여포는 초선의 방에 들었다. 가서 보니 초선은 장막을 늘어뜨린 채 앉아서 울고 있었다. 무슨 일이냐고 물으니 비 맞은 해당화처럼 퉁퉁 부은 눈으로 말했다.

"더는 이 세상에서 장군과 만날 수 없다고 생각하니 울어도 울어도 눈물이 멈추질 않네요. 앞으로 저는 누구를 의지해서 살아가야 하나요?"

"무슨 소리를 하는 것이냐? 내가 이처럼 건재한데. 그리고 이 성에는 아직 겨울을 지낼 식량도 있고 1만여 명의 정병들도 있다."

"아니요. 부인께 들었어요. 장군께서는 저희를 버리고 성을 나가실 거죠?"

"승리를 얻기 위해 나가서 싸우는 것이지 죽기 위해 나가는 것이 아니다."

"그래도…… 그래도 걱정이 돼요. 왜냐하면 성의 수비를 맡은 진궁과 고순은 평소부터 사이가 좋지 않아서 장군께서 성에 안 계시면 분명 적에게 허를 찔려 뿔뿔이 흩어지고 말 거예요."

"둘의 사이가 그렇게 나쁜가?"

"특히 진궁이라는 자의 속은 알 수가 없다고 부인께서도 걱정하고 계세요. 장군, 따님들이 가엾지도 않으세요? 부인을 비롯해서 저희도 불쌍히 여겨주세요."

초선은 눈물 젖은 얼굴로 여포의 가슴에 안겼다. 여포는 초선의 어깨를 가볍게 두드리며 일부러 큰 소리로 웃었다.

"아하하하. 아직도 철이 없구나. 울지 마라. 성을 나가지 않을 테니 이제 슬퍼하지 마. 나에게 방천극과 적토마가 있는 이상 천하의 누구라도 이 여포를 정복할 수 없다. 안심하거라."

등을 쓰다듬으며 함께 평상에 올라 시녀에게 술을 따르게 하고는 여포가 직접 초선에게 먹여주었다.

이튿날, 이번에는 여포도 조금 겸연쩍은지 먼저 진궁을 불러 말했다.

"혹시나 싶어 내가 알아보았는데 허도에서 적진으로 군량이 운송되고 있다는 첩보는 아무래도 잘못된 정보인 것 같네. 짐작건대 나를 성 밖으로 꾀어내기 위해서 조조가 일부러 흘린 유언비어 같아. 그런 계책에 걸려든다면 큰 실수를 범하는 것이 아니겠나? 그래서 나는 일단 자중하려고 하네. 성을 나가려는 계획은 중지하기로 했어."

여포의 방에서 나온 진궁은 분개하며 장탄식을 했다. 그리고 힘없이 중얼거렸다.

"……아아, 더 무슨 말을 하겠는가. 결국 우리에겐 몸을 묻을 천지조차 남지 않겠구나."

그때부터 여포는 밤낮 주연에 빠져 장막 뒤에서 초선과 시시덕거렸다. 집 안에서는 엄씨와 딸이 지키고 있었다. 게다가 술에서 깨면 언제나 못마땅한 표정이었다.

"만나 뵙고 긴히 드릴 말씀이 있습니다만……."

근신을 통해 허락을 받고 그의 앞으로 나와 절을 한 두 명의 가신이 있었다.

허사許汜와 왕해王楷였다.

두 사람 모두 진궁의 부하들이었기 때문에 여포는 경계하는 얼굴로 물었다.

"무슨 일인가?"

그러자 왕해가 먼저 입을 열었다.

"듣자 하니 회남의 원술은 그 후에도 세력이 매우 왕성하다고 합니다. 장군께서는 따님을 원씨 댁의 아드님과 혼인시키려 하지 않았습니까? 그런데 어찌하여 빨리 사자를 보내 원술에게 도움을 청하지 않으십니까? 혼약 건도 아직 파탄 난 것이 아니니 저희가 가서 잘 얘기하면 바로 양해를 얻을 수 있다고 생각합니다만."

||| 四 |||

"그래……. 그 혼담도 아직 파탄 나지는 않았지."

여포는 암흑 속에서 한 줄기 빛이 비친 것처럼 신음하듯 중얼거렸다.

그리고 두 사람에게 말했다.

"그렇다면 자네들이 자진해서 회남에 사자로 가겠다는 말인가?"

"부족하지만 장군의 흥망과 관계되는 중대한 일이니 목숨 걸고 다녀오겠습니다."

"기특하다, 기특해. 잘 말해주었네. 그럼 당장 원술 앞으로 서신을 적어줄 테니 그것을 가지고 회남에 서둘러 다녀오도록 하라."

"잘 알겠습니다. 그러나 이 하비성은 이미 적이 겹겹이 포위하고 있습니다. 그리고 회남으로 가는 길에는 유현덕이 관소를 세워 통행을 엄격하게 통제하고 있다고 합니다. 부디 저희가 성공적으로 사명을 완수할 수 있도록 병사들을 내어주셔서 포위를 돌파하게 해주십시오."

"좋다. 그렇게 하지 않으면 회남에 가지 못할 테니."

여포는 즉시 장료와 학맹 두 대장을 불러 각자에게 500여 기를 내주며 명령했다.

"두 사람을 회남의 경계까지 호위하도록 하라."

"명 받들겠습니다."

장료의 500여 기는 앞에 서고 학맹은 뒤에 서서 호위하며 비룡의 눈 모양을 만들어 성문을 열고 뛰어나갔다.

적진의 한가운데를 횡단하는 것은 물론 심야를 선택해 결행되었다. 그들은 조조의 포위망을 보기 좋게 뚫고 나갔고 다음 날 밤에는 유비의 진영도 돌파해버렸다.

"성공했다!"

두 사람은 회남의 경계를 넘자 환호했다.

"하지만 아직 돌아갈 때의 위험도 남아 있으니까."

그래서 학맹의 500여 기는 사자를 따라 회남까지 수행했다.

장료는 수하의 군사 500여 기만을 이끌고 원래 왔던 길로 돌아갔으나 이번에는 유비 군의 진영을 뚫지 못하고 그 앞에서 걸렸다.

"어딜 가느냐?"

한 무리의 병마가 길을 가로막았다.

장료가 적장의 얼굴을 보니 그는 전에 소패성을 공격할 때 성 위에서 자신을 향해 정의의 의견을 말한 바 있는 관우였다. 서로 통하는 마음이 있기에 적이지만 활과 창 등을 쓰지 않고 두어 번 문답을 주고받는 사이에 하비성 쪽에서 고순과 후성이 원군으로 왔다. 그래서 장료는 위험한 상황에서 벗어나 무사히 성안으로 돌아올 수 있었다.

그런데 그 후 회남에 도착하여 원술을 만나 여포의 서신을 전하고 이윽고 귀로에 오른 허사와 왕해 두 사자는 무사하지 못했다.

원술과 회견한 결과는 우선 성공적이었다. 두 사자가 외교적인 언변으로 열과 성을 다해서 설득하자 원술은 이렇게 대답했다.

"여포는 변덕스러워서 서신만으로는 도저히 신뢰할 수 없네. 혹시 이번에 사랑하는 딸을 보낼 정도의 열의를 보인다면 그것을 성의의 표시로 인정하고 나도 병사들을 일으켜 지원하러 가겠네."

두 사자는 크게 기뻐하며 서둘러 귀로에 올랐다. 그러나 이경二更 무렵 관소 주변을 달려서 통과하려 했으나 장비의 진영에서 걸려 즉시 포위당하고 말았다.

"한밤중에 급히 말을 몰고 가는 자들은 누구의 병사냐?"

두 사자를 호위하던 학맹은 장비를 만나 제대로 싸워보지도 못하고 말에서 떨어져 포로가 되고 말았다.

500여 명의 병사들도 대부분 죽임을 당했으나 다행히도 혼란스러운 틈을 타서 허사와 왕해 두 사자만은 겨우 몸만 빠져나와 하비성까지 도망쳤다.

||| 五 |||

그날 밤, 학맹을 사로잡은 장비는 오랏줄을 잡고 바로 유비의 진영으로 가서 그를 유비에게 넘겼다.

"이놈은 겁도 없이 우리의 눈을 속이고 회남에 다녀온 특사의 대장이오. 따끔하게 혼 좀 내주쇼. 뭐라도 털어놓을 테니."

유비는 그의 공을 치하하고 즉시 조사에 착수했으나 학맹은 쉽게 털어놓지 않았다. 장비는 답답하다는 듯 옆에 있는 사졸들에게 큰 소리로 명령했다.

"고문해라!"

사졸들은 학맹의 등에 가차 없이 채찍질을 했다. 학맹은 벗어날 수 없다고 생각했는지 비명을 지르며 소리쳤다.

"유비 장군, 오랏줄을 풀어주시오. 드릴 말씀이 있습니다."

일체의 자백을 들은 유비는 날이 밝자 그 내용을 서면에 적어 조조에게 알렸다.

조조에게서 생각했던 대로 이런 답장이 왔다.

학맹의 목을 치시오. 통행을 더욱 엄중히 감시하여 여포를 비롯한 여포의 사자 등이 절대 회남에 들어가지 못하게 하시오.

유비는 장수들을 소집해 다시 한번 엄중하게 말했다.

"우리의 책임이 실로 막중하다. 궁지에 몰리면 여포가 반드시 이곳을 통과할 터. 여기는 회남으로 가는 길이니 쥐새끼 한 마리 빠져나가지 못하게 하라. 소홀히 하는 자는 군법에 따라 반드시 단죄하겠다."

"알겠습니다."

장수들은 명을 받들어 앞으로는 밤낮 구분 없이 갑옷도 벗지 않고 경비에 만전을 기하기로 결의했다.

장비가 그 후 조심성 없이 투덜거렸다.

"그런데 조조는 내가 학맹을 생포했는데도 아무런 은상도 없는 거야? 말로는 엄중히 하라면서 실은 농담으로 한 말 아닌가?"

유비가 그 말을 얼핏 듣고 매섭게 꾸짖었다.

"수십 만의 대군을 통솔하는 조 승상이 어찌 군령을 농담으로 내리겠느냐! 네가 쓸데없는 억측을 경솔하게 입에 올리는 것이야말로 필부의 근성이라 할 것이다. 방심에 길들어 하찮게 보고 천세의 오명을 남기지 마라."

"네."

장비는 겸연쩍은 듯 뺨의 수염을 쓰다듬으면서 물러났다. 하룻밤의 공로를 말 한마디로 잃어버린 셈이었다.

한편, 하비성에서는 허사와 왕해 두 사자가 회남에 다녀온 일을 보고함과 동시에 자신들의 의견을 진술하고 있었다.

"원술은 여전히 의심이 깊어서 보통 방법으로는 우리의 요구를 들어줄 기색이 보이지 않았습니다. 다만 따님의 혼인에 대해서는 자식을 사랑하는 마음에 미련이 남아 있는 듯하니 무엇보다 우선 그가 요구하는 대로 따님을 그쪽으로 보내야 합니다. 그것도 신속하게 실행하지 않으면 지금 같은 위급한 상황에 전혀 도움이 되지 않습니다."

여포는 당혹한 얼굴로 물었다.

"딸을 주는 것은 좋지만, 지금 이렇게 포위되어 있는데 어떻게 보낸단 말인가?"

"다른 곳도 아닌 규방에서 귀하게 자라신 분입니다. 아무래도 장군께서 직접 나서야 할 것 같습니다."

"딸아이는 내 목숨에 버금가는 소중한 존재네. 싸움은커녕 세상의 찬 바람조차 쐰 적이 없는 진주 같은 아이야. 좋아. 내가 직접 회남의 경계까지 보호해서 데리고 가겠다."

"오늘은 흉신凶神이 든 나쁜 날이니 내일 가시는 것이 좋을 듯싶습니다. 내일 밤 술해戌亥(19시~23시) 무렵이 어떻겠습니까?"

"장료와 후성을 불러라."

여포는 결국 마음을 정했다. 두 명의 장수에게 3,000여 기를 내주고 병사들이 수레를 에워싸고 회남으로 호위해서 가도록 했다.

그러나 그 수레에는 딸을 태우지 않았다. 적의 포위망을 돌파할 때까지는 여포가 자신의 등에 업고 갈 생각이었다. 아무것도 모르는 열네 살의 신부는 두꺼운 솜과 비단에 둘러싸여 차가운 갑옷을 입은 아버지의 등에 단단히 묶여 있었다.

||| 六 |||

맑고 차가운 겨울 달이 강물에 거울처럼 비쳐 반사되고 있었다.

얼음 덮인 산과 눈 덮인 땅, 바람마저 하얗다.

따가닥, 따가닥, 따가닥……. 검은 인마의 그림자가 땅 위를 뒤덮고 있었다.

장료와 후성이 이끄는 3,000여 기의 병사들이었다. 여포를 한가운데에 두고 은밀히 하비성에서 떠났다.

"척후병, 이상 없는가?"

한 발 한 발, 살얼음판을 걷는 기분으로 앞으로 나아갔다. 척후병이 번갈아가며 앞서 달려나가서는 전방의 상황을 알려왔다.

"적군 보초도 추위를 피해 어디로 기어들었는지 조용합니다."

이런 보고에 여포는 하늘의 도움이라고 여기며 말에 채찍질을 했다.

오늘의 그를 있게 한 일등 공신이라면 단연 적토마일 것이다.

여전히 건재한 적토마는 오늘 밤도 그를 자개 안장에 태우고 힘차게 달리고 있었다.

여포도 일단 적토마에 올라앉으면 평소의 그와는 사람이 바뀐 듯 위대해 보이는 것도 희한했다. 영웅의 모습, 그 자체라 할 수 있었다. 무적의 위풍당당함은 실로 사방을 압도했다.

그처럼 뛰어난 영걸도 자신의 딸에 대한 사랑은 그 무엇보다도 지극했다. 3,000여 기의 호위를 받고도 여전히 적군 초병의 눈을 두려워하고, 하얗게 변한 천지를 날아가는 기러기의 그림자에조차 가슴이 두근거렸다.

"딸아, 무서워할 것 없단다."

몇 번이나 등에 업혀 있는 딸에게 말했다.

솜과 비단에 싸인 진주 같은 열네 살의 소녀는 아버지의 등에 업혀 성을 나설 때부터 이미 반은 실신 상태였다.

"앞으로 너를 황후로 세우기 위해 수춘성의 원씨 집안으로 시집보내는 거란다."

그녀의 어머니는 울면서 이런 이야기를 들려주었지만, 이것이 신부가 거쳐야 하는 길이란 말인가? 그녀의 하얀 얼굴은 얼음장처럼 차가워져 있었고, 검은 속눈썹은 위아래 눈꺼풀을 꿰매어놓은 듯 얼어붙어 있었다.

이렇게 가기를 100여 리.

다음 날 밤도 차가운 숲속에 달빛만이 무서울 정도로 교교했다.

별안간 북소리, 징 소리가 하얀 밤을 흔들었다.

한 무리의 기병이 수천 마리의 까마귀처럼 차가운 숲속을 날래고 사납게 가로질러 오고 있었다.

"앗, 관우의 부대다!"

장료는 절규하며 여포를 돌아보았다.

"조심하십시오."

바람에 날리는 눈으로 전방이 순식간에 뿌예졌다.

피융!

화살이 몸을 할퀴고 갑옷에 맞아 부러졌다. 사방에서 아우성치는 소리와 신음이 들렸다. 그리고 뿜어져 나온 피가 검게 흩뿌려졌다.

"무서워!"

여포는 귓전에서 비단을 찢는 듯한 비명을 들었다.

등에 업힌 소녀는 아버지의 몸에 손톱을 박고 바짝 달라붙어 있었다. 그리고 절망적인 목소리로 두 번 정도 소리를 질렀다.

적토마가 사납게 날뛰기 시작했다.

그런데 여포도 오늘 밤만은 사납게 날뛰는 적토마를 통제하는데 애를 먹었다. 혹시 적이 쏜 화살이나 휘두른 칼에 등에 업고 있는 딸이 맞기라도 하면 어쩌나 하는 생각만이 그의 마음에 가득했기 때문이었다.

"관소에서 본 적이 보통 놈이 아닌 것 같다."

"여포가 있다! 여포로 보이는 장수가 있다."

에워싼 병사들이 외쳤다.

혹시 관우라도 만나면 어쩌나, 하는 생각에 여포는 몸이 움츠러들어서 전혀 움직일 수가 없었다.

'분하지만, 딸아이를 다치게 할 순 없지.'

그는 허무하게 적토마의 말 머리를 돌려 원래 왔던 길로 달아났다.

도중에 여러 차례 자신의 이름을 대며 강적이 나타났다.

"조조의 부하 서황이다!"

"조조 휘하의 허저다!"

그러나 여포는 눈을 질끈 감고 적토마의 엉덩이만 죽어라 때려 가며 하비성까지 단숨에 돌아갔다.

술병을 깨다

||| 一 |||

마지막으로 하나 남아 있던 계책도 중도에 허무하게 끝나고 말았다. 그 후 여포는 성에 틀어박힌 채 밤낮 괴로워하며 술만 마시고 있었는데, 그 여포를 공격하며 성을 포위하고 있는 조조 쪽도 편치 않은 기색이 역력했다.

'이 성을 포위한 지 벌써 60여 일째다. 게다가 적은 여전히 완강히 버티고 있어서 성은 좀처럼 함락되지 않고 있다. 이러고 있는 사이에 혹시 후방의 적이 일어난다면 아군은 모두 이 추운 광야에서 자멸할지도 모른다.'

조조는 걱정되었다.

어느새 겨울철에 접어들어 얼어 죽는 병마의 수를 셀 수가 없었다. 말꼴도 바닥을 보이기 시작했고 눈이 산야를 덮고 있어서 지금은 군을 철수하여 돌아가는 것조차 곤란할 지경이었다.

'어떻게 해야 할까?'

조조는 미간을 찌푸리고 초조한 마음으로 난공불락의 적성을 바라보며 혼자 생각에 잠겨 있었다. 그때 눈보라를 뚫고 진영에 도착한 파발꾼이 보고했다.

"여포와 교분이 있는 하내의 장양張楊이 우리의 배후를 치고 여포를 돕겠다며 군대를 움직였습니다. 그런데 수하인 양추楊醜가 변심하여 장양을 죽이고 그 군대를 빼앗았는데 그때부터 대혼란이 일어났습니다. 군사 중에 휴고眭固라는 자가 일어나 장양의 원수라며 양추를 베어 죽이고 병사들을 이끌고 견산犬山 방면까지 왔습니다."

"그냥 둘 수 없다. 사환史渙, 자네의 부대를 견산으로 이끌고 가서 휴고를 무찌르도록 하라."

조조는 바로 옆에 있던 사환에게 명령하여 만일을 대비하게 했다.

사환의 부대는 눈을 헤치고 견산으로 향했다. 조조의 마음은 더욱더 불안해졌다. 겨울은 길다. 정말이지 겨울은 길다. 낮이고 밤이고 대륙의 하늘은 회색빛으로 덮인 채 하얀 눈송이를 흩뿌리고 있었다.

"이렇게 성을 공격하는 것이 길어져서는 반드시 내부적으로 우환이 생길 것이다. 우리의 무력을 얕잡아보고 후방에서는 작은 난들이 일어날 것이 불을 보듯 뻔하고. 게다가 도성의 북쪽에는 서량西涼이라는 우환거리가 있고, 동쪽에는 유표, 서쪽에는 장수 등이 각각 호시탐탐 이 조조가 원정에서 지치기를 기다리고 있는 실정이다."

생각다 못해서 그랬는지 장수들을 모아놓고 조조도 결국 약한 소리를 하고 말았다.

"군대를 돌린다! 아쉽지만 어쩔 수 없다. 다시 기회를 봐서 원정에 나서기로 한다!"

그러자 순유가 목소리를 높여 간언했다.

"승상답지 않은 말씀을 하시는군요. 오랜 기간에 걸친 아군의 고난은 형언할 수 없는 것입니다만, 성안에 있는 적들의 불안과 괴로움 역시 우리가 느끼는 것 이상일 것입니다. 지금은 농성하는 적과 공격군의 끈기 싸움입니다. 성안의 적병들은 물러서려야 물러설 수 없는 입장에 있는 만큼 공격군 이상으로 굳은 각오를 하고 있을 것입니다. 그러니 공격군의 장수 되는 사람이라면 꿈에라도 돌아갈 곳이 있다고 생각하면 안 될뿐더러 병사들에게도 생각하게 해서는 안 됩니다. 그런데 승상 스스로 그렇게 낙심하시면 어떻게 병사들의 마음에 사기가 생기겠습니까?"

순유는 생각지도 못한 유감스러운 일이라며 후퇴의 불리함을 역설했다. 게다가 또 곽가가 한 가지 계책을 제안했다.

"이곳 하비성을 함락하기 어려운 것은 사수와 기수沂水가 있어 지형적으로 유리한 위치에 있기 때문입니다. 이 두 강을 아군이 이용한다면 적들을 당장에 무너뜨릴 수 있을 것이라 확신합니다."

그것은 사수와 기수에 둑을 만들어 두 강을 하나로 합쳐서 하비성을 물바다로 만들자는 계책이었다.

이 계획은 성공했다. 인부 2만에 병사들을 동원하여 목적대로 두 개의 강을 하나로 만들었다. 마침 따뜻한 날씨에 비가 계속 내려서 하비성은 순식간에 탁류에 잠겼고 적은 모두 높은 곳으로 기어 올라갔다. 시시각각 수위가 높아지는 성벽을 바라보며 어찌할 바를 몰라 허둥거리는 모습이 공격군의 진지에서도 보였다.

||| 二 |||

2척, 4척, 7척…… 날이 샐 때마다 수위가 높아졌다. 성안 곳곳에 탁류가 소용돌이쳤고 퉁퉁 불은 말과 병사들의 시체가 쓰레기

와 함께 떠다니고 있었다.

"어떻게 된 거야?"

성안의 병사들은 너무 두려운 나머지 살아 있다는 느낌조차 없었고 점점 발 디딜 곳도 줄어들고 있었다. 그러나 여포는 당황해서 소란을 떠는 장수들에게 일부러 큰소리를 쳤다.

"놀랄 것 없다. 나에게는 명마 적토마가 있다. 강을 건너기를 평지를 뛰듯이 하는 말이다. 단지 너희들처럼 쓸데없이 소란을 떨다가는 빠질 수도 있으니 조심하도록 해라. 조만간 큰 눈이 내려 하룻밤 사이에 조조의 진영을 100척 아래로 묻어버릴 것이다."

그는 여전히 기댈 수 없는 것에 기대며 밤낮 술에 빠져 있었다. 그의 마음 한구석에 있는 나약함이 술에 취해 현실을 잊는 것을 좋아하는 것이었다.

그러던 어느 날, 취기가 가신 여포가 문득 거울을 들여다보고는 깜짝 놀랐다. 그리고 거울 속의 자신을 보고 한숨을 내쉬었다.

"아아…… 어느새 내가 이렇게 늙어버렸단 말인가? 머리카락은 희끗희끗해지고, 눈 주위는 검푸르고……."

그는 몸을 부르르 떨더니 거울을 던지고 다시 혼자서 신음하듯 말했다.

"더는 이렇게 살아서는 안 되겠다. 내가 아직 이렇게 늙어버릴 나이도 아닌데. 술이 원수다. 폭음이 몸을 좀먹은 거야. 결단코 술을 끊고야 말겠다!"

충격이 심했는지 여포는 즉시 술을 끊었다. 거기까지는 좋았으나 성안의 장졸들에게도 음주를 엄금하고 다음과 같은 군령을 내렸다.

술을 마시는 자는 목을 치겠다.

그런데 이때 하비성의 장수 중 한 명인 후성의 말 열네 필이 하룻밤 사이에 분실되는 사건이 일어났다. 조사해보니 말을 돌보는 사졸들이 결탁하여 말을 훔쳐서 성 밖으로 끌고 나가 적에게 넘기고 대가를 받으려는 계획인 것을 알았다.

후성은 이 사실을 듣고 말을 돌보는 자들을 쫓아가서 그자들을 모두 죽이고 말도 전부 되찾아 돌아왔다.

"다행이네, 다행이야."

다른 장수들도 기뻐하며 후성에게 축하하는 의미로 한턱내라고 했다.

마침 성안에 있는 산에서 멧돼지를 열 마리나 잡아온 자가 있었기 때문에 멧돼지를 요리하게 하고 술 창고를 열었다.

"오늘은 마음껏 마시자."

후성은 술 다섯 병과 살진 멧돼지 한 마리를 부하에게 짊어지게 하고는 여포에게 갔다. 그리고 말들을 찾은 경위를 이야기하고 가지고 온 음식들을 앞에 늘어놓고 엎드려 절했다.

"이것도 다 장군의 호랑이 같은 위세 덕분이라고 장수들이 서로 축하하며 마침 멧돼지를 사냥한 것이 있기에 조촐한 축하연을 열고 있습니다. 부디 주군께서 기쁨에 동참해주시기를 바랍니다."

그러자 여포가 화를 버럭 내며 술병을 발로 걷어찼다.

"이게 뭐냐?"

걷어찬 술병이 다른 술병에 부딪혀 깨지면서 상당한 양의 술이 쏟아져 나왔다. 후성은 온몸에 술을 뒤집어썼고 지독한 술 냄새를 풍겼다. 이것이 여포의 화를 더욱 북돋았다.

"나도 술을 끊고 성안에도 금주령을 내렸는데 장수라는 자들이 기쁘다는 핑계로 잔치를 벌이다니 이게 어찌된 일이냐!"

여포는 좌우의 부하들을 향해 후성의 목을 치라고 소리쳤다.

놀란 신하 한 명이 다른 장수들을 불러왔다. 그들은 여포 앞에 엎드려 절하며 애원했다.

"제발 후성을 살려주십시오."

그러나 여포의 안색은 쉽게 진정되지 않았다.

||| 三 |||

"지금 같은 시기에 후성 같은 장수의 목을 치는 것은 적군에겐 기쁨을 주고 아군의 사기를 꺾을 뿐인 참으로 슬픈 일이 아닐 수 없습니다."

장수들이 입을 모아 후성을 살려달라고 애걸했다.

결국 여포도 고집을 꺾었다.

"너희들이 그렇게까지 말하니 목숨만은 살려주겠다. 그러나 금주령을 어긴 죄를 불문에 부칠 수는 없다. 매를 때려 본보기로 삼겠다."

여포는 즉시 두 무사에게 채찍을 주었다.

두 무사는 무릎을 꿇고 엎드려서 움직이지 않는 후성의 등에 숫자를 세며 번갈아 채찍을 내려치기 시작했다.

"하나……."

"둘……."

"셋!"

"넷!"

후성의 옷이 찢어지고 살이 드러났다. 드러난 살에서도 순식간에 피가 솟고 등 전체가 생선 비늘처럼 일어났다.

"서른!"

"서른하나!"

장수들은 얼굴을 돌렸다.

후성은 이를 악문 채 꾹 참고 있었지만, 숫자를 세는 소리가 "일흔여섯, 일흔일곱."을 셀 무렵 "으윽!" 하고 신음을 토하며 기절해 버렸다.

장수들은 채찍질하는 무사들에게 횟수를 건너뛰라고 눈짓했다.

이윽고 후성이 정신을 차리고 주위를 둘러보니 어떤 방에 눕혀져 있고 한 막료에게 간호를 받고 있었다. 그는 눈물을 줄줄 흘리며 괴로운 듯 얼굴을 찡그렸다.

"아픈가? 괴로울 거야."

친구인 위속魏續이 위로하자 후성이 대답했다.

"나도 무인이네. 고통스러워서 우는 것이 아니야."

"그럼 왜 우나?"

위속이 묻자 후성이 머리맡을 둘러보았다.

"지금 이 자리에 있는 것은 자네와 송헌宋憲뿐인가?"

"그렇네……. 우리 셋은 평소 무슨 일이 있어도 터놓고 지내는 사이가 아닌가. 무슨 일이든 안심하고 이야기하게."

"그렇다면 이야기하겠네만 여 장군을 원망한 것은 우리 같은 무인을 티끌처럼 가볍게 여기면서 처첩의 감언은 다 들어주기 때문이네. 이런 상태라면 결국 우리는 개죽음을 당할 뿐이야. 나는 그것을 슬퍼하는 것이네."

"후성!"

송헌은 후성에게 바짝 다가와 그의 귀에 대고 뜨거운 입김을 뿜으며 속삭였다.

"자네 말이 맞네. 실은 우리도 그것을 슬퍼하고 있었네. 이렇게 된 이상 성을 나가서 조조의 진영으로 항복하러 가세."

"……그렇지만 성벽 밖으로 사방이 물에 잠기지 않았는가."

"아닐세. 동쪽 관문만은 산중턱에 있어서 길이 아직 물에 잠기지 않았네."

"그런가……."

후성은 피가 고인 눈을 뜨고 멍하니 천장을 보고 있다가 갑자기 벌떡 일어나 말했다.

"하세. 결행하자고……. 여포가 의지하고 있는 것은 적토마네. 그는 우리보다 적토마를 더 소중히 여기고 부녀자를 더 사랑하지. 그러니 내가 그의 마구간에 몰래 들어가 적토마를 훔쳐서 그대로 성 밖으로 탈출할 테니 자네들은 뒤에 남아서 여포를 생포하게."

"알겠네! 그건 그렇고 그 몸으로 괜찮겠나?"

"이 정도는 아무것도 아니네."

후성이 그렇게 말하고 입술을 깨물었다. 그리고 조용히 준비를 하고 밤이 깊어지기를 기다렸다.

사경四更(01시~03시) 무렵, 그는 어둠을 틈타 마구간에 숨어들었다. 멀리서 살펴보니 때마침 마구간을 지키는 사졸들은 웅크리고 앉아 졸고 있었다.

백문루

||| 一 |||

조조는 종자가 깨우는 바람에 추운 새벽에 잠자리에서 일어났다. 날이 막 밝아오는 무렵이었다.

"무슨 일이냐?"

그가 장막을 젖히고 나오자 종자가 말했다.

"하비성에서 후성이라는 자가 항복하겠다고 와서는 승상을 뵙고 싶다며 진문에서 기다리고 있습니다."

후성이라면 적장 중에서도 웅장이었다. 조조는 바로 막사로 불러 그와 만났다.

후성은 탈영을 결심한 내막을 이야기하고 여포의 마구간에서 훔쳐온 적토마를 바쳤다.

"뭐, 적토마를?"

조조는 기뻐서 어쩔 줄을 몰랐다. 조조야말로 진퇴를 정하지 못하고 있던 참이었다.

궁하면 통한다고 그에게는 하늘에서 온 좋은 소식이었다. 그래서 조조는 특별히 후성의 노고를 위로하고 이런저런 질문을 했다.

후성은 묻는 대로 대답했다.

"동료인 위속과 송헌 두 사람도 성안에서 내응할 준비를 하고 있습니다. 승상께서 저희를 믿고 일거에 공격하신다면 두 사람은 성안에서 백기를 걸고 동문을 열어 맞아들일 것입니다."

조조는 무척 기뻐서 그렇다면 그렇게 하겠다며 즉시 격문을 써서 화살에 묶어 성안으로 쏘았다.

격문의 내용은 이러했다.

지금 명철한 조서를 받들어 여포를 정벌하노라. 만일 아군에 항거하는 자가 있다면 일족을 모두 주벌하겠다. 성안의 장교에서 서민에 이르기까지 여포의 목을 바치는 자는 중직과 상을 내리겠다.

대장군 조조

아침노을에 물든 구름이 성의 동쪽 하늘을 흘러가고 있었다.

같은 내용을 묶은 화살이 수십 발 날아 들어간 것을 신호로 징과 북을 울리고 함성을 지르며 10여만의 공격군이 일제히 성으로 밀고 들어갔다.

여포는 놀라서 이른 새벽부터 공격받은 지점별로 분주히 돌아다니며 병사들을 독려하고 창을 휘둘러 성벽을 기어오르는 적을 격퇴했다.

그때 마구간을 지키는 자가 달려와 호소했다.

"어젯밤, 적토마가 갑자기 자취를 감췄습니다."

여포는 눈살을 찌푸리고 호통쳤다.

"네가 게으름을 피우는 사이에 고삐를 끊고 뒷산에 올라가 풀이라도 뜯고 있겠지! 빨리 찾아서 마구간에 매어놔라!"

공격해오는 적을 막느라 야단칠 짬도 없었다. 그 정도로 이날의 공격은 격렬했다.

적은 뗏목을 만들어서 잇달아 탁류를 건너왔다. 아무리 막아도 물러서지 않고 성벽을 기어오른다. 정오가 지날 무렵에는 물에 젖은 양군의 시체가 성벽을 끈적끈적한 피로 물들이고 탁류가 흐르는 해자도 메워버린 듯 보였다.

이윽고 해가 서쪽으로 기울 무렵 조조 군은 공격하다 지쳤는지 조금 멀리 물러났다. 아침부터 물 한 모금 마시지 않고 음식도 먹지 않고 분전을 거듭해온 여포는 "……아아, 우선은 여기까지다." 라고 마음을 놓으며 한숨 돌리면서 물 먹은 솜처럼 지친 몸을 방에 있는 평상에 기대고 이내 꾸벅꾸벅 졸기 시작했다.

그때 그의 숨소리를 살피더니 소리도 없이 마루를 기어서 다가오는 자가 있었다. 위속이었다.

여포가 기대고 있는 창 자루가 평상 밑으로 보였다. 위속은 손을 뻗어 평상 아래에서 창 자루를 힘껏 잡아당겼다. 졸고 있던 여포는 갑자기 기대고 있던 것이 없어지자 "앗!" 하며 앞으로 고꾸라졌다.

"됐다!"

위속이 빼앗은 창을 뒤로 던지자 그것을 신호로 한쪽에서 송헌이 달려나와 여포의 등을 냅다 밀쳤다.

"뭐 하는 짓이냐?"

맹호는 바닥으로 쓰러지면서 발로 두 사람을 걷어찼으나 순간 위속과 송헌의 부하들이 방을 가득 메우며 우르르 들어와서 소리치는 여포를 덮쳐 이윽고 공처럼 묶어버렸다.

二

"잡았다!"

"여포를 결박했다!"

모두 한마디씩 하며 반군의 무장들이 기뻐하고 있을 무렵, 성루에서는 한 무리의 사람들이 백기를 흔들며 공격군을 향해 신호를 보내고 있었다.

"성문을 열겠소."

조조의 대군은 동쪽 문을 통해 성안으로 한꺼번에 쏟아져 들어갔지만 신중한 하후연은 의심하며 좀처럼 움직이려 하지 않았다.

"혹시 적의 속임수일지 모른다."

송헌은 이 모습을 보고 성벽에서 그의 진을 향해 큰 창을 던졌다.

"의심을 거두시오."

살펴보니 그것은 여포가 오랜 세월 전쟁터에서 사용하던 방천극이었다.

"성안에서 분열이 일어난 것이 분명하다."

하후돈도 뒤이어 성안으로 진입하고 그 외의 장수들도 속속 입성했다. 성안은 여전히 솥에서 물이 끓듯 걷잡을 수 없을 정도로 혼란스러웠다.

"여 장군이 잡혔다."

이런 말이 퍼졌으니 성안의 병사들이 당황한 것도 무리는 아니었다. 어쩔 줄을 모르고 허둥대다 섬멸의 칼날에 쓰러진 병사, 일찌감치 무기를 버리고 항복한 병사, 우왕좌왕하는 병사들로 한동안 마치 지옥을 방불케 했다.

그중에서도 고순과 장료 두 장수는 변이 일어났다는 소식을 듣자마자 병사들을 수습하여 서문으로 탈출을 시도했지만, 탁류가 깊어 오도 가도 못하고 있다가 모두 생포되었다. 또 남문에 있던 진궁은 "남문을 죽을 장소로 삼겠다."며 혼신을 다해 맞섰으나 조조 휘하의 용장 서황徐晃에게 잡혀 포로가 되고 말았다.

이렇게 천하의 요새인 하비성도 일몰과 함께 조조의 수중에 완전히 들어갔고, 날이 밝자 성안 곳곳에서 조조 군의 깃발이 서광을 받으며 나부끼고 있었다.

조조는 백문루의 누대에 서서 그날 바로 군정을 선포하여 백성들을 안심시키고 유비를 청하여 옆자리에 앉게 했다.

"자, 항복한 자들의 얼굴 좀 보자."

그러고는 군사 재판의 법정을 열었다.

제일 먼저 여포가 끌려 나왔다. 키가 7척의 몸집이 큰 여포는 거대한 공처럼 오랏줄에 온몸이 칭칭 감겨서 몹시 괴로운 듯했다.

그는 백문루 아래의 포석에 꿇어앉아 계단 위의 조조를 올려다보며 말했다.

"이렇게까지 욕보이지 않아도 되지 않은가? 조조, 오랏줄을 조금 느슨하게 하라고 명령을 내려주게."

조조는 쓴웃음을 지으며 말했다.

"호랑이를 묶는 데 인정을 베풀 수야 없지. 그러나 말을 할 수 없어도 곤란하니, 여봐라, 손목의 밧줄을 조금 느슨하게 풀어줘라."

그러자 주부인 왕필王必이 황급히 막아서며 말했다.

"당치도 않습니다. 여포의 용맹은 보통 사람과 다릅니다. 함부로 연민을 베풀어서는 안 됩니다."

여포는 왕필을 노려보며 이를 드러내고 물어뜯을 것 같은 표정을 지었다.

"이놈, 쓸데없는 참견 말아라."

그리고 이번에는 계단 아래에 줄지어 서 있는 장수들에게 시선을 돌렸다. 거기에는 위속과 후성, 송헌 등 어제까지 자신을 주군이라고 떠받들던 자들이 조조 밑에 서 있었다. 여포는 눈에 노기를 띠고 그들의 얼굴을 노려보며 말했다.

"네놈들은 무슨 낯짝으로 여기 있는 것이냐! 내 은혜를 잊었느냐?"

후성이 코웃음 치며 말했다.

"그런 말은 평소 장군이 사랑하는 비원의 아내와 첩에게나 하시오. 우리는 장군에게 100대의 벌과 가혹한 속박을 받은 적은 있으나 장군이 사랑하는 부녀자들만큼의 대우는 받은 기억이 없소이다."

여포는 아무 말도 못 하고 힘없이 고개를 떨구었다.

||| 三 |||

운명은 참으로 짓궂다. 시간이 흐름에 따라 일어나는 그 짓궂은 결과를 배우 자신도 모르고 연기하고 있는 것이 인생이라는 무대다.

진궁과 조조도 그러한 경우라고 할 수 있다. 원래 진궁의 지금 운명은 그 옛날 그가 중모의 현령으로 관문을 지킬 때 체포한 조조를 구해준 것에서 시작되었다.

당시 조조는 아직 젊고 경험이 미천한 청년으로 낙양 중앙 정부의 하급 관리에 지나지 않았다. 그는 동탁을 암살하려다가 실패하고 도성을 탈출해 천하에 몸 둘 곳 없이 쫓기는 신세였다.

그랬던 그가 지금은 예전의 동탁을 능가하는 지위에 올라 대장군 조 승상이라는 높은 위치에서 계단 아래로 끌려온 패장 진궁을 냉담하게 내려다보고 있었다.

"……."

진궁은 선 채 한참 동안 가만히 조조의 얼굴을 응시하고 있었다.

'……만약, 조조를 그때 중모의 관문에서 살려주지 않았다면 지금의 나도 이런 운명을 맞이하지는 않았을 텐데.'

그의 눈에는 과거에 대한 후회와 원망이 가득 서려 있었다.

"꿇어라!"

오랏줄을 쥐고 있는 무사에게 허리를 걷어차이자 진궁의 몸은 접히듯이 무너져내렸다.

조조는 계단 위에서 냉정하게 보고 있다가 말했다.

"진궁인가? 자네와는 참으로 오랜만에 만나는군. 그 후로도 별고 없었는가?"

"보는 바와 같다. 별고 없느냐는 물음은 너의 우월감을 만족시키기 위해 나를 조롱하는 말로 들리는구나. 여전히 냉혹한 소인배군. 비웃지 않고는 견딜 수가 없구나."

"소인배란 너 같은 자를 두고 하는 말이지. 이지理智가 부족한 눈구멍으로 인간을 보니 나 같은 큰 인물을 알아보지 못하는 것이다. 그 때문에 결국 이렇게 된 것이 그 실증이 아니겠는가."

"아니, 비록 오늘 이런 치욕을 당해도 마음의 근본이 옳지 못한 너에게 붙어 있는 것보다는 낫다. 간웅 조조를 버린 것은 나의 선견지명이 옳았다고 자랑할 일이지 후회 따위는 추호도 없다."

"나를 불의한 자라고 말하면서 너는 어째서 여포 같은 포악한 역적의 가신이 되어 그가 주는 녹을 먹었느냐? 너는 말만 앞서는 정의파의 기수처럼 보이는구나. 입으로는 정의를 외치고 의식은 다른 곳에서 취하다니 참으로 너 편한 대로만 하는구나. 가소롭기 짝이 없다."

"닥쳐라."

진궁은 가슴을 뒤로 젖혔다.

"과연 여포는 어리석고 포악한 대장임은 틀림없다. 그러나 너보다는 심성이 선하고 정직하다. 적어도 너처럼 모질고 박정하며 거짓이 많지는 않다. 그리고 자기의 재모를 자랑하며 결국엔 천자를 노리는 간웅은 절대 아니다."

"하하하하, 구실이야 갖다 붙이기 나름이다만 넌 지금의 사실을 어떻게 생각하느냐? 오랏줄에 묶인 패장의 감상을 들어보고 싶구나."

"승패는 그때의 운이다. 단지 저기에 있는 자가 나의 말을 듣지 않았기 때문에 이런 쓰라린 경험을 하게 된 것에 지나지 않는다. 그렇지 않았으면 설마 너 같은 놈에게 패할 진궁이 아니다."

진궁은 옆에서 고개를 숙인 채 앉아 있는 여포를 얼굴로 가리키며 오만한 자세로 잘라 말했다.

조조는 쓴웃음을 지으며 물었다.

"그렇다면 넌 지금 널 어떻게 해주길 바라느냐?"

이 말에는 진궁도 표정에 감정을 드러내며 말했다.

"그저 죽음이 있을 뿐. 어서 목을 베어라."

"그렇군. 신하로서 충성을 다하지 못했고, 자식으로서 효도를 다하지 못했으니 죽음 외에는 다른 길이 없겠지. 헌데 너에게는 노모가 있을 텐데? 노모는 어쩔 생각이냐?"

이 말을 듣자 진궁은 갑자기 고개를 숙이고 눈물을 줄줄 흘렸다.

||| 四 |||

이윽고 진궁이 얼굴을 들어 조조의 인정에 호소하듯 말했다.

"사람의 도리로서 어려서부터 들은 것이 있다. 분명 너도 배웠을 터. 천하를 다스리는 자는 다른 사람의 부모를 죽이지 않는다고 말이다. 노모의 생사는 오직 너의 손에 달렸으니 알아서 해라."

"노모 외에 너에겐 처자식도 있을 텐데? 네가 죽은 후 처자식은 어떻게 될 것 같은가?"

"생각해도 소용없는 일. 아무것도 생각하지 않겠다. 그러나 천하에 어진 정치를 펴는 자는 다른 이의 제사를 끊지 않는다고 들었다."

"……."

조조는 어떻게든 진궁을 살려주고 싶었다. 아니, 살려주고 싶다기보다는 죽이는 것이 견딜 수 없이 싫었다. 지금 그의 마음속에서는 사사로운 정과 재판하는 자의 법적인 의사가 끊임없이 싸우고 있었다.

진궁이 조조의 얼굴을 보고 그런 그의 마음을 알아채고는 말했다.

"쓸데없는 문답은 그만두고 청컨대 어서 군법에 따라 나의 목을 쳐라. 이 이상 사는 것은 치욕일 뿐이다."

그러고는 결연히 일어서서 계단 아래 한쪽에 웅크리고 있는 여포를 싸늘한 눈빛으로 한번 보더니 백문루의 긴 돌계단을 내려가 아래에 있는 처형장에 앉았다.

그의 뒷모습을 보며 조조는 "아아." 하고 탄식하며 계단 위의 복도에 서서 하염없이 눈물을 흘렸다. 다른 사람들도 모두 발돋움을 하고 백문루 아래에 있는 처형장을 지켜보았다.

진궁은 처형장의 멍석에 앉아 말없이 목을 길게 빼고 있다가 문득 엷게 구름이 낀 하늘을 울며 지나가는 두어 마리의 기러기를 올려다보더니 조용히 형리의 칼을 돌아보며 "준비됐는가?"라고 오히려 재촉했다.

형리의 칼이 높이 치솟았다가 사선을 그리며 순식간에 내려왔다. 목뼈가 잘리는 소리가 나고 피가 솟구치더니 머리가 4척이나 날아갔다.

조조는 갑자기 술이 깬 듯 명령을 내렸다.

"다음은 여포다. 여포의 목을 쳐라!"

그러자 여포가 황급히 큰 소리로 울부짖었다.

"승상, 조 승상, 각하를 괴롭히던 여포는 보시다시피 이미 항복하여 제거되지 않았소? 이렇게 된 이상 나를 살려 기병의 장수로 천하의 일에 쓴다면 사방을 평정하는 데 힘이 될 수도 있을 것이오. 아아, 어째서 쓸데없이 죽이려는 것이오? 살려주시오. 나는 이미 진심으로 복종하고 있소."

조조는 옆에 있는 유비를 보며 작은 소리로 물었다.

"유 장군. 그의 애원을 들어주는 게 좋겠소, 아니면 단죄하는 것이 좋겠소?"

유비는 이렇다 저렇다 말하지 않고 단지 이렇게 대답했다.

"글쎄, 어떻게 할까요? 지금 생각나는 것은 그가 옛날에 의부 정원을 살해하고 동탁에게 항복했다가 또 그 동탁을 배신하고 낙양의 그 대란을 일으켰다는……."

여포는 이 말을 듣더니 얼굴이 흙빛이 되어 유비를 노려보며 소리쳤다.

"닥쳐라. 토끼 귀를 가진 악당 놈아. 언젠가 내가 원문轅門의 창을 쏘아 도와준 은혜를 잊었느냐?"

"여봐라, 어서 저놈의 목을 매라."

조조의 명령에 형을 집행하는 관리들이 오랏줄을 가지고 여포에게 다가왔다. 여포가 날뛰어서 그들은 쉽게 여포를 잡을 수 없었으나 결국 무지막지하게 짓눌러서 그 자리에서 그의 목을 매어 죽였다.

장료의 차례가 돌아오자 갑자기 유비가 일어나더니 조조에게 고개를 숙이며 말했다.

"장료는 하비성 안에서 마음이 바른 단 한 사람입니다. 부디 용서해주십시오."

조조는 유비의 청을 듣고 그의 목숨을 살려주었으나 장료가 수치스럽게 여기며 스스로 칼을 빼앗아 죽으려고 했다.

"대장부 된 자가 이런 불결한 자리에서 개죽음을 당하고 싶은 거요?"

그의 칼을 빼앗아 말린 것은 일찍부터 그를 알고 있던 관우였다.

조조는 전후 처리가 끝나자 진궁의 노모와 처자식을 찾아내 도와주고 군사를 거두어 허도로 돌아갔다.

사냥

一

도성으로 돌아가는 조조의 대군이 하비성을 출발해 서주에 도착하자 백성들이 거리로 쏟아져 나와 조조를 비롯한 장졸들에게 환호를 보냈다.

그중에서 한 무리의 나이 든 사람들이 길에 무릎을 꿇고 배례하며 조조의 말 앞으로 나와 간곡히 부탁했다.

"부디 유현덕 님을 태수로 이곳에 남게 해주십시오. 여포의 악정에서 벗어나 평화롭게 농사를 짓고 생업에 종사할 수 있게 된 것은 더없이 기쁜 일입니다만, 유현덕 님이 이곳을 떠나는 것이 아닌가 싶어 모두 저렇게 슬퍼하고 있습니다."

조조는 말 위에서 대답했다.

"걱정하지 마라. 유 장군은 막대한 공로가 있어 일단 나와 함께 도성으로 가지만 천자를 배알하고 나면 곧 다시 서주로 돌아올 것이다."

이 말을 들은 연도의 백성들은 일제히 환호성을 지르며 기뻐했다.

민심 속에 깊게 뿌리 내린 유비의 신망에 조조는 문득 질투 비슷한 감정을 느끼면서도 얼굴에는 미소를 띠고 유비를 돌아보며 말했다.

"유 사군使君, 이러한 영민領民들이 자식처럼 사랑스러울 것이오. 천자를 배알한 뒤 지체 말고 돌아와서 예전처럼 서주를 평화롭게 다스려주시오."

며칠이 지나 삼군은 허도로 개선했다.

조조는 늘 그랬던 것처럼 공이 있는 무사에게는 은상을 내리고 도민에게는 사흘간 축제를 열게 했다. 궁궐과 거리 곳곳은 며칠 동안 환희로 가득했다.

유비의 숙소는 상부의 왼쪽 건물로 정해졌다. 특히 건물 한 채를 통째로 내주며 조조는 예우의 뜻을 표시했다. 그뿐만 아니라 이튿날 조복으로 갖춰 입고 입궐할 때도 유비에게 함께 가기를 청하여 자신의 마차에 태우고 갔다.

백성들은 집집이 향을 피워 길을 정화하고 두 사람이 탄 마차에 무릎을 꿇고 배례했다. 그리고 속으로 '참으로 이례적인 일이군.'이라며 놀라워했다.

궁중에 문안을 드리니 황제가 계단 아래 멀리서 엎드려 절하고 있는 유비에게 특별히 어전에 올라와도 된다고 허락하고 뭔가 하문한 후 다시 이렇게 물었다.

"공의 선조는 원래 어디 사람인가?"

"……네."

유비는 감읍한 나머지 가슴이 벅차올라 잠시 고개를 떨구고 있었다. 고향 누상촌의 초가집에서 멍석을 짜며 노모와 함께 가난한 나날을 보내던 모습이 문득 떠오른 것이리라.

황제는 그가 우는 모습을 이상히 여기며 다시 물었다.

"선조를 물었을 뿐인데 어째서 공은 눈물을 흘리는가?"

유비는 옷깃을 바로 하고 삼가 대답했다.

"지금 폐하의 하문을 접하고 소신도 모르게 감상에 젖고 말았사옵니다. 감상에 젖은 까닭은 신은 중산정왕의 후손으로 경제景帝의 현손에 해당하며 유웅劉雄의 손자 유홍劉弘의 아들이 바로 불초 현덕이기 때문이옵니다. 선조 유정劉貞은 한때 탁현의 육성정후陸城亭侯에 봉해지며 가문의 번성을 이루었습니다만, 가운이 다했는지 이후 영락하여 신의 대에 와서는 선조의 이름만 더럽히고 있을 뿐이옵나이다……. 그리하여 소신의 한심함과 하문의 송구함에 저도 모르게 눈물을 흘렸사옵니다. 보기 흉한 추태를 용서해주시옵소서."

황제는 놀라 눈을 크게 뜨며 말했다.

"그렇다면 우리 한실의 종친이 아닌가?"

그러더니 갑자기 조정의 족보를 가져오게 하여 종정경宗正卿에게 낭독하게 했다.

"한의 경제, 열네 명의 아들을 낳다. 즉 중산정왕 유승劉勝. 승이 육성정후 유정을 낳고 정이 패후 유앙劉昻을 낳고, 앙이 장후 유록劉祿을 낳고, 록이 기수후 유연劉戀을 낳고, 연은 흠양후 유영劉英을 낳고 영은……."

낭랑한 목소리로 호명되는 조상들의 이름이 귓전을 때렸다. 그 후손의 후손인 자신이 지금 여기에 있다고 생각하니 유비는 온몸의 피가 자신의 것이 아닌 것처럼 뜨거워졌다.

||| 二 |||

한실의 족보에 비추어보니 유비는 경제의 일곱째 아들의 후손이라는 것이 밝혀졌다.

즉, 경제의 일곱째 아들 중산정왕의 후손은 지방관으로서 조정을 나온 이래 여러 대에 걸쳐 지방의 호족으로 번성했으나 여러 나라가 치란흥망을 겪는 와중에 언젠가 가문을 잃고 백성으로 전락하여 유현덕의 부모 대에 와서는 결국 짚신을 팔고 자리를 짜서 근근이 살아갈 정도로 몰락해버린 것이었다.

"족보에 따르면 정확히 과인의 숙부에 해당하는구려. 몰랐소. 실로 오늘까지 꿈에도 몰랐소. 과인에게 공 같은 황숙이 있을 줄이야."

황제의 기쁨은 보통이 아니었다. 눈물조차 흘리며 해후의 정을 거듭 나누었다.

정식으로 숙질간이라고 밝히고 황제는 정중하게 예를 갖춰 유비를 편전으로 청했다. 그리고 조조도 불러 주연을 베풀었다.

황제는 평소와 달리 거푸 술잔을 들어 용안이 붉게 물들었다. 황제의 이런 모습은 드문 경우라고 측근들도 의아하게 여길 정도였다. 유비를 보고 황제의 가슴에 어떤 등불이라도 켜진 것일까?

이곳 허창을 도성으로 정한 이래, 원래대로라면 왕도의 융성과 한실의 복고를 만민과 함께 축복하며 천자의 기색도 밝아져야 하는데 시종들이 보기에는 그렇지 않을 뿐만 아니라 오히려 늘 유쾌하지 않은 모습이었다. 하루라도 우울한 눈동자가 밝게 갠 적이 없었다.

"그랬었는데 오늘은 웬일이지? 저렇게 밝게 미소를 지으시다니."

시종들이 이상하게 여길 정도로 그날의 주연에서는 황제도 진정으로 유쾌해 보였다.

황제의 특별 어지에 따라 유비는 좌장군의성정후左將軍宜城亭侯

에 봉해졌다. 그리고 그 이후 조정과 민간에서는 유비를 부를 때 '유 황숙'이라는 경칭으로 부르게 되었다. 그러나 이때도 당연히 그의 대두를 그다지 달가워하지 않는 일부 세력이 있었다. 그들은 상부에 소속되어 병권과 정권을 모두 장악하고 있는 조조의 심복인 순욱 등의 장수들이었다.

"천자께서 유비를 존중하여 황숙이라고 부르며 신임도 보통이 아니라고 들었습니다. 앞으로 승상께 큰 해가 되지는 않을지 은근히 모두 걱정하고 있습니다."

어느 날 순욱과 유엽이 은밀히 조조에게 주의를 주었지만, 조조는 웃으며 상관하지 않았다.

"나와 유비는 형제나 다름없는 사이일세. 어째서 나에게 해가 되겠는가?"

"아니, 승상의 마음은 그럴 수도 있습니다만 유비라는 자를 유심히 보고 있으면 참으로 그는 일세의 영웅임이 틀림없습니다. 언제까지 승상 밑에 있을지 알 수 없습니다. 친한 사이라도 각별히 조심하지 않으면 안 될 것입니다."

유엽도 간곡하게 주의를 주었다.

조조는 그래도 자신은 도량이 넓은 사람이라는 듯 가볍게 웃어넘기며 전혀 개의치 않는 모습이었다.

"좋든 싫든 그와 교분을 나눈 지 30년이네. 내 마음먹기에 따라 좋은 친구도 될 수 있고, 나쁜 친구도 될 수 있는 것 아니겠나?"

실제로 그와 유비는 날이 갈수록 더욱 친밀해져서 조정에 나갈 때도 마차를 함께 타고 연회를 즐길 때도 항상 자리를 같이했다.

||| 三 |||

하루는 상부의 한 방에 정욱이 와서 조조와 단둘이 밀담을 나누고 있었다.

정욱은 야심이 많은 그의 심복 중 한 명이었다. 천하의 일에 대해 열띤 논쟁을 벌이다가 정욱이 따지듯 물었다.

"승상, 이제는 해야 할 일을 하셔야 할 때가 아닙니까? 어째서 미루고 계십니까?"

"해야 할 일이라니?"

조조는 시치미를 떼며 일부러 모르는 척 반문했다.

"패도霸道 개혁을 결행하는 것입니다. 왕도가 제 역할을 못한 지 이미 오래되어 천하는 어지러워지고 민심은 흉흉합니다. 패도 독재의 강권強權이 이루어지기를 세상 사람들은 갈망하고 있다고 생각합니다."

정욱의 말에는 조정을 무시하는 분명한 반역의 의미가 내포되어 있었다. 그러나 조조는 그것을 부정하지도 주의를 주지도 않았다.

"아직 때가 아니네."

다만 이렇게 말할 뿐이었다.

정욱이 거듭해서 말했다.

"그러나 지금 여포도 죽고 천하는 요동치고 있습니다. 웅대한 지략과 재능을 가진 자들이 모두 거취를 정하지 못하고 분란과 혼미를 거듭하고 있는 실정입니다. 이번에 승상께서 단호하게 패도를 결행하시면……."

정욱이 더 말하려 하자 조조는 봉황처럼 가늘고 긴 눈을 크게 뜨며 말했다.

"분별없는 말을 입 밖에 내지 말게. 조정에는 아직 옛 신하들도 많네. 그리고 때가 무르익지 않았는데 일을 거행한다면 스스로 해를 부르는 결과만 초래할 터."

그러나 조조의 가슴속에는 이때 이미 신하로서 품어야 할 야망 이상의 것이 싹트고 있었음은 부정할 수 없는 사실이었다. 그는 정욱의 입을 다물게 한 뒤 자신도 잠시 침묵 속에서 생각에 잠겨 있었다. 그러더니 이윽고 정신을 차린 듯 고개를 들고 여느 때처럼 가느다란 눈동자에 형형한 빛을 띠며 혼잣말을 중얼거렸다.

"그래. 오랜 전쟁으로 사냥을 나가질 못했구나. 천자를 허전許田 사냥에 청하여 다른 이들의 향배를 한번 살펴봐야겠군."

불현듯 떠오른 생각이지만 그는 즉시 사냥개와 매를 준비시키고 병사들을 성 밖에 대기시킨 후 자신이 직접 궁중에 들어가 황제에게 상주했다.

"허전에 행차하시어 신하들과 더불어 사냥을 즐기심이 어떠하시겠습니까? 맑은 날이 계속되어 야외에서 사냥하기에 좋은 날씨입니다만."

황제는 고개를 가로저으며 말했다.

"사냥을 나가자고요? 사냥은 성인이라면 즐거움으로 삼지 않는 것이오. 과인도 그래서인지 사냥은 좋아하지 않소."

"아니옵니다. 성인이 사냥을 하지 않을지는 모르지만, 옛날의 제왕은 봄이면 살진 말과 강병을 살피고, 여름이면 농사를 돌아보고, 가을이면 호수에 배를 띄우고, 겨울이면 수렵에 나갔사옵니다. 이렇듯 사시사철 교외로 나가 백성들의 풍습과 친해짐과 동시에 조정의 무위를 드러냈사옵니다. 황공한 말씀이옵니다만, 항상 구중 궁궐에만 계시니 폐하의 건강을 신들 모두 걱정하고 있사옵니다. 한편 천하는 한창 다사할 때이기도 하니 폐하뿐 아니라 공경들도 가끔은 바람을 쐬며 심신을 단련하고 광활한 기운을 기르는 것이 지금 해야 할 일이라고 사료되옵니다만."

황제는 거절할 말을 찾지 못했다. 조조의 권세와 강직한 성격이 황제를 위압하고 있었다.

"……그렇다면 언젠가 가도록 하지요."

황제는 마음이 내키지 않았지만 사냥에 나갈 것을 약속했다. 그러나 이미 사냥 준비가 되어 있으리라고는 전혀 예상치 못했다. 황제는 조조의 아집에 남몰래 눈살을 찌푸렸으나 할 수 없이 "그렇다면 유 황숙도 동참시키도록 하시오."라며 즉각 조칙을 내리고 조궁彫弓과 금화살을 들고 소요마逍遙馬를 불러 궁문을 나섰다.

아침부터 조조의 병사들이 성 밖에 가득하고 금문을 들고 나는 것도 평소와 달랐기 때문에 일찌감치 위부衛府에 나와 있던 유비는 황제를 보자 자신이 직접 소요마의 고삐를 잡고 황제를 따라갔다.

관우와 장비를 비롯한 다른 장수들도 활을 메고 창을 들고 유비와 함께 호종扈從 대열에 끼었다.

||| 四 |||

사냥에 나선 인원은 10만여 명쯤이었다. 기마 보졸 등의 대열은 궁문에서 도성 안을 가로질러 군성지群星地를 지나 채운양彩雲陽을 끼고 돌며 끊임없이 이어져 있었다. 거리에는 귀천 노소를 불문하고 많은 사람이 운집해 있었다.

"저분이 유 황숙이시다."

길을 통제하는 와중에도 속삭이는 소리가 들렸다.

이날 조조는 '조황비전爪黃飛電'이라는 명마를 타고 화려한 사냥복을 입고 천자 옆에 바짝 붙어 있었다.

조조의 앞뒤에는 그의 심복 장수들과 휘하에 있는 자들이 각각 무기를 들고 한 치의 빈틈도 없이 호위하고 있었기에 조정의 공경백관은 황제를 가까이서 수행하지 못하고 멀리 뒤쪽에서 따분한 얼굴로 걸어오고 있었다.

이렇게 황실의 사냥터에 도착하자 허전 200여 리를 10만의 병사가 에워쌌다. 천자는 조궁과 금화살을 들고 말을 들판에 세운 채 유비를 돌아보며 말했다.

"황숙, 오늘의 사냥에서 과인을 기쁘게 할 생각은 하지 마시오. 과인은 황숙이 즐거우면 함께 즐거울 것이오."

유비는 황송해하며 말 위에서 안장 앞까지 머리를 숙여 인사했다.

"황공하옵니다."

그때 병사들의 함성에 쫓겨 토끼 한 마리가 수풀 속에서 뛰어나왔다. 황제는 눈치 빠르게 발견하고는 황급히 소리쳤다.

"사냥감이다. 어서 쏴서 잡아라."

"네."

유비는 달아나는 토끼를 쫓아 말을 달리면서 화살을 시위에 메겨 날렸다. 하얀 토끼는 화살에 맞아 풀숲에 굴렀다. 그날 궁문을 나올 때부터 인상을 찡그리고 있던 황제는 그제야 인상을 폈다.

"훌륭하오."

황제는 유비의 솜씨를 칭찬했다.

"저쪽 언덕을 돌아보도록 합시다. 황숙, 과인의 곁을 떠나지 마시오."

이렇게 말하고 언덕 쪽으로 먼저 말을 몰고 나아갔다.

그때 가시나무 덤불에서 갑자기 사슴 한 마리가 튀어나왔다. 황제는 들고 있던 조궁에 금화살을 메겨 쏘았지만 화살은 사슴의 뿔을 스치고 지나갔다.

"아깝군."

두 번, 세 번 화살을 쏘았지만 맞지 않았다.

사슴은 제방 아래쪽으로 달아나다가 병사들의 소리에 놀라서 다시 뛰어 올라왔다.

"조 승상, 조 승상, 사슴을 쏘시오."

황제가 다급히 외치자 조조가 어디선가 달려와서는 황제의 손에서 활과 화살을 받아들고 조황마를 달려 사슴을 따라가서 시위 소리를 울리며 화살을 쏘았다. 시위를 벗어난 금화살은 사슴의 배에 깊숙이 박혔고, 사슴은 100보도 못 가서 쓰러졌다.

공경과 백관을 비롯해 장수와 보졸에 이르기까지 금화살이 꽂힌 사슴을 보고 모두 황제가 쏜 것이라고 생각하여 이구동성으로 만세를 불렀다. 만세 소리는 산야를 압도하며 잠시 그 울림이 그치지 않았다. 그때 조조가 말을 타고 달려와 황제 앞을 막아서며 말했다.

"활을 쏜 것은 바로 나다!"

그리고 조궁과 금화살을 손에 들고 신하들의 만세를 마치 자신이 받는 듯한 자세를 취했다.

만세를 부르던 사람들은 갑작스러운 상황에 놀라서 흥이 깨져버렸는데, 특히 유비 뒤에 서 있던 관우 같은 사람은 눈썹을 치켜세운 채 눈을 부라리며 조조를 노려보았다.

||| 五 |||

그때 관우는 입으로는 말하지 않았으나 마음속에는 분노가 치밀어오르고 가슴속에는 피가 끓어오르는 것을 참을 수 없었다.

'방약무인한 조조의 짓거리라니, 황제를 무시하는 것도 정도가 있지.'

그는 무의식적으로 검을 잡았다. 유비가 놀라서 몸을 옮겨 관우 앞을 막아섰다. 그리고 손을 뒤로 돌려서 눈짓을 해가며 관우의 분노를 달랬다.

조조의 눈동자가 갑자기 유비 쪽으로 향했다. 유비는 순간적으로 빙그레 미소를 지으며 조조의 시선에 대답하듯 말했다.

"아, 정말 훌륭합니다. 승상의 신기에 가까운 활 솜씨를 따를 자는 없을 것입니다."

"하하하하."

조조는 크게 웃었다.

"칭찬을 들으니 쑥스럽소. 나는 무인이지만 활 솜씨가 그리 좋은 편이 아니오. 내가 잘하는 것은 오히려 삼군을 수족처럼 부리고 백성들을 편안하게 다스리는 것이오. 그러니 달리는 사슴을 한 방에 맞힌 것은 천자의 홍복이라고 할 수 있을 것이오."

공을 천자의 위덕에 돌리면서도 은근히 자신이 위대하다는 것을 자신의 입으로 떠벌리고 있는 것이었다. 그뿐 아니라 조조는 잊어버리기라도 한 것처럼 황제의 조궁과 금화살을 손에 든 채 천자에게 돌려주려고 하지 않았다.

사냥이 끝나자 야외에서 불을 피워 그날 잡은 짐승의 고기를 굽고 신하들에게 술을 내렸지만, 공경과 백관들은 어쩐지 흥이 나지 않는 듯했고 오히려 그들의 안색에선 어두운 그림자까지 엿볼 수 있었다.

황제는 이윽고 환궁했다.

유비도 도성으로 돌아왔다. 그 후 그는 어느 날 밤 조용히 관우를 불러 주의를 주었다.

"일전에 사냥에 갔을 때 어째서 조조에게 그와 같은 눈길을 보냈는가? 아무도 눈치채지 못했기에 망정이지 만약 눈치라도 챘으면 어쩔 뻔했어? 최근의 자네에게도 어울리지 않는 과격한 행동이었네."

관우는 머리를 숙이고 얌전히 꾸지람을 듣다가 가만히 고개를 들더니 말했다.

"그럼 형님은 그때 조조의 행동에서 아무런 느낌도 받지 못했단 말입니까?"

"그런 말이 아니네."

"저는 오히려 형님이 어째서 저를 제지했는지 의아할 뿐이었습니다. 이 허창이라는 도시에 머문 이래 눈에 보이고 귀에 들리는 것은 모조리 조조의 포악무도한 무권 과시가 아니었습니까? 그는 결코 왕도를 지키는 무신의 장자라고는 할 수 없는 인물입니다. 패기가 흘러넘쳐 패도를 행하려는 간웅입니다. 그 야심을 벌써 노골적으로 드러내어 공경 백관을 비롯한 10만 장병들 앞에서 천자를 모독하고 그 앞을 막아서서 자신이 신하들의 만세를 받는 교만한 태도를 보였습니다. 그걸 보고 있자니 다른 사람들은 모르겠으나 저는 가만히 있을 수가 없었습니다……. 설령 어떤 벌을 받더라도 저는 참을 수 없어서 몸이 다 떨릴 지경입니다."

"지당한 말이네."

유비는 고개를 끄덕이며 몇 번이나 동감을 표시했다.

"……하지만 관우. 지금은 깊이 생각할 때네. 쥐를 죽이는 데 근처에 있는 무기를 집어 던진다고 해보세. 쥐의 가치와 무기의 가치를 생각해볼 필요가 있어. 우리 의형제의 생명은 그렇게 값싼 것이 아니네. 만약 그때 자네가 목적을 이뤘다고 한들 그에게는 10만의 병사와 수많은 장수가 있네. 우리 목숨도 온전하지 못했을 거야. 그리고 다시 대란이 일어나 제2의 조조가 나타난다면 어떻게 하겠나? 장비라면 몰라도 자네까지 그런 짧은 생각을 가져서는 곤란하네. 꿈에도, 그리고 말 한마디라도 그런 격한 빛을 나타내서는 안 될 거야."

찬찬히 타이르자 관우는 대답할 말이 없었다.

그러나 그는 홀로 별이 총총한 밖으로 나오자 길게 한숨을 내쉬며 하늘에 대고 말했다.

"오늘 저 간웅을 베지 않으면 내일의 화근이 될 것이 분명하다. 단언컨대 천하에 난리가 일어날 조짐은 조조가 살아 있을수록 더 커져만 갈 것이다."

황제의 밀서

||| 一 |||

금원의 새가 노래해도 황제는 웃지 않았다. 발 앞에 꽃이 피어도 황제의 입술은 걱정으로 닫힌 채 빙긋조차 하지 않았다.

오늘도 황제는 종일 궁중의 거처에서 생각에 잠겨 하루를 보내고 있었다.

세 명의 시녀가 저녁 촛불을 켜고 물러갔다. 황제는 여전히 눈살을 찌푸리고 있었다. 복伏 황후가 조용히 물었다.

"폐하, 무엇을 그리 걱정하시옵니까?"

"과인의 앞날은 걱정되지 않소만 세상을 생각하면 밤에도 잠이 오지 않소. 슬프구려. 과인은 어찌하여 이리도 부덕하게 태어났는지."

눈물을 뚝뚝 흘리며 말한다.

"과인이 즉위한 뒤로는 하루도 평화로운 날이 없었소. 역신 다음에 또 역신이 등장하며 동탁의 대란과 이각, 곽사의 변이 이어졌소. 겨우 도성이 안정되었는가 싶었더니 이번엔 조조가 제멋대로 굴어 모든 일에 있어서 조정의 권위가 실추되었으니……."

함께 흐느껴 우는 복 황후의 하얀 목덜미에 촛불이 우울하게 깜빡였다.

"정치는 조묘에서 의논해도 명령은 상부에서 좌우하고 있소. 공경과 백관은 있어도 모두 조조의 미세한 표정의 변화조차 두려워하고 있으며, 궁문의 직신直臣다운 도량을 갖춘 이도 없소. 과인조차 몸은 용상에 있으되 바늘방석에 앉아 있는 심정이오. 아아, 언제 이 학대와 굴욕에서 벗어날 수 있을지. 한실 400여 년의 마지막인 지금 단 한 사람의 충신도 없단 말인가. 과인이 신세를 한탄하는 것은 아니오. 과인은 말세를 슬퍼하는 것이오."

그때 발 너머에서 누군가 다가오는 발소리가 들렸다. 황제와 황후는 놀라서 입을 다물었다. 하지만 다행히 걱정할 사람은 아니었다. 복 황후의 아버지 복완伏完이었다.

"폐하, 한탄해봐야 아무 소용이 없사옵나이다. 여기에 복완이 있지 않습니까?"

"황부皇父…… 황부는 과인의 마음을 알고 그리 말하는 것이오?"

"허전에서 사슴을 쏜 일, 조정의 신하로서 이를 갈지 않은 사람은 아무도 없을 것이옵니다. 조조의 역심은 이미 역력하다고 할 수 있사옵니다. 그날 그가 감히 주상을 범하고 사람들의 만세를 받은 것도 자신의 위세를 군중에 묻고 자신의 신망을 시험해본 간사한 계책에 지나지 않는다고 생각하옵니다."

"황부, 목소리를 낮추세요. 궁중 곳곳에는 이미 조조의 눈과 귀가 있다고 생각하는 것이 좋을 것입니다."

"걱정하지 마십시오. 오늘 밤은 시종도 멀리하고 충성스런 사람 몇 명만 멀찍이 있을 뿐이옵니다."

"그럼 황부의 의중을 먼저 말씀해보세요."

"신이 만약 폐하의 국척國戚이 아니었다면 아무리 가슴속에 품은 뜻이 있다 하더라도 결코 입에 올리지는 않았을 것이옵니다."

복완은 비로소 조조를 제거할 의중을 황제에게 밝혔고 황제 역시 마음이 움직였다.

“허나 신은 이미 나이를 먹어 쇠약하고 위세도 없사옵니다. 지금 조조를 제거할 만한 사람은 거기장군 동승董承 외에는 없사옵니다. 동승을 불러 친히 밀조密詔를 내리시면 반드시 어명을 받들 것이옵니다.”

사직의 존폐가 달린 중대한 일이다. 비밀에 비밀을 요하는 일이다.

깊이 생각에 잠겨 있던 황제는 손가락을 물어뜯어 그 피로 흰 비단 옥대에 조서를 써서 복 황후에게 자줏빛 비단으로 안감을 겹겹이 대고 옥대의 심에 촘촘하게 꿰매게 했다.

||| 二 |||

다음 날, 황제는 은밀히 칙명을 내려 국구國舅(황제의 장인, 귀비의 아버지)동승을 불렀다.

동승은 장안에서부터 늘 황실을 보필하며 대란으로 떠돌아다니는 동안에도 조정을 잘 지켜온 조정의 원로였다.

“무슨 일로 부르시는 걸까?”

그는 서둘러 입궐했다.

황제가 그에게 말했다.

“국구, 몸은 늘 강녕하시오?”

“성은을 입어 이처럼 무탈하게 잘 지내옵니다.”

“그거참 반가운 일이오. 실은 어젯밤 복 황후와 함께 장안을 떠나 이각과 곽사 등에게 쫓겨 다니던 때를 이야기하다가 그대의 공로를 생각하고 눈물을 흘렸소. 생각해보니 지금까지 그대에게 어떤 은상도 내리지 못했구려. 국구, 이후에도 과인의 곁에서 떠나지 마시오."

"황공한 말씀을……."

동승은 송구하여 몸 둘 바를 몰랐다.

황제는 이윽고 동승과 함께 복도를 지나 금원을 거닐면서 여전히 낙양에서 장안, 그리고 여기 허창으로 세 번에 걸쳐 도성을 옮기는 동안의 고난 등을 이야기한 후 조용하고 차분하게 말했다.

"생각해보니 몇 번이나 존망의 괴로운 처지를 겪으면서 오늘도 여전히 국가의 종묘가 유지되고 있는 것은 오직 경과 같이 절개가 있고 충성스러운 신하 덕분이오."

두 사람은 종묘의 돌계단을 올라갔다. 황제는 종묘에 들어가자 즉시 공신각功臣閣에 올라 직접 향을 피우고 그 앞에 세 번 절했다.

이곳은 한실 역대의 황제를 모신 사당이다. 양쪽 벽에는 한고조에서부터 시작하여 24대에 걸친 황제의 어진이 그려져 있었다.

황제는 동승을 향해 옷깃을 바로 하더니 물었다.

"국구, 과인의 선조는 어디에서 몸을 일으켜 이 나라를 세우셨소? 과인의 학습에 도움이 되도록 유래를 말해주시오."

동승은 놀란 얼굴로 말했다.

"폐하, 신을 놀리시는 것이옵니까?"

그러고는 몸을 움츠렸다.

황제는 한층 더 엄숙한 태도로 말했다.

"성조聖祖의 일이거늘 내 어찌 조금이라도 농이 있겠소? 어서 말해보시오."

동승은 할 수 없이 말하기 시작했다.

“고조 황제께서는 사상泗上의 정장亭長으로 몸을 일으키시어 3척의 검을 차고 방탕산에서 백사를 베었사옵니다. 의병을 일으켜 난세를 종횡한 지 3년 만에 진을 멸망시키고 5년 만에 초를 평정하였으며 대한 400년의 통치를 여시어 만세의 기초를 세우셨습니다. 이는 신이 새삼 말할 필요도 없이 어린아이부터 보졸에 이르기까지 다 알고 있는 사실이옵니다.”

황제는 자책하며 눈물을 흘렸다.

“……폐하, 무엇을 그리 한탄하시나이까?”

동승이 조심스럽게 묻자 황제는 한 번 한숨을 내쉬더니 말했다.

“지금 경이 말한 선조에게서 과인과 같은 나약한 자가 태어났소. 과인은 그것을 슬퍼하는 것이오……. 국구, 더 말해주시오. 과인을 가르쳐주시오. 고조 황제의 화상畫像 속에 함께 서 있는 이들은 어떤 분들이오?”

동승은 황제에게 뭔가 깊은 생각이 있다는 것을 알아차렸지만, 황제의 너무도 엄한 눈빛에 몸이 얼어붙어서 갑자기 입술조차 움직일 수 없었다.

||| 三 |||

벽에 붙은 화상을 가리키며 황제는 거듭 동승에게 설명해주기를 요구했다. 고조 황제의 곁에 있는 이들이 어떤 사람들인지를.

동승은 삼가 대답했다.

“위에 있는 사람은 장량張良이고 아래에 있는 사람은 소하蕭何이옵니다.”

“음, 그럼 장량과 소하 두 사람은 어떤 공을 세웠기에 고조의 곁에 서 있는 것이오?"

"장량은 본진에서 계책을 세워 천리 밖에서 승리를 거두었으며, 소하는 국법을 세우고 백성을 따르게 했을 뿐만 아니라 치안을 중시하고 국경을 굳게 지켰사옵니다. 고조도 항상 그 덕을 칭찬했고, 고조가 계신 곳에는 반드시 두 사람이 시립했다고 하옵니다. 때문에 후대 사람들이 두 사람을 건업의 두 공신이라고 우러러 받들며 고조 황제를 그릴 때는 반드시 좌우에 장량과 소하, 두 충신을 그리게 되었다고 하옵니다."

"그렇군. 두 신하와 같은 사람들이야말로 진정한 사직의 신하라고 할 수 있을 것이오."

"……그렇사옵니다."

동승은 엎드려 있었으나 머리 위로 황제의 탄식 소리를 듣고 뭔가 책망을 받고 있는 듯한 기분이 들었다.

황제는 갑자기 몸을 굽혀 동승의 손을 잡았다. 동승이 황공해하며 당황하자 낮은 목소리에 열정을 담아 말했다.

"국구, 경도 지금부터 항상 과인의 곁에서 장량과 소하처럼 과인을 위해 일해주시오."

"황공하옵니다."

"싫소?"

"싫다니 당치도 않습니다. 다만 신은 재능도 없고 아무런 공도 없어서 오히려 신하로서의 영예를 더럽히기만 하지나 않을까 걱정될 뿐이옵니다."

"아니요. 왕년의 장안 대란으로 과인이 역경에 처했을 때부터 경이 충성을 다해주었던 공은 한시도 잊은 적이 없소. 이것으로 그때의 공을 보답해도 되겠소?"

황제는 그렇게 말하고 용포를 벗어서 옥대와 함께 손수 동승에게 하사했다. 동승은 너무도 과분한 처사에 잠시 감격하여 눈물을 흘렸다. 그리고 하사받은 용포와 옥대를 들고 이윽고 궁궐에서 나왔다.

그날 황제와 동승의 만남은 조조도 이미 알고 있었다. 누군가 몰래 알린 자가 있었음이 틀림없다. 조조는 이 소식을 듣고 '그렇다면……?' 하고 바늘처럼 가느다란 눈을 반짝이며 시기와 의심이 가득한 입술을 깨물었다.

그리고 뭔가 짚이는 게 있는지 갑자기 외출 준비를 명하고는 급히 궁궐로 향했다.

금위문에 들어선 조조는 가신을 통해 위부의 관리에게 물었다.

"황제는 지금 어디에 계시느냐?"

"지금 종묘에 도착하여 공신각에 드셨습니다."

그 말을 들은 조조는 그러면 그렇지 하는 얼굴로 궁문 밖에 마차를 두고 급한 걸음으로 궁궐 안으로 들어갔다. 남원의 중문까지 오자 마침 그때 맞은편에서 물러 나오는 동승과 딱 마주쳤다.

조조를 발견한 동승의 낯빛이 싹 바뀌었다. 안고 있던 상으로 받은 용포와 옥대를 황급히 소매로 가리면서 원문苑門 옆으로 몸을 피했다.

||| 四 |||

동승은 떨리는 몸이 멈추지 않았다. 살아 있다는 느낌도 없이 그냥 서 있었다.

"오오, 국구 벌써 퇴궐하시오?"

조조는 말을 걸면서 다가갔다.

동승도 할 수 없이 인사를 했다.

"이거, 승상이 아니십니까? 늘 기분이 좋아 보이십니다."

그러자 조조가 입가에 쓴웃음을 지으면서 수상하다는 뜻을 노골적으로 드러내며 물었다.

"그런데 동승은 오늘 무슨 일로 입궐하셨소?"

"네, 실은……."

동승은 어물거리며 대답했다.

"천자의 부르심에 응해 입궐했더니 생각지도 못한 비단 용포와 옥대를 하사받고 천은에 감사하는 마음에 실은 한껏 들떠서 집으로 돌아가는 길입니다."

"오오…… 천자께서 용포와 옥대를 하사하셨다고요? 참으로 명예로운 일이구려. 그런데 무슨 공이 있어서 그런 영광을 받은 것이오?"

"왕년에 장안에서 천도할 때 불초가 몸으로 도적을 막은 공로를 가끔 생각하셨다고 합니다."

"뭐요? 그때의 은상을 인제 와서? 너무 늦긴 했소만, 폐하께서 용포와 옥대를 친히 하사하신 것은 예외적인 특별한 일이오. 그 이상의 명예는 없을 것이오."

"덕이 많지 않고 공도 적은 미천한 신에게 너무 과분하여 그저 감격의 눈물만 흘릴 뿐입니다."

"그렇겠지요. 나도 조금은 그대가 부럽구려. 그 용포와 옥대를 잠깐 보여줄 수 있겠소?"

조조는 손을 내밀어 재촉했다. 그리고 동승의 낯빛을 읽듯 가만히 바라보았다. 동승은 발꿈치 뒤부터 온몸이 떨려오는 것을 어쩔 수 없었다.

오늘 공신각에서의 황제의 기색도 그렇고 그때의 의미심장한 말도 그렇고 동승은 보통 일이 아니라고 짐작하고 있었다. 만약 하사받은 용포와 옥대 속에 밀조라도 숨겨져 있는 것은 아닌지, 왠지 불안하고 두려운 마음이 일던 차에 조조의 날카로운 눈빛에 압박을 받자 그의 등에 식은땀이 흘렀다.

"보여달라니까."

조조에게 재촉을 받자 그는 어쩔 수 없이 용포와 옥대를 조조의 손에 건넸다.

조조는 거리낌없이 용포를 펼치더니 햇빛에 비쳐 보았다. 그리고 자신의 몸에 걸치고 옥대를 차고는 주위의 신하들을 돌아보며 물었다.

"어떤가, 잘 어울리나?"

아무도 웃지 않았다.

"잘 어울릴 거야. 음, 정말 좋군."

조조는 혼자 웃고 흥이 나서는 말했다.

"국구, 이것을 내게 주시오. 내가 대신 다른 것을 줄 테니 내게 주시오."

"말도 안 되는 소리입니다. 다른 사람도 아닌 황제의 하사품을 어찌 남에게 줄 수 있겠습니까?"

동승이 정색하며 말했다.

"그리 정색하는 것을 보니 이 속에 황제와 국구 사이의 모략이라도 숨겨놓은 것 같구려."

"그렇게 의심하신다면 어쩔 수 없지요. 용포와 옥대를 드리겠습니다."

"하하하하! 아니, 농담이오."

조조는 급히 부정하며 말했다.

"어찌 분별없이 황제의 하사품을 내가 가로채겠소? 그냥 장난을 좀 쳤을 뿐이오."

이렇게 말하며 두 하사품을 돌려주고 궁전 쪽으로 빠르게 가버렸다.

기름의 정과 등불의 마음

||| 一 |||

'아아, 정말 위험했다.'

범의 아가리를 벗어난 심정으로 동승은 집으로 가는 길을 서둘렀다.

그는 집에 돌아오자마자 밀실에 틀어박혀 용포와 옥대를 새삼스레 바라보았다.

'근데 아무것도 없는데.'

용포를 털어보고 옥대의 앞뒤를 살펴보았다. 그러나 종잇조각 하나 나오지 않았다.

'내가 과민했나?'

용포와 옥대를 개서 탁자 위에 두었지만, 그날 밤은 어쩐지 잠을 이룰 수가 없었다.

두 물건을 받았을 때 황제가 의미심장한 눈빛으로 뭔가를 암시하는 듯했기 때문이다. 그때의 황제의 얼굴이 눈에서 떠나지 않았다.

그로부터 4, 5일이 지났다. 동승은 그날 밤 탁자 앞에 앉아 깊이 생각에 잠긴 듯 턱을 괴고 있었다. 그러다가 피곤해져서 꾸벅꾸벅 졸았다.

그때 옆에 있는 등불이 갑자기 확 어두워지더니. 새어드는 바람에 깜박거리다 불똥을 떨어뜨렸다.

"……."

동승은 여전히 졸고 있었다. 그런데 갑자기 타는 냄새가 코를 찔렀다. 놀라서 눈을 떠 주위를 둘러보니 불똥이 탁자 위에 개어 둔 옥대 위에 떨어져 연기가 나고 있었다.

"앗……."

그는 급히 불을 비벼 껐으나 둥글게 용이 수놓아진 곳에 엄지손가락만 한 구멍이 나 있었다.

"송구스럽구나."

구멍은 작았으나 큰 죄를 지은 것 같았다. 잠이 싹 달아난 동승은 구멍 난 곳을 응시하고 있었다. 그의 눈동자는 그 구멍에 또다시 불똥을 떨어뜨리기라도 할 것처럼 반짝였다.

옥대 속에 흰 비단으로 만든 심이 조금 보였던 것이다. 그것만이면 그냥 넘어갔을 텐데 흰 비단에 피 같은 것이 번져 있었다.

그것을 발견하고 꼼꼼히 살펴보니 거기에 한 자쯤 되는 길이로 새로 꿰맨 자국이 보였다. 그렇다면, 하는 생각에 동승의 가슴은 크게 요동쳤다.

그는 작은 칼을 꺼내 옥대의 솔기를 뜯어 펼쳤다. 생각대로 흰 비단에 피로 쓴 밀조가 나왔다. 동승은 등불의 심지를 돋우고 배례한 다음 밀조를 든 손을 떨며 읽어 내려갔다.

과인이 듣기에 인륜 중 가장 큰 것은 부자의 도리이고 존비의 으뜸은 군신의 도리라 하오.

근일 조적曹賊이 나타나 나라의 대권을 희롱하고 과인을 보좌하지 않으며 사사로운 당을 지어 조정의 기강을 무너뜨렸소. 상을 주고 벌을 내리는 것을 멋대로 하며 과인의 뜻을 거스르고 있소.

주야로 근심하며 두려워하는 것은 그로 인해 장차 천하가 위태로워지는 것이오.

경은 나라의 원로일 뿐 아니라 과인의 가까운 인척이오. 고조 건업의 어려움을 생각하고 충의열사를 불러모아 간당姦黨을 멸하고 사직의 포악을 미연에 제거하여 조종朝宗의 치업대인治業大仁을 만세에 전하시오.

급히 손가락을 깨물어 조서를 써서 경에게 보내니 거듭 신중하게 생각하여 어긋남이 없도록 하시오.

건안 4년 봄 3월

"……."

혈서에 눈물이 쉴 새 없이 떨어졌다. 동승은 엎드려 절한 채 한동안 고개도 들지 못했다.

'이렇게까지…… 참으로 애처롭구나.'

동시에 그는 굳게 맹세했다. 이 늙은 몸을 그렇게까지 의지하는데 무엇을 겁내며 어찌하여 목숨을 아까워하겠는가.

그러나 쉬운 일이 아니었다.

그는 피의 밀조를 가만히 소매 안에 넣고 서원 쪽으로 걸어갔다.

||| 二 |||

시랑 왕자복王子服은 동승의 둘도 없는 친구였다. 조정에서 일하는 처지라 평소 외출이 자유롭지 못하지만, 그날은 잠시 시간이 나서 평소 친하게 지내는 동승의 집을 방문하여 가족들과 섞여 종일 안채에서 놀고 있었다.

"주인 양반께선 무슨 일이 있으시오?"

저녁이 되어도 동승이 얼굴을 보이지 않자 왕자복이 조금 불만스럽다는 듯 물었다.

가족 중 한 사람이 대답했다.

"안에 계십니다만, 얼마 전부터 뭔가를 알아본다며 방에 틀어박혀 아무도 만나지 않고 계십니다."

"좀 이상하군. 도대체 뭘 알아본답니까?"

"그건 저희도 잘 모릅니다."

"그렇게 한 가지에만 몰두하는 것도 몸에는 독이 됩니다. 제가 가서 다 같이 오늘 밤은 즐겨보자고 권해보겠습니다."

"안 됩니다. 왕자복 님, 허락도 없이 서재에 들어갔다간 경을 치실 겁니다."

"경을 쳐도 상관없습니다. 친구인 제가 방을 들여다봤다고 설마 절교는 하지 않겠지요."

왕자복은 동승의 집을 자기 집처럼 여기고 있었으므로 하인의 안내도 기다리지 않고 서원 쪽으로 혼자 들어갔다. 가족들은 조금 난처한 표정을 지었지만, 다른 사람도 아닌 동승의 친구였고 또 저녁 준비로 바빴기 때문에 그냥 두었다.

동승은 얼마 전부터 서원에 틀어박힌 채 어떻게 하면 조조의 세력을 궁중에서 일소할 수 있을지, 황제의 심금을 편안히 하여 기대에 부응할 수 있을지만을 생각하고 있었다. 지금도 조조를 없앨 계책에 고심하며 책상 앞에서 생각에 잠겨 있었다.

'……자는 거야?'

슬며시 방으로 들어간 왕자복은 그대로 동승의 뒤에 서서 팔꿈치 아래 뭘 깔고 있는지 책상 위를 내려다보았다.

흰 비단에 피로 쓴 글씨 가운데 '과인'이라는 글자가 눈에 들어왔다. 왕자복이 깜짝 놀란 순간 동승은 뒤에서 인기척을 느끼고 뒤돌아보았다.

"앗, 자네 왔는가?"

동승도 놀라며 황급히 책상 위의 비단을 소매 안쪽에 감추었다. 왕자복은 그 모습을 보고 가볍게 추궁했다.

"뭡니까, 지금 감춘 것이?"

"아니, 아무것도 아니네."

"꽤 피곤해 보입니다만."

"요 며칠 독서에 빠져 있었더니 조금 피곤하군."

"손자의 책인가요?"

"응?"

"숨겨도 소용없습니다. 얼굴빛에 다 나와 있습니다."

"아니네, 피곤해서 그래."

"그렇겠지요. 마음고생이 심하시겠습니다. 까딱 잘못했다간 조문朝門이 무너지고 구족이 멸하고 천하에 대란이 일어날 테니까요."

"뭐……? 자네 지금 도대체 무슨 농담을 하는 건가?"

"국구, 만약 소생이 조조에게 가서 고한다면 어떻게 하시겠습니까?"

"고한다고?"

"그렇습니다. 소생은 지금까지 국구와 문경지교刎頸之交를 맺세했다고 생각했습니다. 그런데 국구께서는 소생에게 서운하게 비밀을 품고 계시는군요."

"……."

"둘도 없는 친구라고 믿어온 것은 소생의 착각이었단 말입니까? 조조에게 가서 고하겠습니다."

"앗, 기다리게."

동승은 그의 소매를 잡고 눈물을 흘리며 말했다.

"만약 자네가 내 비밀을 알고 조조에게 고한다면 한실은 멸망할 것이네. 자네도 누대에 걸쳐 한실의 은혜를 입은 조신 중의 한 명이 아닌가. 아무리 친밀한 사이라도 친구에 대한 노여움은 사사로운 원한이네. 자네는 사사로운 원한 때문에 대의를 저버릴 인간이 아닌 것을 잘 알고 있네만."

三

친한 친구라도 대답에 따라서는 죽일 수도 있다는 표정이었다. 왕자복은 조용히 웃으며 말했다.

"안심하십시오. 소생이 어찌 한실의 큰 은혜를 잊겠습니까? 지금 한 말은 농담이었습니다. 그러나 국구가 무슨 큰일이기에 소생에게까지 비밀로 하시고 혼자 끙끙 앓으며 야위어가는 모습을 뵈니 친구로서 불만이 많습니다."

동승은 안심한 듯 가슴을 쓸어내리면서 그의 손을 잡고 말했다.

"용서하게. 결코 자네를 의심해서가 아니네. 아직 나에게 분명한 계책이 없기에 며칠 동안 혼돈 속에서 고민하고 있었을 뿐이야. 만약 자네가 나의 대사에 가담해준다면 그야말로 천군만마일 걸세."

"국구의 걱정은 대강 짐작하고 있었습니다. 저도 힘을 보태 의를 실현해 보이겠습니다."

"고맙네. 지금에 와서 무엇을 숨기겠나? 모든 것을 말하도록 하겠네. 문을 닫게."

동승은 옷깃을 바로 했다. 그리고 황제가 피로 쓴 밀조를 보여주고 밤새 울먹이면서 자신의 속내를 털어놓았다. 왕자복도 함께 뜨거운 눈물을 흘리며 잠시 등불에서 얼굴을 돌리고 있다가 이윽고 "잘 털어놓으셨습니다. 기꺼이 의를 위해 동참하겠습니다. 기필코 조조를 쓰러뜨리고 어심을 편안하게 해드리겠습니다."라고 맹세했다.

두 사람은 밀실의 등불을 켜고 의맹義盟의 피를 나누어 마신 후 비단 두루마리를 꺼내서 우선 동승이 의문義文을 쓰고 서명하자 이어서 왕자복이 서명하고 그 아래 피로 지장을 찍었다.

"이것으로 자네와 나의 의맹이 맺어졌네만, 달리 또 믿을 만한 동지가 없겠나?"

"있습니다. 장군 오자란吳子蘭은 소생의 절친한 벗인데 특히 충의가 두터운 인물입니다. 의義를 들어 말한다면 반드시 힘을 보탤 것입니다."

"믿음직스럽군. 조정에도 교위 충집种輯과 의랑 오석吳碩 두 사람이 있네. 두 사람 모두 한실의 충성스럽고 선량한 이들이지. 날을 잡아서 말해보겠네."

밤이 깊었기 때문에 왕자복은 그대로 동승의 집에서 묵었다. 그리고 다음 날도 동승의 서재에서 두 사람은 은밀히 이야기를 나누고 있었는데, 점심때쯤 하인이 와서 손님이 왔다고 알렸다.

"호랑이도 제 말 하면 온다더니 마침 잘 왔군."

동승이 손뼉을 쳤다.

"손님이 누굽니까?"

왕자복이 물었다.

"어젯밤에도 자네에게 얘기한 궁중의 의랑 오석과 교위 충집일세."

"같이 왔습니까?"

"그렇네. 자네도 잘 알지?"

"궁중에서 아침저녁으로 봅니다. 그러나 두 사람의 본심을 알기 전까지 소생은 병풍 뒤에 숨어 있겠습니다."

"그거 좋은 생각이군."

두 사람이 하인의 안내를 받아 들어왔다.

동승은 그들을 맞이하며 말했다.

"잘들 오셨소. 오늘은 무료한 나머지 독서를 하고 있었는데 마침 방문해주시니 반갑구려."

"독서를……. 모처럼 조용히 시간을 보내시는 데 방해가 되었군요."

"아니요. 책도 지겨워지던 참이었소. 그런데 역사책은 언제 읽어도 재미가 있구려."

"《춘추春秋》 말씀입니까? 《사기史記》 말씀입니까?"

"《사기열전史記列傳》이오."

"그런데……."

오석이 말을 끊고 갑자기 화제를 돌렸다.

"얼마 전에 사냥이 있던 날 국구도 참석하셨지요?"

"음, 허전에서의 사냥 말씀이오?"

"그렇습니다. 그때 뭔가 느끼신 것이 없으십니까?"

뜻밖에도 자신이 묻고 싶은 것을 상대가 먼저 묻자 동승은 내심 놀랐다.

||| 四 |||

그러나 여전히 상대의 마음은 모른다. 사람의 마음은 읽어내기 힘들다.

동승은 매우 조심스럽게 말했다.

"허전에서의 사냥은 근래에 없는 즐거운 날이었소. 신하인 우리도 오래간만에 산야에 나가 우울함을 떨쳐버릴 수 있었지요. 참으로 유쾌한 날이었소."

아무렇지 않게 대답하자 오석과 충집이 따지듯 물었다.

"그뿐이었습니까?"

"유쾌한 날이었다니, 국구의 본심은 아닐 것입니다. 우린 지금까지도 분이 치밀어 오릅니다. 뭐가 유쾌했다는 것입니까? 허전에서 사냥하던 날은 한실엔 치욕의 날입니다."

"어째서 그렇소?"

"어째서냐고 물으시는 겁니까? 그렇다면 국구께서는 그날 조조의 행동을 보고도 아무 생각도 들지 않으셨단 말씀입니까?"

"……조금 목소리를 낮추시게. 조조는 천하의 영웅, 벽에도 귀가 있다는 말을 듣지 못했소? 만약 지금과 같은 격한 말이 조조의 귀에 들어가기라도 하는 날에는……."

"조조가 그리도 두렵습니까? 영웅은 틀림없는 영웅입니다만, 하늘의 뜻을 거스르는 간웅입니다. 미력하지만 충성을 본의로 삼아 국가의 종묘를 지키는 조정의 신하로서, 저희가 보기에 조조는 두려워할 만한 도적이 아닙니다."

"경들은 지금 진심으로 하는 말이오?"

"이런 말은 본시 농담으로 할 말이 아닙니다."

"허나 아무리 원통해해봐야 조정의 실권자인 조조를 어떻게 할 수 있겠소?"

"정의가 우리 편입니다. 하늘의 가호를 믿어야지요. 가만히 때를 기다리며 그의 허점을 노리는 것입니다. 비록 거대한 나무라도 큰 건물의 높은 누각이라도 한 번의 의로운 바람에 쓰러지지 않는 것은 없습니다……. 실은 오늘 무슨 일이 있어도 국구의 진실한 마음을 알고 싶어서 저희가 함께 찾아온 것입니다."

"……."

"국구, 국구께서는 얼마 전에 은밀히 황제의 부름을 받고 공신각에 들어 황제께 직접 특별한 밀명을 받으신 듯한데……. 숨김없이 말씀해주십시오. 저희도 여러 대에 걸쳐 한실의 녹을 먹고 있는 조정의 신하들입니다."

이 젊고 혈기 왕성한 궁중의 두 신하는 목소리가 격해진 것도 잊고 동승에게 따지듯 말했다.

그때 좀 전부터 병풍 뒤에 숨어 있던 왕자복이 모습을 드러내더니 큰 소리로 말했다.

"조 승상을 죽이려는 모반자들아. 그대로 꼼짝 마라. 내가 즉각 고발하여 상부의 병사들을 보낼 테니."

그러나 충집과 오석 두 사람은 놀라지도 않았다. 차갑게 왕자복을 돌아보며 말했다.

"충신은 목숨을 아끼지 않는 법. 언제라도 이 목숨을 한실에 바칠 각오가 되어 있다. 고발할 테면 해봐라."

칼을 잡고 그가 등이라도 보이면 뒤에서 단번에 벨 기세였다.

왕자복과 동승은 동시에 말했다.

"아니, 경들의 마음을 이제 확실히 알았소."

그러면서 오석과 충집의 격한 기운을 달랬다. 그리고 다시 밀실로 옮겨 두 사람을 시험한 것에 대해 용서를 구하고 황제의 혈서와 의문을 적은 연판장을 펼쳤다.

"이것을 좀 보시오."

"역시 생각한 대로군."

충집과 오석은 황제의 혈서를 보고 통곡하며 연판장에 이름을 적었다.

그런데 하필 그때 하인이 손님이 왔다고 전했다.

"서량 태수 마등馬騰께서 서량으로 돌아가신다며 작별 인사를 하러 오셨습니다."

||| 五 |||

"하필 이때."

동승은 혀를 찼다. 왕자복과 오석, 충집도 근심스러운 얼굴로 동승의 얼굴을 쳐다보았다.

"서량으로 돌아가는 작별 인사를 하기 위해 들렀다면 안 만날 수도 없겠습니다."

동승은 고개를 저으며 말했다.

"아니, 만나지 않을 것이오. 혹시 눈치챌지도 모르는 일 아니오?"

동승은 하인에게 허전의 사냥에서 돌아온 이후 병으로 누워 있어 만나기 어렵다고 정중하게 거절하라고 했다.

그러나 하인은 몇 번이나 동승에게 와서는 결국 울음 섞인 목소리로 말했다.

"병상에 계셔도 괜찮으니 만나 뵙고 싶다며 아무리 거절해도 돌아가려 하지 않습니다. 게다가 또 사냥에 다녀온 이후 병이 나셨다고는 하지만 지난번 궁문에서 입궐하는 모습을 뵌 적도 있으니 그렇게 중병은 아닐 것이라고 고집을 피우며 쉽게 돌아가지 않을 기색입니다."

"어쩔 수 없군. 그렇다면 별실에서 잠깐 보자고 하거라."

결국 동승은 병자인 척 꾸미고 마등을 다른 방으로 안내하게 했다.

서량 태수 마등은 화를 내며 객원客院으로 들어왔다. 그리고 동승의 얼굴을 보자마자 말했다.

"국구께서는 천자의 외척이자 국가의 대원로이므로 존경하는 마음을 가지고 작별 인사차 왔는데 문전박대라니 너무하시는 것 아닙니까? 이 마등에게 뭐 서운한 일이라도 있습니까?"

"서운한 일이라니 당치도 않소. 그저 병에 걸려 만나는 것이 오히려 실례라고 생각했소."

"저는 먼 변방의 국경에 나가 서번西蕃을 지키는 임무를 맡아 천자를 배알할 기회도 거의 없고 국구와도 만날 기회가 적어 무리해서 면회를 청한 것입니다. 이렇게 뵙고 보니 그리 아파 보이지도 않습니다. 어째서 저를 무시하고 문전박대하신 것입니까? 이해하기 어렵습니다."

"……."

"어째서 대답이 없으십니까?"

"……."

"어째서 고개를 숙인 채 벙어리처럼 아무 말씀이 없으신 겁니까? 아아, 지금까지 저 혼자 국구를 너무 높이 평가하고 있었나 봅니다."

발끈 화를 내며 그는 자리에서 일어나 국구의 침묵에 침을 뱉듯 말했다.

"이자도 나라의 주춧돌은 아니구나! 쓸데없이 이끼만 낀 돌멩이에 지나지 않았단 말인가……."

동승은 그의 거친 발걸음 소리에 갑자기 고개를 들고 말했다.

"장군, 기다리시오."

"뭐요? 이끼 낀 돌멩이."

"내가 국가의 주춧돌이 아니라니, 무슨 뜻이오? 이유를 말해주시오."

"화를 내는 거요? 화를 내는 것을 보니 이 돌멩이도 아직 조금은 맥이 있나 보군. 마음의 눈을 집중해서 똑바로 보시오. 조조가 허전에서 사냥하던 날 사슴을 쏘아 맞히던 때의 상황을. 마음의 귀를 기울여서 잘 들어보시오. 그 일 때문에 분통을 터뜨리고 있는 의인의 피 끓는 소리를."

"조조는 군권을 쥐고 있는 당대의 실력자 승상이오. 그런 분노를 품은들 무슨 소용이 있겠소?"

"한심하기는!"

마등은 눈썹을 치켜세우며 말을 이었다.

"목숨을 구걸하고 죽음을 두려워하는 자와는 함께 대사를 논할 수 없지. 실례했소. 국구는 부디 양지쪽에서 몸의 군살에 볕이나 쬐고 머리와 턱에 허연 이끼나 기르고 계시오."

동승은 이미 성큼성큼 돌아가고 있는 마등을 쫓아가서 말했다.

"기다리시오. 이 이끼 낀 돌멩이가 정식으로 하고 싶은 말이 있소."

동승은 마등의 소매를 억지로 잡아끌고 안쪽에 있는 방으로 데리고 갔다. 그리고 황제에게 밀조를 받은 일과 자신의 마음을 털어놓았다.

||| 六 |||

마등은 동승의 진심을 듣고 또 황제의 밀조를 보고는 통곡했다. 그는 먼 변방인 서번에서도 서량의 용맹한 장군이라고 두려움의 대상이었으나 눈물이 많고 의로운 마음을 지닌 강철 같은 무인이었다.

"장군에게도 나와 같은 뜻이 있다는 것을 알았을 때 이 동승의 가슴엔 피가 끓어오르는 듯했소. 그러나 좀 더 지켜보며 실례인 줄 알면서도 마음을 확인해본 것이오. 다행히 장군께서 협력해준다면 대사도 반은 성취된 것이나 다름없소. 장군도 이 연판장에 서명하겠소?"

동승이 제안하자 마등은 한치의 망설임도 없이 자신의 손가락을 깨물어 피를 내더니 즉시 서명했다.

"만약 이 도성 내에서 조조에 대항해 국구께서 대사를 결행하신다면 저도 반드시 멀리 서량에서나마 봉화를 올려 오늘의 약속에 응답하겠습니다."

말하면서 마등은 눈을 치켜뜨고 머리카락을 곤두세워 벌써 그

날이 온 듯한 모습을 보였다.

동승은 왕자복과 충집, 오석 세 사람을 불러 마등에게 소개했다. 이로써 의장義狀에 피로 맹세한 동지가 다섯 명이나 되었다.

"오늘은 정말로 좋은 날이오. 이런 날에는 무슨 일이든 순조롭게 진행될 것이오. 이렇게 모인 김에 왕자복이 평소에 높이 평가하고 있는 오자란도 이리로 불러 대사를 함께 논의하는 것이 어떻겠소?"

동승이 제안하자 다른 사람들도 동의했기 때문에 왕자복이 바로 말을 타고 달려나가 오자란을 데리고 왔다.

오자란도 이날 연판장에 이름을 올리고 일원이 되었다. 이렇게 해서 동지는 여섯 명이 되었다.

"진정으로 마음이 굳은 자가 열 명만 모이면 대사는 성취될 것이오."

이윽고 그 밀실에서 앞날을 축하하는 작은 술판이 벌어졌다. 서로 의義의 술잔을 주고받으며 앞으로의 일을 이야기했다.

"이렇게 합시다……. 궁중의 〈열좌원행로서列座鴛行鷺序〉를 가져오게 하여 한 명 한 명 검토해보는 것이 어떻겠소?"

동승은 즉시 기록소에 하인을 보내 그것을 가져오게 했다.

〈열좌원행로서〉란 조정 관리들의 이름을 기록한 관원록이었다. 그것을 펼쳐서 차례대로 살펴보았다. 그러나 사람은 많은데 진정으로 신뢰할 만한 사람은 없었다.

그때 마등이 소리쳤다.

"있다! 여기 유일하게 한 인물이 있소."

그는 아무리 옆 사람들이 주의를 주어도 목소리를 낮추지 않아서 주위 사람들이 마음을 졸일 수밖에 없었는데, 그의 외침을 듣고는 누군가 싫어 그의 손에 있는 열좌원행로서에 시선을 모았다.

"한실의 종친 중에 이런 사람이 있다는 것은 그야말로 하늘의 도우심이오. 보시오. 여기 예주 자사 유현덕의 이름이 있지 않소?"

"그렇군."

"다른 열 사람보다도 이 사람 한 명을 가담시킨다면 우리의 맹세는 천근의 무게를 더할 것이오……. 더욱 감사한 것은 유비와 그의 의형제에게도 언젠가 조조를 제거하겠다는 의지가 있다는 것이오."

"그것을 어떻게 아시오?"

"사냥을 하던 날, 방약무인한 조적曹賊이 황제의 앞을 막아서서는 사람들의 만세를 받았을 때 유비의 의제 관우가 당장이라도 조조를 벨 것 같은 안색이었소. 유비 역시 때를 기다리며 참고 있는 것이 분명하오."

마등의 말에 동승을 비롯한 동지들은 벌써 희망의 빛이 보이는 것처럼 앞날의 뜻을 굳게 다졌다.

그러나 유비의 됨됨이를 잘 알고 있는 만큼 그를 가담시키는 것은 쉽지 않다고 생각했다. 주의에 주의를 거듭하는 것이 좋겠다는 생각에 그날은 헤어지고 천천히 기회를 기다리기로 했다.

닭 울음소리

一

낮에는 사람들 눈에 띈다.

동승은 어느 날 밤 밀조를 품에 숨기고 두건으로 얼굴을 가린 채 "풍류를 좋아하는 친구가 진秦나라 시대의 유명한 벼루를 손에 넣어서 모임을 개최한다고 하니 오늘 밤 혼자 다녀오겠소."라며 집안사람들에게도 밝히지 않고 혼자서 말에 올라 은밀히 유비가 머무르는 객관으로 향했다.

그러다 문득 조조의 밀정에게 발각되어 미행당하면 안 된다는 생각에 평소 시문詩文만으로 교제를 나누던 친구 집을 찾아갔다. 그리고 일부러 늦게까지 이야기를 나눈 후 삼경三更(23시~01시) 무렵 갑자기 생각난 듯 말했다.

"아이고, 이야기하느라 정신이 팔려서 너무 오래 앉아 있었군. 시나 그림에 대해 이야기를 나누다 보면 정말이지 시간 가는 줄 모른다니까."

그러고는 황급히 그 집을 나왔다.

그곳은 교외였으므로 유비의 객사에 도착한 것은 사경四更이 다 되어서였다.

심야에, 게다가 생각지도 못한 사람의 방문이었다.

'무슨 일이지?'

유비는 의아해하며 그를 맞아들였다. 그러나 유비는 대충 손님이 찾아온 이유를 짐작한 듯 하인이 객관에 불을 켜려고 하자 제지했다.

"아니다. 안에 있는 작은방으로 가겠다."

유비는 동승을 데리고 정원을 지나 서원西園의 한 방으로 안내했다. 허도에 막 왔을 때 유비는 조조의 배려로 상부의 바로 옆에 있는 관저에 머물렀다.

"여기는 도성의 중심이라 촌놈이 묵기에는 지나치게 화려합니다."

이렇게 말하며 지금 살고 있는 곳으로 옮긴 것이다.

"대접할 것이 아무것도 없습니다만."

바로 청등靑燈 아래 간단한 주안상이 차려졌다. 주안상에 올라온 그릇이나 실내 장식으로 청초한아淸楚閑雅한 이 집 주인의 취향을 알 수 있었기에 동승은 더욱더 유비가 동참해준다면 좋겠다고 생각했다.

이런저런 얘기 끝에 유비가 물었다.

"이렇게 갑자기 찾아오신 연유가 무엇인지요?"

동승은 자세를 바로 하며 말했다.

"다름이 아니라 허전에서 사냥하던 날 의제 관우 장군이 조조를 베려고 한 것을 귀공이 눈짓과 손짓으로 말리던데 그 일에 대해 자세히 얘기해줄 수 있겠소?"

유비의 얼굴이 창백해졌다. 자신의 예상과 달리 조조 대신 힐문하러 온 것으로 보였기 때문이다. 그러나 숨길 일도 아니고 숨길 수도 없는 상황이 되었기에 유비는 마음을 정했다.

"의제 관우는 의협심이 강한 사람으로 그날 승상의 행동이 황제의 권위를 욕보인 것으로 보고 잠시 분노한 것입니다. ……아, 어찌 이러십니까? 국구, 국구께서는 어이하여 저의 말에 우시는 겁니까?"

"아니요, 부끄럽군요. 실은 그 말을 듣고 지금 만약 관우 장군과 같은 마음을 가진 이가 몇 명이라도 더 있다면 얼마나 좋을까 하고 생각했소."

"상부에는 조 승상이 있고, 조정에는 국구와 같은 분이 황제를 보필하는 세상이 태평한 것이 아니겠습니까? 아무 걱정하실 것 없습니다."

"황숙."

동승이 젖은 눈을 들고 날카롭게 말했다.

"황숙은 내가 조조의 부탁을 받고 귀공을 떠보기 위해 왔다고 생각하고 조심하시는 모양입니다만…… 의심을 거두시지요. 귀공은 천자의 황숙, 나 역시 황제의 외척이오. 어찌 둘 사이에 거짓이 있을 수 있겠소? 지금 사실을 분명히 말하겠소. 이것을 봐주시오."

동승은 자세를 바로 하고 입을 가시더니 밀조를 보여주었다.

심지를 돋우고 그것을 가만히 보던 유비는 이윽고 눈물이 흐르는 얼굴을 두 손으로 감쌌다. 비분한 나머지 귀밑털이 부들부들 떨렸다.

||| 二 |||

"그만 넣어두십시오."

눈물을 닦고 밀조에 절한 후 유비는 그것을 동승에게 돌려주었다.

"국구의 의중은 대강 알았습니다."

"황숙도 이 밀조의 뜻을 받들어 이 세상을 위해 울어주시겠소?"

"물론입니다."

"감사하오."

동승은 무척 기뻐하며 몇 번이고 그에게 인사를 하고 나서 말했다.

"그렇다면 하나 더 여기를 봐주시오."

그는 두루마리를 폈다.

동지들의 이름과 혈판이 찍힌 의장이었다.

첫 번째 거기장군 동승, 두 번째 장수교위 충집, 세 번째 소신장군 오자란, 네 번째 공부낭중 왕자복, 다섯 번째 의랑 오석, 그리고 여섯 번째가 서량 태수 마등이었는데 그의 이름은 다른 이름보다 큼지막하게 쓰여 있었다.

"오오, 벌써 이런 분들과 의견을 나누셨군요."

"세상은 아직 망하지 않았소. 믿을 만합니다. 혼탁한 세상 속에도 찾아보면 이처럼 충성스러운 사람들이 살고 있소."

"그렇기에 이 세상은 아무리 어지럽고 부패해도 가망 없다고 단념해서는 안 됩니다. 저는 언제나 그것을 믿고 있습니다. 그래서 아무리 세상이 악해져도 결코 비관하지 않습니다. 인간은 더 이상 희망이 없다고 생각지 않습니다. 오히려 보이지 않는 곳에서 같은 생각을 품고 있는 자들을 찾고 있습니다. 수풀 사이에 숨은 깨끗한 물을 찾아 인간을 광기로 몰아넣는 탁류를 깨끗한 수원水原으로 바꾸겠다는 소망을 갖고 있습니다."

"황숙, 말씀을 들으니 이 늙은이의 마음이 놓입니다. 이 나이에 비로소 참된 인간과 천지의 불후함을 알게 된 것 같소. 그러나 어찌하겠소. 나에게는 부족한 힘과 재능밖에 없는 것을. 힘을 빌려 주시오."

"물론입니다. 여기에 이름을 적은 여러분들이 계신 이상 저도 견마지로犬馬之勞를 아끼지 않겠습니다."

그는 일어나서 직접 붓과 벼루를 가지러 갔다.

그때 방 밖의 복도와 창 주위에 희미한 서광이 비치기 시작했다. 날이 밝고 있었다. 복도의 처마에서 똑똑 이슬이 떨어지는 소리가 들렸다. 그리고 누군가 소리 내어 우는 사람이 있었다.

유비는 돌아보지 않았다. 그러나 동승은 무서운 생각이 들어 복도를 살펴보았다. 그들은 유비를 호위하기 위해 밤새 자지 않고 밖에 서 있던 신하들이었다. 아니, 의제 관우와 장비 두 사람이었다. 두 사람은 부둥켜안고 기쁨의 눈물을 흘리고 있었다.

"아아, 두 사람도 이 밀담을 듣고."

동승은 부럽다는 생각마저 들었다. 의장에 이름을 적은 사람들의 맹세도 유비와 의제들 사이처럼 진하고 굳게 연결되어 있다면 반드시 대사를 성취할 수 있을 것이라 생각했다.

유비는 벼루를 가지고 조용히 돌아왔다.

그리고 연판장에 일곱 번째로 이름을 적었다.

좌장군 유비.

유비는 붓을 놓고 말했다.

"결코 목숨이 아까워서 드리는 말씀은 아닙니다만, 이것만은 꼭 지켜주십시오. 꿈에도 가볍게 움직여서는 안 됩니다. 때가 오기

전에 경거망동하는 어리석음을 경계하는 것입니다."

새벽의 희미한 빛이 그렇게 말하는 유비의 옆얼굴을 선명히 드러냈다. 멀리서 닭 우는 소리가 들렸다.

"그럼, 나중에 또 봅시다."

동승은 말을 타고 아침 안개 속으로 조용히 사라졌다.

청매실을 술안주로 영웅을 논하다

一

"장비, 하품이 나오느냐?"

"음, 관우 형님이오? 매일 할 일이 없으니."

"또 마신 거냐?"

"아니, 안 마셨소."

"벌써 여름이구나."

"매실도 알이 꽤 굵어졌수다. 그런데 도대체 우리 대장은 어떻게 된 거요?"

"우리 대장이라니?"

"큰형님 말이오."

"도성에 있는 동안은 말을 좀 삼가도록 해라. 주군을 가리켜 형님이라느니 우리 대장이라고 부르는 거 말이다."

"뭐가 나쁘단 말이오? 의형제 사이인데."

"너는 그렇게 허물없이 부르지만 조정에서는 황숙, 밖에 나가면 좌장군 유 예주라고 불리는 분이시다. 옛날 말버릇은 버려라. 우리 주군의 위엄을 우리 입으로 떨어뜨리는 꼴이야."

"그런가……? 일리 있는 말이군."

"그런데 뭘 그리 재미없다는 표정을 짓고 있는 것이냐?"

"뭘이라니, 그 좌장군이라는 분이 요즘 매일같이 뭘 하고 계시는지 아시오?"

"안다."

"날씨 탓인지 조금 머리가 이상해진 것이 아닌가 싶어서 진심으로 걱정하고 있소."

"누구를 말이냐?"

"누구긴 누구겠소? 우리 주군 말이지."

"왜?"

"왜라니…… 그런데 그렇게 계속 서서 말할 거요? 적어도 주군 이야기인데."

"바로 보복하는구나. 너 같은 고집불통도 없지 싶다."

쓴웃음을 지으며 관우도 나란히 거기에 있는 돌에 걸터앉았다. 저쪽에 말이 매어져 있는 마구간이 보였다. 여기는 하인들의 방이 있는 저택 내의 공터다.

복숭아꽃이 떨어졌다.

시심은 일지 않았지만, 봉숭아꽃을 보자 두 사람은 누상촌의 도원이 떠올랐다. 장비는 조금 전까지 혼자서 재미없다는 표정으로 나무 아래에 턱을 괴고 앉아 그것을 보고 있었던 것이다.

"주군의 행동에 대한 너의 불만이 대체 뭐냐?"

"요즘 주군께서는 집 안의 밭에 나가 농부 흉내만 내고 있지 않습니까? 밭에 나가는 것까진 좋지만, 직접 물을 져 나르거나 거름을 주고 괭이질을 하고 채소와 당근을 뽑는 일은 하지 않아도 되지 않소?"

"그 일이냐?"

"농사일이 하고 싶다면 누상촌에 돌아가면 될 것이오. 도성에 집을 가지고 좌장군이라는 직함은 필요 없지 않겠소? 비료를 져 나르는 데 우리 같은 병사들도 필요 없을 테고."

"그런 식으로 말하지 마라."

"그래서 난 이것이 날씨 탓일지도 모른다고 걱정하고 있는 것이오. 어떻게 생각하슈?"

"군자의 말씀에 청경우독晴耕雨讀이라는 것이 있다. 비가 오는 날에는 자주 책을 읽으시니 군자의 생활을 실천하고 계시는 것이라고 나는 생각한다만."

"곤란합니다. 벌써부터 은자隱者의 생활을 해서는. 원래 우리는 세상에 나가 뜻을 펼치자고 약속한 사이 아닙니까?"

"물론이지."

"군자의 흉내 따위는 집어치워야 합니다."

"나에게 말해봐야 소용없다."

"오늘도 밭에 나갔습니까?"

"그런 것 같더구나."

"둘이서 충고하러 갑시다."

"글쎄."

"뭘 망설이는 거요? 형님은 지금 주군의 위엄을 떨어뜨린다며 나에게 주의를 주지 않았소? 나에게는 아무 말이나 할 수 있고 주군 앞에 가면 아무 말도 못 한다는 말이오?"

"억지 부리지 마라."

"그럼 갑시다. 따라오기만 하슈. 충의를 행하는 데 있어서 가장 어려운 것이 윗사람에게 충언하고 설령 그로 인해 죽임을 당해도 원망하지 않는 것이오."

||| 二 |||

괭이로 땅을 파는 소리가 났다. 흙냄새가 훅 끼쳐왔다.

유비는 일옷을 입은 채 이마에 흐르는 땀을 닦았다.

"……."

아무 말 없이 괭이를 지팡이 삼아 초여름의 태양을 올려다보고 있었다. 한숨 돌리고 나서 괭이를 놓고 이번에는 거름통을 들었다. 그리고 지금 막 파헤친 채소 뿌리 근처에 거름을 주었다.

"주군! 뭐 하시는 겁니까? 이런 시기에 그따위 소인배의 일을 배워서 어쩔 생각입니까? 참으로 한심합니다."

뒤에서 장비의 우렁찬 목소리가 들렸다.

유비는 돌아보며 말했다.

"무슨 일이냐?"

목소리만은 좌장군 유비다웠다. 그것이 장비에게는 더욱 한심스럽게 느껴졌다. 그러나 원래 그는 말주변이 좋은 편이 아니었다. 거친 말은 잘할 수 있지만, 주군에게 충간하는 것은 그의 특기가 아니었다.

"관우 형님, 대신 좀 말해주슈."

장비는 관우의 옆구리를 쿡 찔렀다.

"뭐야? 네가 내 손을 잡아끌고 왔잖아?"

"난 나중에 말할 테니……."

"형님, 오늘은 이렇게 부르는 것을 용서하시오."

관우는 밭에 무릎을 꿇었다.

"무슨 일이냐? 새삼스럽게."

"저희같이 우둔한 자들은 이해할 수 없어서 형님의 생각을 듣고 싶어 찾아온 것이오."

관우가 말을 꺼내자 장비가 작은 목소리로 부추겼다.

"답답하오. 답답해. 그렇게 말해서는 안 되죠. 얼굴을 똑바로 들고 직간해야 충신 아니겠소?"

"시끄럽다. 입 다물고 있어."

끼어드는 장비를 꾸짖고 관우는 말을 이었다.

"분명 뭔가 깊은 뜻이 있다고 생각합니다만, 요 두 달 동안 매일 채소밭에 나오셔서 묵묵히 농부 흉내만 내고 계신데, 왜 형님이 직접 거름을 져 나르는 겁니까? 건강을 위해서라면 궁마로 단련하시는 것이 어떻습니까?"

"맞습니다!"

장비가 끼어들었다.

"벌써부터 은자나 군자의 생활을 하시다니 말도 안 됩니다. 농사를 지을 생각이었다면 우리와 도원에서 피로 의형제를 맺고 이런 곳까지 깃발을 들쳐 메고 올 필요가 없지 않았습니까? 실례지만 형님의 생각을 알 수가 없소."

유비는 미소를 지은 채 묵묵히 듣고 있다가 말했다.

"자네들이 상관할 일이 아니네. 모르겠으면 잠자코 자네들의 할 일을 하게."

"그럴 수 없습니다."

장비가 대들었다.

"세 사람의 피는 하나다, 세 명은 일심동체라고 형님도 늘 말하지 않았소? 우리라는 손발이 밤낮으로 무예를 연마해도 어깨가 거름통을 지거나 머리가 농부가 되어서는 일심동체라고 할 수 없습니다."

"허허허, 그래 내가 졌다."

유비는 가볍게 웃으며 타일렀다.

"네 말이 맞다. 그러나 곧 알게 될 것이다. 나에게도 생각이 있다는 것을 말이다. 걱정하지 마라."

유비가 이렇게 말하니 더는 아무 말도 할 수 없었다. 역시 조조를 속이려는 것일지도 모른다. 잘 생각해보니 유비의 농사일은 동승과 밀회한 이후부터 시작되었다.

두 사람은 생각을 고쳐먹고 매일 되풀이되는 무료함을 서로 달래주었다. 그로부터 며칠이 지난 후 함께 외출했다가 돌아와보니 매일 모습을 보이던 채소밭에도, 집 안에도 유비가 보이지 않았다.

||| 三 |||

"주군은 어디 가셨는가?"

장비와 관우는 놀라서 가신에게 물었다.

"상부에 가셨습니다."

"뭐? 조조가 불렀는가?"

"네. 조 승상이 무슨 일인지 급히 사람을 보냈습니다."

이 말을 들은 두 사람은 멍하니 서로 얼굴을 쳐다보았다.

"큰일이다. 우리가 있었으면 무슨 일이 있어도 따라갔을 텐데."

짐작 가는 바가 있었다. 평소에 침착하던 관우마저 마음이 불안하여 유비를 걱정했다.

"조 승상이 누구를 보냈던가?"

"승상의 심복인 허저와 장료 두 사람이 마차를 끌고 와서 모시고 갔습니다."

"점점 더 수상하군."

"관우 형님, 이러고 있을 때가 아니오. 일단 상부로 갑시다. 만약 문을 열어주지 않으면 부수고서라도 들어갑시다."

"그래, 서두르자."

두 사람은 상부를 향해 허도의 대로를 날듯이 달려갔다.

그보다 수 시간 전에 유비는 조조로부터 갑자기 부름을 받고 마음속으로 무슨 일인가 걱정되어 그를 데리러 온 허저와 장료에게 물었다.

"왜 부르셨는지 우리도 모르오."

두 사람은 쌀쌀맞게 대답했다.

그렇다고 거절할 수도 없어서 그는 마음속으로 살얼음판을 걷는 심정으로 상부로 들어갔다. 안내된 곳은 청사가 아니라 조조의 살림집에서 이어진 남원의 한 방이었다.

"오랜만이오."

조조가 기다리고 있었다.

마른 몸에 긴 얼굴, 그리고 늘 빛나는 봉황처럼 기다란 눈. 최근의 조조는 위용과 기품을 모두 갖춘 듯 보였다.

"지난 두 달간 격조했습니다. 잘 지내셨지요?"

유비가 아무렇지 않은 듯 고개를 숙여 인사하자 조조는 그의 얼굴을 물끄러미 보며 말했다.

"공의 얼굴이 햇볕에 많이 탔군요. 듣자 하니 요즘 채소밭에 나가 농사만 짓고 있다던데, 농사가 그리도 재미납니까?"

"참으로 재미있습니다."

유비는 내심 마음이 조금 놓였다.

"승상의 정령政令이 온 세상에 두루 미쳐서 세상이 평화롭습니다. 그래서 무료함이나 달랠 겸 후원에서 밭을 갈고 있습니다. 돈도 들지 않고 건강에도 좋고 저녁밥이 참 맛있어졌습니다."

"그렇군. 돈은 들지 않겠군. 공은 욕심이 없는 줄 알았는데 재물을 모으는 취미가 있나보구려."

"지나친 농담이십니다."

유비는 일부러 부끄럽다는 듯 고개를 숙였다.

"농담이오, 농담. 신경 쓰지 마시오. 실은 오늘 공을 부른 것은 상부의 매화나무 밭에 매실이 열린 것을 보고 갑자기 지난해에 장수를 정벌하러 나섰던 행군길이 생각났기 때문이오. 심한 더위에 물도 없이 갈증에 괴로워하고 있을 때 병사들을 향해 조금만 더 가면 잘 익은 매실이 가득한 매화나무 숲이 나온다며 거기까지 서두르자고 거짓말을 했었소. 그 말을 듣고 병사들은 모두 입 안 가득 침이 고여서 결국 갈증을 잊고 행군을 계속할 수 있었지요."

조조는 그 이야기가 자랑스러운 듯했다. 이 말을 마치고 다시 말을 이었다.

"그래서 불현듯 공과 그 매실을 익혀 음미하며 한잔하고 싶었소. 자 이리로 오시오. 매화나무 숲을 산책하면서 준비된 술자리로 안내하리다."

조조는 앞장서서 벌써 매화나무가 빽빽한 숲길을 걸어가고 있었다.

||| 四 |||

“오오, 굉장히 넓은 매화나무 숲이군요.”

조조의 안내에 따라 유비도 산책하면서 감탄을 연발했다.

“유 예주, 공은 여길 보는 것이 처음이오?”

“남원에 들어와본 것은 오늘이 처음입니다.”

“그렇다면 꽃이 만발할 때도 불렀으면 좋았을걸 그랬군.”

“승상이 몸소 안내해주시는 것만으로도 황송할 따름입니다.”

“술자리가 마련되어 있는 작은 정자는 저쪽 매화나무 골짜기를 돌아 맞은편에 있는 전망이 좋은 곳이오.”

그때 갑자기 머리 위와 땅 위로 무언가가 톡톡 떨어졌다. 푸른 매실이었다.

“오오!”

순간 어린 나뭇잎과 나뭇가지가 윙윙 울며 주위가 캄캄해졌다. 그리고 한 줄기 권운이 저 멀리 산그늘을 스치고 피어올랐다.

“용이다, 용이다.”

“저기다. 용이 승천했다.”

근처의 하인들과 가신들이 바람 속에서 저마다 한마디씩 하고 있었다. 그리고 “쏴아!” 하고 하얀 빗줄기가 퍼붓기 시작했다.

“곧 그칠 것이오.”

조조와 유비는 나무 아래로 들어가 비를 피하며 비가 지나가기를 기다렸다. 그러는 사이에 조조가 유비에게 물었다.

“공은 우주의 도리와 변화를 아시오?”

“아직 잘 모릅니다.”

“용이라는 것이 그것을 잘 설명하고 있소. 용은 때로는 크고 때로는 작아서 크면 안개를 뿜고 구름을 일으키며 강을 뒤집어놓고 바다를 마르게 하지요. 또 작아지면 머리를 묻고 발톱을 감춘 채 연못에 작은 파동 하나 일으키지 않소. 오를 때는 대우주까지 높이 날아오르고 숨을 때는 연못 속에 백 년이라도 숨어 있지요. 그러나 본래가 양물陽物이라 봄이 한창일 때, 즉 이맘때쯤이면 크게 움직인다오. 용이 일어나면 구천이라고 하여 사람이 홍하고 지기志氣와 시운時運을 얻으면 사해를 종횡한다고 합니다."

"실제로 존재하는 것입니까?"

"있다고 생각하면 있고 없다고 생각하면 없을지도 모르지요. 예를 들면 지금처럼 말이오."

그러더니 손가락으로 하늘을 가리키며 말을 이었다.

"구름 기둥이 저쪽 산악을 지나 맹렬한 기세로 올라간 것을 봤지요? 그러나 구름의 신비와 자연의 신속함, 누가 능히 그 흔적을 잡아 실증할 수 있겠소?"

"예로부터 용에 관한 이야기는 무수히 들어왔습니다만, 아직 이것이 진정한 용이라고 하는 실물은 보지 못했습니다."

"아니요!"

조조는 강하게 고개를 저으며 말했다.

"나는 보았소! 내 눈으로."

"그러시군요."

"그러나 신비의 존재인 용이 아니라 이 땅 위에서 풍운을 만나 일어나는 많은 인용이오. 결국 용은 인간이라는 것이 나의 생각이오."

"그렇게도 말할 수 있겠군요."

"공도 그 용 중에 한 명이라고 할 수 있지요."

"당치도 않습니다. 저는 하늘을 나는 신통력도 없고 움켜쥘 수 있는 발톱도 없으며 자유자재로 숨었다 나타났다 하는 능력도 없습니다. 아마 용은 용이라도 앞에 토土 자가 붙은 용이 아닐까 합니다."

"겸손이 지나치시군. 그런데 공은 꽤 여러 지역을 돌아다녔으니 필시 당대의 영웅을 알고 있을 것이오. 우선 당대의 영웅이라고 할 수 있는 인물은 누구라고 생각하시오?"

"글쎄요. 어려운 질문이군요. 저 같은 평범한 눈을 가진 자에게는."

"아니, 공의 가슴속에 있는 사람, 누구라도 좋으니 말해보시오."

유비는 그의 집요한 눈빛에서 벗어나고 싶어서 먼저 나무 그늘에서 나와 하늘을 올려다보며 말했다.

"오, 비가 그쳤습니다."

천둥을 무서워하는 자

||| 一 |||

교묘하게 대답을 피했지만, 비를 피하는 동안의 잡담에 지나지 않았기에 조조는 화도 낼 수 없었다.

유비는 조금 앞서가다가 적당한 곳에서 그를 기다렸다.

"구름을 보아하니 또 쏟아질 것 같습니다."

"비도 분위기가 있어 좋구려. 우정雨情이라는 말도 있으니."

"지금 내린 소나기로 매실이 꽤 떨어졌습니다."

"마치 시 속의 한 장면 같소."

조조는 멈춰 섰다.

내실에서 일하는 시녀들이 비가 그친 것을 보고 매실을 주워 담고 있었다. 미희들은 손에 바구니를 들고 주워 담은 매실의 수를 자랑했다.

"앗, 승상이시다."

조조의 모습을 보자 그녀들은 여원女院의 처마 쪽으로 도망쳐서 숨었다. 조조는 시흥詩興이 일었는지, 아니면 그녀들의 젊음에 희열을 느꼈는지, 그 봉안鳳眼에 웃음을 띠고 그녀들을 바라보고 있다가 문득 손님인 유비를 의식하고 말했다.

"사랑스럽지 않소? 여자라는 것이. 저것이 생활이오."

"어떻게 저리도 아리따운 여인들로만 시녀를 모으셨습니까? 과연 도성이군요."

"하하하. 그러나 이 매화나무 숲의 매화꽃이 일시에 개화하여 그 향기를 내뿜을 때는 그녀들의 아름다움도 자취를 감추고 만다오. 애석하게도 매화꽃은 곧 지고 말지만."

"여인의 아름다움도 길지 않습니다."

"그렇게 너무 앞으로의 일만 생각하면 모든 것이 허무하지요. 나는 인간의 수명을 70년 혹은 80년 정도로 최대한 길게 보고 싶소. 불교에서는 짧다면서 한순간이라고도 하지만 말이오."

"기분은 잘 알겠습니다."

"나는 불교나 군자의 이야기에 무턱대고 따르지는 않소. 태어날 때부터 반골인 모양이오. 그러나 대장부가 가는 길은 스스로 대장부가 아니고는 이해하기 어렵지요."

그러고는 입을 다물더니 다시 걷기 시작했다. 화제는 어느새 다시 좀 전의 이야기로 돌아와 있었다.

"어떻소? 조금 전에도 이야기했지만, 도대체 당대의 영웅이 누구라고 생각하시오? 있는 것이오? 없는 것이오? 공의 마음속에 있는 사람을 말해보시오."

"그 문제 말입니까? 글쎄요, 저에게는 마땅한 인물이 떠오르지 않습니다. 그저 승상의 은고恩顧를 느끼며 조정에서 일하고 있을 뿐입니다."

"공의 생각에 영웅이라고 딱 잘라 말할 수 있는 사람이 없다면, 세상 사람들의 생각은 어떠하오? 그들이 무슨 말을 하는지 들려주시오."

성격 탓이기도 하겠지만 참으로 집요했다. 그 집요한 질문에는 유비도 더는 피할 수 없었다. 그래서 결국 입을 열었다.

"듣자 하니 회남의 원술을 영웅이라고 하더군요. 군사에 관해서 정통하고 군량은 충분하고 여론도 칭찬 일색인 듯합니다."

이 말을 듣고 조조는 웃으며 말했다.

"원술이란 말인가. 그는 이미 살아 있는 영웅이 아니오. 무덤 속의 백골이지요. 가까운 시일 안에 이 조조가 반드시 생포해 보이리다."

"그렇다면 하북의 원소는 어떻습니까? 4대에 걸쳐 삼공의 자리에 올랐으며 문하에는 유능한 관리들이 많이 배출되고 있습니다. 그리고 지금은 기주에 호랑이처럼 버티고 앉아 있으며 그 휘하에 모사와 용장의 수를 셀 수 없다고 하니 앞으로의 대계大計를 짐작해볼 수 있을 것입니다. 우선 그를 시대의 영웅으로 볼 수 있지 않겠습니까?"

"하하하, 과연 그럴까요?"

조조는 여전히 웃으며 말했다.

"원소는 배짱이 없고 결단력이 없소. 다시 말하면 옴벌레 같은 인물이오. 큰일에는 몸을 사리고 작은 이득을 보면 목숨도 가볍게 여기는 자요. 그런 인간을 어찌 시대의 영웅이라 할 수 있겠소?"

다른 누구의 이름을 대보아도 그는 그런 식으로 단번에 부정해 버렸다.

||| 二 |||

부정하는 것도 애매하게 하지 않았다. 조조의 부정은 명쾌했다. 듣는 이에게 통렬한 쾌감조차 주었다.

유비도 그만 거기에 빠져들고 말았다.

이처럼 당대의 영웅에 대해 유비가 이름을 대면 조조가 논파하는 식으로 이야기를 주고받다 보니 어느 틈에 술자리가 마련된 작은 정자 앞에 오게 되었다.

“풍아함이 느껴지지 않소?”

“그렇군요. 좋은 곳입니다.”

“매화를 감상하는 계절에는 자주 여기서 연회를 열고 있소. 자연 그대로의 소박한 정취가 느껴져 더욱 좋지요. 오늘도 딱딱한 예의 따위는 집어치우고 심신을 편안히 쉽시다.”

“그러도록 하겠습니다.”

“오는 도중에 당대의 영웅에 대해 꽤 이런저런 이야기를 나누었소만, 나는 아직도 서생 기질이 남아 있는지 담론하는 것을 좋아하오. 오늘은 서로 많은 이야기를 나누도록 합시다.”

그는 가슴을 열고 자신을 적나라하게 보여주겠다는 생각으로 말했다.

자못 자연인답게 지금은 낙양의 가난한 서생처럼 보였다. 그러나 그 모습의 어디까지가 진짜 조조일까?

유비는 쉽게 그에게 맞춰 자신의 속내를 드러내려는 기색은 보이지 않았다.

유비가 조조만큼 자신을 드러내 보인다면 그것은 자신의 전부를 내보이는 것이라 할 수 있을 것이다. 유비는 자신을 감추는 데 세심한 주의를 기울였다. 아니, 겁쟁이처럼 보이기까지 했다.

좋게 보면 그것은 유비가 인간의 본성을 깊이 응시하고 자신의 단점이 드러나지 않게 조심하며 어디까지나 다른 사람들과 융화하기 위해 애쓰는 모습이라고 할 수 있다. 그러나 나쁘게 보면 쉽게 다른 사람에게 자신의 속내를 보이지 않기 위해 이중, 삼중으로 자신을 포장하는 음흉한 사람이라고도 할 수 있다.

적어도 조조라는 인간은 유비보다는 훨씬 단순명료했다. 때때로 감정을 밖으로 드러내는 것만으로도 어느 정도 속내를 알 수 있었다.

그러나 그렇다고 해서 유비가 속이 검고 조조가 더 사람이 좋다고도 할 수 없었다. 왜냐하면 조조가 보이는 감정에도, 유쾌하게 내뱉는 말에도, 가슴을 열고 속내를 털어놓는 서생 기질에도, 기교와 기지가 작용하고 있었기 때문이다. 그것은 오히려 자신이 먼저 상대방에게 허물없이 대함으로써 상대방을 방심하게 만드는 계책으로도 보였다. 다만 조조의 경우는 본래 성격적으로 그렇게 하는 부분과 계획적으로 그렇게 하는 부분을 자신도 의식하지 못하는 면이 있었다. 따라서 정작 자신은 이 두 가지를 일일이 나눠서 사용하고 있다고는 생각하지 않을지도 모른다.

옥으로 만든 아름다운 술잔.

우아한 도기 술병.

그리고 안주는 작고 푸른 매실.

좀 전에 매실을 줍던 시녀들 중에서 본 듯한 여인 몇 명이 그곳에 와서 술 시중을 들었다.

"아아, 취한다. 매실을 안주로 삼아 술을 마시면 이렇게 빨리 취기가 도는가?"

"저도 꽤 많이 마셨습니다. 최근에 이렇게 기분 좋게 술을 마신 적이 없습니다."

“푸른 매실을 안주로 데운 술을 마시며 영웅을 논하다. 조금 전부터 시의 첫 구절만 떠오를 뿐 그다음이 떠오르질 않소. 공이 다음 구절을 지어보겠소?”

“저는 못 합니다.”

“시는 짓지 않소?”

“아무래도 태어날 때부터 풍류와는 거리가 먼 듯합니다.”

“참으로 재미없는 사람이군.”

“죄송합니다.”

“그럼 그냥 마시기로 합시다. 어째서 술잔을 내려놓으시오?”

“많이 취했습니다. 이만 돌아가야 할 것 같습니다.”

“불가하오!”

조조는 자신의 술잔을 내밀며 말했다.

“아직 영웅 이야기가 끝나지 않았소. 공은 조금 전에 원술과 원소 두 사람을 당대의 영웅이라고 했소만, 더 이상 다른 인물은 없소? ……그렇다면 묻겠소. 지금 이 시대엔 그리도 인재가 없다는 말이오?”

||| 三 |||

강요된 술잔과 계속되는 질문에 유비는 마음대로 자리를 뜰 수도 없었다.

“아니, 조금 전에 말한 이름은 세상 사람들이 하는 말을 전한 것에 불과합니다.”

그러고는 그만 조소가 권한 술잔을 받고 말았다.

조조는 틈을 주지 않고 연달아 질문했다.

"세상 사람들이 하는 말이어도 상관없소. 원소와 원술 외에 또 누가 당대의 영웅이란 말이오?"

"다음으로 형주의 유표가 아닐까요?"

"유표라."

"아홉 개의 주州에 그 위세를 떨치고 있고, 팔준八俊 중 하나로 불리며 영지를 다스리는 데도 뛰어나다고 들었습니다."

"아니, 아니지. 영지를 다스리는 데 뛰어난 것은 그의 신하 중에 조금 영리한 자가 있기 때문이오. 유표의 단점은 뭐니 뭐니 해도 주색에 빠지기 쉬운 점인데 여포와 공통점이 있소. 그를 어찌 시대의 영웅이라 할 수 있겠소?"

"그렇다면 오의 손책은 어떻습니까?"

"음, 손책이라."

조조는 웃음을 거두고 고개를 살짝 갸웃거렸다.

"승상의 눈에는 손책이 어떻게 보이십니까? 그는 강동의 우두머리로 젊기까지 합니다. 영민들이 그를 소패왕이라고 부르며 믿고 따르고 있다고 합니다."

"말할 가치도 없소. 일시적인 계략으로 공을 세웠다고는 하나 처음부터 아버지의 명성을 등에 업고 일어선 애송이에 불과하오."

"그렇다면 익주의 유장劉璋은 어떻습니까?"

"그런 자는 문지기 개요."

"그렇다면 장수張繡, 장로張魯, 한수韓遂 같은 사람들은 어떻습니까? 그들도 모두 영웅이라고 할 수 없습니까?"

"아하하하, 영웅이라고 할 수 없지요. 전혀."

조조는 손뼉을 치며 비웃었다.

"그들은 모두 변변치 않은 소인배들일 뿐 논할 가치도 없소. 좀 더 인간다운 모습을 한 사람은 없는 것이오?"

"이 이상은 저도 들은 바가 없습니다."

"한심하군. 영웅이라 함은 큰 뜻을 품고 만 가지 계책을 가지고 있으며, 당당하게 행동하고 시대를 앞서가며, 우주의 기개와 도량을 지니고 천지의 이치를 체득하여 만민을 지휘할 수 있는 자라야 하오."

"지금 세상에 그런 자질을 갖춘 인물이 어디 있습니까? 무리한 요구입니다."

"아니요, 있소!"

조조는 느닷없이 손가락으로 유비의 얼굴을 가리켰다. 또 그 손가락을 돌려 자신의 코를 가리켰다.

"나와 귀공이오. 그냥 큰소리치는 것이 아니라 지금 천하의 영웅은 나와 귀공 둘뿐이오."

그 말이 채 끝나기도 전이었다.

푸르스름한 번개가 두 사람의 무릎에서 번쩍이는가 싶더니 갑자기 큰비가 세차게 쏟아지기 시작하며 천둥소리가 울렸다. 근처의 큰 나무에 벼락이 떨어진 모양이다.

"앗."

유비는 손에 들고 있던 젓가락을 내던지고 두 귀를 막더니 그 자리에 엎드렸다.

천지를 찢어놓을 듯한 진동이기는 했으나 유비가 지나치게 겁을 먹자 그 자리에서 술 시중을 들던 시녀들은 자지러지게 웃었다.

순간 조조는 유비의 행동을 의심했다. 잠시 얼굴을 들지 않는 유비를 엄격한 눈으로 보고 있었다. 그러나 여자들까지 웃자 자기도 모르게 쓴웃음을 지으며 말했다.

"그만 얼굴을 드시오. 이미 하늘은 개었소."

유비는 취기가 싹 가신 듯한 얼굴로 말했다.

"아아, 놀랐습니다. 어릴 때부터 천둥소리를 워낙 싫어했습니다."

"천둥은 천지의 목소리, 어째서 그렇게 무서워하시오?"

"모르겠습니다. 어렸을 때부터 천둥소리가 들리면 몸을 숨길 곳부터 찾았습니다."

"음."

조조는 자신이 좋을 대로 생각하고 기뻐했다. 유비의 그릇이 이 정도라면 신경 쓰지 않아도 될 인물이라고 생각한 것이다. 유비의 계책인지도 모르고.

||| 四 |||

마침 그때 남원의 문 근처에서도 마치 천둥소리 비슷한 목소리가 울리고 있었다.

"문 열어라, 문 열어! 문을 열지 않으면 깨부수고 들어가겠다."

원 내의 보초병들이 놀라서 물었다.

"문을 깨부수고 들어오겠다니, 넌 누구냐?"

보초병들이 묻는 사이에도 거대한 문이 심하게 흔들렸다. 유리기와가 두어 장 지붕에서 떨어져 깨졌다.

"앗, 이게 무슨 행패냐? 누군지 이름을 대라. 용건이 뭔지 먼저 말해라!"

그러자 문밖에서 다시 소리가 들렸다.

"우물쭈물할 시간이 없다. 우리 둘은 오늘 승상께 초대받아 온 유현덕의 의제들이다."

"앗, 그럼 관우와 장비인가?"

"어서 열어라!"

"상부의 허락을 받고 온 것인가?"

"이러고 있을 시간이 없다고 하지 않았느냐! 에잇, 귀찮아. 형님, 거기 좀 비키시오. 이 돌로 문을 박살 내버릴 테니."

안에 있던 보초병이 깜짝 놀라서 말했다.

"멈추시오. 난폭한 짓은 그만두시오. 문을 열겠소."

"어서 열어라! 어서."

"막무가내군."

보초병들이 잔뜩 위축되어서 어쩔 수 없다는 듯 문을 열려고 하자 관우와 장비를 쫓아온 듯한 상부의 관리들과 병사들이 소리쳤다.

"문을 열어서는 안 된다. 승상의 허가를 받으라고 했더니 억지를 부리며 그냥 통과한 난동꾼들이다. 들여보내서는 안 돼!"

그들은 양옆에서 덤벼들었다.

"벌레 같은 놈들. 밟혀 죽고 싶으냐!"

장비는 그들을 두들겨 패고 짓밟고 잡아서 던졌다.

그들이 겁을 집어먹고 도망치는 사이에 장비는 커다란 돌을 들어 문에 던졌다.

두 사람은 부서진 문을 통과하여 매실나무 사이를 질풍처럼 달렸다. 유비가 자리에서 일어나 집으로 돌아가려고 할 때 두 사람은 작은 정자 아래에 도착했다.

"오오, 주군."

"형님."

유비가 무사한 것을 보고 두 사람은 땅바닥에 무릎을 꿇고 기쁨의 눈물을 흘렸다. 동시에 맥이 빠진 듯 잠시 어깨를 들썩이며 숨을 쉬고 있었다.

조조는 이상하게 보고 캐물었다.

"관우와 장비가 아닌가. 부르지도 않았는데 어떻게 왔느냐?"

"그러니까……."

관우는 순간 말문이 막혔다.

"글쎄 그러니까…… 때마침 주연이 열렸다고 해서 저희들도 서투르나마 검무라도 추어 흥을 돋울까 하여 무례인 줄 알면서도 갑작스럽게 찾아온 것입니다."

어렵게 핑계를 대자 조조는 입을 열자마자 크게 웃었다.

"와하하하. 뭘 그리 당황하나? 이보게, 오늘은 홍문지회鴻門之會가 아니네. 어찌 항장項莊과 항백項伯이 필요하겠나? 안 그렇소, 유황숙?"

유비도 웃으며 얼버무렸다.

"두 사람이 모두 경솔해서."

"경솔하다니요? 당치도 않소. 천둥을 무서워하는 사람의 의제로는 과분할 정도요."

조조는 눈도 떼지 않고 두 사람을 보고 있다가 잠시 후 정자 위에서 말했다.

"모처럼 왔으니 검무는 됐고 두 번쾌樊噲(한나라 고조 때의 공신)에게 술을 따르도록 해라."

장비는 고개를 숙여 감사를 표하고 분풀이라도 하듯 벌컥벌컥 마셨으나 관우는 입에 머금고 있다가 조조가 안 보는 틈을 타서 뒤쪽에 뱉어버렸다.

비 온 뒤의 하늘에는 흰 무지개가 걸려 있었다. 범의 아가리에서 빠져나온 유비의 마차는 두 의제의 호위를 받으면서 무지개 아래에 바퀴 자국을 남기며 무사히 돌아갔다.

흉문 탈출

一

며칠이 지나 유비는 전에 푸른 매실을 안주로 삼아 열었던 주연에 대한 보답으로 상부에 간다며 마차를 준비하라고 명령했다.

관우와 장비는 입을 모아 말했다.

"조조가 어떤 마음을 품고 있는지 아시지 않습니까? 간교한 간웅의 흉문(凶門)에 우리가 자진해서 찾아갈 필요는 없다고 생각합니다."

두려울 것 없는 두 사람도 조조에게만큼은 경계를 늦추지 않았다. 아니, 그보다는 오히려 유비가 자중할 것을 촉구했다.

유비는 미소 띤 얼굴로 고개를 끄덕이며 말했다.

"그래서 내가 일부러 채소밭에 나가 거름통을 지기도 하고 천둥소리에 귀를 막기도 하고 젓가락을 내던지기도 한 것이네. 그러나 조조는 머리 회전이 빠르고 눈치가 빨라서 그를 피하며 멀리했다간 의심만 살 걸세. 그의 비위를 맞추며 이따금 찾아가서 그의 비웃음을 사는 편이 목숨을 보전하는 데는 도움이 되지 않겠나?"

처음으로 유비에게서 채소밭에 나가 괭이질을 하는 이유와 천둥소리에 귀를 막은 이유를 듣고 두 사람은 유비의 세심한 조심성에 혀를 내둘렀다. 그리고 그렇게까지 조심하고 있다면 조조에게 가는 것을 두려워할 필요가 없다고 생각하며 두 사람도 유비를 태운 마차를 따라 걸었다.

조조는 오늘도 기분이 좋은 듯 유비를 보자 말했다.

"황숙, 오늘은 저번과 다르게 바람도 없고 날도 좋으니 천둥도 치지 않을 거요. 그러니 천천히 즐기도록 합시다."

언젠가의 청아하고 담백한 정취를 바꿔서 그날은 기름지고 진한 맛이 나는 술안주로 상을 차렸다.

이때 근신이 와서 고했다.

"하북의 정세를 알아보러 갔던 만총滿寵이 밀정들의 첩보를 모두 모아서 지금 막 돌아왔습니다."

조조는 유비를 한번 힐끗 보더니 지시했다.

"오오, 만총이 돌아왔는가? 어서 들라 하라."

이윽고 만총이 근신의 안내를 받아 자리 한쪽에 와서 섰다. 조조가 물었다.

"하북의 정세는 어떤가. 원소의 허와 실을 잘 보고 왔느냐?"

만총이 대답했다.

"하북에는 별다른 이상이 없습니다만, 북평의 공손찬이 원소의 손에 죽었습니다."

이 소식을 듣고 놀란 것은 그 자리에 있던 유비였다.

"뭐, 공손찬이 죽었다고? 그 정도 세력에 덕망까지 갖춘 이가 어떻게 하루아침에 멸망할 수가 있단 말인가……. 아아."

허무하다는 듯이 탄식하며 손에 들고 있는 술잔도 잊은 듯한 모습을 보고 조조는 이상하다는 듯 물었다.

"공은 어째서 그처럼 공손찬의 죽음을 한탄하는 것이오? 나는 잘 이해가 가질 않소. 흥망은 병가지상사가 아니겠소?"

"그야 그렇지만, 공손찬은 오랫동안 친밀하게 지내온 저의 은우恩友입니다. 황건적의 난이 시작되었을 때 가난을 무릅쓰고 뜻을 세웠으나 아직 변변한 병장기와 병사들도 없었던 저는 관우, 장비와 함께 난을 진압하러 가는 공손찬의 대열에 끼었습니다. 또 그 병력을 빌려서 싸우는 등 여러모로 신세를 많이 졌지요. 여보게, 만총. 좀 더 자세히 이야기를 들려줄 수 있겠소?"

이 말을 듣고 조조도 거들었다.

"그렇군. 공이 아직 무명이었던 시절부터 공손찬과는 각별한 사이였지. 여봐라, 만총. 귀빈이 저처럼 원하고 계시니 공손찬이 어떻게 죽었는지 소상히 말해보거라."

"그러시다면 아뢰겠습니다."

||| 二 |||

애초에 만총은 그런 견문을 모으기 위해 나갔다 온 사람이다. 그의 말은 상세했고 믿을 만했다.

그의 말에 따르면 공손찬이 멸망하게 된 전말은 다음과 같다.

북평의 공손찬은 최근 기주의 요지에 역경루易京樓라는 큰 성곽을 짓고 그곳으로 일족을 옮겼다.

역경루의 규모가 어마어마하게 커서 언뜻 그의 위세가 더욱 왕성해진 듯 보였으나 사실은 그렇지 않았다. 매년 국경 지역을 이웃 나라인 원소에게 잠식당해 원래 있던 성에 머물기가 불안해져서 대토목 공사를 일으킨 것이었다. 즉, 역경루로 옮긴 것은 이미 쇠퇴의 조짐이었던 것이다.

공손찬은 역경루에 군량 30만 석과 대군을 모아놓고 그 후로 여러 번의 전투에서 우선은 일단 강국의 면모를 보였으나 언젠가 아군의 일부 병사들이 적군 사이에 고립된 것을 계기로 그의 신망은 하락하고 병사들의 사기는 떨어지기 시작했다.

그날 성 밖으로 나가 혼전을 거듭한 공손찬 군은 결국 패배하고 역경루로 황급히 돌아와서 성문을 굳게 걸어 잠근 후에야 아군이 남겨진 걸 알았다.

"적들 사이에 아직 아군 병사 500명이 퇴로가 끊긴 채 남아 있다. 그냥 두어서는 안 된다. 원군을 조직하여 구하러 가자."

곧장 성문을 열고 구조에 나서려고 하자 공손찬이 허락하지 않았다.

"안 된다. 500명의 병사를 구하기 위해 1,000명의 병사를 잃을 순 없다. 또 성문을 여는 순간 적이 밀고 들어오면 큰 손실을 볼 것이다."

그 후 원소 군이 성의 턱밑까지 밀어닥치자 성안의 불평분자들이 성 밖으로 우르르 몰려나가 1,000명 이상이나 되는 병사가 투항해버렸다.

투항한 병사들은 적이 취조하자 거침없이 말했다.

"공손찬은 우리를 돈이나 물건 정도로밖에는 생각하지 않소. 이해득실을 따져서 500명의 병사가 적군 속에 고립되어 곤경에 처한 것을 보고도 구하지 않았소. 그래서 우리는 그에게 1,000명의 병력 손실을 주려고 한 것이오."

적에게 투항한 병사는 1,000명에 그치지 않았고, 성안에 남아 있는 병사들의 사기도 오르지 않았다. 그래서 공손찬은 흑산의 장연張燕에게 협력을 구하고 원소를 협공하는 계책을 세웠으나 원소에게 발각되어 이 역시 참패로 끝나고 말았다.

그 이후로는 성문을 닫아걸고 수비에 치중하며 성 밖으로 나가지 않았기 때문에 원소도 손을 쓰지 못하고 있었다.

"역경루를 함락시키기 위해서는 적어도 성안의 병사들이 30만 석의 군량을 다 먹을 때까지 기다려야 한다."

이런 소문이 돌았다. 그러나 과연 원소의 진영답게 매우 효과적인 계책을 가진 모사가 있었다. 밤낮으로 땅을 파서 성안까지 연결된 갱도를 만든 것이다. 이 갱도를 통해 기습을 감행하여 방화와 교란, 살육 등을 저지르고 동시에 밖에서 공격하여 단숨에 성을 함락시켜버렸다.

공손찬은 도망가려 해도 길이 없었다. 그는 자신의 손으로 처자식을 베고 자신도 자살해버렸다.

"이런 이유로 원소의 영지는 확대되고 병마는 증강되고 있습니다. 그뿐만 아니라 최근에는 그의 아우인 회남의 원술도 한때는 스스로를 황제라 칭하며 위세를 떨쳤습니다만, 스스로 오른 황제의 자리가 버거웠는지 형 원소에게 전국옥새를 보내 형에게 황제의 자리를 주고 자신은 실리를 취하고자 원소와 합치려 하고 있습니다. 두 사람이 합병하게 되면 더욱 막강한 세력이 되어 당해낼 나라가 없어질 것입니다."

만총이 보고를 끝냈다.

조조는 매우 언짢은 표정이었다.

"승상, 특별히 부탁드리고 싶은 것이 있습니다. 들어주시겠습니까?"

유비가 언짢은 표정을 짓고 있는 조조에게 조심스럽게 말했다.

三

"황숙, 나에게 부탁하고 싶은 거라니 무엇이오?"

"저에게 승상의 군대를 빌려주셨으면 합니다."

"나의 군대를 이끌고 황숙은 어디로 갈 생각이오?"

"지금 만총이 한 말을 들으니 회남의 원술은 자신이 참칭한 황제의 이름과 함께, 가지고 있는 전국옥새도 형 원소에게 양도하여 안으로는 두 사람이 힘을 합치고 밖으로는 하북과 회남을 합체하여 중원으로 그 세력을 확장하려 하고 있습니다. 이는 승상께서도 그냥 두고 볼 수 없는 일 아닙니까?"

"물론 그냥 두고 볼 수 없는 중차대한 일이기는 하나, 무슨 대책이라도 있는 것이오?"

"원술이 회남을 버리고 하북으로 가기 위해서는 반드시 서주 땅을 통과해야 합니다. 제가 지금 군대를 빌려 서둘러 달려가서 그를 공격하여 반드시 승상의 걱정을 제거하고 원소가 황위를 넘보는 교만함을 응징하겠습니다. 그들이 품고 있는 야심을 미연에 분쇄해 보이겠습니다."

"황숙으로서는 평소와 다르게 용기를 낸 듯하오만, 어째서 갑자기 그런 생각을 하게 되었소?"

"원술과 원소가 불리해진다면 조금이라도 은우 공손찬의 넋에 위로가 되지 않을까 하고 생각했습니다."

"그렇군. 황숙의 신의도 있으니……. 원소가 은우의 원수이기도 하니, 좋소. 내일 아침 함께 천자를 뵙고 공의 바람을 상주하겠소. 공이 서주로 가준다면 나도 든든하지요."

다음 날 조정에 나가 조조가 유비의 바람을 아뢰자 황제는 눈물을 글썽이며 유비를 궁문까지 배웅했다.

유비는 장군의 인끈을 허리에 차고 조정에서 물러나 상부에 들렀다. 그리고 조조에게 5만의 정병과 두 명의 장수를 빌려 즉시 허도의 자택을 떠나 출발했다.

"뭐, 유 황숙이 허도를 떠났다고?"

놀란 것은 동승이었다. 동승은 십리정十里亭까지 말을 몰아 유비를 쫓아왔다. 유비는 동승을 타일렀다.

"국구, 걱정하지 마십시오. 전에 한 약속을 잊은 것이 아닙니다. 도성을 떠나도 저의 마음은 한시도 천자의 곁을 떠나지 않을 것입니다. 그저 전에 말한 대사를 조조가 눈치채지 못하도록 주의해주십시오."

동승과 헤어진 뒤 유비는 밤낮을 가리지 않고 행군을 서둘렀다.

관우와 장비는 이상히 여기며 물었다.

"평소와 달리 서두르시는데 어째서 이리도 허둥지둥 도성을 나온 것입니까?"

"이제야 말한다만 내가 허도에 있는 동안에는 하루도 마음 편할 날이 없었다. 허도에 있을 때는 새장 안의 새, 그물에 걸린 물고기 같은 목숨이었지. 만약 조금이라도 조조가 마음을 바꾼다면 언제 죽을지 모를 목숨이었다는 말이야. 아, 겨우 허도를 탈출하여 지금은 물고기가 큰 바다로 들어가고 새가 푸른 하늘로 돌아간 것 같은 기분이다."

유비는 마음속에 품고 있던 생각을 털어놓았다.

이 말을 들은 관우와 장비는 새삼 유비의 마음고생을 이해할 수 있었다. 무사해 보이는 날일수록 유비의 마음고생은 오히려 더 심했던 것이다.

한편 그 후 군대를 시찰하고 허도로 돌아온 곽가는 상부에 나가 비로소 유비가 대군을 빌려서 서주로 돌아간 사실을 알고 놀랐다.

'있을 수 없는 일이다.'

그는 바로 조조를 만나 그 무모함을 따졌다.

"호랑이에게 날개를 빌려주고 그뿐만 아니라 들에 놔주기까지 하다니……. 승상께서는 유비를 너무 만만하게 보신 것이 아닙니까?"

||| 四 |||

"……그런가?"

조조의 얼굴에 동요의 빛이 보였다.

"그렇습니다."

곽가는 더욱 따끔하게 말했다.

"노골적으로 말하면 승상은 유비에게 한 방 먹은 격입니다."

"어째서?"

"유비는 승상께서 생각하시는 그런 어수룩하고 평범한 인물이 아닙니다."

"나도 처음에는 그렇게 생각했네."

"그러셨겠죠. 그럼, 그 유비가 왜 갑자기 채소밭에 거름통을 져 나르는 등 만만하게 굴었느냐는 말입니다. 형안을 가지고 계신 승상께서 어찌 유비에게만큼은 방심하셨습니까?"

"그렇다면 그가 나의 군대를 빌려서 나를 위해 원술을 치겠다고 한 말은 거짓이었다는 말인가?"

"꼭 거짓은 아닐 것입니다. 그러나 승상을 위해서 그러는 것이 아닙니다. 그는 어디까지나 자신을 위해서 그러는 것입니다."

"당했군……!"

조조는 발을 동동 구르며 분한 마음에 입술을 깨물며 장탄식을 했다.

"천둥소리조차 무서워하는 저런 겁쟁이한테 당하다니, 일생일대의 실수를 저질렀구나."

그때 장막 밖에서 누군가 말하는 소리가 들렸다.

"승상, 뭘 그리 후회하고 계십니까? 제가 바로 뒤쫓아가서 그놈을 생포해오겠습니다."

그는 호분교위虎賁校尉 허저였다.

"허저인가. 좋은 생각이다. 서둘러라!"

경기병 500명을 선발하여 질풍처럼 유비의 뒤를 쫓았다. 그리고 유비를 쫓은 지 4일째 되는 날 마침내 유비 군을 따라잡았다. 허저와 유비는 각자 병사들을 뒤로 물리고 말 위에서 대화를 나누었다.

"교위, 무슨 일로 여기까지 왔소?"

허저가 대답했다.

"승상의 명령이오. 병사들을 나에게 넘기고 즉시 도성으로 돌아오시오."

"뜻밖의 말이군. 나는 천자를 배알하고 칙명을 받았소. 또 친히 승상의 명령도 받아 당당하게 도성을 떠나온 것이오. 그런데도 지금 그대를 보내 나에게 병사들을 넘기라고? 아, 알겠소. 그렇다면 그대도 곽가, 정욱 등과 같이 거지 근성이 있는 거요?"

"뭐요? 거지 근성?"

"그렇소. 화내기 전에 먼저 스스로를 돌아보시오! 우리가 출발하기 전에 곽가와 정욱이 계속해서 뇌물을 요구해왔으나 상대도 하지 않고 거절했더니 그 화풀이로 승상께 참언하여 그대에게 뒤쫓게 한 것이라 생각하는데……. 아아, 참으로 딱하구나. 비렁뱅이의 혀끝에 놀아나서 황송하게도 사자로 온 자의 순진함이여."

유비는 껄껄 웃었다.

"완력으로라도 나를 끌고 가겠다면 관우와 장비에게 인사를 시켜주겠소. 그러나 승상의 사자를 목을 베어 돌려보내는 것도 난감한 일. 그대도 현명하게 판단하여 내 말을 상부에 잘 전해주시오."

말을 마치자 유비는 병사들 속으로 모습을 감추었다. 그 병사들은 바로 발을 맞추어 앞으로 나아갔다.

허저는 할 수 없이 허무하게 허도로 돌아와 사실대로 조조에게 고했다.

조조는 분개하여 바로 곽가를 불러 뇌물에 대해 엄히 물었다.

곽가는 낯빛이 변해서 말했다.

"이게 무슨 일입니까? 제가 말씀드린 지 얼마나 됐다고 또 유비에게 속아서 저까지 의심하시다니."

그러자 조조도 바로 깨달은 듯 유쾌하게 웃고 곽가를 달랬다.

"지금 한 말은 그저 농이었네. 세월은 불러도 돌아오지 않고, 실수는 따라가도 예전으로 돌아오지 않는 법이지. 더는 군주와 신하 사이에 불평은 하지 말도록 하세. 어리석었네. 참으로 어리석었어. 차라리 술이나 한잔하면서 새롭게 대책을 마련해 훗날 나의 실수를 유비에게 백배로 갚아주도록 하세. 곽가, 누각에 올라가서 한잔하지 않겠니?"

가짜 황제의 말로

||| 一 |||

전에 동승의 의맹에 가담했던 서량 태수 마등도 유비가 도성을 탈출했다는 소식을 들었다.

'앞길이 아직도 요원하구나.'

이렇게 생각한 마등은 서량에 오랑캐가 쳐들어왔다는 구실로 급거 서량으로 돌아가 버렸다.

때는 건안 4년(199) 6월.

유비는 이미 서주에 와 있었다.

서주성은 전에 조조가 일시적으로 태수 자리를 맡긴 임시 태수 차주車冑가 지키고 있었다.

유비 일행을 맞이한 차주는 의아했다.

'상부의 직속 부대를 이끌고 무엇 때문에 갑자기 내려온 걸까?'

그러나 그날 밤은 성안에 성대한 연회를 베풀어 여행의 피로를 풀어주고 싶다고 했다.

연회에 참석하기 전에 유비는 차주를 따로 만나 협력해줄 것을 부탁했다.

"승상께서 나에게 5만 명의 정병을 내주신 것은 전부터 전국옥새를 자기 것인 양하며 황제 자리를 넘보고 있는 원술이 형 원소와 서로 협력해 전국옥새를 하북으로 가져가려는 것을 도중에서 공격하여 막기 위함이오. 그러니 지금 바로 은밀히 원술의 근황과 회남의 정세를 탐색해주시오."

"알겠습니다. 그런데 승상께서 붙여주신 두 명의 장수는 누구입니까?"

"주령朱靈과 노소露昭요."

두 사람이 이야기를 나누고 있을 때 구신인 미축과 손건도 만나러 왔다.

"건강하셔서 기쁩니다."

일동은 그날 밤의 연회에 참석하기 위해 자리에서 일어났다.

연회가 끝나는 것을 기다리지 못하고 유비는 미축과 손건 등과 함께 성을 나왔다. 그리고 처자식이 있는 옛집으로 오래간만에 돌아갔다.

유비는 우선 노모의 방으로 가서 노모 앞에 무릎을 꿇었다.

"어머니, 당신 아들이 지금 돌아왔습니다. 비라고 불러주십시오. 비입니다."

유비는 손을 내밀었다.

"오오…… 비구나."

노모는 유비의 손을 쓰다듬고 어깨를 어루만지더니 이윽고 얼굴을 부둥켜안았다.

"무사했구나."

노모는 금방 눈물을 글썽였다. 최근에는 눈도 침침해지고 귀도 어두워지고 혼자서는 걷지도 못하게 되었다. 그러나 비단옷에 짐승의 가죽이나 깃털로 만든 옷을 입고 뭐 하나 불편함 없이 지내며 오직 아들이 무사히 돌아오기만을 기도하고 있었다.

"기뻐해주세요. 어머니, 이번에 도성에 올라가 천자를 배알했을 때 조상님에 대해 물으시기에 우리 가문의 내력을 말씀드렸더니 천자께서 직접 조정의 계보를 살펴보시고 유현덕의 조상은 확실히 한실의 후예라고 하셨습니다. 그리고 유비는 과인의 숙부에 해당한다는 황공한 말씀까지 하셨습니다. 이렇게 해서 오랫동안 묻혀 있던 우리 가문도 다시금 한실의 계보에 기록되어 지하에 계신 조상님의 제사도 지낼 수 있게 되었습니다. 이것은 모두 저라는 묘목을 키워 꽃을 피우게 한 어머니의 힘입니다. 어머니, 부디 오래오래 사시며 유씨 가문의 정원에 더 많은 꽃이 피는 것을 지켜봐주십시오."

"그러냐, 오오, 그랬구나."

노모는 고개를 끄덕이며 하염없이 기쁨의 눈물을 흘렸다.

이윽고 방 안은 봄바람처럼 단란한 분위기에 휩싸였다. 아내도 함께하고 아이들도 모였다. 유비도 어느새 그 분위기 속에 녹아들어 남편과 아버지의 모습으로 돌아와 있었다.

||| 二 |||

회남의 원술은 스스로 황제라 칭하며 자신이 머무는 거처와 후궁도 모두 황제가 거하는 곳을 본떠서 만들게 했다. 그리하여 막대한 비용이 필요했기 때문에 백성들에게 무거운 세금을 부과하고 폭정에 폭정을 거듭하는 무리수를 두지 않으면 그것을 유지할 수 없는 상태가 되어버렸다.

당연히 백성들은 등을 돌리고 내부에서도 분란이 끊이지 않았다.

뇌박과 진란 등의 장수들도 이렇게 가다가는 더는 못 버틸 것 같다며 숭산嵩山으로 숨어버렸고, 뿐만 아니라 근년에 일어난 수해로 국정은 완전히 마비되어버렸다.

그래서 원술이 기사회생起死回生의 방편으로 생각해낸 것이 하북에 있는 형 원소에게 자신이 감당하지 못하는 황제의 칭호와 전국옥새를 넘기고 몸을 지키는 것이었다.

원소에게는 처음부터 천하를 차지하겠다는 야망이 있었다.

게다가 얼마 전에는 북평의 공손찬을 멸망시키고 영지도 확대되었다. 원래부터 군량이나 재화는 풍부했고 마침 위세를 떨치던 때였으므로 두말하지 않고 원술의 제안을 받아들였다.

"회남을 버리고 하북으로 와서 어떻게든 후일을 도모해보자."

그래서 원술은 어리석게도 수해로 인해 굶주린 백성들만을 남겨놓고 일체의 인마를 정리하여 회남에서 하북으로 옮길 결심을 했다.

황제의 물건, 궁문의 세간만으로도 수백 대의 수레가 필요했다. 후궁의 여인들을 태운 가마와 일족을 태운 말만 해도 몇 리나 이어져 있었다. 물론 거기에 기마병이나 도보로 가는 병사들에 그 가족들과 세간까지 더해져 전대미문의 대규모 이사행렬이 되었다. 그 대열은 개미처럼 끈기 있게 들을 지나고 산을 넘고 강을 건넜다. 이른 새벽의 안개 속에서 출발하여 해가 떨어지면 멈춰 서며 북으로 북으로 이동해갔다.

서주 근처에 다다르고 보니 유비 군이 기다리고 있었다.

유비 군의 총병력은 5만이었다. 주령과 노소를 좌우에 세우고 유비가 가운데에 있는 학익진鶴翼陣을 만들어 원술 일행을 포위했다.

"멍석이나 짜던 필부 놈이 주제도 모르고……."

원술의 선봉에서 장수 기령이 나와 덤볐다.

장비가 그를 보더니 말을 몰고 나갔다.

"오랫동안 기다렸다."

10합이나 겨뤘을까? 장비가 순식간에 기령을 찔러 죽였다.

"이 꼴이 나고 싶은 자는 내 앞으로 나와 이름을 대라."

이렇게 말하며 기령의 시체를 적군을 향해 던졌다.

원술 휘하의 병사들은 연이어 죽임을 당했고, 그 수가 점점 줄어들었다. 게다가 혼란에 빠진 후미 쪽에서 한 무리의 군마가 나타나더니 원술의 중군을 급습하여 군량과 재물, 부녀자 등을 수레째 약탈해갔다.

대낮에, 그것도 전투 중에 강도를 만난 것이다. 게다가 그 도적군은 전에 원술을 가망 없다고 생각하고 숭산으로 숨은 옛 부하인 진란과 뇌박 등의 무리였다.

"이놈들, 불충 불의의 반역자들아!"

원술은 화를 내며 비명을 지르는 부녀자들을 구하기 위해 직접 창을 들고 미친 듯이 뛰어다녔다. 그러나 주위를 둘러보니 어느새 아군의 선봉은 궤멸하고 2진도 무너져서 해 질 무렵의 저녁달 아래에는 셀 수 없이 겹겹이 쌓여 있는 아군의 시체만이 보일 뿐이었다.

"이런, 나도 위험하다."

원술은 밤낮없이 도망갔으나 도중에 강도와 산적에게 공격을 받고 병사들도 뿔뿔이 흩어져서 가까스로 강정江亭까지 후퇴하여 남은 자들을 세어보니 1,000명도 되지 않았다.

게다가 그 반수는 살이 피둥피둥 오른 일족이거나 아무 도움이 되지 않는 늙은 관리와 부녀자들이었다.

||| 三 |||

때는 무더위가 기승을 부리는 6월이었기 때문에 고생이 이만저만이 아니었다. 염천 더위에 한 걸음도 못 걷겠다고 호소하는 노인도 있었다.

“물이 필요해. 물 좀 줘.”

절규하며 숨을 거둔 병자와 부상자도 있었다.

낙오되는 사람도 많아서 10리를 가면 열 명이 줄고 50리를 가면 쉰 명이 줄었다.

“걷지 못하는 자는 어쩔 수 없다. 부상당한 자와 병자는 버리고 가라. 우물쭈물하고 있다가는 유비의 추격군에게 잡힐 것이다.”

원술은 일족 중에서 노인과 어린아이, 부하들도 가차 없이 버리고 도망갔다. 그런데 며칠 동안 도망가는 사이에 가지고 있던 식량이 다 떨어지고 말았다. 원술은 보리 껍질을 먹으며 사흘을 버텼으나 이제는 그것조차 없었다.

굶어 죽는 자의 숫자도 셀 수 없을 정도였다. 결국에는 입고 있던 옷마저 도적들에게 빼앗기고 기다시피 하며 10여 일간 도망쳤으나 주위를 돌아보니 조카 원윤袁胤 외에는 아무도 없었다.

“저기에 농가가 한 채 보입니다. 저기까지만 조금 참으십시오.”

원윤은 당장 숨이 끊어져도 이상할 것이 없는 원술을 부축하고 뙤약볕 아래를 열심히 걸어갔다.

두 사람은 아귀처럼 농가의 부엌까지 기어갔다. 원술은 큰 소리로 외쳤다.

"농부, 여보게 농부. 물 좀 주게……. 꿀물은 없는가?"

그러자 거기 있던 농부가 코웃음을 치며 대답했다.

"뭐, 물을 달라고? 핏물이라면 있으나 꿀물 따위는 없소. 말 오줌이라도 받아 마시든가."

야멸찬 대답을 들은 원술은 양손을 들고 비틀비틀 일어났다.

"아아! 난 단 한 명의 백성도 가지지 못한 국주國主였단 말인가. 물 한잔 베푸는 사람이 없는 신세가 되었단 말인가."

큰 소리로 우는가 싶더니 입에서 두 말의 피를 쏟으며 썩은 나무처럼 쓰러져서 그대로 숨이 끊어져버렸다.

"앗, 백부님."

원윤은 원술에게 매달려 목이 터져라 불렀지만 아무 대답이 없었다. 원윤은 울면서 원술을 매장하고 혼자서 노강盧江 방면으로 도망쳤으나 도중에 광릉廣陵의 서구徐璆라는 자에게 붙잡혔다. 원윤의 몸수색을 하던 서구는 의외의 물건을 발견했다.

전국옥새였다.

"어째서 이런 물건을 가지고 있는 것이냐?"

고문하며 추궁하자 원술의 마지막을 소상히 털어놓았다. 서구는 놀라서 바로 조조에게 서면으로 알리고 동시에 전국옥새도 보냈다.

조조는 공을 치하하고 서구를 광릉 태수로 봉했다.

한편 유비는 소기의 목적을 달성했기에 주령과 노소 두 장수를 도성으로 돌려보냈다. 그러나 조조에게 빌린 5만의 병사는 '국경을 지키기 위해서'라는 명목으로 그대로 서주에 남겼다.

주령과 노소는 도성으로 돌아가서 그러한 사정을 조조에게 고

하자 조조는 불같이 화를 내며 그 자리에서 두 사람의 목을 치려고 했다.

"나의 병사들을 나의 허락도 없이 어째서 서주에 남겨두고 온 것이냐!"

그러자 순욱이 타이르듯 말했다.

"이미 승상께서 유비를 총대장으로 임명하셨기 때문에 군의 지휘권도 당연히 유비에게 있습니다. 두 사람은 유비의 부하로 간 것이기 때문에 그의 명령에 따라야만 합니다. 더는 어쩔 수 없습니다. 이렇게 된 이상 차주에게 계책을 내리셔서 유비를 제거하십시오."

"그렇군."

조조는 그의 제안을 받아들여 오직 유비를 제거할 궁리를 하더니 은밀히 차주에게 밀서를 보내 그 계책을 알렸다.

안개 바람

||| 一 |||

진 대부의 아들 진등은 그 이후에도 서주에 머무르며 임시 태수인 차주를 보좌하고 있었는데 하루는 차주의 부름에 무슨 일인가 싶어 성에 가보니 차주가 사람들을 물리고 말했다.

"실은 조 승상으로부터 유비를 제거하라는 밀서를 받았소. 일이 잘못되기라도 하면 큰일이오. 그대에게 뭔가 필살의 명안이 없겠소?"

차주가 목소리를 낮춰 이야기했다.

진등은 내심 놀랐지만 아무렇지도 않은 얼굴로 말했다.

"지금 유비를 제거하는 것은 주머니 속의 물건을 꺼내듯이 간단한 일 아닙니까? 성문 안에 복병을 숨겨두고 그를 부르는 것입니다. 그리고 그가 성문을 통과할 때 사방에서 창으로 찌르는 것이죠. 저는 망대 위에 있다가 그를 따르는 부하가 다리와 해자 근처에 다다르면 활을 쏘아 없애겠습니다."

차주는 기뻐하며 말했다.

"그럼 빨리 결행합시다."

그러고는 병사를 준비시키는 한편 유비에게 사자를 보냈다.

서늘한 가을 8월, 그야말로 달 구경하기 좋은 계절이니 언제

한번 청풍에 가마를 타고 성루의 앙월대仰月臺까지 오시기 바랍니다. 미희와 옥배를 준비해놓고 기다리고 있겠습니다.

같은 날 진등은 집으로 돌아가자마자 아버지 진 대부에게 이 일을 알리고 아버지의 낯빛을 살폈다. 유비에 대한 진 대부의 충성심은 이전과 조금도 변함이 없었다.

"유비는 인자다. 우리 부자는 조조에게 은록을 받고 있지만 그렇다고 해서 유비를 죽일 수는 없는 노릇이야. 너는 어떻게 생각하느냐?"

"처음부터 제가 차주에게 한 말은 진심이 아니었습니다."

"그렇다면 바로 유비에게 가서 귀띔해주는 것이 좋겠구나."

"사자를 보내는 것은 불안하니 밤이 되면 제가 직접 다녀오겠습니다."

이윽고 진등은 어둠이 깔리기 시작한 길을 말을 타고 달려갔다.

그리고 유비의 집을 방문했으나 유비와는 만나지 못하고 관우와 장비를 불러서 차주의 계획을 알려주었다.

그 말을 들은 장비는 이를 갈며 말했다.

"조금 전에 천연덕스럽게 와서는 달구경을 위한 연회에 초대한다고 말하고 돌아간 그 사자 말인가? 간교한 놈 같으니라구."

그러고는 당장 날렵한 기병 70~80명을 데리고 성안으로 쳐들어가서 차주의 목을 따 오겠다며 수선을 떨었다.

"서두르지 마라. 적도 대비하고 있을 테니."

관우는 그의 경솔함을 나무라며 한 가지 계책을 세워 밤이 깊어지기를 기다렸다.

"이런 일은 형님에게 말할 필요도 없는 사소한 일에 지나지 않는다. 우리 둘이 조용히 처리하고 오자."

관우의 의견에 장비도 동의했다. 그리고 관우가 세운 계략을 따랐다.

허도에서 데리고 온 5만 명의 군사들 사이에는 조조의 깃발도 있었다. 관우는 조조의 깃발을 들고 아직 안개가 짙은 새벽 무렵 서주성의 해자 있는 곳까지 군마를 엄숙하게 이동시켰다.

그리고 큰 소리로 외쳤다.

"성문을 열어라. 성문을 열어."

뜻밖의 군마에 문 안쪽에 있던 부장은 적잖이 긴장하며 쉽게 문을 열려고 하지 않았다.

"누구냐?"

관우는 목소리를 바꾸어 짐짓 다른 사람인 양 말했다.

"나는 조 승상의 사자로 급한 용무가 있어서 허도에서 급히 내려온 장료라는 사람이다. 의심스럽거든 승상께서 내리신 깃발을 보아라!"

관우는 새벽 별빛 아래에서 깃발을 계속 휘두르게 했다.

조조가 보낸 급사라는 말을 듣고 차주는 어쩔 줄을 몰랐다. 진등은 그전에 성안에 돌아와 있었는데, 차주가 의심하며 망설이자 은근히 겁을 주었다.

"뭐 하시는 겁니까? 빨리 성문을 여십시오. 저기 승상의 깃발이 보이지 않습니까? 만약 사자로 온 장료의 마음을 상하게 한다면 나중에 어려움을 당하더라도 저는 상관하지 않겠습니다."

||| 二 |||

차주도 만만한 자는 아니었다. 진등이 재촉하며 겁을 주어도 들으려 하지 않았다.

"아니요. 날이 밝기를 기다렸다가 문을 열어도 늦지 않소. 어쨌거나 지금 성문 밖은 어둡기도 하거니와 예고도 없이 온 사자를 함부로 성안에 들일 수는 없소."

날이 밝으면 모든 것이 끝장이었다. 관우는 조바심이 났다.

"문을 열지 못하겠느냐! 급한 기밀이 있어서 조 승상께서 보내신 사자를 어째서 성문을 굳게 닫고 들여보내지 않는 것이냐? 아하, 그렇다면 차주, 네놈이 딴마음을 품었구나. 좋다. 돌아가겠다. 돌아가서 이 일을 승상께 전할 테니 나중에 후회하지 마라."

이렇게 소리치고 뒤에 있는 병사들에게 돌아가자고 일부러 큰 소리로 호령했다.

당황한 차주는 즉시 성문을 열게 했다.

"이보시오, 기다리시오. 동쪽 하늘도 밝아오기 시작했으니 진짜 사자인지 어렴풋이나마 확인했소. 승상의 사자임이 틀림없으니 들어오시오."

순간 해자의 수면에 자욱이 낀 아침 안개가 성안으로 가득 밀려들어왔다. 안개를 헤치며 한꺼번에 들이닥치는 병사들과 말발굽 소리가 무서울 정도로 컸다. 그러나 아직 날이 밝지 않았기 때문에 얼굴을 정면으로 보지 않고는 누가 누군지 알 수 없었다.

"자네가 차주인가?"

관우가 나가가자 이상하게 생각한 차주가 돌연 "앗, 네놈들은?" 하고 절규하더니 재빨리 어디론가 도망가 버렸다.

세찬 비가 쏟아지듯 피의 비가 내렸다. 성안의 병사들은 모두 죽을 위기에 처했다.

성안의 병사들은 대부분 자고 있었다. 게다가 관우와 장비를 비롯한 1,000명의 병사는 어젯밤부터 만반의 준비를 하고 온 터라 닥치는 대로 살육을 자행했다.

진등은 잽싸게 성루로 달려 올라가 미리 그곳에 매복시켜둔 궁수들에게 명령했다.

"차주의 부하들을 쏴라."

활을 들고 있던 병사들은 아군을 쏘라는 명령에 당황했으나 진등이 칼을 빼 들고 뒤에 서 있었기 때문에 도망가는 아군을 향해 일제히 화살을 퍼부었다.

어지럽게 날아다니는 화살에 맞아 목숨을 잃은 성안의 병사만 해도 셀 수 없을 정도로 많았다. 임시 태수인 차주는 마구간에서 말을 꺼내 문루를 넘어 쏜살같이 도망쳤다.

"이 벌레 같은 놈아. 어디로 도망가느냐?"

관우가 도망가는 차주를 발견하고는 단칼에 그의 목을 베었다.

날이 밝았다.

유비는 변고를 듣자마자 집에서 나왔다.

"큰일날 일을 벌였구나."

급히 서주성을 향해 달려가려고 할 때 관우가 피범벅이 되어서 차주의 머리를 안장에 동여매고 개가를 부르며 돌아오고 있었다.

유비는 근심스러운 얼굴로 말했다.

"차주는 조조가 신뢰하는 신하이자 서주의 임시 태수이기도 하네. 그를 죽였으니 이제 조조의 분노는 극에 달할 것이야. 내가 알았더라면 죽이지 않았을 것을."

그리고 돌아오는 사람 중에 아직 장비의 모습이 보이지 않아 걱정하고 있었는데 장비는 다른 사람보다 한 걸음 늦게 돌아와서 말했다.

"거참, 시원하구먼. 아침 술이라도 한잔한 기분이구나."

장비 역시 온몸이 피범벅이었다.

유비는 눈살을 찌푸리며 물었다.

"차주의 가족들은 어떻게 처리했느냐?"

장비는 별거 아니라는 표정으로 의기양양하게 대답했다.

"제가 뒤에 남아서 전부 죽이고 왔으니 안심하십시오."

"어째서 그런 무자비한 짓을 저질렀느냐?"

유비는 장비의 행동을 호되게 꾸짖었다. 그러나 아무리 꾸짖어 봐야 이미 엎질러진 물이었다. 조조에 대한 유비의 걱정과 두려움은 보기보다 깊었다.

한 통의 편지로 십만 병사를 얻다

||| 一 |||

그 후 유비는 서주성에 들어갔지만, 그가 뜻한 바는 아니었다. 그러나 일이 되어가는 형편과 주위의 정세가 그가 전에 취했던 애매한 태도나 비굴함을 더는 허락하지 않았다.

유비는 무리하는 것을 좋아하지 않았다. 무슨 일을 해도 무리하게 서두르는 방식을 원하지 않았다. 지금은 조조와 완전히 등지게 되었지만, 그렇다고 해서 이번과 같은 사건을 야기하여 조조의 분노에 기름을 붓는 것은 결코 유비가 바라는 바가 아니었다.

"조조의 성격으로 봐서는 반드시 대군을 이끌고 공격해올 것이다. 무슨 수로 내가 그를 막아낼 수 있단 말인가?"

그는 진심으로 걱정했다.

"걱정할 필요 없습니다."

진등이 그에게 말했다.

유비는 미심쩍어하며 그 이유를 반문했다. 그러자 진등이 전혀 다른 이야기를 꺼냈다.

"서주의 외곽에 시와 그림, 거문고와 바둑을 즐기며 여생을 보내고 있는 고사高士가 있습니다. 환제桓帝 때는 궁정에서 상서尙書를 지냈고, 재산도 넉넉하고 인품도 훌륭한……."

"자네는 나에게 무슨 말이 하고 싶은 것인가?"

"그러니까 만약 주군께서 지금의 걱정을 털어버리고 싶다면 한 번 그 고사 정현鄭玄을 찾아가 보심이 어떠냐는 말씀입니다."

"시와 그림, 거문고와 바둑 따위는 나에게 전혀 위로가 되지 않네."

"그는 속세를 떠난 풍류객이긴 하지만 주군에게까지 풍월을 즐기라고 권하는 것이 아닙니다. 고사 정현과 하북의 원소는 궁중에서 함께 높은 벼슬을 지낸 사이로 3대째 인연을 이어오고 있습니다."

"……?"

유비는 귀를 기울였다.

"지금 조조가 위세와 힘이 있지만, 여전히 그가 두려워하는 자는 하북의 원소입니다. 하북 4개 주의 정병 100여만과 그를 둘러싼 문관, 무장, 모사 그리고 하북이라는 천혜의 부와 그의 가문 등 무엇 하나 빠지지 않는 큰 세력입니다. 실례의 말씀입니다만, 아직 주군 같은 사람은 조조의 안중에도 없을 것입니다."

"……음."

유비는 쓴웃음을 지었다. 맞다. 조조의 눈에는 아직 자신 따위는 아무것도 아니다. 유비는 혼자 빙긋이 웃었다.

"친히 정현을 만나서 원소에게 보내는 서신을 한 통 써달라고 하십시오. 정현이 편지를 써주면 원소는 분명 주군에게 호의를 갖게 될 것입니다. 원소가 도와주기만 하면 조조를 두려워할 필요가 없습니다."

"그렇군……. 자네의 심오한 계책은 참으로 좋네만 성공하기는 어려울 것 같네."

"어째서 그렇습니까?"

"생각해보게 나는 이미 원소의 아우 원술을 이 땅에서 죽게 만들지 않았는가?"

"그러니까 그것을 정현에게 수습하게 하는 것입니다. 일단 속세를 떠난 고사에게 속세의 일을 시키는 것이 이번 계책의 핵심입니다."

결국 진등의 안내로 유비는 고사 정현의 집으로 가서 문을 두드렸다. 정현은 기분 좋게 만나주었을 뿐만 아니라 공손하게 무릎을 꿇고 자신의 뜻을 말하는 유비를 보고 즉시 붓을 들었다.

"자네와 같은 어진 사람을 위해 뜻하지 않게 속세의 일에 관여하게 된 것은 한가한 노인네에게는 오히려 기분 좋은 일이네."

그는 세심하게 자신의 의견도 덧붙여서 하북의 원소에게 편지 한 통을 써주었다.

> 부디 사소한 사적인 원한은 잊고 유현덕에게 협력해주기를 바라네. 역사는 분명하고 만대가 지나도 사라지지 않네.
>
> 오늘의 시운時運은 뚜렷하게 대의대도大義大道를 지닌 인물에게 향해 있네. 이러할 때에 유현덕이라는 인물을 얻는 것은 원씨 가문에 있어서도 큰 경사라고 믿어 의심치 않기에 나 스스로도 이런 수고를 하는 것이네.

"이것으로 됐나?"

정현은 자신의 글을 시처럼 소리 내어 읊더니 봉했다. 유비는 그것을 받아 들고 문을 나섰다. 말 머리를 돌려 성으로 돌아오자마자 부하인 손건을 하북에 사자로 보냈다.

||| 二 |||

서주의 사자 손건이 멀리서 서신을 가지고 하북에 왔다고 하기에 원소는 날을 정해서 만났다.

손건은 우선 유비의 친서를 바치며 말했다.

"부디 각하의 잘 훈련된 병사와 무기로 허도의 조조를 토벌하시어 크게는 한조를 위해, 작게는 저의 주공 유비를 위해 이 기회에 평소의 포부를 펼치십시오. 용기를 내셔서 힘차게 일어서시기를 바랍니다."

손건은 재배하고 조심스럽게 말하면서도 상대의 마음에 간청했다.

원소는 피식 웃었다.

"뭔가 했더니 뻔뻔스러운 유비의 부탁이군. 그는 지난번에 내 아우인 원술을 죽이지 않았는가. 언젠가 아우의 원수를 갚을 생각은 하고 있었지만, 그를 돕겠다는 생각은 털끝만큼도 해본 적이 없다. 뭘 잘못 생각하고 이 원소에게…… 하하하, 사자로 온 자도 마찬가지다. 철가면이라도 쓰고 온 것이냐!"

"각하, 그 원망은 조조에게 하셔야 합니다. 무슨 일에 있어서나 조정의 간적奸賊은 칙명이란 미명하에 멋대로 명령을 내리고 거역하면 칙명을 어긴 죄를 적용합니다. 저의 주공 유비도 전혀 그럴 마음이 없었는데 원술을 공격하게 된 것입니다. 게다가 공은 생각지도 않고 잘못만을 책망하는 조조의 비도非道에 결국 참지 못하고 오늘 저를 사자로 보낸 것입니다. 부디 현명하게 생각하시어 이와 같은 내막을 깊이 헤아려주시기 바랍니다."

"음, 일리가 있는 말이군. 조조라는 자는 원래 그런 간재奸才에

능한 인간. 짐작건대 사람 좋은 유비로서는 그럴 수도 있었을 것이다. 유비는 정직하고 성실하며 신의가 돈독하여 자연히 인망이 두텁다는 장점이 있으니 그가 마음 깊이 뉘우치고 있다면 도와줄 수도 있다. 그러나 일단 회의를 한 후에 대답하기로 하겠다. 며칠간 역관에서 쉬고 있도록 하라."

"아무쪼록 옳은 처분이 내려지기를 기다리고 있겠습니다. 그리고 다른 서신이 한 통 더 있습니다. 평소 주공 유비를 친자식처럼 사랑하시고 또한 깊이 신뢰하고 계시는 고사 정현께서 특별히 부탁하셔서 가지고 온 서신입니다. 나중에 한 번 읽어보시기 바랍니다."

이렇게 말하고 그날은 물러갔다.

나중에 정현의 편지를 보고 나서 원소의 마음은 크게 움직였다. 애초에 그는 하북의 4개 주로 만족하지 못하고 있었다. 중원으로 진출하여 조조의 세력을 모조리 쓸어버릴 기회를 노리고 있었던 참이다. 그는 동생에 대한 원한보다도 유비를 휘하에 두는 편이 장래에 도움이 될 것이라고 생각했다.

다음 날, 정사를 논하는 관청 강당에 장수들이 모였다.

그들은 조조를 정벌하기 위한 출병을 지금 할 것인지, 말 것인지에 대해 뜨거운 토론을 벌이고 있었다. 모사, 군사, 장수들, 혹은 일족이나 측근 등이 두 파로 나뉘어서 언쟁을 벌였는데 끝날 줄을 몰랐다.

하북 제일의 영걸이라고 불리며 견식이 고명하다고 소문난 전풍이 자신의 의견을 말했다.

"최근 몇 년간 전쟁이 계속되어 창고에 모아놓은 것도 넉넉지 않고 백성의 부역도 아직 조금도 가벼워지지 않았소. 우선 국내의 근심거리를 해결하고 변경의 병마를 강화한 다음 하천에는 배를 만들어 띄우고 무기와 군량을 비축하여 천천히 때를 기다리면 반드시 3년 안에 자연스럽게 허도에서 내분의 징조가 나타날 것입니다. 그때까지는 조정에 공물을 바치고 농정農政에 힘쓰며 민심을 안정시키고 국력을 키워야 합니다."

그러자 다른 사람이 바로 일어나 말했다.

"지금의 의견은 나의 뜻과는 전혀 맞지 않소. 하북 4개 주의 정예군에 주군의 위무를 더한다면 조조 따위를 그렇게까지 두려워할 필요가 있겠소? 병법에서 말하기를 십위오공十圍五攻이라 하였소. 오늘날처럼 변동이 심한 시기에 3년이나 가만히 있으면 저절로 나라가 부강해지고 번성한다는 생각은 어리석은 자의 꿈보다도 더 어리석은 일이오. 지금이 기회가 아니라면 10년이 지나도 결코 기회는 오지 않을 것이오. 지금이 바로 중원으로 진출할 절호의 기회요."

큰 소리로 논박하고 나선 것은 용모가 수려한 위군魏郡 태생 심배審配로 자는 정남正南이라는 자였다.

||| 三 |||

그러자 또 다른 사람이 나섰다.

"아니, 아니요. 지금의 의견은 귀에는 용감하게 들리지만 한 나라의 성쇠를 걸고 자신의 교만을 만족시키려는 것과 같소. 다시 말하면 도박하는 것과 다름없는 폭거요."

심배의 의견에 반대하고 나선 것은 광평廣平 사람 저수沮授였다.

저수는 이어서 말했다.

"의병義兵은 이기고 교병驕兵은 패한다는 것은 누구나 아는 전쟁의 진리요. 조조는 허창에 있으면서 천하를 제압하고 있으나 명령은 모두 황제의 어명으로 내리고 병사들은 잘 훈련되어 있으며 그 자신은 기변묘승機變妙勝의 담력과 꾀를 지니고 있소. 때문에 그가 발하는 법령에는 누구도 거역할 수가 없소. 그런데도……."

"잠시만."

심배는 다시 분연히 일어났다.

"저수 공은 조조를 두둔하고 우리의 의견은 부정하는 것이오?"

"그렇소!"

"뭐요?"

"적을 모르고는 적을 이길 수 없소."

"저수 공은 적을 아는 것이 아니라 그저 두려워하고 있을 뿐이오."

"그렇소. 나는 조조가 두렵소. 그를 전에 멸망시킨 공손찬 따위와 동일시해서는 뜻밖의 일을 당할 것이오."

"하하하하."

심배는 회의에 참석한 일동을 돌아보며 큰 소리로 웃었다.

"조조를 무서워하는 병에 걸린 자도 다 있군. 조조를 무서워하는 병에 걸린 자와 논의하는 것은 아무 도움이 되지 않소."

이렇게 말하며 옆에 있는 곽도郭圖의 얼굴을 보았다.

곽도는 평소에 저수와 사이가 좋지 않았기 때문에 그가 자신의 의견을 지지해줄 것이라고 생각했기 때문이다.

예상한 대로 곽도가 자리에서 일어서더니 말했다.

"지금 조조를 치는 것을 누가 명분 없는 싸움이라고 비난하겠습니까? 무왕武王이 주紂를 토벌하고, 월왕越王이 오吳를 무너뜨렸습니다. 모든 것은 때가 있는 법입니다. 그저 평안하고 태평한 것만을 바라고 세상의 움직임을 수수방관하고 있던 나라 가운데 100년의 기초를 세운 나라가 있었습니까? 게다가 현자 정현조차 우리 주군께 편지를 써서 유비를 도와 함께 조조를 칠 기회는 바로 지금이라고 하지 않았습니까? 주군께서는 어찌하여 주저하고 계십니까? 어서 무익한 논쟁을 멈추고 즉각 출병의 명을 내려주십시오. 그것이 저희 신하 일동이 바라는 바입니다."

곽도의 말은 그 내용은 깊지 않으나 목소리가 낭랑하고 태도가 당당하여 열띤 논쟁을 잠재우기에 충분했다.

"그래. 정현은 이 시대의 현자임이 틀림없다. 그가 이 원소에게 일부러 해로운 것을 권할 리가 없어."

결국 원소도 뜻을 정하고 출군설出軍說을 채택하기로 했다. 곽도와 심배 등의 강경파는 개가를 부르며 물러났고 반대했던 전풍이나 저수 등도 묵묵히 강당을 빠져나와 출정 명령을 기다렸다.

허도로! 중원으로!

10만의 대군이 편제되었다.

심배와 봉기逢紀 두 사람을 총대장으로 삼고 전풍, 순심荀諶, 허유許攸를 모사로 삼았다. 그리고 안량, 문추 두 장수를 선봉의 양 날개로 삼았다.

기마병이 2만, 보병이 8만, 그 외에 엄청난 수송부대와 기계화 병단까지 갖춰져 있었다.

하북 땅에 하늘을 덮을 정도의 흙먼지가 일기 시작할 무렵, 유비의 사자 손건은 말에 채찍질을 하여 서주로 급히 돌아갔다.

'옳거니! 주공의 무운이 아직 다한 것은 아니었구나.'

품에는 원조를 승낙한다는 취지를 적은 원소의 답장이 있었다.

때로는 어떻게 사용하느냐에 따라 속세를 떠나 한가롭게 사는 사람의 서신 한 통도 엄청난 역할을 한다.

이렇게 해서 고사 정현의 서신 한 통이 하북의 병사 10만으로 하여금 조조를 공격하게 했다.

승상의 깃발

一

그 무렵 북해北海(산동성 수광현) 태수 공융孔融은 장군으로 임명되어 도성에 체류하고 있었다. 그러나 하북의 대군이 여양黎陽까지 왔다는 소식을 듣고 즉시 상부로 달려가 조조에게 직언했다.

"원소와는 절대로 경솔하게 싸워서는 안 됩니다. 얼마간 그가 내세우는 조건을 들어주더라도 지금은 자중하고 훗날을 기약하며 화목을 위해 최선을 다해야 한다고 생각합니다."

"귀공도 그렇게 생각하는가?"

"세력이 왕성한 자에게 일부러 달려들어 상처를 입는 것은 어리석기 짝이 없는 행동입니다."

"왕성한 세력은 피하고 약한 세력을 공격한다. ……당연한 병법이지. 허나 또 군장비를 자랑하는 교만한 대군은 몸이 가볍고 날랜 병사들로 구성된 소부대로 기습하기에 안성맞춤인 먹잇감이기도 한데."

조조는 그렇게 중얼거리고는 한동안 말없이 있더니 다시 입을 열었다.

"어쨌거나 다른 사람들의 의견도 들어보도록 하지. 오늘 회의에는 그대도 꼭 참석하도록 하게."

조조는 그날 회의에 참석한 장수들을 향해 기탄없는 의견을 구했다.

"화친인가, 아니면 결전인가?"

순욱이 먼저 입을 열었다.

"원소는 명문가의 일족으로 구세력의 대표자입니다. 진보의 기운을 꺼리고 구세력의 꿈을 굳게 지키려는 무리만이 그를 지지하며 시운에 역행하고 있습니다. 이런 쓸모없는 문벌 세족의 대표자는 한바탕 싸움을 벌여 당연히 박살 내야 합니다."

공융이 그의 말이 끝나기를 기다렸다가 일어서며 말했다.

"그렇지 않소! 하북은 옥토가 넓고 백성들이 근면합니다. 보기보다 나라의 내실이 튼실합니다. 그뿐만 아니라 원소의 일족 중에는 부유하고 걸출한 인재들이 많고 휘하에는 심배와 봉기 등 병사들을 잘 통솔하는 자가 있고, 전풍과 허유 같은 지모가 뛰어난 자가 있는가 하면 안량과 문추 같은 용맹한 장수들도 있습니다. 또 저수와 곽도, 고람高覽, 장각張卻, 우경于瓊 등과 같은 가신들도 모두 천하에 알려진 명사들입니다. 어찌 원소의 진용을 가볍게 평가할 수 있겠습니까?"

순욱은 히죽히죽 웃으며 듣고 있다가 공융이 말을 마치자 천천히 대답했다.

"귀공은 하나는 알고 둘은 모르는 것 같소. 적을 가볍게 보는 것과 적의 허점을 아는 것은 전혀 다르지요. 원소는 풍요로운 국토의 혜택을 받아 나라가 부강하다고 알려졌지만, 국주라는 자가 구습을 따르는 인물로 사대주의에 물들어 있고 새로운 인물이나 새로운 사상을 받아들이는 아량은 없소. 따라서 나라 안에 법도가 제대로 서 있질 않아요. 그 신하들을 살펴봐도 전풍은 강직하여 굽힘이 없기는 하나 윗사람의 말을 잘 듣지 않는 습성이 있고, 심배는 그저 강하기만 할 뿐 원대한 계획이 없으며, 봉기는 사람은 아나 때를 모르는 자이고, 그 외의 안량과 문추 등에 이르러서는 필부의 용맹에 지나지 않으므로 한바탕 전쟁을 벌이면 쉽게 생포할 수 있을 것이오. 또 간과할 수 없는 것은 그런 변변치 않은 소인배들이 서로 권력을 잡기 위해 아귀다툼을 벌이고 있고 다른 이가 총애를 받는 것을 시기하며 오로지 공을 세우기 위해 급급해하고 있다는 것이오. 이런 상황에서 10만 대군이 있어봐야 무슨 소용이 있겠소? 오히려 그쪽에서 먼저 공격해오니 우리로서는 잘된 일이오. 단번에 그들을 치지 않고 화의를 청하러 간다면 그들은 점점 더 교만해질 것이며 백년의 후회를 남기게 될 것이오."

두 사람의 이야기를 아무 말 없이 듣고 있던 조조가 조용히 입을 열어 결단을 내렸다.

"난 싸우겠다! 회의는 이걸로 끝. 더는 토를 달지 말고 서둘러 출진 준비를 하라!"

그날 밤 허도의 하늘은 출진 준비를 위해 켜놓은 불로 대낮같이 밝았다.

전후前後 양 진영의 관군 20만, 말은 소리 높여 울고 철갑이 부딪치는 소리가 요란했다. 날이 밝아도 여양을 향해 떠나는 병마는 끊이지 않았다.

||| 二 |||

물론 조조는 그 대군을 직접 통솔하여 여양으로 출진하려고 무

장한 채 아침 일찍 조정에 나갔다. 그는 궁문에서 바로 말에 올라탔다. 그리고 부하인 유대劉岱와 왕충王忠 두 사람에게 5만의 병사를 나눠주면서 명령했다.

"너희들은 서주로 가서 유현덕을 공격하라."

그리고 자신의 뒤에서 깃발을 들고 있던 기수로부터 승상기를 받아 계책과 함께 그 기를 주었다.

"이것을 중군의 한가운데에 높이 올려 내가 서주를 향해 가고 있는 것처럼 위장하고 싸워라."

두 장수는 용감하게 서주를 향해 떠났으나 나중에 정욱이 와서 간언했다.

"유비를 상대로 유대와 왕충 둘로는 지략도 실력도 부족합니다. 누구든 한 명 더 유능한 장수를 보내심이 어떻겠습니까?"

그러자 조조는 더 들을 필요도 없다는 듯 고개를 끄덕이며 말했다.

"부족하다는 것은 잘 알고 있네. 그래서 승상기를 주어 내가 있는 것처럼 위장하고 싸우라고 한 것이야. 유비는 내 실력을 잘 알고 있네. 조조가 직접 왔다고 생각하면 결코 진영 안에서 나오지 못할 걸세. 그러는 사이에 나는 원소의 군대를 쳐부수고 여양에서 승리를 거둔 후 서주로 우회하여 내 손으로 유비의 멱살을 움켜쥐고 그를 기념품으로 삼아 도성으로 개선할 생각이네."

이렇게 말하고 조조는 크게 웃었다.

"그렇습니까? 그것도 좋은 생각이군요."

정욱은 두말없이 그의 지모에 복종했다.

이번 결전은 여양 쪽에 중점을 두었다. 여양만 궤멸시킨다면 서주는 가만히 있어도 손에 들어올 것이다. 그런데 서주에 중점을 두고 유능한 장수들과 병력을 서주로 보낸다면 적은 틀림없이 서주에 대규모의 원군을 보낼 것이다. 그렇게 된다면 서주도 함락시키지 못하고 여양도 무너뜨리지 못하여 두 마리 토끼를 다 놓칠 수도 있다.

"승상에게는 좀처럼 간언해서는 안 되겠구나. 나 자신의 어리석음을 말하는 격이니."

정욱은 혼자 중얼거렸다.

여양(하남성, 준현浚縣 부근)에서의 대진은 예상외로 장기전이 되었다.

적인 원소와 80여 리의 간격을 둔 채 서로 수비만 하면서 8월부터 10월에 걸쳐 어느 쪽도 적극적으로 싸우려 하지 않았다.

"왜 그러는 것일까?"

원소에게 뭔가 기막힌 계략이라도 있는 건 아닐까 하고 조조도 움직이지 않은 채 은밀히 첩자를 풀어 내정을 살펴보게 했더니 딱히 특별한 계략이 있는 것이 아니라 다른 사정이 있다는 것을 알았다.

적장 중 한 명인 봉기가 전장에 나와 병이 들어서 그 때문에 심배가 사령관을 맡았는데 평소 그와 사이가 좋지 않던 저수가 사사건건 그의 명령을 듣지 않는 듯했다.

'아하, 그래서 천성이 우유부단한 원소가 여기까지 와서 싸우려 나오지 않는 것이었군. 이렇게 가면 조만간 내분이 일어날 수도 있겠어.'

조조는 이렇게 예측하고 일군을 이끌고 허도로 돌아가 버렸다.

물론 뒤에는 장패와 이전, 우금 등 장수들 대부분을 남겨두고 조인을 총대장으로 삼아 청주와 서주의 경계로부터 관도官渡의 험난한 지역에 이르기까지 방대한 진지전은 조금도 경계를 늦추지 않게 했다.

'내가 여기 있어도 크게 득 될 것이 없다.'

이렇게 전쟁의 앞날을 예측하고 내린 결정이었다. 게다가 서주의 전황도 걱정되던 참이었다.

제비뽑기

||| 一 |||

허도로 돌아간 조조는 즉시 상부로 가서 신하들로부터 서주의 전황을 들었다.

신하 한 명이 말했다.

"전황은 8월 이후 어떤 변화도 없는 듯합니다. 다시 말하면 승상의 뜻에 따라 출발할 때 친히 내리신 승상기를 세워두고 조 승상께서 몸소 출정하여 군에 있는 것처럼 꾸몄습니다. 그리고 서주에서 100리 떨어진 곳에 진을 치고 일부러 경솔하게 움직이는 것을 경계하며 아직 단 한 번의 공격도 하지 않았습니다."

조조는 그 말을 듣고 참으로 기가 막힌 듯 말했다.

"저런 아둔한 것들은 어쩔 수가 없구나. 임기응변도 모른단 말인가. 함부로 나서서 싸우지 말라고 했다고 10년이든 20년이든 움직이지 않을 생각인가? 조조가 군에 있다면 100리나 적과 거리를 둔 채 8월부터 지금까지의 긴 시간을 가만히 있을 리가 없다고 오히려 의심할 것이다."

그는 답답하게 생각했는지 급히 군사軍使를 불러 엄하게 명령했다.

"즉시 서주를 공격하여 적의 허와 실을 파악하라고 전하라."

얼마 지나지 않아 조조가 보낸 군사는 서주에 나가 있는 공격군의 진중에 도착했다. 공격군의 두 대장 유대와 왕충은 황송해하며 군사를 맞아들였다.

"무슨 일로 왔는가?"

군사는 조조의 지령을 전했다.

"승상의 말씀에 의하면 그대들에게 살아 있는 병사들을 붙여줬는데 어찌하여 볏짚 인형 같은 흉내만 내고 있느냐며 매우 노여워하고 계시오. 한시도 지체해서는 안 될 것이오."

유대는 이 말을 듣고 그 자리에서 말했다.

"오랫동안 그저 승상기만 세워두고 이렇게 있는 것도 너무 대책이 없다고 생각하네. 왕충, 귀공이 먼저 나가 적이 어떻게 나오는지 한번 붙어보는 것이 어떻겠나?"

왕충이 고개를 옆으로 저으며 말했다.

"뜻밖의 말을 하는군. 도성을 떠나올 때 조 승상께서는 친히 귀공에게 계책을 일러주지 않았나? 귀공이 먼저 나가 맞붙어서 적의 실력을 가늠해보게."

"아니지. 나에게는 공격군의 총대장이라는 무거운 책임이 있네. 어찌 가볍게 진두에 나갈 수 있겠나? 귀공이 우선 선봉으로 나가게."

"이상한 말을 하는군. 귀공과 나는 관직의 고하도 없거늘 어찌하여 나를 아랫사람 부리듯 하나?"

"아니, 아니네. 아랫사람 부리듯 하는 것이 아니야."

"지금의 말투는 이 왕충을 부하로 부리는 듯한 말투였네."

두 사람이 언쟁을 벌이는 것을 보고 군사는 눈살을 찌푸리며 제안했다.

"잠깐만요. 아직 한 번 싸워보기도 전에 아군끼리 불화를 일으켜서야 되겠소? 두 사람 모두 추해 보일 뿐이오. 그보다는 내가 지금 제비를 만들 테니 제비를 뽑아 선봉을 정하는 것이 어떻겠소?"

"좋은 생각이군."

왕충과 유대가 동의하자 나중에 딴소리하지 않기로 다짐을 받고 군사는 두 개의 제비를 만들어 두 사람에게 뽑게 했다.

유대가 뽑은 제비에는 '후'라고 쓰여 있었다.

왕충이 '선'을 뽑은 것이다. 할 수 없이 왕충이 병사들을 이끌고 서주성 공격에 나섰다.

유비는 서주성 안에서 이 사실을 알고 바로 방어 태세에 돌입하고는 진등에게 대책을 물었다. 진등은 그전부터 공격군의 승상기에 의심을 품고 있었다. 분명 그것은 조조의 속임수일 것이라고 간파하고 있었기 때문에 이렇게 대답했다.

"우선 한번 부딪쳐보시면 적의 실력을 알 수 있을 것입니다. 계책은 그 후에 세워도 늦지 않습니다."

"옳소. 내가 나가서 적의 실력이 어느 정도인지 알아보겠소."

이렇게 말하며 앞으로 나온 자가 있었다. 우렁찬 목소리만으로도 장비라는 것을 바로 알 수 있었다.

||| 二 |||

장비가 성 밖의 적과 싸우겠다고 나서자 유비는 오히려 탐탁지 않은 표정을 지어 보이며 말했다.

"늘 그렇듯이 성급한 녀석이구나. 기다려라, 기다려."

이렇게 제지한 후 가라고도 가지 말라고도 하지 않았다.

"저의 무용으로는 당해내지 못한단 말씀이오?"

장비가 불평하자 유비는 솔직히 말했다.

"아니, 네 성격은 너무 경솔하고 성급해서 일을 그르칠 우려가 있기에 그것이 걱정이다."

장비가 더욱 불만스러운 얼굴로 말했다.

"만약 조조와 맞부딪친다면 박살이 나서 돌아올 것이라고 걱정하는 것이오? 정말 웃기는군. 조조가 나온다면 오히려 나에게는 행운이지. 잡아서 이쪽으로 끌고 올 테니까."

"입 다물어라. 그래서 너를 성급한 녀석이라고 한 것이다. 조조는 한실에 대한 반역의 마음을 품고 있으면서도 명분상으로는 항상 칙령으로 명령을 내린다. 따라서 지금 그를 적대시하면 조조는 잘됐다며 나를 조정의 적으로 간주할 것이다."

"이런 상황에서도 아직 그런 명분에 사로잡혀 있는 것입니까? 그렇다면 그가 공격해와도 수수방관하며 자멸하기를 기다릴 참입니까?"

"원소가 도와준다면 어떻게든 이 위기를 타개할 수 있을 것이나 그것도 믿을 만하지 못하고, 조조가 적대시한다면 쉽게 죽지도 못할 것이다. 아아, 지금 나는 운명의 갈림길에 서 있구나."

"거참, 약한 소리를 하시는군요. 대장 된 자가 아군의 사기를 꺾어서 어쩔 셈이오?"

"대장 된 자로 마땅히 적을 알고 나를 알아야 한다. 결코 무턱대고 걱정하는 것이 아니야. 지금 성안에 있는 군량으로는 몇 달도 버티지 못할 테고 그 군량을 먹는 대부분의 병사도 원래 조조로부터 빌린 자들이 아닌가. 모두 허도로 돌아가고 싶어 하는 자들이란 말이다. 이런 나약한 병사들을 이끌고 조조와 맞서는 것은 상상조차 못 할 일이다. 단지 유일한 희망은 원소의 지원군이나 이 역시…….”

그의 솔직한 탄식에 휘하에 있는 자들도 왠지 사기가 오르지 않는 모습이었다. 대장이 지나치게 솔직해도 곤란하다. 이렇게 마음 약한 주군은 없을 것이다. 장비도 어금니를 물고 입을 다물어버렸다.

그때 관우가 앞으로 나섰다.

“염려하는 것은 지당한 일입니다. 그러나 앉아서 멸망하기를 기다릴 수도 없습니다. 제가 성 밖으로 나가서 공격군의 실력을 파악할 수 있을 정도로만 부딪쳐보고 오겠습니다. 계책은 그 후에 세우기로 하시죠.”

관우는 진등과 같은 의견을 냈다. 온당하다고 생각했는지 유비는 관우가 출격하는 것을 허락했다.

관우는 병사 3,000명을 이끌고 성 밖으로 나갔다. 마침 10월의 하늘은 잿빛으로 덮여 있고 거위 깃털 같은 눈송이가 천지에 흩날리고 있었다.

성을 나온 3,000명의 병사는 눈이 내리는 가운데 공격군인 왕충군을 향해 돌진했다. 눈과 말, 눈과 창, 눈과 병사, 눈과 깃발이 뒤엉켜 치열하게 싸웠다.

“거기에 있는 것은 왕충이 아니냐? 어째서 방패 뒤에 숨어서 나오지 않는 것이냐?”

커다란 청룡도를 들고 관우는 말에 올라 적의 중군에 대고 외쳤다. 왕충도 달려나오며 소리쳤다.

“필부야, 항복하려거든 지금 해라. 우리 중군에는 조 승상이 계신다. 저 깃발이 보이지 않느냐?”

눈이 내리는 가운데 모란과 같은 입을 벌려 관우는 껄껄껄 웃었다.

"조조는 누구보다도 상대하고 싶은 호적수. 그렇다면 당장 내 앞으로 데리고 오너라!"

||| 三 |||

왕충은 침을 뱉고 다시 말했다.

"어찌 조 승상께서 네놈 같은 미천한 개를 상대하겠느냐! 너는 그분의 상대가 못 된다."

"뚫린 입이라고 잘도 지껄이는구나, 왕충."

관우가 말을 달려 다가오자 왕충도 창을 비껴들고 덤벼들었다. 관우는 적당히 응대하다가 일부러 도망갔다.

"입만 살아 있는 놈."

왕충은 어리석게도 우쭐거리며 관우를 뒤쫓아갔다.

"입만 살아 있는 놈인지 아닌지 보여주마. 자, 왕충 덤벼라."

관우는 청룡도를 왼손으로 바꿔 들었다. 왕충은 당황하여 말 머리를 뒤로 돌렸다. 그러나 이미 관우의 손은 그의 갑옷 위에 맨 띠를 잡더니 가볍게 옆구리에 끼고 달리기 시작했다.

"버둥거리지 마라."

무너지기 시작한 왕충 군을 공격하여 말 100필, 무기 20수레를 빼앗은 관우와 병사들은 의기양양하게 돌아왔다.

관우는 성으로 돌아오자마자 왕충을 결박하여 유비 앞으로 데리고 갔다. 유비는 추궁했다.

"너는 어떤 놈이기에 승상의 이름을 사칭했느냐?"

왕충이 사실대로 대답했다.

"속인 것은 개인적인 생각이 아니다. 승상이 깃발을 내주며 우리에게 명하신 것이다."

그리고 여전히 큰소리쳤다.

"조만간 원소를 격퇴하고 승상께서 이쪽으로 오시면 서주 따위는 하루아침에 무너질 것이다."

유비는 무슨 생각을 했는지 왕충의 포박을 풀어주며 말했다.

"자네의 말은 참으로 신묘하군. 어쩌다 보니 승상의 노여움을 사서 공격을 받고 어쩔 수 없이 서주를 지키고는 있지만, 나는 승상에게 적대할 뜻이 없네. 자네도 잠시 이곳에 머무르며 상황이 변하기를 기다리게."

유비는 그에게 좋은 방을 내주고 옷과 술을 주었다.

왕충을 연금한 뒤 유비는 다시 가까운 신하들을 불러모아 말했다.

"누가 또 다른 적장인 유대를 적진에서 생포해올 지략을 가진 자는 없는가?"

관우가 잡담하듯이 말했다.

"역시 형님의 마음은 거기에 있었습니까? 실은 왕충을 만났을 때 단칼에 베어버릴까도 했습니다. 그러나 형님의 본심은 조조와 화친하지도 않고 싸우지도 않는 불전불화不戰不和라는 미묘한 방침이 아닌가 하는 생각이 문득 들어서 일부러 생포해온 것입니다."

이렇게 말하고는 자신의 추측이 맞는지를 솔직하게 물어보았다. 그러자 유비는 회심의 미소를 지으며 말했다.

"바로 그거네! 불전불화, 나의 의중을 용케도 파악했군. 전에 장비가 가겠다고 나섰을 때 말린 것도 장비의 성급한 성격으로 볼 때 분명히 왕충을 죽일 것이라는 걱정이 앞섰기 때문이네. 왕충,

유대와 같은 자들을 죽여봐야 우리에게 득 될 일도 없을뿐더러 오히려 조조의 화만 돋울 뿐이지. 만약 살려둔다면 우리에 대한 조조의 감정도 어느 정도 누그러질 것이 아니겠나."

이 말을 들은 장비가 다시 앞으로 나서며 유비에게 말했다.

"알겠습니다. 그 의중을 알았으니 이번에는 내가 나가서 반드시 유대를 끌고 오겠소. 부디 나에게 맡겨주시오."

"가는 것은 좋다만 유대는 왕충과 달라."

"어떻게 다르다는 말씀이오?"

"유대는 예전에 원주 자사였을 당시 호뢰관 전투에서 동탁과 싸워 동탁조차 괴롭혔던 인물이네. 결코 가볍게 볼 상대가 아니야. 그것만 명심한다면 가도 좋네."

불전불화

||| 一 |||

유비의 명령은 참으로 애매했다. 싸우고자 하는 의욕이 넘치는 장비로서는 어쩐지 섭섭했다.

"유대가 호뢰관에서 잘 싸운 것은 나도 압니다. 그렇다고 그게 어쨌다는 거요? 즉각 달려나가 이 장비가 놈을 잡아오겠소."

"너의 용기를 의심하는 것이 아니라 너의 성급한 성격을 걱정하는 것이다. 이 점을 꼭 명심하고 다녀오도록."

유비의 훈계에 장비는 화를 냈다.

"성급하다, 성급하다. 자꾸 이 장비한테 뭐라 하는데 만약 유대를 죽이고 오거든 그때는 얼마든지 말해도 좋소. 아무리 형님이고 주공이어도 그렇게 의제를 바보 취급해서는 안 됩니다."

그는 이렇게 지껄이더니 화를 내면서 밖으로 나갔다. 그리고 3,000명의 병사를 모아놓고 화풀이하듯 말했다.

"지금부터 유대를 생포하러 간다. 나는 관우 형님과 달리 군율에 있어서는 그 누구보다도 엄격하니 다들 조심하라."

장비가 인솔하는 병사들은 적보다도 자신들의 대장을 더 무서워했다. 한편 공격군의 유대도 장비가 공격해온다는 정보를 듣고 바짝 움츠러들어서는 경계했다.

"울타리와 참호, 진문 등을 단단히 지키고 절대로 먼저 공격에 나서지 마라."

기습적으로 밀고 들어간 장비도 도롱이 벌레처럼 나오지 않는 적에게는 손쓸 방법이 없어서 방책 아래에 가서는 적군을 향해 욕을 퍼부었다.

"등신, 똥만 싸질러대는 벌레 같은 놈들아. 똥 싸는 것조차 잊었느냐!"

그러나 공격군은 무슨 말을 해도 방책 안에서 나오려 하지 않았다. 성미가 급한 장비는 애가 타는지 거친 목소리로 명령했다.

"됐다. 이제 그만하자. 이렇게 된 이상 야습이다. 오늘 밤 이경二更(21시~23시) 무렵에 야습을 감행하여 벌레 같은 놈들을 밟아버리도록 한다. 준비하라."

준비가 되자 낮부터 사졸들에게 "마시고 힘내자."라며 술을 나눠주고 자신도 과하게 마셨다.

기세가 대단한 대장이라고 병졸들도 술을 마시며 장비를 예찬했으나 그러는 사이에 뭔가 마음에 들지 않은 일이 있었는지 장비가 죄도 없는 사졸 한 명을 심하게 구타하고는 명령했다.

"야습을 나가기 전에 군대의 깃발 앞에 피의 제사를 지내겠다. 저기 보이는 큰 나무 위에 묶어두어라."

사졸은 울부짖으며 빌었으나 용서하지 않았다. 뒷짐결박을 해서 큰 나무 위에 꽁꽁 묶어버렸다.

저녁이 되자 수많은 까마귀들이 그 나무로 몰려들었다. 장비에게 폭행당해 살도 터지고 피부도 보랏빛으로 변한 사졸이 이미 시체로 보이는지 까마귀가 그의 얼굴에 앉아서 날갯짓을 하기도 하고 부리로 눈을 쪼기도 하며 몸이 보이지 않을 정도로 시커멓게 몰려들어 울어댔다.

"으악! 저리 가!"

비명을 지르면 까마귀들은 달아났다. 목을 늘어뜨리고 있으면 다시 모여들었다.

"살려줘!"

사졸은 계속해서 비명을 질렀다.

그때 동료 한 명이 어둠 속을 기어서 나무로 올라왔다. 그리고 그의 귀에 대고 뭐라고 속삭이더니 밧줄을 끊어주었다.

"젠장, 이 원한을 꼭 갚고야 말 테다."

거의 죽을 뻔한 사졸과 그를 구해준 사졸은 서로 부둥켜안고 원망스럽다는 듯 장비의 진지를 돌아보고는 어둠을 틈타 어디론지 도망쳐버렸다.

||| 二 |||

장비는 진중에서 여전히 술을 마시고 있었다.

거기로 오장伍長 한 명이 급히 달려와서 보고했다.

"경비병이 나태하여 큰 실수를 저질렀습니다. 죄송합니다."

그는 나무 위에 매달려 벌을 받던 사졸이 어느 틈에 도주한 사실을 납거미처럼 납작 엎드려서 떨며 말했다.

"알고 있네. 알고 있어. 대장이 되어서 그 정도도 몰라서야 되겠나. 아하하하, 괜찮아."

장비는 큰 술잔을 들어 자신을 축하하듯 들이키고는 진영을 나와 별을 올려다보았다.

"슬슬 이경이 되어가는군. 3,000의 군사들을 3개 조로 나누어서 각자 맡은 바를 수행하라. 1개 조는 샛길에 숨고, 다른 1개 조는 산을 넘고, 나머지 1개 조는 남아서 적의 정면으로 진격하라."

장비가 명령을 내리자 이윽고 밤안개 속을 우선 2,000명의 병사가 먼저 어딘가로 이동했다. 그들은 적의 방책 뒤로 돌아가서 숨는 매복병인 듯했다.

"아직 이르군. 한 잔 더 마시자."

장비는 남은 3분의 1의 병사를 그곳에서 세우고 한 시진가량을 더 술을 마시며 가끔 별의 이동을 살폈다.

그날 밤, 유대의 진영에서는 벌써 오늘 밤 장비의 야습이 있을 것이라는 사실을 알고 잔뜩 긴장하고 있었다.

"당황하지 마라. 탈영한 적군의 말을 믿는 것은 위험하다. 내가 직접 그자들을 취조하겠다. 그놈들을 이리로 끌고 오너라."

유대는 부하들이 동요하는 것을 경계하며 그날 저녁 무렵 밀고하러 탈영했다는 적병 두 명을 끌고 오게 했다.

살펴보니 한 명은 멀쩡했으나 다른 한 명은 손과 발이 상처투성이에 얼굴이 항아리처럼 부어올라 있었다.

"어이, 탈영병. 네놈들은 장비의 사주를 받고 오늘 밤 있지도 않은 야습이 있다고 밀고하러 와서는 우리 진지를 교란시키려는 것이 틀림없다. 그런 수법에 걸려들 내가 아니다."

"당치도 않습니다. 저희는 귀신이 되어서도 장비 놈을 없애려고 죽음을 각오하고 이곳까지 도망쳐온 것입니다."

"도대체 무엇 때문에 장비에게 그렇게 깊은 원한을 품게 된 것이냐?"

“자세한 것은 조금 전에 부하들에게 말씀드린 대로이며 그 외에는 없습니다.”

“아무 잘못도 없는데 폭행한 뒤 큰 나무에 매달아놓았다고?”

“네. 너무나도 가혹한 처사여서 그 복수를 할 생각으로 여기까지 온 것입니다.”

“여봐라. 저 탈영병의 옷을 벗겨보아라.”

유대가 옆에 있는 부하들에게 명령했다.

명령이 떨어지자마자 탈영병의 옷이 벗겨졌다. 살펴보니 얼굴과 팔, 다리뿐만 아니라 등과 팔뚝에도 밧줄에 묶였던 부분이 멍들어 있었다. 그리고 온몸이 얼룩져서 부어 있었다.

“과연 거짓은 아닌 듯하구나.”

의심 많은 유대도 반 이상은 믿은 듯했으나 아직 확신이 서지 않은 듯 적의 야습에 대비한 준비에 적극성을 보이지 않았다.

그러나 이경 무렵이 되자 탈영병이 말한 대로 방책의 망루에서 보초를 서던 보초병이 경보판을 두드리며 소리쳤다.

“야습이다.”

밤안개 속에서 파도가 몰아치는 듯한 함성이 들리는가 싶더니 진문 앞에 적이 나뭇가지를 쌓아서 지른 불이 하늘을 물들였다. 화살 나는 소리가 벌써 유대의 귀에 들려왔다.

“큰일이다! 적병의 밀고가 거짓이 아니었구나. 여봐라, 일치단결하여 방어전에 임하라.”

당황한 유대도 즉시 무기를 들고 공격병을 막아내기 위해 달려나갔다.

三

장비의 야습은 그야말로 장비의 성격에 걸맞게 요란스러웠다. 곳곳에 불을 지르고 화살을 쏘고 북을 울리고 함성을 질렀다.

유대는 그 모습을 보고 말했다.

"놈은 무용은 뛰어나지만 지모는 없는 놈이다. 별것 아니니 겁내지 말고 공격하라."

유대의 지휘 아래 모든 장졸이 합심하여 대항했기 때문에 야습을 감행했던 장비의 군대는 즉시 격퇴되었다.

아무리 장비가 물러서지 말라고 소리쳐도 소용없었다. 장비도 연기가 자욱한 곳을 뚫고 도망가는 병사들 틈에 끼어 달아나기 시작했다.

"오늘 밤이야말로 장비의 목을 손에 넣겠다. 한 놈도 살려 보내지 마라."

유대가 호령하자 방책의 문이 열렸다. 방책 안의 병사들이 우르르 몰려나가 공격군을 추격했다. 장비는 이 모습을 보고 말했다.

"걸려들었군. 예상한 대로다."

그리고 갑자기 말 머리를 돌리더니 우선 유대를 생포하라고 소리쳤다. 그때까지 도망가던 적군이 갑자기 돌아서서 공격해왔기 때문에 조심성 많은 유대도 당황하기 시작했다.

"어떻게 된 거냐? 이상하구나."

그는 급히 아군의 진문으로 돌아가려 했으나 때는 이미 늦었다.

그날 밤, 정면에서 공격해온 공격군은 장비가 가진 병력의 3분의 1에 지나지 않았다. 나머지 3분의 2는 방책의 뒤와 측면에 있는 산 쪽에 있다가 때가 되자 일제히 밀고 들어왔다. 이 때문에 유대의 방책은 이미 장비의 손에 넘어간 뒤였다.

"계략에 걸렸구나."

허둥거리고 있는 유대를 발견한 장비는 말을 달려 다가왔다. 그리고 그를 잡아채서 땅바닥에 내동댕이치고는 명령했다.

"끌고 가라."

그때 방책 안에서 소리치며 달려나오는 두 명의 사졸이 있었다.

"저희가 끌고 가게 해주십시오."

그들은 장비의 명령에 의해 일부러 장비의 진영을 탈영해서 유대에게 오늘 밤의 야습을 밀고하고 그들에게 적절히 대처할 수 없게 만든 공을 세운 두 사람이었다.

"허락하겠다. 끌고 가라."

장비는 그 두 사람에게 밧줄을 넘겨주고 의기양양해져서 돌아갈 준비를 했다. 나머지 적병들도 대부분 항복했기 때문에 방책은 태우고 유대를 비롯한 많은 포로를 끌고 서주로 돌아갔다.

이 전황을 듣고 유비는 뛸 듯이 기뻐했다. 자신이 전장에 나가 지휘한 것처럼 장비의 교묘한 전술을 칭찬했다.

"장비가 원래 성급한 성격인데 이번에는 지모를 써서 전투에서 승리를 거뒀구나. 드디어 그도 장군다운 기량을 갖추게 되었다."

이렇게 말하고 유비가 직접 성 밖으로 마중하러 나갔다. 장비가 의기양양하게 큰 소리로 말했다.

"형님, 형님. 언제나 형님은 이 장비를 귓속의 등에나 품속의 게처럼 성가시고 성질 급한 놈이라고 말씀하셨죠? 그런데 오늘 보니 어떻습니까?"

유비가 웃으며 말했다.

"오늘 너는 진정한 희대의 대장으로 보이는구나."

관우가 끼어들었다.

"그러나 전에 형님이 간곡하게 너를 타이르지 않았다면 이렇게 깔끔하게 승리하지는 못했을 거다. 이 유대의 목 따위는 벌써 잘라내서 가져왔겠지."

"그랬을지도 모르죠."

장비가 폭소를 터뜨리자 유비도 웃었다. 관우도 따라 웃었다.

세 사람이 웃는 가운데 오랏줄에 묶인 유대만이 혼자 재미없다는 표정을 짓고 있었다.

||| 四 |||

그런 유대의 모습을 본 유비는 무슨 생각을 했는지 유대의 포박을 풀어주며 말했다.

"자, 이쪽으로 오시오."

유비는 몸소 그를 한 방으로 안내했다.

그곳에는 전에 잡혀온 왕충이 연금되어 있었는데 고급스러운 옷에 맛있는 음식을 대접받고 있었다.

유비는 두 적장에게 좋은 술과 맛있는 안주를 대접하며 이렇게 말했다.

"적장인 저에게 좋은 대우를 받는 것을 의외라고 생각하실지도 모르겠습니다만, 부디 그런 격의는 버리시고 마음 편히 지내시기 바랍니다."

술을 권하고 공손하게 대하며 상대방이 포로라고 해서 얕보지도 않고 말했다.

"이번 일은 불초 현덕에게 있어서도 두 분에게 있어서도 참으로 불행한 전투였습니다. 원래 저는 승상께 큰 은혜를 입은 몸으로 승상의 명령은 조정의 명령으로 여기고 있습니다. 어찌 제가 거기에 거역하겠습니까? 항상 기회가 있으면 은혜를 갚겠다고 생각하고 있었는데, 이런 오해가 생겨 부덕한 저를 한탄하고 있었습니다. 부디 도성에 돌아가시거든 이 현덕의 충정을 승상께 잘 말씀드려주십시오."

유대와 왕충은 그의 공손함과 진실한 말에 그저 의외라는 표정을 지을 뿐이었다.

그러나 두 사람도 성의 있게 대답해야만 했다.

"아니, 유 예주. 유 예주의 진심은 잘 알았소. 그러나 우리는 유 예주의 포로가 아니오? 어떻게 도성의 승상에게 그 말을 전할 수 있겠소?"

"잠시나마 오랏줄로 묶은 죄를 용서해주십시오. 처음부터 저는 두 분의 목숨을 빼앗을 생각은 추호도 없었습니다. 언제든지 성을 나가셔도 좋습니다. 이것도 다 제가 승상의 군대에 대해서 순순히 복종하겠다는 뜻이라는 것을 알아주신다면 감사하겠습니다."

과연 이튿날이 되자 유비는 두 사람을 성 밖으로 보내주었을 뿐만 아니라 포로가 되어 있던 부하들도 모두 유대와 왕충의 손에 넘겨주었다.

"유비에게는 전혀 적의가 없구나. 게다가 그는 군을 통솔하는 사람 치고 드물게 온정이 있는 사람이다."

감격한 두 사람은 급히 병사들을 수습하여 허도를 향해 출발했다. 그러나 도중에 갑자기 수풀 속에서 장비의 군대가 공격해왔다. 장비는 두 장수의 앞을 막아서더니 눈을 부라리고 늘 가지고 다니는 장팔사모를 들이대며 말했다.

“어렵게 생포한 너희 두 놈을 호락호락 돌려보낼 수 없다. 형님은 풀어주었을지 몰라도 나는 아니다. 지나갈 수 있으면 지나가 봐라.”

유대와 왕충은 지금은 싸울 기력조차 없어서 그저 말 위에서 떨고 있을 뿐이었다. 그때 뒤에서 혹시나 싶어 걱정하는 마음에 유비의 지시로 쫓아온 관우가 큰 소리로 나무랐다.

“이놈, 장비야! 또 쓸데없는 짓을 하는구나. 형님의 명령을 거역할 참이냐!”

“형님이시오? 어째서 막는 것이오? 지금 이놈들을 놔주면 다시 공격해올 거요.”

“다시 공격해오면 다시 잡으면 될 것이다!”

“귀찮게시리. 그보다는…….”

“안 된다고 하지 않았느냐!”

“정말 안 됩니까?”

“굳이 두 사람을 베겠다면 우선 이 관우가 상대해주마. 자, 덤벼라.”

“무슨 바보 같은 소리를 하는 거요?”

장비는 고개를 돌리고 혀를 찼다.

유대와 왕충 두 사람은 거듭 감사의 말을 하고 허도로 도망쳤다.

그 후 서주는 수비하기가 불리하기 때문에 유비는 소패성에 머물기로 하고 처자식과 일족은 관우의 손에 맡겨서 원래 여포가 있던 하비성으로 보냈다.

기설학인

||| 一 |||

이윽고 허도에 도착한 유대와 왕충은 바로 조조 앞으로 나아가 엎드려 고했다.

"유비에게는 어떠한 야심도 없었습니다. 오직 조정을 공경하고 승상께도 복종하고 있습니다. 그뿐만 아니라 백성들의 신망도 두텁고 인재를 잘 쓰며 적인 우리에게조차 덕을 베풀었습니다. 참으로 인걸이라 할 수 있으며 그런 그릇이 큰 자를 적으로 삼는 것은 좋은 계책이 아니라고 생각합니다만……."

조조는 그들의 말을 끝까지 듣지도 않고 눈꼬리를 치켜세우며 불같이 화를 냈다.

"닥쳐라. 네놈들은 조조의 신하냐, 현덕의 신하냐? 나의 승상기를 들고 나의 병사들을 이끌고 도대체 무슨 목적으로 서주로 간 것이냐?"

조조는 좌우의 무장들을 돌아보며 엄명을 내렸다.

"이처럼 원정을 나가 적진에서 내 이름을 욕되게 한 괘씸한 놈들은 다른 사람들의 본보기로 각 진영의 문으로 끌고 다닌 후에 극형에 처하라."

그러자 옆에 있던 공융이 그의 노기를 달래며 말했다.

"애초에 유대와 왕충은 유비의 상대가 되지 못했습니다. 그 사실은 승상께서도 이미 알고 계셨으리라 생각합니다. 그런데 지금 그 결과를 두 사람에게 돌려 죄를 묻는 것은 오히려 사람들에게 승상에 대한 좋지 않은 인상만 주어 승상을 모시는 사람들에게 불안감을 안겨줄 것입니다. 이것은 인심을 얻는 길이 아닙니다."

공융의 말이 끝날 때쯤 조조의 얼굴빛은 평상시로 돌아와 있었다. 과연 그렇구나 하고 고개를 끄덕이며 두 사람을 극형에 처하는 대신 관직을 거두고 벌은 나중에 내리기로 했다.

그 후 며칠이 지나 조조는 자신이 직접 서주를 공격하겠다고 하자 다시 공융이 그에게 자중할 것을 권했다.

"지금은 추위가 기승을 부리는 한겨울입니다. 무분별하게 병사를 일으키는 것은 좋은 생각이 아닌 듯하옵니다. 내년 봄을 기다렸다가 출병하셔도 늦지 않을 것입니다. 그러는 사이에 해야 할 일이 있습니다. 우선 외교내결外交內結, 내부의 결속을 단단히 해야 할 것입니다. 부족한 제가 보기에는 형주荊州의 유표와 양성襄城(하남성, 허창 서남)의 장수가 은밀히 제휴하여 조정에조차 불손한 태도를 보이고 있습니다. 지금 승상이 사신을 보내 그들의 불만을 달래고 그들이 원하는 것을 주고 그들이 자랑스러워하는 것을 칭찬하며 일시적인 자존심을 버리고 예를 갖춰 받아들인다면 그들은 반드시 승상의 휘하에 합류할 것입니다. 형주와 양성을 승상의 세력 아래에 둔다면 천하는 그 울림에 응하듯 여러 군웅도 자연스럽게 따르게 될 것이 분명합니다."

"그 계책은 나의 의사와 합치하는구나. 즉각 사자를 보내라."

그래서 양성의 장수에게는 조조의 대리로 유엽劉曄을 사자로 보내기로 했다.

양성 제일의 모사 가후는 조조의 사자를 맞이하여 진심으로 몹시 기뻐하며 온 이유를 물었다. 유엽이 대답했다.

"근래, 이 어지러운 세상에서 인, 용, 덕, 신, 책을 갖춘 진정한 한 고조와 같은 영걸을 찾는다면 우리의 주군, 조조 외에는 없을 것입니다. 귀공은 호북에서 형안과 통찰력을 갖춘 인물이라고 들었습니다만, 어떻게 생각하십니까?"

"지당한 말씀이오. 나도 같은 생각이오."

가후는 그렇게 대답한 후 그 대답이 거짓이 아니라는 증거로 장수에게 조조의 미덕을 칭찬하며 전향을 촉구했다.

"이 기회에 권유를 받아들여 조 승상에게 복종하는 것이야말로 주군에게 있어서 최선의 방책일 것입니다."

그때 하필이면 하북의 원소에게서 같은 목적을 가진 특사가 와서 원소의 서신을 전달했다.

||| 二 |||

같은 밀명을 띤 사신과 사신이 같은 목적을 갖고 온 양성의 성안에서 같은 때에 맞닥뜨린 것이다.

조조의 사신인 유엽은 걱정이 매우 컸다. 아무리 팔은 안으로 굽는다 해도 하북의 원소에게는 열등감을 품지 않을 수 없었기 때문이다.

"걱정하지 마시오. 귀공은 세 사저로 옮겨 일의 경과를 지켜보는 것이 좋을 듯싶소."

그가 유일하게 의지하고 있는 가후가 이렇게 말했기 때문에 유엽은 일말의 희망을 품고 가후의 사저에서 머물렀다.

가후는 원소의 사자를 성안으로 맞아들여 대면했다. 그리고 물었다.

"얼마 전에 귀국에서 병사를 일으켜 조조를 공격했다고 들었습니다만, 아직 견문이 좁아서 그 결과를 듣지 못했습니다. 승패는 어떻게 되었습니까?"

특사가 대답했다.

"어쨌거나 동절기에 접어들었기 때문에 잠시 전쟁을 멈추고, 결전을 내년 봄으로 미루고 대기하고 있습니다. 우리 군주 원소께서는 평소부터 형주의 유표와 양성의 장수 두 분 모두 진정한 국사國士라고 하셨습니다. 그리고 두 영웅을 간절히 품고 싶어 하십니다. 그래서 불초 소생을 오늘 그 사자로 보낸 것입니다. 부디 귀공이 잘 전해주시기 바랍니다."

재배하고 찾아온 목적을 말하자 가후는 비웃으며 말했다.

"무슨 일인가 했더니 그런 목적으로 오셨군? 특사로 오시느라 고생은 했소만 지체 말고 돌아가서 원소에게 전하시오. 자신의 골육인 원술조차 의심하며 받아들이지 않은, 그런 좁은 아량으로 어찌 천하의 국사를 불러 쓸 수 있겠소? 라고 말이오."

서신을 찢어 내동댕이치고 특사를 쫓아 보낸 사실을 나중에 들은 그의 주군 장수는 창백해져서 말했다.

"어째서 나에게 일언반구도 없이 그런 무례를 저질렀나?"

가후가 대답했다.

"이왕에 남의 밑으로 들어간다면 조조 밑으로 들어가는 편이 낫기 때문입니다."

장수는 고개를 옆으로 저으며 말했다.

"아니네. 그대는 벌써 왕년의 전투를 잊었단 말인가? 나와 조조는 숙원 관계여서 그때의 전투 이후 아무 교류도 없었네. 지금 만약 그의 청을 받아들여 그의 밑으로 들어간다면 나중에 반드시 해를 당할 것이야."

"아닙니다. 그것은 영걸의 심사를 전혀 모르는 말씀입니다. 조조는 큰 뜻을 품은 자입니다. 어찌하여 과거의 패전 따위에 원망하는 마음을 품겠습니까? 또 원소와 비교해보면 조조에게는 세 가지 장래가 약속되어 있습니다. 첫째는 천자를 받들고 둘째는 시대의 기운을 따라가고 셋째는 큰 뜻이 있어서 다스리는 법을 안다는 것입니다."

"그러나 원소는 부강하지만, 조조는 그에 비하면 아직 약소하지 않은가?"

"저는 지금 당장을 말하는 것이 아닙니다. 장래를 말하는 것입니다. 1, 2년 동안의 평안함을 원한다면 원소 밑으로 들어가십시오."

가후가 매정하게 말하자 장수의 자신감이 흔들렸다. 가후는 다음 날 유엽을 장수와 만나게 했다. 유엽도 최선을 다해 설득했다.

"조 승상은 결코 과거의 원한 따위에 연연해하는 사람이 아닙니다. 그런 일을 신경 쓰는 사람이 어찌하여 오늘 예의를 갖춰 저를 보냈겠습니까?"

결국 마음이 움직인 장수는 조조의 권유를 받아들여 양성을 나와 허도로 가서 그 문에 대고 항복을 맹세했다.

조조는 직접 마중을 나와 장수의 손을 잡고 안으로 맞아들였다. 그리고 그를 양무장군揚武將軍으로 임명하고 또 이번 알선에 공로가 있는 가후를 집금오執金吾로 임명했다.

양성은 외교적인 교섭만으로 이처럼 대성공을 거두었다. 그러나 형주는 완전히 실패했다.

三

형주의 유표는 각지에서 할거하는 군웅 중에서도 분명 유력한 세력이었다.

우선 강기슭의 비옥한 땅을 가지고 있었고 병마는 강대했으며 일찍이 강동의 기린아 손책의 아버지인 손견조차 형주를 공격했다가 참패를 당하고 전사하여 공연히 유표의 기만 살려주기도 했다. 당연히 조조가 파견한 사자는 유표의 웃음거리만 되고 제대로 말도 붙이지 못한 채 돌아왔다. 그 경과를 듣고 장수는 조조 밑으로 들어간 이후 처음으로 자청해서 말했다.

"제가 유표에게 서신을 쓰겠습니다. 저와 그는 오랜 친분이 있습니다."

그는 서신에 천하의 추세라든지 이해관계 등을 자세히 적으며 공사公私 양면으로 설파하였으나 만약을 위해 이렇게 덧붙이고 서신을 내밀었다.

"언변이 좋은 누군가가 이것을 가지고 가면 반드시 성공할 것이라고 생각합니다만."

"누구 적당한 세객說客이 없을까?"

조조가 묻자 근신 중에서 공융이 대답했다.

"제가 아는 범위 내에서는 평원平原의 예형禰衡밖에 없습니다. 예형이라면 형주에 사자로 가서도 기죽지 않고 승상의 이름을 욕되게 하지 않을 것이라고 생각합니다."

"예형이라는 자는 어떤 인물인가?"

"저희 집 근처에 살고 있습니다. 재능과 학식이 높고 언변이 뛰어납니다만 태생이 고집불통으로 혀로 사람을 찌르고 말로 사람을 좌지우지합니다. 게다가 가난하여 누구도 친하게 지내려 하지 않습니다. 그러나 유표와는 서생 시절부터 친분이 있어 지금도 서신은 주고받는 모양입니다."

"그렇다면 적임자군."

즉시 불러오라고 하자 상부의 사자가 달려갔다.

평원의 예형, 자는 정평正平은 부름을 받아 때가 끼고 냄새가 나는 평상복 차림 그대로 표표히 왔으나 조조를 비롯하여 그의 신하들이 나란히 앉아 있는 방의 한가운데에 서더니 거리낌 없이 주위를 둘러보며 큰 소리로 말했다.

"아아, 사람이 없구나. 사람이 없어. 천지간은 이토록 넓은데 어찌하여 사람은 이다지도 없단 말인가!"

조조는 이 말을 듣고 귀에 거슬려서 큰 소리로 따져 물었다.

"예형이라고 했는가? 자네는 어찌하여 사람이 없다고 하는가? 천지간까지 갈 필요도 없이 이 방 안에서도 내 휘하의 훌륭한 인재들이 보이지 않는단 말이냐?"

예형은 말라비틀어진 나뭇잎처럼 웃으며 두려운 기색도 없이 말했다.

"하아, 그렇단 말입니까? 그럼 훌륭한 점이 무엇인지 그 재능을 소상히 들려주시오."

미리 말과 행동이 남다른 학자라고 들은 터라 조조도 별로 책망하지도 또 놀라지도 않고 말했다.

"재미있는 녀석이군. 그렇다면 오른쪽 줄에 있는 사람부터 순서대로 가르쳐줄 테니 잘 보고 들어서 기억해두어라. 우선 거기에 있는 순욱과 순유는 모두 지모가 뛰어나고 용병의 달인이며 옛날 소하나 진평 등의 무장도 따라오지 못할 인재다. 그다음 장료, 허저, 이전, 악진은 용맹이 뛰어나서 만 명이 덤벼도 당해내지 못하며 전투 경험이 풍부한 장수들이다. 그리고 왼쪽 줄의 우금, 서황 두 사람은 옛날 잠행, 마무를 능가하는 기량을 지니고 있고 하후돈은 장졸들 중에서 가장 뛰어난 재주꾼이다. 조자효曹子孝는 평소의 치세가 뛰어나 세간의 부장이라고 할 만하다. 어떤가, 학인學人. 이래도 사람이 없다고 할 텐가?"

四

예형은 그 말을 듣자마자 배를 잡고 방약무인傍若無人하게 웃었다.

"아이고, 승상도 성격이 참 좋군요. 내가 보는 것과는 너무 딴판이야."

"신하는 군주가 가장 잘 본다는 말이 있는데 이 조조가 신하에 대해서 보는 눈이 잘못됐다면 대사를 그르칠 터. 학인, 자네의 평을 기탄없이 말해보라."

"그럼 제가 거리낌 없이 열석한 사람들에 대해 인물평을 해보겠소. 내 말을 듣고 너무 기나 죽지 마시오. 우선 순욱에게는 병문안을 보내고 상가에 문상이나 보내면 적합할 것이오. 순유에게는 무덤 청소를 시키고 정욱에게는 문지기를 시키면 될 것이고, 곽가에게는 시를 짓게 하면 족하오. 장료에게는 북에 가죽을 씌우게 하고 징을 치게 하면 잘할지도 모르겠소. 허저에게는 우마나 돼지를 키우게 하면 제격이고, 이전에게는 편지 심부름이 어울리오. 만총에게는 술 찌꺼기를 먹이고 술통이나 두드리게 하면 안성맞춤일 것이오. 서황은 개를 잡아 죽이는 사람이 적임이오. 우금은 등에 판자를 지게 하여 담장을 쌓게 하면 잘 어울릴 것이고, 하후돈은 애꾸눈이니 눈을 고치는 의원의 약 바구니를 들게 하면 제격일 것이오. 그 외의 사람들에 대해서는 일일이 말하기도 귀찮지만, 옷을 입으니 옷걸이와 같고 밥을 먹으니 밥주머니와 같고 술을 마시니 술통과 같고 고기를 먹으니 고기주머니 같을 뿐이오. 때때로 손발을 움직이고 이따금 입에서 소리를 낸다고 해서 다 인간이라고 할 수 없소. 사마귀도 손발을 움직이고 지렁이도 소리를 내는 법이오. 승상의 눈은 옹이구멍이오? 이것들이 모두 인간들로 보인다니. 아아, 우습다. 정말 우스워."

손뼉을 치며 웃는 사람은 예형뿐이었고, 도를 넘는 호언과 욕설에 그 자리에 있는 사람들은 격분을 삭이며 아무 말이 없었다.

천하의 조조도 마음속으로 화가 치밀어오르는 것을 느꼈다. 미리 말과 행동이 별난 야인이라는 사실을 알고 부른 것이었기에 어쩔 도리가 없었으나 벌레 씹은 표정으로 버럭 화를 내며 높은 곳에서 거친 목소리로 질문했다.

"학인, 그렇다면 묻겠는데 그렇게 말하는 본인은 무슨 재주가 있는가?"

예형은 입을 굳게 다물고 오만불손하게 콧구멍을 조금 들어올려 숨을 내쉰 뒤 말했다.

"천문지리의 책은 어느 것 하나 통달하지 않은 것이 없고, 구류

九流(중국 한나라 때 분류된 제자백가의 아홉 유파. 반고班固의 저서《한서漢書》〈예문지藝文志〉에서 분류한 유가儒家 · 도가道家 · 음양가陰陽家 · 법가法家 · 명가名家 · 묵가墨家 · 종횡가縱橫家 · 잡가雜家 · 농가農家의 아홉 학파를 말한다), 삼교三敎(유교 · 불교 · 도교를 가리키는 말)를 깨우치지 못한 것이 없다는 말이 있는데 이 말은 이 예형을 칭하기 위해서 생긴 말이라고 할 수 있소. 아니 아직 설명이 충분치 못하오. 위로는 군주를 요순에 이르게 하고 아래로는 덕을 공자와 안회에 못잖게 베풀 수 있소. 조금 어려운가? 알 리가 없지. 더 알기 쉽게 설명하자면 가슴속에는 나라를 다스려 백성을 편안하게 하는 경륜이 가득하여 다른 사욕을 넣을 여지가 없을 정도요. 이런 그릇이야말로 진정한 인간이라고 하는 것이오. 거기 있는 똥자루들과 같이 취급한다면 불쾌할 따름이오."

그러자 돌연 앉아 있는 사람들의 중간쯤에서 칼집이 철컹거리는 소리가 나더니 소리를 지르며 일어서는 자가 있었다.

"듣자 듣자 하니 못 하는 소리가 없구나. 말만 많은 썩은 학자 놈아! 거기 꼼짝 말고 있어라."

조금 전부터 험상궂은 표정으로 분노를 억누르고 있던 장료가 결국 분통을 터뜨리며 칼을 뽑았다. 그러고는 당장이라도 달려들어 예형을 벨 기세였다.

"멈춰라."

조조는 강하게 제지하며 늘어선 신하들에게 말했다.

"지금 궁궐의 악료樂寮에 북 치는 관원이 부족하다고 들었다. 조만간 조정에 주연이 있을 것이다. 그때 예형에게 북을 치게 하는 것이 어떻겠는가. 아무리 학인이지만 못 하는 것이 없는 재주꾼이니 북도 칠 수 있을 것이다. 이의는 없겠지?"

그를 곤란하게 하려는 조조의 수작이라는 것을 알고 있었다. 그러나 예형은 사양하지 않았다. 오히려 자신만만하게 말했다.

"뭐, 북이라고? 좋소."

예형은 조조의 제안을 받아들이고 그날은 유유히 물러났다.

북 치는 사람

||| 一 |||

참으로 터무니없는 인물을 추천하고 말았다. 사람을 추천하는 것은 쉬운 일이 아니다. 혼자 두려워하고 후회하며 당혹해하는 자가 있었으니 바로 예형을 추천한 공융이었다.

그날 그 때문인지 공융은 언제 자리를 떴는지 아무도 몰랐다.

나중에 남은 사람들의 분노에 찬 목소리와 중얼거림은 시끄러울 정도였다. 장료 같은 사람은 특히 분노가 가라앉지 않아 조조에게 심하게 따지고 들었다.

"어째서 저런 거지 같은 유생을 베어버리지 않고 마음대로 지껄이게 내버려두신 겁니까?"

조조는 그 말을 듣고 이렇게 대답했다.

"아니네. 나도 참기 어려워 몸이 떨릴 지경이었네. 베어버릴까도 생각했지만, 그의 기이한 행동은 세상 사람들에게 평판이 좋고 그의 기이한 말은 세상에서 유명하지. 즉, 일종의 반동자로서 민간에서 묘하게 인기를 끌고 있는 사내네. 그렇게 인기가 있는 자를 승상인 내가 진지하게 화를 내며 베어버렸다고 하면 민중들은 오히려 나를 속이 좁은 인간이라고 비웃을 것이며 나에게 기대하고 있는 자들은 실망할 걸세……. 그를 베는 것은 어리석은 짓이야. 그보다는 그가 잘 못 하는 북을 치게 하여 사람들 앞에서 망신을 주는 편이 재미있지 않겠나?"

때는 건안 4년(199) 8월 초하루. 조정의 축하연은 궁궐의 성대省臺에서 열렸다. 조조는 말할 것도 없고 궁중의 공경과 백관을 비롯해 상부의 장수들과 같이 내로라하는 빈객이 연회에 참석했다.

축하 말씀과 예배 의식이 거행된 후 축하연의 흥이 올라 분위기가 무르익어갈 무렵 악료에서 연주하는 자들과 북 치는 자 등이 일렬로 늘어서서 연회장의 가운데로 나와 무악을 연주했다.

전에 북을 치기로 약속되어 있던 예형도 그들 사이에 섞여 있었다. 그는 북을 치는 임무를 맡아 〈어양삼과漁陽三撾〉를 연주하고 있었는데, 그 음절의 절묘함이나 가락의 변화가 명인의 신들린 연주 같았기 때문에 사람들은 모두 황홀한 듯 넋을 잃고 듣고 있었다.

그러나 무곡이 끝남과 동시에 정신을 차린 장수들이 입을 모아 예형의 무례를 꾸짖었다.

"야, 거기 있는 더러운 놈아. 조정의 축하연에 악료의 관리는 말할 것도 없고 무인舞人과 고수鼓手도 모두 깨끗한 옷을 입고 있는데 너는 어찌하여 더러운 옷을 입고 주위에 이를 뿌리고 있느냐!"

틀림없이 얼굴을 붉히며 부끄러워할 줄 알았으나 뜻밖에도 예형은 조용히 허리띠를 풀기 시작했다.

"그렇게 보기 흉하단 말이지?"

혼자서 중얼거리며 한 장 두 장 옷을 벗더니 결국에는 음부를 가리는 붉은 천 하나만 걸친 벌거숭이가 되었다.

장소가 장소인지라 모인 사람들은 기가 막히고 놀라서 그저 멍하니 바라보고만 있었으나, 예형은 아무렇지도 않은 듯 벌거숭이

인 채로 다시 북을 들고 삼통三通까지 치며 장단을 맞췄다.

담력으로는 누구에게도 뒤지지 않는 무장들조차 놀란 표정으로 아무 말도 못 하고 있자 참다못한 조조가 큰 소리로 호통쳤다.

"괘씸하게도 조정의 축하연을 여는 자리에서 알몸을 드러내다니, 참으로 무례한 놈이구나!"

예형은 북을 놓고 벌떡 일어나더니 조조 쪽으로 배꼽을 똑바로 향한 후 그에게 못잖은 큰 소리로 말했다.

"하늘을 기만하고 황제를 속이는 무례와 부모에게 받은 이 몸을 가리는 것 없이 있는 그대로 내보이는 무례, 어느 쪽이 더 무례한 것 같소? 나는 보는 바와 같이 겉과 속이 같은 인간인 것을 보이는 데 거리낌이 없소. 승상, 분하다면 승상도 공복을 벗어던지고 나처럼 겉과 속 사이에 한 장의 가죽밖에 없다는 것을 보이시오."

"다, 닥쳐라!"

조조는 결국 분통을 터뜨리고 말았다. 궁중 안에는 두 개의 벼락이 치는 듯 서로 으르렁거리는 소리가 진동했다.

||| 二 |||

조조가 결국 격하게 말했다.

"이 썩어빠진 학자 놈아. 네놈은 입만 열면 네 자랑만 하고 다른 사람은 욕하는데 너처럼 추잡한 놈은 어디에도 없을 것이다."

예형도 지지 않고 말했다.

"자기 몸에서 냄새나는 것을 모르듯 자신의 결점을 깨닫지 못하는구나. 승상은 자신이 더러운 줄도 모르는 모양이오."

"뭐? 나 보고 더럽다고?"

"그렇소. 당신은 현명한 척하고 있으나 그 눈은 다른 사람의 현명함과 어리석음조차 구별하지 못하고 있소. 눈이 더러워졌다는 증거요."

"터진 입이라고 잘도 놀리는구나, 이놈."

"또 시서詩書를 읽고 마음을 정화하는 것도 모르오. 마음에 가득 차 있는 것을 입 밖에 낸다고 했소. 당신의 입이 더러운 것은 고결한 수양을 쌓고 있지 않다는 증거."

"……으음."

"남의 충언을 듣지 않는 것은 귀가 더럽기 때문이오. 고금을 꿰뚫지 못하면서 아집만 부리고 있소. 이것은 정조가 더럽기 때문이오. 평소의 행동은 어느 것 하나 정결함이 없고 어느 것 하나 방자하지 않은 것이 없소. 이것은 육체의 더러움이오."

"……."

"게다가 이 모든 더러운 마음을 누구 하나 제어하지 못한 채 어느 결에 교만해져서 결국에는 반역의 마음을 키워 스스로 가시밭길을 가려 하고 있소. 참으로 어리석도다. 웃음만 나오는구나."

"……."

"천하의 명사인 나 예형을 예우도 하지 않을뿐더러 북을 치게 하여 망신을 주려고 했소. 이것이야말로 소인배의 소행이라고 할 수 있소. 옛날 양화陽貨가 공자를 원망하며 해를 주려 한 행위와 장창臧倉 등의 무리가 맹자에게 침을 뱉은 행위와 유사하오. 승상은 마음속으로 방약무인한 패노의 수행을 생각하면서, 행동하는 것을 보면 이처럼 소심하기 그지없소. 소심한 주제에 마귀 같은 얼굴을 하고 사람을 협박하는 자, 이런 자를 필부라고 하오. 희대의 필부가 궁궐에 납시었구나. 승상 조조! 아아, 참으로 위대하다! 위대한 필부여!"

손뼉을 치며 깔보고 욕하고 조소하는 그의 모습은 그야말로 위대한 광인인지, 목숨이 아까운 줄 모르는 바보인지, 그것도 아니면 하늘의 뜻을 알리기 위해 하늘에서 내려온 대현인大賢人인지…… 어쨌거나 추측하기 어려운 점이 있었다.

조조의 얼굴은 창백해져 있었다. 아니, 조정 안은 예형 한 사람 때문에 완전히 압도된 듯한 분위기였다. 문무백관은 그 결과가 어떻게 될지 궁금해하며 침을 삼키고 이를 꽉 물며 침묵을 지키고 있었다.

공융은 마음속으로 당장이라도 조조가 예형을 베지나 않을까, 눈을 가리고 조마조마해하고 있었다. 이윽고 공융의 귀에 그 자리에 있는 모든 장수가 칼집을 두드리고 눈꼬리를 올리며 소란스럽게 일어나는 기척이 들렸다.

"말만 많은 썩어빠진 학자 놈. 듣자 듣자 하니 악담이 끝이 없구나. 사지와 열 손가락을 잘라 혼쭐을 내주겠다."

공융은 눈을 크게 떴다. 그런데 그 순간 온몸의 땀구멍에서 땀이 흘러내렸다.

조조가 일어섰기 때문이다. 그러나 조조는 칼을 잡고 달려들려는 장수들 앞에서 두 팔을 벌리고 외쳤다.

"멈춰라. 누가 예형을 죽이라고 명했느냐? 나를 위대한 필부라고 한 말이 맞지는 않지만 틀리지도 않으니 그렇게 화낼 가치가 없다. 게다가 이 썩어빠진 유학자는 생쥐 같은 존재로 태양과 대지, 대세를 모르는, 마을에선 지붕 위나 마루 아래에서 혼자 영리

한 척하고 조정에 들어서도 기괴한 행동밖에는 할 줄 모르는 하찮은 동물이다. 이런 놈을 베어봐야 득 될 것은 아무것도 없다. 그보다는 내가 그에게 명령할 일이 있다."

일동을 제지한 뒤에 조조는 말투를 바꾸어 예형을 무대에서 불러 옷을 내주며 물었다.

"형주의 유표와는 교류가 있느냐?"

||| 三 |||

"음, 유표와는 다년간의 교류가 있으나……."

예형이 코웃음을 치며 대답했다.

"그렇다면 날 위해서 바로 형주에 사자로 가도록 하라."

지금 그의 명령이라면 궁중은 물론 상부에서도 즉각 실행되었으나 예형은 고개를 가로저었다.

"싫소."

"어째서 싫은가?"

"대강 무슨 일인지는 알겠소만 내가 할 일이 아니오."

"내가 아직 아무 말도 하지 않았는데 무슨 일인지 안단 말이냐?"

"형주의 유표를 설득하여 승상의 문 앞에 말을 매게 하면 승상이야 즉시 기분이 좋아지겠지요."

"그렇다. 유표를 만나 이해관계를 잘 설명하고 나에게 항복한다는 맹세를 받고 돌아온다면 너를 궁중의 학부에 넣고 공경으로 중히 쓰겠다. 어떠냐?"

"하하하, 생쥐가 의관을 입는다면 정말 우습겠군."

"나는 너의 목숨을 너에게 빌려주는 것이다. 싫다 좋다 대답은 필요 없다. 바로 출발하도록 하라."

조조는 무관들을 돌아보며 명령했다.

"이자에게 좋은 말을 내주고 술과 안주를 준비하여 성대한 송별회를 열어주도록 하라."

사람들은 예형을 둘러싸고 저마다 한마디씩 하며 환성을 지르고 술을 마시며 그에게도 과하게 마시게 했다. 그리고 동문랑東門廊까지 많은 사람이 환송하러 나갔고, 말을 끌어다 안장에 앉는 것까지 도와주었다.

조조가 또 명령했다.

"나의 명령을 받아서 출발하는 사자를 위해 일동은 동문 밖에 정렬하여 배웅하라."

조금 전에 예형이 명성 있는 학자에 대해서 예우를 하지 않는다는 점을 들어 욕을 퍼부었기 때문에 조조는 즉시 그의 뜻을 받아들이고 이 사자를 유용하게 쓸 생각이 들었음이 틀림없다. 그러나 그것을 알고는 있었지만, 문무의 관리들은 어처구니없다는 표정을 나타내며 누구 하나 진지하게 서 있는 자가 없었다.

"저런 정신 나간 거지 유학자에게 배웅의 예를 엄숙하게 갖출 수야 없지."

특히 순욱 등은 심하게 화를 내며 부하 병사들에게 공공연하게 거리낌 없이 말했다.

"예형이 여기로 나와도 일어서서 배웅할 필요가 없다. 모두 앉아 있어도 돼. 편안하게 좌정하고 그놈이 울상을 하고 어쩔 수 없이 떠나가는 모습을 지켜보아라."

말에 태워진 예형은 이윽고 말이 가는 대로 장대한 동화문 뒤에서 태연하게 나왔다. 말도 사자도 기운이 없어 보였으나 안에서는 환송의 목소리와 성대한 음악이 울려 퍼지고 있었다. 문을 나와 보니 순욱의 부대를 따라서 다른 병사들과 장수들도 편안하게 자리를 잡고 앉아 있었다.

"……아아, 슬프도다."

예형은 말을 세우고 그렇게 중얼거리더니 금방 목소리를 높여 울기 시작했다.

양지쪽에 앉아 있는 병사들도 그늘에 앉아 있는 병사들도 모두 껄껄 웃음을 터뜨렸다. 순욱은 기분 좋게 예형을 보며 조롱했다.

"선생, 영광스러운 출발을 하시는데 어찌 우시나?"

그러자 말이 끝나기가 무섭게 예형이 대답했다.

"둘러보니 수천의 무리가 모두 기력이 없어서 일어설 줄을 모르는구나. 이건 마치 죽은 자들의 들판 같군. 죽은 자들의 들판과 죽은 자들의 산을 지나가는데 어찌 슬프지 않을 수가 있겠나?"

"우리가 죽은 자라고? 아하하하. 그렇게 말하는 네놈이야말로 우리가 보면 목 없는 정신 나간 귀신이다."

"아니, 아니지. 나는 한조의 신하다."

예형의 대답은 얼토당토않았다. 또 무슨 소리를 하려나 싶어 순욱은 당황한 모습으로 눈을 깜박거렸다.

四

"뭐? 한조의 신하? 우리도 모두 한조의 신하다. 네놈만이 한조의 신하가 아니란 말이다."

"한조의 신하는 여기 나 혼자뿐이다. 너희들은 모두 조조의 신하들이 아니냐?"

"조조의 신하도 한조의 신하다."

"거짓말하지 마라. 장님들 같으니."

"장님이라고?"

"아아, 어둡구나, 어두워. 이처럼 세상이 어두컴컴하구나. 잘 들어라, 구더기들아. 이 예형만은 너희들과 다르게 반역자의 신하가 아니다."

"반역자라니, 누구를 말하는 것이냐?"

"물론 조조다. 나를 가리켜 목 없는 정신 나간 귀신이라고 했지만, 반역자 편에 선 너희들의 목이야말로 내일 어떻게 될지 아무도 모른다."

예형과 순욱의 문답을 듣다 결국 화가 치민 주위의 부장들은 검과 창을 만지작거리며 순욱에게 소리쳤다.

"순욱! 어째서 그놈을 안장에서 끌어내지 않는 것인가? 우리 앞에 던져주게. 잘게 썰어버릴 테니."

순욱도 살의와 짜증이 동시에 올라왔다. 다른 사람의 손을 빌릴 필요도 없이 단칼에 베어버릴까도 생각했으나 조조조차 인내하며 사자로 보내는 자를 함부로 죽여서는 안 된다고 꾹 참으며 말했다.

"아니, 기다리게. 승상께서도 조금 전에 말씀하셨네. 이놈은 생쥐 같은 놈이라고. 생쥐를 벤다면 우리들의 검만 더러워질 뿐이네. 자, 진정들 하게."

예형은 이 말을 듣고 말 위에서 좌우의 장수들을 반짝이는 눈으로 둘러보았다.

"끝끝내 나를 생쥐 취급하는군. 그러나 생쥐에게는 여전히 사람에 가까운 성질이 있지. 가엽게도 네놈들은 구더기다. 변소에서 꿈틀거리는 구더기일 뿐이야."

"뭐라고?"

창을 들고 달려드는 장수들을 순욱은 겨우 뜯어말리며 말했다.

"지껄이게 둬. 제정신이 아니네. 결국 형주에 가서 일을 그르치거나 성과 없이 돌아와서 창피를 당하거나 하겠지. 어느 쪽이든 놈의 머리는 그때까지만 붙어 있을 걸세. 하하하하, 오히려 웃자고, 웃어."

장수들부터 병사들까지 모두 예형을 비웃었다. 그 사이를 뚫고 예형은 금문 밖으로 나갔다.

혹시 그대로 집으로 돌아가 도망가 버리지나 않을까 싶어 두세 명의 병사가 뒤를 밟았으나 그런 기색은 보이지 않았다. 그는 서두르지도 않고 그렇다고 뭉그적거리지도 않고 묵묵히 형주 쪽으로 갔다.

얼마 지나지 않아 예형은 형주에 도착했다.

유표는 예전부터 아는 사이이기 때문에 즉시 만나기는 했으나 내심 '시끄러운 녀석이 왔구나.' 하고 생각했다.

예형의 괴이한 혀는 여기서도 삼갈 줄을 몰랐다. 처음에는 사자로 온 입장이어서 유표의 덕을 크게 칭송했으나 곧 독설로 상쇄해 버렸기 때문에 아무 소용이 없었다.

유표는 사실 속으로는 그를 싫어했다. 귀찮았다. 그래서 적당한 구실을 붙여 강하江夏의 성으로 보내버리고 싶었다.

마침 강하는 신하인 황조黃祖가 지키고 있었는데, 황조는 이전부터 예형과 친분이 있었다.

"황조도 만나고 싶어 하는 데다 강하는 경치도 좋고 술맛도 좋으니 며칠 놀다 오게."

그렇게 유표는 예형을 강하로 보내버렸다.

그 후 측근이 유표에게 의아해하며 물었다.

"예형이 이 성에 머무르는 동안 곁에서 지켜보니 참으로 삼감이 없고, 아니 그보다는 기이한 혀를 놀려 말이 안 되는 헛소리를 해대며 태수를 욕보였건만, 태수께서는 어째서 그를 죽이지 않고 강하로 보내셨습니까?"

"조조조차 인내하며 죽이지 않은 데는 분명 이유가 있을 것이네. 조조의 속셈은 이 유표의 손으로 그를 죽이기를 바라며 사자로 보냈을 것이야. 만약 내가 예형을 죽인다면 조조는 즉시 천하를 향해 형주의 유표는 학식 있는 현인을 죽였다고 사실보다 부풀려서 말을 퍼뜨리겠지. 누가 그런 계책에 걸려들겠나? 조조는 교활하고 방심할 수 없는 사내네. 하하하하."

앵무주

||| 一 |||

예형이 강하로 놀러간 사이에 조조의 적인 원소도 국사를 보내 우호 관계를 청해왔다.

형주를 양국에서 서로 끌어당기는 상황이 된 것이다. 어느 쪽을 택할지는 유표의 마음 하나에 달려 있었다. 이렇게 되자 유표는 욕심에 눈이 어두워져 오히려 대세를 판단하기가 어려워졌다.

"한숭漢嵩, 자네는 어떻게 생각하나? 조조 편에 서는 것이 낫겠나, 원소의 요구에 따르는 것이 좋겠나?"

종사중랑장從事中郎將인 한숭은 신하를 대표해서 삼가 대답했다.

"요컨대 그 큰 방침은 주공께서 먼저 정하셔야 합니다. 만약 주공께 천하에 대한 야망이 있다면 조조를 따르십시오. 만약 천하에 대한 야망이 없다면 어느 쪽이든 유리한 쪽에 가담하면 될 것입니다."

유표의 얼굴색을 보니 천하에 대한 야망이 없지도 않은 듯했다. 그래서 한숭이 덧붙여 말했다.

"왜냐하면 조조는 천자를 끼고 앉아 전쟁에서도 항상 대의를 앞세울 수가 있기 때문입니다."

"그러나 원소의 웅대한 국부와 세력도 무시할 수 없지 않은가?"

"다시 말하면 조조가 패해서 스스로 파탄을 일으켜 지금의 위치에서 실각이라도 한다면 거기에 필연적으로 그를 대신할 기회가 있지 않겠습니까?"

유표는 여전히 결정을 내리지 못하고 있다가 다음 날 다시 한숭을 불러 명령했다.

"여러모로 생각해보았는데 우선 자네가 도성에 가서 도성의 실상과 조조의 내실을 알아보고 오는 것이 좋겠네. 이쪽의 거취는 그 후에 정해도 되겠지."

한숭은 내키지 않는 기색을 보이며 잠시 생각에 잠겨 있다가 이윽고 입을 열었다.

"저는 절개와 의리를 지키는 인간이라는 것을 알아주십시오. 주공께서 천자께 순종할 생각으로 천자 아래에 있는 조조와 제휴할 생각이라면 사자로 가도 마음이 편안하리라 생각합니다만, 만약 그렇지 않다면 저는 절개와 의리 때문에 곤경에 처할지도 모르겠습니다."

"어째서 그런 걱정을 하는가? 나는 이해할 수가 없군."

"저를 도성에 보내시면 조조는 반드시 저의 환심을 사려 할 것입니다. 또 천자께서 관직을 내리실지도 모릅니다. 다른 주의 신하가 도성에 갔을 때의 예를 봐도 그것을 알 수 있습니다. 그러면 저는 한조의 은혜를 입게 되고 한실의 신하가 되기 때문에 주공에 대해서는 옛 주인이라는 기분이 들 것입니다. 그렇게 되면 무슨 일이 생겼을 때 천자의 명령에 복종하여 주공을 위해 일할 수 없을지도 모릅니다."

"뭔가 했더니 그런 장래의 일까지 걱정하고 있었단 말인가? 다른 주의 신하 중에도 조정에서 관직을 받은 자는 얼마든지 있지 않나? 나는 나대로 다른 생각도 있으니 신속하게 도성에 가서 조조의 내막과 허와 실의 정도를 충분히 살피고 오게."

한숭은 할 수 없이 명을 받고 형주의 토산물과 진귀한 보배를 수레에 잔뜩 싣고 며칠 후 형주를 떠나 허도를 향해 출발했다.

허도에 도착한 그는 즉시 상부로 찾아가 가지고 온 선물을 펼쳐 놓았다.

조조는 전에 자신이 사자로 예형을 보냈음에도 또 사자가 온 것이 이상하다고 생각했으나 일단 대면하고 호의에 감사했다. 그리고 성대한 연회를 열어 긴 여행길의 노고를 위로해주었다. 또 눈치 빠르게 조정에 주청하여 그에게 시중과 영릉零陵 태수라는 관직을 내렸다.

보름 정도 체재하던 한숭이 도성을 떠나자마자 순욱이 조조 앞에 나와서 물었다.

"어째서 저런 자를 무사히 돌려보낸 것입니까? 그는 허도의 내정을 살피기 위해 온 것이 틀림없습니다. 그런 자를 빈객 취급하는 것은 그야말로 언어도단言語道斷입니다. 중앙 정부라면 다른 주의 신하에 대해서 경계심을 엄히 가져야 할 것입니다."

||| 二 |||

"옳은 말이네."

조조는 일단은 수긍하는 듯했으나 고개를 끄덕이면서도 미소를 머금고 순욱에게 설명했다.

"나에게 작전은 있으나 허실은 없네. 그러니 무엇을 살피고 돌아갔든 내 실력의 올바른 가치를 알고 갔겠지. 그는 오히려 환영할 만한 첩자라고 해도 무방할 것이네. 게다가 지금 형주에는 예형을 파견해놓았네. 내가 기대하는 것은 그 예형을 유표가 죽여주는 거야. 지금 그 이상 무엇을 더 바라겠나?"

그의 묘안에 순욱은 바로 납득했고 다른 사람들도 고개를 끄덕이며 감탄했다.

한편 한숭은 형주로 돌아오자마자 유표 앞에 나아가 허도에는 아래위 가릴 것 없이 발흥의 기운이 왕성하다는 것을 적극적으로 고했다.

"신의 부족한 생각으로는 주공의 아들 중 한 명을 조정의 사관으로 보내서 도성의 인질로 둔다면 조조도 의심하지 않을 것이고 따라서 앞으로의 가운家運에 있어서도 좋을 것입니다."

한숭의 말이 마음에 들지 않았는지 유표는 그의 이야기 중반부터 고개를 돌리고 있다가 갑자기 옆에 있는 무사에게 명령했다.

"두마음을 품고 간에 붙었다 쓸개에 붙었다 하는 놈. 한숭을 결박하여 베어버려라!"

무사들은 칼자루로 손을 가져가며 한숭의 뒤에 섰다. 한숭은 손을 흔들고 머리를 조아리며 필사적으로 해명했다.

"그래서 제가 사자로 가기 전에 누차에 걸쳐 말씀드리지 않았습니까? 저는 제가 믿고 있는 것을 말씀드리는 것이 신하로서 최선의 도리라고 생각하고, 또 주공의 집안을 위하는 길이라 생각해서 권해드렸을 뿐입니다. 제 말씀을 들으실지 말지는 주공의 마음입니다."

근신 괴량蒯良도 유표의 옆에서 한숭이 해명하는 것을 도와 간절히 애원했다.

"한숭이 하는 말은 궤변이 절대 아닙니다. 그가 도성으로 떠나기 전에도 여러 번 지금 한 말과 비슷한 말을 했습니다. 그러므로 도성에 다녀왔다고 해서 갑자기 표변했다고도, 두마음이 있다고도 할 수 없습니다. 게다가 그는 이미 조정으로부터 은작을 받고 돌아왔기 때문에 지금 당장 처벌한다면 조정에 대해서도 반기를 드는 것이오니 이번에는 부디 관대한 처분을 내려주십시오."

유표는 아직 석연치 않은 기색이었으나 괴량의 사리 명백한 말을 무시하지 못하고 명했다.

"목숨만은 살려주겠다. 감옥에 가두고 단단히 묶어두어라."

한숭은 무사들 손에 끌려가면서 큰 소리로 탄식했다.

"도성에 가면 이렇게 된다, 형주에 돌아오면 이렇게 된다고 알고 있으면서도 끝내 내가 생각한 대로 나 스스로를 몰아넣고 말았다. 불신의 끝은 반드시 비업非業(전세의 업인業因 때문이 아니고 금생의 재난 때문에 죽는 일)으로 끝나고 신의를 지키려 해도 이렇게 되는구나. 선택의 길이 이리도 어려울 줄이야!"

그가 나가자마자 바로 강하에서 사람이 와서 이런 새로운 사실을 전했다.

"빈객 예형이 결국 황조에게 죽임을 당했습니다."

"뭐라고? 기설학인奇舌學人이…… 황조의 손에 죽임을 당했다고?"

예상한 일이었지만, 실제로 듣자 모두 놀란 표정이었다. 유표는 즉시 강하에서 온 자를 가까이 불렀다.

"어떤 경위로 죽었느냐? 그 기이한 유학자가 어떻게 죽었느냐?"

반은 조조에 대한 두려움과 반은 호기심이 생겨 물었다.

||| 三 |||

강하에서 온 사자는 자초지종을 자세히 이야기했다.

그의 이야기에 따르면 이렇다.

예형은 강하에 가서도 여전히 안하무인으로 굴었는데, 어느 날 성주인 황조가 그가 하품하는 모습을 보고 비꼬듯 물었다.

"학인, 그렇게 따분한가?"

예형은 고개를 끄덕이며 말했다.

"어쨌거나 이야기할 상대가 없으니."

"성안에는 나도 있고 많은 장졸도 있건만, 왜 또?"

"그런데 어느 한 사람 함께 이야기할 만한 사람이 없네. 도성엔 구더기가 들끓고 형주엔 파리 천지고 강하는 개미굴 같고."

"그렇다면 나도?"

"그런 셈이지. 어쨌거나 너무 따분하군. 나비나 새와 이야기할 수밖에 없겠어."

"군자는 따분함을 모른다고 들었네만."

"거짓말. 따분함을 모르는 놈은 신경쇠약에 걸렸다는 증거네. 정말 건강하다면 따분함을 느끼는 것은 자연스러운 현상이야."

"그렇다면 하룻밤, 연회를 베풀어 학인의 따분함을 달래주어야겠군."

"주연은 싫네. 그대들의 눈과 입에는 주지육림이 맛있어 보이는지 몰라도 내가 보기에는 마치 쓰레기통을 둘러싸고 들개가 시끄럽게 짖고 있는 것과 같네. 그런 곳에 앉아서 술안주가 되기는 싫어."

"아니, 아니네……. 오늘은 그렇게 형식에 얽매이지 말고 둘이서 마시자고. 나중에 들르게."

잠시 뒤 황조가 동자를 보내 예형을 불러오게 했다.

예형이 가보니 성의 남원南苑에 멍석 한 장이 깔려 있고 그 위에 술 한 단지를 놓고 황조가 기다리고 있었다.

"마음에 드는군."

입이 거친 예형도 비로소 마음에 든 듯 멍석 위에 앉았다.

옆에는 한 그루의 거대한 소나무가 있었는데 강바람을 받아 쏴아쏴아 하늘의 소리로 시를 읊고 있었다. 술 단지는 금방 바닥이 났고 또 한 단지, 다시 또 한 단지를 동자에게 가져오게 했다.

"학인에게 묻겠네."

황조가 몹시 취해서 혀로 입술을 적시며 말하기 시작했다.

"학인은…… 꽤 오랫동안 도성에 있었다고 들었네만, 도성에서는 지금 누구와 누가 진정한 영웅이라고 생각하나?"

예형은 지체없이 대답했다.

"어른 중에는 공문거孔文擧, 아이 중에서는 양덕조楊德祖지."

황조는 한쪽 팔꿈치를 짚고 자신의 몸을 앞으로 내밀며 혀 꼬부라진 소리로 물었다.

"그렇다면 나는 어떤가? 이 황조는."

예형은 껄껄 웃으며 대답했다.

"그대 말인가? 그대는 길가에 있는 조그만 불당의 신이지."

"길가에 있는 조그만 불당의 신? 무슨 의미인가?"

"백성들의 제사는 받지만 어떤 영험도 없다는 뜻이네."

"뭐라고? 다시 한번 말해봐!"

"아하하하, 공물 도둑 목각인형 주제에 화도 낼 줄 아는군."

"이놈이!"

황조는 느닷없이 검을 뽑아 들더니 예형을 두 동강 내버리고 전신에 피를 뒤집어쓴 채 발광하듯 소리를 질렀다고 한다.

"치워라, 치워. 이 시체를 빨리 묻어버려라. 이놈은 죽어서도 입을 놀리고 있다."

사건의 자초지종을 들은 유표는 가엾은 생각이 들었는지 그 후 가신을 보내 예형의 시체를 옮겨 앵무주鸚鵡州의 강가에 묻게 했다.

예형의 죽음은 또 필연적으로 조조와 유표의 외교 교섭에도 단절을 고했다. 조조가 예형이 죽었다는 소식을 들었을 때 이렇게 말하며 쓴웃음을 지었다고 한다.

"그렇군. 드디어 그도 자신의 혓바닥 검에 찔려 죽었구나. 학식이 있다고 자만하여 잘난 체하는 인간들에게 종종 일어나는 일이지. 그런 의미에서 그의 죽음도 까마귀가 불에 타 죽은 정도의 의미는 있군."

태의 길평

||| 一 |||

그 옛날 아직 낙양의 일개 황궁 경리警吏에 지나지 않았을 때 조조라는 애송이 청년으로부터 장래를 점쳐달라는 부탁을 받고 "너는 치세의 능신이자 또 난세의 간웅이다."라고 예언한 사람은 낙양의 명사 허자장許子將이라는 관상가였다.

화를 낼 줄 알았는데 뜻밖에도 그때 조조라는 빈털터리 청년은 "간웅이라, 좋군, 좋아." 하고 기뻐하며 떠났다고 한다.

자장의 예언은 맞아들어가고 있었다.

그러나 지금 조조가 이런 위치에 있을 줄을 누가 풍운 속에서 예언할 수 있었을까? 세월은 길다고 하지만 허자장의 말 이후 불과 10여 년밖에 지나지 않았다. 혹은 조조 본인조차 이렇게 빨리 천하의 양상이 변하여 자신이 지금의 위치에 있을 줄은 미처 몰랐을 것이다.

조조는 아직 혈기왕성한 40대로 패권을 잡고자 하는 마음이 점점 더 거세게 일어나고 있었다.

그가 이처럼 빨리 오늘의 성공을 이룬 것은, 물론 그의 자질 때문이기도 하지만, 그를 둘러싸고 구름처럼 일어난 모사와 훌륭한 장수들의 도움이 있었기 때문이며 특히 순욱과 같은 충성스러운 신하의 공도 간과할 수 없다.

순욱은 항상 조조의 곁을 지키며 상황에 맞는 조언을 참 잘했다. 지금의 그는 조조의 오른팔이라고 할 수 있는 존재였다.

순욱이 얼마나 노성한 인물인가 하면 조조보다 일곱 살이나 어린 아직 30대의 인물이었다. 영천穎川 태생으로 집안이 후한 명문가 중 하나였으며 걸사傑士 순숙荀淑의 손자였다.

명문가의 아들과 손자 중에는 명석한 인물이 드물지만 순욱은 아직 학생이었을 때부터 스승인 하옹何顒에게 "왕좌王佐의 재才."라고 칭찬을 받았다.

'왕좌의 재'라는 것은 왕도를 보좌하기에 충분한 대정치가의 기질이 있다는 것이다. 난세에 드문 존재라고 할 수 있다.

따라서 하북의 원소 등도 일찍이 상빈上賓의 예로 그를 맞아들이려 했으나 순욱은 조조와 한 번 만나고 나서 즉시 간담상조肝膽相照하여 조조의 휘하로 자진해서 들어갔던 것이다.

조조에게는 역시 그만한 매력이 있었다. 조조의 장점 중에서 가장 큰 장점은 유능한 인물을 잡아끄는 매력과 포용력이다.

그는 또 선비를 사랑했는데 특히 순욱에 대해서는 "자네는 나의 장량이네."라고 말하며 총애했다. 장량이란 한고조의 참모총장에 해당하는 중신이다. 이 말의 속뜻을 살펴보면 은연중에 자신을 한고조에 비유하고 있는 등 그의 마음속에는 여전히 바닥을 알 수 없는 것이 감춰져 있었다.

그러므로 기설학인인 예형이 죽은 것쯤은 그가 보기에 까마귀가 불에 타 죽은 것과 같은, 그냥 한 번 웃고 넘어갈 이야기에 지나지 않았던 것도 당연하다.

그러나 적어도 조조가 보낸 일국의 사자를 형주 땅에서, 그것도 유표의 부하가 죽였다는 것은 중대한 국제 문제로 삼을 재료가 된다.

"이대로 모른 척 내버려둘 순 없지. 그를 공격할 좋은 구실이기도 하고."

조조는 이번 기회에 대군을 보내 단번에 형주를 빼앗겠다고 생각하고 장수들을 소집해 회의를 열었다. 장수들도 대부분 떨치고 일어났지만, 순욱만은 찬성하지 않았다.

"원소와의 전쟁도 아직 진행 중인 데다가 서주에는 유비가 건재합니다. 그것을 중도에 그만두고 또 동쪽에서 군사를 일으키는 것은 가슴과 배의 병은 그대로 둔 채 팔다리의 상처를 먼저 치료하는 격입니다. 우선 병의 근원인 원소부터 정벌하고 다음에 유비를 제거하고 나서 강한江漢의 형주 따위는 그 뒤에 쳐도 늦지 않을 것입니다."

순욱의 말에 따라 조조는 형주로의 출병을 일시적으로 단념했다.

||| 二 |||

이런 식으로 조조는 순욱의 말을 잘 따랐다.

조조가 오늘의 성공을 이룬 중대한 기략의 근본은 뭐니 뭐니 해도 조정이 위급한 상황이었을 때 헌제를 재빨리 허도로 옮긴 것이었다. 그리고 이 역시 순욱이 처음부터 간곡히 권한 계책이었다.

"천자를 받들어 백성들의 바람에 따르는 것이 순리이며 주군의 운명을 여는 대도이기도 합니다. 다른 사람이 하기 전에 즉시 결행하십시오."

당시 다른 장수들은 낙양에서 흩어진 뒤로 장안의 대란을 비롯해 끊임없이 어지럽게 싸우며 적을 공격하는 데만 급급해 있을 때 그 점에 착안한 젊은 순문약荀文弱, 순욱의 달견은 참으로 놀라운 것이었다.

원소의 모신인 저수 등도 같은 선견을 가지고 원소에게 그 계책을 권한 적이 있었으나 우유부단한 원소가 망설이고 있는 사이에 조조에게 선수를 빼앗기고 말았다. 역대 한조의 명문가였던 그 강대한 세력이 지금은 지방의 군소 세력처럼 축소된 것이다.

순욱은 국내 정치의 정책에 있어서도 착착 공을 쌓고 있었다.

허도를 중심으로 둔전책을 실시하고 지방의 양민 위에는 인망이 높은 관리를 배치해 인심을 얻는 데 힘썼으며, 각 주와 군에는 농사를 관리하는 전관田官을 두어 농경을 크게 장려했기 때문에 전란의 와중에도 산업은 진흥하고 오곡의 수확량만 해도 해마다 100만 석을 넘기는 등 호황이었다.

이처럼 지금 허도는 군사와 경제 양면에서 번창하고 있었다.

그러나 도성의 번성이 그대로 조정의 성대盛大를 나타낸다고는 할 수 없었다. 허도의 번성은 조조의 번성을 나타내는 것일 뿐이었고, 극단적인 무권 정치가 상부相府라는 형태로 엄존하는 한편 조정의 위세와 존립은 오히려 날이 갈수록 약해지는 것을 누구나 알 수 있었다.

그런 추이를 바라보면서 남모르게 괴로워하고 있는 사람은 국구라고 불리는 거기장군 동승이었다. 그는 공신각의 비궁秘宮을 닫고 황제가 직접 피로 쓴 비밀 칙령을 받은 이후 밤낮으로 노심초사하고 있었다.

'조조를 어떻게 하면 제거할 수 있을까? 어떻게 하면 무장들이

권세를 쥐고 제멋대로 휘두르는 상부를 없애고 왕정을 예전처럼 회복할 수 있을까?'

침식도 잊고 그 생각에만 사로잡혀 있었으나 시간은 헛되이 흘러갔다. 믿었던 유비도 도성을 떠났고, 마등도 서량으로 돌아가 버렸다.

그 후 동지인 왕자복 등과도 남몰래 밀회를 하고 있었으나 아무 힘이 되지 않았다. 공경들 중에서도 상부의 무권파에 대해서 노골적으로 반감을 품고 있는 자들이 있었다. 또 조조가 교만한 자세로 궁문을 드나드는 모습을 볼 때마다 분한 마음을 품고 있는 조신도 매우 많았지만 '어쩔 수 없는 시대의 추세'라고 무기력하게 체념하며 자신을 지키기 위해 입을 다물고 있었다.

그러는 사이에 병에 걸린 동승은 날이 갈수록 병이 깊어져서 최근에는 집 안에서 누워만 지내고 있었다. 황제는 그의 병이 위독하다는 말을 듣고 자신의 일처럼 마음 아파하며 즉시 전약료典藥寮의 태의太醫인 길평吉平이라는 자에게 명하여 그의 병을 치료하게 했다.

길평은 황제의 명을 받아 즉시 동승의 집으로 갔다. 감사하게도 집안사람들이 마중을 나왔는데 길평 앞으로 나와 약 바구니를 받아 든 것은 동가董家의 하인 경동慶童이었다.

||| 三 |||

길평은 원래 낙양 사람으로 약재에 대해서 잘 알고 일찍부터 인仁과 덕德을 갖추고 있었다. 또 그 풍채는 신묘한 데가 있고, 당대 제일의 명의로 불리고 있었다.

마중나온 동승의 집안사람들에게 황제의 두터운 은혜를 전하고 나서 조용히 병실에 들어가 동승의 용태를 꼼꼼히 진찰했다.

"걱정하실 것 없습니다."

길평은 경동이 들고 있던 약 바구니를 받아 여덟 가지 맛이 나는 신비한 약을 지어주며 말했다.

"이 약을 아침저녁으로 드십시오. 열흘 안에 무슨 일이 있어도 쾌차하실 것입니다."

그리고 그날은 돌아갔다. 과연 그 약을 복용했더니 식욕이 돌아오고 용태도 날이 갈수록 좋아졌다. 그러나 여전히 병상을 벗어날 정도로는 회복되지 않았다.

"어떻습니까?"

길평은 매일같이 와서 그의 맥을 짚고 설태舌苔를 살폈다.

"이제 괜찮을 것입니다. 이제는 정원을 걸어보고 싶은 마음이 들지 않으십니까?"

"아직은."

동승은 누운 채 판자처럼 얇은 자신의 가슴에 양손을 얹으며 고개를 흔들었다.

"이상하군요……. 더 이상 아픈 곳이 없을 텐데요."

"……하지만 조금이라도 움직이면 또 여기가."

"가슴이 답답하십니까?"

"그렇네. 무슨 말이라도 할라치면 바로 숨이 가빠져오네."

"하하하, 신경성입니다."

길평은 웃어넘겼지만 사실 동승을 진찰한 날부터 뭔가 조금 이상하다고 생각하고 있었다. 실제로 심하게 쇠약해져 있긴 했으나 단순히 나이가 들었기 때문에 약해진 것도 아니고 지병이 있는 것도 아니었다.

“일 때문에 오는 피로입니다. 뭔가 심하게 마음고생을 하신 적이 있었습니까?”

“아니. 한직에 있는 몸이네. 딱히 짐작 가는 일은 없네만…….”

“그렇습니까? 어쨌거나 국구께서 어서 쾌차하지 않으시면 폐하께서도 걱정이 깊으실 것입니다. 어제도 오늘 아침에도 국구에 대해 물으셨습니다.”

“…….”

폐하라는 말을 듣자 동승의 눈에 눈물이 고였다. 눈꼬리를 타고 베갯잇으로 흘러내리는 눈물이 한동안 멈추지 않았다.

오늘뿐만이 아니었다. 황제의 이름이 나올 때마다 그의 눈은 이상하게 흐려졌다. 길평은 병의 원인이 그것이라고 생각하고 혼자서 고개를 끄덕였다.

약 한 달 후, 정월 대보름날이었다. 그날 밤은 명절이어서 친족과 친구들이 모여 있었다. 동승도 병실에서나마 경사스러운 의식으로 술을 몇 잔 마시고 어느 틈에 침상에 기대 잠이 들고 말았다.

…….

그를 둘러싸고 저마다 한마디씩 하는 사람들이 있었다.

“국구, 국구. 전에 계획한 일을 성취할 때가 왔습니다. 형주의 유표가 하북의 원소와 손을 잡고 50만 대군을 일으켰습니다. 또 서량의 마등, 병주幷州의 한수韓遂, 서주의 유비 등도 각지에서 마음을 모아 일제히 일어났습니다. 그 병사의 수가 70만이라고 합니다. 조조는 그 말을 듣고 놀라 낭황하여 공격군을 여러 방면으로 나눴기 때문에 도성 안에는 조조의 병사들이 거의 없습니다. 상부와 도성을 경비하는 병사들을 모두 합해도 1,000명도 되지 않을 것입니다. 때마침 오늘 밤은 정월 대보름의 명절, 상부에서도 잔치를 열어 모두 정신없이 취해 있을 것이 분명합니다. 그럼 바로 건너오십시오. 동지들은 모두 말을 타고 달려와 문 앞에서 기다리고 있습니다."

누군가 싶어 둘러보니 피로 쓴 비밀 칙령을 받들어 밀맹密盟에 이름을 적은 동지인 왕자복, 충집, 오석, 오자란 등이었다.

||| 四 |||

동승이 여전히 의심스러운 듯 둘러보고 있자 그들은 그의 손을 잡고 신발을 가지런히 놓아주며 그를 병실에서 데리고 나왔다.

"지금이야말로 하늘이 준 기회. 어서 진두에 서서 단번에 조조를 칩시다."

둘러보니 문마다 같은 편 병사들로 가득 차 있었다. 동승도 그것에 힘을 얻어 갑옷을 입고 창을 들고 부하가 끌고 온 말에 올라 공격의 북소리와 함께 상부의 문으로 공격해 들어갔다.

팔방에 불을 지르고 같은 편인 용장들과 함께 상부 안으로 밀고 들어갔다.

"역적 조조야, 어딜 도망가느냐!"

불 속에서 적을 쫓고 쫓아 창이 부러지고 칼이 불로 화할 정도로 싸우는 사이 활활 타오르는 화염 속에서 조조의 그림자가 갑자기 부동명왕不動明王처럼 보였다.

"네 이놈, 거기 있었느냐!"

동승이 덤벼들어 큰 칼로 내려치자 조조의 머리는 하나의 불덩이가 되어 공중으로 날아올랐다. 놀라서 쳐다보고 있는 사이에도 불덩이로 화한 머리는 계속해서 하늘 높이 날아올랐고 너무 멀어져서 그 불덩이가 희미해졌는가 싶더니 십오야 밝은 둥근 달이 하계를 조롱하듯 여유롭게 구름 사이에 걸려 있었다.

…….

"으음, 으으음."

동승은 신음하고 있었다.

"국구, 국구, 무슨 일이십니까?"

계속해서 자신을 흔들어 깨우는 사람이 있었다. 동승은 깜짝 놀라 잠에서 깨어 그 사람을 보니 오늘 밤 손님으로 와 있던 길평이었다.

"아아…… 그럼 꿈?"

온몸에 흐르는 땀으로 속옷이 흠뻑 젖어서 차가웠다.

그의 눈동자는 잠이 깼는데도 아직 진정되지 않는지 천장을 쳐다보기도 하고 벽을 둘러보기도 했다.

"물이라도 한 모금 마시는 것이 좋을 듯합니다."

"고맙네……. 아아, 자네였는가. 내가 뭐라고 잠꼬대를 하지는 않았는가?"

"국구……."

길평은 동승의 손을 꼭 잡고 목소리를 낮춰 말했다.

"이제야 병의 원인을 알았습니다. 국구의 병은 국구의 가슴속에도 손톱 끝에도 없습니다. 어지러운 세상에 대한 걱정으로 열이 나고 쇠약해져 기는 한실에 대한 통한이 식욕을 없애 중병이 든 것입니다."

"……뭐라고?"

"이상하게 들릴지 모르겠습니다만, 그것이 병을 깊게 한 원인이었습니다. 평소 대강은 짐작하고 있었습니다만, 그 정도의 각오로 폐하를 위해 삼족을 버리고 충의의 넋이 될 마음이시라면 이 길평도 반드시 힘을 보태겠습니다. 아니, 국구의 병을 반드시 고치겠습니다."

"태의, 무슨 말을 하는 건가? 벽에도 귀가 있는 법인데 말을 삼가게."

"아직도 저를 믿지 못하시는 것입니까? 의원은 인간의 병을 고치는 것만이 다가 아닙니다. 진정한 태의는 나라의 병도 고친다고 들었습니다. 저에게 그만한 능력은 없습니다만, 뜻은 있습니다. 그러한 저를 의지가 박약한 관리 정도로 보고 국구의 마음을 숨기시는 것입니까?"

그렇게 탄식하더니 길평은 손가락을 입에 넣고 이로 물어뜯었다. 그리고 피로 비밀을 지키겠다는 맹세를 했다.

동승은 깜짝 놀라 그의 얼굴을 바라보고 있다가 길평의 의로운 마음을 확인했다. 그리고 이 사람에게는 숨길 이유가 없다는 생각에 일체의 비밀을 털어놓은 후 황제가 피로 쓴 비밀 칙령을 꺼내서 보여주었다.

길평은 거기에 절하고 한조를 생각하며 통곡하더니 이윽고 자세를 바로잡고 말했다.

"대간大姦 조조를 하루아침에 없앨 묘책이 있습니다. 게다가 병마를 사용하지 않고 백성들에게 전쟁으로 인한 고통도 주지 않는 방법입니다. 저에게 맡겨주실 수 있겠습니까?"

"그런 묘책이 있는가?"

"그는 건강합니다만, 단 하나, 두통이라는 지병을 앓고 있습니다. 그 지병이 발병하면 미친 듯이 골수의 통증을 호소합니다. 그때 투약하는 사람은 저 외에는 없습니다."

"앗! ……그렇다면 독을."

두 사람은 순간 입을 다물었다. 그때 방에 쳐진 장막 밖에서 바람도 불지 않는데 뭔가 움직인 듯한 느낌이 들었기 때문이다.

미소년

||| 一 |||

겨울이 지나 가지에 매화꽃이 피는 봄이 되자 동가董家 사람들의 얼굴도 밝아졌다. 최근 동승의 병도 완쾌되어 가끔 후원을 이리저리 거니는 모습을 볼 수 있게 되었기 때문이다.

"……기러기가 돌아가고 제비가 오는구나. 봄이 움직이고 있어. 머지않아 길평에게도 뭔가 좋은 소식이 오겠지."

동승의 피부에는 윤기가 돌았다. 눈썹에는 희망이 드러나 있었다.

"한 숟가락의 독으로 조조의 목숨을 거두겠습니다!"

정월 대보름 밤, 길평이 속삭인 말이 끊임없이 귓전에 맴돌았다. 그의 말이 실현된다면 동승의 늙은 피에도 한 줄기 열정과 젊음이 느껴질 것이다. 그는 천지의 양기가 크게 움직이고 있는 것을 느꼈다.

그날 밤 그는 식사를 마치고 혼자 후원에 나와 매화나무 가지에 걸린 초저녁달을 보고 있었다. 훈훈한 미풍이 매화 숲에 불어왔다. 그는 문득 걸음을 멈췄다.

한 편의 시와 같은 전경이 눈앞에 펼쳐졌기 때문이다.

남자와 여자였다.

두 사람은 사랑을 속삭이고 있었다.

은은한 향기와 매화나무 그림자. 그 속에 두 사람의 그림자까지 더해져 있었다. 동승은 어두운 곳에 서 있었으므로 그들은 동승이 거기 있는 줄 전혀 눈치채지 못했다.

"……한 폭의 그림이구나."

동승은 중얼거리며 황홀하게 멀리서 바라보고 있었다.

아름다운 봄밤의 달빛은 남녀의 그림자에 하늘하늘한 비단옷을 입혀놓았다. 남자는 뒤돌아서 부끄러운 듯 고개를 숙인 채 손톱을 물어뜯고 있었다.

서로 등을 맞대고 여자는 주위에 있는 매화를 보고 있었다. 그러다가 여자가 돌아서서 남자에게 무슨 말을 했다. 남자는 어깨를 더욱 움츠리며 작게 고개를 저었다.

"싫어?"

여자는 결심한 듯 바싹 다가와 남자의 얼굴을 들여다보았다.

그 순간 노인의 몸속에 있던 젊은 피가 격노로 바뀌었다.

"발칙한 것들."

동승의 입에서 갑자기 큰 소리가 터져 나왔다.

남녀는 깜짝 놀라 멀리 떨어졌다. 물론 동승은 더 이상 그 광경이 시로 보이지 않았다. 여자는 그의 애첩이었고 남자는 그의 병실에서 시중들고 있는 경동이라는 노복이었다.

"이런 괘씸한 놈!"

동승은 도망가려는 경동의 멱살을 움켜쥐고 더욱 큰 소리로 맞은편에 대고 소리쳤다.

"여봐라. 몽둥이를 가져오너라. 몽둥이와 밧줄을 가져와!"

그 소리에 가신들이 달려오자 동승은 몸을 떨며 몽둥이질을 하라고 명령했다.

애첩은 100대를 맞았고, 경동은 100대 이상 맞았다.

그러고도 아직 분이 풀리지 않은 듯 동승은 경동을 나무에 묶게 했다. 그리고 애첩도 방에 가뒀다.

"피곤해서 오늘은 이만 자겠다."

두 사람의 처분을 내일로 미루고 동승은 방으로 들어가 버렸다.

그러나 그날 밤 경동은 이로 밧줄을 끊고 도망갔다.

높은 돌담을 넘어 어딘지 갈 곳이라도 있는 듯 한밤중의 어둠 속을 나는 듯 달려갔다.

"두고 보자. 이 영감탱이!"

미소년에게는 어울리지 않는 불경한 눈으로 주인의 집을 돌아보았다. 어릴 적에 돈으로 사온 노예에 불과하여 주종 간에 의리가 있는 편은 아니었으나, 타고난 용모가 단정하고 아름다운 미소년이었기 때문에 동승도 가까이에 두고 총애했고, 집안사람들도 모두 아끼는 자였다.

그런데도 경동은 원망하는 마음뿐이었다. 그 노예근성의 일념에서 무서운 복수를 계획하고 그는 맹목적으로 조조에게 밀고하러 달려가고 있었다.

||| 二 |||

때아닌 한밤중에 상부의 문을 두드리고 뛰어 들어온 미소년에게 관리들은 마른하늘에 날벼락 같은 소리를 듣고 소스라치게 놀랐다.

"천하의 큰 변고를 알리러 달려왔습니다. 승상을 시해하려고 획

책한 모반자들이 있습니다."

아니, 더 놀란 것은 경동에게 동승 일당의 계획을 직접 들은 조조였다.

"어떻게 너는 그리도 네 주인의 대사를 소상히 알고 있느냐? 너도 같은 패거리가 아니냐?"

조조가 일부러 협박조로 묻자 경동은 당황하며 고개를 옆으로 흔들었다.

"당치 않은 말씀입니다. 저는 아무것도 몰랐습니다만, 정월 대보름날 밤에 근래 매일 드나드는 전의 길평과 주인 나리가 평소와 다르게 심각하게 이야기를 주고받으면서 중간중간 개탄하며 통곡하기도 하기에 옆방의 장막 뒤에서 몰래 엿들었습니다. 그랬더니 지금 말씀드린 대로 승상께 독을 써서 훗날 반드시 죽이겠다는 약속을 하고 있었습니다. 두려운 나머지 몸이 떨렸습니다. 그 이후 저는 주인 나리의 얼굴을 보는 것조차 왠지 무서워졌습니다."

조조는 동요의 빛을 보이지 않으려 했으나 마음이 평온하지 않은 것은 분명했다. 그는 가신들을 향해 말했다.

"일이 명백해질 때까지 이 동복童僕을 상부 내 어딘가에 숨겨두어라. 또 이 일에 대해서는 일체 입을 열어서는 안 된다."

그리고 경동에게도 이렇게 말하고 물러가게 했다.

"후일 사실이 밝혀지면 너에게도 은상을 내리도록 하겠다."

다음 날, 또 그다음 날도 상부의 내실에선 왠지 불안한 일상이 계속되고 있었다. 그리고 네댓새째 되는 날 새벽녘의 일이었다. 갑자기 사자 한 명이 말을 달려 전의 길평의 약료를 방문했다.

"어젯밤부터 승상께서 지병인 두통을 일으켜 오늘 아침까지 계속해서 고통을 호소하고 계십니다. 아침 일찍부터 죄송합니다만 바로 와주셔야 하겠습니다."

길평은 마음속으로 '됐다!'고 쾌재를 불렀으나 아무렇지도 않은 얼굴로 말했다.

"곧 뒤따라가겠소."

이렇게 말하고 사자를 먼저 돌려보내고 은밀히 미리 준비해두었던 독을 약 바구니 밑에 숨겼다. 그리고 조수를 한 명 데리고 말을 타고 조조의 집으로 향했다.

조조는 모로 누워서 그가 오기를 애타게 기다리고 있었다.

자신의 얼굴을 주먹으로 때리며 길평의 얼굴을 보자마자 참을 수 없다는 듯 소리쳤다.

"태의, 태의. 어서 늘 쓰던 약을 지어 이 고통에서 벗어나게 해주게."

"지난번과 같은 지병입니다. 맥도 변화가 없습니다."

길평은 옆방으로 물러나더니 잠시 후 그릇에 뜨거운 탕약을 받쳐 들고 조조가 누워 있는 침상 아래 무릎을 꿇었다.

"승상, 드십시오."

"……약인가."

조조는 한쪽 팔꿈치를 짚고 상체를 일으켰다. 그리고 약그릇에서 올라오는 김을 보면서 중얼거렸다.

"다른 때와는 다른 것 같군…… 냄새가."

길평은 내심 깜짝 놀랐으나 최대한 티를 내지 않고 온화한 눈웃음을 지으며 대답했다.

"승상의 지병을 고치려고 마음 쓰며 새로운 약초를 가져오게 하여 첨가했습니다. 그 신약神藥 냄새입니다."

"신약……? 거짓말하지 마라, 독약이겠지!"

"네?"

"마셔라. 우선 너부터 마셔봐……. 마실 수 없을 것이다!"

"……."

"뭐냐? 그 낯빛은!"

조조는 자리에서 벌떡 일어나자마자 탕약과 함께 길평의 얼굴을 걷어찼다.

"이 돌팔이 의원을 묶어라."

계속해서 그의 호령 소리가 울렸다. 일단의 장정들이 소리를 지르며 달려나와 길평의 손을 뒤로하여 꽁꽁 묶어버렸다.

||| 三 |||

길평의 오랏줄을 잡고 상부의 뜰로 끌어낸 옥졸들이 다그쳤다.

"자, 불어라."

"승상에게 독을 먹이라고 사주한 자가 누구냐?"

그러면서 때리고 나무에 거꾸로 매달고 고문했다.

"모른다. 쓸데없는 것을 묻지 마라."

길평은 이렇게 말하고는 비명 한 번 지르지 않았다.

조조는 근신에게 명령했다.

"쉽게 입을 열지 않을 것이다. 이쪽으로 끌고 와라."

청소각聽訴閣 한쪽에 자리를 마련하고 잠시 후 계단 아래 길평을 꿇어 앉혔다. 조조는 길평을 노려보며 말했다.

"늙은이, 얼굴을 들어라. 의원의 몸으로 나를 독살하려 들다니 보통 음모가 아니다. 너를 부추긴 배후의 인물들을 남김없이 불어

라. 그리만 한다면 목숨은 살려주겠다."

"하하하."

"왜 웃는 것이냐?"

"우스워서 웃었다. 너를 죽이려고 하는 사람이 이 길평 한 명이나 몇 명뿐이겠느냐? 주상을 욕보이는 가증스런 역적. 네 살을 씹어먹고 싶어 하는 자는 천하에 차고도 넘친다. 그렇게 많은 사람의 이름을 어찌 일일이 다 말할 수 있겠느냐?"

"입만 살아 있는 돌팔이 놈. 이실직고하지 못할까!"

"쓸데없는 질문이다."

"아직 고문이 부족한 모양이군. 더 심한 꼴을 당해야 입을 열겠느냐?"

"이왕 이렇게 된 이상 바라는 것은 죽음뿐이다. 단칼에 목을 쳐라."

"아니 쉽게는 죽이지 않을 것이다. 옥졸들은 들어라. 이 늙은이의 머리털이 몽땅 뽑힐 때까지 더 혹독하게 고문하라. 죽지 않을 정도로만."

명령을 받은 옥졸들은 온갖 방법으로 길평의 육신을 괴롭혔다. 길평의 온몸은 피범벅이 되었지만, 그 모습은 평소의 침착함과 조금도 다르지 않았다.

오히려 보고 있는 사람들이 처참한 기분에 휩싸여버렸다. 조조는 지나친 고문으로 인해 신하들 마음속에 자신을 싫어하는 마음이 생기는 것이 두려워서 침을 내뱉듯 말했다.

"옥에 가두고 치료해줘라."

그러고 나서도 연일 고문을 했으나 길평은 한마디도 하지 않았다. 다만 점점 말린 생선처럼 육체가 말라갈 뿐이었다.

'계책을 바꿔야겠군.'

조조는 계책 하나를 생각해내고 최근 가벼운 병을 앓았으나 쾌유했다는 소문을 냈다. 그리고 연회의 초대장을 주변 사람들에게 돌렸다.

그날 저녁, 상부의 연회장에는 손님들의 마차가 속속 도착했다. 상부의 신하들도 배석했고, 연회장의 난간과 복도의 차양에는 화려한 등불과 감등龕燈이 줄지어 있었다.

그날 밤 조조는 매우 기분이 좋은 듯 직접 빈객 사이를 돌아다니며 술을 따라주었고, 손님들도 모두 편안한 마음으로 상부 직속의 악사가 연주하는 웅장한 음악 소리에 도취되어 있었다.

"궁중의 오래된 음악도 좋지만, 상부의 악사가 연주하는 곡은 새로운 맛은 있는데 애조가 없소. 왠지 마음이 너그러워지고 술을 마셔도 큰 잔으로 마셔야 할 것 같군."

"곡은 상부의 악사가 연주하는 것이지만 지금의 시는 승상이 지었다고 합니다."

"오오, 승상은 시도 지으십니까?"

"그런 말씀 마십시오. 조 승상의 시는 예전부터 유명합니다. 승상이 알고 보면 꽤 훌륭한 시인입니다."

그런 잡담 등으로 시끌벅적, 연회 분위기가 한창 무르익었을 무렵 조조가 갑자기 일어나 양해를 구하는 말을 덧붙인 인사를 했다.

"우리 무인들은 무악만으로는 흥이 나지 않으니 경들을 웃게 만들 조금 색다른 것을 보여주겠네. 부디 술이 깨지 않기를."

그러더니 옆에 있는 근신에게 작은 소리로 명령을 내렸다.

||| 四 |||

뭔가 여흥이라도 있나 싶어 내빈은 조조의 인사에 박수를 보내고 한층 더 흥이 올라 기다리고 있었다.

그런데 이윽고 그 자리에 나타난 것은 열 명의 옥졸과 오랏줄에 묶인 한 명의 죄인이었다.

"……?"

연회장은 일순 무덤 속처럼 조용해졌다. 조조가 소리 높여 말했다.

"경들은 이 불쌍한 인간을 알 것이다. 의관의 몸으로 악한 자들과 손잡고 못된 음모를 꾸몄기에 자업자득이라고 할까? 내 손에 붙잡혀 이와 같은 추태를 보이며 경들의 흥을 돋우는 역할을 하게 되었네. 천망회회소이불실天網恢恢疎而不失(하늘의 그물은 크고 넓어 엉성해 보이지만, 결코 그 그물을 빠져나가지는 못한다는 뜻), 참으로 시건방지고 우스꽝스러운 짐승이 아닌가?"

"……."

더는 아무도 박수를 치지 않았다.

아니, 기침 소리 하나 내는 자조차 없었다.

여전히 가냘프게 숨을 쉬고 있는 길평은 천지에 부끄러울 것 없다는 듯 의연하게 얼굴을 들고 조조를 노려보며 말했다.

"자비를 모르는 것은 대장의 덕이 아니다. 조적曹賊, 어째서 나를 빨리 죽이지 않느냐? 사람들은 결코 나의 죽음에 대해 너를 비난하지 않을 것이다. 그러나 네가 이처럼 무자비한 것을 보면 사람들은 무언중에 너에게 마음이 떠날 것이다."

"가소로운 놈, 그런 비참한 말로를 몸으로 직접 보여주는데 누가 너의 같잖은 말을 듣겠느냐? 고문이 괴로워서 빨리 죽고 싶다면 너와 작당한 자들의 이름을 대라. 그렇지. 다들, 길평이 뭐라고 자백하는지 들어보세."

그가 옥졸에게 명하자 옥졸은 즉시 고문을 가하기 시작했다.

살을 찢는 채찍 소리.

뼈를 때리는 몽둥이의 울림.

길평의 몸은 순식간에 젓갈처럼 붉어지고 흐물흐물해졌다.

"……."

술이 깨지 않은 얼굴을 한 사람은 단 한 명도 없었다.

그중에서도 특히 부들부들 떨고 있는 사람은 왕자복, 오자란, 충집, 오석 등 네 사람이었다.

조조는 옥졸을 향해 목소리를 높였다.

"뭐, 정신을 잃었다고? 얼굴에 물을 뿌려서 깨운 뒤 다시 쳐라. 다시 쳐!"

길평은 물을 뒤집어쓰고 다시 숨을 내쉬었다. 그리고 처참하게 뭉개진 얼굴을 흔들면서 말했다.

"아아, 내가 딱 하나 실수를 했구나. 너 같은 놈한테 자비에 대해 말한 것은 나무에서 물고기를 찾는 것보다 어리석은 짓이었다. 너의 악행은 왕망보다 더하며 너의 간악함은 동탁 이상이다. 두고 봐라. 세상 사람들이 모두 너를 죽여 그 살을 씹으려 할 것이다."

"하라는 말은 하지 않고, 하면 할수록 괴로울 말만 골라서 지껄이는구나!"

조조는 발을 들어 그의 옆얼굴을 찼다. 길평은 신음을 크게 토하며 기절했다.

"죽게 두지 마라. 물을 먹여라."

주연에 참가했던 손님들은 모두 슬금슬금 사방으로 달아나기 시작했다.

왕자복 등 네 사람도 기회를 봐서 순식간에 문가까지 도망쳤으나 "아, 자네들 넷은 잠시 기다리게."라고 조조가 그들을 가리키며 날카롭게 쏘아보았다.

그들의 뒤에는 이미 많은 무사가 서 있었다. 조조는 차갑게 웃으며 그들에게 다가갔다.

"자네들은 그렇게 서두르지 않아도 돼. 지금부터 자리를 바꿔 극소수의 인원만으로 밤의 연회를 열 생각이니까……. 여봐라, 이 특별한 빈객들을 저쪽 방으로 안내하거라."

"네! ……걸어라!"

한 무리의 병사들이 네 사람의 앞뒤를 창과 검으로 에워싼 채 한 방의 입구로 몰려 들어갔다. 네 사람은 모두 부들부들 떨고 있었다. 그들의 넋은 이미 어디론가 날아가고 없었다.

||| 五 |||

얼마 지나지 않아 조조가 성큼성큼 들어왔다.

마음에 걸리는 일이 있었기 때문에 왕자복 등 네 사람은 그의 눈을 똑바로 볼 수 없었다.

"너희들이 이 조조를 죽이고 싶어 한다고 들었다. 동승의 집에 모여서 진지하게 모의했다고?"

말투가 격해지자 조조는 백면의 일개 서생이던 시절의 성질이 나왔다. 그는 낙양에 있을 때 궁문의 경리警吏로 일했기 때문에 죄인을 다루는 솜씨가 능숙하고 매서웠다.

"아, 아닙니다……. 승상, 뭔가 오해가 있으신 듯합니다."

왕자복이 시치미를 떼고 고개를 가로젓자 그 얼굴을 손바닥으로 있는 힘껏 갈기며 말했다.

"누굴 바보로 아느냐? 말단 관리에게나 통할 대답에 넘어갈 내가 아니다."

"진정하십시오. 동승의 집에 모인 것은 일상적인 교류에 지나지 않았습니다."

"일상적인 교류를 하는 데 혈서가 든 의대衣帶 같은 것에 절할 필요가 있을까?"

"네? ……무, 무슨 말씀을 하시는 건지, 전혀 짚이는 바가 없습니다만."

"후후후."

조조는 코끝으로 천연덕스럽게 웃으면서 출입구를 돌아보고 소리쳤다.

"병사! 경동을 데리고 왔느냐?"

"네! 데리고 왔습니다."

"좋다. 들여보내라."

"네."

파수병이 손을 들자 계단 아래에서 시끄럽게 떠들고 있던 병사들이 미소년 경동을 끌고 와서 네 사람 앞으로 밀었다.

조조는 손가락으로 가리키며 말했다.

"이자를 아는가?"

왕자복과 오자란은 얼굴이 창백해졌다. 충집은 너무 놀란 나머지 펄쩍 뛰며 물었다.

"경동! 경동이 아니냐. 네놈이 대체 무슨 일로 여기에 와 있단 말이냐?"

경동은 간교한 입술을 움직였다.

"무슨 일로 여기 있냐고? 알아서 뭐 하시게? 그보다 당신들도 이제 포기하는 것이 어떻겠습니까? 그렇게 시치미 떼어봤자 소용 없습니다."

"이, 이 쪼그만 놈이! 무슨 소리를 지껄이는 거냐? 전혀 기억에 없는 일이다."

"기억에 없다면 조금 더 흥분을 가라앉히는 것이 어떻겠습니까? 당신들 네 사람에 마등, 유비까지 여섯 명이 한통속이 되어 의장에 연판한 게 언제였더라?"

"이놈!"

충집이 덤벼들려고 하자 조조가 옆에서 그의 정강이를 걷어찼다.

"괘씸한 놈! 내 면전에서 나의 살아 있는 증인에게 무슨 짓을 하려는 것이냐? 네놈들이 이전에 저지른 잘못을 모조리 자백해라. 그렇지 않으면 화가 일문의 삼족에까지 미칠 것이다."

"……."

"어서 불어! 순순히 모든 것을 자백하고 목숨만은 살려달라고 애걸하란 말이다."

그러자 네 사람은 모두 의연하게 가슴을 펴고 대답했다.

"모르는 일이오!"

"모르오!"

"기억에 없소!"

"마음대로 하시오!"

조조는 조금 뒤로 물러나서 네 사람의 얼굴을 보고 있다가 말했다.

"좋다. 더는 묻지 않겠다."

그는 방 밖으로 훌쩍 나가더니 병사들 사이를 지나 맞은편으로 사라져버렸다. 물론 출입구는 바로 닫혔고, 창을 든 병사들이 네 사람을 지켰다.

다음 날, 조조는 어마어마한 거마의 행장에 1,000여 명의 기병들을 이끌고 국구 동승의 집을 방문했다.

불인지, 사람인지

||| 一 |||

조조는 동승을 강제로 청해 사랑채에서 그를 보자마자 물었다.

"국구에게는 내가 보낸 초대장이 도착하지 않았소?"

"아니, 초대장은 받았습니다만, 불참하겠다는 뜻을 바로 서면으로 보냈습니다."

"어젯밤의 연회에는 백관이 모두 참석하였소. 그런데 국구 한 사람의 얼굴만 보이지 않더이다. 무슨 이유로 불참한 것이오?"

"작년부터 앓아온 고질병으로 어쩔 수 없이 불참했습니다."

"하하하하, 경의 고질병은 길평에게 독을 쓰게 하면 낫는 병이 아니었던가?"

"헉…… 무, 무슨 그런 농담을."

동승은 두려움에 부들부들 떨었다. 말끝이 흐려지고 입도 꼭 다물 수가 없었다. 조조는 그런 모습을 냉랭하게 보며 물었다.

"최근에 태의 길평과 만난 적이 있소?"

"아, 아니, 오랫동안 만나지 못했습니다만."

따라온 무사들을 향해 그자를 데려오라고 명령했다. 명령이 떨어지기가 무섭게 30여 명의 병사가 사랑채의 계단 아래로 길평을 데리고 와 강제로 꿇어 앉혔다.

비틀거리며 끌려온 길평은 유령처럼 거기에 털썩 주저앉았다. 그러나 격한 눈빛으로 거칠게 숨을 내쉬며 먼저 소리를 질렀다.

"천하를 기만하는 반역자. 언젠가 천벌을 받을 것이다. 이 이상 나를 고문해서 뭘 얻겠다는 것이냐?"

조조는 들은 척도 하지 않고 입을 열었다.

"왕자복, 오자란, 오석, 충집. 이 네 사람은 이미 끌려와 옥에 갇혔다. 그들 외에 또 한 사람, 못된 수괴가 이 도성 안에 있는 듯한데…… 국구, 당신에겐 짐작 가는 자가 없소?"

"……."

동승은 살아 있는 느낌도 없이 그저 당황하여 고개를 가로저었다.

"길평, 네놈도 모르는가?"

"모른다."

"네놈을 사주하여 나에게 독을 먹이라고 한 주모자가 누구냐?"

"세 살 어린아이조차 할 일은 스스로 알아서 한다. 조정을 파괴하는 반역자. 하늘을 대신해서 네 숨통을 끊고자 맹세한 것은 바로 나 길평이다. 어째서 다른 사람의 사주를 받겠느냐?"

"발칙한 놈, 잘도 지껄이는군. 그렇다면 네놈의 손가락이 하나 부족한 것은 무슨 이유냐?"

"그것은 이 손가락을 깨물어 잘라서 악한 반역자 조조를 반드시 처단하겠다고 천지에 맹세했기 때문이다."

"듣자 듣자 하니 별소리를 다 지껄이는구나."

조조는 사자처럼 분노하며 남은 아홉 개의 손가락도 잘라버리라고 옥졸에게 명령했다.

길평은 겁먹은 기색도 없이 아홉 개의 손가락을 잘리고 나서도 소리쳤다.

"나에게 입이 있으니 도적을 씹어 삼킬 것이고 나에게 혀가 있으니 도적을 벨 것이다."

"놈의 혀도 뽑아버려라."

조조의 명령에 옥졸들이 그를 눌러 쓰러뜨리자 길평은 처음으로 비명을 지르며 말했다.

"멈춰라, 멈춰주시오. 혀를 뽑지 말아주시오. 이렇게 애걸하겠소. 잠시 나를 묶은 오랏줄을 풀어주면 내 손으로 주모자를 승상 앞으로 끌고 오겠소."

"그가 원하는 대로 풀어줘라. 미쳐 날뛰어봐야 뭘 할 수 있겠느냐."

조조의 말에 그를 묶은 오랏줄이 곧 풀렸다.

길평은 땅바닥에 앉아 황제가 있는 금문 쪽으로 몸을 돌리더니 양손을 짚었다. 그리고 눈물을 줄줄 흘리며 절을 한 후 말했다.

"신, 불행히도 여기서 생을 마칩니다. 참으로 분하기 짝이 없습니다만 천운天運이 어찌 악한 반역자에게 지겠습니까? 귀신이 되어 금문을 수호하겠으니 때를 이룰 때까지 넓은 마음으로 기다려주시기 바랍니다."

조조는 번개처럼 일어나며 소리쳤다.

"베어라!"

그러나 병사들이 덤벼들기 전에 길평은 머리로 계단 모서리를 들이받아 자결해버렸다.

||| 二 |||

처참한 기운이 주위를 에워쌌다. 그 처참한 기운을 누르고 조조

는 더욱 거칠게 질타했다.

"이번엔 경동을 끌고 와라."

일말의 자비, 한 방울의 눈물도 모르는 듯한 얼굴은 염라대왕의 얼굴을 보는 듯했다.

불려 나온 경동을 동승과 대면시키고 동승의 죄를 묻는 단계에 이르자 조조의 모습은 불인지 사람인지 분간이 안 될 정도로 신랄하게 퍼붓는 말에 그의 부하들조차 똑바로 쳐다볼 수 없을 정도였다.

동승도 처음에는 그의 엄한 질문을 한사코 부인했다.

"모르는 일이오. 모르오. 전혀 기억에 없는 일입니다. 어째서 날 이렇게까지 의심하는 것이오?"

그러나 노복인 경동이 옆에서 이런저런 사실을 들며 조조의 질문에 확실한 증거를 제공하자 끝내 할 말을 잃고 바닥에 털썩 엎드려버렸다.

"항복하는 것이냐?"

조조가 우쭐대며 벼락같이 소리쳤다. 동시에 동승이 달려나가더니 경동의 멱살을 움켜쥐고는 넘어뜨려 직접 처벌하려고 했다.

"이 사람 같지도 않은 놈."

"국구를 묶어라!"

조조의 부하들은 명령에 대답하면서 일제히 달려들어 즉시 동승을 결박하여 계단의 난간에 묶어버렸다.

그리고 사랑채를 비롯해 서원과 주인의 거처, 가족이 머무는 별채, 사당, 창고, 하인들의 뒷방까지 1,000여 명의 병사들에게 명하여 샅샅이 뒤지게 했다. 결국 칙서가 적힌 옥대와 함께 동지의 이름이 적힌 혈판의 의장도 찾아내서 일단 상부로 돌아왔다.

물론 동승 일가의 남녀노소는 한 명도 남김없이 포박되어 상부 내의 옥에 갇혔기 때문에 슬피 통곡하는 소리가 끊이지 않고 들려왔다.

마침 순욱은 상부의 문을 지나다가 자신도 모르게 귀를 막았다. 그리고 조조에게 가서 물었다.

"결국 분노가 극에 달하셨군요. 앞으로 어떻게 처리하실 생각입니까?"

"순욱인가? 아무리 내가 인내심이 강하다 해도 이번 일에 대해서만은 그냥 지나칠 수 없었네."

이렇게 말하며 의맹의 연판장 등을 순욱에게 보여주었다. 그리고 여전히 핏발 선 눈을 치켜뜨며 말했다.

"이걸 보게. 지금의 헌제가 있는 것은 전적으로 이 조조의 공이 아닌가? 난리를 진압하여 평화를 가져오고 새로운 도성을 건업하고 왕위를 회복시키는 등 내가 얼마나 분골쇄신했는지는 자네도 잘 알 걸세. 그런데 지금에 와서 이 조조를 제거하려 하다니 웃기지도 않는군. 폭력에는 폭력으로 답하는 것이 나의 성격이네. 반역자, 나라를 어지럽히는 신하라고 부를 테면 부르라고 하게. 나는 뜻을 정했네. 지금의 천자를 제거하고 덕이 있는 다른 천자를 세우기로 말일세."

"고정하십시오."

순욱이 당황하여 그의 격한 말을 끊으며 말했다.

"지당하신 말씀입니다. 허도의 중흥은 승상의 공훈임이 틀림없습니다. 그러나 그 공훈도 천자를 삼가 받들고 있었기 때문에 세울 수 있었던 것입니다. 만약 승상의 깃발 위에 조정의 위엄이 없었다면 오늘의 승상도 없었을 것입니다."

"음, 그야 그렇다만."

"지금 승상께서 조정의 파괴자가 된다면 그날부터 상부의 군대는 더 이상 대의명분이 없을 것입니다. 동시에 천하가 승상을 보는 눈도 바뀔 것입니다."

"알겠네. 더는 말하지 말게."

조조는 가슴의 불을 스스로 끄는 것을 힘들어하는 듯했다.

누구보다 더 명석한 이념과 누구보다 더 격한 감정이 최근 며칠 동안 다른 사람은 상상도 할 수 없을 정도로 그를 괴롭혔다. 게다가 그의 충혈된 눈은 쉽게 냉정함을 회복하지 못했다. 그 결과 동승의 일가 일문을 비롯한 왕자복, 오자란 등의 일당과 그 가족들 총 700여 명이 도성 안을 이리저리 끌려다닌 후 하루 동안에 모두 참살되었다.

||| 三 |||

동 귀비는 규방에 있을 때부터 미인이라는 평판이 자자했다. 황제의 부름을 받아 궁중에 들어가 황제의 특별한 사랑을 받았다. 그리고 얼마 지나지 않아 임신하여 기쁨에 가득 차 있었다.

그녀는 동승의 딸이었다.

그날 귀비는 좋지 않은 예감에 사로잡혀 왠지 마음이 불안했다. 계속해서 가슴이 두근거렸다.

비원의 봄은 아직 더뎌서 꽃병에 꽂힌 꽃봉오리가 딱딱했다.

"귀비, 얼굴에 수심이 가득해 보이는데 어디 아픈 데라도 있소?"

황제는 복 태후와 함께 그녀가 있는 후궁을 찾아왔다.

귀비는 머리카락조차 무겁다는 듯 머리를 힘겹게 흔들며 말했다.

"그게…… 이틀 밤 연속으로 아버님의 꿈을 꾸어서."

그 말을 들은 황제와 황후도 갑자기 표정이 어두워졌다. 동승에 대해서는 진작부터 다른 일로 걱정하던 참이었다.

바로 그때 궁중에 떠들썩한 소리가 들렸다. 무슨 일인가 싶어 두리번거리고 있는데 후궁의 문을 밀어젖히고 불쑥 모습을 드러낸 조조와 무사들이 복도를 지나 달려왔다.

조조는 황제 앞에 우뚝 서서 목소리를 높여 말했다.

"참으로 느긋하군요. 폐하, 동승의 모반을 알고 계십니까?"

"동탁은 이미 죽지 않았소?"

황제는 냉정하게 그러나 기지를 발휘하여 대답했다.

"동탁 얘기가 아닙니다! 거기장군 동승을 말하는 것입니다."

"뭐? ……동승이 뭘 했단 말이오? 과인은 아무것도 모르오."

"친히 손가락을 깨물어 옥대에 피로 밀서를 써서 내리신 일을 잊었단 말입니까?"

깜짝 놀란 황제는 혼이 멀리 달아난 듯 얼굴이 창백해졌고, 덜덜 떨리는 입술에서는 더 이상 아무 소리도 나오지 않았다.

"한 사람이 모반하면 구족을 멸한다고 한다. 누구나 다 아는 천하의 대법大法이다. 여봐라, 동승의 딸 귀비를 밖으로 끌어내서 참하라."

조조의 명령에 황제도 황후도 기겁해서 신하인 그에게 눈물을 흘리며 선처를 애걸했지만, 조조는 완강하게 듣지 않았다. 그의 얼굴과 온몸은 분노의 불길로 타오르고 있었다.

귀비도 조조의 발밑에 엎드려서 통곡하며 호소했다.

"제 목숨은 아깝지 않습니다만, 배 속의 아이를 낳을 때까지만이라도 부디 인정을 베풀어 살려주십시오."

조조는 극도로 혼란스러웠지만 약해지려는 마음을 누르려는 듯 말했다.

"안 된다, 안 돼! 들어줄 수 없는 부탁이다. 역도의 씨를 세상에 남겨두면 언젠가 나에 대해 조부와 어머니의 원수라며 원수를 갚으려 할 것이 틀림없다. 운명을 받아들이고 적어도 시체만이라도 온전히 보존토록 하라."

이렇게 말하고 명주 끈 하나를 가져오게 하여 귀비의 눈앞에 내밀었다.

죽임을 당하는 것이 싫다면 자결하라는 무자비하고 잔인한 선고였다. 귀비는 통곡하며 명주 끈을 받아 들었다. 비탄으로 광란 상태에 빠진 황제가 외쳤다.

"귀비, 귀비, 과인을 원망하지 마시오. 꼭 구천에서 기다리시오."

"으하하하, 계집아이같이 질질 짜기는."

조조는 일부러 호탕하게 웃었다. 그러나 그 자리에 울려 퍼지는 비명과 울음소리에 조조조차 귀를 막고 눈을 돌렸다. 그리고 성큼성큼 그 자리를 떠났다.

슬픈 구름은 후궁을 감싸고 봄날의 천둥은 누각을 흔들었다. 그날 동승과 평소 친하게 지내던 궁의 관원들 수십 명은 모두 역당逆黨의 무리라 하여 여기저기서 칼을 맞았다.

잠시 후 조조는 피를 뒤집어쓴 채 금문에서 나와 자신의 직속 병사 3,000명을 어림군으로 삼아 각각의 궁문마다 세우고 조홍을 그 대장으로 임명했다.

소아병 환자

||| 一 |||

숙청의 폭풍우와 피의 청소도 일단 지나갔다. 피비린내 나는 바람이 도성을 훑고 지나가자 안심한 것은 조조보다도 백성들이었을 것이다.

조조는 아무 일도 없었다는 듯한 얼굴을 하고 있었다. 그의 가슴에는 이미 어제의 괴로움도 쓰라림도 없었다. 내일을 위한 백계百計를 생각할 뿐이었다.

"순욱, 아직 정리되지 않은 놈들이 남아 있네. 게다가 거물들이야."

"서량의 마등과 서주의 유비 말인가요?"

"그렇네. 두 사람 다 동승의 의맹에 가담하여 나를 배반하려 한 자들이네. 그냥 둘 수 없어."

"원래부터 그냥 둘 수 없는 자들이었습니다."

"우선 자네의 생각을 듣고 싶네."

"원래 서량주의 병사들은 용맹합니다. 선불리 공격할 수 없습니다. 유비 역시 서주의 요지인 하비성과 소패성을 차지하고 있고, 앞뒤로 방비가 철저합니다. 그들도 작은 세력이지만 쉽게 정벌하지 못할 것입니다."

"그렇게 어렵게만 생각한다면 모두 무시할 수 없는 적들이니 어느 쪽도 공격할 수 없을 걸세."

"하북의 원소만 없다면 걱정할 필요가 없습니다만, 원소의 국경군이 지난번부터 관도官渡 부근에 점점 더 증강되고 있는 것 같습니다. 승상의 가장 큰 적은 바로 원소입니다. 원소야말로 승상과 천하를 놓고 경쟁하고 있지 않습니까?"

"그러니 그 수족에 해당하는 유비를 먼저 공격할 생각인데."

"아닙니다. 지금 허도를 무방비 상태로 만들 수는 없습니다. 그보다는 우선 서량의 마등을 듣기 좋은 말로 꾀어 도성으로 불러들여서 제거하고, 다음으로 유비도 천천히 외교술을 펼쳐서 그 기세를 누그러뜨리는 한편 유언비어를 퍼뜨려 그와 원소 사이를 갈라놓는 것이 어떠한 위험도 없는 안전한 계책이라고 생각합니다."

"너무 질질 끄는 듯한 느낌이 드는군. 계책을 너무 오래 끌면 바뀌게 마련이네. 또 주변 정세도 바뀔 테고……. 주변 정세에 맞춰 또다시 계책을 바꾸는 것은 가장 좋지 않은 계책이 아니겠나?"

조조는 무슨 일이 있어도 유비를 먼저 치고 싶은 것 같았다. 한때 뜨거운 정을 쏟아가며 친분을 쌓던 유비인 만큼 그 반발심이 더 큰 듯했다. 국사와 관련된 큰 계책을 세우는 데도 약간의 사사로운 감정을 섞는 것이 조조의 특징이었다.

회의실 문을 닫고 두 사람이 의논하고 있을 때 마침 곽가가 들어왔다. 곽가 역시 조조가 신뢰하는 사람 중 한 명이었다.

"마침 잘 왔네. 자네는 어떻게 생각하는가?"

곽가는 즉시 대답했다.

"먼저 단숨에 유비를 토벌해야 합니다. 왜냐하면 유비는 서주를 다스린 지 얼마 되지 않았기 때문에 백성들의 마음을 아직 얻지 못했을 것입니다. 또 원소는 기세만 올리고 있을 뿐 부하인 전풍과 심배, 허유 등 유능한 장수들이 단결하지 못하고 있습니다. 게다가 원소는 우유부단하여 서주로 신속하게 병사를 보내지 않을 것입니다."

곽가의 말이 조조의 마음과 일치했기 때문에 조조는 그 자리에서 결심하고 군감과 참모, 군량, 수송 등의 각 사령을 한자리에 불러놓고 군령을 내렸다.

"병사 20만을 5개 부대로 나누어 세 방향에서 서주를 공격하라."

5개 부대로 편제된 병마가 즉시 서주로 출발했다. 이 소식이 벌써 서주에 전해졌다.

이 소식을 가장 먼저 들은 것은 손건이었다.

그는 하비성에 있는 관우에게 가서 이 소식을 전하고 곧바로 유비에게 갔다.

소패성에서 이 소식을 들은 유비는 이만저만 놀란 것이 아니었다.

"혈조血詔의 비밀이 탄로 나서 동 국구를 비롯한 많은 사람이 어이없이 죽었구나. 언젠가는 이렇게 될 것이라고 각오는 하고 있었지만……."

"원소에게 서신을 쓰십시오. 그것을 가지고 하북으로 지원 요청을 하러 가겠습니다. 그 방법밖에는 없습니다."

손건은 유비의 서신을 지니고 다시 말에 올라 하북을 향해 밤낮없이 달렸다.

||| 二 |||

손건은 기주冀州에 도착했다.

우선 원씨 가문의 중신 전풍을 방문하여 그의 알선하에 다음 날 성으로 안내되어 원소를 만났다.

무슨 일인지 원소는 몹시 초췌한 얼굴로 의관도 갖추지 않고 있었다.

"무슨 일이십니까?"

전풍이 놀라서 이상히 여기며 물었다.

"나는 참으로 운이 나쁜 것 같네. 자식들은 많지만 모두 됨됨이가 좋지 못하고 오직 다섯째 아들만 아직 어리지만 타고난 빛이 보여 믿음직스럽게 여기고 있었는데, 이게 무슨 일이란 말인가. 최근에 몸에 옴이 올라서 목숨조차 위험한 지경이네……. 재화와 보물, 무엇 하나 부족함이 없으나 수명과 자손만은 내 뜻대로 되질 않는구먼."

타국의 사신이 서 있는 것도 모르고 원소는 그저 아들의 병만을 한탄하고 있었다.

"그것참 안타깝습니다……."

전풍도 어떻게 위로할지 몰라 이렇게 말한 후 한참을 용건도 꺼내지 못하고 있다가 이윽고 화제를 돌릴 기회를 잡았다.

"마침 좋은 소식을 들었습니다. 그것은 여기에 있는 유 예주의 신하가 말을 타고 급히 와서 알린 것입니다만."

그는 원소의 뛰어난 기상을 북돋우고 말을 이었다.

"조조가 지금 대군을 이끌고 서주로 향하고 있다고 합니다. 분명 도성은 방비가 허술할 것입니다. 주군, 하늘이 주신 이 기회에 응하여 일제히 도성으로 공격해 들어간다면 반드시 승리를 거둘 수 있을 것입니다. 위로는 천자를 돕고 아래로는 만민을 행복하게 하는 일이라고 많은 사람이 입을 모아 칭송할 것입니다."

"……음."

원소의 대답은 여전히 미적지근했으며 어딘지 멍한 모습밖에는 보이지 않았다.

전풍은 계속해서 설득했다.

"속담에도 하늘이 준 기회를 잡지 않으면 오히려 하늘의 책망을 받는다고 합니다. 어떻습니까? 천하는 지금 주군의 손에 들어오려고 합니다만."

"아니, 그것도 좋지만……."

원소는 무겁게 고개를 흔들며 대답했다.

"왠지 지금은 마음이 내키지 않네. 내 마음이 즐겁지 않다면 싸워도 이롭지 않을 것이야."

"아드님의 병환은 의사와 여자들의 손에 맡기시는 것이 어떻겠습니까?"

"진주를 잃고 나서 후회해봐야 무슨 소용인가? 자네는 아이가 금방이라도 죽을 것 같은데 친구가 사냥을 가자고 한다면 함께 가겠나?"

전풍은 할 말이 없었다.

열성을 다해 지지해준 전풍의 호의는 마음속 깊이 감사했으나 손건도 원소의 성격과 오늘의 모습을 눈여겨보더니 이 이상 강요해봐야 소용없겠구나 싶어 포기했다.

그래서 전풍에게 눈짓으로 물러나자고 하자 원소도 조금 미안한 마음이 들었는지 거듭 말했다.

"돌아가서 유 예주에게 잘 전해주시오. 그리고 만약 조조의 대군을 막아내지 못하고 서주를 버릴 수밖에 없는 경우가 되면 언제든지 기주에 오셔도 된다고도 전해주시오……. 부디, 나쁘게 생각하지 않았으면 좋겠소."

성문을 나와서 전풍은 발을 동동 구르며 장탄식을 했다.

"아깝구나! 참으로 아까워. 어린아이의 병에 연연하여 결국 하늘이 준 기회를 놓치다니."

손건은 말을 찾으며 말했다.

"아, 정말로 신세 많이 졌습니다. 다음에 또 뵙겠습니다."

그는 잠시도 지체할 수 없는 상황이어서 곧장 말에 채찍을 가해 서주로 돌아갔다.

유비, 기주로 도주하다

||| 一 |||

소패성은 그야말로 바람 앞의 등불과 같았다.

유비는 소패성에서 근심 속에 대책을 세우고 있었다.

손건이 기주에서 돌아오기는 했지만, 그의 보고는 아무 도움이 되지 않았다. 유비는 당황했다.

"형님, 그렇게 침울하게 있으면 묘안이건 묘책이건 계책도 떠오르지 않습니다. 아군의 사기에도 영향을 주고요. 어차피 싸울 바에는 좀 더 밝은 기분으로 임하는 것이 어떻겠습니까?"

"오오, 장비구나. 네 말도 맞지만 적이 20만이라는데 이 작은 성을 어찌하면 좋겠느냐?"

"20만이든 100만이든 걱정할 필요 없습니다. 조조는 성격이 급해서 병마는 모두 허도에서부터 여기까지 먼길을 쉬지 않고 달려왔을 거요. 진지에 도착하고 4, 5일 정도는 너무 지쳐서 싸우기 힘들 겁니다."

"그러나 적은 장기전을 각오하고 열 겹, 스무 겹으로 이 성을 포위할 거다."

"그러니까 그 준비를 하기 전에 먼길을 달려와 아직 피곤할 때 제가 부하들 중 용맹한 자들을 이끌고 기습을 감행하여 우선 적의 코를 납작하게 해주겠습니다. 그 뒤 하비성의 관우 형님과 기각지세掎角之勢로 서로 호응하며 적을 교란하면서 공격한다면 대군으로 몰려온 적은 오히려 그것이 약점이 되어 얼마 지나지 않아 분명 파탄을 일으키지 않겠습니까?"

장비의 말을 듣고 있으면 기분이 매우 밝아진다. 그는 우울함을 모르는 사내였다. 그에 비해 유비는 돌다리도 두드려보고 건너는 사람으로 걱정이 정말 많았다.

"같잖은 조조 새끼. 별것 아닐 겁니다. 저에게 맡겨주십시오. 지금 제가 말씀드린 묘책이 어떻습니까?"

"감탄했네. 장비란 인물은 무용만 뛰어나고 특출날 게 없는 사내라고 오랫동안 생각하고 있었건만, 얼마 전엔 묘책을 써서 유대를 생포하더니 지금 또 병법에 맞는 묘계를 내게 제안하는군. 어디 한번 마음껏 조조의 선봉을 깨부숴봐라."

마음을 정하면 대범해지는 유비였다. 게다가 최근에 장비를 조금 달리 보고 있었기 때문에 즉시 그의 계책을 받아들였다.

장비는 만반의 준비를 하고 기습할 때를 엿보고 있었다.

"자, 오너라. 따끔한 맛을 보여줄 테다."

조조의 20만 대군은 이윽고 소패현의 경계까지 밀고 들어왔다.

그런데 그날, 한 줄기의 광풍이 불더니 중군의 커다란 깃발이 뚝 부러졌다.

미신을 좀처럼 믿지 않는 조조였으나 진을 친 첫날이었으므로 이상히 여기며 잠시 말 위에서 눈을 감고 길흉을 점치다가 장수들을 돌아보며 물었다.

"이것이 길조인가, 흉조인가?"

순욱이 나서며 물었다.

"바람은 어느 쪽에서 불어왔습니까?"

"동남쪽에서."

"부러진 깃발의 색은?"

"붉은 깃발이네."

"붉은 깃발이 동남풍에 부러졌습니까? 그렇다면 걱정하지 않으셔도 됩니다. 이것은 병법 〈천상편점풍결天象篇占風訣〉의 한 항목에도 나와 있듯이 적에게 야습의 움직임이 있다는 징조입니다."

선봉의 모개毛玠도 일부러 말을 돌려 와서는 순욱과 같은 의견을 말했다.

"붉은 기가 동남풍에 부러진 것은 야습이 있다는 뜻으로 옛날부터 병가에서 전해져온 말입니다. 조심하시기 바랍니다."

조조는 하늘에 감사했다.

"하늘이 나에게 경고하는구나. 나를 살려준 거야. 게으름을 피워서는 안 된다. 9개 진으로 나누어 8면에 병사들을 매복시키고 야습에 대비하라."

그는 필살의 포착진捕捉陣을 펴고 해가 지는 것을 신호로 전군을 어둠 속에 숨게 했다.

||| 二 |||

"형님, 준비는……."

"다 됐다. 장비, 병마의 준비는 어떤가?"

"물론 소홀함이 없습니다. 손건도 가고 싶어 했지만, 그에게는 성의 수비를 부탁했수다. 그렇게 모두 성을 비우고 떠날 수는 없으니까요."

"공교롭게도 야습하기에는 좋지 않은 달밤이로구나. 적에게 발각될 염려는 없겠느냐?"

"캄캄한 밤을 선택하는 것이 야습의 정법입니다. 그러니 달이 밝은 오늘 밤엔 적이 더욱 안심하고 있을 거요."

"그것도 일리 있는 말이구나."

"게다가 적은 오늘 막 도착했기 때문에 인마 모두 피곤에 지쳐 잠들어 있을 겁니다. 자, 어서 가시죠."

처음에는 장비만 기습할 계획이었다. 그러나 아무리 기습이라 해도 적은 병력이 너무 많았기 때문에 유비도 같이 가기로 하여 병사를 두 패로 나누어 성을 출발했다.

장비는 자신의 계책이 받아들여져서 자신이 생각한 대로 싸울 수 있게 되자 기분이 매우 좋았다. 또 속으로 승리를 확신하고 있었다. 밝은 달빛 아래, 하무를 물고 적진으로 다가갔다.

"어떠냐?"

정찰을 나갔던 정찰병이 대답했다.

"보초병까지 자고 있습니다."

"그렇겠지. 생각한 대로다!"

장비는 반드시 이기고야 말겠다고 다짐했다.

병사들은 일제히 신호의 함성을 지르며 한 덩어리가 되어 쏜살같이 적진을 향해 달려들었다.

'중군이 어디지? 조조의 진영이 어디야?'

장비는 사방을 둘러보며 조조의 진영을 찾았으나 그저 휑한 것이 초목마저 잠들어 있는 듯했다. 어디선가 졸졸 물 흐르는 소리만 들릴 뿐 적군은 단 한 명도 보이지 않았다.

'이상한데?'

맥이 풀린 장비와 그의 부하들은 당황했다. 그러자 숲의 나무들과 사방의 산이 일제히 웃기 시작했다.

"어, 어? 그렇다면 적이 위치를 바꿨다는 말이구나."

그러나 때는 이미 늦었다. 나무와 풀이 모두 적병으로 변하더니 함성이 땅을 울리고 십방이 포위되어버렸다.

"장비를 생포하라."

"유비를 놓치지 마라."

이렇게 해서 기습이 오히려 생각지도 못한 역습을 당하는 꼴로 변했다. 대오는 분열되고 사기는 떨어졌다. 제각각 적과 맞붙어 싸우는 사이에 동쪽에서는 장료의 부대, 서쪽에서는 허저, 남쪽에서는 우금, 북쪽에서는 이전, 또 동남쪽에서는 서황의 기마대, 서남쪽에서는 악진의 쇠뇌 부대, 동북쪽에서는 하후돈의 칼 부대, 서북쪽에서는 하후연의 창 부대 등 팔면에서 철통같은 형태를 이루며 10여만의 병사들이 그 10분의 1도 안 되는 장비와 유비의 병사들을 포위하고 거리를 점점 좁혀왔다.

"한 놈도 놓치지 마라."

천하의 장비도 원통한 듯 등자를 꽉 밟고 서서 오른쪽으로 찌르고 왼쪽으로 칼을 휘두르며 온 힘을 다해 싸웠지만 역부족이었다.

아군은 도륙당하거나 항복을 외치며 무기를 버렸다. 장비도 몸 여러 곳에 상처를 입고 피투성이가 되었지만, 서황에게 쫓기고 악진에게 생명의 위협을 받으면서도 불꽃 같은 숨을 몰아쉬며 겨우 한쪽에 혈로를 뚫었다. 그리고 뒤따르는 병사를 돌아보니 참으로 한심하게도 20명이 채 되지 않았다.

"여봐라! 이만 멈춰라. 어리석은 싸움이다. 여기서 죽을 수는 없다. 자, 나를 따라오너라."

결국 퇴로도 차단당해 허무하게 그는 망탕산 방면으로 도망갔다.

유비 역시 장비와 같은 운명에 처해 있었다.

대군에게 뒤를 차단당하고 하후돈, 하후연에게 협공당해 지리멸렬支離滅裂에 빠졌다. 그리하여 겨우 30~40명의 병사와 함께 소패성으로 도망쳤으나 강을 사이에 둔 맞은편 하늘에서 불길이 오르고 있었다. 소패성도 이미 조조에게 점령당한 것이다.

||| 三 |||

유비는 길을 바꿔 날이 밝을 때까지 쉬지 않고 달렸다. 이미 소패성은 적의 수중에 넘어갔기 때문에 "이렇게 된 이상 서주로 가는 수밖에 없다."며 길을 서둘렀다.

그러나 서주성에 가까이 가보니 새벽하늘에 펄럭이고 있는 망루의 깃발들은 모두 조조 군의 깃발이었다.

'이게 뭐야?'

유비는 잠시 갈 길을 잃은 것처럼 멍하니 정신을 놓고 있었다.

해가 뜨면서 시야에 들어오는 사방의 산하를 둘러보니 이쪽저쪽에 연기가 자욱하게 끼어 있었다. 그리고 그곳에는 어김없이 조조의 병사와 말 들이 득실댔다.

'아아, 실수했구나. 지혜로운 자조차 자신의 지혜에 자만하다간 실패하기 마련인데 우쭐대길 좋아하는 장비의 계책을 아무 생각 없이 쓰고 말았으니.'

유비는 후회가 막심했다. 지금 그의 미간에는 통렬한 후회의 빛이 새겨져 있었다. 그러나 이내 그 잘못이 자신에게 있다는 것을 깨달았다.

'내가 대장이고 그는 부하다. 대장인 내 능력이 부족해서 부른 화다.'

당장 유비는 도망갈 길을 찾아야 했다.

어떻게 해서 이 위기에서 벗어날 것인가? 그리고 어디로 도망갈 것인가?

당면한 문제에 그는 즉시 시선을 돌렸다.

'그래. 우선 기주로 가서 원소와 의논해보자.'

언젠가 기주에 사자로 갔던 손건이 전한 말이 문득 생각났다.

"만약 조조에게 패한다면 기주로 오시오."

유비는 원소의 호의를 떠올렸다.

도중에 어젯밤부터 끈덕지게 뒤쫓아오는 악진과 하후돈의 병사들에게 정신없이 쫓겨 다니다가 그도 말도 땅에 쓰러질 듯 고통스러워하면서도 겨우 사지에서 탈출한 것은 다음 날 청주 땅을 밟고 나서였다.

그 후에도 들에 눕고 산에서 자고 들쥐 고기를 먹고 풀뿌리를 씹으며 온갖 위험과 고생을 겪은 후에야 간신히 청주부의 성시에 도착했다.

성주인 원담袁譚은 원소의 장남이었다.

"전에 아버님께 들었습니다. 더는 걱정하실 것 없습니다."

그는 유비에게 쉴 곳을 제공하는 한편 아버지 원소에게 사자를 보내 원소의 뜻을 물었다.

서주와 소패는 이미 함락되었습니다. 유비는 처자식과도 떨어져 단신으로 청주까지 도망쳐왔습니다. 어떻게 처리할까요?

"전에 한 약속이 있으니 함부로 대할 수야 없지."

원소는 즉시 일군을 보내 유비를 맞이했다.

게다가 기주성에서 30리 떨어진 평원이라는 곳까지 원소가 몸소 거마를 거느리고 마중을 나갔다.

융숭한 대접이었다.

이윽고 성문에 다다르자 유비는 말에서 내려 엎드려 절하며 말했다.

"떠돌이 패장이 무슨 공이 있다고 이렇게까지 예우해주십니까? 너무 과분합니다."

유비는 거기서부터 말을 타지 않고 걸어서 갔다.

성안으로 들어가자 원소는 정식으로 그를 대면하고 지난날 사자로 온 손건을 허무하게 돌려보낸 것에 대한 변명을 늘어놓았다.

"자식 사랑이 유난하다고 웃을지도 모르겠으나 자식놈의 병 때문에 어쩔 수 없었소. 그 전후로 나도 심신의 피곤이 극에 달해서 그만 도우러 가지도 못했고요. 그러나 여기는 하북 땅이니 마음 놓고 몇 년이고 계시구려."

"참으로 면목 없습니다. 일족을 망하게 하고 처자식마저 버리고 부끄러운 줄도 모르고 문하에 몸을 의탁하러 온 저에게 과분한 대접을 해주시니 오히려 황송할 따름입니다. 그저 약간의 관대함과 자비만을 베풀어주십시오."

유비는 부끄러웠다. 그저 겸손하게 몸을 낮춰 부탁하는 것이 그가 할 수 있는 유일한 일이었다.

조조의 흉모

III 一 III

소패와 서주 두 성을 단 한 번의 전투로 점령한 조조의 기세는 뜨는 해와 같았다.

서주는 유비 휘하의 간옹簡雍과 미축糜竺 두 사람이 지키고 있었으나 성을 버리고 어디론가 달아나버렸다. 뒤에는 진 대부와 진등 부자가 남아 있었는데 안에서 성문을 열어 조조의 군대를 맞아들였다.

조조는 진 부자에게 말했다.

"처음에는 나의 은작을 받고, 나중에는 유비를 섬기더니 지금은 다시 문을 열어 나를 맞아들였다. 죄를 물으려면 물을 수도 있으나 만약 힘을 다해 영내 백성들의 민심을 안정시킨다면 이전의 죄는 용서해주겠다."

진 부자는 두려움에 떨며 엎드려서 오직 그의 자비를 구했다.

"분부대로 하겠습니다."

진 부자는 그날부터 영내 백성들을 안정시키는 데 온 힘을 쏟았다.

유비를 깊이 믿고 따랐던 백성들이기에 한때는 불안에 휩싸여 있던 성안의 백성들도 조조 치하에서 겨우 안정을 찾고 평소의 모습으로 돌아갈 수 있었다.

"우선 서주는 이것으로 됐다."

조조는 다음 단계를 생각하고 있었다.

전쟁과 정치는 병행한다. 두 다리를 교대로 움직이는 것과 같다.

"남은 것은 하비성 하나다."

그는 벌써 그곳을 차지한 듯한 기분이었지만, 신중을 기해서 일단 그곳의 사정에 밝은 진등에게 하비성의 사정을 물어보았다.

"하비성은 승상께서도 알고 계시는 것처럼 관운장이 굳게 지키고 있습니다. 전에 유비는 이런 일이 생길 것에 대비하여 두 부인을 비롯한 가족들을 관우에게 맡기고 승상의 군대가 오기 훨씬 전에 하비성으로 옮겼습니다."

진등은 계속 말을 이었다.

"유비가 처자식을 하비성으로 옮긴 이유는 말씀드릴 필요도 없이 전에 맹장 여포가 들어앉아 승상의 군대를 몹시 괴롭힌 일이 있는 난공불락의 성이기 때문입니다. 그래서 이번에도 특별히 관우에게 부탁하여 소중한 가족을 맡긴 것이라고 생각합니다."

조조는 왕년의 전투를 떠올리면서 말했다.

"어쨌든 나에게 하비성은 인연이 깊은 옛 전쟁터. 허나 여포를 공격했을 때와는 달리 이번에는 전쟁이 길어져서는 안 된다. 원소라는 자가 이미 대군을 북쪽에서 움직이고 있으니 신속함이 최우선이야."

조조는 순욱을 돌아보며 불쑥 하비성을 무너뜨릴 명안이 있는지 물었다. 순욱은 반쯤 눈을 감고 잠시 입을 다물고 있었으나 이윽고 입을 열었다.

"관우를 성안에 두고는 100번을 공격해도 무너뜨릴 수 없을 것입니다. 이번 계책에서 가장 중요한 것은 어떤 방법으로 관우를 성 밖으로 유인해내느냐는 것입니다."

"관우를 성 밖으로 유인해낼 방법은?"

"공격해 들어가다 일부러 후퇴하여 적을 자만에 빠지게 하고 아군은 패주하는 척하는 것입니다. 그러는 사이에 은밀히 대군을 뒤로 돌아가게 하여 길을 중간에서 차단한다면 관우는 길을 잃고 외로이 깃발을 든 채 힘겨운 싸움을 할 수밖에 없을 것입니다."

"그렇군. 관우만 포로로 잡는다면 난공불락의 성도 무너뜨릴 수 있겠어."

조조는 순욱의 계책에 따라 군사를 움직이는 방향을 대강 정하고 회의가 끝나자 자신의 의중을 곁에 있는 사람들에게 말했다.

"사실 나는 꽤 오래전부터 관우의 남자다움을 흠모하고 있었네. 강하고 용맹스러운 데다 참으로 도량이 넓고 관대한 사람이야. 게다가 무예는 삼군을 통틀어도 으뜸. 이번 전투야말로 흠모하던 사람을 얻을 수 있는 다시 없는 좋은 기회네. 어떻게든 그를 휘하에 넣고 싶어. 상처 없이 생포하여 도성으로 데려가고 싶네. 각자 내 뜻을 염두에 두고 충분한 계책을 세우도록."

||| 二 |||

어려운 주문이었다. 장수들은 서로 얼굴을 마주 보았다.

곽가는 조조 앞으로 나아가 그렇게 하는 것이 어렵다는 것을 솔직히 말했다.

"관우의 용맹함은 만부부당으로 천하가 다 알고 있는 사실입니다. 죽이는 것조차 쉽지 않습니다. 그런데 생포하라고 하시니 수

많은 병사가 희생될 것이 분명합니다. 또 잘못하면 오히려 그에게 승리의 기회를 줄 위험이 있습니다."

그러자 장료가 오른쪽 줄에서 나와 말했다.

"걱정하지 마십시오. 제가 관우를 설득하여 항복하게 만들겠습니다."

정욱과 곽가, 순욱 등은 모두 반신반의하며 입을 모아 반문했다.

"장군에게 그럴 자신이 있단 말이오?"

"물론!"

장료는 기죽지 않고 대답했다.

"여러분들은 관우의 용맹함만을 생각하고 계신 듯하오만, 내가 가장 어렵다고 생각하는 부분은 그가 누구보다도 충절과 신의가 두터운 사람이라는 점이오. 그러나 다행히도 나는 그와 표면상의 교류는 없지만, 전장에서 호적수로 만날 때마다 마음 깊이 통하는 정과 비슷한 것을 느꼈소. 아마 그도 나를 기억하고 있을 것이오."

"좋아, 그럼 자네가 한번 설득해보도록 하게."

조조는 장료의 청을 받아들이려고 했다. 영웅이 영웅을 안다. 장료와 관우 사이에 마음이 통한다는 것은 과연 있을 수 있는 일이라고 동감했기 때문이다.

그러나 정욱과 곽가 등은 여전히 찬성하지 않았다. 항복을 권하는 사자로 세객說客을 보내는 것도 좋지만, 만약 듣지 않는다면 적의 결의만 더욱 굳게 할 뿐이라 속전속결로 전쟁을 끝내려는 방침에 해가 될 가능성이 많다는 것이었다.

"아니, 그 일에 대해서는 나에게 지금 진중에 있는 서주의 포로 200명 정도를 맡겨주시면 틀림없이 하비성을 빼앗고 순욱 장군이 조금 전에 말씀하신 대로 관우를 밖으로 유인해내어 우선 그를 고립시켜 보이겠습니다."

장료는 자신감이 넘쳤다. 조조가 유비를 떠난 서주의 포로들로 도대체 어떻게 할 작정이냐고 그 계책을 물었다.

"일부러 포로들을 풀어주어 하비성으로 가게 할 것입니다. 원래 같은 편이었으니 관우도 당연히 성안으로 들어오게 할 것입니다. 즉 바람이 부는 날까지 불씨를 묻어두는 계책입니다."

장료가 설명하자 조조는 손뼉을 치며 말했다.

"그것이야말로 적토매병敵土埋兵의 묘책이군. 우선 장료에게 맡겨보기로 하세."

참모부의 방책이 정해졌다.

포로 200여 명에게 나중에 포상하기로 하고 진지에서 달아나게 했다. 물론 밤에 이루어진 일이었다.

새벽부터 아침에 걸쳐서 그들은 하비성으로 잠입했다. 아군이 분명했기 때문에 관우를 비롯한 부장들도 의심하지 않았다.

"서주성은 조조의 직속군이 쳐들어오는 바람에 잠시도 버티지 못하고 무너지고 말았습니다. 조조와 그 중군은 우쭐해져서 거기에 머물러 있습니다. 우리를 쫓아온 것은 하후돈과 하후연의 부대뿐입니다. 그것도 급히 먼길을 왔으므로 피곤한 상태이니 성을 나가 역습한다면 분명 섬멸할 수 있을 것입니다."

이런 말이 성안에 퍼졌다. 관우는 잡병들의 말이었기 때문에 일단은 받아들이지 않았으나 정찰병들도 모두 이렇게 보고했다.

"적군이 의외로 소수입니다."

"하비성을 향해 온 병력은 적의 전체 병력의 5분의 1에 지나지 않습니다."

그래서 결국 성문을 열고 당당하고 씩씩하게 군대를 이끌고 전장으로 나갔다.

||| 三 |||

손그늘을 만들어 바라보니 하후돈과 하후연의 두 부대는 들판에 조운진鳥雲陣을 펴고 있었다.

그 사이에서 번쩍번쩍한 갑옷을 입은 애꾸눈 대장이 말을 몰고 관우 앞으로 나와 온갖 욕설을 퍼부었다.

"야, 이 수염만 긴 촌놈아. 너는 어찌하여 격에 맞지 않은 위용을 뽐내며 무장인 양 설쳐대느냐? 이미 악당의 수괴 유비도, 무뢰한 장비도 우리 조조 군의 위풍에 혼비백산해서 꽁지가 빠져라 달아났는데 네놈은 아직도 하비성에 들어앉아 뭘 하고 있는 것이냐? 어서 고향으로 돌아가서 촌구석 아이들의 콧물이나 닦아주든지 수염의 이라도 잡도록 해라."

관우는 침착하게 입을 다물고 번쩍이는 눈으로 바라보고 있다가 입을 열었다.

"그렇게 말하는 네놈은 조조의 부하 하후돈이 아니냐?"

역시 관우에게도 감정은 있었다. 마음속으로는 불같이 화가 난 듯했다. 그가 바람을 일으키는가 싶더니 옻칠을 한 듯 검은 윤기가 나는 말과 태양에 번쩍이는 언월의 청룡도가 달려들었다.

"애꾸눈아, 거기 꼼짝 말고 있거라!"

원래부터 속일 생각이었던 하후돈은 있는 힘을 다해 싸우다가 달아나고 달아났다가는 돌아와서 욕을 해댔다.

바짝 약이 오른 관우는 부하 3,000명을 큰 소리로 독려하고 자신도 20리쯤 추격했다.

그러나 성난 사자와 같이 무서운 기세로 돌진하는 그를 아군 병사들도 따라갈 수 없었다.

'너무 멀리까지 왔구나.'

관우는 문득 깨닫고 즉시 말 머리를 돌려 돌아가려고 했지만, 그와 동시에 왼쪽에서 서황, 오른쪽에서 허저의 복병들이 한꺼번에 일어나서 그의 퇴로를 막았다. 그리고 메뚜기가 나는 듯한 소리를 내며 100개의 활에서 화살이 발사되었다.

천하의 관우도 그 화살 비를 뚫고 갈 수는 없었다. 길을 바꿔보려고 말 머리를 돌리자 거기에서도 와 하고 복병이 튀어나왔다. 이렇게 해서 그는 점차 성미가 느긋한 맹수 사냥꾼이 표범을 함정에 몰아넣듯 조조 군의 포위망에 완전히 갇히고 말았다.

날은 이미 저물어 들판은 어두웠다. 그가 달아난 곳은 작고 낮은 산 위였다. 밤이 되자 하비성 쪽에서는 맹렬한 불꽃이 하늘로 치솟기 시작했다.

전에 성안으로 들어왔던 서주의 포로들이 불을 지르고 하후돈의 병사들을 성안으로 들이자 난공불락인 하비성이 어려움 없이 조조의 손에 넘어가 버린 것이었다.

"속았구나. 속았어. 이렇게 된 이상 무슨 면목이 있어서 주군을 만나겠는가. 그래…… 동이 트면 바로."

그는 싸우다가 죽을 결심을 했다.

그리고 내일 있을 마지막 전투를 위해 잠시 휴식을 취하고 말에게도 풀을 먹여두는 등 당황하지 않고 조용히 준비하며 날이 밝기를 기다렸다.

아침이슬이 촉촉이 내렸다. 동쪽에 있는 구름이 붉은빛을 띠기 시작했다. 손그늘을 만들어서 산기슭을 보니 긴 뱀이 산을 감고 있는 듯 무수히 많은 적의 진지가 늘어서 있어서 안개마저 검게 보일 정도였다.

"어마어마하군."

관우는 쓴웃음을 지었다.

산 위의 바위에 느긋이 앉아 투구와 갑옷의 가죽끈을 매고 풀에 맺힌 이슬로 목을 축인 뒤 천천히 일어섰다.

그때 그쪽으로 산기슭에서 누군가 올라오고 있었다.

관우는 눈을 돌려 바라보았다.

그가 자신의 이름을 부르고 있었다.

"누구지?"

수상히 여기며 기다리고 있자 얼마 지나지 않아 가까이 다가온 사람은 장료였다. 그는 입에 채찍을 물고 미소를 짓고 있었다.

||| 四 |||

두 사람은 전부터 아는 사이였다.

평소 교류는 없지만, 전장을 오가며 적이면서도 왠지 서로 존경과 흠모의 마음을 품고 있었다.

영웅이 영웅을 알아본다는 것이리라.

"오, 장료 장군이 아니오?"

"여어, 관우 장군."

두 사람은 가슴과 가슴을 맞댔다. 서로의 눈에는 만감이 교차하고 있었다.

"장군께서는 예까지 무슨 일로 오셨소? 조조에게 이 관우의 머리를 가지고 오라는 명령을 받아 할 수 없이 오신 것이오?"

"아니요, 전혀 다릅니다. 평소의 정을 생각하니 귀공의 최후가 너무 아쉬운 나머지."

"그렇다면 이 관우에게 항복을 권하러 온 것이오?"

"그것도 아니오. 이전에 장군께서 나를 구해준 일도 있지 않소? 어떻게 장군의 비운을 그냥 두고 볼 수 있겠소?"

장료는 바위를 가리키며 말했다.

"우선 그쪽에 앉으시지요. 나도 앉겠소."

장료는 바위에 앉아 느긋하게 말을 이었다.

"……이미 알고 계시리라 생각하오만 유비와 장비도 모두 패주하여 행방조차 알 수 없소. 다만 유비의 처자식은 하비성에 있으나 거기도 어제 우리 군의 손에 들어왔기 때문에 두 부인을 비롯한 가족들의 목숨은 조 승상의 손에 전적으로 달려 있다고 봐야 할 것이오."

"……분하다. 이 관우를 믿고 주군께서 부탁하신 가족을 허무하게 적군의 손에 들어가게 하다니."

관우는 고개를 떨구고 장탄식을 했다. 눈앞의 아침이슬 같은 자신의 죽음보다 무력한 여성들과 주군의 어린 자식들을 생각하면 천하의 영걸도 눈물을 보이지 않을 수 없었다.

"하지만 장군, 그 일에 대해서라면 안심하셔도 좋소. 조 승상은 하비성이 함락되자마자 입성하셨으나 우선 유비의 처자식을 다른 건물로 옮기고 문에는 보초를 세워 한 발이라도 함부로 들어가려는 자는 그 자리에서 베라시며 엄중히 보호하고 계시오."

"오오, 그렇소?"

"실은 그 일을 전하고 싶어서 조 승상의 허락을 받아 여기까지 온 것이오."

이 말을 듣자 관우의 눈이 날카롭게 빛났다.

"그렇다면 역시 억지로 은혜를 입게 하여 나에게 항복을 권하려는 속셈이겠군. 우습구나, 우스워. 조조도 영웅의 마음을 모르는 인간인가 보구나. ……설령 지금 이 외진 곳에 홀로 살아남아 있다고 해도 죽은 것이나 진배없는 몸. 손톱만큼도 목숨이 아깝다는 생각은 하지 않는다. ……이 관우에게 항복을 권하러 오다니 장료 장군도 뭘 잘못 생각한 것 같소. 어서 산을 내려가시오. 나중에 기분 좋게 한판 붙읍시다."

몹시 불쾌하다는 듯 대답하는 관우의 옆얼굴을 바라보며 장료는 일부러 크게 비웃었다.

"그것을 영웅의 마음이라고 자부하는 것은 관우 장군의 좁은 생각이오……. 아하하하, 장군의 말대로 생을 마감한다면 천년 후까지 웃음거리가 될 것이오."

"충의를 다하다가 전장에서 죽는 것이 어째서 웃음거리가 된다는 말이오?"

"여기서 관우 장군이 싸우다 죽는다면 세 가지 죄가 될 것이오. 충의도 떳떳함도 그 죄로 상쇄가 되지요."

"일단 물어봅시다. 그 세 가지 죄란 무엇이오?"

"장군이 죽은 후에 유비가 살아 있다면 어떻겠소? 주군을 거역하고 도원에서의 결의를 깨는 것이오. 두 번째로 주군의 처자식과 가족을 부탁받아놓고도 그들이 앞으로 어떻게 될지 지켜보지도 않고 혼자서 용감하게 죽는 것, 이것은 생각이 짧고 신의가 없다는 말을 들어도 어쩔 수 없을 것이오. 나머지 하나는 천자를 생각하지 않고 천하의 장래를 걱정하지 않은 것이오. 일신의 처리만을 서두르고, 살아서 종사宗社의 위기는 도울 생각도 않고 쓸데없이 혈기를 부리는 것은 절대로 진정한 충절이라 할 수 없을 것이오……. 장군은 무용뿐 아니라 학식도 깊다고 들었소만, 이것에 대해 어떻게 생각하시오? 관우 장군, 다시 한번 묻고 싶소."

||| 五 |||

관우는 고개를 떨군 채 잠시 생각에 잠겨 있었다.

장료의 말에는 벗을 생각하는 진심이 담겨 있었다. 또 도리에도 맞는 말이었다. 관우는 고민하지 않을 수 없었다.

장료가 다시 입을 열었다.

"여기서 버릴 목숨을 잠시 더 부지하면서 유비의 소식을 알아보고, 또 유비에게 부탁받은 가족의 안녕을 도모하며 의를 지키는 것이 어떻겠소? 만약 그럴 생각이라면 제가 도와드리고 싶소만."

관우는 호의에 감사했다.

"참으로 감사하오. 만약 장료 장군의 주의가 없었다면 난 이 언덕의 풀숲에 필부의 무덤을 남겼을 것이오. 생각해보니 참으로 생각이 짧았소. 패군의 장수로 달리 좋은 방법도, 생각도 없었소. 지금 장군께서 말씀하신 대로 의를 지킬 수 있다면 어떤 고충도 부끄러움도 견뎌야지요."

"그러기 위해서는 일시적으로 조 승상에게 항복의 예를 갖추기 바랍니다. 그리고 당당하게 장군도 조건을 말하는 것이 어떻겠소?"

"조건이라면 세 가지가 있소. 그 옛날 도원에서 유 황숙과 결의할 때부터 한실의 중흥을 제일의 뜻이라고 약속했소. 그렇기 때문에 비록 검과 갑옷을 벗고 이 산을 내려간다고 해도 결코 조조에게 항복하지는 않을 것이오. 한실에는 항복할 수 있지만, 조조에게는 결코 항복할 수 없소! 이것이 첫 번째요."

"나머지 두 조건은?"

"유 황숙의 두 부인과 아드님, 그 외 노비들에 이르기까지 반드시 그 목숨과 생활의 안전을 분명히 약속해주시오. 그들을 정중한 예로 대우해주시고 봉록도 주시오."

"알겠소. 다음으로 마지막 조건은?"

"지금은 유 황숙의 소식조차 알지 못하나 일단 그 행방을 알게 되면 나는 하루도 조조 밑에 머물지 않을 것이오. 천리든 만리든 아무 말 없이 즉시 옛 주인에게 돌아갈 것이오. 이 조건이 받아들여지지 않는다면 백세말대百世末代까지 우둔한 이름을 남기더라도 싸우다가 오늘을 나의 마지막 날로 삼겠소."

"잘 알겠소. 즉각 승상에게 장군의 뜻을 전하고 다시 오겠소. 잠시 기다려주시오."

장료는 산을 달려 내려갔다. 정이 가득한 벗의 뒷모습에 관우는 눈시울을 붉혔다.

말에 오르자마자 장료는 채찍질을 한 번 하더니 하비성으로 급히 떠났다. 그리고 바로 조조 앞으로 나아가 사실대로 전했다.

물론 관우가 희망하는 세 가지 조건도 그대로 고했다. 배포가 큰 조조도 그 조건에는 놀라는 기색이었다.

"과연 관우로구나. 나의 마음에 맞는 의인이 틀림없다. 한나라에는 항복하지만 조조에게는 항복하지 않는다는 것도 마음에 든다. 나도 한의 승상, 한이 즉 나다. 또 두 부인의 부양 등은 지극히 간단한 일……. 다만 유비의 소식을 아는 즉시 언제든 떠나겠다는 것은 좀 곤란하군."

그 하나의 조건에 대해 처음에는 난색을 표했지만, 장료가 열성적으로 설득했다.

"아닙니다. 관우가 유비를 깊이 흠모하는 것도 유비가 관우의 마음을 사로잡았기 때문입니다. 만약 승상께서 친히 그의 곁에 계시면서 유비 이상으로 총애하시면 언젠가는 반드시 그도 승상의 은혜에 굴복할 것입니다. 용사는 자신을 알아주는 이를 위해 죽는다고 하지 않습니까? 이후는 승상께서 어떻게 그의 마음을 사로잡느냐에 달렸습니다."

조조도 결국은 세 가지 조건을 허락하고 즉시 관우를 데려오라고 명한 후 애인이라도 기다리듯 그를 기다렸다.

신하의 도리

III 一 III

한 마리의 사나운 독수리가 날개를 접고 산 위의 바위에 가만히 앉아 대지의 구름과 안개를 바라보고 있었다.

멀리서 바라보면 관우의 모습이 딱 그랬다.

"오래 기다리셨소."

장료는 다시 거기까지 숨을 헐떡이며 올라왔다. 그리고 기쁨으로 들떠서 말했다.

"관우 장군, 기뻐하시오. 장군이 제시한 세 가지 조건을 전부 승상이 수락하셨소. 자, 나와 함께 산에서 내려갑시다."

그러자 관우가 말했다.

"조금만 더 시간을 주시오. 조금 전에 제시한 조건은 나 혼자만의 뜻에 지나지 않소. 나로서는 결국 그것밖에는 길이 없다고 각오했지만 두 부인의 뜻을 묻지 않을 수 없군요."

"그렇게까지 할 필요가 있습니까?"

"그렇소. 힘없는 여성이라고는 하나 주군을 대신하는 분들이오. 일단 두 분의 뜻을 묻지 않고서는 조조의 진문에 말을 맬 수 없소. 내가 지금 성안으로 들어가 친히 두 부인을 만나 자초지종을 알린 후 승낙을 얻겠으니 우선 조조에게 부탁하여 산기슭에 있는 병사들을 30리 밖으로 물려주시오."

"그렇다면 그 후에는 무슨 일이 있어도 조 승상의 진문으로 항복하러 오겠소?"

"반드시 가리다."

"그럼 나중에 뵙도록 하지요."

서로 굳게 약속하고 장료는 즉시 그 자리를 떠났다.

조조는 이윽고 장료에게서 관우의 요구를 전해 듣고 그대로 수용하며 곧바로 명을 내렸다.

"여봐라, 포위를 풀고 즉시 30리 밖으로 군을 물려라."

모장 순욱은 놀라서 전령을 제지한 후 조조에게 간언했다.

"아직 관우의 속내를 모릅니다. 만약 속이는 것이라면 어찌할 생각이십니까?"

조조는 유쾌하게 웃으며 말했다.

"관우가 만약 약속을 지키지 않을 사람이라면 어째서 내가 이렇게까지 관대하게 조건을 받아들였겠는가? 또 그런 인간이라면 도망가더라도 아깝지 않네."

그러고는 주저하지 않고 전군을 30리 밖으로 후퇴시켰다.

손그늘을 만들어 산 위에서 병사들이 물러가는 것을 바라보고 있던 관우는 천천히 검은 말을 끌고 산기슭을 내려가 아무도 없는 벌판을 질주하여 얼마 지나지 않아 하비성에 도착했다. 관우는 성 안 백성들의 안온함을 확인한 후 성의 안채로 사라졌다.

슬픈 새소리가 한낮의 성안을 더욱 적막하게 하고 있었다.

보초병이 문을 열어 그를 안으로 안내하자 유비의 정실인 감甘 부인과 측실인 미糜 부인이 아이의 손을 잡고 서둘러 나왔다.

"오오, 관우 장군이 아니십니까?"

"공자님과 두 분 모두 별고 없으셨습니까?"

관우는 계단을 사이에 두고 엎드려 절하며 두 부인이 무사한 것에 안심이 되고 감개무량하여 잠시 얼굴을 들 수가 없었다.

미 부인은 눈물을 흘리며 말했다.

"어젯밤, 성이 함락되어 죽음을 각오하고 있었지만, 생각과는 달리 죽임을 당하지도 않고 보시다시피 조조가 안전하게 보호해 주고 있어요. 장군, 무사히 돌아와주셨군요. 부디 목숨을 소중히 여기며 황숙의 행방을 알아봐주세요."

감 부인도 소매로 눈물을 닦으며 유비의 생사를 걱정했다. 앞으로 어떻게 해야 할지, 그조차 전혀 알 수 없었다.

관우가 잠시 조조에게 항복하고 주군의 행방을 알아볼 생각이라고 조조와 교섭한 내용을 소상히 고하자 두 부인은 울어서 퉁퉁 부은 눈을 크게 뜨고 조금 노여운 빛을 드러내며 따지듯 말했다.

"하지만 조조에게 항복해버리면 황숙의 행방을 알아도 황숙에게는 갈 수 없지 않겠어요? 관우 장군도 마찬가지고요. 그때는 어떻게 하실 생각이죠?"

||| 二 |||

일부다처제의 풍습이 있는 당시를 생각해볼 때 유비는 부인이 적은 편이었다.

감 부인은 미 부인보다 젊다. 패현沛縣 사람으로 딱히 미인이라고 할 수 있는 얼굴은 아니었다. 그저 청초한 부인이었다. 미인이라고 할 수 있는 용모는 오히려 나이가 더 많은 미 부인 쪽이었다.

그녀는 이미 서른이 넘었지만, 청년 유비에게 처음으로 사랑을 알게 한 여인이었다.

사실 지금으로부터 10여 년 전, 아직 유비가 짚신을 팔고 멍석을 짜던 가난한 시절, 황하 기슭에서 낙양선을 기다렸다 어머니께 드릴 차를 구입해 고향으로 돌아가는 도중에 황야에서 우연히 만난 홍부용이라는 아름다운 여인이 지금의 미 부인이었다.

오대산에 있는 유회劉恢의 집에서 보살핌을 받으며 오랫동안 기다려온 그녀를 그 후 유비가 맞아들여 그의 측실이 된 것이었다.

그녀와의 사이에선 여섯 살짜리 아들이 한 명 있었다. 그러나 병약했다.

오늘 같은 처지가 되고 보니 오히려 평화로울 때 편안한 마음으로 생을 마감한 것이 다행인 것은 유비의 어머니였다. 장수한 편이었다. 게다가 유비로서는 아직 부족한 느낌이 들 수도 있겠으나 노모는 충분히 마음을 놓을 정도로 아들이 출세한 모습도 보았다. 그 노모는 서주성에 있을 때 세상을 떠났다. 그래서 두 부인과 병약한 아들 외에는 노비와 하인들밖에 없었다.

유비도 타지의 하늘 아래에서 두 부인과 아들의 안부를 얼마나 걱정하고 있을까? 유비에 대한 사랑이 지극한 두 부인이 이미 적의 포로가 된 몸이라는 것도 잊고 지금이라도 만날 수 있다고 생각하는 것은 남자들의 세계를 잘 모르는 심원深苑의 여성들로서는 당연한 일인지도 모른다.

"그 점에 대해서는 걱정하지 않으셔도 됩니다. 항복이라고는 하지만 일반적인 항복이 아닙니다. 세 가지 조건을 조조와 굳게 약속한 후에 하는 항복입니다. 만약 주군의 행방을 알게 되면 즉시 주군이 계신 곳으로 가겠다고 했습니다. 그러니 그때는 제가 모시고 가서 반드시 유 황숙을 만나게 해드리겠습니다. 그때까지만 적지에서 참고 기다려주시기 바랍니다."

그의 흔들리지 않는 충성심에 두 부인은 눈물을 흘릴 뿐이었다.

"알겠어요. ……그저 장군만 믿겠어요."

관우는 이윽고 잔병 수십 명을 이끌고 유유히 조조의 진문으로 향했다.

조조는 몸소 진문까지 나와 그를 맞아들였다. 파격적인 환대에 관우는 당황하여 땅바닥에 엎드려 절했다. 조조 역시 예를 갖추었다.

관우는 땅바닥에 엎드린 채 말했다.

"이래서는 어떻게 감사의 인사를 드려야 할지 모르겠습니다."

"장군, 무엇을 그리 어려워하시오?"

조조는 기분 좋게 말했다.

"승상께서는 이미 저의 목숨을 살려주셨습니다. 그것만으로도 이 관우는 큰 은혜를 입었는데 어찌 이다지도 정중한 예우를 받을 수 있겠습니까?"

"장군에게 해를 가하지 않은 것은 장군의 충성심 때문이오. 또 상호 간의 예는 나도 한나라의 신하, 장군도 한나라의 신하, 관직의 등급은 달라도 그 지조에 대한 예라고 할 수 있소. 그러니 그렇게 겸양한 태도를 보일 필요는 없어요. 자, 나의 유막으로 갑시다."

조조는 앞장서서 성큼성큼 걸으며 안내했다.

안으로 들어가니 이미 꽃으로 장식한 탁자와 옥잔을 갖추고 성대한 연회가 준비되어 있었다. 그리고 중당中堂(중요한 손님을 맞거나 의식을 거행하는 집 가운데의 마루)을 둘러싸고 정렬해 있던 조조의 친위대는 관우가 나타나자 일제히 귀한 손님을 맞이하는 예를 갖추었다.

||| 三 |||

항복한 적장인데도 예우는 영빈을 맞는 듯했다. 조조는 관우를 방으로 맞아들여 조금도 얕보거나 무시하는 기색 없이 천천히 대담을 시작했다.

"오늘은 참으로 유쾌한 날이오. 나에게는 평소 흠모해온 분을 만났으니, 한 번에 열 개의 성을 손에 넣은 것보다 더 기쁘구려. 그런데 관 장군은 어떻게 생각하시오?"

"면목 없습니다. 이 말밖에는 드릴 말씀이 없습니다."

"거참, 어울리지 않는 말이구려. 그런 말은 세상의 일반적인 패장의 경우로 관 장군과는 상황이 달라요. 관 장군은 명분 있는 항복이기 때문에 부끄러워할 필요가 없어요. 신도臣道를 제대로 실천하고 있단 말이오."

"일전에 장료 장군을 통해 제시했던 세 가지 조건을 들어주셔서 승상의 큰 은혜를 가슴 깊이 새겼습니다."

"염려하지 마시오. 무인과 무인의 약속은 금철金鐵이오. 나도 덕이 많은 인간은 아니지만 사해四海를 감복시키기 위해서는 어기지 않을 것을 다시 한번 이 자리에서 맹세하겠소."

"참으로 감사합니다. 그렇게 맹세하신 이상 언젠가 유 황숙의 행방을 아는 대로 이 관우는 즉시 아무 말 없이 떠날 것이라고 생각하십시오. 불을 밟고 물을 건넌다 할지라도 그때는 승상 옆에 머물 수 없을 것입니다."

"하하하, 관 장군은 여전히 나의 심사를 의심하고 있는 모양이구려. 염려할 필요 없어요."

조조는 이렇게 말했지만 웃으며 얼버무리는 동안에도 마음속에는 씁쓸함이 밀려왔다. 조조는 그 감정을 지워버리려는 듯 앞장서서 주연 자리로 관우를 안내했다.

"자, 저쪽에 술자리가 마련되어 있소. 내 막료들도 소개하리다. 갑시다."

만세의 잔을 들고, 장수들도 모두 취했다. 평소에도 얼굴이 붉은 관우는 누구의 얼굴보다도 더 붉었다.

취기가 오른 조조가 속삭였다.

"관 장군, 그대가 만나고 싶어 하는 사람은 아마도 어지럽게 싸우는 와중에 이미 죽었을지도 몰라요. 차라리 제사를 지내고 조용히 죽음을 애도하는 편이 낫지 않겠소?"

관우는 취하면 검은 광택이 더 나는 긴 수염을 쓰다듬으며 말했다.

"그 사실을 알았을 때도 저는 분명 승상의 곁에 없을 것입니다."

그러고는 수염에 덮인 입을 벌려 웃었다.

"어째서요? 유비가 죽으면 장군이야말로 더는 갈 곳이 없지 않소?"

관우는 넓은 가슴을 다시 조조 쪽으로 향하며 말했다.

"아닙니다, 승상. 이 수염이 까마귀가 되어 옛 주군의 시체를 찾으러 날아갈 것입니다."

농담 따위는 하지 못할 줄 알았던 관우가 생각지도 못한 농담을 하자 조조는 손뼉을 치며 크게 웃었다.

"그렇군. 아하하하, 그 수염이 모두 날개가 된다면 까마귀가 열 마리는 될 것이오."

이렇게 해서 우선은 서주 지방에 대한 조조의 일이 마무리되자 다음 날 그의 중군은 일찌감치 개선 길에 올랐다.

관우는 유비의 두 부인을 마차에 태우고 전부터 자신의 부하였던 사졸 20명과 함께 한시도 마차 곁을 떠나지 않고 지키며 허도로 향했다.

허도에 도착해서 다른 장수들은 각자의 영채營寨로 돌아가 평소의 임무에 복귀했고, 관우는 도성 안에 저택을 받아 그곳을 거처로 삼았다.

저택을 내외 두 개의 원院으로 나누어 심원深院에는 부인들을 살게 하고 외원外院에는 사졸들과 자신이 살았다. 두 개의 문 옆에는 밤낮을 가리지 않고 20명의 사졸들에게 교대로 보초를 서게 했다.

그리고 관우도 가끔 일이 없는 한가한 날에는 보초병들이 쉬는 작은 방에 들어가 책을 읽었고, 일손이 부족한 날에는 사졸들 대신 보초를 서기도 했다.

||| 四 |||

도성으로 돌아와 일단 군무가 정리되자 이번에는 산더미같이 쌓인 내외의 정무가 조조를 기다리고 있었다.

조조는 정치에 대해서도 다른 누구보다 더 열정을 가지고 임했다. 허도를 중심으로 한 신문화는 눈에 띄게 발전하고 있었다. 자신의 지도 한 번에 서민 생활의 양태가 달라지거나 산업과 농업의 개혁으로 백성들의 복리가 눈에 띄게 증진되는 것을 보면 '정치야말로 인간이 하는 일 중에서 최고의 이상을 실천할 수 있는 대사업이다.'라고 믿으며 나이가 들수록 정치에 대한 흥미와 열정이 깊어졌다.

최근 겨우 내외의 정무가 일단락되어 조금 한가해지자 그는 문득 관우가 생각나서 근신에게 물었다.

"관우는 도성에 온 뒤로 뭘 하며 지내던가?"

"상부에는 물론 거리에도 나오지 않고 있습니다. 두 부인이 사는 곳을 지키며 집 지키는 개처럼 문가에 있는 작은 방에서 기거하며 때때로 지나가는 사람이 들여다보면 책을 읽고 있는 모습을 자주 볼 수 있다고 합니다."

근신이 관우의 근황을 전하자 조조는 고개를 끄덕이며 동정하는 마음이 솟아나는 듯 혼자서 중얼거렸다.

"그렇겠지, 그럴 거야. 영웅의 마음에 괴로움이 있을 거야."

그로부터 며칠 후 조조는 급히 관우를 불러 궁궐로 들어가는 마차에 태웠다.

그리고 조정으로 함께 가서 천자를 만나게 했다. 원래 신하의 신하이기 때문에 대전에는 오를 수 없었다. 계단 아래 서서 알현했으나 황제도 관우의 이름을 익히 알고 있었고, 무엇보다도 마음속에 있는 유 황숙의 의제라는 말을 듣자 특별히 눈여겨보며 말했다.

"믿음직스러운 무인이군. 알맞은 관위를 주는 것이 좋겠소."

조조가 조치를 내려 그 자리에서 편장군偏將軍에 임명되었다. 관우는 시종 묵묵하게 황은에 감사한 뒤 물러났다.

얼마 지나지 않아 조조는 관우를 위해 칙임勅任(황제의 명으로 벼슬을 시킴. 또는 그 벼슬)의 피로연을 겸한 축하연을 열어 여러 장수와 백관을 불러 대접했다.

관우를 상석에 앉히고 "관 장군을 위해!"라고 조조가 외치며 잔을 들었으나 그날 밤도 관우는 말없이 술만 마실 뿐 기쁜 건지 귀찮은 건지 알 수 없는 표정을 짓고 있었다.

연회가 끝나자 조조는 일부러 가까운 신하 몇 명에게 명령했다.

"관 장군을 배웅하고 오라."

그리고 능라綾羅 100필, 금수錦繡 50필, 금은 그릇과 가보로 전해지는 주옥의 기물器物 등을 말에 실어 보냈다.

그러나 관우의 눈에는 주옥도 금은도 기왓장처럼 보일 뿐이었다. 그중 하나도 갖지 않고 두 부인이 기거하는 내원으로 옮기게 하여 "조조가 이런 것을 보내왔습니다."라며 모두 바쳤다.

조조는 나중에 그 소식을 듣고 "점점 더 끌리는 대장부군."이라며 오히려 존경심을 품었다. 조조의 마음속에서는 관우에 대한 존경과 애정이 이상할 정도로 고조될 뿐이었다.

조조는 사흘에 한 번 소연회를 열고 닷새에 한 번 대연회를 열어 향응의 기회를 만든 후 관우를 만나는 것을 낙으로 삼았다.

조조는 도성 안에서도 고르고 고른 열 명의 미녀에게 "관 장군을 설득해서 마음을 열면 너희들의 소원은 무엇이든지 들어주겠다."라며 여인들의 교태를 경쟁시키기도 했다.

관우도 미인은 싫지 않은 듯 열 명의 미희들에게 둘러싸여 그로서는 드물게 크게 취해서 말했다.

"마치 꽃밭 속에 있는 듯하구나. 정말 아름답다. 현기증이 날 지경이야."

관우는 크게 웃으며 좋아하는 듯했으나 돌아가자마자 그 열 명의 미인도 모두 두 부인이 사는 내원에 시녀로 바쳤다.

낡은 비단옷의 마음

||| 一 |||

어느 날 관우가 상부에 불쑥 나타났다.

두 부인이 기거하고 있는 내원이 낡은 탓인지 비가 새서 곤란하다며 관리에게 수리를 부탁하러 온 것이었다.

"알겠습니다. 즉시 승상께 여쭤보고 수리하도록 하겠습니다."

관리로부터 만족스러운 대답을 듣고 천천히 돌아가는 그의 모습을 누각 위에 있던 조조가 발견하고 근신을 보내 불러오게 했다.

'무슨 일이지?'

이윽고 관우는 밝은 얼굴로 조조 앞에 나타났다.

조조는 손수 아끼는 유리잔을 건네며 간단하게 한잔 권했다.

"장군이 입고 있는 녹색 도포는 녹색 비단이 보이지 않을 만큼 낡았소. 화창한 날에는 더더욱 낡아 보이는구려. 이걸 입으시오. 장군의 키에 맞춰 만들어둔 것이니."

이렇게 말하며 멋진 비단 도포를 관우에게 건넸다.

"허…… 이건 너무 호사스럽군."

관우는 그것을 받아 한 손에 안아 들고 돌아갔다. 그런데 그 이후 조조가 우연히 관우의 목 언저리를 보니 얼마 전에 자신이 준 비단 도포는 안에다 입고 위에는 여전히 이가 살고 있을 것 같은 낡은 녹색 도포를 겹쳐 입고 있었다.

"관 장군, 그대는 무인이면서도 참으로 검소하구려. 어째서 그리도 물건을 아끼시오?"

"네? 어찌 그런 말씀을 하시는 겁니까? 특별히 사치스럽지도 않습니다만, 그렇다고 그렇게 검소한 편도 아닙니다."

"아니, 그럼 나에게 역시 뭔가 불편한 것이 있어서 그러시오? 내 보호 아래 있는 이상 불편 없이 지내기를 바랐소만, 새 옷을 아끼려고 낡은 도포를 일부러 위에 겹쳐 입을 필요까지는 없지 않소?"

"아, 도포 말씀이시군요?"

관우는 자신의 소매를 바라보며 대답했다.

"이 도포는 전에 유 황숙께서 주신 옷입니다. 아무리 낡아도 아침저녁으로 이것을 입고 벗을 때마다 황숙을 뵙는 듯하여 마음이 기쁩니다. 승상께 고급스런 비단 도포를 받긴 했습니다만, 그렇다고 해서 당장 이 낡은 옷을 버리고 싶지는 않았습니다."

이 말을 듣고 조조는 감동하여 마음속으로 '아아, 정말 멋진 사람이구나. 이처럼 충의로운 사람이 있다니…….'라고 생각하며 그의 모습을 넋을 잃고 보고 있는데 마침 그때 두 부인을 시중들고 있는 사람이 찾아와 고했다.

"어서 가보셔야 할 것 같습니다. 지금 두 부인께서 무슨 일인지 한탄하며 관 장군을 찾고 계십니다."

"뭐? 무슨 일이라도 있느냐?"

관우는 지금까지 이야기하고 있던 조조에게 인사조차 하지 않고 달려가 버렸다.

조조는 원래 이런 무례를 당하면 가만히 있는 성격이 아니었다.

그러나 지금 조조는 홀로 남겨진 채 망연히 멀어져가는 그의 뒷모습을 바라보며 혼잣말을 하고 있었다.

"참으로 충성스러운 사람이다. 뽐내지도 않고 꾸미지도 않아. 단지 충의로운 마음, 그것밖에는 없구나. 아, 관우가 나를 믿고 따르면 좋으련만."

조조는 속으로 자신과 유비를 비교해보았다. 그리고 어떤 점에서도 유비에게 뒤지지 않는다고 생각했다. 단 하나, 자신의 휘하에는 관우만큼 충성스러운 신하가 있느냐는 것을 스스로에게 물어보았다. 그리고 이 점에 있어서만은 유비에게 뒤진다는 것을 인정하지 않을 수 없었다.

'나의 덕으로 반드시 관우가 나를 따르도록 만들겠어. 내 신하로 삼고 말겠어.'

조조는 속으로 굳게 다짐했다.

||| 二 |||

두 부인이 보낸 사자의 말을 듣고 관우는 곧장 거처로 돌아갔다. 내원에 들어가니 두 부인은 서로 부둥켜안고 여전히 통곡하고 있었다.

"어떻게 된 일입니까? 무슨 일이 생겼습니까?"

관우가 묻자 미 부인과 감 부인은 그제야 서로 떨어졌다.

"오오, 관우 장군. 어떻게 하죠? 더는 살아갈 희망이 없네요. 차라리 죽을까도 생각했지만, 일단 장군께 상의해보려고 장군을 기다리고 있었어요."

두 사람 모두 통곡했다.

관우는 놀라서 그녀들을 진정시켰다.

"죽다니 당치도 않은 말씀입니다. 제가 있는 이상 어떠한 고난이 닥쳐도 마음 편히 계십시오. 우선 무슨 일인지부터 말씀해주십시오."

겨우 안정을 되찾고 미 부인이 우는 이유를 말하기 시작했다. 들어보니 별일 아니었다. 미 부인이 오늘 선잠을 자다가 유비가 죽는 꿈을 꿨다는 것이었다.

"아하하하, 무슨 일인가 했더니 꿈을 꾸고 유 황숙의 신변에 안 좋은 일이 일어났다고 생각하신 겁니까? 어떤 흉몽일지라도 꿈은 꿈일 뿐입니다. 그런 일로 한탄하고 슬퍼하는 것은 참으로 어리석은 일입니다. 그만 우십시오."

관우는 부정하며 밝은 이야기로 화제를 돌렸다.

아무리 정중하게 보호받고 불편함 없이 지내도 여기는 엄연히 적지다. 관우는 두 부인의 마음을 생각하면 한낱 꿈에도 두려워 우는 어린아이 같은 나약함이라고 웃어넘길 수만은 없는 마음이 들어 이런 말로 위로했다.

"긴말 드리지 않겠습니다. 가까운 시일 안에 반드시 황숙을 만나 뵐 수 있도록 해드리겠습니다. 그때까지만 참고 견디며 두 분 모두 건강에 유의하시기 바랍니다."

그런데 어느 틈에 정원에 조조의 근신이 와 있었다. 관우가 두 부인의 부름을 받고 서둘러 돌아가자 조조가 의심을 품고 상황을 살피러 보낸 것이었다.

관우가 돌아보자 조조의 근신은 조금 겸연쩍어하며 말했다.

"일이 끝나는 대로 다시 오시라는 승상의 말씀입니다. 승상께서 술자리를 마련해놓고 기다리고 계십니다."

관우는 다시 상부의 관저로 돌아갔다. 그러나 술을 마셔도 마음이 즐겁지 않고 조조와 만나고 있는 동안에도 유비가 머릿속에서 떠나질 않았다.

그러나 지금 여기서 그의 심기를 건드려서는 안 된다는 생각에 속으로 인욕의 눈물을 삼키며 무슨 일에도 고분고분 따랐다.

조조는 조금 전과는 다른 꽃으로 장식된 방에 미희들을 둘러앉히고 맛있는 안주와 술을 준비해놓고 기다리고 있었다.

"볼일은 다 보셨소?"

"도중에 실례했습니다."

"오늘은 장군과 밤새워 마시고 싶구려."

"감사할 따름입니다."

아무렇지 않게 잔을 건넸지만, 조조는 관우의 눈에 운 흔적이 있는 것을 보고 장난스럽게 물었다.

"장군의 눈을 보니 울고 온 모양입니다. 장군도 운다는 것을 처음으로 알았소."

"아하하하, 들키고 말았군요. 제가 사실 잘 웁니다. 두 부인이 밤낮 유 황숙을 그리며 한탄하고 있습니다. 실은 지금도 두 부인이 울기에 따라 운 것입니다."

감추지 않고 그렇게 말하는 관우의 솔직한 태도에 조조는 다시 반한 듯 바라보고 있다가 이윽고 술도 어느 정도 취했을 무렵 장난스럽게 또 이런 질문을 던졌다.

"그대의 수염은 참으로 길고도 아름답소. 그런데 길이가 어느 정도요?"

三

관우의 수염은 유명했다.

길고 아름다운 그의 턱수염은 "아마도 허도에서 가장 멋진 수염일 거야."라는 말이 돌 정도였다.

지금 조조가 수염에 대해 묻자 관우는 가슴을 덮을 만큼 늘어져 있는 그 칠흑 같은 수염을 만지작거리면서 딴전을 부리듯 대답했다.

"일어서면 수염 끝이 상반신 아래로 내려갈 정도입니다. 가을이 되면 만상萬象과 함께 수백 개의 오래된 털이 자연스럽게 빠집니다. 겨울이 되면 초목과 함께 털의 윤기가 없어지는 듯합니다. 그래서 너무 추운 날에는 얼지 않도록 주머니에 넣고 다닙니다만, 손님과 만날 때는 주머니를 풀어 수염을 꺼내놓습니다."

"그 정도로 소중히 여기고 있다는 말이구려. 장군이 취하면 수염도 술로 씻은 것처럼 아름다워 보입니다."

"부끄럽습니다. 수염만 아름답고 오체는 무능하게 놀고먹으며 국가에 봉사하지도 않고 옛 주군과의 형제의 약속도 어기고 헛되이 술에 취해 있으니……. 이런 한심한 신세가 어디 있겠습니까?"

무슨 이야기가 나와도 관우는 즉각 자신을 책망하며 유비를 흠모하는 마음을 드러냈다. 그때마다 조조는 바로 화제를 돌리려고 애쓰지만, 속으로 관우의 충의에 감동하거나 반대로 씁쓰레한 남자의 질투나 불쾌감을 맛보며 조금 복잡한 감정에 휩싸이는 것은 어쩔 수 없었다.

다음 날, 조조는 아침에 입궐할 일이 있어서 관우를 불러 함께 입궐했다. 그리고 비단으로 만든 수염 주머니를 선물했다.

황제는 관우가 비단 주머니를 가슴에 걸고 있는 것을 보고 이상하게 여기며 물었다.

"그것은 무엇이오?"

관우는 주머니를 풀며 대답했다.

"신의 수염이 하도 길기에 승상께서 주머니를 선물해주신 것이옵니다."

훌륭한 대장부의 배 아래까지 내려오는 길고 칠흑 같은 수염을 바라보며 황제는 미소를 지으며 말했다.

"과연 미염공美髥公이오."

이 말이 전해져서 그 이후 다른 사람들도 관우를 습관처럼 "미염공."이라고 불렀다.

궁궐에서 나와 돌아갈 때 조조는 다시 그가 초라하고 야윈 말을 타려고 하는 것을 보고 무인으로서의 행실을 책망했다.

"어째서 더 좋은 사료를 주어 충분히 말을 살찌우지 않는 것이오?"

"아니, 보시는 바와 같이 워낙 이 몸이 크기 때문에 대부분의 말은 살이 빠져서 쇠약해져버립니다."

"그렇구려. 평범한 말은 견디지 못한다는 말이로군."

조조는 급히 근신에게 말 한 필을 가져오게 했다.

그 말은 전신의 털이 불꽃처럼 붉고 눈은 두 개의 방울을 박아 넣은 것 같았다.

"미염공, 그대는 이 말을 본 적이 있소?"

"으, 으음…… 이것은?"

관우는 넋을 잃은 듯 황홀하게 바라보고 있다가 이윽고 무릎을 치며 대답했다.

"이것은 여포가 타던 적토마가 아닙니까?"

“그렇소. 모처럼 노획한 준마이나 거칠어서 누구도 타지 못하고 있었소. 장군이 한번 타보겠소?”

“네? 이 말을 제게 주신다는 말씀입니까?”

관우는 재배하고 희색을 띠었다. 그가 이렇게 기뻐하는 것을 본 것은 조조도 처음이었기 때문에 물었다.

“전에 열 명의 미인을 주어도 기뻐하는 기색을 보이지 않던 장군이 어째서 한 마리의 짐승을 얻고 그리도 기뻐하는 것이오?”

이 말을 들은 관우가 즉시 대답했다.

“하루에 천 리를 달린다는 이런 준마가 있으면 유 황숙의 소재를 알게 됐을 때 하루 안에 달려갈 수 있어서 그것을 혼자 축복하고 있었습니다.”

||| 四 |||

적토마에 올라 유유히 돌아가는 관우를 배웅하던 조조는 ‘괜한 짓을 했구나.’라며 입술을 깨물었다.

어떤 근심도 얼굴에 길게는 드러내지 않는 그도 그날만은 종일 시무룩해 있었다. 장료는 옆에 있던 신하에게 그날 있었던 일을 자세히 듣고 깊이 책임감을 느꼈다.

그래서 조조에게 자청해서 말했다.

“제가 친한 벗으로서 관우와 만나 그의 본심을 타진해보겠습니다.”

조조의 허락을 받은 장료는 며칠 후 관우를 찾아갔다.

이런저런 이야기 끝에 그는 슬쩍 관우의 속내를 떠보았다.

“장군을 승상에게 추천한 것은 이 장료이오만, 이제는 도성에서의 생활에도 안정되었지 싶은데요.”

관우가 대답했다.

"공의 우정, 승상의 은혜, 모두 마음 깊이 새기고 있으나 마음은 항상 유 황숙에게 있고 도성에는 없소. 여기에 있는 관우는 매미의 허물과 같은 것이오."

"아아……."

장료는 그렇게 말하는 관우를 찬찬히 본 후 입을 열었다.

"대장부 된 자는 무릇 하찮은 일에 얽매이지 않고 대국적으로 처신해야 하오. 지금 승상은 조정 최고의 신하요. 패망한 옛 주군을 지나치게 연모하는 것은 어리석은 일이 아닐까요?"

"승상의 높은 은혜는 잘 알고 있소만, 그것은 모두 물질을 주는 형태로밖에는 나타나지 않소. 이 관우와 유 황숙의 맹세는 물질이 아니라 마음과 마음의 언약이었소."

"아니, 그것은 장군의 곡해요. 조 승상에게도 마음은 있소. 아니 용사를 흠모하는 마음은 결코 유 황숙에게 뒤지지 않을 것이오."

"그러나 유 황숙과 나는 아직 병사 한 명, 창 한 자루 없던 빈궁한 시절에 의형제로 맺어져 온갖 고난을 함께하며 생사를 맹세한 사이입니다. 그렇다고 해서 승상의 은혜를 저버릴 수도 없는 일. 만약에 말입니다, 유사시에는 내가 할 수 있는 최선의 일을 해서 평소의 은혜를 갚은 뒤 떠날 생각이오."

"그럼…… 만약 유 황숙이 이 세상에 없다면 어찌할 생각이오?"

"땅속까지라도 따라가야지요."

장료는 더 이상 무인의 철석같은 마음에 대해 함부로 추궁할 수 없었다.

문을 나와 돌아갈 때도 장료는 번민이 깊었다.

'승상은 주군, 의에 있어서는 아버지와 같은 존재다. 관우는 마음의 벗, 의에 있어서는 형제와 같은 존재다……. 형제의 정에 이끌려 아버지를 속인다면 불충 불의. 아아, 어떻게 해야 한단 말인가.'

그러나 그는 관우의 충절을 생각해서라도 자신의 주군에게 거짓을 말할 수 없었다.

"다녀왔습니다. 이런저런 이야기 끝에 마음을 떠보았습니다만, 이곳에 머무를 마음은 없었습니다. 승상의 높은 은혜는 잘 알고 있었습니다만, 그렇다고 해서 마음을 바꿔 두 주군을 섬기는 것은 있을 수 없는 일이라는 태도를 보였습니다."

장료는 솔직하게 사실대로 말했다. 조조도 과연 조조였다. 별로 화를 내는 기색도 없이 장탄식하며 말했다.

"주군을 섬기되 그 본분을 잃지 않는다. 관우는 참으로 천하의 의사로다. 언젠가는 떠나겠지! 언젠가는 돌아갈 테지! 아아, 어쩔 수 없구나."

"그러나 관우는 이런 말도 했습니다. 유사시에는 자신이 할 수 있는 한 최선의 일을 하여 승상의 은혜에 반드시 보답하고 나서 떠나겠다고……."

장료가 하는 말을 듣고 옆에 있던 순욱이 중얼거리듯 자신의 의견을 말했다.

"그렇기도 할 것입니다. 충절忠節을 갖춘 사람은 필히 인자仁者이기도 합니다. 그러므로 관우에게 공을 세우지 못하게 해야 합니다. 공을 세우지 못하면 관우도 어쩔 수 없이 허도에 머무를 것입니다."

백마 들판

一

유비는 매일 하는 일 없이 지내는 것을 괴로워하고 있었다.

여기 하북의 수부首府, 기주성 안에서 빈객의 예우를 받으며 무엇 하나 불편함이 없이 지내지만, 마음은 늘 유쾌하지 않은 듯 보였다.

어쨌거나 식객이었다. 패망한 고독한 몸을 원소에게 의탁하고 나서 소식을 전할 방법도 없이 처자식을 비롯한 주위 사람들이 걱정되기 시작했다.

'부인과 아이는 어떻게 되었을까? 관우와 장비는 무사히 도망쳤을까?'

봄날에 일없이 한가하게 지내는 것이 그저 괴롭고 지루하기만 했다.

'위로는 나라를 위해 일하지도 못하고, 아래로는 일가를 지키지도 못하고 그저 이 한 몸만 편안하게 지내다니 부끄럽구나.'

등불 아래에서 혼자 얼굴을 감싼 채 비참한 생각에 잠기는 밤도 있었다.

물이 따뜻해지고 정원에는 복숭아나무와 자두나무가 붉은 입술을 벌리기 시작했다. 복숭아꽃이 피는 것을 보자 상한 마음이 더욱 아파오며 도원에서 맺었던 맹세가 떠올랐다.

'관우는 아직 살아 있을까? 장비는 어디에 있을까?'

하늘은 무심하다.

올려다보니 봄날의 구름 한 점이 두둥실 떠 있었다.

유비는 그렇게 잠시 하늘을 올려다보고 있었다.

그때 언제 왔는지 뒤에서 그의 어깨를 두드리는 사람이 있었다. 원소였다.

"지루하시지요? 이렇게 따뜻한 봄도 되고 하니."

"아, 누구신가 했더니."

"공과 상의하고 싶은 것이 있어서 왔소. 공의 기탄없는 의견을 듣고 싶소만."

"무슨 일입니까?"

"실은 아들의 병도 낫고 산야의 눈도 녹기 시작해서 이번에야말로 군사를 일으켜 단번에 조조를 칠 생각이오. 그런데 전풍이 내게 간언하기를 지금은 공격하기보다는 지킬 시기다, 오직 국방에 힘을 쏟아 병마를 조련하고 농업을 장려하며 앉아서 기다리면 허도의 조조는 앞으로 2, 3년 안에 반드시 파탄을 일으켜 스스로 붕괴할 것이다, 그때를 기다려 일거에 치는 것이 이익이 아니겠냐고 하더이다."

"과연 안전한 생각입니다. 그러나 전풍은 학자이니 아무래도 탁상공론이 될 것입니다. 저라면 그렇게 하지 않겠습니다."

"그럼, 어떻게 하겠소?"

"때는 바로 지금이라고 믿습니다. 왜냐하면 조조의 병마는 강하고 견고하며 그 용병술 역시 뛰어납니다만, 요즘 점차 그도 자만의 조짐을 보이며 조정은 물론 민간에서도 꺼리고 있고 특히 전에 국구 동승을 비롯해 수백 명에 달하는 사람들을 대낮에 도성에서 처형하여 민심도 틀림없이 떠났을 것입니다. 유학자의 말을 듣고 지금 마음 편히 지낸다면 백년의 후회를 남길 것입니다."

"음, 그렇군. 듣고 보니 전풍은 늘 학자인 체하지만 제 집에 쌓은 부를 지키기에 급급한 성격이오. 그는 이미 지금의 위치에 만족하여 단지 여생의 무사안일만을 바라기에 그런 보수적인 생각을 나에게도 권하는 것일지도 모르겠소."

그 밖에도 뭔가 마음에 들지 않는 일이 있었을 것이다. 원소는 그 후 전풍을 불러 그의 소극적인 의견을 통렬히 비판했다.

'누군가 뒤에서 주군을 부추긴 자가 있는 게 분명해.'

전풍은 이렇게 직감하고 지금이야말로 주군을 위해 일할 때라는 듯 원소의 마음을 거스르는 것도 무릅쓰고 반론을 제기했다.

"조조의 실력과 신망은 결코 밖에서 보이는 것처럼 미약한 것이 아닙니다. 사정도 잘 모르면서 군사를 일으키면 대패를 당할 것입니다."

"네놈은 하북의 관료라는 자가 하북의 군병을 그토록 얕보는 것이냐?"

원소는 화를 내며 전풍을 베려고까지 했지만, 유비와 다른 사람들이 말렸기 때문에 목숨만은 살려주었다.

"불길한 놈이다. 옥에 가두어라."

그는 사사로운 감정에서 큰 결심으로 옮겨 갔다. 즉시 하북의 4개 주에 격문을 띄워 조조의 죄 10개 조를 천명하고 이렇게 명령했다.

"각 주는 병마와 무기를 준비하여 백마 들판으로 집결하라."

二

백마 들판이란 하북과 하남의 경계에 해당하는 평야를 말한다.

4개 주의 병사들이 속속 들판으로 모여들었다.

과연 부강한 대국이었다. 병장기와 군장이 어느 부대나 어마어마했다.

이번 출진을 앞두고 장수들은 자신의 일족을 향해 "천재일우千載一遇의 기회다."라며 공명과 공훈을 세울 것을 독려했지만, 저수沮授의 출진만은 다른 사람들과 달랐다.

저수는 전풍과 함께 군부의 요직에 있는 몸이었다. 그리고 전풍과는 평소 사이가 좋았다. 그 전풍이 주군에게 정론을 주장했다가 옥에 갇히는 것을 보고 '세상일이란 알다가도 모르겠구나.' 하고 덧없음을 느끼며 출진하기 전날 밤 일가친척을 모아놓고 전 재산을 남김없이 나눠주며 말했다.

"이번 전쟁은 천에 하나도 승산이 없다. 혹시 운이 좋아 아군이 이긴다면 그야말로 단번에 천하가 요동칠 것이고, 반대로 패한다면 비참하기가 이루 말할 수 없을 것이다. 어느 쪽이든 나는 살아 돌아오기가 힘들 것으로 본다."

그리고 그는 출진했다.

국경인 백마 들판에는 소수이긴 하지만 조조의 상비병이 주둔해 있었다. 그러나 원소의 대군이 도착하면 잠시도 버티지 못할 것을 알고 모두 흩어져 도망가고 말았다.

기주의 맹장으로 이름난 안량顔良이 선봉에 나설 것을 명령받았다. 기세를 타고 안량은 벌써 여양(하남성 준현 부근) 방면까지 진격했다.

저수는 걱정하며 원소에게 말했다.

"안량의 용맹은 높이 살 만합니다만, 그의 생각은 그리 깊지 못합니다. 그렇다고 선봉장으로 두 명을 임명할 수도 없는 노릇이고."

원소는 들은 척도 하지 않았다.

"이렇게 눈에 보이게 이기고 있는 전쟁을 어째서 변경하라는 것인가? 저렇게 무서운 기세로 분투하는 용장에게 후퇴하라고 한다면 전군의 사기가 꺾일 것이다. 그냥 입 다물고 구경이나 해라."

한편 국경 지방에서 잇달아 들어오는 급보와 급작스런 군마의 동원에 도성 안은 당장이라도 천지가 뒤집힐 것 같은 혼란에 빠졌다.

그런 난리 중에 긴 수염을 봄바람에 날리며 유유히 상부로 들어가는 사람이 있었으니 바로 장신의 관우였다.

조조를 만난 관우는 먼저 자원하고 나섰다.

"평소의 은혜에 보답하고 싶습니다. 이번 전투에 저를 꼭 선봉에 세워주십시오."

조조는 기쁜 표정을 지었으나 바로 뭔가가 생각난 듯 황급히 거절했다.

"아니, 이번 전쟁에는 나설 필요가 없소. 좀 더 중요한 일이 있을 때 그때 나서주시오."

조조가 너무도 단호하게 거절하자 관우는 대답할 말을 잃고 힘없이 돌아갔다.

얼마 지나지 않아 조조 군 15만은 백마 들판이 바라다보이는 서쪽 산을 따라 포진하고 조조가 직접 지휘에 나섰다.

멀리까지 바라보니 끝도 없이 넓은 들판에 안량의 정병 10만여 기가 철형凸形으로 한 덩어리가 되어 아군의 우익을 무너뜨리며 들불이 풀을 태우듯 밀어닥치고 있었다.

"송헌宋憲, 송헌, 송헌은 어디 있느냐!"

조조가 부르는 소리에 송헌이 달려왔다.

"예, 부르셨습니까?"

조조는 무엇을 봤는지 아주 엄하게 명령했다.

"너는 이전에 여포 휘하에 있던 맹장이다. 지금 적의 선봉을 보니 기주 제일이라는 안량이 우쭐대며 혼자 전장을 휘젓고 있다. 저놈의 목을 가져오라. 지금 당장!"

송헌은 흥분으로 설레어 몸을 떨며 말을 달려 나갔으나, 안량과 맞서자마자 단칼에 한 줄기의 붉은 피를 뿜으며 숨이 끊어지고 말았다.

보은을 위한 일전

||| 一 |||

안량이 질주하는 곳은 초목도 모두 붉게 물들었다.

조조의 휘하에도 맹장이 많기는 하나 한 사람도 그를 당해낼 자가 없었다.

"다들 보아라. 겨우 안량 한 놈 때문에 이게 무슨 꼴이냐! 저놈의 목을 베어올 자가 아무도 없는가?"

조조는 본진의 높은 곳에 서서 소리 높여 말했다.

"저에게 맡겨주십시오. 벗 송헌의 원수를 갚겠습니다."

"오오, 위속魏續인가, 어서 출진하라."

위속은 긴 창을 들고 곧장 달려나가 용감하게 말 머리를 부딪치며 안량에게 도전했다. 두 사람은 누런 흙먼지를 일으키며 7, 8합을 싸웠으나 안량의 칼에 위속도 말도 모두 베이고 말았다.

계속해서 이름을 대며 달려드는 자, 포위하는 자, 모두 안량의 좋은 먹잇감만 될 뿐이었다. 천하의 조조도 간담이 서늘해져서는 혀를 차며 전율했다.

"아아, 적이지만 무시무시한 장수구나."

단 한 명으로 인해 우익이 궤멸되고 그 여파가 중군에까지 미쳤다. 승상기를 둘러싼 각 군 모두 그저 두려움에 떨며 몸을 사리고 있을 뿐이었다.

그때 누군가가 소리쳤다.

"오오, 서황이 나섰다. 서황이 공격한다."

그 소리에 모두 기대에 차서 단번에 생기가 돌기 시작했다.

보니 지금 중군의 한쪽에서 서리처럼 하얀 털의 말을 타고 손에는 도끼를 들고 흰 불꽃처럼 안량을 향해 소리치며 달려나가는 용사가 있었다. 그는 조조가 총애하는 무사이자 허도 제일의 용장인 서황이었다.

두 영웅의 칼과 도끼는 맹렬하게 불꽃을 튀기며 맞부딪쳤다. 20합, 50합, 70합. 무기조차 부서질 정도로 싸웠으나 좀처럼 승부가 나지 않았다.

그러나 안량의 거칠고 끈질긴 공격에 약관弱冠의 서황은 점점 지쳐갔다. 결국 그토록 용맹한 서황도 더는 버티지 못할 것 같다고 판단했는지 안량을 향해 도끼를 던지고 어지럽게 싸우는 병사들 속으로 달아나버렸다.

때마침 날이 저물고 있었다.

조조는 어쩔 수 없이 잠시 진영을 10리 밖으로 후퇴시키고 그날의 위기에서 간신히 벗어났다. 그러나 자신은 위속과 송헌 두 대장을 비롯해 엄청난 병력 손실과 불명예를 입은 채 안량의 이름만 드높여준 것이 분통이 터져서 견딜 수가 없었다.

이튿날 아침, 정욱이 조조에게 의견을 말했다.

"안량을 쓰러뜨릴 수 있는 사람은 관우밖에 없습니다. 지금이야말로 관우를 진영으로 부를 때입니다."

그것은 조조도 생각하고 있었다. 그러나 관우에게 공을 세우게 하면 그것을 기회로 자신을 떠날 것이라고 생각하고 있었기 때문에 망설이던 차였다.

"평소 은혜를 베푼 것은 이럴 때 도움을 받고자 함이 아니었습니까? 만약 관우가 안량을 쓰러뜨린다면 더 큰 은혜를 베풀어 중히 쓰시면 됩니다. 만약 안량에게 패하고 돌아올 정도라면 그야말로 그를 단념하기도 쉬울 것입니다."

"그래, 과연 옳은 말이다."

조조는 즉시 관우에게 곧장 전장으로 와달라는 친서를 써서 사자에게 주었다.

관우는 기뻤다.

'드디어 때가 왔구나.'

바로 전장으로 떠날 준비를 하고 내원으로 가서 두 부인에게 자세한 사정을 이야기한 후 잠시 작별을 고했다. 그 말만 듣고도 두 부인은 벌써 눈물을 흘리며 비단 소매로 얼굴을 감쌌다.

"몸조심하세요. 그리고 전장에 가시면 황숙의 행방도 알아봐주세요. 실낱같은 단서만이라도."

"예, 걱정하지 마십시오. 저도 실은 혼자서 그런 생각을 하고 있었습니다. 머지않아 반드시 만나 뵙게 해드릴 테니 너무 한탄하지 마십시오. 그럼, 다녀오겠습니다."

청룡언월도를 들고 일어서자 두 부인은 외문 근처까지 배웅했다. 관우는 적토마에 오르자마자 백마 들판으로 서둘러 떠났다.

||| 二 |||

지금 조조는 갑옷으로 무장한 장수들에게 둘러싸여 있었다. 포진도 같은 것을 가운데 놓고 둘러서서 머리를 맞대고 의논하는 중이었다.

"방금 관 장군이 진영에 당도했습니다."

뒤에서 병졸이 소리 높여 고했다.

"뭐, 관우가 왔다고?"

조조는 몹시 기뻐하면서 다른 장수들을 남겨두고 성큼성큼 직접 맞이하러 나갔다.

관우는 진영 밖에 막 도착하여 말고삐를 매고 있었다. 조조의 마중에 황송하여 말안장을 두드리며 말했다.

"부르심을 받아 하사하신 적토마를 타고 다리 힘을 시험해보면서 왔습니다."

조조는 지난 며칠 동안 아군이 당한 참패를 빠짐없이 관우에게 이야기했다.

"어쨌거나 전장을 한번 둘러봅시다."

그는 병졸에게 술병을 들게 하고 자신이 앞장서서 산에 올랐다.

"알겠습니다."

관우는 수염 위에 팔짱을 끼고 십방의 들판을 둘러보았다.

들판에 가득한 양군의 정병은 마치 대지에 메밀껍질을 질서정연하게 늘어놓아 그린 진형도처럼 보였다.

하북군은 주역周易의 산목算木을 늘어놓은 형상인 어린진魚鱗陣을 치고 있었다. 조조의 진영은 넓게 퍼진 조운진鳥雲陣으로 그에 맞서고 있었다.

그 일각과 일각이 지금은 어지럽게 싸움을 벌이고 있었다. 때때로 함성이 하늘을 울리고 창칼은 햇빛을 받아 허옇게 번뜩였다.

함성이 울릴 때마다 청홍색 깃발과 황록색 깃발은 폭풍우와 같이 흔들렸다.

정찰을 나갔던 한 장수가 달려 올라왔다. 그리고 조조로부터 멀리 떨어진 곳에 무릎을 꿇고 숨을 헐떡이며 보고했다.

"또 적장 안량이 진두에 섰습니다. 보시는 바와 같이 안량이라는 말만 듣고도 아군 병사들은 겁을 집어먹고 아무리 독려해도 사기가 오르지 않습니다."

조조가 신음하듯 경탄의 말을 뱉었다.

"과연 강대국이로다. 지금까지 내가 적으로 상대한 다른 어떤 군대와도 그 질과 병장기의 수준이 다르구나. 하북의 인마는 참으로 용맹하다."

관우가 웃으며 말했다.

"승상, 승상의 눈에는 그렇게 보이십니까? 제 눈에는 무덤에 매장하려고 늘어놓은 개와 닭의 목상이나 흙으로 만든 인형으로밖에는 보이지 않습니다만."

"아니요. 적의 사기가 왕성한 것은 아군과 비교가 되지 않아요. 말은 용과 같고 사람은 호랑이와 같소. 저기 나부끼는 멋진 대장기가 보이지 않소?"

"하하하하, 저렇게 허세를 부리는 자들에게 금으로 된 활에 옥으로 된 화살을 메기는 것이 오히려 아까울 정도입니다."

조조가 손가락으로 가리키며 말했다.

"보시오, 관 장군. 서기 나부끼는 비단 깃발 아래 지금 말을 쉬게 하며 조용히 우리 진영을 노려보고 있는 자가 바로 우리 군을 끊임없이 괴롭히고 있는 안량이오. 만 명이 덤벼도 당해내지 못할 것 같은 용장같이 보이지 않소?"

"글쎄요, 안량은 등에 팻말을 세워 자신의 목을 팔고 있는 듯한 모습을 하고 있지 않습니까?"

"허허, 평소에는 늘 겸손하던 관 장군이 오늘따라 유난히 더 큰소리를 치는 것 같구려."

"그럴 것입니다. 여기는 전장이니까요."

"그렇다 해도 적을 너무 가볍게 보는 것 아니오?"

"아닙니다……. 결코 큰소리친 것이 아니라는 것을 지금 당장 보여드리겠습니다."

관우는 몸을 한 번 떨더니 늠름하게 잘라 말했다.

"안량의 머리를 나에게 가져오겠다는 것이오?"

"전쟁 중에는 농담이 없는 법입니다."

관우는 병졸에게 적토마를 끌고 오게 하여 투구를 벗어 안장에 매달았다. 그리고 청룡언월도를 옆구리에 끼고 즉시 산길을 달려 내려갔다.

||| 三 |||

때는 바야흐로 봄.

하남의 풀도 돋아나고 하북의 산도 연둣빛이었다. 부드러운 강바람이 관우의 수염을 날리고 적토마의 갈기를 흔들었다.

오랫동안 전장에 나가지 않은 적토마는 여포 이후 새 주인을 만나 오늘 꼬리를 치며 소리 높여 울었다.

"비켜라. 관운장의 길을 막아 쓸데없이 목숨을 버리지 마라."

82근이라는 그의 청룡도는 안장 위에서 좌우의 적병을 유유히 베기 시작했다.

압도적인 우세를 자랑하던 하북군은 갑자기 무너지기 시작한 아군을 보고 의아했다.

"누가 온 것이냐?"

"관우, 관우라는 자가 누구냐?"

그를 알건 모르건 폭풍을 벗어날 수는 없었다. 관우가 지나가는 곳은 즉시 겹겹이 시체가 쌓였다.

그 모습을 원서《삼국지연의》에서는 이렇게 표현했다.

향상香象이 바다를 건너며 물살을 가르듯 대군을 가르며 앞을 가로막는 자를 풀을 베듯 베며 지나간다.

※향상 : 푸른빛으로 향기가 나며, 바다나 강을 돌아다닌다는 상상 속의 코끼리.

"거참, 희한한 놈이군. 유비의 의제 관우라고? 좋다."

안량은 그 모습을 보고 즉시 대장기 아래를 떠나 번개처럼 말을 몰아 달려왔다. 그러나 관우는 더 빠르게 대장기를 목표로 다가가고 있었다. 안량을 발견했던 것이다.

적토마의 꼬리가 높게 춤을 추었다.

붉은 번개가 목표를 향해 번개를 내리꽂는 듯한 기세였다.

"안량이 네놈이냐!"

"내가 바로……."

그러나 다음 말을 할 틈이 없었다.

언월 청룡도가 바람을 가르며 안량을 내려쳤다.

번개 같은 속도와 이상한 압력에 몸을 피할 수조차 없었다.

안량은 공격 한 번 못 해보고 언월도 한 방에 몸이 두 쪽이 나고 말았다.

쇠와 쇠가 부딪치는 엄청난 소리가 들렸다. 투구와 갑옷이 잘리고 몸에서 뿜어져 나온 피로 하늘에 무지개를 그리며 안량의 시체가 땅바닥에 쿵 떨어졌다.

관우는 그 머리를 잘라서 침착하고 느긋하게 말 안장에 붙들어 맸다. 그리고 즉시 적과 아군 사이를 달려 어디론가 가버렸는데, 그가 그러는 동안 전장에는 마치 사람이 전혀 없는 듯했다.

하북의 병사들은 깃발을 내던지고 북도 버려둔 채 무너지기 시작했다.

물론 기회를 포착하는 데 누구보다도 민첩한 조조는 즉시 총공격을 명령했다.

"바로 지금이다!"

북소리로 땅을 울리며 공격 태세로 돌아섰다.

장료와 허저 등도 분투하며 지난 며칠 동안의 패전을 보기 좋게 되갚아주었다.

관우는 어느새 조조가 있는 곳으로 돌아와 있었다. 안량의 머리는 조조 앞에 놓였다. 조조는 그저 혀를 내두를 뿐이었다.

"관 장군의 용맹은 사람의 용맹이 아니오. 귀신의 위엄이라고 해야 할 것이오."

관우가 대답했다.

"무슨 말씀을. 저 같은 사람은 아직 그런 말을 들을 자격이 못 됩니다. 저의 의제로 연인燕人 장비라는 자가 있습니다만, 그는 대군 속으로 들어가 대장군의 머리를 복숭아 따는 것보다 쉽게 가져옵니다. 장비에게 안량의 목을 가져오게 했다면 주머니 속의 물건을 꺼내듯 쉽게 가져왔을 것입니다."

조조는 간담이 서늘해졌다. 그리고 주위에 있는 자들에게 농담조로 말했다.

"자네들도 기억해두게. 연인 장비라는 이름을 허리띠 끝이나 옷깃 뒤에라도 새겨놔. 그리고 그런 초인적인 맹장을 만나거든 절대로 경솔하게 맞서 싸워서는 안 되네."

황하를 건너다

||| 一 |||

안량이 관우의 손에 목숨을 잃자 안량의 지휘하에 있던 군대는 지리멸렬하여 패주를 거듭했다.

후방에서 원군을 보내주어 겨우 군세가 약화되는 것만은 막았으나, 안량의 죽음으로 인해 원소의 본진도 적지 않은 동요의 기색을 보였다.

"도대체 안량 같은 호걸의 목숨을 그토록 쉽게 뺏은 자가 누구냐? 평범한 자는 아닌 것이 분명하다."

원소가 편치 않은 안색으로 주위를 둘러보며 물었다.

저수가 대답했다.

"아마도 그자는 유비의 의제인 관우라는 자일 것입니다. 관우 외에는 그렇게 손쉽게 안량을 벨 용사는 없습니다."

그러나 원소는 의심하며 믿지 않았다.

"그럴 리가 없다. 지금 유비는 나에게 몸을 의탁하고 있고 이 자리에도 종군하지 않았는가."

그러나 확인하기 위해 전선에서 패주해온 병사를 한 명 불러 물어보았다.

"안량을 벤 자가 어떤 자였는지 목격한 것을 말하라."

안량이 죽는 순간을 보았다는 병사는 본 대로 고했다.

"무서울 정도로 붉은 얼굴에 수염이 멋진 장수였습니다. 긴 자루 끝에 흰 칼이 달린 커다란 무기를 들고 단번에 안량 장군을 베어버렸습니다. 그러고는 침착하게 안량 장군의 머리를 붉은 말의 안장에 붙들어 매고 돌아가면서 '관운장의 길을 막지 마라!'라고 큰 소리로 외치며 달려갔습니다."

원소는 말로 표현하기 어려운 표정으로 듣고 있다가 즉시 노기를 드러내며 좌우에 있는 자들에게 소리쳤다.

"유비를 끌고 와라!"

무사들이 앞다투어 유비의 진영으로 달려가 다짜고짜 그의 팔을 비틀어 잡고 원소 앞으로 끌고 왔다.

원소는 그를 보자마자 격분하며 욕설을 퍼부었다.

"배은망덕한 놈! 감히 조조와 내통하여 우리 군의 소중한 용장을 의제인 관우의 손에 죽게 해? 안량은 살아 돌아오지 못했으나 적어도 네놈의 목을 베서 안량의 넋을 달래주어야겠다. 여봐라, 이 배은망덕한 놈의 목을 내가 보는 앞에서 쳐라!"

유비는 조금도 두려워하지 않았다. 자신은 전혀 모르는 일이었기 때문이다.

"잠시만 기다려주십시오. 평소에 신중하신 장군께서 오늘은 어찌하여 이처럼 격노하시는 것입니까? 조조는 오랫동안 저를 죽이려 하고 있습니다. 무슨 이유로 그런 조조를 도와 지금 몸을 의탁하고 있는 은인의 군대를 불리하게 만들겠습니까? 또 붉은 얼굴에 멋진 수염의 무사라고 들었습니다만, 세상에는 관우와 비슷하게 생긴 장수도 있습니다. 조조는 유명한 전략가이니 일부러 그런 인물을 찾아내어 아군 사이에 내분을 일으키려는 속셈일지도 모릅니다. 어쨌거나 일개 병사의 말을 믿고 저의 목을 치라는 것은 평소의 온정에 너무도 어울리지 않는 짧은 생각이 아닐까 생각합니다."

듣고 보니 일리 있는 말이었기에 원소의 마음은 곧 진정되었다.

무장의 중요한 자격 중의 하나는 판단력이다. 이 판단력은 날카로운 직감력에서 나온다. 원소의 단점은 그 직감이 무디다는 것이었다.

유비는 계속해서 변명했다.

"서주에서 패하여 도망쳐와 몸을 의탁한 이후 아직 저의 처자식은 물론 일족의 소식조차 듣지 못했습니다. 그런데 어떻게 관우와 연락할 방법이 있었겠습니까? 저의 일상은 장군도 늘 보고 계시지 않습니까?"

"과연 그렇군. 애당초 저수가 나빴소. 저수가 나를 꾀어서 이런 사달이 난 것이오. 용서하시오."

원소는 유비를 상좌로 청하고 저수에게 사죄의 예를 취하게 한 후 패전을 만회하기 위한 계책을 논의하기 시작했다.

그때 시립해 있던 장수들 사이에서 한 명의 장수가 앞으로 나오며 큰 소리로 말했다.

"다음 선봉으로 형 안량을 대신해 동생인 저를 보내주십시오."

게딱지 같은 얼굴에 고르지 못한 이를 허옇게 드러낸 채 입술을 깨물고, 머리털과 수염이 붉고 곱슬곱슬하여 보기에 무서운 용모를 하고 있었으나, 평소에는 무뚝뚝하고 말수가 적은 문추文醜였다.

||| 二 |||

문추는 안량의 동생으로 하북의 명장 중 한 명이었다.

"오오, 문추가 아닌가. 정말 장하구나. 자네가 아니면 누가 안량의 원한을 갚겠는가? 어서 출격하라."

원소는 그에게 10만의 정병을 내주었다.

문추는 그날 황하까지 나갔다.

조조는 진을 물려 하남에 진을 치고 있었다.

"적에게는 별반 싸울 의지가 없다. 무서워 떨며 그저 지키기만 할 뿐이다."

깃발과 병마, 10만 정병은 수많은 배에 나눠 타고 강을 건너 황하의 건너편 기슭으로 진격했다.

저수는 걱정하며 원소를 찬찬히 설득했다.

"아무래도 문추의 용병술은 위험해서 보고 있을 수가 없습니다. 상황에 따른 변화도 없고, 묘미도 없습니다. 그저 전진만 하면 된다고 생각하는 듯합니다. 지금으로선 우선 관도官渡(하남성 개봉 부근)와 연진延津(하남성)의 양편으로 군사를 나눠 승리를 거두면서 천천히 밀고 들어가는 것이 상책입니다. 그렇다면 실수는 없을 것입니다. 경솔하게 황하를 건넜다가 만약 아군이 불리해진다면 그때는 살아 돌아올 자는 없을 것입니다."

원소는 다른 사람의 조언을 듣지 않을 정도로 완고하지는 않았으나 웬일인지 이때만은 심하게 고집을 부렸다.

"병사들 움식임에 신속함이 중요하다는 말이 있는 것을 모르는가? 함부로 혀를 놀려 아군의 사기를 떨어뜨리지 마라."

저수는 아무 말 없이 밖으로 나와 장탄식을 했다.

"이 드넓은 황하를 내가 어찌 건너겠는가."

그날부터 저수는 병을 핑계로 회의에도 나오지 않았다.

원소도 조금 말이 지나쳤나 싶어 후회했으나 계속 사람을 보내 부르는 것도 짜증이 나서 내버려두었다.

그러는 사이에 유비가 탄원했다.

"평소에 큰 은혜를 입었음에도 중군에서 아무 공도 세우지 못하고 있는 것은 제가 바라는 바가 아닙니다. 이런 때야말로 장군의 높은 은혜에 보답하고 싶고, 또 안량을 벤 관우라고 칭하는 자의 실체를 파악하고자 하니. 부디 저도 선봉으로 나가게 해주십시오."

원소는 허락했다.

그러자 문추가 홀로 작은 배를 타고 중군으로 돌아왔다.

"선봉장이 저 혼자만으로는 안심할 수 없다는 뜻입니까?"

"그런 것이 아니다. 어째서 그런 불평 섞인 말을 하는가?"

"하지만 유비는 이전부터 전쟁에 능하지 못하고 나약한 대장으로 유명한 자가 아닙니까? 그런데도 선봉에 세운 것이 무슨 이유인지 모르겠습니다."

"아니, 나쁘게 생각하지 말게. 그건 유비의 능력을 시험해보기 위한 것이니까."

"그럼 저의 병력을 4분의 1쯤 나눠주어 2진에 둬도 됩니까?"

"음, 그건 좋을 대로 하게."

원소는 그가 말하는 대로 병력 배치를 그에게 일임했다.

여기서도 원소의 성격을 엿볼 수 있다. 무슨 일에나 우유부단한 것이다. 전쟁이라는 국가적인 대사를 치르면서도 자신만의 독창적인 의견과 신념이 전혀 없었다.

단지 그는 조상 대대로 명문가라는 유산과 자존심만으로 신하들을 대하고 있었다. 그의 태도와 풍모가 원체 근사하기 때문에 평소에는 그 결함도 눈에 띄지 않았으나, 전장에 나오면 유산도 좋은 집안도 풍채도 소용없다. 여기서는 인간의 실상만 있다. 총수의 정신력에 의한 명확한 판단과 예찰豫察이 그야말로 전군의 운명을 좌우하게 된다.

문추는 진영으로 돌아가서 원 장군의 명령이라며 총병력에서 약한 병사로 4분의 1을 유비에게 나누어주고 2진으로 물러나게 했다. 그리고 자신은 우수한 병사만 추려 제1진이라 칭하고 전진하기 시작했다.

등불 점

||| 一 |||

관우가 안량을 벤 뒤로 조조는 더욱 그를 귀히 여겼다.

'무슨 일이 있어도 관우를 내 휘하에 두어야겠다.'

그는 속으로 이런 다짐을 하며 관우의 공을 황제에게 상주하여 일부러 조정의 주물공에게 봉후封侯(제후에 봉하다)의 도장을 만들게 했다.

도장이 완성되자 그는 장료를 사자로 보내 관우에게 전달했다.

"……이것을 나에게 하사하시는 것이오?"

관우는 일단 은의恩誼에 감사했지만 받지 않고 도장에 새겨진 글씨를 보고 있었다.

도장에는 수정후지인壽亭侯之印이라고 새겨져 있었다. 즉, 수정후에 봉한다는 사령辭令이었다.

"돌려드리겠소. 가지고 돌아가시오."

"받지 않겠다고요?"

"호의는 감사하오만."

"이유를 물어도 되겠소?"

"어쨌거나 이것은……."

아무리 설득해도 관우는 받으려 하지 않았다. 장료는 할 수 없이 가지고 돌아가 사실대로 고했다.

조조는 생각에 잠겨 있다가 입을 열었다.

"도장을 보기 전에 거절했는가, 도장에 새겨진 글씨를 보고 나서 거절했는가?"

"보았습니다. 도장에 새겨진 다섯 글자를 가만히 들여다보고 나서 거절했습니다."

"그렇다면 내 실수다."

조조는 뭔가를 깨달은 듯 즉시 주물공을 불러 도장을 다시 만들게 했다.

새로 만들어진 도장에는 한漢이라는 글자가 하나 더 첨가되어 '한수정후지인'이라는 여섯 글자가 새겨져 있었다.

다시 그것을 장료에게 들려 보내니 관우가 보고 껄껄 웃었다.

"승상은 참으로 나의 마음을 잘 알고 계시는구려. 만약 우리처럼 함께 신하의 길을 밟는 분이었다면 우리와도 좋은 의형제가 될 수 있었을 텐데."

그렇게 말하고 이번에는 기분 좋게 도장을 받았다.

그때 전장에서 파발마가 도착해 급보를 전했다.

"원소 군의 장수로 안량의 아우인 문추가 황하를 건너 연진까지 공격해 들어왔습니다."

조조는 당황하지 않았다.

우선 행정관을 먼저 파견하여 그 지방의 백성들을 모두 서하西河라는 곳으로 옮기게 했다. 다음으로 직접 병사들을 이끌고 가다가 도중에 이상한 명령을 내렸다.

"모든 수송부대가 앞에 서서 전진하라. 전투부대는 훨씬 뒤에서 따라가도록 하라."

'이렇게 행군하기도 하나?'

병사들은 의아했으나 어쩔 수 없이 조조의 명령대로 진을 변형하여 연진까지 달려갔다. 그러자 예상대로 전투 장비를 갖추지 않은 수송부대는 제일 먼저 적에게 공격당했다. 엄청난 군량을 버려두고 조조 군의 선두는 사방으로 달아나버렸다.

"걱정할 것 없다."

조조는 소란을 떠는 아군을 진정시키고 명령을 내렸다.

"군량 따위는 버려두고 아군의 한 부대는 북쪽으로 우회하여 황하를 따라 적의 퇴로를 끊고 다른 한 부대는 도망치는 것처럼 남쪽의 언덕으로 달려 올라가라."

싸우기 전부터 이미 조조 군이 흩어지기 시작하며 병사들이 응집력을 잃고 사기도 오르지 않는 모습을 보고 문추는 자만심에 빠졌다.

"보아라. 적은 이미 우리의 파죽지세破竹之勢에 겁을 먹고 당장이라도 달아나려 하고 있다."

그리고 이 기회를 놓치지 않겠다는 듯 그의 병사들은 마음껏 날뛰었다. 투구와 갑옷도 벗고 느긋하게 언덕 위에 숨어 있던 조조의 부하들도 조금은 안절부절못했다.

"어떻게 되는 걸까? 오늘의 전투는……. 이러다가 결국 여기도."

그들은 정말로 당장이라도 도망칠 기세였다.

그때 순유가 그늘에서 주위에 있는 자들에게 호통쳤다.

"아니다. 이것은 뜻밖의 행운이다. 이것으로 된 거야!"

그때 조조가 무서운 눈초리로 순유의 얼굴을 노려보았다.

순유는 깜짝 놀라 한 손으로 입을 막고 한 손으로는 머리를 긁적였다.

||| 二 |||

순유는 조조의 계략을 잘 알고 있었다. 그래서 당장이라도 도망칠 것 같은 아군에게 그만 자신의 생각을 말하고 만 것인데, 지금이야말로 중요한 전기戰機였기에 '쓸데없는 말을 하지 말라!'고 조조에게 눈빛으로 혼나는 것도 당연했다.

우선 자기편부터 속인다. 조조의 계략은 얼마 지나지 않아 예상대로 되기 시작했다.

문추가 대장인 하북군은 마치 적이 없는 것처럼 전선前線을 펼쳤고, 한때 7만 병사들의 후방에 적이라고는 단 한 명도 없었다.

'전과는 충분히 올렸다. 승리에 취해서 단독으로 너무 깊이 들어가는 것도 위험하다.'

생각이 여기에 미치자 문추도 해가 질 때쯤 다시 한번 각 진영이 결집할 것을 명했다.

점령한 후방 쪽에는 제일 먼저 궤멸해버린 조조의 수송부대가 버리고 간 막대한 군량과 군수품이 여기저기에 흩어져 있었다.

"그래, 노획품은 모두 우리 부대로 가지고 오자."

후방으로 물러나자 이번에는 각 부대가 경쟁하듯 서로 군량을 차지하기 시작했다.

산은 이미 어둠에 잠겨 있었다. 조조는 정찰병으로부터 적의 상황을 듣고 명령을 내렸다.

"모두 언덕을 내려가라."

전군이 산기슭으로 내려가자 조조는 봉화를 올리게 했다.

낮 동안에 패하여 도망가는 것처럼 위장하고 실은 들과 언덕과 강과 숲에 숨어 있던 조조 군은 봉화를 보고 땅에서 솟아나듯 사방팔방에서 떨쳐 일어났다.

조조도 들판을 질주하면서 소리쳤다.

"낮에 버려둔 군량은 적을 커다란 그물에 걸리게 할 미끼였다. 그물을 조이듯 잡아 한 마리도 놓쳐서는 안 된다."

그는 계속해서 질타하고 독려했다.

"문추를 생포하라. 문추도 하북의 명장이다. 그를 생포하면 안량을 벤 공로에 필적한다!"

휘하의 장료와 서황은 앞다투어 돌진하여 마침내 어지럽게 싸우는 병사들 속에서 문추를 발견했다.

"이놈, 문추야. 비겁하게 어디로 도망가느냐?"

"뭐라고?"

뒤에서 들리는 소리에 문추는 말 위에서 돌아보며 철궁에 큰 화살을 메겨 쏘았다.

화살은 장료의 얼굴 쪽으로 날아왔다.

장료는 순간적으로 고개를 숙였고 화살은 투구 끈만 끊고 지나갔다.

"이놈!"

성난 장료가 뒤로 다가가려는 찰나 두 개의 화살이 날아왔다. 이번에는 피할 틈도 없이 화살이 그의 얼굴에 박혔다.

장료가 말에서 비명을 지르며 떨어지자 문추가 말 머리를 돌려 장료에게 달려갔다. 목을 잘라 가져가려는 속셈이었다.

"대담한 놈이군."

서황이 달려가 장료를 뒤쪽으로 도망가게 했다. 서황이 잘 사용하는 무기는 늘 지니고 다녀 익숙한 커다란 도끼였다. 스스로 백염부白焰斧라 불렀다. 그것을 휘두르며 문추를 향해 달려갔다.

문추는 한발 물러서더니 철궁을 안장에 끼워 넣고, 대검을 뽑아 들더니 쓴웃음을 지으며 말했다.

"어이, 애송이. 이제 전쟁에 좀 익숙해졌느냐?"

"큰소리는 나중에 쳐라."

젊은 서황은 혈기왕성했다. 비록 약관의 나이이지만, 그도 조조 휘하의 용장 중 한 명, 그렇게 호락호락한 상대가 아니었다.

대검과 백염부는 30여 합 정도를 불꽃을 튀기며 맞부딪쳤다. 서황도 지쳤고, 문추도 사방에서 적병의 수가 늘어나는 것을 느끼고 자세가 흐트러지기 시작했다.

사나운 말을 탄 한 부대가 근처를 지나갔다. 문추는 이때다 싶어 황하 쪽으로 달아났다. 그때 등에 백기를 꽂고 10여 기 정도의 부하들을 거느린 장수가 맞은편에서 걸어왔다.

'적이야, 아군이야?'

의심으로 경계하면서 가까이 다가가 그가 꽂고 있는 하얀 깃발을 보니 먹으로 검게 '한수정후 운장 관우'라고 쓰여 있었다.

||| 三 |||

수수께끼의 적장 관우?

형 안량을 죽인 의문의 인물?

문추는 흠칫 놀라 말을 세우고 잠시 햇빛에 반짝이는 황하의 수면을 응시했다. 그러자 어깨에 작은 깃발을 꽂은 적장이 벌써 문추를 알아보고 말에 채찍질하며 달려왔다.

"패장 문추야, 뭘 그리 방황하고 있느냐? 어서 이 관우에게 머리를 바쳐라!"

적토마를 타고 있는 사람은 붉은 얼굴에 긴 수염의 틀림없는 관우였다.

"앗! 얼마 전에 나의 형 안량을 벤 놈이 바로 네놈이었구나."

소리를 지르고 문추도 즉시 검을 휘두르며 달려들었다.

관우의 번쩍이는 청룡언월도.

문추의 빛나는 검.

두 사람 모두 목숨을 걸고 싸우기를 수십 합, 그 고함과 그 불꽃은 황하에 물결을 일으키고 하남의 산야에 메아리쳐 마치 천마天魔와 지신地神이 천지를 전장으로 삼아 싸우고 있는 듯했다.

싸우는 동안 이길 수 없다는 생각이 들었는지 문추가 갑자기 말머리를 돌려 도망가기 시작했다. 이는 그의 계략으로 상대방이 우쭐해져서 쫓아오는 사이에 검을 집어넣고 무기를 철궁으로 바꿔 뒤돌아보며 활을 쏘겠다는 속셈이었다.

그러나 관우에게는 그 작전도 통하지 않았다. 두 번째 화살, 세 번째 화살도 관우는 모두 막아냈다. 결국 관우에게 따라잡힌 문추는 뒤에서 휘두른 청룡도의 칼날에 목이 날아갔다. 문추의 말은 목 없는 그의 몸을 태운 채 황하의 하류 쪽으로 멈출 줄을 모르고 달려갔다.

"적장 문추의 머리가 관우의 손에 있다!"

큰 소리로 부르짖자 어둠 속을 헤매던 하북의 병사들은 더욱 필사적이 되어 도망치기에 급급했다.

조조는 관우가 문추의 목을 베었다는 소식을 듣고 명령을 내렸다.

"지금이다, 지금. 바싹 추격하여 전멸시켜라."

칼에 맞아 죽는 자, 황하에 빠져 죽는 자, 날이 밝기 전까지 하북의 병사들 대부분은 어이없이 조조 군의 먹이가 되고 말았다.

이때 유비는 이 전투가 시작될 때부터 문추의 훼방꾼 취급을 받으며 뒤쪽에 진을 치고 있었는데 겨우 도망쳐온 선봉의 병사들로부터 제1진이 패했다는 소식을 듣고 "이곳도 방심할 수 없다."라며 수비를 더욱 견고하게 하고 있었다.

그리고 허둥지둥 도망쳐온 병사들로부터 이런 말을 들었다.

"문추 장군을 벤 것은 전에 안량 장군을 벤 수염이 길고 얼굴이 붉은 자였습니다."

유비는 날이 밝자마자 일개 부대를 이끌고 전선前線 근처까지 가서 직접 확인해보았다.

황하의 지류는 넓은 들판에 무수히 많은 작은 호수와 큰 호수를 연결하고 있었다. 짙은 봄 안개가 걷히고 산도 물도 선명하게 그 모습을 드러냈다. 어젯밤부터 시작된 섬멸전은 아직 강 건너편에서 계속되고 있었다.

"오오, 저 작은 깃발, 저 하얀 작은 깃발을 꽂고 있는 사내입니다."

안내에 나선 병사 중 한 명이 지류의 건너편 언덕을 손가락으로 가리켰다. 짐승들을 쫓는 사자처럼 적장이 저 멀리 보였다.

"……?"

유비는 잠시 바라보고 있었다. 작은 깃발의 글씨가 어렴풋이 보였다.

'한수정후 운장 관우'

깃발이 펄럭일 때 분명히 그렇게 보였다.

'아아! ……의제 관우가 틀림없다.'

유비는 눈을 감고 마음속으로 조용히 그의 무운을 빌었다.

그때 후방의 호수를 건너 조조 군이 퇴로를 끊는다는 소식이 들렸다. 그 소식에 유비는 급히 후진으로 물러났다. 그러나 그 후진도 위험해지자 다시 10여 리 정도를 더 퇴각했다.

그 무렵 원소의 원군이 마침내 강을 건너왔기에 합류하여 잠깐 관도 땅으로 물러났다.

||| 四 |||

곽도와 심배 두 장수는 원소 앞에서 분통을 터뜨리며 보고하고 있었다.

"참으로 괴이한 일이 아닐 수 없습니다. 이번에 문추를 벤 자 역시 유비의 의제 관우라고 합니다."

"그것이 사실이냐?"

"이번에는 '한수정후 운장 관우'라고 쓴 작은 깃발을 등에 꽂고 전장에 나왔다고 하니 사실일 것입니다."

"유비를 불러라. 일전엔 교묘한 말로 피해갔으나 오늘은 용서치 않겠다."

거듭되는 아군의 패배에 우울하던 참이기도 했다. 원소는 이윽고 눈앞에 나타난 유비를 보자 혐오감을 드러내며 추궁했다.

"귀 큰 놈, 변명의 여지가 없을 것이다. 나도 아무 말 않겠다. 다만 네놈의 머리를 가져야겠다."

처라, 그가 주위의 장수들에게 명령하자 유비는 놀라서 소리쳤다.

"기다려주십시오. 장군께서는 어찌 조조의 계책에 말려들려 하십니까?"

"너의 목을 치는 것이 어째서 조조의 계책에 말려드는 것이냐?"

"조조가 관우로 하여금 안량과 문추를 베게 한 것은 오직 장군의 화를 부추겨서 이 유비를 죽이기 위함입니다. 생각해보십시오. 저는 지금 장군의 은혜를 입었고 게다가 일군의 대장으로도 임명되었습니다. 무엇이 부족하여 아군을 불리하게 만들겠습니까? 부디 현명한 판단을 내리시기 바랍니다."

유비의 장점은 누구보다도 진지한 태도에 있었다. 그의 말은 지극히 평범하고 유창하지도 않으며 어떤 기지나 임기응변의 술수도 없었다. 순박함과 진지함이 있을 뿐이었다. 속내는 어떨지 모르나 사람들에게는 그렇게 보였다.

원소는 형식주의자인 만큼 유비의 그런 태도를 보자 한순간 화를 낸 것을 후회했다.

"아니, 듣고 보니 나에게도 오해가 있었소. 만약 일시적인 분노로 귀공의 목숨을 빼앗았다면 원소는 현명함을 혐오하는 자라고 세상 사람들의 조롱거리가 되었을 것이오."

노여움이 가시자 그는 다시 매우 예의 바르고 정중했다. 유비를 정중히 상좌로 청하더니 의견을 물었다.

"이렇게 패배를 거듭하는 것도 귀공의 의제인 관우가 적군 중에 있기 때문이오. 그 점에 대해 무슨 좋은 생각이 없으시오?"

유비는 고개를 떨어뜨리며 말했다.

"그렇게 말씀하시니 저도 책임을 통감하지 않을 수 없습니다."

"귀공의 힘으로 관우를 이쪽으로 부를 수는 없는 것이오?"

"제가 여기에 와 있다는 것을 관우에게 알리기만 하면 밤을 낮 삼아서라도 곧장 달려올 것입니다."

"어째서 그렇게 좋은 계책을 나에게 미리 알려주지 않았소?"

"의제와 저 사이에 전혀 연락을 주고받지 않았는데도 항상 의심받기 일쑤였는데, 만약 은밀히 관우와 서신이라도 주고받았다면 바로 화근이 되었을 것입니다."

"미안하오. 더는 의심하지 않을 테니 즉시 소식을 전하시오. 만약 관우가 같은 편이 되어준다면 안량과 문추가 살아 돌아온 것 이상으로 기쁠 것이오."

유비는 그렇게 하기로 하고 묵묵히 자신의 진영으로 돌아왔다.

막사 밖의 별은 푸르다. 유비는 그날 밤 등불을 켜고 붓을 들어 무언가를 자세히 쓰고 있었다.

물론 관우에게 보내는 편지였다.

때때로 붓을 멈추고 눈을 감고 생각에 잠겼다. 과거부터 지금까지의 여러 가지 일이 떠올랐다.

등불이 진막으로 새어 들어오는 바람을 맞고 깜박였다.

"아아, 관우와 재회할 날도 멀지 않았구나!"

그는 중얼거렸다. 등불이 밝으면 좋은 일이 있다는《역경》의 한 구절이 떠올랐던 것이다. 그의 가슴에도 희망의 등불이 켜졌다.

바람이 전해준 소식

||| 一 |||

전쟁은 장기전이 되었다. 황하 연안의 봄도 깊어지고 그 후 원소의 하북군은 지리적 이점을 살리고자 양무陽武(하남성 원양 부근)의 요해로 진영을 옮겼다.

조조도 일단 허도로 돌아와 장졸들을 위로하고 노고를 치하하는 잔치를 열었다. 그때 그는 사람들 속에서 "연진 전투에서는 내가 일부러 수송대를 선두에 세워 적을 낚는 계략을 썼는데 그것을 알아챈 자는 순유뿐이었지. 근데 순유는 입이 너무 가볍단 말이야." 따위로 무용담을 이야기하며 왁자하니 즐거운 시간을 보내고 있었는데, 그곳에 여남汝南(하남성)에서 파발마가 도착하여 변고가 일어났다는 소식을 전했다.

여남에는 전부터 유벽劉辟과 공도龔都라는 두 비적이 있었다. 원래는 황건적의 잔당이었다.

진작부터 조홍을 보내 토벌하게 하였으나 비적의 기세가 맹렬하여 대패한 조홍 군이 지금도 퇴각 중이라는 보고였다.

"당장 강력한 원군을 보내지 않으시면 여남 지방은 비적들이 창궐할 것이고 훗날 큰 화가 될지도 모릅니다."

급히 달려온 사자가 덧붙였다.

마침 연회 분위기가 한창 무르익었을 때 들어온 보고여서 사람들은 소란스럽게 저마다 한마디씩 했다. 그때 관우가 나서며 말했다.

"부디 저를 보내주십시오."

조조는 기뻐하면서도 조금 미심쩍어하며 물었다.

"관 장군이 간다면 당장 평정되겠소만, 지난번 관 장군의 엄청난 공훈에 비해 아직 나는 장군에게 아무 은상도 내리지 못했소. 그런데도 다시 바로 전장으로 나간다는 것은 무슨 뜻이오?"

관우가 대답했다.

"필부는 옥전玉殿을 감당하지 못한다는 말처럼 원래 조금이라도 한가하게 있으면 몸에 병이 납니다. 농부가 괭이를 놓으면 병이 난다고 합니다만, 저에게도 무사안일은 제 몸에 독입니다."

조조는 껄껄 웃으면서 무릎을 치며 말했다.

"참으로 장하오. 그렇다면 가도록 하시오."

그는 우금과 악진 두 사람을 부장으로 삼아 5만의 병사를 관우에게 주었다.

나중에 순욱이 조조에게 말했다.

"조심하지 않으시면 관우는 결국 돌아오지 않을지도 모릅니다. 항상 그를 예의 주시하고 있는데 아직 유비를 깊이 흠모하고 있는 듯합니다."

조조도 반성하며 순욱의 말에 수긍했다.

"맞는 말이네. 이번에 여남에서 돌아오면 더 이상 전장에는 내보내지 말아야겠어."

여남으로 달려간 관우는 오래된 절을 본진으로 삼고 내일의 전투를 준비하고 있었다. 그런데 그날 밤, 보초병 소대가 적의 첩자로 보이는 수상한 사내를 두 명 잡아왔다.

관우 앞에 꿇어 앉히고 두 사람의 복면을 벗겨보니 그중 한 명은 함께 유비의 휘하에 있던 옛 동료 손건이었다.

"어떻게 된 일인가?"

관우가 놀라서 직접 그를 묶은 줄을 풀어주며 주위의 병사들을 물러가게 한 뒤 단둘이서만 옛정을 주고받으며 이야기를 나누었다.

"자네는 큰형님의 행방을 알고 있겠지? 지금 어디에 계신가?"

관우는 가장 먼저 유비의 행방부터 물었다.

"서주에서 헤어진 후 저도 이 여남으로 도망쳐온 이래 여기저기 유랑하다가 우연히 유벽과 공도 두 두령과 친해져서 비적들 틈에 몸을 의탁하고 있습니다."

"그럼, 자네는 내게 적이군."

"잠시만요. 그런데 그 후 하북의 원소로부터 상당한 물자와 재물이 비적 군으로 흘러들어왔습니다. 조조의 측면을 치라는 교환조건으로 말이죠. 그래서 가끔 하북의 소식을 듣고 있는데 얼마 전에 확실한 소식통으로부터 주공께서 원소에게 몸을 의탁하여 하북의 진중에 있다는 소식을 들었습니다. 이 소식은 확실하니 마음 놓으셔도 됩니다. 어쨌거나 주공이 건재하신 것만은 확실하니까요."

||| 二 |||

유비가 지금 하북에 무사히 있다는 소식을 듣고 관우는 형형한 눈빛으로 흠모의 정을 불태우며 잠시 손건의 얼굴을 바라보고 있다가 이윽고 크게 기뻐하며 안도의 한숨을 내쉬었다.

"그런가. 아아, 정말 감사한 일이군. 그런데 설마 나를 기쁘게 하기 위해 근거 없는 소문을 전하는 것은 아니겠지?"

"무슨 그런 당치도 않은……. 여남에 온 원소의 가신에게 직접 들은 이야기이니 틀림없을 겁니다."

"아아, 하늘의 가호로다."

관우는 눈을 감고 무언가에 은혜를 감사하는 듯했다.

손건이 더욱 목소리를 낮춰 말했다.

"여남의 비적 군은 지금 말한 대로 원소와 연락을 주고받고 있습니다. ……그러니 내일 전투에서는 유벽과 공도 두 두령도 일부러 도망치는 척할 테니 그렇게 알고 장군은 상황에 따라 적당히 공격하도록 하세요."

"어째서 그들이 일부러 도망치는 척한다는 말인가?"

"비적 군의 우두머리이긴 하지만 유벽과 공도는 모두 오래전부터 마음속 깊이 장군을 흠모하고 있었습니다. 그래서 이번에 관우 군이 공격해온다는 말을 듣고는 오히려 기뻐할 정도였지요. 그러나 한편으로 원소와 맺은 관계가 있기 때문에 싸우지 않을 수도 없고."

"알았네. 그들이 그런 마음이라면 상황에 따라 적절히 대처하겠네. 나는 평정의 임무를 완수하기만 하면 그만이니."

"그리고 일단 허도로 돌아가면 두 부인을 모시고 다시 한번 여남으로 내려오십시오."

"알았네. 서두르겠네……. 이미 주공이 계신 곳을 알았으니 조금이라도 지체할 수 없는 마음이 드네만 계신 곳이 원소의 진중이라……. 만약 내가 불쑥 찾아간다면 어떤 변고가 일어날지 모르네. 전에 안량과 문추의 목을 내 손으로 직접 쳤으니까."

"그렇다면 이렇게 하는 것이 어떻겠습니까? 제가 먼저 하북으로 가서 미리 원소와 주위의 분위기를 살펴보겠습니다."

"음, 그렇게 하는 것이 좋겠군. 내 몸에 무슨 일이 생기는 것은 두렵지 않네만, 원소에게 몸을 의탁하고 있는 주군이 걱정이야. 그럼 잘 부탁하네, 손건."

"걱정 마십시오. 반드시 주공의 안전부터 확인하고 관 장군이 두 부인을 모시고 오면 중간까지 나가 기다리겠습니다."

"아아, 어서 빨리 주군의 무사하신 모습을 보고 싶군. 그렇게만 된다면 나는 언제 죽어도 여한이 없네."

"장군에게 어울리지도 않게 그게 무슨 말씀입니까? 이제부터가 중요합니다."

"아니, 기분이 그렇다는 것이네. 그렇게까지 만나고 싶다는 말이야."

진중은 이미 깊은 밤이었다.

관우는 손건과 또 한 명의 첩자를 뒷문으로 몰래 보내주었다.

'저들이 밀담을?'

초저녁부터 수상히 여기던 부장 우금과 악진 두 사람은 숨어서 그 모습을 보고 있었다. 그러나 관우가 두려워 그 자리에서는 아무 말도 할 수 없었다.

이튿날, 비적 군과의 전투는 손건의 말대로 되었다.

적장인 유벽과 공도 두 사람은 씩씩하게 진두에 나타났으나 바로 요란스럽게 관우에게 쫓겨 퇴각하기 시작했다. 목숨을 빼앗을 생각은 없었으나 도망가는 그들의 뒤를 관우는 바짝 쫓았다.

그때 공도가 돌아보며 말했다.

"장군의 충성스러운 마음에 우리 비적들도 감격할 정도이니 어찌 하늘의 감응이 없겠소? 장군, 훗날 다시 오시오. 우리가 반드시 성을 내어드리겠소."

관우는 어려움 없이 주군州郡을 평정하고, 이윽고 병사들을 이끌고 도성으로 돌아갔다.

병마의 피해는 당연히 적었다. 게다가 공은 컸다. 조조가 환대한 것은 말할 필요도 없었다. 우금과 악진은 은밀히 조조에게 보고할 기회를 노리고 있었으나 조조가 관우를 과하게 신뢰하는 모습을 보이자 선불리 옆에서 말을 꺼낼 수가 없었다.

三

큰 술잔으로 사양치 않고 축배를 거듭하여 꽤나 거나하게 취한 관우는 이윽고 그 거구를 비틀거리며 물러났다.

술이 몹시 취하기는 했으나 돌아가자마자 바로 그는 두 부인이 기거하는 내원에 문안을 드렸다.

"여남에서 개선하여 지금 돌아왔습니다. 제가 집을 비운 사이에 별고 없으셨습니까?"

그는 두 부인을 오랜만에 만나 이런저런 잡담을 하기 시작했다.

그러자 감 부인은 벌써 눈물을 글썽이며 물었다.

"장군, 제가 기다린 것은 그런 잡담이 아니에요. 전쟁 중에 남편의 소식은 들었는지, 행방을 알 만한 단서라도 들었는지……."

관우는 커다란 배에서 술기운을 내뿜더니 침울한 표정으로 말했다.

"그 일에 대해서는 아직 아무런 단서도 없습니다. 그렇기는 하지만 이 관우가 있으니 너무 염려 마시기 바랍니다. 무슨 일이든 저에게 맡기고 때를 기다려주십시오."

감 부인과 미 부인은 발 너머에서 엎드려 구르며 소리 내어 울었다. 그리고 원망스럽다는 듯이 관우에게 말했다.

"분명 남편은 이미 어딘가에서 목숨을 잃었을 거예요. 그렇게 말하면 저희가 슬퍼할까 봐 혼자만 알고 계시는 것이 틀림없어요……. 그렇죠? 맞지요? ……아아, 어떻게 하면 좋을까요?"

이런저런 생각에 여러 가지 감상이 뒤섞인 눈물이 흘러내렸다. 미 부인도 함께 통곡하면서 오늘 밤 술에 취한 관우를 빈정거리듯 말했다.

"관 장군도 예전과 달리 지금은 조조의 총애도 두텁고 은혜를 입어 저희가 방해가 되겠지요……. 그렇다면 그렇다고 말씀해주세요. 차라리 장군의 검에…… 저희의 속절없는 목숨을 단번에."

"무슨 말씀을 하시는 겁니까?"

술이 깬 관우는 자세를 바로 했다. 그리고 두 부인에게 속삭이듯 말했다.

"저의 고충도 조금은 헤아려주십시오. 조조의 은혜에 기댈 정도라면 어째서 이렇게 인고하고 있겠습니까? 황숙의 행방에 대해서도 서광이 비치고 있습니다. 만약 두 분께 제가 황숙의 행방에 대해 말한 것을 우연히 하녀가 듣고 밖으로 새어나가게 된다면 지금까지의 고생이 수포로 돌아갈지도 몰라 실은 함구하고 있었던 것입니다."

"네? 뭐라고 하셨어요? ……그럼 황숙의 행방을 알고 계신다는 말씀인가요?"

"하북의 원소에게 몸을 의탁하시고 얼마 전에는 황하의 후진까지 나오셨다고 어렴풋이 들었습니다만, 이것도 아직 소문에 불과하니 더 확인해보지 않으면 모르는 일입니다."

"장군, 그 말은 누구에게 들으셨어요?"

"손건과 만나 그에게 들은 것입니다. 조만간 확실한 것을 알게 되면 손건이 도중까지 마중 나오기로 약속했습니다."

"그, 그럼 여길 버리고 허도에서 탈출할 생각이신가요……?"

"쉿……."

관우는 갑자기 고개를 돌려 뜰을 가만히 쳐다보았다. 바람도 없는데 근처의 수목이 가볍게 흔들렸기 때문이다.

"분별없는 소리를 입 밖에 내서는 안 됩니다. 다시 황숙을 만날 날까지는 그저 이 관우를 믿고 모른 체하고 계십시오. 벽에도 귀가 있고 초목에도 눈이 숨어 있다고 생각하세요."

손님을 피하다

||| 一 |||

유비가 하북에 있다는 사실은 이윽고 조조의 귀에도 들어갔다. 조조는 장료를 불러 물었다.

"최근에 관우는 어떻게 지내고 있는가?"

장료가 대답했다.

"뭔가 생각에 잠긴 듯 술도 마시지 않고 말수도 없어지고 내원의 문을 지키는 병사들이 쉬는 방에 틀어박혀서 매일 책만 읽고 있습니다."

조조는 지금 몹시 초조했다. 물론 장료도 그것을 알아채고 딱하게 여기며 말했다.

"일간에 한번 제가 관우를 만나 그의 속내를 넌지시 떠보도록 하겠습니다."

며칠 후 장료는 내원의 문을 지키는 병사들이 쉬는 방을 불쑥 찾아갔다.

"마침 잘 왔소."

관우는 읽던 책을 놓고 그를 맞아들였다. 그러나 문을 지키는 병사들이 쉬는 작은 방이었기 때문에 두 사람이 들어가자 꽉 찰 정도로 좁았다.

"무슨 책을 읽고 있었소?"

"《춘추》를 읽고 있었소."

"관 장군은 《춘추》를 즐겨 읽나보구려. 《춘추》에는 예의 유명한 관중管仲과 포숙鮑叔의 아름다운 교제가 쓰여 있는 구절이 있는데, 장군은 그 부분을 읽고 어떻게 생각하시오?"

"글쎄, 딱히 별생각은 없는데."

"부럽지는 않소?"

"……별로."

"어째서요? 누구나 《춘추》를 읽으면 관중과 포숙의 관계를 부러워하던데. '나를 낳은 사람은 부모이고 나를 알아주는 사람은 포숙이다.'라고 관중이 말하는 부분을 읽고 두 사람이 서로를 얼마나 신뢰하는지 부러워하지 않는 사람이 없소."

"나에게는 유비라는 생존해 있는 인물이 있으니 옛사람의 교제도 그다지 부럽다는 생각은 들지 않는군요."

"그렇다면 장군과 유 황숙의 사이가 관중과 포숙 이상이라는 말이오?"

"물론이지요. 죽으면 함께 죽고 살면 함께 살기로 맹세한 사이입니다. 관중과 포숙의 사이처럼 간단하게 이야기할 수 있는 관계가 아니지요."

격류 속의 반석은 수백 년을 격류에 씻겨도 역시 반석이다. 장료는 그의 철석같은 마음에 오늘도 감동했으나 자신이 이곳에 온 목적을 생각하고 매섭게 질문 하나를 던져보았다.

"그렇다면 나와 장군의 사이는 어떻게 생각하시오?"

그러자 관우가 분명히 대답했다.

"우연히 귀공을 알게 되어 얕지 않은 우정을 쌓아왔소. 길흉을 서로 거들고 함께 환난을 견디어왔으나 일단 군신의 대의大義에 어긋날 만한 일이라도 생긴다면 귀공과의 관계는 유지할 수 없을 것이오."

"그렇다면 장군과 유 황숙의 군신의 관계에는 비교할 수 없다는 뜻이오?"

"어리석은 질문이오."

"허면 어째서 장군은 유 황숙이 서주에서 패했을 때 목숨을 걸고 싸우지 않았소?"

"그것을 말린 것이 귀공이 아니었나요?"

"……음. ……하지만 그토록 일심동체와 같은 사이라면."

"만약 유 황숙이 돌아가셨다는 사실을 알게 되면 난 오늘이라도 당장 죽을 것이오."

"이미 알고 있겠지만 지금 유 황숙은 하북에 있소. 장군도 곧 찾아갈 생각이겠죠?"

"잘 말해주었소. 예전에 한 약속도 있으니 반드시 약속을 지켜야겠다고 결심하고 있었소. 기회를 봐서 귀공이 승상께 잘 말씀드려주시오. 이렇게 부탁합니다."

관우는 앉은 자세를 바로 하고 장료에게 재배했다.

'그렇다면 관우는 조만간 허도를 떠나 옛 주군에게 돌아갈 생각이군.'

장료도 이제는 확실하게 깨닫고 속으로 놀라며 그길로 서둘러 조조를 찾아갔다.

二

"관우의 마음은 이미 정해져 있었습니다. 그의 마음은 벌써 하북의 하늘을 날고 있었습니다."

장료가 전하는 말을 묵묵히 듣고 있던 조조가 입을 열었다.

"아아, 참으로 충성스럽고 의로운 자로구나. 나의 정성으로도 그를 붙잡아둘 수 없단 말인가."

조조는 크게 탄식하며 고민하고 있다가 중얼거렸다.

"그래. 나에게 그를 붙잡아둘 한 가지 계책이 있다."

그는 그날부터 상부의 문기둥에 주련판을 걸고 함부로 출입하는 것을 금했다.

곧 뭔가 소식이 있겠지, 장료가 뭔가 말하러 오겠지, 하며 관우는 그 후 은근히 기다리고 있었으나 며칠이 지나도록 상부로부터는 아무 소식이 없었다.

그러는 사이에 어느 날 밤 병사들이 쉬는 작은 방을 나와 집으로 돌아가는 도중에 그늘에서 한 남자가 나오더니 다가왔다.

"관 장군. 관 장군…… 나중에 이걸 보십시오."

그는 편지 같은 것을 슬그머니 손에 쥐여주더니 바람처럼 사라졌다.

편지를 본 관우는 깜짝 놀랐다.

그는 독방에서 몇 번이나 등불의 심지를 돋우고 하염없이 눈물을 흘리며 편지를 반복해서 읽었다. 그것은 그리운 유비의 필체였다. 게다가 유비는 누누이 옛날 일을 추억하더니 그 끝에 이렇게 덧붙였다.

자네와 나는 일찍이 도원결의를 맺은 사이이지만, 몸은 어리석고 때조차 좋지 못하여 헛되이 자네의 의로운 마음만 괴롭힐 뿐이네. 만약 자네가 그 땅에서 그대로 부귀를 바란다면 오늘까지 보답한 것이 적은 나로서는 나의 목을 보내 자네의 온전한 공훈을 뒤에서나마 기원하겠네.

글로는 내 마음을 다 표현할 수 없네. 그저 아침저녁으로 하남의 하늘을 바라보며 자네의 소식만을 기다리겠네.

관우는 유비의 정이 듬뿍 담긴 말을 오히려 원망스럽게 여겼다. 부귀, 영달, 그런 것과 의를 바꿀 정도라면 어째서 이런 고충을 참고 있겠는가.

'아니, 오히려 죄스럽구나. 나의 의는 내 마음속에만 있는 것. 어찌 멀리 계신 분이 알 수 있겠는가.'

그날 밤 관우는 좀처럼 잠을 이룰 수가 없었다. 그리고 다음 날도 문을 지키는 병사들이 쉬는 방에 홀로 앉아 책을 손에 들고 있었으나 왠지 글이 눈에 들어오지 않았다.

그때 어디서 들어왔는지 행상인 한 명이 그가 있는 방의 창 옆에 서서 작은 소리로 물었다.

"답장은 쓰셨습니까?"

자세히 보니 어젯밤에 편지를 주고 간 사내였다.

"자네는 누구인가?"

관우가 묻자 다시 한번 사방을 둘러보면서 대답했다.

"원소의 신하로 진진陳震이라고 합니다. 하루빨리 이 땅을 떠나 하북으로 오시라는 전갈입니다."

"마음은 급하지만 두 부인을 모시고 가야만 하네. 나 혼자 가면 지금 당장이라도 갈 수 있지만."

"탈출은 어떻게 하실 생각입니까?"

"계획도 계책도 없네. 예전에 허도에 갔을 때 조조와 세 가지 약속을 했네. 얼마 전부터 몇 가지 공을 세워 그에게 은혜도 갚았으니 이제는 인사만 하고 떠날 수 있네. 올 때도 확실하게 갈 때도 확실하게, 여기 일을 잘 처리하고 가겠네."

"……하지만 만약 조조가 장군이 가는 것을 허락하지 않는다면 어떻게 하시겠습니까?"

관우는 미소를 지으며 말했다.

"그때는 육체를 버리고 혼백이 되어 옛 주군에게로 돌아갈 것이네."

관우의 대답을 듣자 진진은 즉시 허도에서 모습을 감췄다.

관우는 다음 날 조조를 만나러 가서 마지막 인사를 하려고 했으나 그가 있는 상부의 문기둥을 올려다보니 '삼가 방문객을 사절함'이라는 '피객패避客牌'가 걸려 있었다.

||| 三 |||

주인이 모든 방문객을 사절하고 문을 닫아걸고 있을 때는 문에 이런 주련판을 걸어두는 것이 관례였다.

또 손님도 문에 이런 피객패가 걸려 있을 때는 용무가 있어도 말없이 돌아가는 것이 예의였다.

조조는 머지않아 관우가 자신에게 인사하러 오리라는 것을 알고 미리 패를 걸어두었던 것이다.

"……?"

관우는 잠시 그 앞에 서 있었으나 할 수 없이 발길을 돌려 그날은 돌아갔다.

다음 날도 이른 아침에 와보았으나 여전히 피객패가 그를 거부했다.

그다음 날은 저녁을 택해서 상부의 문으로 가보았다.

문은 저녁부터 벙어리처럼, 소경처럼 닫혀 있었다.

관우는 허무하게 돌아와서는 하비성에 있을 때부터 수행해온 종자從子 스무 명만을 모아놓고 지시했다.

"며칠 안으로 두 부인의 마차를 끌고 이 내원을 떠날 것이다. 조용히 떠날 준비를 해두어라."

감 부인은 기쁜 기색을 감추며 관우에게 물었다.

"장군, 언제 여길 떠나나요?"

"아침과 저녁 사이입니다."

관우가 간단하고도 막연하게 대답했다.

그는 또 출발 준비를 하는 데 있어서 두 부인에게도 납득이 가도록 말하고 하인들에게도 엄하게 일렀다.

"이 원에 비치된 세간은 물론 평소 조조가 나에게 준 금은 비단은 모두 봉해서 남겨두고 하나도 가지고 가서는 안 된다."

그러면서도 여전히 그는 매일 일과처럼 상부를 찾아갔다. 그러고는 허무하게 돌아오기를 이레가 넘었다.

"할 수 없지……. 그래, 장료의 사저로 가서 호소해보자."

그런데 장료도 병이 났다며 만남을 피했다. 아무리 부탁해도 장료의 하인은 주인을 만나게 해주지 않았다.

"이렇게 된 이상 어쩔 수가 없구나."

관우는 장탄식을 하고 은밀히 무언가를 결심했다. 지나치게 정직한 그는 어떻게든 조조를 만나 대장부와 대장부가 한 약속에 따라 기분 좋게 결별하고 싶었으나 지금은 100년을 기다려도 열리지 않을 문이라고 생각했다.

관우는 그날 밤 돌아와 한 통의 편지를 써서 수정후 도장과 함께 창고 안에 걸어두고 창고 안에 가득한 주옥금은의 상자, 여러 종류의 비단이 들어 있는 고리짝, 산더미처럼 쌓인 보물, 그릇 등 모든 물품에 일일이 목록을 기록하여 남긴 뒤 굳게 문을 닫고 명령했다.

"너희들은 내원을 구석구석 빠뜨리는 곳 없이 깨끗이 청소해놓아라."

청소는 한밤중까지 계속되었다. 그 결과 희끄무레한 새벽달 아래가 먼지 한 톨 없이 깨끗해졌다.

"자, 이제 떠나시죠."

관우는 마차 한 대를 내원으로 끌고 왔다. 두 부인이 그 안으로 들어갔다.

스무 명의 종자는 마차를 따라 걸었다. 관우는 직접 적토마를 끌고 와서 올라타고 손에는 청룡언월도를 들었다. 북쪽 성문으로 허도를 빠져나갈 생각이었다. 이윽고 북쪽 성문에 당도했다.

성문을 지키는 병사들은 마차 안에 탄 사람이 두 부인이 틀림없다며 앞을 막아서며 세우려 했다.

"마차에 손가락 하나라도 대는 자는 목이 저 달 근처까지 날아갈 줄 알아라."

그러나 관우가 눈을 부라리며 이렇게 말하고 껄껄 웃기만 했는데도 병사들은 모두 벌벌 떨며 새벽어둠 속으로 흩어져 달아나버렸다.

"틀림없이 날이 밝음과 동시에 추격대가 쫓아올 것이다. 너희들은 오로지 마차를 수호하는 데만 집중하고 먼저 가거라. 절대로 두 부인을 놀라게 해서는 안 된다."

이렇게 말하고 관우는 뒤에 남았다. 그리고 북쪽으로 뻗은 대로인 관도官道를 혼자서 유유히 걸어갔다.

(3권으로 이어집니다)

삼국지 | 2 | 초망 · 신도

1판 1쇄 인쇄 2023년 2월 10일
1판 1쇄 발행 2023년 2월 15일

평역 | 요시카와 에이지
옮긴이 | 김대환
펴낸이 | 김대환
펴낸곳 | 도서출판 잇북

디자인 | 한나영

주소 | (10893) 경기도 파주시 소리천로 39, 파크뷰테라스 1325호
전화 | 031)948-4284
팩스 | 031)624-8875
이메일 | itbook1@gmail.com
블로그 | http://blog.naver.com/ousama99
등록 | 2008. 2. 26 제406-2008-000012호

ISBN 979-11-85370-55-2 04830
ISBN 979-11-85370-53-8(세트)

※값은 뒤표지에 있습니다. 잘못 만든 책은 교환해드립니다.